我们的火红年代

周飞 著

北京日报出版社

有鸟鸟的！"

"有鸟鸟？嘴上不积德，有鸟也得折！"

"总比生女娃好，女娃天生就是蚀本货！"

"一看你就知道你为啥有这封建思想了！"

"你——"

"我怎么了？我先送你一句，恭喜恭喜，喜得千金！"

整个病房的气氛都不对了，有种剑拔弩张的感觉，毕竟妇产科里唯一能牵动人神经的，就是生男生女的问题。眼看着这股焦躁的情绪要蔓延到整个病房了，突然，一阵"咯咯"的笑声将这个势头给压住了。

众人都望向笑声来源，这不正是丁满红嘛。只见她躺在俞雪晴怀里，一对清澈的眼眸子看着徐淑芬，嘴上一直"咯咯"笑个不停。正是这不含杂质的笑声，一下子化解了这病房里弥漫的戾气。

徐淑芬见状，欢喜得不行，当下宣布停战。老阿婆气得也不言语，一个劲抚摸着儿媳妇的大肚子，嘴上说着："别动气，别动气，我们生个大胖小子给他们瞧瞧。"结果儿媳妇满是不悦地转过身侧躺了，她也不满意婆婆满脑子都是要胖孙子。

看到徐淑芬抱起丁满红欢喜的样子，俞雪晴心里感激，当下拉住她手说道："妈，快过年了，你别回萧山了，留下来住吧。你瞧瞧，孩子多喜欢你呀。"

徐淑芬犹豫万分，面色阴晴不定。丁家民和俞雪晴对望一眼，都猜不透徐淑芬此刻心里到底是什么想法。

这时候，徐淑芬猛然想起，这全场所有人的鞋底都找了，就自己的还没找呢。她放下丁满红，坐到床上抬起双脚，随即"啊呀"叫出声，她从自己脚底上撕下了粘着的上上签，一把拍在了桌上。

徐淑芬看着床上的丁满红，看着她清澈无邪的笑容，突然叹了一口气，说："这孩子的名字，是她爷爷给取的，叫丁满红，寓意是美满幸福，红红火火。昨天你给大队打电话之前，我就梦到她出生了，刚出生的她就一个劲对我笑。今天她的上上签又赶巧粘在了我鞋底，这孩子啊，和我有缘！"

丁家民点头，试探性地问道："那你是决定搬回思鑫坊了？"

俞雪晴拉拉他袖管，示意他别打断人说话，谁都看得出来，徐淑芬在下一个重大决定。丁家民俯下身子轻声告诉俞雪晴，自己这叫火上添油，俞雪晴轻声回了一句，说他那是油上浇水。

徐淑芬一咬牙，一副视死如归的表情说道："罢了，罢了，我决定了，我回思鑫坊。就算是没了这条命，我也得照顾这孩子呀！"

丁家民和俞雪晴二人高兴地对视，但随即都露出惊讶的表情。二人一样摸不着头脑，这徐淑芬回到思鑫坊住，怎么就没了这条命呢！

第三章

1979年1月底的时候，思鑫坊里已经到处洋溢着年味了。

丁家民阴沉着脸，鼻尖和耳朵冻得通红，提着年货往家走。此时，俞雪晴正戴着围裙在厨房里张罗。

丁家民进门前，特地深呼吸了一下，挤出满脸笑容。

丁家民把东西一放，就跑到丁满红躺着的小木床前拨弄她那胖嘟嘟的小手。

"别动，她刚睡着。"俞雪晴说道。

丁家民疑惑了："满红不是下午都睡觉的吗？"

俞雪晴笑了："你妈下午就回来了，一来就抱着满红玩，满红都没得睡。也就是刚刚，她才拿着包袱回屋呢。"

一听说妈回来了，丁家民就高兴地往屋外跑。

虽说丁家民的宅子和徐淑芬的宅子都是丁家留下的房产，但是这地理位置就微妙得很了：丁家民的在直弄中段，徐淑芬的房子则要左拐右拐的，靠近孝女路了。

丁家民赶到的时候，徐淑芬正在门口打量。

丁家民叹气道："妈，你说回思鑫坊，这一拖，又是一个月！"

丁家民帮着提上包裹，就去推门，这才发现门还是锁着的。

丁家民道："妈，你好歹把门打开了，进屋再端详。"

徐淑芬道："我没带钥匙。"

丁家民放下包裹，说"那我去拿"，徐淑芬赶紧拦住他，颤颤巍巍说着"我带了钥匙了"，随后从口袋里掏出钥匙，插进了钥匙孔。

这把丁家民气得有点喘不顺。他就搞不明白了，这母亲都到了家门口了，还假装自己没钥匙，这是要闹啥呢？

徐淑芬转动了几下钥匙，门就开了，丁家民赶紧推开门大踏步走进去。

去年母亲突然离开后，这屋子他也就进来两三回。他仔细嗅了嗅，有一点点潮味，开窗通下风就好了。丁家民放下包袱就去开窗，这窗一开，冷风直嗖嗖往屋里钻，丁家民冻得打了个哆嗦。

他回身看母亲，徐淑芬也在那发抖。他赶紧扶着徐淑芬到了卧室床上坐下，这地方不在风口上。

不想，徐淑芬抖得更厉害了。丁家民抓着她手，说："妈，有心事别憋着，我是你儿子，什么事都可以跟我讲。"

徐淑芬看看丁家民，不觉眼泪就出来了，丁家民看着也是眼眶通红，他知道母亲这准是想起了死去的老伴了。徐淑芬拍拍床，不觉拍起一阵尘土，两个人顿时一通咳嗽，这一咳嗽，把刚才的悲伤情绪全给毁掉了。

徐淑芬原本心里那些温柔的话全说不出口了，转而变成了责怪。她告诉丁家民说："这丁宪倧就是坏，别人临死的时候都是安详的，尽量不给家人添乱的，就这丁宪倧，尽耍花招添麻烦。"

说起这些事，丁家民自然也记得，父亲生命最后那几天确实可了劲地折腾。当时除了四弟丁家祥借口有事不肯来以外，他两个妹妹也都来帮忙了，她们就住在楼上，一家四口轮流看管父亲，却还总是被他逮到机会溜出去。

丁宪倧临走那天，一大早就起身了，他不紧不慢地套上了自己准备好的寿衣，还不让人帮忙。套完寿衣后，他还喝了几口小酒，吞了几口下酒菜。这酒是丁家民的二妹丁家欣去河坊街同福永打的原浆酒，这菜是丁家民跑去孤山路的楼外楼好说歹说才买到的三两卤鸭胗，两样都是丁宪倧指定的。

按思鑫坊的老街坊所说，丁宪倧年幼时，杭州城什么好东西都享受过了，貂皮锦衣，山珍海味，他是想要什么有什么。后来和徐淑芬结婚后没多久，九斤奶奶追求进步，主动捐了家当，丁宪倧就开始过上平常人一样的生活了。

丁宪倧这最后一餐吃得动静十足，似乎是故意的一般，他一口菜就着一口酒。这卤鸭胗丁宪倧嚼不动，那便就着酒囫囵硬吞下去；这烈酒辣喉，他每喝一口酒都要"嗞"一声！

知道这是父亲的最后一顿了，一家人都红着眼看着他吃。徐淑芬没说话，丁家民和两个妹妹也不敢说话。

吃饱喝足了，丁宪倧打了个饱嗝，想了想把儿子和女儿都叫到跟前。丁家民以为父亲这是临走前有什么要吩咐的了，没承想，丁宪倧只是拍了拍三人的肩膀，说道："这酒味道淡了，不是那味了，这卤鸭胗也没以前那么香了。哎，这一切都变了，唯一没变的就是家祥这混账小子了。"

丁家民心里想，这家祥确实够混账的，但这卤鸭胗那也是真的香啊，不过像他这么囫囵吞，那就怎么都不够香了。

丁宪倧看出他在寻思，轻咳两声道："手艺这东西，大家都讲传承。依我看，百年老字号不假，配方传下来也不假，但换了人味道就不对，这酒这菜，都换人了，味道都不对……"

丁宪倧说着开始咳嗽，徐淑芬说着赶紧给他捶背，"你少说两句，躺下歇一歇。"丁宪倧难得听话地躺下了。

徐淑芬担心丁宪倧这一躺就不会再起来了，问道："老头子，你还有什么要说的？"

丁宪倧一思索，说道："我这一趟走了，就不回来了，你们也找不回我了，再也找不回了。"

丁宪倧说着竟然睡着了。徐淑芬知道丈夫这是要走了，赶紧差了大女儿丁家欣去找料理身后事的孙婆，差丁家民赶紧去通知丁家祥，自己和三女儿丁家宜则忙碌地收拾起屋子来。

可忙活了半天，徐淑芬忽然发现自己被骗了——原本丁宪倧应该躺在床上，可此刻那床上是空空如也——丁宪倧又一次躲过了三个人的眼睛，逃出了家门！

徐淑芬后来是在直弄尽头的杨天宝家门口找到丁宪倧的，此时他穿着寿衣，已经在思鑫坊逛荡了好一阵子了。杨天宝看到徐淑芬和丁家宜，赶紧把丁宪倧交到二人手里。他说丁宪倧还想进屋，他自己真是拦不住，他老婆正给孩子喂奶呢，要看到丁宪倧这样子，非吓到不可。

徐淑芬和丁家宜好不容易才把丁宪倧拉回了家。照理说，这将死之人应该没什么力气才对，可这丁宪倧早先病恹恹了好多年了，这一天却劲道十足，二人费了九牛二虎之力才把他拖回家。一回到家，刚才还力气很足的丁宪倧瞬间就软绵绵躺下睡着了，一直到晚上他才真正咽气走了。

说起这些，徐淑芬尽是气愤，埋怨这丁宪倧死都死得这么折磨人。丁家民心里感伤，他如今当父亲了，更觉得父亲当年看似魔怔的表现，实则是不想离开妻子和孩子，所以故意疯疯癫癫地掩饰自己的悲伤。

丁家民把这些话说给徐淑芬听，徐淑芬听了不觉一怔，随即骂道："悲伤？这天煞的有啥悲伤的！你不知道，他那天睡死过去中间醒了一次，对我睁开了眼，露出那做贼似的笑，偷偷说了句'淑芬啊，这回你再也找不回我了'。你说他缺德不缺德？临死了还来气我吓我！他以为每次偷跑出去，我把他找回来是绑牢他？他想要去外面花花世界找女人，却没得逞过，那是我们妻子、孩子阻碍了他？"

丁家民第一次听说这事儿，他试探性问道："妈，爸走了之后，第二天你就跑了，留着我们四兄妹给他过头七，不会跟这个事有关吧？你说的留在思鑫坊照顾满红，那要丢了性命，这又是怎么回事？"

徐淑芬不觉一个哆嗦，沉吟道："其实这一切是因为……"

徐淑芬话没来得及说，孙婆从门口进来，乐呵呵喊道："淑芬啊，你可回来了？"

徐淑芬当下不再提那话题，而是跟孙婆寒暄起来，徐淑芬告诉孙婆自己这趟回来就不走了，给满红过完满月酒后，她就要担当起一个奶奶的责任了。这孙婆一年多没见徐淑芬也是高兴，拉着她的手可劲聊。丁家民见没机会再询问刚才的话题，就把窗户关好了，说自己先回去帮俞雪晴准备饭菜，让徐淑芬一会儿聊完了赶紧过来。

丁家民回到家时，潘正义的妻子苏雯和马宁的妻子董伶俐都在厨房里帮忙了。丁满红此时已经醒了，她也没哭，也不闹，甚至自己还时不时发出咯咯的笑声，也不知道她一个刚满月的孩子在乐什么。

见丁满红独自乐呵的样子，苏雯诧异地说自己家潘小多刚出生的时候，一没人抱就哭。董伶俐也说他们家马飞也一样，现在马飞已经可以走路了，可只要身边一没人，还是一样会哭会闹。俞雪晴说："朱海军家那孩子，叫朱明伟对吧，比丁满红大一个月。昨天见到朱海军的妻子，一副熊猫眼，问了她，她说是朱明伟每天晚上不睡觉，就是又哭又闹，扰得她这两个月都没好生合过眼。"

俞雪晴这么说的时候是自豪的。这思鑫坊也是赶巧了，丁家民、潘正义、马宁、朱海军和杨天宝，他们这五个男人岁数相仿，结婚有先有后，生孩子却都赶在同一年里头了。但是，不管是年初生的马飞和杨艺，还是这年夏季生的潘小多，还是年尾只比丁满红早一个月出生的朱明伟，这四个孩子中像丁满红这么爱笑，这么不闹腾的一个都没有。

丁家民套上围裙要帮忙，苏雯说着"厨房重地，那是女人们的战场"，就把丁家民往外赶。丁家民没办法，只好去抱丁满红玩。这才一个月大，丁满红已经晓得用小手抓住丁家民的小手指了。

不一会儿，潘正义、马宁也都过来了，见女人们在厨房忙活，二人就在饭桌前和丁家民闲聊。杨天宝过来的时候先递上了红包，丁家民万般推辞，杨天宝说："这是给丁满红的，不是给你的。"说着硬生生塞到了丁满红的襁褓里。这一来潘正义就"讥讽"杨天宝，说是"美好的打算落空了"，"我本来和马宁打算今天吃白食的，但因为你率先给了红包，我不得不破费了。"说着他掏出红包塞给丁家民。

杨天宝知道这是在开自己玩笑，当下抢过红包塞回去，说道：

"别给，千万别给！你堂堂一个潘主任，最适合吃白食！今天是1978年咱们思鑫坊最后一个满月酒，你这白食还得边吃边拿，这才够得上这个特殊年月的分量！"

潘正义急了："你就让我破费一次吧，我不破费我手痒痒。"

"千万别，你痒痒就去挠墙头。"

马宁见二人你一言我一语的，还就着红包推来推去，他掏出红包为难道："你们最好快点决出胜负，我好知道我是要给红包，还是吃白食。"

厨房里的女人们见三个男人开着男人们特有的傻乎乎的玩笑，都不禁笑了起来。俞雪晴知道朱海军的妻子工作忙。这么一来，就只差朱海军和他妻子还没来了。

俞雪晴正寻思着，朱海军夫妇就过来了。原来他妻子秦海燕特地买了点东西过来，所以来晚了。一到这里她就放下糖果去厨房帮忙，这样饭桌就成了五个男人的专场了。

事实上，丁满红的满月酒丁家民是没打算摆的。这个年岁，大家的生活都挺艰难，所以他只是通知这四个哥们这一天来家里吃个便饭，他根本就没有通知自己的两个妹妹和四弟，俞雪晴也告诉自己的亲戚这个满月酒不办了。

五个男人聊天，聊着聊着就变了味道。朱海军率先提起了丁家民当年追求俞雪晴的事情，还说俞雪晴当年艳冠杭州城，半个杭州城的年轻小伙都喜欢她。他怎么都想不明白，最后竟然是老实巴交的丁家民抱得美人归。

潘正义拍拍桌子说："我不同意这说法，半个杭州城夸张了，俞雪晴家在文三路求智巷，那是什么地方，那是西湖边啊，所以，要说是环西湖第一美女，那就一点儿都不夸张了。"

董伶俐笑道："雪晴这么漂亮，你们会不会也动过心思？"

朱海军道："要说一点儿没有那是假的……"

潘正义点头："多多少少有一点儿，不过除了丁家民，有一个人比我们更早认识俞雪晴……"

二人说完看着马宁。

马宁摆手："别看我，我当时是找俞雪晴讨教诗歌！"

潘正义和朱海军起哄："讨教诗歌？"

丁家民道："这个我做证，马宁说的是真的，他讨教的是'论打倒帝国主义的必然性'，要不然也不会轮到我喜得美娇娘了！"丁家民说着骄傲地看了俞雪晴一眼，俞雪晴面颊瞬间就红了。

苏雯抱着三碗菜放到饭桌上，气鼓鼓地说："男人都不是好东西。"苏雯这脾气，吓得五个男人都吐了吐舌头，不敢再乱开玩笑了。

事实上，苏雯这里有演戏的成分，但是不悦确实也是有的。她早先就知道，老公潘正义当年也喜欢过俞雪晴，只求而不得后才追求了自己。虽说时过境迁，但被刺激到了，难免有点儿不太舒服。

饭菜准备完毕，俞雪晴就让丁家民去喊婆婆过来吃饭，丁家民刚走到家门口，就碰到母亲抱着一叠小孩子的褂子进来。

因为饭桌太小，女人们就让男人们先吃饭，她们则坐在卧室闲聊。徐淑芬先是从口袋里拿出一个香囊，她说这香囊是灵隐寺求的，里面还放了那张孙婆给求的上上签，这个就当是自己送给丁满红的满月礼了。随后她摊开褂子给俞雪晴看，这里面有一红一青两套褂子。

徐淑芬说："丁宪倧去世前给未来的孙子辈起了名字，若是孙女就叫丁满红，若是孙子就叫丁满青，这一红一青两件褂子就是他特地为孙子辈准备的。"

俞雪晴拿出红色的裑子，欢喜道："等天气暖和了就给满红套上，这红红火火的，真配她的名字。"

苏雯等人也直夸裑子好看。众人说起一年前丁宪倧临走那天穿着寿衣在思鑫坊走动的事情，徐淑芬一听就来气，直说这老头子任性了一辈子，临死了都由着自己的性子胡闹。

此时，饭桌上传来了男人们的笑声。潘正义正在讲刚从报纸上读到的一篇关于改革的社论，说是党中央政策上鼓励大家发挥积极性和主动性，寻找致富之路。他认为这绝对是个利国利民的大好消息；马宁干劲十足，认为属于中国人的全新的时代来临了；丁家民则不置可否地点头。

朱海军想听听潘正义对政策的理解，潘正义说了一通，大伙还是一头雾水，特别是杨天宝，觉得简直在听天书。倒是马宁提了一句话，让杨天宝心中起了涟漪。马宁说："接下来全国要搞承包制，还要鼓励个体户，鼓励私营企业。"马宁平时里特严肃，说这些话的时候却因为兴奋涨得脸通红。

杨天宝从这里回去后就开始琢磨这事情了。他一贯知道笨鸟先飞的道理，他自认为自己本事不大，若是不万事赶早，只怕连这几个兄弟的后背都够不着。

这一夜男人们有说有笑，谈了不少政策上的事情。他们谈天谈地，谈时代，谈梦想。在这个特殊时期，无论憧憬也好，迷茫也罢，直觉告诉他们，一个崭新的时代即将到来。

俞雪晴发现丈夫丁家民一直阴晴不定，直觉告诉她，丁家民铁定藏了什么心思，决定晚一点必须找丁家民聊一聊。

可这晚上她愣是没机会问出口，因为大家都散了后，徐淑芬先是不肯回屋，后来好不容易安抚回去了，刚过了一刻钟她就又到门口敲门了，说是想再抱抱丁满红，这一抱又不肯撒手了。

俞雪晴便把丁家民拉到一边，让他说说徐淑芬到底是咋回事。丁家民蓦然想到白天徐淑芬说的事情，便把丁宪俅临死前忽然睁开眼冲徐淑芬说的话告诉了俞雪晴。

俞雪晴一听，认为婆婆这是害怕了，便安慰婆婆说道："妈，要不要家民陪你回去？或者你在这里睡两晚也行。"

徐淑芬不好意思了，说："这倒不需要，我就是……就是想借一晚满红，她在我身边，我安心。"

俞雪晴一听犹豫了，这满红虽说晚上不吵不闹，可半夜她还是要起来喂一次奶的，这要是跟徐淑芬回去，那铁定要挨饿了。说实话，徐淑芬的要求有点古怪，可俞雪晴觉得自己也没法拒绝。

她看看丁家民，丁家民心疼母亲，一副恳求的表情，俞雪晴只能说道："妈，你不介意的话，我和满红都去陪你吧。满红还小，半夜还要喂奶呢。"

徐淑芬长舒一口气，当即点头答应。

跟着徐淑芬进了屋，俞雪晴把孩子放在床中央，先伺候着徐淑芬梳洗，随后才自己去洗刷。徐淑芬进了被窝，看到满红嗯嗯叫，就握住满红的小手，说道："满红啊，有你在奶奶就不怕了。"

满红红着脸，紧握着小拳头，继续嗯嗯着。

徐淑芬笑了，道："你这是在告诉奶奶，你在保护奶奶吗？"

这时候俞雪晴走进卧室，她脸上刚洗过，白里透红的，虽然是孩子的妈了，但是依然跟十五六岁一般水灵。

俞雪晴笑着说："妈，她这是肚子饿了，讨奶喝。"

徐淑芬尴尬地笑了："你个小浑蛋，捉弄你奶奶呢。"

俞雪晴爬上床，侧身躺着，解开上衣扣子给丁满红喂奶，一喝上奶丁满红就不嗯嗯了，两只眼睛不停地打量眼前二人。

俞雪晴考虑了一下后问道："妈，你白天跟家民说的事情，他说给我听了。你别多想啊，你也知道爸这人就爱捉弄人。"

徐淑芬叹了口气，道："你们是只知其一，不知其二啊。死老头子那可不是捉弄我，他是玩真的。他走了第一晚，就托梦给我说，他只准我在这屋里睡三晚，三晚后他就会来接走我。"

"那只是个梦呀。"

"第一晚我也当是做梦，没搭理他。可你知道吗，第二晚他又来了，还咧开嘴笑，贼兮兮地说这是第二晚了。太真实了，我知道我要活命，那就只能赶紧离开这屋子了。"徐淑芬终于说出自己突然离开的真相，有一种如释重负的感觉。

俞雪晴听了却是哭笑不得，原来婆婆一年前突然离开，然后死活不肯回来，竟然全是因为这封建迷信啊。

知道原因就好办了，俞雪晴决心帮婆婆破除这个迷信。她当即表示，之前婆婆已经睡了两晚了，这第三晚，由她和满红陪着，一定保她安全。徐淑芬或许也从心眼里觉得丁满红就是她的护身符，所以很快就安心地睡着了，并且一觉睡到了大天亮，什么事情都没有发生。

但徐淑芬很快想到一件事，她说死老头的三天限令会不会在自己这次回来的时候重新算起了，俞雪晴不得不又和丁满红一起陪着婆婆再住了三晚。

三晚过后，一切安然无事。徐淑芬顿时容光焕发，走路带风，不明所以的邻居还以为徐淑芬吃了什么特殊的补药呢。

这件事俞雪晴只跟丁家民说了，丁家民很是惊讶，直说没想到他妈竟然会这么迷信。俞雪晴拧了他胳膊一下，说丁家民这人榆木疙瘩，徐淑芬总梦到失去的老伴，那是因为心里挂念，这不纯粹是迷信，更多的其实是思念。

这年除夕，下起了大雪，温度突破了历史最低值，达到了 –17℃。吃了年夜饭后，思鑫坊的街坊邻居开始互相串门拜年。像是炫耀又像是比拼一般，这一年思鑫坊出生的五个孩子丁满红、潘小多、马飞、朱明伟和杨艺聚集了丁家民家中。

或许是怕生的关系，除了丁满红以外，其余四个孩子或坐或躺，大眼瞪小眼地对视了一会儿后，杨艺率先哭了出来，随即马飞、朱明伟和潘小多也哭了起来。大人们见此情景，则是哄堂大笑，就连其他邻居都来凑热闹。大伙就这些孩子比胖比瘦，比身子长短，这里面最胖的肯定是丁满红，而身材最矮小的则是朱明伟。谁也没想到若干年后，朱明伟会是这些孩子中最高大的一个。

这时候，潘正义突发奇想，他当了庄家，让现场众人以一分钱下注，就猜丁满红什么时候跟着其他孩子一起哭。三分钟内一赔五，三分钟后一赔三，五分钟内一赔二，要是超过五分钟通吃。就连丁家民和俞雪晴都下了注，他们也认为在其他孩子都哭的情况下，在街坊邻居这么多人的注视下，丁满红坚持不了五分钟也会跟着哭出来。

然而就在大伙的期待下，不到两分钟，丁满红突然咯咯笑了起来。她开始笑，其他的孩子也开始停止了哭声，不一会儿，潘小多最先跟着笑起来，其他三个孩子随即都跟着丁满红和潘小多笑了起来。一旁观看的孙婆忍不住拉住了俞雪晴的手，说："丁满红这孩子将来一定不简单啊。"

孙婆这么说，大伙都跟着点头，徐淑芬听着高兴，她倒是注意到了最先跟着丁满红笑起来的潘小多，徐淑芬当时就有一种感觉，这两个娃有缘。

这是丁满红和她未来最重要的四个伙伴第一次齐聚一堂。

半夜12点在街道上放完鞭炮后，丁家民并没有直接回屋，而是冒雪绕道到了自家屋子后面，他从一个破墙洞里拿出了当初在医院食堂买的汽水。他买这汽水的当天，原本打算等母亲回萧山后就打开给俞雪晴喝，不承想那天母亲待到挺晚才走，之后他又有急事赶着回了农药厂。第一时间没让俞雪晴喝上，他就想着干脆把它藏在后墙的砖头缝里，等大年三十再拿出来给俞雪晴。

丁家民拿着汽水进屋的时候，俞雪晴一眼就看到了汽水，当下就不悦地问道："这么贵的东西，啥时候买的？"

丁家民呵呵笑道："你生孩子那天，在医院食堂买的。"

俞雪晴有点感动了，但嘴上还是硬气地说："你拿去退了，无功不受禄！"

"你生孩子那是立了大功，不该奖赏一下吗？"

"太贵了，接下来多个吃饭的，紧着点花钱。"

丁家民拍拍胸膛，道："有我呢，不会苦了你，苦了孩子。"

丁家民说着却又有点内疚地道："瞧我这话说得，跟着我你苦了好多年了，我知道你爱喝汽水，可你嫁给我到现在就只喝过一回……"

俞雪晴噘着嘴道："这不有第二回了嘛。"

俞雪晴噎完丁家民，自己没忍住就扑哧笑了，她这是在逗丁家民呢，得知这汽水是医院买的，她就猜出了大概经过，心中感激丁家民对自己的疼爱。

丁家民看着俞雪晴的微笑有点恍惚，那笑容犹如茫茫白雪之中燃起了火堆，纯粹、美丽，而且充满了温暖。丁家民突然来了豪情壮志道："我丁家民跟俞雪晴保证，这第二回之后，还会有第三回、

第四回，还会有一百回、一千回！"

俞雪晴道："赶紧打住，一千回？一年只有三百六十五天，你这是要我连着喝三年汽水呢？想腻死我呢？"

丁家民笑呵呵地道："等我赚了钱，连着喝三十年都行，而且每周味道不一样，绝对不会腻到你！"

在俞雪晴的坚持下，二人一起喝了汽水。这时候屋外鞭炮声四起，丁满红被鞭炮声吵醒了，伸着小手，嘴巴里咿咿呀呀的，也不知道在说啥。

丁家民收拾汽水瓶，说是找个时候去医院退押金。得知押金只有五分钱后，俞雪晴做了一个任性的决定，她让丁家民把汽水瓶留下了，找了个红绳子，把瓶子口拴住了，将瓶子挂在了丁满红的小木床上方。她又找了螺丝钉，用细绳子系上后，垂到瓶子里，她这算是自己动手做了一个简易风铃。

丁家民轻轻拨了一下瓶子，螺丝钉就撞击玻璃瓶，发出清脆的响声。丁满红的眼睛开始发光了，她怔怔看着这个用汽水瓶做成的简易风铃，看了一会儿就自顾自咯咯笑。丁家民欢喜，直夸妻子心灵手巧。

俞雪晴被丈夫这么夸，心里很高兴，不过她想到丁家民这段时间似乎隐瞒了什么事情，这种感觉从孩子满月那天就开始了。她心里紧张起来，试探性地问了一句是不是有事情瞒她，刚才还笑呵呵的丁家民瞬间产生了微微的变化，随后又装出一副什么事情都没有的表情。其实俞雪晴对丈夫的神情观察得一清二楚，她只是不知道丈夫到底遇到什么事情了，心里更是升起一股不祥的预感。

大年初七，该上工的一大早都上工了，俞雪晴生了孩子后也终于回到了公司上班。她是纸箱厂的会计，工作认真努力，长得又漂亮，因此很得男同事、男领导的喜欢。

儿子和儿媳妇都上班了，照顾丁满红的重任自然就落到了徐淑芬身上。

此时的丁满红越发重了，但徐淑芬抱在怀里，竟然感觉轻如浮云。徐淑芬抱着丁满红，在思鑫坊里晃荡，走着走着走出了思鑫坊，来到了孝女路。

这时候她突然听到了熟悉的声音："别让孩子着凉了！"

徐淑芬一下子就听出来这是儿子的声音，她定睛一看，还真看到丁家民一脸落魄地出现在孝女路口。

"这孩子可没你小时候娇气！"徐淑芬乐呵呵地回答。然而看到丁家民疲惫的样子，徐淑芬担忧了，赶紧问他怎么回事。问了好久，她才想起了最重要的一个问题：丁家民不是在上班吗，怎么会在这个点出现在孝女路？

丁家民知道这事情瞒不住了，只能跟母亲和盘托出了。原来丁家民早在孩子满月的时候，就听说农药厂在新年伊始，响应党中央的政策积极搞改革，当时厂长就找丁家民，说他可能要被辞退了，因为工厂养不了那么多闲人。丁家民当时就不高兴了，自己有手有脚，包农药也没出什么差池，怎么就是闲人了？厂长却说，这份工女的都能做，做得还比他细致，而且他连每天按时上下班都做不到，老要靠马飞给他作假签到，这不就是闲人一个嘛。

丁家民原本没有特别慌张，因为马飞告诉他，包括楼外楼、天外天等企业和自己的工厂一样，被列在杭州第一批改革企业名单上，改革的企业越多，需要准备的时间也就越长。他觉得马飞说得有道理，没想到猛烈的改革风浪这么快就来了，这过完年开工第一天，厂里就宣布要辞退百分之十的人，很不幸，他就是其中之一。

听到儿子没了工作，徐淑芬也傻眼了，她愣了一会儿后说道："你再跟我说，丁满红满月那天你们说的'新气象、新时代'到底是啥意思？"

丁家民挠着头道："说了你也不懂，反正就是为了让百姓过上好日子。"

"这不该啊。"徐淑芬道，"那你丢工作了，别说好日子了，这不是过上吃雨喝风的日子了！"

丁家民叹气："厂长说接下来要搞承包，还要涨工资，有人得利，有人就得牺牲。"

"凭啥就是你牺牲呢？"

"我也不晓得。"丁家民心里烦躁，抱过丁满红往家走，"我最烦的是怎么跟雪晴讲，刚当了爸爸，就丢了工作，这日子没法过了。"

徐淑芬皱着眉："那这是好政策吗？"

丁家民点点头："政策绝对是好政策，时代不同了，接下来的时代是一个全面和世界接轨的时代，企业需要改革才能越做越好，社会生产力才更有活力，国家才能在世界上有一席之地。"

徐淑芬眨巴了两下眼睛，道："你说的一套一套的，我又不懂。"

丁家民又叹气，说："我这么懂，不也没用嘛。"

徐淑芬还不认输了，这天下午，她跑了爱收藏报纸的七叔家，从他那里要了这几个月的《人民日报》带回家。她让丁家民好好研究政策里有没有提到怎么解决失业的问题，她认为既然是好政策，那一定是丁家民还没真正弄明白。再说了，自古不变的道理，坏的政策能把人都逼成疯子，好的政策能让人各有各的活路！

一整个下午，二人就对着报纸研究了，丁满红则躺在床上看着汽水瓶风铃。丁满红一停止笑声，丁家民就弹一下瓶子，只要那清脆的声音响着，丁满红就会笑个不停。

但是二人的研究毫无成果。俞雪晴回家见此情景，知道准是出了什么事情，当下放下包，摘下围巾就来问情况。得知丁家民失业了，俞雪晴并不惊讶，毕竟她早就有那种不祥的预感了。

奇怪的是，尽管三人在谈丁家民失业的大事，俞雪晴却没有那种压抑的感觉，这是丁满红一直在笑个不停的原因。想到丁满红未来的生活，俞雪晴马上燃起斗志，积极帮助丁家民想办法。

徐淑芬信任俞雪晴，是俞雪晴帮她破除了丁宪倧带给她的恐怖迷信。她看到儿子和儿媳妇趴在桌上翻报纸，时不时还激烈地讨论一番，她便默默地去厨房把火生上，熬上了稀粥。

正是这天晚上，俞雪晴和丁家民定下人生大计。当时是俞雪晴指着报纸说道："这里提了，政策上鼓励个体户创业！创业好啊，这是一块新的领域，前景无限！家民，我们可以创业啊！"

丁家民看到俞雪晴激动的样子，顿时来了勇气道："对，我们就创业吧！"

"反正我老小就有个梦想，就是在西湖边开一家店面……"

"这个梦想是好的，但是西湖边我们租不起店面……"

俞雪晴笑了，捶了丁家民的脑袋一下，说："什么叫梦想？梦想就是未来，不是我们当下要实现的事情，而是我们以后要做到的事情！"

"那我们当下怎么做？"丁家民挠着头。

俞雪晴一思索说道："我们可以先开个早饭店！我做的包子、面条，大伙不都夸手艺好嘛，我可以教你。而且，你不是很会擀面嘛，以前我们包馄饨，吃面条，都是你擀面！再说了，开早饭店，妈和我都能帮上忙！"

丁家民也认为这个主意不错，他以前上班，如果家里来不及做早饭，都是到厂里饭堂买早饭吃，一路上都饿得发慌。如果出了家门就有个早饭店，价钱还合适的话，他一定会买一份路上吃。而且这思鑫坊左邻右里的，大家都帮衬一下的话，不愁这生意做不起来啊。

看到儿子和儿媳妇一副胸有成竹的样子，徐淑芬也马上赞同，她还说自己那宅子可以贡献出来，她搬到二楼住，一楼可以当店铺。

俞雪晴马上反对，毕竟徐淑芬上了岁数，腿脚本就不利索，而且徐淑芬年轻时赚工分还折过腿，一到刮风下雨的就酸疼，很难爬楼梯，所以她当年才和老伴从楼上搬到了楼下。

但是徐淑芬主意定了，谁都改变不了。于是，1979年的3月份，丁家民的早饭店就开张了。这一天思鑫坊里很热闹，大家都说丁家民成了时代浪潮中最先吃螃蟹的人之一。丁家民挠着头，不好意思地说自己只是为了丁满红，希望能赚点钱，把丁满红养大，还需要街坊邻居多多照顾生意。

这些话当然都是俞雪晴教的，丁家民自己是想不出来的。这早饭店的布置，也是俞雪晴亲自监工的，不过这个早饭店有一样东西，是丁家民个人的主意，并且他自己极为满意，那就是店面的招牌了。

这天早上，第一笼包子出锅的时候，热气腾腾，香气四溢，店内坐着的几桌客人自然先饱了口福，店铺外等候的众人垂涎欲滴，都夸赞俞雪晴好手艺，众人还没吃，光闻着味就肚子里的馋虫就乱动了！

潘正义和杨天宝也在店铺外候着呢，二人很快发现了彼此。

潘正义吞了口口水，说道，"我知道，你和我一样的心思，以前一年难得吃上一回雪晴做的包子，以后想吃就吃！"

杨天宝道：“我和你不一样！”

杨天宝最近正琢磨着开个店铺，没想到却被丁家民赶了先，所以今早是特地过来学习经验的。但是要说完全没潘正义那心思，杨天宝也不敢百分百保证了，反正这天早上这顿是他几年来第一次这么奢侈，点了三个榨菜包和一碗馄饨。

这第一天开业，俞雪晴特地请了假。从凌晨三点多开始准备，她和徐淑芬从头到尾忙得不可开交，丁家民则偷偷抱着丁满红跑出了店面，站在店铺外看着人头攒动，看着漂亮的俞雪晴忙前忙后，再看看那异常醒目的黄底红字的店面招牌，心里美滋滋的。

“雪晴早饭店！”丁家民嘴上啧啧了两声，“这店名取得太棒了！”

这店名是丁家民自己定的，先跑了工商局注册，回来后才跟俞雪晴通报的。当时俞雪晴气着气着就笑了，她本想取名叫“晴民早饭店”的，没想到这丁家民又擅作主张！但是俞雪晴知道丁家民这么做是因为爱情，这么一想她又觉得自己很幸福，是世界上最幸福的女人。

丁家民这么说，丁满红也发出啧啧声，大眼睛也盯着店面招牌咕噜咕噜转，不过她真正对这个店面留下记忆是好几年以后的事情了。

这个时候，丁家民却听到了丁满红发了一声“棒”。

丁家民惊呆了，他马上去看丁满红：“满红，刚才是你说棒吗？”

初春，丁满红已经套上了那件大红褂子，咿咿呀呀地看着他笑。丁家民却一点儿都没有失落，他知道自己刚才肯定没听错，这孩子人生第一个发出音的字，就是对他这个父亲的肯定呢！

第四章

要说丁满红对这个世界最早的记忆，肯定离不了那黄底红字的"雪晴早饭店"招牌，更离不了俞雪晴亲手制作的汽水瓶风铃。"雪晴早饭店"招牌陪着丁满红度过了整个少年时期，而汽水瓶风铃则陪她度过了牙牙学语的年岁。

事实上，在丁满红一周岁之际，这个汽水瓶风铃还一直挂在她的床头，每天早上醒来后，她还非得要丁家民或俞雪晴碰响了风铃才肯咯咯笑着起床。有时候二人忙着早饭店的工作，把这事给忘了，她就会闷闷不乐坐在床头，俞雪晴发现了，即便事情再忙，都会丢下手头的工作跑到床头给丁满红拨弄风铃，铃声清脆，丁满红便会咯咯笑起来，主动配合着穿衣下床。

一次偶然的机会，丁满红注意到了俞雪晴腌制咸菜的汽水瓶居然和自己的风铃是同一种瓶子，她开始对那个汽水瓶表示出了极大的兴趣。

起先，丁满红会在丁家民抱着她经过厨房的时候，伸出胖嘟嘟的小手指，指着汽水瓶喊着"铃铃"。丁家民不明所以，就去请教俞雪晴，俞雪晴一下子就明白了，这孩子是贪心了，想要第二个风铃。

丁满红要其他东西，俞雪晴绝对毫不犹豫，立马满足，但是这个汽水瓶对她而言却有一层特殊的意味，所以犹豫片刻之后，俞雪晴还是没同意，让丁家民切莫再提这事。

丁家民不明白俞雪晴为何对一个腌着腌菜的汽水瓶这般在意，但他没多问，以后只要丁满红指着腌菜瓶喊"铃铃"，他就抱着丁满红去外头转悠，连哄带骗地转移丁满红的注意力。

俞雪晴满以为"铃铃"事件就这样就过去了，不承想，有一天晚上，她下班回家，一走进厨房就见到柜子里装满腌菜的汽水瓶不见了。她赶紧走去卧室，却看到婆婆徐淑芬已经倒出了腌菜，还把那个汽水瓶洗得干干净净。此刻她正学着俞雪晴制作汽水瓶风铃，往那汽水瓶瓶口上系红绳子，丁满红则蹲坐在一旁，手舞足蹈的，咯咯笑个不停。

俞雪晴一步上前夺回瓶子，说着："妈，别跟孩子胡闹。"

徐淑芬一时没反应过来，她不是没见过俞雪晴发脾气，可她是真没见过俞雪晴在丁满红的事情上发脾气，特别是，这还只是一个小小的汽水瓶。徐淑芬发愣的时间里，丁满红已经不高兴了，小脸红得跟熟透了的番茄似的，嘴上"哼哼"着生起了闷气。

徐淑芬看着丁满红的样子心疼不已，斥责俞雪晴道："你这妈当的也太小气了，孩子不就是要个汽水瓶嘛。"见俞雪晴没有放下汽水瓶的意思，她又补充了句："你要是不乐意，这汽水瓶的钱我出了。"

俞雪晴眼圈红了，她一句话没说，就是抓着汽水瓶坐在一旁的床沿上。徐淑芬见这个情形，也是傻眼了，她左看看丁满红，右看看俞雪晴，也不知道自己到底做错什么了。

"满红就是嚷嚷要这个瓶子，不过是个瓶子……"说着说着，不知道该怎么办好的徐淑芬干脆也坐到了床沿上，加上坐倒在地上怒气冲冲的丁满红，三人开始了一场你瞪我我瞪你的僵持战。

打破这场冷战的自然是丁家民了。他去外头采购早饭店的食材，这会儿背着一蛇皮袋的东西推门而入，一看到眼前这个情形他就慌了，放下蛇皮袋就走到俞雪晴面前，抓住她的手问："雪晴，怎么了？"

俞雪晴摇摇头，没有回答。他又走到母亲徐淑芬面前问："妈，她怎么了？"

徐淑芬也说不出个所以然，只能迷茫地摇摇头。

见此情形，丁家民抱起丁满红，象征性地拍了她开裆裤里露出的胖屁股一下，乐呵呵地说道："不用讲了，一定是你这个混世小魔王惹恼了妈妈和奶奶，对不对？"

丁家民只是说说，打屁股也只是象征性地打了一下，没想到将满一周岁的丁满红气得眉头都皱成三条线了，还憋出了一句正儿八经的抗议，"不对！"

丁满红十个月的时候已经能说一些简单的词了，但"不对"这两个字还是她第一次如此字正腔圆地说出来。

这下子，丁满红可把三人都逗笑了，特别是俞雪晴，一串串泪珠子本来在眼角滚着，这一下全被笑意盈盈的眼角弄得吧嗒吧嗒掉在大腿上。徐淑芬更是高兴，抢着抱过丁满红，直说："丁家出了个人才，一岁的娃，脾气大，本事也大，像极了九斤奶奶！"

这天晚上，丁家民因为要把采办的面粉和食材送到早饭店，就顺道送母亲徐淑芬回屋。到了门口，徐淑芬拉住他的手，再三跟儿子保证，她刚才真没有招惹俞雪晴，她完全不知道发生了什么事。丁家民连连点头，他跟母亲保证一会儿就跟雪晴打听，明早早饭店营业之前必定跟她报告。

第二天一早，丁家民是吹着口哨出门的。他抱着丁满红，脸上洋溢着的得意劲儿，任谁都能一眼看出来。潘正义这天出门早，打开门时正撞见丁家民，当时就忍不住问道："家民，你脸上怎么了？"

"怎么了？"丁家民摸摸脸颊。

"闪亮闪亮的，冒光了！"

"呸！你脸上才冒光呢！油光！"

丁家民呸了潘正义一句，随即就往早饭店走，结果早起的街坊邻居看到丁家民的样子，都问丁家民遇上什么春风得意的喜事了。丁家民只说是大喜事，大喜事，就是不肯说是什么喜事。

一进了早饭店，徐淑芬一把拉住他，摸了摸他额头问道："你是不是烧到脑子了？"

丁家民把丁满红塞到徐淑芬怀里，边洗手边说："妈，雪晴昨晚为什么生气的事我知道了。"

徐淑芬拉着正要和面的丁家民坐下，让他慢慢说。结果丁家民刚坐下才说了两句，就因为激动，干脆站起身来说。

原来俞雪晴这么珍视这个汽水瓶，还得从二人的大婚说起。

丁家民和俞雪晴大婚那事，在思鑫坊也算是个人尽皆知的大事了。丁家民一直觉得自己这辈子什么地方都对得起俞雪晴，唯独结婚那事上，那可真是亏待了俞雪晴。不仅是亏待了，简直是害俞雪晴丢了大面子。

事情是这样子的。丁家民和俞雪晴婚礼那天，丁家民穿着崭新的衣服，头发整齐，胸口别了朵大红花，在思鑫坊左邻右里的簇拥下，骑上那辆借来的凤凰牌自行车，早早就出发迎娶新娘子了。结果，良辰吉时过了，午饭点也过了，愣是等到了午后两三点，众人才见到丁家民提着光有前轮子的自行车架子，俞雪晴抱着自行车后轮胎，手里还抓着一个汽水瓶，二人一前一后灰头土脸地出现在坊子口。

当时丁家民满头大汗，脸上灰一块黑一块的，还沾满了机油。俞雪晴的状况更加惨烈，盘起的长发一片散乱，鲜红的婚服上沾满了车轮轴承里的黑色机油，脸上的妆容也因为满头的大汗都花了，额头处还因为用手擦汗，留下了一块黑色机油。要不是那身行头，二人的样子铁定被人当成是刚从机床上下来的工人。

思鑫坊的所有人都呆住了，包括徐淑芬和丁宪倧这对公婆，包括丁家民的妹妹和弟弟，也包括潘正义、马宁、朱海军和杨天宝这些丁家民的好兄弟。他们之前都见过俞雪晴，然而此时此刻，他们望着俞雪晴，脑中竟都是一个声音："这狼狈如此的姑娘是谁？"

最先反应过来的是丁家欣和丁家宜，她们提着毛巾上前，帮着丁家民和俞雪晴擦拭，其他地方倒还好，唯独俞雪晴额头上的机油，被丁家宜一擦，反倒涂得满脸都是。

丁家宜一呆，不知道该怎么办，俞雪晴看不到自己的样子，茫然问道："怎么了？"

丁家宜摇摇头，她先是望向大哥丁家民，结果看到丁家民满脸怒气地看着自己。丁家宜只能回头向父母投以求助的目光。徐淑芬见四周亲戚邻居都在那指指点点，也听不清在说什么，心中也是万分焦急：新郎新娘虽然都到了，但不仅良辰吉时过了，此刻二人还都狼狈不堪，怎么办婚礼？

"不成体统啊，这进门的习俗还办不办呢？"徐淑芬向丁宪倧征询意见。

此时的丁宪倧身体已不硬朗，他轻咳了一声，说道："办什么办？不办了！都赶紧进屋洗干净了！"

"可那是规矩啊……"

"没那些乱七八糟的规矩，雪晴就不是你儿媳妇了？"

丁宪倧吩咐丁家欣把花露水找出来，随后他也不管什么习俗不习俗，规矩不规矩，拉着徐淑芬就上前，把这对新婚夫妻迎进了里屋。

进了屋后，丁宪倧赶紧让丁家民和俞雪晴先用花露水对着镜子擦拭脸上、手上沾了机油的部位。这时候俞雪晴才看到自己脸上的"惨状"，她没忍住，竟然扑哧笑出声来。

"家民，你怎么不早告诉我，我跟个大花猫似的。"

一直板着脸的丁家民听了这话，脸色缓和了很多。他在掌心仔细地抹上花露水，然后用掌心轻轻抹去俞雪晴脸上的机油，嘴上则轻声道歉："对不起，雪晴，我没跟你说，但我心里都记着，我丁家民这回让你丢人了。但我跟你保证，这辈子就这一次！我保证！"

俞雪晴羞得脸都红了，当下去瞟丁家其他人，好在丁家民说话时声音压得很低，似乎并没有人听到。她正这么暗自庆幸，不想离她们不远的丁宪倧轻咳了一声，说道："家民，是男人就要说到做到。"

丁宪倧这话突如其来，让丁家民和俞雪晴都尴尬地咳嗽起来。二人慌忙用花露水涂抹脸颊和胳膊，随后用肥皂水清洗，果然把那难缠的机油给清洗掉了。

徐淑芬见二人皮肤上的机油清洗干净了，就让丁家欣带着俞雪晴进了里屋，让她脱下婚服，将婚服上脏污了的地方用酒精擦拭了一遍，还给俞雪晴重新盘好了头发。俞雪晴十分感激她，直夸她盘的头发好看，比她自己盘得好看多了。

丁家民夫妇最终也没有按照陈年旧俗完婚，既没有过门槛，也没有跨火盆，甚至丁宪惊把拜高堂都免了，只让丁家民夫妇喝了一杯交杯酒。当时时近黄昏，有几位宾客提醒丁宪惊说这时间不吉利，只有二婚才是傍晚娶进门。这一次丁宪惊还没发火呢，徐淑芬竟然直接把那几位宾客"请"走了，还送给了那些人两个字——不送！

回忆起这些事，丁家民忍不住夸赞，说父亲这一次是一夫当关的万人敌，母亲是威慑全场的穆桂英！

徐淑芬笑道："我哪比得上老头子的魄力嘞。"

徐淑芬知道，婚事一直是儿子心头一根刺，就试探性地问丁家民是否如今还耿耿于怀，毕竟丁家民跟俞雪晴求婚成功后，曾高兴地找徐淑芬表示，他要让俞雪晴这辈子都记得这场婚礼，还说这一定是思鑫坊历史上最浪漫的一场婚礼！结果这场婚礼一丝浪漫都谈不上，一辈子记住倒是真的做到了。

丁家民皱眉道："怎么可能忘记！我都记着呢，全都记着！雪晴坐到我车后座时多漂亮呀，结果因为我，她先是摔下了车，弄脏了衣服，花了脸，还沾上了机油。家宜这个小笨蛋，笨手笨脚，把机油涂得雪晴满脸都是！说实话，别说正义他们认不出雪晴，当时连我都认不出啊！妈，您信不信，雪晴身上、脸上怎么一点点弄脏的，她额头什么时候滴了汗，什么时候花了妆，我都记得一清二楚，我都能把这过程画下来，画成小人书，画成连环画……最气人的就是家宜了，尽帮倒忙！"

"我就知道你气家宜了，所以这两年才跟她往来少，为这事，她都跟我哭过好多次了。你说你啊，身为大哥，竟然气自己妹妹的无心之过。"

丁家民连连摇头，他可不是真的记恨二妹家宜，他也不知道什么原因，反正他和二妹就是来往比较少。因为怕被徐淑芬再次岔开话题，丁家民赶紧提汽水瓶的事情，他说："我本来觉得这次婚礼太丢人了，接新娘子回家，车轱辘掉一个，还让新娘子抱着车轱辘来到了婆家，自己的脸还被机油涂成了大花猫似的，这一切一定很伤雪晴的心！没想到，昨晚我问她汽水瓶的事情，她竟然说，因为这个汽水瓶，她觉得这是世界上最浪漫的婚礼，她会记一辈子！"

徐淑芬听丁家民说出车轱辘掉了的糗事，但她和丁家民一样，都是第一次知道俞雪晴竟然认为这婚礼是最浪漫的婚礼。她赶紧说道："你说给我听听，这事怎么就和汽水瓶扯上关系了？轻点说，别把满红吵醒了。"

丁家民一看，丁满红竟然在徐淑芬怀里睡着了。丁家民当下压低了声音，继续往后说。

原来，丁家民骑着凤凰牌自行车接到俞雪晴后就往家赶路，他平日里话可多得很，可这天尽管内心喜悦，但一路上竟然紧张地没法开口说一句话。他时不时偷偷回眸，雪晴一直安静地坐在自行车后座上。阳光下，雪晴那白皙的皮肤、完美的五官，显得格外温暖迷人。

丁家民吞了几口唾沫，想着夸一下今天的新娘子，制造些话题，总这么沉默不是办法。反正什么"美若天仙"，什么"沉鱼落雁"，丁家民觉得用在今天的俞雪晴身上一点儿都不过分。

可是，丁家民刚开口说道："雪晴啊，你好……"

说话间，车子遇到上坡路了，再加上一个颠簸，他不得不努力控制车把，脚上还得使劲，这后面赞美的话就都没法往后说了，紧接着脱口而出的全是语气词。

"啊啊啊……"

俞雪晴抿嘴笑："你好啊是什么意思？"

"我……啊啊啊……我……不是……啊啊啊……"丁家民急坏了，偏偏上了坡后还得下坡，这下坡路更加颠簸，丁家民努力控制方向之下完全无法应答。

俞雪晴使劲抓着车座，跟着一颠一颠的，她朝丁家民后颈望去，只见他头发根处尽是汗水，也不知道他是骑车累的，还是紧张出的这身汗水。

因为车子颠簸得厉害，俞雪晴想到自己似乎应该拦腰抱住丁家民，这样子更安全，省得被颠下了车。想到这里，她还没动作，脸却先红了，虽然二人从谈恋爱到结婚，已经相处了两年零七个月，可她能想起来的二人的亲密接触不过两次：一次是二人在西湖断桥约会时，丁家民乘着人流拥挤亲了她的刘海一下；一次是丁家民求婚成功时，直接在路边把她抱了起来，害她直接一头撞在了路灯上……

俞雪晴红着脸，伸手去抱丁家民腰部，结果车子猛地一颠，俞雪晴竟然抱了个空，还一屁股坐在了地上，发出了一声"啊"——自行车的后车轮子掉了！

俞雪晴只觉得屁股一阵剧痛，看来刚才自己的双手抱了个完整的空心圆，再看丁家民，车座着地滑行了好几米，随后一个侧翻，他和自行车一起摔倒在路边。俞雪晴眼冒金星，剧痛阵阵，这时候她看到后车轮子居然咕噜咕噜滚到了她的面前，她也不做多想，直接一把抱住了车轮子。

"雪晴，你没事吧！雪晴，你怎么抱着车轮子？"

丁家民晃晃悠悠爬了起来，着急地跑到俞雪晴身边，见到俞雪晴抱着车轮，先是一愣，随即抱起俞雪晴来到路边。丁家民紧张地给她查看脚踝处的伤口，雪白精致的脚踝处，此刻一片红肿，更有一层鲜血微微渗出。丁家民拿自己袖口擦掉了渗出的血迹，至于俞雪晴屁股那的伤势，丁家民只是瞟了一眼，却半点没敢问。

"雪……雪晴。"丁家民检查完了俞雪晴的脚踝，确定只是轻微的擦伤，他支支吾吾说道，"我，我去附近看看有没有卫生所……"

俞雪晴点头："去吧。"

丁家民站起身，却痛得龇着牙又一屁股坐下了。

"你哪里痛？"俞雪晴着急去看丁家民捂着的部位，她一下子就明白是哪里痛了，却已经问出口了，也没法收回，脸唰就红了。

丁家民更是噌地站起身，脖子根都红了。

"我一点儿事都没有，走路利索得很，百米运动员也没我利索！雪晴我这就给你去买药，你等着，就一会儿。"丁家民歪歪扭扭地走了。

俞雪晴望着他的背影笑了起来，她就这么抱着车轮子等，等了十多分钟，丁家民回来了，他又蹲下去查看俞雪晴脚踝处的伤口。

"你来晚了，伤口太小，早就不流血了。"看到丁家民的表情，俞雪晴已经猜到丁家民没买到药，八成是医生让他把病人带过去。

丁家民笑了，道："雪晴你天赋异禀，竟然连伤口都看不到。"

俞雪晴低头看去，还真的是这样，自己脚踝处的伤口愈合得很快，几乎看不到伤口了。

俞雪晴再抬头的时候，却看到丁家民伸出手，手里握着一瓶打开的汽水。

"渴了吧，给你买的。"

俞雪晴接过汽水，她确实渴了，烈日当空，她早已出了一头汗，恨不得一口把汽水喝个干净。可她刚喝了一口，就瞥见丁家民盯着自己吞了口唾沫。

"剩下的给你。"俞雪晴递上汽水,可丁家民别过头,明明舔了下干裂的嘴唇,却带着一丝坚定地说:"我可真不爱喝汽水,你不知道,我从出生开始就不爱闻汽水那味道……"

丁家民还没说完,俞雪晴突然亲了他嘴唇一下,随后一口气把汽水喝了个干净。丁家民愣住了,怔怔地看着俞雪晴。

"干什么?想抢汽水吗?"俞雪晴把汽水瓶藏到身后,"晚了,都被喝完了。哎,你怎么做什么事都晚,这结婚也晚了……"

听到俞雪晴这么说,丁家民才醒悟过来,他看看日头,心下就更慌了。俞雪晴算了算路程,提议走回去。丁家民却不放心,还是想先带雪晴去卫生所,俞雪晴好不容易才说服他卫生所不用去了。

就在丁家民提着自行车,俞雪晴抱着车后轮子往家走的时候,丁家民注意到了俞雪晴手里的汽水瓶,他又提出要把这个汽水瓶退了,还有五分钱押金呢。俞雪晴说这钱不打紧,婚礼要紧。丁家民却一本正经地跟她解释五分钱的重要性,只差没跟她讲小学老师说的五分钱的故事了。俞雪晴心里急,想丁家民怎么就这么榆木疙瘩呢,这不肯退汽水瓶难道还是押金的原因吗?

末了,俞雪晴不得不谎称这汽水瓶还有用处,可以用来腌咸菜,这才在丁家民的"体贴"之下保留了这个汽水瓶。

而在昨晚,俞雪晴便告诉他,这汽水瓶的作用呢,腌咸菜是假,定了她一辈子跟着丁家民,认定自己是嫁对人,这才是真的。所以这一大早,丁家民整个人才喜气洋洋,跟有了大喜事一般。事实上,对丁家民而言,这可不就是大喜事嘛。他认为糟糕透顶的婚礼,在俞雪晴眼中却是最为浪漫的婚礼,而这个小小的汽水瓶,却竟然是俞雪晴最为珍视的物件,是她认定要跟丁家民长相厮守的信物。

丁家民说到得意处,竟摸摸自己嘴唇,呵呵乐道:"我哪里是不喜欢那汽水的味道，我简直喜欢死了。"

徐淑芬挤对道："是喜欢雪晴的味道吧？妈养你二十多年，还不清楚吗？"

徐淑芬心里却想，婚礼那天雪晴确实抓着一个汽水瓶呢，当时瞧见是瞧见了，也不当一回事，原来里面还有这么多曲折。

这时候，丁满红醒了，或许是听到丁家民的话了，她扯着嗓子喊道："瓶子！要瓶子！"

丁满红挣扎着要下地，徐淑芬便把她放到地上。脚一着地，丁满红就四处走动，跟跟跄跄地，却有着奇怪的平衡感，也不会摔倒。

丁家民呵呵笑着，他的目光一直追着丁满红。

徐淑芬嘀咕着："这孩子马上周岁了。"

"是啊，周岁一到就不能什么都由着她了。"丁家民打定了主意，道，"满红啊，可别怪爸爸，你这算是牺牲小我，成全大我了。"

徐淑芬没听清楚这句话，只是疑惑地转头问了句"你说啥"，丁家民也不回答，他上前抱起丁满红，拿胡楂子去刺丁满红那胖嘟嘟、红彤彤的小脸蛋，丁满红急得使劲往后躲。

就在这天后半夜，丁家民乘着丁满红熟睡的时候，偷偷把她头顶的汽水瓶风铃给撤了，把绳子解开塞进了抽屉里，把瓶子洗干净后和另外那个瓶子凑成了一对。

丁家民把两个瓶子都塞回橱柜第二个架子上。

"出双入对！"丁家民对着瓶子看了又看。

天快亮的时候他才爬回床上，却惊醒了俞雪晴。俞雪晴本来只是拍拍他胳膊，以为他半夜起来小了个便，可是丁家民那一副被抓包的惊慌失措的表情，令俞雪晴心生疑虑。

丁家民已经躺下了发出匀称的呼噜声，她却翻来覆去睡不着了，干脆坐起身来。

"别装了，起来吧。"

话没说完，丁家民已经乖乖坐起身来，刚才的慌张表情没有了，倒是一脸的镇定，甚至还呵呵笑道："你怎么知道我在装睡？"

"你的呼噜声太匀称了，我一听就听出来了。"

本来看到丁家民的样子，俞雪晴是认定他又做了什么错事的，但看到丁家民一直嘻嘻笑，顿时就明白过来：这个丁家民并不是做了什么错事，而是做了一件自以为是的好事。这种好事，要是逼着他说，他未必会交代，肯定等着时机一到邀功呢。但若是用"哄"的，以丁家民的定力坚持不了几分钟，就会和盘托出。

果然，俞雪晴只是随便哄了丁家民几句，丁家民就把自己刚刚撤掉丁满红床头汽水瓶风铃的事情交代了个一清二楚。

俞雪晴站起身，来到熟睡的丁满红身边，看着她红扑扑的小脸蛋，再看看身旁觉得自己做了一件伟大得不得了的事情的丁家民，俞雪晴不知道该怎么形容自己的心情。她起先是十分生气的，丁家民今晚这一闹，换来的肯定是明天丁满红的闹。不过气着气着，她又扑哧笑出声来，她当然明白丁家民这么做的原因，有点儿孩子气，有点儿傻，但是也有着他发自内心的爱意，她不忍拒绝，只想着接受这份爱意便好，只是眼前这个熟睡的丁满红该如何是好呢？

想到丁满红醒来后看到瓶子没有了以后的情景，俞雪晴不禁觉得头疼，丁家民看出她的担忧，当下拍着胸脯保证一定会马上想到办法，绝对不会让丁满红察觉到瓶子不见了。

然而，丁家民整整想了三天都没有想到所谓的办法。俞雪晴又气又笑，她看在眼里，就是不帮一点忙，任丁满红每天缠着丁家民闹腾。徐淑芬找俞雪晴商量，说："这样下去不是办法，丁满红这娃从小就有主意，她喜欢的东西，别人都别想夺走。我觉得这事没个一年半载的，丁满红未必会罢休。"

俞雪晴心里也急，不过她知道这种事情得丁家民自己解决，他是孩子她爸，是这个家的主心骨。不管思鑫坊里男女老幼怎么说丁家民，反正在俞雪晴心目中，丁家民就是这个家的主心骨。所以她决定再等一下，看看丁家民能否真正当好主心骨的角色。

这件事情在给丁满红周岁那天迎来了转机。

因为晚上要给丁满红摆周岁酒，俞雪晴早早就到厂里，赶着把一天的工作在中午前结束，然后跟领导汇报批下了半天假期。同班的同事很惊讶，不明白她怎么今天就刚好能在中午前完工。俞雪晴告诉他，为了这半天假，她提前一星期就开始准备了，每天多完成一定的工作量，到今天刚刚好可以节约半天时间。这样既不耽误厂里的工作，家里早饭店的事业也不会落下，还能节约出半天时间，可以给丁满红过一个圆满的周岁酒。

俞雪晴说这些话的时候，她的领导徐主任正巧路过。当时厂里正在提拔新干部，徐主任力推的就是俞雪晴，她觉得俞雪晴最大的优点就是办事稳健、有条理，这次听俞雪晴这一说，更加认定自己推荐俞雪晴是十分正确的。

中午时分，俞雪晴急匆匆赶回雪晴早饭店，却只看到徐淑芬在那边收拾东西，准备打烊，丁家民和丁满红都不知去处。

徐淑芬边收拾碗筷，边告诉俞雪晴，说："丁家民忙活完早饭的活儿后，突然抱起丁满红就往外跑，也不说明缘由，搞得我到现在还是丈二和尚摸不着头脑。"俞雪晴见徐淑芬满头大汗，赶紧系上围裙，帮着徐淑芬收拾东西，心里寻思道：好你个丁家民，你最好事出有因，要不然今天周岁酒，就罚你一杯酒都不能喝。

这雪晴早饭店开了半年了，都靠思鑫坊的街坊邻居帮衬，生意还算过得去。平日里，俞雪晴都是三四点就和丁家民一同起床忙活，五点多就开始有生意光顾。六点多，徐淑芬起来后，俞雪晴就会先回屋把丁满红叫起来，给她洗漱完毕带到店里，再帮忙半小时左右就去厂里上班。七点到八点，那是雪晴早饭店的"早高峰"，食客之中，街坊邻里自然不少，潘正义他们更是常客，除此以外，还有一些客人是从周围小区慕名而来的，甚至还有骑两个小时自行车专门来雪晴早饭店吃"招牌腌菜包"的客人。

潘正义有一次和马宁在雪晴早饭店吃包子时，就看到了骑着自行车远道而来的客人。潘正义露出不屑的表情，跟马宁嘀咕道："哼，我看他吃招牌腌菜包是假，来看雪晴才是真的。"

"你难道不是？"马宁反唇相讥。

潘正义急出了满头汗，说："能一样吗？这能一样吗？我们是邻居……也就隔着三丈……三丈……"

"三丈二尺八！"马宁帮着说完了准确数字，然后一副"请继续往下说，我看你怎么圆回来"的表情。

潘正义一口咬下半个包子，他干脆不理这茬儿，就是怒气冲冲地望着那个远道而来的客人。但他所有的怒气马上烟消云散，因为他看到苏雯同样怒气冲冲站在远处，冲着他喊："潘正义！"

这个时候潘正义能做的唯一的事情就是咬住剩下的半个包子，右手夹着公文包，左手提一提裤子，用含糊不清的话对马宁说道："我上班了。"潘正义和苏雯的冷战几乎每天都在发生。

关上店门后，俞雪晴和徐淑芬又等了半个多小时，这才等到丁家民抱着丁满红回来。丁满红小脸冻得通红，徐淑芬心疼得不行，抢着抱过丁满红，想抓起她的小手给她暖手，却惊讶地发现丁满红的小手紧紧抓着一本书，死活都不肯松开。

"我们去解放路的新华书店了，找了好久才找到这本书，你看，满红多喜欢！"

丁家民一边哈着气，一边解释道。

俞雪晴瞅了眼图书，笑出声来，原来这是讲航空航天的书。

"孩子这么小，你给她看这个她看得懂吗？"

"她不懂我可以给她读啊，说不定，她能成为一名宇航员呢！"

俞雪晴叹了口气，她觉得丁家民这是异想天开。此时，丁满红噘着嘴和徐淑芬进行着图书争夺战，徐淑芬惊讶道："这孩子才周岁，力气不小呀！"

看得出来，丁满红已经完全忘记了瓶子风铃了，她此刻脑子中唯一的念头，就是要守护自己这本图书。

"也许咱们家满红真能成为中国第一位女宇航员呢！"丁家民笑着抱起丁满红，对着她的额头亲了一下。丁满红咯咯笑了起来，嚷嚷着"书书"。

准备周岁酒晚饭的过程中，俞雪晴才从丁家民口中得知为何他会有这个"突发奇想"。原来早上有位客人提到了"科学技术是第一生产力"，那人还翻着报纸指给丁家民说国家很重视航空航天，现在很重视，将来只会更重视。那位客人后来还说了什么，丁家民已经完全记不起来了，他只记得自己听到此处时，脑中"轰"的一声，仿佛有一个声音告诉他一般，他瞬间明白这就是丁满红接下来应该走的人生路！

"在不久的未来，国家之间的竞争将在宇宙空间中展开！我觉得，我们家满红，说不定能成为中国第一个飞上宇宙的女宇航员！"丁家民说道。

俞雪晴有点诧异地望向丁家民，他的表情十分认真，不像是开玩笑的样子。俞雪晴只能回以一个不置可否的苦笑，她对丁满红没有这么多离谱的期待，作为母亲，她更多的是希望丁满红一辈子无病无灾。

那天吃完周岁酒的晚饭后，徐淑芬突然提出要让丁满红抓周。俞雪晴一开始是拒绝的，说："这些封建活动就不搞了，新时代了要有新思想。"丁家民其实心里很想让丁满红抓周，他脸上透着一股不情愿，但嘴上还是帮着俞雪晴推却母亲和兄弟们的"好意"。但是，潘正义和朱海军却坚持要看丁满红抓周，还说自己家孩子抓周时结果不尽如人意，他们希望在丁满红身上看到一个令人激动的结果。

潘正义和朱海军的孩子抓周的结果不尽如人意，俞雪晴是知道的，相对于杨艺和马飞这两个孩子正儿八经的抓周，潘家的孩子潘小多和朱家的孩子朱明伟，之前摆周岁酒时的抓周环节可谓是惨败了。潘小多面对团团围起来的众人，先是哭闹了半个多小时，最后更是不偏不倚，抓起了一把螺丝刀！这令一心希望儿子将来能当个大干部的潘正义气得几天不跟放这个螺丝刀的朱海军来往。朱海军也好不到哪去，朱明伟抓周的时候，哭闹倒是没哭闹，但就是坐在那一动不动，跟一尊坐佛似的。半个多小时后，大人们都受不了了，自觉解散了，这也成了思鑫坊历史上唯一一个抓周时"一无所有"的孩子。

拗不过众人的热情，俞雪晴只能同意给丁满红抓周。大家拿出不少东西放到丁满红周围，有一成不变的老东西，什么算盘金锁之类的，也有与时俱进的新事物，比如公交票和电影票。看到公交票时，俞雪晴就知道这肯定是秦海燕放的，她拿起公交票心想：这是打算让我家满红当乘务员呢？

随后俞雪晴把公交票放回原地。虽说她对丁满红的人生没有太高的要求，可丁满红从小表现出来的机灵聪明，已经无形中让她的憧憬高了几分。乘务员自然是不够的，司机的话，勉强还能接受。

俞雪晴正要宣布开始抓周，丁家民嚷嚷着等一等，他跑回屋里，拿出今天买的那本航空航天的图书，放到了地上。

"加一个！"

俞雪晴心中乐了，看来丈夫是真心想把丁满红往未来宇航员的人生路上去培养了。

当俞雪晴再次喊开始的时候，徐淑芬又喊着等一下，她要回屋拿个东西。众人这一等就等了十多分钟。徐淑芬回来的时候，手里握着一把大铜钥匙，一看就是有点年岁的东西。

徐淑芬把铜钥匙放到地上后，俞雪晴就开始哄着丁满红看周围这些东西，让她拿一件她自己喜欢的。丁满红虽然只有一周岁，可她从小聪慧，换到现在科学的说法，那就是大脑发育得特别早。此刻的她虽然不明白众人拿一堆乱七八糟的东西围住她是什么意思，但是她大体能理解母亲俞雪晴话的意思——这些东西里面，她要拿一样。

丁满红噘着嘴，面带不悦，她看了一圈，目光最后停在了丁家民摆放的那本图书上。或许是觉得这是属于她的东西吧，她站起身来，晃晃悠悠朝那本图书走去。

丁家民在一旁乐坏了："满红，快，快抓住这本书，将来成为女宇航员！"

丁家民还冲一旁的马宁他们乐呵呵说道："怎么样，我就说这个赌我赢定了。我们家满红命中注定要当宇航员，就算不是宇航员，起码也是一名科学家……"

俞雪晴听着，心里一乐，敢情丁家民还跟他四个好兄弟打上赌了。

然而，丁家民并没有笑到最后，他的笑容戛然而止，随即响起的是徐淑芬的笑声。

"满红呀，我们家满红呀！你出生的时候有九斤，你的机灵劲儿也像极了九斤太奶奶，奶奶没白疼你，你选的，那可是九斤太奶奶创下大事业时锁金库的钥匙呀！"

原来丁满红在最后时刻突然转向，一把抓住了徐淑芬放下的铜钥匙。

徐淑芬高兴地抱起丁满红，捏了下她那胖嘟嘟的脸蛋。徐淑芬是真的高兴坏了，自从在医院看到尚在襁褓中的丁满红，她就觉得这个孩子不简单，她当时就想到这个孩子或许能成为一个比九斤奶奶还厉害的人物。那天晚上，抓周之后的时间，基本上就是大伙听徐淑芬讲述她认为的丁满红和自己的缘分，丁满红和九斤奶奶的缘分。大家也都高兴，管她说的是不是有封建迷信的成分，反正就是陪着徐淑芬一起欢喜。

唯一不高兴的其实是丁家民，他没有想到丁满红会在最后时刻舍弃了航天图书，选择了那把毫无吸引力的铜钥匙。他一整晚都耿耿于怀，闷闷不乐，俞雪晴看在眼中，也不在众人面前戳破他。

等到半夜众人都离去后，俞雪晴把睡着的丁满红放到小床上，给她盖好了被子，这才有时间来处理丁家民那洋溢着不情愿的小脾气。

俞雪晴安慰他说："如果满红真能成为九斤奶奶那样的大人物，那不比成为宇航员、成为科学家差呀。"丁家民原本仰天平躺在床上，此刻他转过身，背对着俞雪晴，斩钉截铁地说道："满红，她长大后一定和她妈妈一样聪明、一样漂亮，所以她只能成为一名宇航员！"

"这哪跟哪啊，那我也没成为宇航员呀！"

"反正我就这么决定了。"丁家民的脾气丝毫没减。

"那随你便。"俞雪晴见自己这样低声下气都哄不了丁家民，干脆就选择不管了。她深知丁家民的性情，别看他这人随和开朗，但真要一根筋起来，别人也是怎么都劝不住他的。

俞雪晴只当给丁家民一点时间消化消化，事情就会这样过去了。她没有想到的是，丁家民这次的执拗可以维持那么久，直到丁满红的智商永远停留在十二岁之后，他依然没有停止自己的这份执拗。

第五章

周岁酒之后，丁家民买了十几本大本子，他还订了好几份报纸和科技杂志。他每天都会抽出时间剪报，把报纸上、杂志上关于科学技术的、关于航空航天的新闻和报道都剪下来，贴到大本子上。他给这个大本子取了个名字，叫作《丁家航天摘抄》。

一家人吃过晚饭后，丁家民就会翻着《丁家航天摘抄》，给丁满红读这些他搜集下来的新闻报道。一开始，俞雪晴还跟丁家民争论过，她觉得没必要强行给丁满红灌输这种东西，喜欢什么，擅长什么，不如留到丁满红自己的成长过程中，由她自己慢慢发掘。

要知道，同样的岁数，隔壁的潘小多和马飞此刻听的都是童话故事，俞雪晴也认为，这个年龄段的孩子，就应该听童话故事，而丁家民则每天给丁满红读这些深奥的科学知识，这可能反而会让丁满红对科学知识渐生反感。

没想到的是，丁满红竟然对科学知识表现出了极深的兴趣，她甚至每天晚上吃完饭后会主动往床上一躺，然后要求丁家民给她讲最新的科学知识。丁家民就乐呵呵地告诉俞雪晴，说她的判断终于在丁满红身上错了一次。

俞雪晴偷偷观察丁满红，结果发现她躺在床上听丁家民读摘抄的时候，还真是兴致勃勃。她总是睁着大大的眼睛，听到某些地方的时候还会咯咯笑。俞雪晴去翻看那些摘抄，发现有些内容她读起来都会觉得吃力。"这些东西满红真的会喜欢？"俞雪晴很怀疑。

有一天，因为丁家民有事出门，就由俞雪晴负责给丁满红读他摘抄好的内容。俞雪晴就拿出了自己准备好的童话故事读给丁满红听，结果丁满红一样听得津津有味，听到有趣的地方，她也会咯咯笑。俞雪晴就跟丁家民说了这件事，并再三强调自己"不是要比输赢"。丁家民当时有一点儿不悦，不过第二天又乐呵呵地给丁满红读起了文摘，原来他想通了：这说明什么呀？这说明丁满红全能呀！

那次出门回来，丁家民给丁满红买了一个玩具火箭。买这个玩具火箭花了不少钱，丁家民也是下了极大的决心才买下的，目的是用它替换掉丁满红在抓周那天抓的铜钥匙。丁满红一直把那个铜钥匙当宝贝一样放在床头，每天睡觉必须抓住它，醒来第一件事也是抓住它。

看到玩具火箭的时候，丁满红马上咯咯笑，伸出双手，迈着踉跄的步伐冲了上来。看到丁满红这么喜欢火箭，丁家民认为机会来了，便借着把火箭放到丁满红床头的机会，偷偷拿走了铜钥匙。但是丁满红在三秒钟之内就发现了问题——自己被欺骗了！

虽然手里抱着玩具火箭，但是床头的铜钥匙不见了！

丁满红当下就哭了起来，丁家民赶紧跟丁满红解释，希望她能明白，火箭替换铜钥匙，事情就该这么办！但是丁满红一把抱住了火箭和钥匙，奶声奶气地蹦出两个字："都要！"

因为这件事，俞雪晴乐了很久，说丁家民这是赔了夫人又折兵。丁家民也是无可奈何，不过他很快又高兴上了：如果冥冥之中真有什么力量的话，那至少说明，火箭和钥匙已经平等了。

一年半的时间里，因为丁家民不停地宣传丁满红喜欢航空航天，丁家欣和丁家宜来看母亲徐淑芬的时候，都没少给丁满红买与此相关的玩具。丁满红两岁开始睡自己的小房间，结果因为两个姑姑的疼爱，房间里堆满了她们买的玩具，房间的墙上则贴满了丁家民买的火箭、宇宙飞船之类的图纸。

丁家祥却始终没为丁满红花过一分钱。丁满红的满月和周岁，丁家民家都没摆酒，就是思鑫坊几个兄弟一起吃了顿饭，这一点就让丁家祥不高兴了，见人就说大哥没把自己当一家人。事实上，心中不悦只是借口，丁家祥不待见丁满红才是真正的原因，毕竟在他看来，丁满红究竟将来有多大出息，那都是未知数，但不管她出息多大，女人总归只是女人。而且丁家祥对母亲徐淑芬也是不管不顾，这几年来，除了父亲丁宪悰的葬礼，他就没回过思鑫坊。他常说"思鑫坊这地方破旧"，不想回去住，免得一身穷味。

这一天，不知道哪根筋搭错了，丁家祥突然来到思鑫坊看望母亲徐淑芬。聊了几分钟，他就对着徐淑芬埋怨起大哥来。他仗着自己在岳父的安排下，马上要当街道办主任了，就嘲讽丁家民太莽了，说他无德无能，学人家开早饭店就是赌博，而且是必输的赌博，还说丁家民人生巅峰就是娶了个漂亮老婆，但偏偏又生了个女孩，注定接下来要走下坡路了。

这番话被抱着丁满红过来的丁家民听个正着。他那几天正因为早饭店生意出了状况而心情不佳，放在以前，丁家祥说这些话他也就听着忍着了，但这一回他没忍住，特别是最后那句话真的伤到了丁家民。

丁家民放下丁满红，一步上前，指着丁家祥鼻子就骂上了："丁家祥，你给我听着！男女早平等了，女子都顶半边天了！我们家满红，将来的出息大着呢！你这没良心的东西，照顾过妈吗？爸病重的时候，你躲哪去了？等我们家满红有大出息了，到时候可别想着沾光。你个乌龟王八蛋，嫌弃满红是女孩子是吧？你老婆不是也大肚子了吗……算了，肚子里的孩子我就不说了……总之，我告诉你，二十年后咱们再看，到时候满红的成就能吓到你！"

丁家祥自小颇受丁家民和两个姐姐的照顾，从未被丁家民这么劈头盖脸地骂过。如今被丁家民指着鼻子骂，当真是肝胆俱裂，特别是提到他老婆肚子里的孩子时，他心都提到嗓子眼了。所幸，二人毕竟是亲兄弟，丁家民最后还是没对未出生的孩子说出什么狠话。但不久后丁家祥在医院抱着刚出生的女儿时，脑中还是瞬间闪过大哥那天的未说完的狠话，不禁打了个哆嗦，嘀咕了一句："莫非都是因果？"

见丁家民骂完了，似乎也没什么动手的意思，丁家祥颤抖着声音说道："妈，大哥，没什么事我先走了。"

丁家民背手而立，没有理他，徐淑芬则点了下头，又去摸了一下丁家民的手背，示意他别生气。徐淑芬虽然心疼小儿子，可她眼睛看得清楚，心里更是敞亮，她知道丁家民这番生气发火，不仅是为了满红出气，也是为了自己出气。

"叔叔！"丁家祥正要走，却听到丁满红叫他。

丁家祥应了声，毕竟刚才言语有失，他决定示好一下，于是笑着摸了摸丁满红的小脸蛋："真乖啊，满红。"

不承想丁满红一口咬住了他的虎口，丁家祥发出杀猪似的惨叫声。丁家民和徐淑芬见状赶紧上前拉开了丁满红。丁家祥望着丁满红，心生恐惧，赶紧脚底抹油，结果被门槛绊了一下，差点摔个跤。

丁家民质问丁满红道："为什么咬叔叔？"

丁满红哼了一声："叔叔是坏人！"

徐淑芬问道："遇到坏人就咬他吗？奶奶怎么跟你说的还记得吗？"

"记得。"丁满红点头，"遇到坏人要跑。"

丁满红说完露出茫然的表情，转瞬，她便一脸"明白了"似的咯咯笑起来。

"我应该先咬，再跑！"

丁家民和徐淑芬都没想到丁满红会得出这样的结论，仔细一想逻辑上也没什么问题。看到丁满红一本正经的样子，二人都笑出了声。

丁家祥走了后，丁家民便向母亲问起九斤奶奶的事迹，徐淑芬便跟他讲起了九斤奶奶当年如何力挽狂澜，在动荡时期创立起了一番家业。丁家民听得很认真，听到精彩处还详细询问，甚至掏出了小本本做记录。

徐淑芬说到当初九斤奶奶如何把铜钥匙留给了丁宪悰时，更是激动万分。她说这个丁家金库的钥匙是丁家精神的象征。丁家民停下笔问徐淑芬："丁家精神是什么？为什么没听爸提起过？"

这个突如其来的问题，徐淑芬完全没准备，一下子竟不知道怎么回答，她当时不悦道："你这么问，是觉得我老太婆记性很好是吗？"

丁家民连忙解释道："我就是随便问问，只是既然是丁家精神，如果没传下来有点可惜。"

徐淑芬暗暗怪自己说话速度快过了脑子思考的速度。她刚才对九斤奶奶和当年丁家一通夸赞，一不留神就说过头了。

徐淑芬支支吾吾："这，这……这丁家精神就一句话：君子爱财，取之有道。"

丁家民显然挺失望，毕竟这句话太过普通，似乎可以成为任何一户人家的精神。徐淑芬则是舒了口气，这句话当然不是丁家精神，而是她年轻时候听九斤奶奶时常提起的一句话。事实上，哪有什么丁家精神呢。

徐淑芬看到丁满红竟然一直乖乖坐着听完了九斤奶奶的故事，当下就夸丁满红，还说九斤奶奶的钥匙传给了丁满红真是命中注定，丁满红将来肯定能有大出息，能干出比九斤奶奶更大的事业来。

丁家民摸摸丁满红的头，笑着说："满红不当老板，当宇航员，对不对？"

丁满红看看二人，皱着眉没有回答。

丁家民此时挠着头，轻声问母亲，说："既然九斤奶奶留下了钥匙，那这把钥匙有没有能打开的东西，比如什么藏着传家宝的盒子之类的？"

徐淑芬笑了，说："哪有这样的盒子，你以为唱戏呢！"

徐淑芬觉得奇怪，就问丁家民突然询问九斤奶奶事迹的原因。丁家民挠着头，说："我就是突然想跟九斤奶奶学点生意经，毕竟我现在是个体户了，但就大环境来说，个体户还是稀罕货，这个体户怎么当，怎么才能赚到钱，那不就是摸着石头过河嘛。既然是摸着石头过河，那这路肯定不好走，所以我才想到了要跟九斤奶奶取经。"

徐淑芬将信将疑，就把这事告诉了俞雪晴。晚上睡觉的时候，俞雪晴就问丁家民早饭店的经营情况，丁家民拍着胸脯保证绝对没有问题。

俞雪晴这段时间正面临事业上最重大的转折点。徐主任推荐她当办公室主任已获批准，徐主任还偷偷告诉她，鉴于她品德优秀，工作能力突出，加上杭氧厂正面临重大的改革，组织上打算破格提拔她。

能够在自己这个年纪就获得这样的机会，俞雪晴自然是万分高兴。但是事成定局之前，她还是打算先不跟丁家民讲，以免出什么状况让人空欢喜一场。

没几日，徐主任就通知俞雪晴，厂里安排她到党校学习一个月，同去的还有其他企事业单位的重点预备干部。徐主任告诉她，这事算是定了，到了党校，务必努力学习，提高水平，好好表现，也当是为厂里争光了。俞雪晴点头答应，这才回家把预备提干的事情告诉了丁家民。

丁家民很为妻子骄傲，觉得自己真是娶了天底下最好的老婆。

临行前，俞雪晴千叮咛万嘱咐两件事：第一，不能到处张扬；第二，把早饭店经营好了。丁家民拍着胸脯保证，两件事他都会圆满完成任务，俞雪晴这才放心地去了党校。

可丁家民两件事情都没有做好。

他觉得自己老婆聪明又有能力，凭什么不能让其他人知道呢？所以丁家民逢人就夸俞雪晴，很快，整个思鑫坊都知道俞雪晴现在在党校学习，很快要当干部了。

而早饭店在没有俞雪晴帮忙后，顿时陷入了巨大的困境。事实上，早饭店之前已经面临一个难题了，那就是入不敷出，这就是丁家民想要跟九斤奶奶取经的原因。

当时俞雪晴因为工作的关系，并没有完全参与早饭店的经营，她指定了几个食材的供应商，由丁家民每隔一到三天去采购一次。面粉的供应商也是由俞雪晴指定，对方每两周会送一次货。除此以外，她还负责调制腌菜包的馅，并且一起帮忙制作一大早最先出笼的包子。

俞雪晴做的包子，就是比丁家民做得好吃，也比附近其他早饭店的包子好吃，哪怕是同样的馅，同样的面，她做出来的味道还真就是不一样，再加上俞雪晴长得漂亮，因此获得了"包子西施"的美名。

俞雪晴还对丁家民和徐淑芬反复强调，他们雪晴早饭店的宗旨就是童叟无欺，货真价实。就算每个包子只赚一分钱，也不能降低食材标准。

俞雪晴觉得一切都安排好了，丁家民只要好好管着店，那肯定没什么问题了，所以就把真正的经营权交给了丁家民，她想要给丁家民在思鑫坊挺直脊梁骨的权力。

可是丁家民搞砸了。大概一个月前，他就开始问潘正义和马宁借钱了。

原来，因为近期早饭店的收入降低了，丁家民就开始琢磨怎么提高收益。在他的研究之下，他发现收入降低的原因主要是两个：其一，是附近街道开早饭店的人逐渐多了起来，使得他们店里客人减少了，比如孝女路上就新开了一家早饭店，他还特地去吃过那家的包子，视察"敌情"，那包子味道一般，但是比雪晴早饭店的便宜，这就抢了不少生意；其二，是原料成本的问题，雪晴之前定好的食材和面粉供应商定价比较高，在现在客人减少的情况下，还是以这个价格采购自然导致收入降低了。

丁家民于是自己去菜市场询问，想找便宜一点的供应商。他问了好几个摊位，结果给的报价都和俞雪晴找的差不多。这时候，有个理了新潮蓬松头的男人把他拉到一旁角落，低声问他："是不是想要便宜的猪肉？我这儿有，只要别人猪肉的一半价。"

丁家民如获至宝，赶紧和这人讨价还价一番，最终"蓬松头"同意，因为丁家民需要的量很大，他们可以再给一个优惠价，只要丁家民一次性付清半年购买猪肉的费用，在半价的基础上还可以打八折。

丁家民心中暗喜，他悄悄一算，食材的价格如果半价之后再打八折，那就是便宜了六成，这可节省了一大笔钱，而省下的钱都等于是利润啊。

但是，天上是不会掉馅饼的，丁家民就问"蓬松头"猪肉特别便宜的原因。"蓬松头"一把鼻涕一把泪的，说自己跟着温州人做生意亏损，急需一笔钱填窟窿，所以把自己养猪场的猪贱卖一批。丁家民听了这些就放心下来，他跟着"蓬松头"来到了市场深处的一个摊位上，付了十块钱便几乎扛回了半只猪。"蓬松头"的意思是让丁家民先看看这猪肉的品质，觉得满意再付钱。

那次的猪肉确实品质很好。当时俞雪晴不知内情，还以为是她找的张老板进了不错的肉猪，直夸那次的猪肉好。丁家民听在耳中，心里头乐呵呵的。他盘算道：这次就不跟俞雪晴说破了，等签下合同，再跟俞雪晴好好邀功。

可丁家民就栽在了这里。

他跟"蓬松头"签了合同，把早饭店所有的流动资金都拿出来，付了半年的猪肉钱。"蓬松头"收了钱后还热情地表示，一定会以自己家的猪帮助丁家民，让丁家民的早饭店成为全杭州最有名的早饭店，让他成为最有名的早饭店老板，这番话让丁家民乐呵了很久。结果，"蓬松头"第一次交付的猪肉就有问题，丁家民刚拿到手就发现这猪肉不新鲜，和之前那半只猪的猪肉完全不同。他再一捏，再一闻，心头咯噔了一下：这是死猪肉啊！

丁家民马上跑去找"蓬松头"，结果"蓬松头"连说不可能，还说他投资的养猪场，那都是有国家各种资格证的。他让丁家民再等等，他保证尽快处理这件事。

雪晴早饭店的宗旨是"童叟无欺，货真价实"，所以这批猪肉是不能作为肉馅让雪晴早饭店的客人吃的。丁家民犹豫再三，只能跟马宁借了钱，重新跑菜市场临时买了一批猪肉，以免这件事被俞雪晴发现。他想着也就等三五天的事，不想这"蓬松头"一处理就处理了一个礼拜，给丁家民的答案却是还没查清楚，只能再等等，但他可以继续发货。结果，丁家民第二次拿到手的猪肉还是一样的死猪肉。

这一次，丁家民直接要"蓬松头"退钱了。这一周他一直在问马宁和潘正义借钱填窟窿，再这样下去迟早会被俞雪晴发现。可"蓬松头"一听到退钱，马上换了一副嘴脸，恶狠狠表示不可能，合同里又没规定猪肉的品质，病死的猪也是猪，病死猪的肉那也是猪肉啊，而且，蓬松头说："死猪肉多加点儿葱姜蒜和黄酒，不就吃不出味了嘛。"

丁家民这下确定自己是贪便宜上当了。他当下怒气冲冲地揪着"蓬松头"要去派出所，"蓬松头"也不害怕，嚷嚷着道："你尽管带我去，我们可是有合同的，到时候警察让我们按合同来，你还得马上给我剩下的钱！"

"放屁！"丁家民怒了，"你这是诈骗！还想我给你钱？有法律帮助坏人的吗？"

"蓬松头"一看唬不住丁家民，找了个机会推开丁家民，拔腿就跑。这"蓬松头"特别灵活，丁家民追出几百米，早已不见他的身影。

那之后，丁家民还去找过几次"蓬松头"，却再也没有见过他。那个摊位的老板也表示不认识什么"蓬松头"，那次是"蓬松头"先付了钱，才让丁家民十块钱扛走了半只猪。

丁家民也想过报警，可他走到派出所门口了，最终还是放弃了。倒不是他真觉得这合同对他不利，而是因为他仔细一想，自己连这个蓬松头姓甚名谁都不清楚，家住何处也不了解，他能给警方的破案线索几乎是零，这个案子破案概率看来不高。说到底，只能怪自己被小便宜蒙蔽了双眼，因小失大。另外，当年他和俞雪晴开早饭店，成为思鑫坊最早响应改革开放的人，那本是一段佳话，他不想因为自己的问题，连累俞雪晴一起被街坊邻里嘲笑。

所以，丁家民最终决定把这件事瞒下来。他找马宁和潘正义又借了一笔钱，打算慢慢通过早饭店后来的收益，补齐这一次的亏空。偏偏最近雪晴早饭店生意越发不景气，他时常在早饭店打烊后，拿着计算器，对着账目发呆。

这天丁家民收到俞雪晴从党校寄来的信。雪晴兴奋地告诉他，自己10号下午就可以结束学习回来了，她还告诉丁家民，自己在学习期间成绩优异，被领导夸奖了好多回，末了又特地询问了早饭店的经营情况。丁家民一看时间，10号不就是明天吗？眼见没什么客人，丁家民便掏出计算器和账本，翻来覆去，算了又算。

这天晚上走出雪晴早饭店后，他一把抱起了丁满红，回身看着那个黄底红字的大招牌，心中感慨万千。

"满红啊，这个秘密还要藏多久啊？"

丁满红皱着眉，疑惑地看着丁家民："妈妈这里没有秘密……"

丁家民语塞，他思索了一会儿，喃喃自语道："看来迟早是要跟雪晴坦白了。"

丁满红的一句话，令丁家民决心尽快向俞雪晴交代实情，争取坦白从宽。所以俞雪晴兴冲冲地从党校回来后，就遭遇了当头一记闷棍。

"你是说，早饭店要亏没了？"俞雪晴第一次如此大声地冲丁家民说话。

丁家民扇了自己一个耳光，自责地说："都是我贪便宜，我想救小店的，没想到贪便宜上了当！雪晴，是我的错，我应该早点跟你商量，而不是自作主张！"

俞雪晴没想到丁家民会自己扇自己，脸上还留下了清晰的五个手指印，原本的一肚子气全都消了，当下只剩下心疼了。她摸着丁家民的脸，问道："疼不疼？"

丁家民摇头，眼睛里却泛着泪光："我本来想让你夸我的，可我却犯傻了，这么拙劣的骗术，我竟然还上当！"

俞雪晴望着丁家民，她知道丁家民的道歉和自责是真诚的。丁家民虽然做错了事，但是出发点并没有错，她只是一味地责怪，也是于事无补。她告诉自己平静下来，好好问清楚情况，然后找到最佳的补救办法。

于是，丁家民就把事情的来龙去脉都告诉了俞雪晴，甚至连自己打听九斤奶奶的事迹取经，幻想过九斤奶奶的铜钥匙是不是锁着家传宝贝等都告诉了俞雪晴。

俞雪晴听完后，询问了他欠马宁和潘正义的具体数目，随后对照着账本又算了一遍。算完后，她放下计算器，坐在床边，却没有说话。

丁家民看得心里发慌，怯生生问道："雪晴，怎么样？"

俞雪晴回头神来，望着丁家民道："现在只有两条路可走：第一，雪晴早饭店倒闭；第二，我们再借一笔钱投入进去。"

丁家民赶紧问俞雪晴的看法。

俞雪晴其实是倾向于倒闭的。之前开店时夫妻二人已经问丁家欣和丁家宜借了钱，加上这次丁家民单独问马宁和潘正义借的钱，总数已经不是一个小数目了。早饭店倒闭后，丁家民再去找份工作，而她马上当主任了，工资也会再增加一点。这样两个人继续努力，不用几年就可以把这笔债还清，到时候丁满红也到了上小学的年纪，这次创业失败不会连累到她将来的学业。

但是丁家民否定了俞雪晴的想法。在丁家民看来，他们是思鑫坊第一家个体户，街坊邻里都看着呢，刚开张的时候，那么多街坊来帮忙，他们不能说倒就倒。至少，绝对不能成为思鑫坊第一家倒闭的个体户！而且，丁家民最担心俞雪晴被笑话，二人的婚礼让俞雪晴丢尽颜面，丁家民为此自责到现在了，要是再让俞雪晴因为自己的过失被人笑话，丁家民觉得自己简直失败透顶！

丁家民急了，说话的声音就有点响，把独自在房间玩玩具的丁满红吸引了过来。俞雪晴就抱起丁满红，放到自己大腿上。

俞雪晴明白丁家民的心思，看了看丁家民，又看了看丁满红，俞雪晴下了一个很大的决心，那就是不惜一切代价挽救雪晴早饭店。她知道，这将比直接倒闭要多付出很多，绝对不是最明智的选择。但是，她希望可以通过挽救雪晴早饭店，让丁家民可以挺直脊梁骨做人，也可以给丁满红更好的未来。

为了安慰丁家民，她还找到了一个角度："幸好你没有把死猪肉做肉馅，我们还有信誉，有信誉就可以翻身。"

丁家民马上高兴了，说自己当然明白信誉的重要性，死猪肉万万不能用，而且他们丁家有一条九斤奶奶传下来的"丁家精神"——君子爱财，取之有道，这个精神他已经刻到骨子里了。丁家民说完，那是一脸的得意，仿佛这丁家精神真的已经成了他灵魂的一部分。

俞雪晴第一次听说丁家精神，当时还很诧异，之后问了徐淑芬才知道那是她随口胡诌的，但丁家民却信以为真了，这让俞雪晴偷着乐了很久。

为了能挽救早饭店，俞雪晴先是决定早饭店暂停营业，然后俞雪晴回了趟娘家，问自己父母借了一笔钱。苏雯看出丁家经济出了问题，和秦海燕、董伶俐、曾芹三人商量之后，拿着钱来找俞雪晴。苏雯告诉俞雪晴，这笔钱是她们四个女人一起出的，这是女人之间的温暖，和家里的男人无关。俞雪晴红着眼眶，接受了好姐妹们的这份帮助。

这时候丁家民又拿出一笔钱，说是杨天宝刚刚借给他的，但杨天宝千叮咛万嘱咐，说这笔钱千万不能告诉其他人，因为这是他积攒多年的私房钱，连曾芹都不知道。

俞雪晴一点数目吓了一跳，因为这笔钱数目不小，足有一千块。俞雪晴告诉丁家民，说："这笔钱不能收，这肯定不是私房钱，杨天宝这是把他和曾芹多年的存款都拿出来了，这要是被曾芹知道，一定爆发世界大战。"

丁家民当即去找杨天宝，当他把这笔钱还给杨天宝的时候，杨天宝很惊讶，问他为什么不要这笔钱，是不是早饭店危机解除了。

丁家民告诉他，俞雪晴已经知道这是杨天宝和曾芹二人的共同存款。

杨天宝一怔，随即不好意思地笑了，他把钱往丁家民手里塞。

杨天宝说："这笔钱你们先用着，反正我和曾芹也用不着。说句不害臊的话，我本来还打算拿这笔钱像你一样开家店，也弄个个体户当当，可是我没你有本事，我就会唱戏，所以琢磨了好几年，还是没琢磨出啥店，我觉得我是没机会了……"

丁家民说："慢慢想，这个时代，只要有想法，还怕没机会了？"他把钱塞回杨天宝手里，回到家后他跟俞雪晴抱怨，说："杨天宝的钱不收的话，那就还差一千块钱，实在不行的话，他只能去问丁家祥借钱了。"丁家民说是这么说，但是一想到丁家祥之前说丁满红的那些坏话，他就气得牙痒痒。

这时候，徐淑芬敲门进屋，看到二人愁眉紧锁，桌子还放着一沓钱，她便从口袋里掏出一沓钱，也放到了桌上。"一千块钱，够不够？"

丁家民和俞雪晴都惊呆了，问母亲怎么知道他们缺钱，又问这笔钱是哪来的。

徐淑芬说："你们把这当秘密呀？我一个老太婆都看出来了……"

"那这钱呢？"

"家祥的。"

丁家民很惊讶，他没想到自己刚教训过的丁家祥居然会借这么大一笔钱给他，当下高兴地表示自己这几十年真是没白疼这个弟弟。看到徐淑芬脸上显出一份尴尬，俞雪晴忙问："妈，这钱您是怎么拿来的？"

徐淑芬这才不情愿地告诉他们，这是她在家祥家里，逼着家祥借给家民的。丁家民问怎么逼的，徐淑芬不悦地表示那是用她自己的办法，再怎么说她还是家祥的妈。说着说着，徐淑芬又来气了，又说起家祥种种不靠谱的事情，说丁宪倧生病期间，完全没提过家祥，直到临走那一天，才提了那么一句家祥，还不是什么好话，丁宪倧这就是不当这个儿子存在过。

说罢，徐淑芬自己总结道："哼，家祥也是个混蛋，为了攀龙附凤，他是恨不得爸妈没存在过。"

丁家民为了安抚母亲，马上接了一句："何止，他还恨不得思鑫坊没存在过，他就跟孙猴子一样，从石头里蹦出来的，他才高兴。"

徐淑芬这才缓和下情绪，和俞雪晴一起笑了起来。

"这笔钱我什么时候还？"丁家民问道。

徐淑芬哼了一声："不用还，只要我还活着，他就不敢来要钱！"徐淑芬这番话说得霸气十足。

第六章

俞雪晴一直很担心，所谓世上没有不透风的墙，丁家民低价买到死猪肉的事肯定已经传遍思鑫坊了，难免会有人担心早饭店的食材安全问题，那一定会很影响雪晴早饭店的生意。

没想到的是，早饭店重新开张那一天宾客云集。思鑫坊几乎是家家户户都有人来店里点包子吃，大多数还点得都是最贵的香菇肉馅包。大家都和以前一样日常寒暄，除此以外什么都没说。俞雪晴心里暗自感激，好几次差点落泪，这时候她都背过身去，用围裙擦眼角。

后来孙婆来了，她也点了份肉包子，俞雪晴就擅作主张，给她做了一碗肉馄饨，亲自端到她的饭桌前。孙婆呵呵笑，说："丁家娘子就是体贴人，她就剩三颗牙了，咬不动肉包子了。"

俞雪晴问她思鑫坊是不是已经传遍了他们早饭店买到死猪肉的事情了，孙婆笑着说："我当时就跟他们说呀，雪晴早饭店为什么差点倒闭呀，那不就是家民不肯用死猪肉嘛。家民是我们从小看着他长大的，他的脾性我们最清楚了。"

孙婆看看俞雪晴："雪晴啊……我老太婆说的话，还是有点分量的。"

俞雪晴红着眼眶，她当然知道，思鑫坊的百年岁月，孙婆可是几乎完整看过来的。事实上，只差一年，孙婆就可以真正见证思鑫坊的百年岁月了。

孙婆吃了馄饨后，又问了丁满红的近况。孙婆说她最近身体不大好，很少动弹，可她还是记挂丁满红这个丫头。

俞雪晴笑着说："丁满红这个孩子顽皮得很，我和丁家民觉得头疼不已。特别是最近，可能是丁满红大脑发育更快了的关系，她记忆更好了，理解能力也更强了，不仅把丁家民给她读的航天知识记了个七七八八，而且读报似乎已经无法满足她的求知欲了，她天天嚷着要去读书，要成为科学家，可她这个岁数，离上学还早得很哪。"

听说丁满红要成为科学家，孙婆笑得合不拢嘴，连说："咱们思鑫坊要是真出了个科学家，那真是不得了的事情，人家都以为思鑫坊老了，我倒要说思鑫坊新着呢，我们有个体户，我们还会有科学家，你说新不新？"

孙婆看着四下无人，还偷偷摸摸告诉她，如果说思鑫坊这批孩子里真有人能成为科学家，她是顶看好满红的。

这天晚上，俞雪晴就跟丁家民说了孙婆对丁满红的夸赞，丁家民听了很高兴，说："我正打算去学校帮丁满红通融，让她可以旁听一下幼儿园的课。"丁家民认为这样或许可以发掘丁满红的天赋。他是打心眼里认为，丁满红一定能成为一名女宇航员。

俞雪晴并不同意，她觉得把丁满红放幼儿园，哪怕是旁听，也有可能是拔苗助长。但这一回，丁家民又自作主张了，在他的联系下，丁满红进了红旗幼儿园旁听，但只去了两天，园长找到丁家民，让他把丁满红接走，还说什么小庙容不下大菩萨。

丁家民没办法，接回丁满红时就问她到底在教室里做了什么。丁满红皱眉，不承认自己有做什么错事，她就是上课时跟老师表达了自己的想法：课程太无聊，太简单了，很笨……

丁家民一听乐了，就去求自己小学母校的校长，希望能够让丁满红旁听几节一年级的课，而他自己则问俞雪晴告假，偷偷躲在教室窗外看。结果他看到丁满红进了一年级的教室后，把自己随身带着的小板凳往讲台边上一摆，津津有味地听起课来，不吵也不闹。

但是，这样的日子也只持续了一个多月，丁满红就又把老师惹毛了，因为丁满红嫌弃老师课程上得太慢了，老是翻来覆去讲一样的内容，而她感兴趣的知识，老师总是一问三不知。丁满红就被老师批评了，结果当天丁满红就煽动这批比她大五岁的孩子逃课……

校长又找丁家民，说了句小庙难容大菩萨。丁家民无奈，只能把丁满红接回了家里。这下子丁满红就更无聊了，再加上一连三十多天闷热无雨，丁满红小小年纪，第一次有了生无可恋的感觉。

就是在这时候，俞雪晴辞职了！

俞雪晴辞职的消息在思鑫坊炸开了锅，之前，整个思鑫坊都知道俞雪晴要当杭氧厂的干部了，谁也没想到俞雪晴会选择辞职，转而当一个小小的个体户。很多人都为俞雪晴不值，认为个体户怎么都没法和一家大企业的干部相比。

提拔俞雪晴的徐主任更是主动找到了俞雪晴家里，气愤地对她破口大骂。徐主任告诉俞雪晴，她的机会独一无二，杭氧厂为了培养她，也是花了极大的心血的，可她却选择当一个个体户，而放弃成为大企业干部的机会，这是对企业不负责任，对社会不负责任，更是对自己不负责任！

然而俞雪晴还是坚持己见，她下定了决心，接下来要和丁家民一起真正把雪晴早饭店经营起来，她要把这家早饭店打造成思鑫坊的百年老店，她要丁满红长大后也为她父母骄傲。

这一次连丁家民都不支持她，认为俞雪晴牺牲太大了，可俞雪晴并不这么认为。她告诉丁家民，时代在变化，要把握时代脉搏，她并不是在为丁家民和这个家牺牲，而是她真的认为，个体户的好时代来临了。她还拿出了一份报纸，指着上面的一则新闻给丁家民看，丁家民一看，新闻说的是萧山出了一个万元户，就是一个个体户，报纸上还介绍了新华社发的通稿，明确说明个体户是国民经济的有益补充。丁家民笑了，他抱着俞雪晴，告诉她，不管是为了帮助他，还是为了这个家，还是为了梦想，他都感谢俞雪晴。末了，丁家民还乐呵呵说道："要是成了万元户，那就太好了，我怕是在做梦吧！"

那天早上，丁满红是被雨声吵醒的，她惊喜地叫醒了俞雪晴，又惊喜地叫醒了丁家民。

"落雨了！落雨了！"

三岁的丁满红期待这场雨已经很久了，连续三十多天的高温对于丁满红来说简直就是折磨。她曾琢磨过各种办法，让自己在跑动那么多的情形下，不至于热得发慌，然而无论是蒲扇还是凉水都没有用。所以那个时候，她已经得出结论：唯一能让高温降下来的办法就是下雨。

看着窗外的滂沱大雨，俞雪晴夫妇相视而笑。无巧不成书，今天早饭店本来也安排了歇业，因为他们打算带上丁满红去西湖玩。

二人还在收拾东西呢，丁满红已经套上了小雨鞋，跑出大门在弄堂里跑来跑去了。

"快点，快点！"丁满红不时催促。

俞雪晴夫妇撑着伞走出来时，正看到婆婆徐淑芬披着雨衣，急匆匆跑过来。

"妈，怎么了？"丁家民把丁满红拉到自己身边，不让她到处乱跑。

"孙婆走了。"徐淑芬面色凝重。

俞雪晴很吃惊，她眼眶一红，随即让丁满红和丁家民先回屋，她要去孙婆家看看有没有什么能帮忙的。

丁满红没想到自己期盼很久的西湖之行就这样取消了，顿时不乐意了。她坐在饭桌前，隔着窗户看着外面的雨越下越大。

丁家民看俞雪晴没回来，就让丁满红乖乖待着，自己也跑去孙婆家帮忙了。丁满红爬上窗台，看着窗外的滂沱大雨，无聊至极的她竟然开始想要知道这雨滴落下来的劲儿究竟有多大，当然，她的脑袋里完全没有力学概念，只想着为什么雨滴不会把人的头顶砸个大包。

这时候，她听到了外面响起了敲锣打鼓的声音，她马上套上雨鞋和小雨衣就往外跑。她很快发现，这声音来自孙婆家。

孙婆家门口围满了人，丁满红往里面挤了挤，就看到了潘小多、朱明伟、马飞和杨艺，原来他们四个早先一步已经跑来了这里。四人都套着各色小雨衣，此刻正你一言我一语讨论大人们在孙婆屋内干吗。

丁满红对屋内的情况没兴趣，就跟大家说着雨滴为什么不能砸大包的事，结果大家都不理睬她。丁满红不悦，就大声说："十下雨滴的冲劲儿等于一块石头！"因为她刚才看到自己家里养的鸭子，被大雨滴了十下后就跑回屋檐下了，而她上次拿小石子丢鸭子，丢了一块石子，鸭子就跑了，所以她得出结论：十下雨滴等于一块石子。

然而，大家虽然被丁满红的大嗓门吓到了，没再说话，可还是没有人对雨滴的力量大小表现出任何兴趣。丁满红不高兴地看着众人，潘小多低声说："大家都想知道孙婆怎么了。"

丁满红哼了声说："自己进去看不就知道了？"

"我妈不让我进去。"

"我也是……"显然几个小孩子都被父母禁止进入孙婆屋内。

丁满红一听，径直往人堆里钻，然后她就看到了屋里的情况：孙婆安详地躺在门板上，而门板放在两张长凳上，长凳则在大厅中央。孙婆跟前，有两个女的跪在那里，哭个不停。而在另外一侧，几个穿着黄袍的人在那敲锣打鼓念念有词，刚才听到的声音就是他们发出来的。

丁满红钻出来后，把自己看到的情况告诉了大家，最后大家明白过来：孙婆这是死了。

从这天晚上开始，连着七天，丁满红每天晚上都做噩梦，梦到孙婆安静地躺在门板上，然后走进几个人，开始跪在孙婆面前哭。

第七天早上，丁满红见父母又去孙婆家了，她就跑去找潘小多。每天都做梦她心里害怕。

在潘小多家门口，丁满红见大门敞开着，就透着门缝往里面瞧，结果正看到苏雯和曾芹在里屋聊得热火朝天。

原来今天孙婆出殡，苏雯因为生肖相冲，所以就留在家里，和同样生肖相冲的曾芹聊上了。

丁满红在门口听到苏雯哈哈笑着，夸曾芹是思鑫坊最漂亮的女人，比俞雪晴漂亮，只是俞雪晴有生意头脑，会打造自己，而曾芹唱戏的时代离现在太久了，最近又和大家接触太少，所以才被冷落了。但这些话茬儿曾芹都不接，只是说自己厌倦了这样的生活，也觉得杨天宝没出息。

丁满红马上�’起了小嘴，哼了一声，心中一百个不高兴。丁满红觉得，曾芹阿姨说难看确实不难看，但怎么都没法和妈妈比！毕竟，在丁满红心目中，妈妈才可是思鑫坊第一美女！

苏雯听到声响，出来查看，这就看到丁满红站在门口。"你个小屁孩呀，走路怎么不带声呢？"

"我是丁满红，我不是铃铛！"面对苏雯的责备，丁满红选择了反击，一时间把苏雯噎得说不出话。苏雯喊出了潘小多，让潘小多陪着丁满红玩去。

丁满红和潘小多走后，苏雯又开始和曾芹聊天。曾芹确实是大美女，浓眉大眼，她和杨天宝以前都是戏剧团的越剧演员，虽然不唱戏已经很多年了，但身材样貌依然保持得很好。苏雯也替曾芹惋惜，说她这是鲜花插在了牛粪上。

曾芹离开后，苏雯准备生火做饭，不承想却听到屋外传来了哭喊声。她仔细一听，竟然有自家儿子潘小多的声音。

她慌忙往屋外跑，打开大门一看，当时气得差点当场一头撞死——丁满红和潘小多二人在门口堆了一个坟墓一样的小土堆，二人跪在土堆前，竟然正在哭坟！

"苏阿姨啊，你怎么就走了呀！"丁满红竟然学着孙婆女儿哭坟的样子哭上了。

"妈，你快回来吧！妈，你怎么就走了呀！妈，你走了我怎么活——"潘小多也跟着又是拜，又是哭，最后的"活"这个音节，居然还呛到了自己，这让他的哭喊更具真实性。

朱明伟、马飞和杨艺跪在二人身后，他们学的就没有丁满红和潘小多那么像了，但也很认真地在边拜边哭。

"苏阿姨啊，你回来了！"丁满红看到苏雯，冲她伸出手，痛苦地大喊！

此时，给孙婆出殡的人陆陆续续回来了，大家看到苏雯家门口的阵仗，顿时都明白过来，八成是丁满红他们几个小屁孩偷偷跟着去看了孙婆出殡，所以回来就玩上了。丁满红他们有样学样，不仅哭坟的样子学了个七成像，连哭坟的话都说得有模有样，委实令人哭笑不得。

"丁满红！潘小多！"苏雯气急败坏，一把抓住二人的小胳膊就把他们拎了起来，说是要去找俞雪晴评理算账！

邻居赶紧劝说，都是三岁的孩子，他们哪懂得哭坟的意思啊，这不就是觉得好玩，有样学样嘛。

"我还没死呢，还活得好好的！我儿子搁门口给我哭坟，你说多晦气！太晦气了！"苏雯气得胸脯不停起伏。

"童言无忌，你别和孩子们计较。"马老爷子也赶紧劝和，他还差人赶紧去把丁家民他们喊过来。

苏雯气得一口气没喘上来，手上一松，竟然被丁满红给挣脱了。

"你回来！跟我找你妈评理去！"苏雯大喊。

丁满红也不说话，就狠狠地看着苏雯，看得苏雯心里发毛。眼看苏雯眼泪就要落下来了，俞雪晴和丁家民挤了进来。

丁家民抱起了丁满红，在她屁股上狠狠打了一巴掌道："满红，你又闯祸了！"

丁满红第一次挨父亲打，整个人呆住了，也不说话，眼泪在眼眶里咕噜噜打转。丁家民原本想打第二下的，这一看就打不下去了，自己也是红了眼眶，赶紧抱着丁满红就往家走。

俞雪晴则是让其他孩子赶紧跟父母回家，自己则拉着苏雯和潘小多进了屋。她先是了解情况，苏雯说完后，她狠狠地自责了一番，说都是自己管教无方。苏雯见俞雪晴这么自责，心里的气也就消了大半，开腔说这事就这么过去了，她不再计较。

见苏雯总算消了气，俞雪晴这才安下心来，心中也暗暗下了决心，这次回去不管丁家民如何帮着丁满红求饶，这顿"棍棒伺候"是绝对不能省了。

离开苏雯家时，俞雪晴再次嘱咐，千万不要打潘小多，她太熟悉潘小多的个性了，他就是什么都听丁满红的，虽然潘小多有参与哭坟，哭的也是他的亲妈，但是潘小多顶多只能算从犯，主犯绝对是丁满红。

苏雯对天发誓自己绝不打骂潘小多，俞雪晴这才安心离开。

俞雪晴离开后，苏雯看着门口的土堆，越瞧越不舒服，就拿着铲子去铲，结果脚下一滑，竟然把尾椎骨给摔伤了。

当晚思鑫坊的街坊邻里都清楚听到了潘小多的哭声，哭得惊天动地，足足哭了一个多小时。俞雪晴事后还去质问苏雯，可苏雯一边捂着屁股哀号，一边说她真没动手打潘小多，动手的是潘正义。反正这一顿打，潘小多在家里足足躺了半个多月才可以下床走动。

当天俞雪晴回到家中，就看到丁满红和丁家民坐在饭桌前等她。

俞雪晴抄起扫帚，让丁满红乖乖走过来挨打。丁满红真的被母亲的样子吓到了，摇着头不敢上前。

丁家民赶紧抢过俞雪晴手里的扫帚，然后示意丁满红过来求饶。丁满红却倔强地摇头，奶声奶气地说："我不。"

这句话更加令俞雪晴火冒三丈，她脾气上来了，一下子走到丁满红跟前，扬手就要打。不过丁家民又冲上来拦住她，一把拽住了她举起扫帚的胳膊。

　　"我已经跟满红讲过哭坟是怎么回事了，满红也已经知道错了，对不对？满红知道这次不应该对着苏雯阿姨哭坟……"

　　"让满红自己说。"

　　"满红，快跟妈妈道歉，要不然妈妈真要打你了啊！"

　　丁满红这下有点怂了，走到俞雪晴跟前说："我错了。"

　　俞雪晴道："错在哪了？"

　　俞雪晴气鼓鼓地放下扫帚，让丁家民放下自己的胳膊，他这样拽着自己的胳膊，她是真的没力气支撑了。

　　丁满红一看，觉得自己安全了，当下摇头道："不知道。"

　　俞雪晴哼了一声："行，我不打你，但你必须好好想清楚自己做错了什么，想不清楚就不准睡觉！"

　　俞雪晴下了这样的命令，丁家民也不敢反抗。但是丁满红的脾气实在是倔强，除了说过刚才那一句"我错了"之外，竟然再没承认过一次错误，更别提说自己错在哪了。

　　眼看到了睡前读物时间，丁家民乘俞雪晴洗漱的工夫，偷偷溜出房间，却被卫生间里的俞雪晴喊住，让他快点读完，只给他十分钟时间，让他到了就回屋睡觉。

　　丁家民叹了口气，拿上《丁家航天摘抄》跑去了客厅，丁满红此刻还是噘着嘴，眉头紧皱，坐在板凳上一言不发。

　　丁家民假意给她读文摘，实则轻声提醒她，让她乖乖跟妈妈道歉，这样就可以回去睡觉了。

　　但是丁满红脾气特别倔强，死活不肯道歉。丁家民被逼急了，就威胁她说："如果你不道歉，爸爸和妈妈就给你生个弟弟，到时候，爸爸和妈妈就不爱你了。"

丁满红小脸顿时涨得通红，两个小手握紧成了拳头，她别过头去，干脆不再理丁家民。此时，丁家民听到卧室里传来俞雪晴的喊声，他忧心忡忡地往卧室走，心中无比担心丁满红，他担心这样下去，丁满红要在客厅过夜了。

没想到的是，丁满红没有在客厅过夜，她直接选择了"离家出走"。丁家民和俞雪晴是在凌晨两点多去客厅跟丁满红妥协时，发现了丁满红离家出走的。这可把二人急坏了，起先二人并不认为她是离家出走，还以为她藏在家里什么地方睡着了，夫妇二人就开始找，但哪里都没有丁满红的影子。紧接着，俞雪晴发现大门只是虚掩着，并没有关上，而她记得自己晚上是关好了大门的，丁家民则紧张地跑到门口，说丁满红的帽子不见了。

俞雪晴一下子明白过来，丁满红这个小丫头真的离家出走了，临走前还戴上了帽子。

俞雪晴和丁家民赶紧出去寻找，丁家民还去叫醒了徐淑芬，三人分头找，大家都很担心，怕丁满红这么一个小孩大半夜在外面遇到坏人。最后还是徐淑芬在苏雯家门外的弄堂里发现了睡着了的丁满红。虽然这次离家出走的距离不过几十米，但徐淑芬还是心疼得不行，她狠狠地训了俞雪晴一顿。

俞雪晴也没想到这个结果，本来自己是要训丁满红的，回头却挨了徐淑芬一顿训，她就训了丁家民一顿，因为要不是丁家民说什么生弟弟的事情让丁满红伤心了，丁满红绝对不至于离家出走。丁家民蓦然发现自己生活在食物链最底端，他可没人可以教训，颇有些"凄凄惨惨戚戚"。

丁满红醒来的时候已经是第二天中午，她发现母亲俞雪晴坐在身边抓着她的手，身子却靠着床边，微微打着瞌睡。丁满红轻声喊："妈妈，我错了。"

俞雪晴被丁满红叫醒了，她笑着摸摸丁满红的额头。

"幸好你戴了帽子，没发烧。"

"妈妈说过，晚上出去要戴帽子。"丁满红咯咯笑了。

俞雪晴故意板着脸，让丁满红去吃午饭，一会儿带她去一个地方。丁满红吃饭的工夫，俞雪晴从抽屉里拿出了孙婆当年为丁满红求的上上签。

饭后，俞雪晴就带着丁满红去了孙婆坟头。俞雪晴告诉丁满红，死亡对于还活着的人来说意味着最大的伤痛，意味着永别。所以，在我们国家，死亡是最神圣的事情之一，所以才会有那么多的仪式和祭奠，其中就包括丁满红昨天恶意玩闹的哭坟。

俞雪晴把上上签递给丁满红，她说："这张签就是你出生那天，孙婆给你求来的。"俞雪晴跟丁满红说了孙婆对她的喜爱和关心，也说了爷爷丁宪倧去世时，一家人的悲伤。有些事情，她也知道丁满红这个年纪还不会懂，但是她还是说了。俞雪晴最后告诉丁满红："死了，就再也找不回来了，所以说别人死亡，是很坏的事情。"

丁满红看着孙婆的坟墓，突然打了一个机灵，她想起来孙婆以前总是很疼她，在她的记忆中，孙婆一直都是很老的样子，她脸上的、手上的皮肤都皱了下来，身上是一个接一个的老年斑。丁满红还记得，前不久孙婆看到她，还把她喊住，自己回屋里拿出了一块牛皮糖给她吃。丁满红兴奋地接过牛皮糖，却在看到孙婆手臂上的老年斑后吓得整个人都僵硬了，脸色铁青，回到家吃完了整个牛皮糖才回过神来。即便如此，丁满红还是很清楚地知道：孙婆很疼爱她。

无论多小的孩子，他们天生都有一种感觉，他们总是能清晰地分辨出哪些人是疼爱她的，哪些人不是。

丁满红握紧上上签问道："妈妈，孙婆回不来了吗？"

"是的。"

丁满红颤抖着问道："妈妈……妈妈和爸爸，会死吗？"

俞雪晴微微一笑，握紧丁满红的手说："爸爸和妈妈有一天也会死，也会回不来了，但是不是现在。现在的话，爸爸和妈妈还要看着满红一点点长大呢。苏雯阿姨也一样啊，她也不会想现在有人说她死，她也要看着潘小多长大对不对？"

丁满红猛点头，她觉得自己似乎明白妈妈的意思了。俞雪晴把丁满红搂到怀里，轻声呢喃："如果有一天爸妈走了，回不来了，你可得靠自己活出精彩的人生啊。"俞雪晴的声音很轻，她不知道丁满红有没有听到。

第二天，丁满红就拿着自己省下的几粒糖果去找苏雯阿姨道歉，结果得知潘小多躺在床上下不来，苏雯阿姨因为摔伤了正住院。丁满红就每天等，等着苏雯阿姨回到思鑫坊。

苏雯住了三天院后回到了思鑫坊，丁满红马上跑去潘小多家，结果看到家里来了很多人，大家都是来探望苏雯的，其中包括俞雪晴。

丁满红掏出准备了许久的两粒糖果，一本正经地跟苏雯鞠躬道歉。这当然是丁满红跟着大人的样子学的，她学得有模有样，但一个小孩子做出来，真是可爱得很。大家伙都在那笑得不行，都夸俞雪晴教出一个好女儿。俞雪晴不同意，说："丁满红哪里好了，实在是顽劣，怎么管都管不好。"大家批评俞雪晴，有人说："聪明的孩子都这样，总有很多异想天开的想法，你要是真什么都管住了，反而对孩子不好。"

其实，俞雪晴说丁满红顽劣，一半是真心，一半是假意。丁满红的顽劣确实给她添了不少麻烦。在丁满红一岁前，俞雪晴就是思鑫坊最完美的象征，她做什么事情都周到有礼，大家都说不出任何问题来。可丁满红过了一岁可以到处走动后，这孩子就开始给她不停地惹麻烦了，她隔三岔五就要去代丁满红道歉，说的最多的话就是"对不起"。但是，即便如此，她内心还是有一层欢喜的，因为她也明白，丁满红这孩子，玩闹归玩闹，但是真的机灵聪慧，而且丁满红玩闹之余也有她懂事的一面。

这时候，丁满红正在安慰卧床的潘小多，她告诉潘小多很快就可以一起玩了，潘小多却缩回床上，说是再也不想一起玩了，他可不想被打死。丁满红犯愁了，她最喜欢的玩伴就是潘小多了，如果少了潘小多，人生将不再精彩了。这时候潘小多说自己现在还不知道妈妈是伤到哪里才去的医院。

丁满红当下表示这个答案她去问。丁满红于是去找苏雯打听，苏雯羞红着脸不肯说。她又去问其他大人，最终有人告诉了丁满红，苏雯伤到的是尾椎骨，就在屁股中间。

潘小多听丁满红说到尾椎骨后一脸茫然，丁满红恨铁不成钢，就说再帮他一个忙，她画给潘小多看。于是丁满红画了一个屁股，又在屁股连接处画了一个小三角。潘小多一看就明白了，直夸丁满红懂得多。

没想到的是，潘小多能下床了后，竟然拿着这幅画跟杨艺、马飞、朱明伟他们解释他妈妈苏雯摔伤的部位。有些大人看到了，就问这幅画谁画的，潘小多马上供出了丁满红。

于是，这天下午苏雯就拿着这幅画找到雪晴早饭店，她指着这幅画，很生气地说："这是你家女儿画的，你知道这是什么吗？"

俞雪晴看了眼，猜测道："屁股？"

苏雯咬着牙："全思鑫坊的人都知道了，这是我的尾椎骨！"

一旁的丁家民没忍住，扑哧笑出声来，他连忙道歉，然后跟苏雯说丁满红也不知道野哪里去了。俞雪晴则是赶紧请苏雯坐下，她马上烧一碗馄饨，让她慢慢等。

苏雯没答应，她把画留下了，说是让俞雪晴看着办，自己气冲冲回去了。俞雪晴和丁家民对视一眼，二人直摇头。

俞雪晴叹气道："看你生了个好女儿！"

丁家民乐呵呵："是你生了个好女儿！"

随后二人都大笑起来，二人盯着画看了好一会儿，丁家民忽然明白过来，他指着三角形大喊："这，满红画的这个三角形是苏雯的尾椎骨？"

俞雪晴捶了他一下："什么都不知道，那你刚才笑啥呢？"

此时，店门口传来叽叽喳喳的吵闹声，俞雪晴看到丁满红带着潘小多、马飞、朱明伟和杨艺从店门口跑过。她并没有拦阻，也没有喝止，她心中暗自期待丁满红可以快乐长大，希望丁满红可以一直这么无忧无虑。

时光荏苒，不知不觉五年过去了。这五年之于中国可谓是天翻地覆的五年，之于思鑫坊来说又何尝不是呢？这五年时间里，思鑫坊又添了十多名个体户，开起了各种各样的小店，杂货铺、理发店，甚至还有玩具店，还有人学着温州人去了意大利，也有跑去了深圳找机会的。

丁满红也由一个三岁小屁孩长成了一个八岁的小姑娘了，并且正式迈入了小学生的行列，读了一年级。可是她就是班上学习氛围的破坏者，因为她几乎整天就是在胡闹，老师想要批评她，却又总是开不了口，因为丁满红每次考试都是第一名。老师让丁满红好好学习，要戒骄戒躁，结果丁满红却责怪老师教得太少，这些她一天就可以学完的东西，老师居然要分成半年交，她觉得这就是在浪费时间、浪费生命。

见丁满红学习成绩好，有些家长就让孩子多跟丁满红接触，多跟她学习，但是丁满红的学习方法其他同学真的不适用，因为她的方法就是不学习。开学第一天她随便翻完了课本，基本上重要的知识点就学了个七七八八。接下来，她就是在玩闹，就是尽量在无聊的学习中找到一点乐趣，所以，当丁满红一入学就称霸一年级开始，她主要的小跟班们马飞、朱明伟和杨艺的成绩都只能稳定在倒数后十名，潘小多最惨，他常年稳定在倒数第一，无人可以撼动。

对于1986年的思鑫坊来说，还有一件事情热闹了整条街，那就是丁家装了思鑫坊第一部家用电话。杭州有句老话，"楼上楼下，电灯电话"，讲的就是人们对于美好生活的向往。随着改革开放解放了生产力，杭州城里大部分人家都装上电灯了，但是电话这玩意儿那可比电灯"高贵"多了，也"没用"多了。

改革开放前，几乎只有大一点儿的企事业机关单位有电话。如今，我们有什么事情需要远程沟通的，一般都会说"等我下班再给你电话"，那时候则刚好相反，丁家民他们都会说"等我上班再给你电话"。

后来国家开始大力普及公用电话，这时候杭州市又走在了全国前列，短短几年时间就安装了几千部公用电话。人们很快就发现不用到厂里打电话了，只要回家的路上有公用电话亭，就可以打电话。

不过公用电话亭还是没那么方便，因为大部分公用电话亭都在大马路边上，往往离居民小区很远。

于是小区公用电话杂货部就应运而生了。那时候大一点的小区外面都有一个杂货部，比如思鑫坊坊子口的杂货部就是如此。杂货部里头，书刊报纸，香烟啤酒啥都有得卖，杂货部外，就摆着两台电话，旁边竖一张硬板纸，上面手写一行字：公用电话。有什么急事，思鑫坊的人就跑到这里，先把电话拨过去，告诉对方找谁，然后报下这里的电话号码，接下来就是挂了电话等对方回拨。有时候，杂货部的人也会接到打来思鑫坊的电话，这时候他会记下打来的号码和要找人的姓名，然后他就喊人通知一声，不一会儿就会听到有人边跑边喊："等久了，等久了，这是找我的电话。"

徐淑芬没用过公用电话，心中痒痒，这天也想体验一把，就来到了杂货部，打了个电话给远在萧山的二女儿丁家欣。对方单位接通电话后，问了徐淑芬的姓名和电话号码，就挂了电话让她等。等了三分多钟，徐淑芬手边的电话响了，把徐淑芬吓了一跳。这可不是比喻，而是她真的蹦了起来。

"这铃声有点响，吓到你了。"杂货部老板笑着致歉。

徐淑芬自嘲道："别人到了我这岁数都耳背，老太婆我听力好，很惊讶吧？"

"那是那是……"

徐淑芬接通电话，就听到了女儿的声音，带了一点儿杂音，听起来和现实中的声音不太一样，但仔细分辨又能分辨出确实是女儿的声音。

徐淑芬心想：这电话确实是个好东西。我去家欣家里可得坐车，坐车也要一天，这电话却可以把她当下的声音传过来。有什么急事的话，我们可以远隔千里就沟通好了，倒是省时省力。

"妈……妈……你说话呀，你没事吧？"

徐淑芬拿着电话只顾思索了，可把电话那头的丁家欣急坏了，还以为徐淑芬出啥事了呢。徐淑芬此时才回过神来，赶紧跟丁家欣说话，然而说到底她找丁家欣也没什么事，就是想试试公用电话，听听女儿的声音，这把丁家欣气笑了。丁家欣告诉她，若是想她了，她下个月就来思鑫坊探望。

那之后，徐淑芬时不时就会跟思鑫坊的老人们提起公用电话的事情。那些阿婆阿公们和徐淑芬岁数相仿，听了都说电话好，方便了大家。

那天她又跟马老爷子说起公用电话，马老爷子拄着拐杖，二人边走边聊。马老爷子哈哈大笑，说："老早以前打电话，可是要去邮电局排队呀，现在走到坊子口就行了，确实方便了。"

这天晚上，丁家民和俞雪晴带着丁满红来到徐淑芬家。徐淑芬拉着丁满红给她从箱里拿酥饼，这酥饼是河坊街的老字号龙须酥，徐淑芬买了后自己不舍得吃，就收了起来，隔三岔五地喊丁满红过来吃。

丁家民呵呵笑起来，神秘兮兮地跟徐淑芬说道："妈，有个事要告诉你。"

"啥事？"徐淑芬心不在焉，见丁满红吃得满足，她又给丁满红拿了一块龙须酥。

丁家民又自顾自笑起来，说道："大好事。"

徐淑芬这下来了兴致，问道："说吧，别卖关子了。"

"我们家里要装电话了！"丁家民说完笑得更开心了。

徐淑芬提高了嗓音："家里装电话？真的？"

俞雪晴点头："真的。"

"贵不贵呀？"

丁家民伸出两根手指："两千多呢！一开始搞预装的时候没报名，那时候只要三百多，当时就想着没什么用，街上不就有公用电话嘛。现在生意越做越好了，想装个电话，没想到价格涨这么高了。"

"两千多？"徐淑芬被这个数字吓了一跳，她坐到床上，深呼吸了好几下，这才缓和了情绪。

俞雪晴笑了，说："妈，没事，这钱我们出得起，今天过来跟您说一声，也是怕您明天看到了会担心。"

"明天？明天看到什么？"徐淑芬皱着眉看着二人。

丁满红此时满嘴龙须酥的碎屑，朗声说道："明天就来装了！"

丁家要装电话了！这个消息瞬间传遍了整个思鑫坊，这虽然不是杭州城最早的家用电话，但却是思鑫坊第一部家用电话，所以这一天的思鑫坊里里外外都透着过节一般的氛围。

到了丁家民预约的安装时间，思鑫坊的街坊邻里都跑来丁家凑热闹。可没想到的是，到了约定的时间，却没见安装的师傅过来。丁家民急了，忙问："雪晴，这怎么办？要不要打个电话问问？"可话一出口，他自己却笑了说："雪晴，你说好笑不好笑，约了装电话，到点了还没来装电话，我要打公用电话，问什么时候给我家装电话，像不像绕口令？"

俞雪晴白了他一眼道："快去打电话！"

一会儿，丁家民急匆匆跑回来，说是安装电话的老师傅拉肚子来不了了，临时找了个小师傅过来装，应该马上就到了。在万众期待的目光中，十来分钟后，小师傅骑着自行车过来了，是一个二十出头的年轻小伙。小师傅一看到丁家门口这么多人，脚下顿时有点发软。

后来正式安装了，小师傅爬上电线杆接引电话线到丁家民家。这个过程中，他听到下面一堆围观的人在窃窃私语：有人说会不会摔了，有人说会不会被电到，说得小师傅心里发毛；后来要在墙上破个洞，把电话线引到屋内，小师傅又听到有人说是承重墙，破个洞会不会有危险；再后来开始接电话机了，又有人在那嘀咕："这个小师傅看岁数还真的是个小师傅，他接的电话能用吗？"

小师傅终于急了，他丢下电话机和说明书，气鼓鼓说道："不装了，你们这么多意见，你们自己装吧。"

丁家民傻眼了，说："小师傅，我什么都没说呀！"

小师傅一想也是，这丁家民确实一直陪在他身边，尽心尽责地帮忙，也没说过一句坏话。但他来的时候已经战战兢兢，此刻更是畏畏缩缩了，这毕竟是他第一次单独出来装电话，他已经觉得自己装不了了。

小师傅苦着脸说："实话跟您说，这是我第一次单独装电话，我怕是搞不定了。"

丁家民一听，马上鼓励他说："别怕，小师傅，谁没个第一次呢。"

"可我经验太少了。"

"你这么想吧，你师傅是不是管我们这片区域？那他装过多少部电话了？"

小师傅一琢磨，脸上微微有了笑意："好像，好像也才十几部……"

"那不就是了嘛，你经验没比他少多少。"

小师傅顿时有了底气，他继续安装起来，遇到不明白的，还翻起了说明书。这下围观者又有话要说了，但还没开腔，丁家民就上前让他们别说话，让小师傅安静地思考。众人明白过来，都开始安静地看着。

就这样，电话机也接好了，小师傅随后皱着眉，拿着说明书给丁家民看。

"大哥，我书读得不多，这几个字我不认识，你给我看看，这说的啥？"

丁家民瞅了一眼，拿上说明书往厨房走，说："这得问我老婆。"

最后还是俞雪晴告诉了他们这几个字的读音和意思。丁家民和小师傅就乐呵呵地一起回到电话机旁忙活起来，不多时，小师傅长舒一口气，说："装好了，你打个电话试试。"

大伙一听都高兴坏了，纷纷起哄让丁家民赶紧打个电话试试。

丁家民本来得意扬扬，左右踱步，可面上的表情却逐渐由得意转为了犯难。

"我没记得什么电话号码呀……"丁家民苦着脸跟众人说，这时候他灵机一动，想起今天刚在报纸上看到的最容易记的电话号码。

于是丁家民拿起话筒，郑重地拨通了这个只有三个数字组成的号码：110。

原来那个时候，杭州开始在全市推广全新的报警号码110，当时为了达到最大的推广效果，几乎在所有报纸媒体上做了广告。

电话响了三下后，那边就接通了。

"喂，同志，您有什么要报案吗？"

"没没没……我就是家里刚装了电话，打个电话试一试……这声音还清晰吗？有没有杂音？"

电话那头的警察同志显然是被气到了，他说道："同志，这是报警电话，不是聊天热线，你知道吗？"

丁家民连连道歉："对不起，对不起，警察同志，真的对不起，我保证没有下次，我真的只是想试试电话，我想不起其他号码呀。"

"这次我不罚你，下次再这样我就要上门了，知道吗？"

"知道知道，我保证没有下次。"丁家民诚恳地道歉。

"行了，那就这样。哦，对了，没有杂音，声音很清晰！"

丁家民没想到警察同志最后会这么说，顿时心头一热，对着话筒喊："感谢警察同志。"喊了一句，他才发现对方已经挂了电话了。丁家民也挂掉电话，回头看着忧心忡忡的众人。显然，大家知道他打了报警电话，心头都担忧起来，生怕他被警察抓了去。

丁家民清清嗓子说道："警察同志说，没有杂音，声音很清晰。"

这可把大伙给逗乐了，大家都说警察同志说的话是最靠谱的，这也从侧面佐证了小师傅的电话安得非常好。小师傅也是受宠若惊，俞雪晴还出来喊他吃了饭再走，小师傅连忙推辞，临走前一个劲儿跟丁家民表示，若是有什么问题，随时给他单位打电话，他随叫随到。

丁家民还自鸣得意，觉得自己挺厉害的，居然是警察同志帮他试电话。俞雪晴就批评他了，说他这次的行为涉嫌违法了，他这就是在浪费警力，警察同志要是较真一点是可以把他抓起来的。丁家民吓了一跳，当即表示以后再也不会这样了。

丁家民没有想到的是，家里装的这部电话打出的真正意义上的第一个电话，居然还是110。

这是在五天后了。

那天傍晚，丁家民和俞雪晴还在雪晴早饭店忙碌。经过二人这五年的打拼，特别是俞雪晴辞了工作全身心打理雪晴早饭店之后，早饭店的生意好得不得了，简直可以说是方圆十里内最负盛名的早饭店了。店里的镇店之宝，也从单一的腌菜包，增加到了西湖小馄饨、玲珑烧卖、雪菜肉丝面，等等，这些招牌美食都是俞雪晴开发的。

这时候丁满红慌张地跑来喊道："爸爸，妈妈，家里遭贼了。"

丁家民和俞雪晴赶紧跑回屋，果然见到家里一片狼藉。丁满红说，她放学回来就看到这副样子了。俞雪晴赶紧跑到卧室，打开卧室衣柜底部的大箱子，随后一屁股瘫坐在地上。

丁家民追上来问怎么了，俞雪晴流着泪道："钱全被偷了。"

丁家民脚一软，心中升起一股不祥的预感："我们有多少钱？"

俞雪晴低下头，眼泪吧嗒吧嗒往下掉："一万多，准确地说是一万一千三百六十二。"

丁家民顿觉呼吸急促，喉头仿佛被什么东西堵塞住了。

"一万……一万一千三百六十二……这么说，我们是万元户了？"

俞雪晴点头，她擦掉眼泪，柔声说道："家民，我们是万元户了。"

丁家民觉得天地都开始旋转起来，他去看俞雪晴，觉得俞雪晴整个人开始模糊起来，再去看丁满红，又看到丁满红只剩影子在那里左右浮动。

丁家民心里咒骂了几句，觉得自己简直万分悲摧了，他可能是杭州历史上最悲摧的万元户了，在知道自己是万元户的时候，他竟然已经是个穷光蛋了。

但丁家民知道自己要马上恢复过来，他是这个家的顶梁柱，他得挺得住。所以他强撑着上前扶起俞雪晴，告诉她说："现在我们三人需要一起想一想遭贼的线索，然后我们要马上报警。"

一家三口仔细一琢磨，案发经过大体就推导出来了：这失窃应该是在一大早他们去早饭店忙碌、丁满红出发去上课之后。这时候天还没完全亮，思鑫坊走动的人也不多，所以才被小偷得逞了。这么一说，丁满红猛然想起来，早上的时候，潘小多过来找她上学，二人出门时曾看到一个鬼鬼祟祟的男人。那人不是思鑫坊的人，样子也很有特点，他的嘴巴上有一颗痦子。

丁家民一听，原来丁满红和潘小多是目击者，他们所说的这个鬼鬼祟祟的男人，极有可能就是小偷。这样一来，丁家民马上拨通了110报警电话，接起电话的还是那位警察同志。

丁家民一急，之前组织的语言竟然都说不出来了。

"警察同志……我……我……报警！"

"你要报什么警，同志，你可以慢点说。"

"我……我是万元户……"

"我知道了，你是万元户，然后呢？"

丁家民涨红了脸，向俞雪晴投以求助的目光，俞雪晴摸着他的手，轻声说："慢点说，别急。"

丁家民于是深吸一口气说道："我……我是万元户……声音还清晰吗？有杂音吗？"

电话那头的警察一下子听出来了："是你啊，大哥，我已经知道你是万元户了，你的声音也很清晰！但你能再说点其他信息吗？你要报什么警？"

"被偷了，全被偷了，我本来是万元户的，可现在我所有的钱全被偷了！"丁家民一口气说完，蹲在地上，号啕大哭起来。

第七章

　　警车呼啸着来到思鑫坊的时候，街坊邻居早已三五成群、议论纷纷了。思鑫坊的街坊邻里都已经知道丁家遭贼了，都在讨论这一回丁家的损失有多大，有些人则是在担忧丁家民和俞雪晴会不会一蹶不振，有些人则代入当事人，开始进行反思和批评了，所谓"财不露白没做好，天涯何处无强盗"。这些话，被徐淑芬听个正着，她当时就来气了，斥责这些人多管闲事，马老爷子也在一旁帮腔，说丁家不管损失多少钱，就冲丁家民夫妇的勤快劲头，这辈子就穷不了。

　　听到警车的声音，徐淑芬等人就停止了争论，而是走到坊子口等着警车过来。不承想警车竟然呼啸而过，理都没理坊子口的众人，这让大家都有点儿失望。约莫过了三分钟，那辆呼啸而过的警车又开了回来，一个急刹车，停在了思鑫坊坊子口。

　　从车上下来了两位穿着警服的警察，一看到门口的众人，年岁稍长的警察就连忙道歉，说是好多年没来思鑫坊出警了，差点忘了路口了。思鑫坊的乡亲听了都乐了，大伙心里也高兴，暗自为思鑫坊自豪，这思鑫坊近十年来确实没发生过什么案件，惊动到警察更是一次没有。

警察同志左右看了看，就一边往里走一边问丁家民家的位置。徐淑芬一看，确定了这两人就是来办家民家遭窃案的警察，当场喊住警察同志，说她是丁家民的妈妈，她带路。

报警之后等待警察出警的时间特别难熬。丁家民一家三口坐在家门口等着，丁家民左看看俞雪晴，右看看丁满红，有一种自己正在等待裁决的感觉。

看到母亲徐淑芬领着警察过来，丁家民马上起身伸出手说："警察同志，你们可来了呀！"

年长的警察和他握手后问道："你们一直在门口？"

"对，我们哪都没去，也没再进屋动过东西。"俞雪晴说道。

年长的警察点头道："我知道你们着急破案，我们也一样，话不多说，我们先去看看犯罪现场。"

丁家民领着两名警察进屋，俞雪晴则和丁满红、徐淑芬在屋外等着。过了十几分钟，丁家民和两名警察出来了。

年轻的警察说道："万元户大哥，你说你女儿可能看见了小偷，她在哪看见的？"

丁家民一听，"呀"了一声，指着年轻的警察道："接电话的是你呀，警察同志。"

年轻的警察露出腼腆的笑容，随即马上面色凝重道："是我，大哥。时间紧迫，你们发现被盗的时间已经太晚了，我们得尽快找到尽可能多的线索。"

丁家民于是让丁满红指路，丁满红就指着门口右转，潘正义家附近那个十字路口。

"早上潘小多从那过来，我们都看到那个男人了。"

年长的警察问丁满红："小姑娘，那如果你再看到那个男人，能认得出来吗？"

丁满红点头："当然认得出，他嘴巴上有个瘊子。"

两名警察一听，对视一眼，面露喜色。

年轻的警察蹲下来说道："你还记得他脸上的其他特征吗？"

丁满红琢磨了一下，道："记得，我能画下来。"

徐淑芬得意道："满红能呀，她画画好得很，刚拿了市里的一等奖，老师都夸她……"

丁家民和俞雪晴赶紧示意她别先往下说，警察同志正问话呢。

年轻的警察道："那个叫潘小多的男孩也会画画吧？"

丁满红皱眉道："算会吧，不过比我差远了。"

年长的警察对丁家民说道："这样吧，丁家民同志，你马上让你女儿把她看到的嫌疑人画下来，我们则去潘小多家，让他也画一幅嫌疑人的肖像，我们好做比照。"

警察这么说，丁家民当然满口答应下来，拉着丁满红就回屋画画了。

倒是苏雯，一听警察说要潘小多画嫌疑人的肖像，她起先是拒绝的，但一听说丁满红也在画，警察是需要拿两个人的画做比照，她马上答应下来，还偷偷告诉潘小多，今天必须画好了，学习上赢不过丁满红，就在这次的作画上赢过丁满红。

潘小多一听就急了，手都开始发抖。虽然他经历上次"苏雯的尾椎骨"事件后，就开始学习画画了，可是一直以来他都没有在画画上赢过丁满红。他不停告诫自己，必须记起那个人长什么样子，然后把他画下来，要画得尽量像，要赢过丁满红……

警察最终拿到两幅画的时候就傻眼了，两人都露出一副哭笑不得的表情。原来丁满红和潘小多画里的嫌疑人，除了有一颗痦子以外，其他完全没有任何一处共同点，不管是五官还是表情。当然，最大的差距在画工上，丁满红的肖像画线条娴熟，人物五官清晰可辨，而潘小多的画，只能算作是人的轮廓吧。

最终年长的警察在询问了两个孩子平时的学习成绩和获奖情况后，拿走了丁满红的画，说要做个参考。

苏雯当时就气得够呛，大声抗议这有失公平。年轻的警察觉得不好意思了，也怕伤了孩子的自尊心，就把潘小多的画也拿走，说这幅画他们也会做参考。

苏雯这才高兴起来，说潘小多画得虽然没丁满红的画像个人，但指不定最后靠谁的画抓到小偷呢。

丁家民好几次梦到那一万一千三百六十二块钱并没有被偷走，他梦到俞雪晴突然抱着一大捆钱，从卫生间跳出来，大声地嘲笑他："钱根本没丢！被我骗了吧！"然而从这样的梦中醒来，只会比平时更加苦涩。

当然，除了做梦的时候他会萌生出这个念头以外，其他时候他对此是绝口不提的。他知道，如果自己不能坚强的话，俞雪晴怕会更加心碎，会不停责怪自己。丁家民总是找机会，尽量不着痕迹地安慰俞雪晴，引导俞雪晴，比如看到俞雪晴偷偷落泪，他就故意高歌一曲，他唱歌五音不全，每次都能把俞雪晴逼得求饶，求他放过自己人，不要用他的魔音误伤友军；比如看到俞雪晴在早饭店包包子时一不小心失误了，他便拿出早已准备了许久的心灵鸡汤温情喂上，"一个包子失败了没关系，我们可以包出更多完美的包子"；又比如俞雪晴收工后要计算一天的收支，他就主动抢过计算器，噼里啪啦一通算，他这是怕妻子触景伤情，算钱伤心，但俞雪晴看到的却是他抢着算账，最后竟然还算错了。

丁家民十分努力地维持家庭和谐温馨的环境，希望妻子女儿，包括母亲都不会被这次遭贼事件打垮。他觉得自己做得很棒，但在俞雪晴眼中，他就是在帮倒忙。家里遭贼，所有的积蓄被偷了个干净，俞雪晴心情不佳是肯定的，但要说她脆弱到连这点儿挫折都承受不了，那显然是小看俞雪晴了。

事实上，俞雪晴早就从悲痛中走了出来。她早已打定主意，能追回这笔钱是最好的，如果追不回来，那她就和丁家民重新挣，就当是自己在新时代摔了一跤，摔跤没什么大不了的，爬起来继续往前冲就行了。

可是丁家民处处刻意为之的引导和保护，反而几次三番打击到了俞雪晴，她可没想到自己在丁家民眼中竟然这么脆弱不堪。当看到丁家民抢着算账，最后还算错账后，俞雪晴终于忍不住了。

"你能把精力放在好好奋斗上吗？"俞雪晴没好气地说。

丁家民看到俞雪晴有点生气的样子，马上道歉说："对不起，雪晴，是我算得不够仔细。我保证，下回一定仔细核查，你就多歇歇，别累着。"

俞雪晴皱着眉，说："你真的以为我是因为你算错账而生气的？"

丁家民连连摆手："我知道，我都知道，没事的，雪晴，我是顶梁柱，你要是不痛快，你就跟我说出来，你要是累了乏了，你可以和满红去西湖透透气，店里有我呢。别慌，雪晴，我发过誓的，要给你最好的生活，这点小挫折算什么，我顶得住！"

俞雪晴傻眼了，丁家民似乎更加认定她生气是因为钱被偷引发的。可她看着丁家民一本正经的样子，也不好意思责怪。能怎么说他呢？说他好心办坏事，还是说他不懂自己的心思呢？想到这里，俞雪晴也只能暗自叹气了。

警察之后又来过思鑫坊几次，还去了雪晴早饭店调查。年轻的警察跟丁家民说，之所以来早饭店，是因为他们调查了思鑫坊后，知道他们是思鑫坊目前唯一的一个万元户。事实上，整个杭州城现在也没有多少万元户。所以警察认为，这名小偷应该是他们早饭店的客人，至少曾经是早饭店的客人，所以知道他们的一些收入情况。

丁家民觉得警察说得极有道理，那之后，丁家民便开始暗中观察来雪晴早饭店吃饭的客人了。他总是眯着眼观察，有时候还会拉上丁满红一起观察，还打算把自己觉得可疑的人记录下来，好报告给警察同志。

"这人看着可疑……"

"爸爸，这人也很可疑！"

父女二人看什么人都觉得可疑，不到两天，丁满红提供的作业本就记满了。丁家民只能挠着头，思考了半晌最终决定还是不把这份名单给警察了，等他锁定了最可疑的十人后再说。

俞雪晴没打击他的积极性，只是提醒说，他看人的眼神太明显了，真要观察，能不能稍微掩藏一下。

于是丁家民就开始躲着观察人，但他一个大男人，躲来躲去看人惹来了客人的疑虑，不止一位客人向俞雪晴反映，说最近丁家民跟个姑娘家似的，总是躲在角落里偷瞄人。还有一名二十多岁的常客女孩，她就住孝女路对面小区，时常来这里吃早饭，她向俞雪晴暗示，要她小心丁家民，她说："家民哥最近老偷窥我，他看我的眼神贼兮兮、滑溜溜的，眼神之中透着一股子坏想法，但雪晴姐你放心，我是决计不会看上家民哥的。"

俞雪晴憋住笑，把这些话原封不动地告诉了丁家民。丁家民耐心听完，颇觉尴尬，当即表示不再观察了，反正这是警察的事情，本也不需要他出马。

半夜俞雪晴洗漱完爬上床时，丁家民小声问道："那姑娘说我偷窥，你晓得我肯定不至于偷窥她了，她看不上我，我还看不上她哩。"

俞雪晴嗯了声，准备关灯睡觉。

"雪晴呀，那你是怎么回答她的呢？"丁家民问出了心里最想问的问题。

俞雪晴想到当时自己说的话，顿时捂住嘴，憋了一会儿笑后问道："真想知道？"

丁家民看到俞雪晴的样子，知道答案对自己不妙，当下翻身说道："不想了，不想了。"

俞雪晴爬到丁家民面前，脸对着脸说道："我偏要说！你听着！我说，丁家民是得了青光眼，正在治，所以才让你觉得他在盯着你。这青光眼，治好了，就能恢复普通大叔的样子；治不好，就会成为一个有贼心没贼胆的瞎子！"

说完，俞雪晴自己拍着被子大笑起来，丁家民黑着脸，拉起被子蒙头睡觉。

这天放学后，丁满红就往店里跑。生意越来越好，现在雪晴早饭店的营业时间已经延长到晚上八点了。她跑到店门口，就看到丁家民正坐在空着的饭桌前，拖着腮帮子沉思。

丁满红把书包一放，坐到丁家民身边。丁家民长长叹了口气，问道："满红呀，你说如果你偷了一万块钱，你会做啥？"

丁满红皱眉道："是一万一千三百六十二。"

丁家民点头说："是呀，一万一千三百六十二。满红，如果你偷了这么多钱，一下子成了万元户，你会做啥？"

"我不会偷钱，我没法回答你，爸爸。"

丁家民看了她一眼，乐呵呵道："满红，爸爸都没法跟你沟通了。"

丁满红一脸严肃地道："爸爸，我们还没开始沟通。"

俞雪晴走过来笑着说道："家民，听到没，你得继续提高了，不然不止你没法和我沟通，你和满红都没法沟通了。"

俞雪晴虽然一直在忙碌，可他们父女俩的对话，她听了个七七八八。

丁家民挠着头，正要说话，却看到丁满红望着店外，情绪激动地站了起来。

"爸爸，那个小偷！"丁满红大声喊道。

丁家民和俞雪晴都朝店外望去，果然看到那两名警察铐着一个男人朝他们早饭店走来。

年长的警察告诉丁家民一家，说之所以把小偷带过来，主要是为了核实一下案发经过，以防不小心抓错人，因为这个案子发生后，他们接到不少群众的热心举报，结果那些被举报的人都和这个案子八竿子打不着。

丁家民和俞雪晴连连点头，随后丁满红留着看店，丁家民和俞雪晴跟着警察从店里到了家里，这个小偷指指点点，把自己怎么遇到丁满红和潘小多了，怎么进了屋，怎么偷的钱财都说得很清楚。

两名警察交换了一下意见后，年长警察就先带着小偷回警局了，留下年轻的警察做一些善后的工作，主要是和丁家民谈一下让他去局里协助做笔录的问题。丁家民便问道："警察同志，确定是小偷了吗？"

"暂时还不能确定。"

"这都不能确定？我看那痦子挺像满红画的那人呀，是吧，雪晴？"

俞雪晴也点头，她也觉得这人应该就是小偷了。可年轻警察却只是提醒她们，这一切在法院判下来以前，都还没有确定，只能说所有证据表明，这个犯罪嫌疑人有很大可能是偷了钱的小偷。

这时候苏雯摸摸索索地走到了丁家门口，在门口，她还和同样摸索过来的徐淑芬撞了个满怀，不由得"哎呀"一声。

苏雯见自己反正暴露了，也就不再躲藏，她本来是想等警察离开丁家后偷偷摸摸追上去打听，但现在她心一横，干脆就直接走了过去问道："警察同志呀，那人是小偷吗？"

"还不能确定。"

"还不能确定呀？我看到痦子了，挺像我们家小多画的样子呀。"

苏雯说了一句和丁家民十分相似的话，说完她的眼神和丁家民撞在了一起，她还瞪了丁家民一眼。丁家民赶紧转过头去，他可不敢和苏雯硬碰硬。

徐淑芬察觉出了苗头，她之前就听说了两家孩子都画了小偷的事情，现在看来苏雯是想要知道警察到底是靠潘小多的画还是丁满红的画抓到的小偷。

徐淑芬知道丁家民和俞雪晴的性格，肯定不想跟苏雯别苗头。既然儿子、儿媳妇不上阵，那就她这老阿婆来！

徐淑芬当即拉着警察的手问道："警察同志，不要骗我这个老阿婆，你实话告诉我，到底是靠谁的画抓的小偷？是苏雯家儿子潘小多的，还是我家满红的？"

年轻警察一愣，但他马上明白过来，原来这两家都在给孩子争面子呢。

"是呀，警察同志，你就回答我们吧，是靠我家小多的吧？"苏雯的话充满了暗示。

年轻警察有点尴尬，犹豫了一下还是选择诚实地摇头。

丁家民乐了，激动地道："那就是靠我家满红的画了！"

苏雯一脸不悦道："赢了就赢了，又不是没赢过，有什么稀奇的！"

徐淑芬道："家民，别乐了，潘家娘子说得对，满红赢小多，有啥稀奇的！"

苏雯被徐淑芬的话气得够呛，转身要走，俞雪晴赶紧拉住苏雯的手说："满红和小多都看到小偷了，他们的画都有功劳，不分输赢，对吧，警察同志？"

年轻警察一看这剑拔弩张的形势，只能选择实话实说，道："事实上，抓到小偷和万元户大哥家女儿的画关系也不大。"

丁家民有点懵了，疑惑道："那小偷不是和满红的画挺像的啊？"

年轻警察摇摇头，说："事实上挺不像的……你觉得像是因为那个痦子，如果没那个痦子的话，看起来就没那么像了。其实，两幅画都是同样的状况，你们明白了吗？"

警察这一问，丁家民、俞雪晴、徐淑芬和苏雯纷纷摇头。

年轻警察叹了口气："孩子的画不仅没帮上破案，甚至还造成了不小的阻力。"

原来案发后警察内部开了会，分局领导认为这个案子很重大，要求尽量坚持快速、低调的方式办案。会议上，两个孩子的画被拿出来做了讨论，最终没有被采用为直接依据。但是，局里在坚持一般办案手法的同时，还是让年轻警察分别拿着这两幅画去调查了，可结果却并不理想，主要是派出所很快接到了很多举报，大多数举报者都言之凿凿，说是在某地发现了小偷，或者说是刚认识一个外乡人铁定是小偷，结果派出所的人过去一查，却发现那些被举报的人和这个案子都没啥关系，他们被举报的原因，都仅仅是因为他们脸上长了痦子……

年轻警察最后总结说道："事实也证明了，最后抓到的犯罪嫌疑人和两人的画像完全不像，除了痦子以外，没有任何共同点……"

年轻警察这一说，在场几人顿时无比尴尬。斗了这么久，没想到最后两个孩子的画在警察那边竟然全是阻力。

随后丁家民问出了让他后悔了好久的一句话，"既然是阻力，那也有大有小的差别吧？"

丁家民是觉得丁满红的画比潘小多的画好太多了，那产生的阻力肯定也就更小，那也算是在这一次的比拼上赢了潘小多了。可没想到年轻警察竟然说道："要说哪幅画帮助更大，我说不上来，但要说哪幅画阻力小，那肯定是潘小多那幅了……"

原来丁满红的那幅肖像画除了痦子以外，画的更加像一个人的正常脸型，虽然和小偷的样子完全不同，但却真的有好几个和画像比较像的人被举报了，派出所浪费了不少警力去调查了这些人，最终证实全都没有作案动机和时间，而潘小多的画，因为画的实在太不像人了，反倒没有一起这样子的举报案件。

一听到年轻警察这样回答，苏雯顿时乐开了花，她连喊了好几声"感谢警察同志",随后白了徐淑芬一眼,乐呵呵说道:"满红输小多,这下可稀奇了!不说了,不说了,我去买点肉,今晚给小多加菜!"

苏雯乐颠颠走了,丁家民则跟着警察去了派出所,俞雪晴赶紧把闷闷不乐的徐淑芬领进了屋。

俞雪晴给徐淑芬倒了杯热茶,徐淑芬喝了口热茶后说道:"就赢了那么一回,瞧她得意的,哎,也怪满红,反正画的都不像小偷了,为什么要画得那么像个人呢……"

"妈,家民去派出所了,不知道那小偷花了多少我们的钱,多多少少,能追回一些就好了……"

俞雪晴难得打断了徐淑芬的牢骚,她心中着急,小偷抓到以前,她一直告诉自己,就算一分都没有追回来,她也可以和丁家民从头再来,但当小偷抓到了以后,她内心还是萌生出了无比强烈的期盼,她期盼小偷能花得慢一点。

年轻警察带着丁家民到了派出所后,就让丁家民在走廊的凳子上等着,他则拿着本子进了一个房间。

丁家民出于好奇,就靠到那扇门上偷听,结果听到里面警察正在给那个小偷做笔录。他马上把整个身子伏到门上去,想听个仔细,不料这扇门的门锁有问题,门吃了太多重量后居然自己开了。

丁家民一个趔趄,就冲进了屋里,和警察、小偷来了个大眼瞪小眼。

年长的警察笑了,说道:"就这么进来,不敲一下门的吗?"

丁家民赶紧说道:"没想到这门自己会开,真是出其不意啊。你们接着做笔录,我这就出去。"

年长的警察说："没事，你留下吧，正规的笔录已经做完了。还有一些问题，你在的话，可能更容易问清楚。"

年长的警察说完，就让年轻的警察继续跟小偷了解后面的情况，自己则拿着做好的笔录离开了。

年轻的警察让丁家民搬了个凳子旁边坐，随后拍了下桌子，把双手被铐的小偷吓了一跳。

"他是谁，你知道吧？"年轻警察指指丁家民问道。

小偷看了一眼丁家民，点了点头："认得，雪晴早饭店的老板，我偷的就是他家的钱。好家伙，竟然是个万元户！我本来还以为他家也就一两千块钱呢！"

丁家民不慎脱口而出："我也以为就一两千块钱！"

小偷对警察道："听听，他是当家的，他都不知道有多少钱，我是真不知道有那么多钱，要知道我也不一定敢偷了，金额太大了！"

年轻的警察道："别狡辩，一万一千三百六十二，你看到这么多钱，还不是一分不落全偷了？"

小偷打了一下自己手："都怪我手贱！"

丁家民拿起桌上的茶杯，递给小偷道："真觉得手贱，就用这个打！"

小偷红着脸道："不用不用。"

警察同志敲了两下桌子："演完了吗？演完了就给我说正事。我问你，这笔钱现在还剩多少？"

小偷低头道："不是说过了吗？一分没剩。"

丁家民眼眶一红，心中琢磨着：这回去怎么跟雪晴说呢？为了这店，为了这个家，她辞去了那么好的工作，拼死拼活，任劳任怨。别人不清楚，他可是最清楚雪晴有多么操劳的：经营这个店起早摸黑，一年到头连个休息日都没有；母亲徐淑芬最近身体也开始不如从前，有时还需要人照顾；丁满红则还小，随时随地都离不开妈妈。这三个方面的困难，换作自己，他知道自己是一点都做不好的，可雪晴却每个地方都做到了最完美，而完美的代价就是更多旁人无法察觉的付出。雪晴太辛苦了呀，这叫我回家怎么告诉她这个噩耗呢？告诉她一夜回到解放前了，几年的辛劳全部打水漂了？最悲惨的是，这笔钱我一分没花呀，这享受的感觉可是一点没体会到呀，一万块钱能干什么？能买什么？能吃什么？能玩什么？丁家民越想越不甘心。

警察同志再次问小偷："那你给我们说说，这些钱你都是怎么花掉的？"

"说详细点。"丁家民来了句。

警察同志看了丁家民一眼，随后点头道："没错，说详细点。"

小偷于是开始从自己偷到这笔巨款讲起。要知道，1986年的一万块钱，说它价值相当于2020年的几百万一点儿都不过分，丁家民平时连吃一个鸡蛋都要计算价格，这一万块钱的生活，丁家民是做梦都不敢想的。事实上，不仅丁家民，就连警察同志也是一样，小偷说自己拿着这一万多块钱就去了上海，随后住进了最好的招待所，还去歌舞厅，买了最贵的酒，抽着最好的烟，点了最贵的小姐，上了最好的菜……

小偷看到丁家民和警察同志有点走神的样子，有点迟疑道："你们有在听吗？不想听，那我就不说了。"

"继续说，再详细一点！"警察同志说道。

小偷继续说道："到底要多详细呀？"

"有多详细就多详细！"丁家民和警察同志竟然异口同声地喊道！

"行了，都别凶了，我继续说，详细了说，行了吧！那酒是真的好喝，我才喝了一口，嘴里就都是香味，然后一股火辣辣的感觉顺着喉咙到了胃里，暖和，顺滑，整个人都舒服了起来。还有那个烟，一口就能让人成仙！最绝的当然是那个小姐了，那肌肤，闻一闻香喷喷，抱一抱软绵绵……"

警察同志吞了口唾沫，他看到丁家民听得眼睛都直了，赶紧打断小偷道："这段就略过吧，往后说，你离开歌舞厅后又去哪了？"

小偷舔了下嘴唇："当然是去了全上海最好的馆子了！德兴馆，三林馆，王宝和，什么镇店之宝都吃了个遍。不过要我说，这上海最好吃的东西呀，还是那上海老饭店的八宝鸭，那真是世界上独一无二的美味啊！那鸭子一定得是湖州白鸭，这肚子里塞入糯米、火腿、肉丁、鸡丁、板栗、白果和瑶柱，特别提醒一下，一定要加瑶柱，这瑶柱可是'海八鲜'之一，提鲜绝品啊！火候，这火候也是绝顶重要，这八宝鸭呢，必须旺火蒸足五个钟头！少一分钟都不行！"

"吃起来什么味道？"丁家民被小偷说得舌根生津，他往前挪了下凳子，轻声问道。

"当你用勺子舀起一勺子鸭肉，一股香味就扑面而来！"小偷喷喷了两声，陷入了回忆之中，"你咬下去，鸭肉进到嘴里就和直接融化了似的……"

小偷突然望着听得出神的丁家民和警察道："警察同志，能给根烟抽抽吗？"

警察舒了口气，给小偷点上了烟，丁家民也点了一根，随后便在烟雾缭绕中，听小偷讲了三个多小时才讲完自己偷了钱后非常详细的花钱经历。随后他们让小偷报了每个地方的大体开销，最后丁家民一算账，还差八百多不知道花到哪了。

但小偷死活表示想不起来了，反正已经全花完了，知不知道花在哪了也没差别。

丁家民怒道："你必须想起来！这里面每一分每一厘都是我和雪晴辛辛苦苦赚的血汗钱！你把它们花了个干净，你怎么能不记得这八百花在哪了呢！你必须想起来！"

小偷摊开手："吃喝玩乐我都享受过了，想得起来是缘分，想不起来那也是本分，我犯法，我坐牢，我也不欠你的！"

"不欠你个头！"丁家民这下被激怒了，他站起来，一手揪着小偷的领子，一手抄起了烟灰缸，警察同志一看赶紧伸手拦住了丁家民，郑重警告他道："别动手，动手了你可就犯法了。"

警察给丁家民点着一根烟，让他到外面冷静冷静，一会儿再叫他做笔录。

丁家民被唤进屋是在一个小时后了，他在外面的小卖部买了一包烟，这时候又已经抽了大半包了。丁家民进去的时候，看到小偷被两名警察拖走了，也不知道年轻警察做了什么，反正那小偷刚才的嚣张劲头没了，整个人瘫在地上，哭哭啼啼个没完。

丁家民挺想知道，这小偷刚才还嚣张跋扈的，说什么反正就是坐牢，一副天不怕地不怕的样子，怎么一转眼却哭哭啼啼的。这警察同志到底使了什么招？不过一开始他不好意思问。等警察同志跟他录完笔录后，警察同志合上本子，满是歉意地说道："万元户大哥，我跟你掏个底。"

"你说，我承受得住。"丁家民心里明白，警察同志八成就是告诉他这笔钱已经追不回了。

年轻警察果然说道："坏消息，就这小偷所交代的情况来看，你家被偷的钱，九成九是追不回来了。"

其实丁家民早有直觉，警察就算此刻不说，丁家民心里也已经有这样的预期了。

丁家民苦笑了两声，询问道："警察同志，那小偷之前还嚣张得很，为什么我再进屋时他却哭个不停？"

警察拍拍他肩膀："这里就有一个好消息了……"

丁家民回到家的时候早过了晚饭点，俞雪晴却依然坐在饭桌前等他，看到丁家民进屋，她马上起身，说给他热饭去。

丁家民胡乱吃着饭，俞雪晴就坐一边等着，也不说话，就是静静陪着。丁家民边吃饭边心里寻思该怎么说这个噩耗，才可以让俞雪晴容易接受一点。

"满红呢？"丁家民随口一问。

俞雪晴扑哧笑了，道："我就晓得你准是先问满红，她在自己房间写作业呢。"

丁家民挠着头："那你还晓得我随后要问什么？"

俞雪晴点头道："当然晓得，你会问你妈后来啥时回去的。"

丁家民被饭呛到了，连着咳嗽了几声，说："雪晴，你比我还了解我呢！"

"你心里有事的时候总是这样，你会挠头，然后顾左右而言他，就是不肯说重点。"

"哎，既然你都看穿了，那我就直接跟你说了。"丁家民放下碗筷。

"傻瓜，钱拿不回来没关系，我们再一起挣嘛。上一个一万块钱，我们就花了五六年，下一个一万块我们花三年，不过分吧？"

丁家民还没说呢，俞雪晴已经先安慰上了，她看丁家民回来后一直吞吞吐吐，支支吾吾，心中已经猜出了个大概，这笔钱是要不回来了。

俞雪晴当时心中一酸，但她马上控制住了自己的心情。她知道，丁家民平时大大咧咧，做事咋咋呼呼，可是自己但凡有点情绪波动，他总是能看出来，之前钱刚丢的时候，自己难免有一些酸楚，丁家民便是一通花式安慰。

所以，俞雪晴是打定了主意，从今天开始就当这一切都过去了，她和丁家民重新开始，这个火红的时代刚刚来临，一次小小的挫折还能打垮了他们不成？

不想丁家民叹了口气道："雪晴，这事你猜到了开头，倒是没猜到结局呀。"

俞雪晴好奇道："你这话怎么说呢？"

"一个坏消息，一个好消息，我也不问你先听哪个了，我就按我听到的先后顺序跟你讲，听完你也就明白我为啥是现在这样了。"

丁家民的话吊足了俞雪晴的胃口，俞雪晴马上收拾好了碗筷，回到饭桌前让丁家民赶紧说说。

丁家民先说了坏消息，那就是这一万一千三百六十二块钱，几乎被小偷花了个精光！丁家民于是就把自己在派出所的经历告诉了俞雪晴，小偷怎么说，他就怎么说，甚至他比小偷说得更加绘声绘色，更加眉飞色舞。俞雪晴看在眼中，却莫名地有点心疼，心想：他听得这么仔细，说到底，还是因为这番花花世界他没享受过，但是他要是真醉心于享受这些了，那我也不会这样待他了。

丁家民说着说着就说到小偷找小姐这一段了，还说什么"闻一闻香喷喷，抱一抱软绵绵"，他马上发现俞雪晴脸色变了，当即说道："这一段我和警察同志都要求小偷略过了，他没往后讲，我也没往后听！"

俞雪晴这才脸色缓和了一些道："算你识相，不然要你好看……所以那小偷就这么把我们的钱花光了，一分不剩？"

丁家民点头又摇头："其实也不是完全花光，倒是剩下了八百八十八，被警察给追回来了。"

这笔追回来的钱就是警察同志在派出所拍着丁家民肩膀所说的好消息了。

原来这个小偷七八年前孑然一身来杭州闯荡，如今却还是四处漂泊，身无分文，他觉得人生无望，又妒忌丁家民店里生意火爆，收入颇丰，于是便偷了丁家民家的钱。他偷了钱后，先是找了人给他山里的老母亲寄了一笔钱，因为怕寄得太多老母亲不相信，所以就凑了个吉利的数字八百八十八，自己则转头把其余的钱花了个精光。

派出所找到小偷时便锁定了这笔钱，于是马上派人去了小偷老母亲所在的山村，结果警察赶到的时候，老母亲正因为收到这笔钱晕倒了，警察就把她送到了医院。老母亲醒过来，睁开眼第一件事就是连忙问身边人："我孩子做什么坏事了？"后来，老母亲看到警察后，马上把钱交到警察手里，还拉住警察的手，求警察赶快找到她儿子，生怕儿子的罪行越来越大。原来，这位老母亲一看到钱就知道儿子做坏事了，所以才急火攻心晕倒了。老母亲有一句话，要警察带给她儿子，当时警察同志就告诉了小偷她母亲死里逃生的事情，也转告了他老母亲的那句话。

"行得正，坐得直，就算你没有钱，别人一样看得起你！但你要走了歪路，就算你腰缠万贯，你一样被人看不起，到时候你也别认我这个娘了，反正我也不认你这个儿子！"

当时小偷听完后，就趴在地上号啕大哭，还说自己偷了钱后，每天虽然山珍海味，可其实哪里吃出来过味道！虽然每天出入高档歌舞厅，却连听到一声喇叭声都提心吊胆！

俞雪晴听到这里，红着眼道："这小偷是咎由自取，只可怜了他的母亲，她说的话，不失为做人做事的根本呀。"

"所以警察同志跟我说过两天去拿这八百八十八块钱，我心中就不是滋味了。雪晴啊，你说这分明是他偷了我们的钱，这钱理应归我们，可为什么我心里却不是滋味，怎么还有点我们抢了他们钱的感觉？"丁家民疑惑道。

俞雪晴轻轻地给了他一拳，道："我打你一顿，再告诉你我得了病，就是控制不住自己打你的冲动。你怎么想？"

丁家民挠着头："那要看打得重不重，如果是你，其实稍微重一点也没关系。"

俞雪晴气得直叹气道："反正你那点妇人之仁的心思可别有，那都是我们的血汗钱，到时候警察找你，你尽管去拿，这钱对我们，对满红，都很重要，明白吗？"

丁家民点头："明白明白。"

两天后是周六，警察就打电话要丁家民去派出所取钱。丁家民当时忙不过来，竟然让丁满红去取钱。丁满红此时才得知家里的一万多块钱只剩下八百八十八了，心中老大不愿意。

丁满红到派出所时，年轻警察已经在那等她了，看到丁满红时他吓了一跳，因为丁满红穿了一件又厚又大的衣服，和当时的温度很不搭。

警察带着丁满红进了办公室，一边给她办手续，一边说："丁家民真是胡闹，不是刚遭了贼嘛，这竟然又差一个小姑娘来取钱，八百多块呐，不怕遇到危险嘛？"

丁满红一听就更不高兴了，她�’着嘴问道："警察叔叔，不是说有警察叔叔保护我们的安全吗？"

年轻警察哑然，随后点头道："你说的对，维护治安是我们警察的本职工作。"

年轻警察点了钱后给到丁满红，还是不放心地问道："这么多钱，你自己带回去不害怕吗？"

"不害怕，我有准备。"

丁满红接过钱，转过去，背对着警察，将钱小心翼翼藏入贴身的内口袋里，这就是丁满红穿这件大厚外套的原因，因为她的衣服中，只有这件衣服有内衬口袋。

看到这里，年轻警察也明白过来，心想：这个小姑娘不仅漂亮，而且做事好细心，当下笑了起来道："你叫丁满红对吧，你画的人像很好呀。"

年轻警察这是想夸赞一下丁满红，没想到丁满红皱着眉道："警察叔叔，你说错了，我画得不好，所以给你们添麻烦了，也输给了潘小多。"

年轻警察一怔道："不不不，没这回事，你画得很像，你这个年纪，画这么像的人很少见吧。"

丁满红摇头，煞有介事地说，她已经明白了，原来画人像画，最重要的是真实！而她在画小偷的时候，因为觉得照着看到的小偷的样子画出来不好看，所以做了修改，结果反倒让自己输给了潘小多。

"所以，警察叔叔，你不需要骗我，你骗我，我要是信了，只会在接下来的市画画比赛上输给潘小多。"丁满红一本正经地说道。

年轻警察一时不知道该怎么回应，丁满红见状，冲他敬礼后径直往外走。年轻警察站在原地，目送丁满红走出派出所才说道："这个小姑娘，将来一定有大出息呀。"

　　他正说着，就看到丁满红折了回来，她走到警察身边，拉了拉他的衣袖。

　　"警察叔叔，你能送我回家吗？"

　　这天是年轻警察送丁满红回到了思鑫坊，一路上丁满红绝口不提自己折回来要警察送自己的原因。实际上，她是害怕了，毕竟她长这么大，第一次怀揣如此一笔巨款。"八百八十八，挺吉利的数字。"丁满红当时这么想。

第八章

　　其实，只有八岁的丁满红并不是很清楚钱的概念，更不明白"万元户"在1986年到底意味着什么。对于丁满红而言，她只知道，这是个美好的时代，人们的生活越来越好，很多新鲜的东西开始进入她的生活，年幼的她萌生出一种感觉，一种好想把这个世界看个"清清楚楚、明明白白"的感觉。

　　事实上，在此之前，思鑫坊又有多少人对改革开放有真正的认识呢？又有多少人敢对成为万元户有什么奢望呢？

　　丁家民和俞雪晴刚开雪晴早饭店的时候，思鑫坊大部分人的态度，都是支持并观望，按照"最会把握社会动向"的潘正义的说法，那就是"学习但不进行"。潘正义解释说："一切都还没稳定，所以我们要学习丁家民的创业经验，但现在我们绝对不能当个体户，枪打出头鸟啊。"

　　潘正义这么说，自然是有他的考虑的，思鑫坊的人也都觉得这话有一定的道理，政策怎么变，谁也说不准啊。但是很快的，人们发现政策越变越好，丁家民也没有被枪打出头鸟，倒是《人民日报》上对于个体户的评价发生了更加积极的变化，从"允许个体户存在"到后来变成了"个体户是社会主义经济体制的有益补充"，到现在变成了"私有经济是社会主义市场经济的必要补充"……

而丁家民成为"万元户"又秒变"零元户"的新闻也登上了报纸，思鑫坊里更是激烈地讨论起来：一万块钱啊，这在以前是一个完全不敢想象的数字，在这个新时代中，丁家民和俞雪晴夫妇竟然只花五年时间就赚到了，这不仅让思鑫坊里开着理发店、玩具店的老板们心神荡漾，更让还在工作岗位上的工人们心驰神往。

潘正义更是直接推翻了自己之前下的论断，转而成了个人创业的坚定支持者，他认为"个体户的好日子来到了"！

这天丁满红从警车上下来时，潘正义也刚下班，正在坊子口跟众人大谈个体户的美好未来，还说什么接下来的时代，打工已经赚不到钱了，个体户才能发大财，一番话引得了众人一片叫好。

丁满红听在耳中，总觉得潘正义这番话哪里不对劲，她拉紧外套，小心翼翼地躲着这帮人。

回到家后，她就马上脱下外套，从内衬口袋里掏出这笔钱。她伸出右手大拇指和食指，学着父亲丁家民那样，沾了口水就开始数钱，尽管母亲曾一再告诫她不要学父亲这样，这样子不卫生，"钞票上面都是细菌，这样就全吃到肚里了"。可丁满红决定这一次就不顾什么卫生不卫生了，她需要尽快把钱数完，并确保这笔钱的安全。

丁满红一连数了两遍，两次的数字都是八百八十八，她这才舒了口气，紧皱的眉头也舒缓了下来。她把这笔钱放在了母亲的枕头底下，然后把自己房间的书桌和凳子搬到了母亲房间。她需要保证，在自己完成作业的过程中，这笔钱每时每刻在自己的眼皮子底下。

晚饭时间点，丁家民匆匆忙忙回来一趟，给丁满红带了晚饭，并问了她一句钱是不是拿回来了。看到丁满红点头，丁家民就跑回店里继续忙碌了。

一直到十点多，丁家民和俞雪晴才回到家，这时丁满红已经趴在书桌上睡着了。俞雪晴去抱丁满红时她醒了，第一句话就是："妈妈，钱在枕头底下。"

丁家民翻开枕头，点了一下，八百八十八一分都没少。丁家民很高兴，夸女儿办事靠谱。俞雪晴白了他一眼，说道："就你最靠谱，竟然让满红去派出所取钱！"

丁家民挠着头："当时太忙碌，一时没想太多，就让满红去了。"

丁满红把傍晚听到的潘正义的话告诉俞雪晴，随后问道："妈妈，我觉得潘叔叔说得不对。"

"哪里不对？"俞雪晴笑着问道。

"我说不上来……"

俞雪晴道："让你爸爸告诉你。"

丁家民傻眼了道："雪晴，你别玩我了，这种问题我怎么知道答案？"

俞雪晴笑了，她摸摸丁满红的头道："你的感觉没有错，是你潘叔叔说的不对。我们思鑫坊里已经有这么多个体户了，整个杭州呢，整个中国呢，个体户已经有好多好多了，在不久的将来，他们中很多很多人都会成为万元户。但是，无论将来怎么变化，整个中国打工的人数总是比个体户要多很多很多，打工也一样能赚很多钱，甚至连那个偷了我们钱的小偷，如果他不偷钱，而是去打工，将来也一定会成为万元户。所以，不是个体户就赚钱，打工就不赚钱，真正帮你赚到钱的是国家给我们提供的好的环境，还有就是个人的勤劳和诚实。满红，你要记住，只要你热爱工作，只要你勤劳诚实，你一定能赚到钱，并且可以在这个社会上有尊严地生活下去。"

丁满红把俞雪晴说的这番话在心里重复了一遍，依然不是很明白。不过此时的她想起一件事：那是她很小的时候，她有一次醒得很早，哭哭啼啼缠着爸爸妈妈要一起去早饭店，丁家民和俞雪晴拗不过她，就给她穿得圆鼓鼓的，戴上了帽子，抱着她往早饭店走。那时候只有凌晨两三点，外面一片漆黑，一出门丁满红就发现外面下着雪，因为有雪花落到了她的脸上。俞雪晴打开手电照着路带头，丁家民则抱着丁满红跟在后面。

到了早饭店后，丁家民和俞雪晴就忙碌起来，丁满红则坐在板凳上无所事事，于是她就乘着父母不注意跑了出去。

她一个人在思鑫坊跑了一圈，结果没见到一户人家亮着灯，她就往外跑，结果外面的街道两侧也是一片漆黑，她白天看到的那些店面一个都没有亮灯。

丁满红跑回自己家店铺门口，她看着店铺里那温暖的灯光，再看看那黄底红字大招牌，她当时就有了一种很奇怪的感觉，心里热乎乎的。

这时候，丁满红看到奶奶徐淑芬从楼上下来帮忙，她就喊住徐淑芬，把自己刚才的发现告诉了她，然后奶声奶气地说道："奶奶，我心里头觉得热。"徐淑芬听了后呵呵地笑着告诉她，说丁满红的爷爷丁宪倧还活着的时候，最常说的一句话就是"如果你热爱工作，你到哪里都能生活得很好"。

徐淑芬道："满红的爸爸和妈妈就热爱工作。"

丁满红骄傲道："满红要和爸爸妈妈一样热爱工作。"

想到这段往事，丁满红突然觉得自己明白了妈妈刚才这番话的意思了，她浑身充满了动力，眼睛中泛着光，异常激动地对俞雪晴说道："满红，也要热爱工作！"

得知了丁家民最终只是追回了八百八十八块钱，思鑫坊里邻里们都对丁家给予鼓励，当然也有一些人就此看衰丁家民，认为他很难东山再起。事实上，人生的起起落落，总是伴随着周围人这样那样的眼光。俞雪晴看出丁家民有一点失落，她便安慰丁家民，说："我们不是有个丁家精神吗？"

丁家民摇头，说："那个不管用啊，'君子爱财，取之有道'那是管赚钱的，不管别人的嘴啊。"

俞雪晴笑了，说："看来丁家精神得加一条了——'别在意他人眼光，别管别人的嘴'，你觉得这个怎么样？"

丁家民听了只是微微一笑，心想：谁管得住别人的嘴呢？

事实上，丁家民真正难受的倒不是一些闲言碎语，而是自己身为这个家的主心骨，他又要让一家人跟着自己受苦了，这一点他没有告诉俞雪晴，倒让俞雪晴觉得他仅仅因为一些闲言碎语就唉声叹气，心里还颇有一点不悦。

这天，丁家欣和丁家宜来到思鑫坊看母亲徐淑芬，因为正赶上中午，二人饭也没吃，就帮着早饭店里忙这忙那。一直忙到下午一点多，众人才闲了下来，坐在一起吃午饭，边吃饭边说话。

"电话这新玩意儿好呀，家里有了电话，要过来之前通个电话，就什么都有准备了。"丁家欣说。她还说等安装费再便宜一点，她家也得赶紧装一个。

丁家宜带了份礼物给满红，是她老公从上海带回来的一只火箭模型，说是在一个航空展上看到了这款最新型号的长征二号火箭，就问了工作人员什么地方能买到这个火箭的模型。她老公花了一天时间，从徐家汇找到静安寺，最终在黄浦江边上的一家模型店里买到了。

俞雪晴一听，赶紧从丁家民手里抢过火箭模型递还给丁家宜，说这么贵重的东西她是怎么都不能收的。

丁家宜赶紧说："买都买了，退也不能退，如果你们不收，那这火箭模型我只能丢掉了。"

"丢不得，丢不得！"丁家民赶紧说道，"要是丢了，那可就真浪费了，就算被人捡了去，那户人家的孩子也未必像满红这样想当宇航员呀！"

俞雪晴只能抓住丁家宜的手不停地道谢，她知道丁家宜疼满红，除了满红是她大哥的女儿外，还因为她自己有生育问题，结婚到现在都没怀上孩子。满红是他们丁家四兄妹中第一个小孩，丁家宜很多时候把她当自己女儿一样看待。

丁家欣说自己这回没给满红带礼物，而是给大哥丁家民带了一份礼物。丁家民一听，乐了，说："我长这么大了，不管是生日还是过年，就没收过一份礼物，敢情今天这普普通通的一天，我竟然要收到人生第一份礼物了？"

徐淑芬没好气道："你这话我就不爱听，你这是嫌弃我，嫌弃你死去的老爸没给你买礼物。你自己想想，那份过年的干肉是被谁咬掉一个角的，那六个团子又怎么少了四个？要不是我护着你，还礼物呢，不把你打成植物人算你幸运了。"

丁家民挠着头道："妈，往事就不要提了，反正我知道，我小时候没人疼，长大了还是没人疼，现在马上要老了，还算有个妹妹疼。"

丁家欣乐呵呵从包里拿出一个信封交到丁家民手上，丁家民打开一看，里面是一沓钱，看起来有两千块的样子。丁家民脸色变了，赶紧说："这钱我不能收，你拿回去。"

俞雪晴也赶紧道："家欣，我们只是丢了钱，不是倒闭了，我们饭店经营没问题，你的钱我们不能收。"

丁家宜道："你们就收下吧，这不是二姐一个人的主意，这是我们两家人的主意，我们这是想入股，还希望你们同意呢。你们的早饭店做得那么好，五年时间就成了万元户，我们现在想入股，说起来实在有点过分，所以还想求你们看在兄妹一场的分上，收下我们这笔入股钱呢。"

丁家民和俞雪晴对视了一眼，他也不是傻子，早已知道丁家宜和丁家欣这是商量过了，二人知道丁家民决计不会问她们借钱，所以就想以入股的名义借给他们这笔钱周转。而且，既然是入股，显然二人也不需要丁家民还这笔钱。

丁家民心中感激，他收下钱正要道谢，不想徐淑芬突然大声说出了自己的想法，她打算去找最不争气的丁家祥要入股钱，还说反正上一次借的一千已经还了，有还有借，那才叫公道。这一回是三个子女加一个儿媳妇劝她，结果依然没劝住，当天徐淑芬就去了丁家祥家，晚上回来的时候又带回来了一千块入股钱。这一回丁家民和俞雪晴没有再问徐淑芬是怎么说服丁家祥的了，反正徐淑芬总有她的办法。

既然有了资金支持，丁家民和俞雪晴就更加可以放手经营了。原本因为受到附近早饭店的冲击，她们的生意状况持续下滑，他们明白这样下去不是办法，最近一直在琢磨如何应对。不过积蓄被偷后，之前所想的应对办法就都只能搁置一边了，但现在既然有了家人的支持，二人也打算继续拼搏一把了。

市里举办的绘画比赛出结果了，丁满红毫无争议地拿了第一名，潘小多则名落孙山。丁满红拿到老师发的奖状和奖品后十分得意，这算是洗刷了在小偷肖像画上惨败潘小多的耻辱。奖品并不值多少钱，也就三根铅笔和一个铅笔盒，但她还是决定放学的时候，一手拿奖状，一手拿奖品，在整个思鑫坊招摇而过，享受所有人的夸赞。更夸张的是，为了让人完整看到奖品，她愣是没把铅笔放进铅笔盒中，而是把铅笔和铅笔盒一起抓在小手之中。果然，一路上，思鑫坊的街坊看到丁满红的样子，都笑呵呵问道："满红呀，又拿奖状了？""满红，这铅笔、铅笔盒都是奖品呀？"

　　丁满红噘着嘴、昂着头，享受着这一路的赞美，愣是在思鑫坊逛了三圈后才回到家中。

　　丁家民和俞雪晴看到奖状和奖品都十分高兴，直夸女儿厉害，丁满红这才把铅笔放进铅笔盒中。

　　丁家民拿着奖状，对着客厅的墙壁嘟囔着："这市级一等奖，该粘到第二行，可第二行都满了，要么粘第三行？"

　　原来每次丁满红获得重要的奖状，丁家民都拿来粘在客厅的墙上，这样亲朋好友过来都能看到丁满红成长道路上取得的成绩。这种办法不是丁家民自创的，他也是在杨天宝家看到的。当时孩子们都刚读幼儿园，杨艺拿了一个好学生奖状，还当上了文艺委员，杨天宝就把这些奖状贴在了客厅墙上每天端详。丁家民、潘正义等人看到了就如法炮制，只不过几年下来，这几家人墙上的奖状数目差距巨大。

　　看到丁满红噘着嘴，俞雪晴笑着道："你没看满红不乐意吗？别放第三行，那都是学校里的小奖状，你就叠起来贴，都放第二行。"

　　丁家民疑惑地问丁满红："真的叠起来？这样看不到你具体拿了

什么奖哦。”

“第三行都是学校的奖，我想放第二行，那都是市里的奖。”丁满红道。

丁家民贴好后，丁满红还仔细查看了，随后满意地点头。

这时候丁家民把丁家宜带来的火箭模型拿了出来，丁满红看到后十分欢喜，她一下子就指出这是长征二号火箭，连问这是谁买的。丁家民假装不满道：“你怎么就不猜是爸爸给你买的？”

丁满红抱着火箭模型道：“爸爸有妈妈管着钱，不可能买给我的。”

“爸爸就不能有私房钱吗？”

“你没有。”

“这么看不起爸爸？”

俞雪晴端着饭菜上来，笑着让丁家的两位别斗嘴了，赶紧归位吃晚饭。

丁满红扒了两口饭，问道：“爸爸妈妈，你们知道我这次拿奖的画是什么主题吗？”

“什么猪蹄？爸爸不爱吃猪蹄！”丁家民故意逗她。

丁满红噘着嘴：“是主题，不是猪蹄！哼。”

俞雪晴问道：“告诉妈妈，什么主题？”

“我的航天梦！我画的时候，老师要我们画下自己的梦想，我就画我成了宇航员，坐上我设计的火箭出发去外太空了！我把早饭店也画进去了，也是一样的招牌呢！”

丁家民开心极了，说：“那么说来，很多大领导看到了我们的雪晴早饭店？”

丁满红猛点头，说：“我就是打算帮我们早饭店打响名气！这画可是要登在报纸上的呢！"

这天之后，丁家民每天都跑报摊，他不知道丁满红的获奖作品会登在哪一份报纸上，丁满红本人也说不上来，所以丁家民只能每天到报摊把所有报纸翻一遍。思鑫坊坊子口报刊亭的老板小岑看不下去了，就告诉丁家民说："丁大哥，要不然你安心开店，我给你瞧着，有满红的画了，我把报纸给你送过来？你这样每一份报纸翻一遍，这报纸就没法卖了呀。"

丁家民在早饭店每天等着报纸的时候，丁满红却早忘了这事了，她最近正忙着为潘小多讨公道。原来，丁满红这天去了潘小多家，正看到潘正义盯着墙上唯一一张奖状叹气。

"人家丁满红的奖状墙上都粘不下了，都要叠起来粘了，我们家小多呢，从头到尾就这一张，这一张还是两年前拿的。我说不上多有本事吧，但好歹也是街道办主任，对这个社会也算是有自己的独到见解，可我没想到啊，生个儿子居然一点都没遗传到我的优点！"

苏雯气鼓鼓地从厨房追过来道："你这话什么意思？你是说小多是因为遗传了我的缺点，所以没你有本事？"

潘正义支支吾吾道："我不是那意思……"

二人都没注意到潘小多走到了客厅，他冷着脸站在一旁，低声说道："你们不满意，就把这张也撕了。"

"你个小浑蛋，还敢顶嘴了？"潘正义来火气了。

"我说真的，不满意就撕了，你们看着也就不烦了。"

丁满红没想到平日里在学校老被自己欺负的潘小多，在家里的时候居然这么硬气。

潘正义气得够呛，伸手要打，却被苏雯一把拉着坐到椅子上，让他喝茶消气。

"快和满红出去吧。"苏雯看到了门口的丁满红，赶紧让潘小多离开。

潘小多也没说话，拿上画画本子就和丁满红出门了。二人走出思鑫坊就往孝女路走，然后左转上了庆春路，随后一路向前走到古钱塘门。

到了古钱塘门，二人找了个地方就坐下来画画了。这时候丁满红就问潘小多今天和父亲闹矛盾的原因。潘小多告诉她，都是因为这次画画比赛没拿奖的关系，潘正义跟人吹上牛了，说潘小多就算拿不了第一名，好歹也能拿个第二名。可是潘小多这一次竟然连一个优秀奖都没拿到。

丁满红也觉得潘小多没能入围简直不可思议，在丁满红看来，潘小多是目前唯一战胜过她的人，她认为，潘小多起码值得一个优秀奖，但是潘小多实在太软弱了，这都不去争取？丁满红觉得，这种时候就需要自己挺身而出了，于是暗下决心，帮潘小多讨一个公道。

为了帮潘小多讨公道，丁满红找了很多老师，但大家都表示这事他们管不了，归教务处管。丁满红仔细考虑了一下后，认为去教务处前，得把美术老师拉上帮着说情。不承想美术老师听了丁满红的疑问后，无奈表示，时至今日，她不得不告诉丁满红和潘小多一个残酷的真相了，那就是潘小多的画根本不可能拿市里的优秀奖，因为他都没冲出学校，代表学校参赛。

她说，当时校内组织学生参赛，是答应所有学生的画都会送去比赛，但是实际上，在收到学生们的画后，老师内部还是进行了一番筛选，最终潘小多的画被毙掉了。

"尽管老师极力求情，但是其他老师还是不同意把潘小多的画送去参加比赛，他们认为这会拉低评委对我们学校的整体印象。"美术老师红着眼说道，"老师当时怕说出这件事会伤了潘小多的心，所以就让老师们保守这个秘密。"

丁满红傻眼了，但也没多想，就把自己问到的结果告诉了潘小多，结果潘小多好几天没跟她说话，丁满红去找他，他也不肯一起上下学了。丁满红无奈，只能在学校对着马飞、朱明伟和杨艺声讨潘小多，说他脾气大，人却很小气，自己明明是挺身而出，结果却反遭嫌弃。

马飞是潘小多的小跟班，自然帮着说潘小多好话；朱明伟最胆小，他想尽量说得公正，所以来了一句"大家都有错"，结果丁满红马上让朱明伟告诉大家，她丁满红错在哪里，朱明伟涨红着脸，思考了半天还是不敢说丁满红错在哪里，他怎么敢说丁满红就算知道真相也不该告诉潘小多呢；杨艺因为有事求丁满红，当即就帮着她一起骂潘小多，看到丁满红高兴地咯咯笑，杨艺就求丁满红帮她一个小忙，丁满红满口答应下来。

丁满红本来以为杨艺所谓的小忙，八成是学习上需要辅导，没想到，放学后跟着杨艺到了她家里才发现，杨艺所谓的"帮个小忙"，居然是帮忙烧晚饭，因为她家换了新的铸铁灶，她点不着火。

丁满红一听到这个要求有点傻眼，她试探性地确认了一遍，再次得到肯定的答复后，她只能叹气道："杨艺，你知道我几乎什么都会，就是不会做饭。"

杨艺红着眼道："可只有你能帮我。"

"你可以找潘小多，马飞和朱明伟也可以，男孩子没有怕火的，可我……我真没点过火……"丁满红说的也是实情，她从没在家里生过火。

杨艺道："我不想他们帮忙，我妈常说女孩子就该靠自己，我想靠你，你也是女孩子，应该没问题。哎，其实我昨天就试过了，我怕火，每次都只差一点点就点着了。"

丁满红皱眉，她不明白杨艺为何一定要自己做饭。丁满红把自己的疑问说了出来，杨艺犹豫了一下，把她拉到角落，悄声告诉她道："因为我爸妈老是吵架，有时候是为了钱的事情，有时候是为了工作，有时候则是为了谁做晚饭吵架。所以我想我来做饭，这样他们至少做晚饭这个事情就不需要吵架了。"

丁满红这下明白过来，原来是杨艺的爸妈有矛盾，她不想让潘小多他们知道，所以才单独要自己帮忙。丁满红回忆了一下父亲丁家民在铸铁灶头前生火的过程……似乎并不是很难。

"是我的话，应该能搞定吧？"丁满红暗自给自己打气，然后装出一份信心满满的样子，大方表示有她丁满红在，保准和杨艺一起做一份好吃的晚饭。

但是，丁满红在给铸铁灶点火这一件事上体会到了失败，而且还是连着失败六次。1986年，中国正开始使用燃气灶，思鑫坊算是杭州较早全面使用燃气灶的地方，杭州城很多小区都还在用煤油炉子生火做饭呢。

那个年代的燃气灶灶头是安全性极低的铸铁灶，对于孩子来说，这个铸铁灶最可怕的地方在于它是用火柴点火的！

丁满红思考了一下，频频点头，她总结出了失败的原因，那是因为她们二人都太怕火，每次都是还没点火着就缩手了。

"那怎么办？"杨艺投来求助的目光。

丁满红想了一个办法，那就是她闭上眼睛点火柴，杨艺开燃气，这样她看不到，就不会因害怕而缩手了。用这个方法，丁满红虽然差点烧到自己，但还真把灶头给点着了。随后二人架上锅，杨艺则学着大人的样子，又是切菜，又是下油，丁满红一旁看得羡慕不已。

没多久，二人合力做的饭菜就上桌了，虽说是二人合力，实际上丁满红负责的只是点火而已。丁满红尝了杨艺做的每个菜，她当即伸出大拇指，赞不绝口，丁满红没有想到，杨艺居然有一手好厨艺。

丁满红学着大人的样子说道："杨艺，你烧的菜好好吃，将来谁娶了你当老婆就幸福了。"杨艺的脸颊顿时红成了番茄似的。

杨艺拉着丁满红坐下闲聊，丁满红这才知道杨艺家里的一些事情。原来杨艺的父亲杨天宝学丁家民做生意，被人坑了，把所有的积蓄都亏掉了，这导致了杨天宝和曾芹老是吵架，二人一度甚至吵到要离婚的地步，还围绕着谁当杨艺的监护人产生过激烈争吵。

"什么是监护人？"丁满红问道。

杨艺摇摇头，她不清楚什么是监护人，她只是感觉到害怕，她害怕过不了多久，自己就没有爸爸或者妈妈了。

丁满红感觉到杨艺需要帮助。她说道："我会保护你的！"

在那之后，丁满红把自己当作了杨艺的守护神，在学校里面，但凡有人敢欺负杨艺，她就马上挺身而出。那些原本老因为杨艺漂亮而欺负她的女生，每次看到丁满红都气得发抖，可是没有办法，丁满红是学校老师们的宝贝，谁都不敢欺负丁满红。

那天晚上，丁家民给丁满红读完摘抄后，丁满红拉住他的手，问他什么是监护人。丁家民告诉她，对于孩子来说，监护人就是他们的爸妈，所谓监护人，就是法律意义上，有义务照顾孩子长大的成年人。

之后，丁家民觉得这个回答似有不妥，又和俞雪晴询问过。结果俞雪晴气得不行，说他这是在误导丁满红，俞雪晴本来决定自己找个时间告诉丁满红法律意义上的"监护人"是什么概念，结果因为接下来雪晴早饭店的生意开始忙碌起来，她就把这事给忘了。

事实上，丁家民一直认为丁满红是他的福星，是丁家的大功臣，改变丁家命运的两次大事件都与丁满红有关：第一次是丁满红的降生，在那之后，他成了一名个体户，和俞雪晴一起开出了思鑫坊第一家早饭店，还成了思鑫坊第一个万元户；第二次就是这一次了，是丁满红的一幅画，让他下定决心，推着早餐车走出了思鑫坊，走到了杭州城的每一个角落，以至于在不久的将来，他将雪晴早饭店的分店开到了武林巷，开到了河坊街。

丁满红获奖的画作终于在报纸上刊登出来了！

当报刊亭的小岑拿着报纸急匆匆跑到雪晴早饭店的时候，丁家民没来得及擦手，就直接跑上去拉住了小岑的手，问道："在哪？在哪？这画在哪？"

"在这！在这！"小岑赶紧找了张干净的桌子，把报纸摊开，果然在报纸的副刊上刊登出了好几幅学生画作，而其中有一幅画占据了几乎一半的篇幅，这幅画下面有一行字："《从家启航》一等奖——丁满红"。

"看看！大家看看！我们家满红的画上报纸了！"丁家民高兴得不行，用满是面粉的双手抓起报纸，一一走到用餐的客人桌前，指着报纸上那幅画给大家看。客人也不管看到没看到画作，看到丁家民如此高兴，也都纷纷跟着祝贺起来。

俞雪晴走到他身边，拿过报纸道："瞎高兴，也不看看孩子画了啥。"

说完，俞雪晴就去看丁满红获奖的那幅画。俞雪晴记得丁满红之前很骄傲地表示，自己把火箭和雪晴早饭店给画到了一起，她当时还疑惑呢，这两样风马牛不相及的东西，怎么能够画的一起。今天一看到这幅画，她顿时眼睛一亮，原来丁满红这幅画竟然是一幅组画，她画了一个小姑娘在雪晴早饭店吃完包子后走向火箭，最后随火箭一起飞向宇宙的情节。

这幅画上最突出的不是这个小姑娘，不是火箭，而是那红底黄字的"雪晴早饭店"的招牌，俞雪晴看到此处，眼眶湿润起来，心中念叨：这孩子，皮是皮了点，可心里尽念着这个家、这个店呀。

很快，这幅画在思鑫坊传遍了，大家遇到俞雪晴，就夸她教出了个不得了的女儿，小学一年级就拿下了全小学年龄段的画画冠军，将来说不定要成为齐白石那样的大画家。俞雪晴赶紧道谢，并说满红还没到这个地步，画画只是她的爱好。

俞雪晴虽然一贯谦逊，但在此刻她内心深处竟然也涌现出了一丝骄傲感，特别是当她后来得知，这一次画画比赛获一等奖的孩子都将会在暑期参加北京举办的航天夏令营活动时，她心中竟然也如丁家民一般，第一次萌生出了丁满红要当女宇航员的念想。

这天晚上七点多，太阳刚从西边落下最后一缕光芒时，丁家民唱着歌，拉着一辆奇怪的手拖车回到了思鑫坊。街坊邻里看到后都乐呵呵地问他拉的是什么车，因为这手拖车不像平常的手拖车，灶头不像灶头，模样挺怪异。丁家民就哼哼了两声，说道："你们这是少见多怪。"

"那你倒是说说，这到底是啥车呀？"

"说了你们也不懂，反正等两天你们就知道了。"

丁家民说着，猛然发现这批人都站在坊子口左侧，他当即拉着车转了个圈，这一下子众人都看到了车厢另外一侧——这一侧的车身上被丁满红得奖的那幅画所覆盖，上面的"雪晴早饭店"五个字赫然在目。

"家民呀，你这是印了满红的画呀？"

"放大了十倍，看着可好？"丁家民问道。

"好好好，雪晴早饭店，清晰得不得了。"

事实上，这就是丁家民和俞雪晴想出来的移动早餐车了。之前因为一万积蓄被偷，所以这个计划就停止了，这次获得了丁家欣、丁家宜和丁家祥的资金入股，二人便决定继续这个挽救雪晴早饭店的计划。当然，车身上印上丁满红的画，这个划时代的点子则是丁家民擅作决定了。俞雪晴看到后真是哭笑不得，只能安慰自己说这样子挺好看。

丁家民却得意忘形了，竟然自夸道："你不觉得这样很有派头吗？店名在画上的位置也很显眼，最重要的是，火箭预示着起飞，这幅画的名字也和我们现在的目标一致！"

"你爱怎么说就怎么说！"俞雪晴可不想跟丁家民在这件事情上纠缠，心想：这事由着你折腾，反正你高兴，满红高兴，那便是好事。

三天后，这个移动早餐车就开始营业了，俞雪晴和徐淑芬婆媳二人负责守着老店面，丁家民则将几笼包子装在车后，拉着早餐车去凤起路上卖起了早饭。因为这辆车上有两口大锅，锅底是煤球，锅里有热水，锅上的蒸笼里蒸着的则是早饭店的招牌榨菜包和大肉包，这样一来，所有的客人都能吃到热腾腾的包子。

俞雪晴和丁家民的主意就是双管齐下：一边，自家的店面要继续经营好了，这是安家立命的根本，为此，他们增加了座位，还花钱印了一些传单搞优惠；另外那就是希望丁家民的移动早餐车能创造更多收入，同时，这也是广告宣传的一部分，希望借此把雪晴早饭店的名头打响。

这早餐车第一天营业就创造了奇迹。丁家民本来想拉着车往以前工作的农药厂跑的，他对那个地方熟悉，认识的人也多，丁家民是指望农药厂里的员工们念在前同事一场，大家都来帮个忙，这一车的包子就能卖出去了。丁家民可没预料到，他的早餐车还没拉到农药厂，车上的包子已经卖了个精光。

第一个买丁家民包子的是马宁，他骑着自行车追上了更早出门的丁家民，随后买了两个大肉包。马宁问丁家民打算去哪卖，丁家民说："就是要去你厂里。"马宁琢磨了下，让他去附近的集市卖，真到厂里不好卖，厂里食堂有早饭，最关键的是，食堂也有包子。丁家民道："食堂的包子能和我们家的包子比？"

马宁笑了，连说也是，可是他还是提醒了丁家民："这去农药厂的路可不好走，而且距离很远，只怕你走到的时候，已经过了早饭点了。"丁家民知道马宁这是关心他，可他犟脾气来了，还就是不想认怂了，当下表示："马宁你最好快点骑，否则我拉着早餐车都比你先到厂里。"

就在丁家民选择继续往农药厂进发时，他猛然想到了出门时俞雪晴的叮咛："别跑远，就去集市，那人多。"丁家民一拍脑门，自言自语道："差点让马宁气晕了！"于是他在马宁骑车离开后，转头就去了集市，他完全没理睬马宁刚才也是这么建议他的。

一到集市，丁家民还没开始吆喝，一位中年人指着画大喊："这不就是那幅获奖的画吗？"

丁家民套上围裙，乐呵道："这位大哥，你眼睛好使，这就是我家闺女画的！"

"兄弟，你生了个厉害姑娘呀！"中年人伸出两根手指，"来两个大肉包。"

"她一直想当女宇航员！"丁家民递上两个包子。

"这好呀，宇宙空间和南极大陆，这是未来各国必争之地！"中年人接过包子，拿出一个咬了一口后赞叹不已，"好吃，这味道好。"

丁家民心中惊喜，觉得这人不简单，竟然和自己一样的有远见，他拿出一个招牌榨菜包递给中年人道："这个是我们雪晴早饭店镇店之宝，你尝尝，不收钱。"

中年人也不客气，接过招牌榨菜包一口咬掉半个，顿时满面喜色："这榨菜包的味道真是绝了！兄弟，这是你做的？"

"我妻子。"

"兄弟，我真羡慕你的好福气啊！女儿好，妻子也好！"

中年人的连番夸赞简直让丁家民整个人飘入云中，等他从云端下来时，正看到中年人在翻口袋找钱，看他的样子似乎是没带钱。

"兄弟，没关系，这包子我请你吃了。"丁家民大方地说道。

那人连连道谢，他看了一眼那幅画，大声喊道："原来这幅获奖的画是你家闺女画的呀！厉害呀，画得好，包子也好！我从没吃过这么好吃的包子！"

那人这么一吆喝，很多人都围了上来，不少人都在报纸上看到过丁满红的这幅画，当下都来跟丁家民买包子。丁家民一时忙不过来，等稍有闲暇时再看，那人早已消失不见。丁家民此时可不知道，这个人日后还会和他们家丁满红有所关联。

反正那一天，丁家民的包子一下子就卖光了，他不得不九点多就拉着车回到了雪晴早饭店。俞雪晴看到他这么快回来，还以为丁家民生意不佳呢，得知早早就卖光了包子，就赶紧问他是怎么回事。

丁家民放下车，进早饭店喝了口水，就趁着俞雪晴和徐淑芬忙活的空当，跟二人说了早上卖包子的经过。听到丁家民没收中年人的钱，徐淑芬气鼓鼓道："那人不会回来给你包子钱了，你被骗了。"

丁家民一琢磨，叹气道："我当时只当他是真的忘带钱了，我没细想。"

俞雪晴笑着道："那人不也帮你宣传了嘛，几个包子不值钱，但他告诉我们一个很值钱的信息，那就是宣传真的很重要，满红的画就是最好的宣传呀。"

丁家民乐了，当即表功道："这是我的主意！雪晴，我是不是值得一个夸赞？"

"不是你值得，是满红值得！"俞雪晴笑着回应。

第二天，丁家民还特地去了同一个集市，果然没再见那个中年人，他也不懊恼，继续认真卖他的包子。他也不怕麻烦，赶着什么时候什么地方热闹，他就在那个时候去那卖。他觉得丁满红真的是他的小福星，每天他都能很快就把包子卖完。丁家民相信，吃过他早餐车上包子的人，都会记得雪晴早饭店包子的味道，持之以恒，一定可以给雪晴早饭店带来更多的客人。

俞雪晴选定了主要人流聚集地让丁家民去那里轮流摆摊，而当河坊街、武林巷等处有活动的日子，她更是和丁家民一起推着早餐车过去，就这样持续了几个月。丁满红放暑假后，效果就出来了，雪晴早饭店的客人数量果然明显攀升了，甚至还有从余杭、萧山、海宁等处过来的客人。他们告诉俞雪晴，说之前来杭州出差，吃过早餐车上的包子，也看过满红的画，所以这次再来出差了，就特地来店里尝尝刚出笼包子的味道。他们还说，之前听丁家民说神童的

135

很多事迹，觉得实在了不起，所以这次过来也是慕名而来，看看有没有机会见上神童一面。俞雪晴一头雾水，问了丁家民才知道，这些人口中的神童，就是丁满红。

原来丁家民卖早饭的时候，就爱和人说说话，有人问起这幅画的来历，他就忍不住夸人好眼力，对着别人一通吹牛。久而久之，光顾过早餐车的人都知道了，丁家民的女儿丁满红是一个神童。

俞雪晴哭笑不得，说了丁家民几句后，就赶紧跟人解释："我家女儿和其他家的孩子没什么两样。这次赶巧了，画画拿了个一等奖，那可不能说满红就是神童了，顶多就是说明满红有天赋，加上这次运气好，老天眷顾。"

没想到俞雪晴这番话正被过来店里帮忙的丁满红听个正着，她回家后就绝食抗议，要俞雪晴承认她拿奖不是个意外，她就是凭本事拿的，没什么运气好，没什么老天眷顾。俞雪晴一想也是，自己这番话说得不应该，做人是要谦逊，但被满红听到了就不对，这会伤了她的自尊。俞雪晴于是跟丁满红承认了错误，还保证绝不再犯，丁满红这才消停下来。

丁家民在母女闹矛盾之初就找了个借口出门了，他觉得自己帮哪边都不好，自己说不来话，害怕说多错多。他走出思鑫坊，就看到一个卖烤串的，丁家民就去买了一串烤韭菜吃起来。烤串老板是个外乡人，说话口音听着像是西北的，丁家民很快和人家聊上了。

听说丁家民是拉着早餐车卖早餐的，老板笑着说两人算是同行，都是走南闯北的人。丁家民心想我和你还是有差别的，但他嘴上没说什么。他挺喜欢听外乡人说说外乡事，就多驻足了一段时间，直到看到思鑫坊的灯都亮起来了，他才猛然惊觉该回家了，于是他点了五串烤牛肉串，乐呵呵地回家了。

一进家门，丁家民就看到俞雪晴和丁满红坐在餐桌前，两人早已有说有笑。丁家民舒了口气，笑嘻嘻地把牛肉串放到桌上。

"干什么？想要贿赂我们吗？"俞雪晴看到丁家民回来，脸色变了，显然刚才丁家民遁走一事，俞雪晴还是有点不悦的。

"我知道错了。"丁家民赶紧求饶。

"错在哪了？"

丁家民挠着头道："妻啊，我……我不该抛下你们不管。"

俞雪晴抿嘴笑了："倒也算不上抛下，我也知道，真有什么大事，你绝不会抛下我们。"

丁家民猛点头："那肯定的呀，我是决计不会抛下你们的，一个是我的妻子，一个是我家姑娘，我怎么舍得抛下呢？"

俞雪晴笑嘻嘻道："那么问题来了，如果你妻子和你姑娘同时掉到河里……"

丁家民苦笑着道："妻子，全世界最好最美的妻子，这个问题能不能别问了？"

丁满红摇头道："爸，救妈妈呀，我会游泳。"

丁家民如获至宝道："对对对，救妈妈——你啥时学会游泳的？"

丁满红发现自己说漏嘴了，马上闭嘴，怎么问都不肯说话了。俞雪晴没想到丁满红居然有自己的小秘密，不过看满红的样子，她已经猜出了一丝眉目，知道这事定和潘小多有关。但她并没有说破，还冲丁家民不停使眼色，让丁家民别对这件事情穷追猛打。

那天晚上的牛肉串最终全被丁满红一个人消灭了。丁家民起初还劝俞雪晴也吃一串，但俞雪晴硬是说自己不爱吃，就全都留给了丁满红。丁满红吃得满嘴都是油，咕噜咕噜的吞咽声和那扑面而来的香气，可把丁家民馋得不行，他心里暗暗懊恼，刚才就不应该为了省钱买这么少，就应该多买一点，让俞雪晴也吃一点，最主要的是，自己也完全有资格解解馋呀。

但是第二天，他就庆幸前一晚的烤肉串买得少真是一个明智的选择。原来第二天早上，丁满红因为食物中毒进了医院。丁满红在医院上吐下泻，吃了药才稍微好点，医生说看情形得住院，还问小孩子吃了什么东西，症状挺严重。

医生这一问，俞雪晴眼眶红了，说道："是烤肉串，我们昨晚买的。我们不舍得吃，都给孩子吃了。"

丁家民一边责怪自己，一边骂那烤串老板。

"聊天的时候觉得人挺好的，怎么最后却把变质的肉卖给我呢！真是没良心！良心被狗吃了！"

丁家民骂骂咧咧要去找人算账，被俞雪晴拦住了。俞雪晴说："现在出去也找不到人呀，还是快点去思鑫坊，帮着婆婆照看店面，满红住院的事情我来安排就行了。"

丁家民走了后，俞雪晴抱起丁满红去办住院手续。来到病房后，她被这个环境吓到了，一个病房六张床，已经住了五个岁数不同的小孩，特别吵。

俞雪晴知道满红睡觉浅，这样的环境只怕她睡不好，于是抱着满红去找护士长商量，说能不能换一个床位少一点的，贵一点也没关系。护士长十分为难地告诉她，丁满红未满十二周岁，按照他们医院的规定，那就只能住儿童病房，而儿童病房都是六人一间。再加上现在也没有空着的儿童病房，丁满红只能住那间病房了。

因为不能换病房，俞雪晴给满红整理床铺时满脸忧虑。丁满红看出来了，有气无力地说道："妈妈，没事的，我能睡着的。我累的时候睡得很快，我又是拉肚子，又是吐，我很累的。"

俞雪晴微微笑道："我知道，我们家满红无所不能。"

俞雪晴安顿下丁满红后就去付费，付完费后她问护士食堂怎么走，她去食堂买了一瓶汽水。

俞雪晴刚走进病房门口，丁满红就尖叫了起来，她一下子就看到妈妈手中的汽水了。俞雪晴咬开汽水瓶盖，把汽水给丁满红，但只准她喝一小口，因为医生说了，她现在不适合吃有刺激的东西。丁满红点头，她抿了一口，随后要求俞雪晴把汽水放到床头柜上，还挪了一下位置，她需要躺下的时候也能看到汽水瓶。

傍晚丁家民拿着晚饭过来，要俞雪晴回去睡觉，他在这里陪满红，但被俞雪晴拒绝了。丁家民没有办法，只能盯着俞雪晴把晚饭吃下去一半，又给满红读《丁家航天摘抄》，到十点钟他就离开了，不然就赶不上末班车了。

这时候儿童病房里还是很吵，有孩子的哭声，也有孩子在闹腾，各种声音吵闹之下，俞雪晴更加担心了。丁满红这时候说："我还要喝一口汽水，然后就睡觉了，我困了。"丁满红还是抿了一小口，然后躺好，看到俞雪晴放的汽水瓶还在自己视线范围内，她高兴地点头，然后就开始睡觉了。俞雪晴没有想到，只一会儿工夫，丁满红就睡着了，发出了微微的呼噜声。

俞雪晴坐在旁边，抚摸着丁满红的小手落泪，她看着床头柜上还剩一半的汽水，暗自责怪自己以前太吝啬了，只顾着存钱，却没让丁满红过上好日子。仔细回想一下，这八年多时间，丁满红总共只喝过两次汽水。俞雪晴决定，等丁满红病好了，丁满红喜欢的东西，一定要多给她买，她要什么，就给她买什么，她要星星，就逼着丁家民去给她摘星星。

这时候丁满红的手动了，俞雪晴马上去看丁满红，却见她睁着眼睛看着自己。

丁满红道："妈妈，你哭了？"

俞雪晴点头道："睡不着吗？要上厕所吗？胃里不舒服吗？"

丁满红摇摇头："我睡不着。妈妈，我生病是不是怪爸爸？是他买的烤肉串不新鲜。"

"当然得怪他了，最可气的是他自己一根没吃，他也应该拉肚子才对！"俞雪晴气鼓鼓道。

丁满红摇头："不对，妈妈，不应该怪爸爸，应该怪我，是我自己贪吃，我把所有的都吃了。我要是只吃一串，其他都给爸爸妈妈吃的话，我就不会这么严重了……"

俞雪晴扑哧笑道："真要这样的话，现在我们一家三口都躺在医院里，排队上厕所了。"

丁满红也露出了笑容："那可就糟糕了，我一定排第一个，爸爸妈妈你们怎么办？我不会那么快拉好的。"

"那最好了，反正妈妈排第二个，妈妈忍得住，忍得到满红喊妈妈，然后妈妈也在厕所间赖时间，哼哼，那你爸爸可就惨了。"

"我应该给奶奶也留一串，奶奶也排爸爸前面……"

丁满红的话彻底逗到俞雪晴了，她笑得很大声，随后很不好意思地跟其他病人的家属说对不起。俞雪晴摸摸丁满红的额头，还有一点发烧。她亲了丁满红额头一下，随后给她盖好被子，让丁满红尝试着再睡睡，并保证她会一直守在丁满红身边。这一次，丁满红真的睡着了。

谁也没想到，就在丁满红住院期间，学校突然通知丁家民，要丁满红去学校报到，因为北京航天夏令营的时间提前了。丁家民马上跑到医院，把这个消息偷偷告诉了俞雪晴，二人马上去征询医生的意见。医生告诉她们，丁满红这个情况，绝对不适宜千里迢迢去北京，"除非你们不要孩子的命了！"

丁家民和俞雪晴一合计，此事只能瞒着丁满红，要是被丁满红知道了，只怕她跳窗都会逃出医院。二人计划定了后，俞雪晴拍拍丁家民肩膀道："家民，到时候你就说这事你自己做的决定，你没和我说过哪怕一点信息！"

丁家民傻眼了，但他能做的只有点头了，谁叫他是食物链最底端呢。

丁满红在医院待了十天才出院，回到思鑫坊后，她就去找潘小多。这段住院的时间可把丁满红憋坏了，一见到潘小多，她就叽叽喳喳讲个没完。

"你不晓得，我对床那个男孩，老是吃卤鸡腿，吃得我好馋。妈妈问我要不要吃，我就说我不要吃，但是我忍不住对着他流口水，然后妈妈就买给我吃了。还有我隔壁床的女孩，每天可以吃一个苹果，也把我馋得不行。妈妈问我要不要吃，我说不爱吃，然后妈妈就给我买了好大一串香蕉。香蕉真好吃，好吃得不得了。"

丁满红兴奋不已，潘小多却只是唉声叹气。

丁满红有点不高兴了，她一寻思，觉得或许是潘小多家里人又训斥他了，所以她决定说一个笑话逗逗潘小多。

"你不晓得，这次妈妈对我好得过分了，反倒让我害怕呢。妈妈看得出我想要什么，只要我想要的，她都买给我。我第一天、第二天都觉得蛮开心，但是第三天的时候我就觉得不对劲了。不管什么想要的，她都买给我，我有点害怕了，我一直忍到了最后一天，才问妈妈我是不是快死了，要不然妈妈干吗对我这么好？结果你猜怎么着？"

潘小多摇摇头，也不往后猜，丁满红就自己说出了真相。"结果是我想太多了，妈妈就是单纯对我好，害我白担心了一个礼拜！你说好笑不好笑？"

潘小多应付似的笑了一下，丁满红再也控制不住脾气了，就问："潘小多要不要这么坏，我不过住院了十天，怎么搞得两个人不认识了一样？"潘小多此时问了一句："你爸妈没跟你说吗？"

"说什么？"丁满红问道，看着潘小多愁眉不展的样子，她有了不好的预感。

果然，潘小多告诉了丁满红，她因为生病，错过了北京航天夏令营。丁满红呆住了，她还以为航天夏令营的时间还没到呢。丁满红气冲冲到了店里，追着俞雪晴要个说法。俞雪晴生意正忙，就让丁满红等晚上问爸爸，还跟她保证，丁家民一定会给他一个满意的答复。

既然妈妈都这么说了，丁满红也认为自己不是个不通事理的孩子，所以就压下了脾气，决心一切等爸爸回来再说。哪知道这一天丁家民偏偏回来得特别晚，他卖完早餐车上的包子后，因为看到河坊街热闹，就把早餐车放一边，去河坊街逛了一圈，结果回来的时候发现早餐车上的两个锅盖被偷了。

丁家民急了，到处找地方买锅盖，他知道要是这样回家，又得挨妻子一顿批评了。妻子批评也就算了，到时候女儿丁满红肯定也会批评他。丁家民找了好几个店面都没找到尺寸合适的锅盖，眼看时间越来越晚，他不得不冒险回到定制这辆早餐车的地方，问对方买了两个锅盖。为什么说这是冒险，因为这里是他母亲徐淑芬经常过来的地方，旁边有一家菜市场，这里的蔬菜又干净又便宜，徐淑芬就一直来这里挑菜。如果在这里买锅盖，那被徐淑芬知道的可能性就很大了；如果被徐淑芬知道，那被俞雪晴知道的可能也就很大了。

丁家民想到这些，哪怕锅盖是买到了，可还是忍不住叹气，只怪自己倒霉，怎么这个年代还有人好好的人不当，偏偏要当个小偷呢？而且，你说这人不偷车，不偷锅，偏偏偷走了两个锅盖，这到底安的是什么心呀。

正因为发生了这段插曲，丁家民回家就晚了。他在门口挤出一丝笑容，希望能够用笑容缓解尴尬，等找到合适的时机再跟老婆坦白。不承想他刚进屋，就被丁满红一下子抱住腰，丁满红眼泪汪汪地问他："爸爸，航天夏令营是不是过去了？"

丁家民傻眼了，他望向一旁的俞雪晴。俞雪晴冲他点点头。

丁家民深吸一口气道："满红，是爸爸的错，爸爸自作主张，没把这个消息告诉你。爸爸跟你道歉。"

丁满红狐疑地看着丁家民道："爸爸，真的是你一个人决定的吗？"

"当然是我一个人，你妈妈什么都不知道。满红，爸爸这么做，也是为了你好。你想啊，你当时还在住院，身体刚刚好一点，而我们这里到北京，光坐火车都要几天呢，你的身体肯定吃不消。到时候万一你又生病了，那就要在北京的医院看病了，到时候，爸爸妈妈不在身边，你一个人怎么办呢？"

尽管丁家民认为自己这番话说得言辞恳切，然而丁满红显然没有被说服。

俞雪晴此时笑着上前道："满红，虽然爸爸这么做有一定的道理，但是他没有得到满红的同意，就自作主张，这还是不对的，妈妈是站在满红这边的！"

丁满红皱着眉看看俞雪晴，眼中似乎还有点怀疑："妈妈真的不知道这件事吗？"

俞雪晴极为认真地点头："妈妈也是第一次听到这件事，现在和满红一样，妈妈也气得肚子都痛了。妈妈决定了，北京反正是去不成了，但你爸爸该接受惩罚。"

"什么惩罚？"丁满红舒展了一点眉头。

"就罚他今年过年没新衣服穿，而我们家满红很乖，不再追究爸爸的过错，所以满红要有奖励！"

"什么奖励？"丁满红脸上露出了笑意。

"就奖励满红每次大考拿第一名的话，给你买一套新衣服。"俞雪晴这么说，是因为她在医院的时候就暗暗发誓了，丁满红这次出院后，她想要什么都尽量满足，而以前丁满红就特别眼馋别人买新衣服。俞雪晴家教严，之前给家里定的规矩就是除非衣服破了，否则每年只有过年的时候，才能每人买一套新衣服。

因为丁满红十分珍惜新衣服，这导致她的新衣服更难磨损，因此她几乎一年只能过年的时候买一套新衣服。

俞雪晴这么一说，丁满红眼睛亮了，她一琢磨，马上乐呵呵说道："那就这么说定了，我原谅爸爸了。"

虽然觉得丁满红的笑容有古怪，但俞雪晴也没有细想。期中考试结束，丁满红拿着成绩单回家，俞雪晴才知道问题严重了，因为丁满红期中考试所有科目都是第一。

俞雪晴还是遵守了承诺，当场带着丁满红去买了一套她馋了很久的衣服，那是一件红色毛衣配尼龙裤。丁满红回来就高高兴兴穿上去找朋友玩了。俞雪晴处理饭店垃圾的时候，看到丁满红跟潘小多他们在街上玩，丁满红的一身新衣服惹得大家啧啧称羡，而丁满红则骄傲地告诉她们："接下来，只要我想要，一年可以有四套新衣服！如果新年那套也算进去的话，那就是五套新衣服！"

俞雪晴觉出问题了，那天晚上等丁满红睡着后，她就跟丁家民商量了。俞雪晴把白天看到的情况告诉了丁家民，然后说她觉得这样下去不行，学校一年大考少说也有四次，这丁满红一年得多四套衣服，这样对丁满红的价值观形成会有不好的影响，所以她决定了，必须撕毁和丁满红的约定，减少买衣服的量。

听到这里，丁家民顿时明白了俞雪晴和自己说这番话的真正用意，她不是跟自己商量，主意她早就拿定了，她找自己商量的原因只有一个。

所以丁家民马上堆起满脸的笑容，一拍胸膛道："放心吧，这事交给我来说。我保证，绝对不会牵涉到你。"看到丁家民如此主动揽过重任，俞雪晴满意地点头。

第二天，丁家民就告诉了丁满红，说作为父亲的他又擅自做了一个决定，削减她的奖励，改为每学期结束拿年级第一的话，就奖一套新衣服。丁满红当然不乐意，为此进行了长时间的抗议，但无奈这次丁家民十分坚决，丁满红最后不得不接受这个结果，但接受归接受，她对丁家民还是持续了三个月的冷战。

丁满红这一年最终拿了两套新衣服做奖励，过生日的时候，俞雪晴又陪着她去买那条丁满红最爱的红色尼龙长裙，当作是给丁满红的新年新衣服。她还告诉丁满红，对爸爸丁家民的惩罚已经实施了，爸爸今年只能穿旧衣服过年。丁满红咯咯笑了，但马上又求着妈妈给爸爸也买一套新衣服，实在不行的话，拿她这件红色尼龙长裙换也行。俞雪晴还以为丁满红这是心疼爸爸了，就问她为什么要帮爸爸买衣服，没想到丁满红却给出了一个令她哭笑不得的理由。

"因为爸爸帮着妈妈撒谎，一个人揽下了责任，没有功劳也有苦劳呀。"

丁满红一本正经地回答，还把在学校刚学的词"没有功劳也有苦劳"给用上了。俞雪晴满脸通红，从额头红到了脖子根，她哼了一声，作势要打丁满红道："你个小滑头，你怎么什么都知道？"

丁满红嘬着嘴道："这不难猜。"

俞雪晴笑了起来。丁满红聪明伶俐，人也善良，虽然有时候有点聪明得过分了，因为过分的聪明还会有一些出格的举动，给俞雪晴惹了不少麻烦。不过俞雪晴最近想明白了，她之前总希望孩子平平凡凡、一生无病无灾便好，可如果孩子真的有能力，又梦想建功立业，报效祖国，那就应该支持她，即便是女儿，也应该支持。花木兰不是说过嘛，谁说女子不如男呢。

俞雪晴最终还是给丁家民买了一套新衣服，而丁满红也保留了自己这套尼龙裙。俞雪晴把衣服给丁家民的时候，告诉他这是丁满红给他求情换来的，还说丁满红什么都知道了。丁家民马上笑呵呵地"自责"，说自己演技有待提高，希望老婆大人能够再给他一个机会。俞雪晴捂着嘴笑，直说"拿这父女俩没办法，一个是大滑头，一个是小滑头"。

丁满红把这件裙子叠得整整齐齐，也不穿，就放在床头，每天入睡和起床，她都会把这件裙子重新叠整齐。俞雪晴告诉丁满红，不必非得等到大年初一再穿，这裙子也不是什么稀罕物，她随时可以穿。

丁满红心里冷笑了两声，觉得妈妈是只知其一不知其二了，她目前不穿这件裙子确是事实，但她也不是要把这裙子放到大年初一穿。她是要把这件裙子留到大年三十穿，从大年三十穿到大年初一，这样旧的一年结尾，新的一年开始，她都穿着美美的新衣服！

年夜饭后，思鑫坊的街坊邻里都会到巷子里走动，八点之后，就会放起清脆响亮的烟花爆竹，小孩子们也都跟着玩起鞭炮。而此时，所有人都还穿着旧衣服，只有丁满红穿着新衣服，那不就把思鑫坊所有人都比下去了嘛！这就是丁满红的计划。

丁满红满心憧憬的大年夜来到了。这天，她连年夜饭都吃得很随便，囫囵吞了几口，就跑回房间穿上了裙子，然后喊着出去玩了，就跑出了家门。丁家民、俞雪晴和徐淑芬也不阻拦，丁满红这点小心思，三人早已看出来了。丁家民给母亲夹肉，感谢她对满红这么好，徐淑芬听了老大不高兴，说："我对孙女好，还需要你这个儿子来夸奖吗？"丁家民听了连连道歉。

三人吃完饭后也走出家门，这时候思鑫坊的街道上已经人来人往了，大家见了面都互相拜年，说一些新年好，恭祝发财之类的话。丁家民和俞雪晴走到街上，朱海军和秦海燕率先走了过来，二人询问了一下早饭店的近况，知道已经扭亏为盈后都高兴不已。秦海燕还从口袋里掏出一把大白兔奶糖塞进俞雪晴手里，说自己家买得多了，让丁满红也尝尝。朱海军笑着说自己今年准备了"窜天三十响"，问丁家民准备了什么。丁家民笑嘻嘻说道："比你好。"朱海军吃惊地说："不会是'窜天一百响'吧！"丁家民默认似的点点头。两个男人围绕一会儿各自家要放的烟花展开了激烈的比拼，俞雪晴和秦海燕看在眼中，不禁笑出声来。

不一会儿，马宁和董伶俐拿着六个炮仗走出来，一一排好放在地上。丁家民和朱海军看到了就笑话他们，说："这也太寒碜了点。"马宁笑着说道："逢年过节，就图一乐，不要太在意。"

"什么叫过年？一年就一回，这一回还就一会儿，马虎不得。"
潘正义和苏雯也过来了，潘正义说："我准备的正是'窜天一百响'。"
这一说，丁家民和朱海军羡慕不已，朱海军看到丁家民的表情，疑惑地问道："你骗人吧，你不是'窜天一百响'？"

丁家民摆手道："哪能叫骗人呀，是你这么认为，我又没承认。"
丁家民虽然垂涎"窜天一百响"很久了，甚至在采办年货的时候，还特地站在烟花摊面前驻足了十几分钟。但一看价格，俞雪晴二话没说，直接把丁家民拉回了家，说过年放鞭炮是习俗，但放那么奢侈的烟花就是浪费，所以呢，随便买几个炮仗得了。俞雪晴事后有点心疼丁家民，就准许他买了便宜很多的"窜天三十响"。

杨天宝带着杨艺走了过来，他跟众人问好后，就让杨艺去找丁满红玩，自己则跟大家解释，说曾芹身体不好，不出来看烟花了。众人多多少少知道一点二人的纠葛，也不多问。

杨艺看着在灯光下跑来跑去的小孩，玩捉迷藏的有，跳皮筋的有，玩鞭炮的也有，她有点焦急，因为她怎么都没有找到丁满红。

这时候，杨艺突然看到丁满红穿着红裙子，从远处跑来，那身裙子特别适合丁满红，裙子随着她跑动的步伐摆动，在灯光下特别显眼，也特别美丽。

在丁满红身后，潘小多气喘吁吁地追着，嘴里喊着："你还我鞭炮。"

大人们看到了丁满红的打扮，都夸丁满红好看，马老爷子还故意逗她，说："跑这么快，小心裙子给弄破了。"丁满红跑得很急，但听到这话还是不悦地回应："破了我让爸爸找你赔！"

丁满红最后还是被潘小多堵在了角落里，马飞、朱明伟看到了，和杨艺一起围了过去。潘小多伸手去抓丁满红的上衣口袋，丁满红死命护住自己的口袋。

　　杨艺一见，抓着潘小多的手，硬生生把他的手从丁满红的口袋里拽了出来，不得不说，那个岁数的杨艺就已经展现出"怪力女孩"的特色了，她力气甚至比一般的男生都大。杨艺气鼓鼓地质问潘小多："这是要做什么？"

　　潘小多红着脸道："你问丁满红，问她要干什么！"

　　杨艺不解地问丁满红："潘小多是什么意思？"

　　丁满红哼了一声，说："他就是小气，上次他画画没拿奖，我帮他，他反而不理我，多小气。"

　　"我是小气，那你也不能抢我的东西。"潘小多伸出手，"还给我。"

　　马飞和朱明伟也劝丁满红，让她还了算了，他们可以分丁满红一些划炮。

　　丁满红哼了一声，右手伸到潘小多面前摊开，里面是一盒划炮。

　　丁满红道："你们不用分我，你们分给潘小多，加上我的这盒划炮，所有的一起换潘小多的摔炮！"

　　原来丁满红手里的是划炮，就是拿鞭炮的引火端在鞭炮盒子上划一下后点燃引爆的那种小鞭炮。划炮在那个年代特别时髦，可以说是所有男孩子的心头宝。丁满红去年看到潘小多、马飞和朱明伟三人玩划炮，心里就痒痒上了，所以今年她特地存了钱，在昨天就买好了划炮，打算今天和潘小多拼个高下的。没想到的是，今年潘小多手里的鞭炮居然从划炮换成了更时髦的摔炮！可以这么说吧，划炮如果是男孩子的心头宝，那摔炮简直就是所有孩子的偶像了！因为摔炮不需要划，只需要往地上轻轻一摔，它就会爆炸发出异常清脆的响声！

这摔炮是潘小多求着父亲买的，他答应了父亲，下学期至少有一门课拿全班第一，潘正义才给他买了这盒摔炮。当潘小多摔下第一个摔炮，发出清脆的爆炸声时，潘小多骄傲极了。他没有想到的是，丁满红当即提出拿自己的划炮和他换摔炮。潘小多当然不同意，可丁满红竟然动手来抢，潘小多于是拔腿就跑，结果跑出思鑫坊后还是被丁满红追到，把摔炮给抢了过去。

潘小多红着眼，扑上去抢，嘴里喊道："我不要，我就要我的摔炮。"

潘小多的行为吓到了丁满红，也吓到了杨艺和马飞，还是朱明伟反应快，赶紧上来抱住了潘小多，把他从丁满红身上拉开。丁满红此时气愤地发现自己的红裙子，居然正如马老爷子所说，被潘小多给撕破了。

潘小多傻住了，嘴上嘟囔着对不起，眼眶里却都是泪水。丁满红原本怒火中烧，已经双手叉腰准备开战了，可他一看到潘小多的样子，顿时心软了。她看看自己被撕破的裙子，又看看潘小多，叹了口气。丁满红把摔炮放到潘小多手里，说道："我裙子被你撕破了，我也抢了你摔炮，我们扯平了。"

潘小多哽咽着接过摔炮，他打开盒子，分了一半给丁满红。"赔你的。"

这时候，不知道谁家的烟花点着了，噼里啪啦的烟花开始蹿天而上，冲到天空上后发出清脆的爆炸声，随后落下一片英华。丁满红她们到底还是孩子，刚才还斗得你死我活，此刻却嘻嘻哈哈地对着烟花又笑又跳起来。

随着第一户人家的烟花开始绽放，思鑫坊里，一户接着一户的烟花纷纷冲向云霄。这是改革开放带来的巨大变化，人们有钱了，生活好了，全国各处一片新气象，就连烟花都在天空中争芳斗艳。

这一年思鑫坊的烟花声、鞭炮声比往年的响亮很多。马老爷子看着漫天的烟花，不无感叹地说这是他记忆中思鑫坊的烟花放得最响亮的一年，比当年九斤奶奶在世的时候，丁家放得"万国烟花"还要响亮！

丁家民和俞雪晴就问徐淑芬什么叫作"万国烟花"。徐淑芬本来听马老爷子这么说就已经老大不乐意了，此刻自然便要跟众人说道说道这"万国烟花"。

原来当年九斤奶奶曾在新年之际，从上海买了很多个外国进口的烟花。"说是'万国'那肯定是没的，也就是十个国家吧。"徐淑芬笑呵呵说道。

这时候丁家民问道："哪十个国家？"

徐淑芬一听，阴着脸问道："你是故意跟老婆子作对吧？我这么老了，哪能记得那么清楚？"

丁家民不好意思地笑了，忙说也是也是，现在外国有多少个国家，一般人也说不上来。丁满红这时候插嘴道："奶奶，会不会是这十个国家？英、美、日、法、德、意、西、苏、荷、葡……到没到十个？"

徐淑芬摸摸丁满红的头道："差不多吧。"

徐淑芬接着说道："当年九斤奶奶把这十国的烟花排在了思鑫坊每一个巷子里，让大家挨个点着了，这烟花，整整放了一个多时辰，那是响亮了整个杭州城啊。"

马老爷子道："你再看看，和现在比怎样？"

徐淑芬摇头："那是比不了，那时候大家都没钱，少数人有钱，现在是大家都有钱。大家都有钱买烟花，怎么都比少数人家放烟花来得响亮吧！"

徐淑芬说得没有错。那一夜，思鑫坊的烟花一直从大年夜放到了大年初一，此起彼伏的烟花鞭炮声，根本就没有停歇过，而丁满红的计划最终并没有实现，因为她在十一点多的时候就睡着了。

第九章

时光荏苒，岁月如梭。再过三个月丁满红就要十二岁了，对丁满红而言，这四年时光就跟白驹过隙似的，在不知不觉之间就过去了。

丁满红在日记里这样写道："每天骑着自行车上下学，看着路边的月季花开了又谢，谢了又开。就在前两天我才突然发现，我们已经进入了二十世纪最后一个十年，我马上就要十二岁。老师在课堂上问我们，有什么话想对将来的自己说。我说我的话很简单，就是无论如何都不要放弃，要是放弃了梦想，我前面的努力就都白费了。我想将来的我一定能听懂吧。"

那时候为了提高学生们的语文写作能力，语文老师总是会布置大家写日记，然后时不时还要上交日记检查。所有同学写日记都是为了应付检查，写的都是自己如何努力，不想辜负父母和老师之类的话，唯有丁满红却真真实实写了自己的思考和困惑。

丁满红的语文老师姓张，五十出头，他看了丁满红近三个月的日记后，琢磨了半天，觉得这种事情自己是没有处理过的，但不处理又不行，他不能看着丁满红行差踏错，毕竟丁满红是他教学三十年来遇到的唯一可称为"天才"的孩子。

张老师一开始叫丁满红去办公室，可办公室总有其他老师在，他觉得不便和丁满红说这些事情，于是又把丁满红叫到食堂，说看了她日记后，有些事情要跟她谈一下。

这时下午三点多，食堂大妈正在厨房忙碌，食堂里一个人都没有。张老师推推金丝眼镜框后说道："满红啊，侬的日记老师看了，所以老师不得不找侬讲一讲了。"张老师说话，普通话里夹杂着方言，丁满红一直觉得十分别扭。

丁满红诧异地问道："是我写得不好吗？"

"不是不是……侬写得蛮好……"张老师迟疑道，"满红啊，早恋是不好的，要知道学生的首要任务是学习……"

"早恋？"丁满红惊讶地张大了嘴巴。

丁满红急了，逼着张老师从她的日记里挑出写了早恋的那份日记，白纸黑字，她倒要看看哪里写了"早恋"这两个字！

张老师赶紧解释道："早恋两个字当然是没的，但是那种懵懂的情愫还是有的，再加上……"

丁满红打断道："要说早恋，你应该去问潘小多他们，不应该来问我！"

丁满红是真的急了。丁满红之前因为满脑子只有学习科学文化知识，对感情的事情一窍不通而被潘小多嘲笑是"机器人"。丁满红对"机器人"这个称呼当然是不满的，但她对于早恋则更加不能接受。丁满红觉得，这是张老师对自己身为一名好学生的人格侮辱。

但是，丁满红对恋爱完全不感兴趣，不代表整个思鑫坊的孩子们都对恋爱没兴趣。十几岁的年纪，正是春心萌动的时期，再加上此时港台的文化娱乐产品纷纷传入国内，这时候的孩子接触到的信息远比父母老师想象的多得多。

当然，丁满红为什么要特地提潘小多，那是因为她认为，同班同学之中最有可能早恋的人就是潘小多了。

就在一个月前，思鑫坊不远处开了一家录像厅。这家录像厅票价一块钱，但是不让学生进入观看。录像厅大门玻璃上每天早上会贴出当日放映的三场电影片名，其中最后一场片名往往比较让人想入非非。录像厅推开门进去是一条通道，两侧墙壁满是港台女星的海报，有些穿着还很暴露。走到通道尽头是一个黑帘子，里面会传出电影场景的声音和观众的惊呼声，但想要进入真正一探究竟，对不起，你得先过门口守门阿伯这一关。潘小多、马飞和朱明伟好几次想溜进去偷看，结果都被这个阿伯拦在了黑帘外。阿伯总是呵斥道："小滑头，没看门口写着呀，十八岁以下不得入内！"

潘小多一开始还争辩，说自己也快十八岁了，后来发现争辩无用后，就穿上父亲的衣服乔装打扮了一番，想让自己看起来老成一点。他谎称自己十九岁了，然后颤颤巍巍递上一块钱要买票，没想到老阿伯火眼金睛，一眼就认出了潘小多，揪着他耳朵就去找了潘正义，这件事闹得思鑫坊人尽皆知，丁满红自然也是知道的。那天晚上，丁满红在自己屋里都听到了潘小多发出的撕心裂肺的惨叫声，另一边则是潘正义的怒骂声："你个小浑蛋，让你去看三级片！"

从此以后，潘小多就对录像厅没了兴趣，转而经常跑书店。丁满红一开始还以为潘小多挨了这顿揍后终于转性了，直到她那天也到书店里买书，这才了解潘小多经常逛书店的原因。原来这家书店最外围三排书架全是课外读物和辅导书，但是最靠近收银台的那两排书架上全是台湾言情小说。那个年代，台湾言情小说刚刚以小开本的方式传入大陆，所有小书店的言情小说区域，每到放学时就围满了小女生。丁满红发现潘小多的时候，他正窝在角落，如饥似渴地翻阅言情小说。看到丁满红过来，他脸一红，拿起一本书就跑了。

基于以上两点，丁满红才在张老师面前提醒他应该关注一下潘小多。丁满红是关心潘小多的，正是因为关心，她才觉得潘小多这样就是玩物丧志，希望帮助他早日悬崖勒马。

张老师听了丁满红陈述的理由后，面露尴尬，他琢磨了一会儿后才告诉丁满红，之所以担心她早恋，正是因为潘小多写的一篇日记。张老师从公文包里拿出潘小多的日记本，放到丁满红面前，他指着上面的一篇日记说道："侬自己读读。"

丁满红皱眉读道："我叫丁满红'机器人'，心里却不高兴，机器人冷冰冰的，没感情，机器人还很会打人，很暴力。可我后来一想，机器人也有可爱的一面，我就又高兴了。"

张老师咳嗽了一声道："读最后一行。"

"我想，我喜欢这个可爱的机器人。"

丁满红脸唰就红了，随即愤怒地站了起来说道："老……老……老师！我去找潘小多算账！我才不是又冷冰冰又喜欢打人的机器人！"

丁满红说完就跑了，张老师看着丁满红离去的背影苦笑。

"看来丁满红这孩子真没早恋，那就好了呀……"他皱了皱眉道，"但得管管潘小多了。"

丁满红找到潘小多的时候，他正叼着一根棒棒糖，一个人坐在操场上边的水泥凳子上。他拿着纸笔，眯着眼，正画着什么。潘小多最近老跟一些高年级的男孩鬼混，那几个高年级的男孩凶得很，附近的老人家都叫他们“小荡头”，就是小混混的意思。丁家民也曾提醒丁满红，以后少和潘小多接触，他现在老和小荡头混在一起，为此丁满红已经很久没找潘小多一起上下学了。

难得潘小多今天一个人，丁满红也就很放松地走到潘小多跟前，随即一把抓过画画本，往身后一藏。

丁满红道：“潘小多，如果你不跟我道歉，我就把你踹飞。”说完，丁满红自己乐了，“踹飞”这个词实在是生动形象。

潘小多急着抢画画本道：“快把本子还给我！”

丁满红噘着嘴：“每次抢你东西都是一样的反应，能不能有点变化？”

“这次不一样！”

“什么不一样？”

潘小多愣了一下，脸唰就红了：“我画的是你！”

丁满红笑嘻嘻道：“我才不会信你呢。想让我看画画本，我才不看！好了，我问你个问题。”

“什么问题。”看到丁满红没有去看画本，潘小多舒了口气，内心深处却又有点小遗憾。

“你为什么说我是冰冷冷的机器人？还说我喜欢用暴力？”

潘小多脸更红了：“你看过我日记？”

“哼哼，重点不应该是你为什么这么说我吗？”

“你偷看我日记？”

丁满红不满道：“不是偷看，是光明正大地看！张老师给我看的！就因为你，我还被张老师训了，你都写的什么东西？”

“你都看完了？”潘小多的声音有点哆嗦。

"嗯，看完了呀。"

潘小多突然大叫了一声，然后跑得比兔子还快，转眼间人就不见了，甚至连丁满红手里的画画本都不要了。丁满红显然被潘小多这声突如其来的大叫吓到了，她愣了好一会儿，才嘀咕了句："也不知道他喊的那声是喊了啥，是'啊'，还是'哇'……"

当天晚上，丁满红吃过晚饭后，就拿着画画本去了潘小多家。没想到，到了潘小多家，潘小多却躲在自己房间里不肯见她。

令丁满红更加觉得怪异的，则是苏雯的反应。以前苏雯对丁满红，那是逮着机会就要批评教育丁满红几句，说好听点，这是耳提面命，说难听点，就是找机会数落丁满红。丁满红的记忆中，整个思鑫坊的人对她都超级好，唯独这个苏阿姨，一直对她阴阳怪气的，她为此很不高兴，还找母亲俞雪晴诉过苦。俞雪晴当时一听就笑了，说："满红啊，你这是贪了，既然大家都对你这么好，为何还要苏阿姨也对你好呢？事实上，一个人很难获得所有人的喜爱，不管你人多好，有多大出息，总有人觉得你不够好，但其实那不是你不够好，而是你不是他们想要的那种好。"

丁满红当时就想：如果我哪里都好，可有人偏偏觉得我不够好，那就是故意欺负我了，这种人我才不会对她好呢。

在丁满红眼中，苏雯就是对自己怎么都不满意的那种人，但是她不在意，反正苏雯从来都没有在丁满红身上讨到好。

但是这一次，苏雯竟然对丁满红表现出了极为友善的态度，不仅第一次主动给她倒牛奶，还拿了一包饼干，热情地让丁满红边吃边等，她还主动去劝潘小多出来见她。

苏雯的一系列表现令丁满红从头到尾都张着嘴，惊讶不已。苏雯离开后，丁满红狐疑地拿起了牛奶，嘀咕道："苏阿姨怎么变了个人似的？"

丁满红告诉自己牛奶必然不能喝，这饼干也是决计不能吃的，事有反常，一定有什么阴谋诡计等着她呢。但是，丁满红还没怎么喝过牛奶，这饼干看起来是高级进口货，她以前从未见过。虽说只要丁满红想要什么东西，俞雪晴和丁家民都会尽力满足她，但是丁满红这孩子从小就懂事，知道爸妈赚钱不易，她从来不会允许自己乱花一分钱。所以看到牛奶和饼干后，她还是忍不住吞了口口水。

当听到苏雯在屋里训斥潘小多的时候，丁满红还是没忍住，迅速拿起了牛奶和饼干吃了起来。等到苏雯撑着潘小多出来的时候，牛奶和饼干已经被丁满红吃完了。

苏雯看到后露出了和蔼的笑容道："满红啊，慢慢吃，我们家牛奶和饼干还有很多。你好久没来找小多了，以后记得多来坐，阿姨都给你准备好吃的。"

丁满红点头，她拿出画画本递给潘小多。

潘小多诧异地问道："你没看我画的画吗？"

"没看呀，我又不关心你画了什么。"丁满红把画画本塞给了潘小多。

丁满红注意到苏雯一直笑嘻嘻地在一旁注视着他们，她浑身起了鸡皮疙瘩，便让潘小多和她一起去外面走走。

二人并肩走到古钱塘门，一路上也没说什么话。潘小多其实是想硬气一点，所以一开始跟丁满红保持了一点距离，毕竟丁满红抢了他的画，看了他的日记，虽然丁满红看起来真的没看画，也没明白他日记里的小心思，但潘小多已经觉得很没有面子了。但是，和丁满红这么并肩走着是潘小多最为熟悉的感觉，走着走着，他就不自觉地靠近了丁满红。

到了古钱塘门，潘小多正想跟她讲讲日记的事情，丁满红突然说起潘小多妈妈刚才的异样。她说一路上自己都在琢磨，她一直没想明白异样的原因，但是就在刚才她突然灵光一闪，明白了这一切的根源。

　　潘小多最近也觉得妈妈有点儿古怪，听丁满红这么一说，顿时信了三分，他马上问丁满红到底是怎么回事。

　　丁满红郑重道："你妈可能出事了。"

　　潘小多又是大叫了一声，这一次丁满红听清楚了，潘小多喊的是"啊"。

　　潘小多焦急道："出……出什么事了？"

　　"你想啊，你妈以前看到我，就像看到瘟神一样，要么就躲着我，要么就来欺负我，可今天你也看到了，牛奶饼干都拿出来了，还让我经常去你家吃。潘小多，真相只有一个，所谓'人之将死，其言也善'，你妈生病了，而且病得很严重！"

　　潘小多回忆了妈妈苏雯这些时日的异常举动，不由得更加赞同丁满红的推论了，他告诉丁满红一些事情。原来一个月前苏雯突然发烧咳嗽，一下子烧到了41℃，潘正义特地请假带她去看了病，后来病是好了，苏雯人却开始怪怪的，总是问潘小多一些莫名其妙的问题，比如"岁数多大了呀""有没有喜欢的人呀"之类的。丁满红和潘小多一商量，认为苏雯的情况实在古怪，当妈妈的怎么会不记得儿子多少岁了呢，只能说，她的病真的很严重，到了可能很快要死的地步。

　　潘小多吓坏了，想要马上回去告诉爸爸潘正义，但丁满红拉住了他的手告诉他，还是查清楚一点儿再说吧。

　　第二天下午放学后，丁满红就在校门口等潘小多。等了半个多小时，潘小多才姗姗来迟。二人结伴去了图书馆，在医学图书区域四处逛，各种医学书籍都翻，管他能看懂多少呢。

丁满红发现潘小多从学校门口到现在，一直哭丧着脸，就问他怎么回事。潘小多叹了口气，说："放学的时候，我被张老师叫到了办公室，不仅没收了我借的言情小说，还狠狠教育了我一顿。"潘小多接着骂骂咧咧道："也不知道是哪个浑蛋举报我上课偷看言情小说的事情了！"

丁满红吐了吐舌头，心里寻思，这八成是因为自己的小报告了。

潘小多气鼓鼓地说："张老师还让我以后别找你玩，担心我影响了你学习。"丁满红一听，赶紧说："我的进步不会被影响，历史已经证明了，凡是跟我一起玩的人，都会被我影响到成绩一落千丈，但从来没有过我被影响成绩的事情发生。而且，反正你一直是倒数第一，成绩再落也落不下去了。"

潘小多虽然嘴上喊着"你这样说我很不高兴"，心里却是甜丝丝的。他觉得思鑫坊这几个同龄人中，最有资格和丁满红一起玩耍的人确实就是他：成绩倒数第一，永远不会因为跟丁满红玩闹而成绩变差，他就是这么独一无二。

潘小多脸上堆着笑容，看丁满红边走边翻书，自己也翻起书来。蓦然，他被一本书的书名吸引住了。这本书的书名叫《少儿杀手》，在书架最上面一排，潘小多跳了好几下，才拿到了这本书。此时，他看到丁满红抱着书去管理员那边了，于是抓着这本书就跟了过去。在借书的时候，丁满红诧异地问他："你真要借这本书？"

潘小多哼了一声："偶尔我也会看看书，不行吗？"

丁满红笑了："可以是可以，只是这本书并不好看。"

"杀手的书都好看！"潘小多把书递给管理员时猛然发现自己

看错书名了，刚才这本书被其他书挡着，所以只露出了书名最后四个字，实际上这本书的全名是《脑膜炎——少儿杀手》。

"同学，你真要借这本书？"管理员很疑惑地问道。

潘小多看了看丁满红，他感觉到了丁满红略带嘲讽的眼神，当下咬牙说道："我就是要借这本书，我找了很久，终于找到了。"

潘小多硬气是硬气了，但是在回家的路上，他还是被丁满红嘲笑了一路。潘小多很不服气，决定当天晚上熬夜把这本书看完，第二天到学校的时候跟丁满红讲讲里面的内容，这样一定能够震慑住丁满红。潘小多没有想到的是，想象中的自己和真实的自己差距竟然如此巨大，当他晚上躺在床上翻开那本书的时候，一股猛烈的困意突然袭来，潘小多只是稍作了抵抗，马上被困意打败了。

第二天课间休息的时候，丁满红就跟潘小多说自己翻了那几本医学书籍后还是一无所知。大体上她认为，苏雯倒不是得了什么绝症，她更可能是得了书里说的"应激性创伤后遗症"。潘小多问这到底是什么病，丁满红说是精神上的病，这种病就算病人自己都未必知道，最好带她去医院看看。末了，丁满红还问潘小多书有没有看到第二页，这把潘小多气得够呛。为了面子，潘小多当即发誓，不看完这本书，自己就是狗孙子。

又一天上学时，潘小多肿着半边脸来到了学校，一问才知道他昨晚被父母"混合双打"了。原来，昨晚回家后，他就跟苏雯提了她有病的事情，并且强烈要求爸爸带妈妈去医院看一下，还言之凿凿说妈妈得的是精神病。潘小多已经完全忘了，丁满红说的是精神上的病，可不是精神病。这一下子可把潘正义激怒了，对着他一通训斥，苏雯在旁自然是一番劝解，连说儿子也是关心自己，儿子是不会真的认为她得精神病的。

潘小多有点怂了，可一想到妈妈病情可能已经很严重了，再看看妈妈，都病成这样了，竟然都还在为自己跟爸爸争辩！潘小多当即决定了，牺牲自己也要救妈妈！于是潘小多冲上前去，拉起妈妈就要往外走，潘正义自然是拦住他，问："这是要干什么，哪根筋搭错了？"潘小多回应道："你才搭错了，我要救妈妈，她有精神病，我要带她去医院！"

结果潘小多在苏雯和潘正义眼中同时读出了一种情绪：不解。紧接着，潘正义和苏雯几乎是异口同声地吼道："你精神病啊！"

接下来的事情，潘小多没往后说，但是丁满红猜也猜得出来发生了什么。潘小多最后向丁满红求助，说他不会这么轻易放弃，他必须救妈妈。丁满红就给潘小多出了一个好主意：装病。

周六中午，丁满红急匆匆跑到了潘家，敲开门就跟苏雯说潘小多去医院了。苏雯一听急了，跟着丁满红就往医院走。一路上丁满红告诉她，潘小多在学校里突然大喊大叫，说一些奇奇怪怪的话，然后被送到了医院。苏雯没有怀疑，一路走，一路哭，她是真的担心儿子出大事了。

到了医院二楼精神科，苏雯就看到了潘小多。潘小多让丁满红在走廊等他们，自己拉着苏雯走进一个诊室。苏雯一脸茫然，被潘小多拉着坐到了凳子上，一名穿白大褂的医生说道："你的状况，你儿子刚跟我说了。"

苏雯看了潘小多一眼，疑惑道："小多啊，你生病了，跟医生说我状况干啥呀？"

医生看了看苏雯："我给你先检查一下。"

苏雯站起身来，问："医生，你不应该给我儿子检查吗？"

医生道："你检查不检查？不检查我就叫下一位病人了！"

潘小多赶紧劝苏雯听医生的话，说他钱都交了，不看病就亏大了。苏雯心中虽然各种不解，但是儿子都这么说了，她寻思着姑且看看再说。随后，医生仔细地给苏雯检查了瞳孔、心跳，又问了一些睡眠和精神状态的问题，最后医生说道："基本可以确定，你有病……"

苏雯终于忍不住了，站起身来道："你才有病！"

医生不悦："你这病人怎么这样？明明是你有病，你怎么骂人呢？"

"你才骂人，你才有病！我问你，我儿子到底什么病？"

潘小多眼看二人要吵起来，赶紧劝阻道："妈，不是我有病，是你有病，医生在给你看病呢……"

"我好好的，哪里有病？"

"书上说，这种病的一个特征就是病人认为自己没病……"

苏雯明白过来，原来儿子还在认为她有病，所以骗她来看病呢。她气不打一处来，揪着潘小多的耳朵就往外走，一边走一边骂着："你个浑小子，真是浑过头了，居然骗起你妈来了！你真是要咒死你妈是不是？"

"我没浑！我是为你好！哎呀，好疼！"潘小多捂着耳朵反抗。

"你就是神经搭错了！"苏雯走出了诊室，还是没有松手的意思，她看到丁满红后，更是气愤交加，显然潘小多这个馊主意有丁满红的份。

"满红，跟我走！"苏雯咬牙切齿地说道。

丁满红本来并不乐意，但一看潘小多的惨状，自己耳根处竟也似乎传来了一阵痛楚，她不由得打了个哆嗦，跟在苏雯和潘小多身后走出了医院。

回家的路上，苏雯听了潘小多和丁满红的解释，得知二人真是关心自己，气已经消了几分。再问明了一切的起源，苏雯双手捂嘴，差点没笑出声。苏雯这怪异的表情和举动，显然令潘小多和丁满红完全摸不着头脑。整件事情对他们来说有种云里雾里的感觉，他们不清楚苏雯为何态度变了，竟然还差点笑出来，苏雯憋住笑的样子也让他们觉得很诡异。二人甚至对视了一眼，利用眼神交流了一番，丁满红的意思是"你妈病得不轻呀"，潘小多则是回应道"我也这么认为"。

苏雯并不知道二人挤眉弄眼地在交流什么，她决定告诉二人实情。眼看着天色渐阴，似乎要下起雨来，苏雯就把二人叫到路旁的凉亭里。

苏雯告诉丁满红和潘小多，一个月前她生病住院了，在医院里面，每天咳得死去活来，还以为自己要死了，所以就跟潘正义诉苦，说她如果就这样死了，很是不甘心，她都没见着潘小多成家立业，没见到潘小多未来的媳妇，也不知道她是不是贤惠，是不是能照顾好潘小多。

当时潘正义就说自己心里早已有了人选，之前不说，是怕苏雯听了心里不高兴，毕竟苏雯和她之间有那么一丝矛盾。苏雯一听就明白过来，潘正义说的人是丁满红。苏雯告诉二人，说自己当时一听，也觉得丁满红很不错，所以就想着撮合二人处对象了。

当然，这只是苏雯的说法，实际上那天潘正义提出这个建议时，苏雯怒气攻心，恨不得从病床上蹦起来，指着潘正义就骂他帮儿子找对象是假，想和俞雪晴结亲家是真。可她愣是挣扎着没坐起身，这一肚子的气顿时也就泻了个干净。

潘正义知道苏雯和俞雪晴也不是没有姐妹情谊，她就是时时刻刻防着潘正义，她老觉得潘正义挂念俞雪晴。其实潘正义就是个正常男人，见到俞雪晴总是忍不住多看两眼，看了就心里欢喜，也没其他非分之想。潘正义就握着苏雯的手，把自己这点心思都告诉了苏雯，并再三保证自己只爱苏雯一人。

苏雯听了心里依然各种滋味翻腾，但一想自己命不久矣，顿时一切就看得透彻了，觉得潘正义这点小心思不算什么了，也觉得自己和丁满红的矛盾宜解不宜结。

事实上，苏雯也清楚，若说要找个亲家，俞雪晴家的条件在思鑫坊那是数一数二的。说句不好听的，潘小多要真能和丁满红走到一起，那其实还算是潘小多高攀了呢。丁家可是思鑫坊最早的万元户，早饭店经营得有声有色，丁家民和俞雪晴，论人品、论样貌，那都是一等的。再说那丁满红，打小就是思鑫坊的超级明星。思鑫坊的街坊邻里，聚在一起就会感叹丁满红真是聪明得过分了，漂亮得过分了，谁都喜欢跟丁满红玩。要是今天恰是发薪日，大家看到丁满红，都会喊住她，买了糖果往她手心里塞。大家私底下还都感叹，如果谁家儿子有福气娶了丁满红这样的媳妇，那真是祖坟冒青烟了。

这么一想，苏雯也就想开了，她暗自许下了心愿：如果老天可怜她这个当妈妈的，愿意多给她一些时日，她不求看到潘小多和丁满红喜结良缘，只要让她看到潘小多和丁满红处对象，她死也瞑目了。

当然，以上这些真实情况，苏雯是不会告诉潘小多和丁满红的。她只说后来确诊她只是重感冒，于是很快就出院了，但她觉得这番死里逃生，那是老天怜见，她得把握时光，撮合撮合潘小多和丁满红，所以就开始对丁满红示好了，以至于丁满红对于她突然转变的态度无所适从，这才导致了后续这么多乱七八糟的事情。

苏雯说到这里，被猛然响起的雷声打断了，雷声即过，霎时间就下起雨来。

潘小多此时诧异道："妈，什么叫处对象？"

苏雯笑道："就是谈恋爱……等你们年纪再大一点，就可以亲亲嘴，可以结婚的那种。"

苏雯这么一说，潘小多脸唰的就红了，他去看丁满红，只见丁满红也是脸颊绯红。

丁满红低声说道："雨很大，我得赶紧回家！"

丁满红说完，径直冲进雨中，拔腿就往家跑。她跑回家时浑身湿透了。丁满红擦干头发，换衣裳的时候对着镜子中的自己发呆，此时的她朦胧地觉得有一种奇怪的情愫在心里荡漾开来，但是却又说不上是什么感觉。

这天之后，丁满红路过潘家都绕道走，遇见潘小多一样绕道走，碰到苏雯更是直接假装没看见。即便如此，苏雯也不生气，她反倒觉得丁满红这种反应还挺可爱的。潘正义责怪她："你怎么就把这事说给孩子听了呢，现在倒好，把丁满红给吓跑了。"

苏雯呵呵笑，说自己不仅要说给孩子听，还要说给大人听。潘正义赶紧阻止，说："俞雪晴好说话，但丁家民这个家伙恃女而骄，如今嘚瑟得不得了，跟他谈孩子处对象的事，只怕要吃点苦头。"苏雯可没搭理潘正义，她径直去了雪晴早饭店，找上了丁家民和俞雪晴说让两个孩子处对象的事。看到丁家民面有难色，苏雯恍然大悟，她拍着胸脯保证，说："当然是希望孩子们再大一点儿后处对象，而不是现在。"丁家民脸色缓和了些许，他看看俞雪晴，见俞雪晴没有什么表示，自己也不敢瞎说什么，只能敷衍着说孩子还小，这事等孩子长大点儿让孩子们自己决定便好。

等苏雯离开后，丁家民就不停地问俞雪晴的意思。二人此时正忙着准备武林巷分店的事情，丁家民一直说："托了满红的福，因为满红，我们开了雪晴早饭店，也是因为满红，早餐车让我们雪晴早饭店翻了身，不仅再次成了万元户，现在还打算开第一家分店呢，而且还是开在了武林巷！"丁家民自己都觉得他跟俞雪晴了不起。但是开分店的事情毕竟非同小可，二人已经为此准备几个月了，却还不敢对外公开。

俞雪晴放下手里的计算器。她眯着眼问道："家民，你一直问我，倒是让我明白了，你对潘小多或者潘家有什么不满意呀。"

丁家民皱着眉道："说不满呢不至于，就是有一些意见。"

"说来听听。"

"首先，谈婚论嫁，总该讲究个门当户对吧？我们家好歹也是万元户了，你去看看，整个思鑫坊，有几家万元户？我帮你掰着手指数了一下，不超过十家。"

俞雪晴笑道："这没啥稀奇的，我们就是早了一步，得了政策的好处。不用多久，全杭州乃至全中国都是万元户。再说了，人家潘正义也是街道办主任，也不比我们万元户差呀。你这个不满意的地方站不住脚。"

丁家民辩解道："这只是第一点，我还有第二点呢。"

"继续说。"

"就算潘家和我们家门当户对，那潘小多也配不上我们满红呀。我们满红多好的姑娘呀，漂亮，这个点不用多提了吧，她妈妈是十村八店第一美女，她是十村八店第一小美女！"

俞雪晴听到此处脸红了。丁家民看到了嘻嘻笑道："我真是上辈子拯救了全宇宙，这辈子才有两个大美女陪伴一生。"

俞雪晴捶了他一下道："别滑头了。继续说第二点。"

"对对对，嗯……聪明，这点也不用提了吧，墙上的奖状早就贴不下了，什么东西一学就会。上次北京航天夏令营没去成，你我都很难过对吧？结果满红怎么着？她直接报考了'未来小小科学家计划'，全国几百万孩子中，她脱颖而出了，被选中去参观酒泉发射站，学校所有的老师都说满红是几十年一见的天才。雪晴，我就问你了，潘小多哪一点配得上我们满红？"

俞雪晴道："你这是为满红找对象呢，还是找人跟满红比高低呢？不管满红是不是漂亮，是不是聪明过人，是不是天才，她将来始终是要找一个真心疼她、爱她的人共度一生呀。我就觉得潘小多挺不错，知根知底，是个好孩子，而且我从潘小多的眼神里看出来了，他是真的关心满红。这种关心会不会演变成爱情，这我还不知道，但我知道，潘小多将来绝对不会欺负满红。"

"满红不欺负他就不错了，他还欺负满红呢。而且，你是没看见吧？你要知道，潘小多最近可跟荡头混得多，我已经叫满红跟他别深入接触了。"

"我没看见？那你猜，当初追我的人可多了，从思鑫坊排队到古钱塘门，这不过分吧？我凭什么独独看见了你？"俞雪晴不悦道。

丁家民傻眼了，挠着头解释道："雪晴，你不会是因为我特殊吧？"

俞雪晴扑哧笑出了声："现在我知道了，我视力不好，我不应该看见你……"

丁家民发出了近乎哀号的声音求饶道："雪晴，是我的错，我说错话了……"

俞雪晴道："好了好了，放过你了。不过话跟你说清楚了，苏雯想要撮合两个孩子将来处对象，这个我是不赞成的。这种事情就留给孩子自己去选择，我们还是不要横加干涉的好。但是，不管社会观念怎样，我们丁家就没有'门当户对'这个说法！满红也没有高人一等，思鑫坊的每一个人都是平等的，全杭州、全中国的每一个人也都是平等。我不赞成你把满红认为比潘小多高一等，两人是一样的，平等的。而且，两个人适合不适合相处，看的不是门当户对，而是他们是否可以同甘共苦，相濡以沫，不是吗？如果，我是说如果，有一天我们不在了，思鑫坊的孩子中，你认为谁能照顾好我们满红？在我看来，只有潘小多了。"

俞雪晴一番话说得丁家民猛点头。反正丁家民什么都听老婆的，在他看来，世界上如果有一个人是聪明与美貌融为一体了，那个人一定就是俞雪晴了；如果有一个人做的所有决定都是对的，那这个人也一定是俞雪晴了。

丁家民想，既然雪晴认可潘小多，那我也不好反对了。反正这是将来的事情，也不需要现在就操心，那就不需要烦恼了。

这么一想，丁家民就高兴起来了。

但是，徐淑芬得知此事后却有自己的想法，她还特地找俞雪晴谈了谈。她认为以前她结婚的时候不过十几岁，十几岁的孩子已经一定程度上懂得爱情和婚姻这档子事了，所以俞雪晴和丁家民的处理方法，说好听点就是不干涉，说难听点就是放任不管。"要知道，放任不管会出大事的。"

俞雪晴笑着问婆婆打算怎么管，徐淑芬说出了自己的主意："潘小多配不上丁满红。"俞雪晴反问徐淑芬："满红满月那会儿，你可是不止一次当着他们和其他亲戚朋友的面，说丁满红和潘小多有缘分。"

徐淑芬叹气道："时过境迁，当时我是觉得潘小多挺好的，可老太婆也有看走眼的时候呀。现在的潘小多，就是个小荡头。反正我只是个奶奶，没资格做主，但我的意见摆在这了，满红的未来就算不当宇航员，也会当一个大商人、大老板吧，而潘小多的未来，就在思鑫坊街上浪来浪去了。"

徐淑芬提了意见还不放心，她发现，自从那天从医院出来后，苏雯更加勤快地找机会接近丁满红，时不时就送给她点好吃的。徐淑芬紧张起来，她认为这种"糖衣炮弹"小孩子不一定顶得住，于是开始和苏雯对着干，徐淑芬也每天都找丁满红，跟她说潘小多的坏话。丁满红被烦得不行，干脆两边都不见，也不找潘小多一起上学，放学后也不和潘小多、杨艺他们一起回家。

事实上，上次淋雨之后丁满红感冒了，发起了40℃的高烧，俞雪晴给她买了点药，吃了就好了。可在十二岁的生日后不久，丁满红却突然感觉到身体有一丝异常，蹲下再起来的时候，头部会一阵晕眩，严重的时候，弯腰下去的时候整个人会晕得站不住脚。丁满红跟父母说了这件事，当时俞雪晴和丁家民的武林巷分店刚开张，二人忙得不可开交。俞雪晴只觉得是丁满红贫血，这个年纪的小孩子正在长身体的时候，贫血是一种多发病，也没有什么危险。再往不好里想，那就是上次的感冒反复了，俞雪晴就让丁家民给丁满红买了一点感冒药，让丁满红早中晚三餐后都吃。只有丁满红自己觉得，这次的病和上次的发烧有点不同，而且，这些药吃了以后没有效果，随着时间推移，她的这种晕眩感在增强。

这段时间，丁满红喜欢放学后自己一个人回家，到了思鑫坊就躲开苏雯和徐淑芬，到了家里就躺在床上休息。在这种休息的时刻，她就开始思考身体的变化到底是什么原因。

她也搞不清楚，到底是自己的错觉，还是真的身体出了问题，因为这个病症真的太细微了，如果是常人未必会察觉身体上的这种变化，丁满红会察觉，是因为她记性太好了！她清晰地记得上次发烧时的头晕是怎样的感觉，她察觉得出两种头晕之间的差别。即便如此，此刻的丁满红还没有产生过，哪怕一丝念头，一丝这个病将彻底改变她一生的念头……

　　周日下午，丁满红只是外出走了一下，就回家躺在床上休息。俞雪晴推门进屋，她换上了正装，而不是早饭店里工作时的打扮。俞雪晴喊丁满红起床，跟她一起去医院。原来俞雪晴这几日工作虽繁忙，但心里一直挂念着丁满红上次提到过的头晕一事，虽然丁满红吃了药后没有再说什么，可她还是看得出来丁满红依然不舒服。所以俞雪晴趁今天丁家宜过来看望母亲徐淑芬，就让她帮忙照看一下店里的生意，自己则带着丁满红去医院检查。

　　俞雪晴原本以为丁满红应该是贫血，可医生检查了一下后，郑重其事地表示要给丁满红脑部拍片，还欲言又止地对俞雪晴说丁满红基本上要住院了，要俞雪晴跟家里人联络一下，让家里人把住院的东西捎过来。

　　这可把俞雪晴吓坏了，她赶紧去公用电话给家里打了通电话，但是没有人接。这是正常的，丁家民一早就去了武林巷分店，婆婆徐淑芬和过来看她的丁家宜打理着思鑫坊的总店。

　　俞雪晴想：要给丁满红准备住院衣物的话，恐怕只有我才能准备得合满红的心意。想到这些，俞雪晴便叮嘱丁满红乖乖在医院里待着，她自己则回到思鑫坊把雪晴早饭店给关了，丁家宜负责跑一趟武林巷，把丁家民叫回来，而俞雪晴在关店后则回家给丁满红收拾住院的东西。

走进丁满红的房间，墙上和航天科技有关的画已经换了好几批，书柜上整整齐齐地放着丁满红收到的各种礼物，放在最显眼位置的是丁家宜送的那个火箭模型。俞雪晴走过去摸了摸火箭模型，随即就看到在模型旁边，放着的是丁满红周岁时抓周得到的九斤奶奶的钥匙。丁满红的书桌子上收拾得也很整齐，什么东西摆放在什么位置，一丝不苟，在最顺手的位置上，放着丁家民刚给丁满红买的最新一期科技杂志，杂志中间露出了一截书签，显然那是丁满红目前看到的地方。

俞雪晴眼眶开始湿润了。丁满红就是这样，自己不需要反复叮嘱她该做什么，不该做什么，只要是好的东西，她都会跟着学，然后做得比自己想象得还要好。比如跟她说屋子要整齐，从此以后她的屋子就一尘不染；跟她说不能偏科，她会在当学期就改掉偏科的习惯，所有课都拿第一名……而现在，丁满红生病了，俞雪晴也不知道为什么，医生还什么都没说，她心中却完全无法平静下来。

既然是住院，俞雪晴就不打算给丁满红准备课本之类的东西了。她简单收拾了一些衣服，临出门前，她把丁家民刚给丁满红买的最新一期的科技杂志塞进了包里。

一行人来到医院的时候，丁满红还乖乖地坐在椅子上等着，看到家里人都过来了，她噘着嘴道："妈妈，不就是住院吗，不需要大家都来吧？"

俞雪晴摸摸她的头，丁家民笑嘻嘻说道："店里反正没生意，我们就来看看满红。怎么，不欢迎呀？你不欢迎的话，爸爸马上带上你二姑走。"

丁满红知道丁家民在吓唬人，她哼哼了两声道："那可不要，要走你走，二姑不能走。"

因为丁家宜经常给丁满红带礼物，丁满红一直很喜欢丁家宜这个二姑。

"满红呀，你饿了吗？奶奶给你带了包子。"徐淑芬从袋子里拿出包子给丁满红吃。

丁满红接过包子，刚小小地咬了一口，医生走了过来。医生看看众人，问道："谁是孩子的监护人？"

俞雪晴和丁家民一起颔首道："我们是。"

医生点头，让二人跟着自己到一边说话。三人走到一个没什么人的角落，医生低声告诉他们道："你们要是晚一天送孩子来医院，这孩子就没了。我不是虚指，我说的是实际的一天！就一天！"

俞雪晴和丁家民对视一眼，一种恐惧感袭上心头。

"我们家满红……是什么病？"俞雪晴哽咽着问。

"脑膜炎！这个病你们知道吗？少儿杀手啊！很多孩子得急性脑膜炎的时候，自己甚至完全感觉不到任何症状，等发现问题的时候已经一切都晚了。全世界每年有好几十万、上百万小孩因为脑膜炎去世！我不知道你们是怎么发现孩子出问题的，但是很好，如果全世界的家长都像你们一样警觉的话，会挽救很多孩子的生命啊！"

医生这么一说，俞雪晴哇的就哭出来了，她嘴上没说，心里难受得要死，她记得丁满红差不多一个星期前就告诉自己头晕的事情了，还很确定地说这和感冒发烧时的头晕不同，只怪自己竟然完全没把丁满红说的话当一回事，结果差一点点就害死了满红。

丁家民轻抚俞雪晴的背，他知道此刻俞雪晴肯定自责不已，却不知道该怎么安慰俞雪晴。丁家民回头看看远处的徐淑芬和丁满红她们，几人并不知道这里在谈的内容，还有说有笑的。

丁家民问道："医生，满红不会有大问题吧？"

"这个很难说，不过不要太担心，你们送来得还算及时，我们现在的治疗手段也比以前先进了不少，救治是肯定可以救治……总之，你们先办住院，我们马上给孩子治疗。"

医生的话让二人放松了下来，俞雪晴也停止了啜泣。医生本来已经转身要走了，此刻却突然回头，欲言又止。俞雪晴看到后忙问医生还有什么问题，医生犹豫了一下后说道："你们做好一个心理准备，孩子病能治好，但很大可能会有后遗症。"

住院第一天开始，医生就告诉丁满红，希望她住院期间尽量不要动脑子，就是什么都不要想，保持放空状态，最好就是每天睡觉。这可难倒了丁满红，要她学习新鲜知识，她一点都不带害怕的。可是如今医生要她什么都不要想，那可就要了她半条命了。事实上，越是告诉自己不要想事情，她反倒更爱胡思乱想。

但是有一点还是让丁满红很开心的，那就是她刚好满十二岁了，所以这次分配病房的时候，终于可以不住吵闹的儿童病房，而是住进了成人病房。

第一天晚上，丁满红满是好奇地打量着成人病房，大人们住院后都很安静，和小孩子完全不同。俞雪晴离开一下的时候，也有大人主动跟丁满红讲话，他们说自己得了什么病，也会问丁满红得了什么病。丁满红对自己的病情一无所知，所以当晚睡觉前，丁满红就问俞雪晴自己得了什么病，俞雪晴眼泪就掉了下来，她抓住丁满红的手说道："医生说是脑膜炎，不过满红……满红你不用担心，医生说能治好的。"

丁满红想起来，潘小多那天在图书馆借错了书，他本来以为那本书是讲杀手的，但书实际上讲的是少儿杀手脑膜炎。想到这里，丁满红咯咯笑了，她告诉俞雪晴，说潘小多借错了书，他以为是讲杀手的，实际上却是讲少儿杀手脑膜炎的。

"妈妈，为什么脑膜炎被称为少儿杀手？"丁满红讲了潘小多借错书的事后问道。

俞雪晴心下怅然，她犹豫了一下要不要把白天医生说的话都告诉丁满红。但她最终还是决定隐瞒，只是告诉丁满红："因为脑膜炎很难被发现，基本上发现的时候就救不活了，但我们家满红很厉害，你自己发现了脑膜炎，医生都夸你发现得很早，所以才能得救呢！"

丁满红听了骄傲地撅嘴，乐呵呵道："妈妈，我就说我生病了。"

医生没有选择手术治疗，而是选择抗生素治疗，这样的话，丁满红每天都要按时挂盐水。因为她血管不是很明显，导致护士很难扎准血管，每一次挂盐水，护士都要扎好几下才能扎进去，所以她两只手腕都是肿的。

丁满红住院开始便一直是阴天，一直到第八天才出了大太阳。这天早上，窗外白云飘过，阳光洒进了病房。丁满红很高兴，她突然告诉俞雪晴，哪怕每天只能待在病房里，看着窗外的蓝天白云，也好过在教室里听老师反复讲那些她早已经学会的课程。那些课程真的太简单了，她几分钟就学会了，可老师竟然可以花好长好长时间反复教大家，她认为老师的教育方法有问题，难怪大家都讨厌上课了。

俞雪晴哑然，心中想：小孩子讨厌上课是不假，只不过和你说的理由完全不同罢了。

九点多的时候，医生来检查丁满红的状况。医生检查完后，说丁满红再过两天就可以出院了。丁满红高兴万分。

医生告诫丁满红，说他已经发现丁满红在偷看科学杂志的事情了，但是出院前这几天必须停止，让大脑能充分地休息。丁满红吐了吐舌头，心想：不看就不看了，反正她也已经看烦了。

医生说完后，把俞雪晴叫出了病房，他问孩子的父亲怎么不在，俞雪晴告诉他说大家觉得满红好得差不多了，所以孩子她爸和奶奶都回去看店了。

医生叹了口气，说道："那这个结果就只能单独告诉你了。"

俞雪晴望了望病房内的丁满红，从她的视角，刚好看到丁满红正皱眉盯着门口呢。俞雪晴冲丁满红微微一笑，随即回头看着医生说道："医生，有什么话你就直说吧。"

"我们反复检查了丁满红的脑部情况，脑膜炎是治好了，但是后遗症还是有的。这么说吧，她的大脑不会再发育了，而且由于一些不可逆的损伤，她接下来的记忆力会比现在差很多……"

俞雪晴一个踉跄，差点直接跪倒在地，她右手死命抓着门把手，才让自己保持着站立的姿态。俞雪晴完全感觉不到自己是否在哭泣，她用手背擦了一下脸颊，发现手背上湿漉漉一片，她这才确定自己已经泪流满面了。

"医生，你是说满红会变成傻子吗？"

俞雪晴的声音一下子沙哑了，医生摇着头道："这个我也不清楚，后遗症会恶化到什么程度，要看你们的照顾和她自己的意志力了。不过可以确定的一点是，她的智商最多最多，就是永远停留在十二岁了。"

俞雪晴低下头，眼泪吧嗒吧嗒掉在地上，她甚至都不想擦眼泪，也不敢去看丁满红。她知道丁满红此刻一定更加疑惑地看着自己，丁满红肯定想知道，既然是要出院了，俞雪晴却为何大哭起来。

"等你丈夫过来后，你们一起来我办公室一趟，有一些话，我觉得有必要告诉你们一下。"医生知道俞雪晴此刻一定悲痛万分，他说了这句话就走了。

俞雪晴没有回应病房内丁满红投来的怀疑的目光。她双手撑着墙壁，一步一个踉跄地往前走，一直走进女卫生间，把自己关进卫生间中，她才一屁股坐倒在地，随即整个人缓缓倒在地上，捂着脸号啕大哭。

哭了有十多分钟，她重新站了起来，用水龙头洗了一下脸。看着镜子中的自己，俞雪晴暗暗告诉自己一定要坚强，不能再哭了，满红出了这样的意外，她更不能软弱了，她必须撑住。

俞雪晴看看时间，知道丁家民快过来了，她便到住院部楼下的大厅等着。她原本是看着大门方向的，可是很快她就又失神了，直到听到丁家民的声音才缓过神来。她看到丁家民左手提着饭盒，右手拿着一本科学杂志，她的眼泪又一次喷涌而出。

在医生的办公室里，医生仔细地跟丁家民和俞雪晴讲述了丁满红接下来可能会出现的后遗症症状，末了，医生颇有些为难地说道："其实有一件事，我想你们应该要开始准备了，为了你们自己好，也是为了满红好。"

医生说到这里的时候，丁家民还是一片茫然，而俞雪晴已经明白医生要说什么了。她用颤抖的声音说道："医生，能给我们开一张满红残疾了的证明吗？"

医生正要开具证明，丁家民却一把抓住他的手，他的脸上写满了愤怒，愤怒之中却又有一丝哀求。

"满红不是残疾！就算她的智商永远停留在十二岁了，就算她会越来越笨，她也不是残疾人！满红多聪明啊，满红什么东西都一学就会。孙婆说了，要说我们思鑫坊哪个小孩最有出息，那就是满红了……"

医生郑重道："这个证明，只是为了帮助你们再要一个孩子，并不是为了给满红这孩子盖棺定论！这段时间和满红相处下来，我觉得这孩子真的不简单，就算她的智力永远停留在十二岁，我都相信她一样会有自己的璀璨人生！"

俞雪晴也轻轻按住丁家民的手，温柔地说道："家民，你想一想，我们不可能照顾满红一辈子的，她需一个亲人。"

丁家民松开抓住医生的手，瘫坐在靠椅上，别过头去看着窗外。

俞雪晴和丁家民没有把真实的情况告诉丁满红，二人回到病房时，丁满红看到丁家民手里的科技杂志还喜不自胜，因为之前听医生说最近不能动脑子，她倒是很快冷静下来，怯生生问俞雪晴自己能不能看。

俞雪晴红着眼眶，说住院期间，每天可以看一个小时，出院后每天只能看两个小时。丁家民在俞雪晴耳边轻声说，医生说了最好不要看东西。俞雪晴低声说道："让她看一点吧。"

得知丁满红住院的第一时间，潘小多就来看过丁满红，当时他是带着马飞、朱明伟和杨艺一起过来的，每个人都准备了礼物，唯独潘小多什么都没准备。

丁满红收完所有人的礼物后就质问潘小多，说他怎么这么小气。

潘小多则回应道："你老说我小气，我对你可大方得很。"

丁满红便让他用事实证明，潘小多红着脸，说目前还拿不出来，但等她出院的时候，肯定可以拿给她看。

现在丁满红就要出院了，潘小多就一个人来到医院找丁满红，打算给她看自己花了大力气准备的礼物，好叫丁满红知道自己所言非虚。

当时俞雪晴已经把丁满红的情况跟亲戚们都说了，唯独还没有跟丁满红说。出院这天，丁家欣和丁家宜都特地从家里赶来看望丁满红，就连丁家祥也特地来了医院。

大家围在丁满红病床前聊天，每个人脸色都很差。丁家祥说起丁满红当时咬自己的那一口，他伸出右手，指着虎口处几个不太显眼的伤口，说："伤疤怎么都下不去，多少年了，一直跟着他。"

徐淑芬道："我倒觉得满红咬得轻了，她该咬重一点，好让你吃个教训。思鑫坊哪出过你这样不孝的儿子！别人都说养儿防老，我养了个小儿子，就跟没养过一样！"

丁家祥一听，脸色变得很难看。丁家欣和丁家宜赶紧劝解，既让母亲消消气，又让四弟别生气。丁家民和俞雪晴赶紧倒了两杯茶，一人一杯递给徐淑芬和丁家祥。这时候丁满红看到了门口站着的潘小多，就喊潘小多进屋。

丁满红对大人闲聊的话题没兴趣，所以看到潘小多她暗自高兴，总算可以脱离大人那些无聊又无用的话题了。

"你找我干什么？"丁满红问道。

"我来给你看礼物！"

丁满红一愣，右手托着下巴道："你真给我准备了礼物？花了不少时间呢。"

潘小多应了声，眼珠子咕噜咕噜转动着，也不知道在想些什么。

丁满红打量着潘小多，发现他手里空空如也，肩上也没有背书包，这么说来，礼物就在他口袋里了。丁满红随即发现潘小多衣服口袋里露出的画画本的一个小角，心中已经明白了几分。

"给我看看吧。"丁满红伸出手。

潘小多害羞道："不行，人太多了，这个……这个礼物不适合大人看。"

潘小多这么一说，丁家民、俞雪晴等人都笑出声来。

丁家祥咒骂道："你个小滑头，你倒给我们看看，有什么东西，只适合小孩看，却不适合大人看的？"

潘小多紧咬着嘴唇，不说话，也不拿东西出来。丁满红见了，便让潘小多走到病床边上，随即一下子从潘小多的衣服口袋里抽走了画画本。

"你的礼物就是这个画画本吧？"丁满红晃着画画本，得意扬扬地说道。

潘小多急得直跺脚道："你可以一个人看，可别给其他人看！"

丁满红道："我偏不看！"

潘小多傻眼了："啊？你又不看？"

丁满红扑哧笑了道："我逗你的，真是个笨蛋！"

丁满红说着开始翻看起画画本，翻了几页却发现潘小多画的都是自己。丁满红脸上起了一丝绯红，不过她突然发现，这些画似乎是连贯的，她瞟了一眼潘小多，见他眼中尽是期待，于是丁满红重新合上画画本后快速翻页，这些画果然都动了起来，竟然组成了一副连环画。这就是潘小多花了不少时日的原因。

而这个连环画的主角是丁满红，讲的却是当初潘小多落水，丁满红不谙水性，却跳下去救潘小多，结果反倒被潘小多给救了这件事情。正是这件事情之后，丁满红求了潘小多教她游泳，这件事情只有二人知道，是二人共守的一个秘密。

看到丁满红合上了本子发呆，丁家祥伸手抢过了画画本要偷看，潘小多急得大叫，丁满红这才反应过来，她从床上站起来，冲着丁家祥的手掌就是一口，丁家祥手一疼，就松开了画画本，丁满红抢过画画本就带着潘小多逃出了病房。

丁家祥顿时一脸委屈道："妈，这个侄女凶得很，你看，又是一口！"

徐淑芬白了他一眼说："自作自受！"

丁家祥看到手掌流血了，嚷嚷道："不行不行，我得去包扎一下，包扎完还得直接回街道办。对了，大哥，有件事我代表二姐三姐提醒你一下，今年你们早饭店的分红还没分呢，别忘了啊。"

丁家祥说着跑出了病房，丁家民气鼓鼓道："这浑小子……我就说嘛，今天怎么好心来接满红出院，原来是惦记着分红。"

徐淑芬气道："当初我就不应该问他借钱，还说什么入股！"

俞雪晴笑着安慰徐淑芬道："妈，别生气，这入股分红是天经地义的事情。要不是满红生病耽误了，加上之前忙着开分店，这事也不会耽搁到现在。其实账目和现金都已经点算好了，本来今天叫家欣和家宜过来，也是想把满红接回家后，我们刚好把分红分了。"

丁家欣和丁家宜听了赶紧推辞，丁家欣说："这钱再也不能收了，当初只是出了点体己钱，希望能帮到大哥，没想到现在倒是赚了大便宜，每年还能拿分红。这几年拿到的分红，早已是我们当年资助的好几倍了。"

徐淑芬用命令似的语气道："你们收吧！入股分红，天经地义。"

丁满红回到家后，又被禁足了半个多月，每天只能看两个小时书，其他时候只能对着窗外发呆。丁满红几次想要跑出去，俞雪晴都吓唬她，说她乱跑的话，这病还会再发作。

丁满红信以为真，父母去了店里，她一个人在家也不敢随意走动，整个人乖了很多。这天，潘小多在窗外敲玻璃，约丁满红出去玩，丁满红也是摇头拒绝，但要潘小多在窗口陪她聊天。潘小多就得意地告诉丁满红，《脑膜炎——少儿杀手！》这本书他只花了一天时间就看完了，他不会是狗孙子了。丁满红挺意外，就考了考潘小多，没想到潘小多对书里的内容真的记了个七七八八，还提到了后遗症的问题。丁满红心中一凛，她想起出院前妈妈和医生在门口对话时哭泣的样子，便把潘小多说的后遗症记在了心里。

潘小多还告诉她，说丁满红被她妈妈俞雪晴骗了，脑膜炎基本上不会复发。丁满红脸一红，想到自己可能真的上当了，心下就更不高兴了。她恼自己被骗，也恼潘小多这得意忘形的样子，就恶狠狠地说："你知道的多行了吧，我知道了，你一定是为了笑话我，所以才看完了这本书！"

被丁满红劈头盖脸一通训，潘小多怔住了，随后红着眼眶道："我当然是不爱看书的，不是言情，不是武侠，我看它做什么？我看它就是因为你生的病就是这种病，我想我看多一点记多一点，说不定有用……"

看到潘小多差点哭出来，丁满红就没继续训他了，但也没继续往后问书里的内容。她心里暗自打算，等可以出去后，自己去图书馆借这本书看看。她和潘小多不一样，潘小多要看完这本书一定花了好几天时间，看他的黑眼圈，应该还挑灯夜战了。但她要看完这本书，随便一翻就行了。而且这本书的内容潘小多记住是记住了，但是说不清楚，她需要自己去了解一下后遗症的问题。

因为怕丁满红太过劳累，丁满红的禁足令一直延续了下去。俞雪晴下了死命令，说是到过年前都不准外出了，必须在家休息。为了防止她乱跑，俞雪晴甚至还和丁家民、徐淑芬分配了巡查的时间，丁满红即便趁着三人回家查看的空当溜出去，每次也不过只能自由两三个小时。即便如此，丁满红还是偷偷去了几次图书馆，分几次把整本书看完了。之所以没有借回家看，是因为怕被妈妈发现，她知道，在俞雪晴面前没有秘密。

看完之后，丁满红陷入了思考之中，她隐约发觉生病后，记忆力下降了很多，她觉得这可能就是后遗症，所以俞雪晴在病房门口那样痛哭流涕。可她不知道，自己将来会怎样，是变成一个傻子，还是变成一个疯子，还是变成其他什么怪东西……丁满红想：无论如何，我可能要让妈妈失望了。想到这里，丁满红就哭了。她又想：如果连妈妈也对我失望了，那就不活了，反正活着也很无聊。丁满红马上摇头，心想：如果我死了，妈妈也活不下去吧。

之后很长一段时间，丁满红一直恍恍惚惚的。直到期末考前两天，班主任打来了电话，问丁满红能不能去学校参加考试，还说丁满红代表的是班级，是学校，她的成绩关系到学校在市里的排名。

丁家民和俞雪晴商量，他的意思是丁满红这考试就不要去了。他认为这个老师很不负责任，丁满红两个月没上课，怎么参加考试？俞雪晴想了下，决定问一下丁满红的意思。丁满红一听便来了精神，她想要去考试，虽然只有两个晚上看她没学过的内容，但是她想要再考一次第一名。

丁满红拿着奖状回来的时候，丁家民和俞雪晴都热泪盈眶，他们心中都升起一股期盼，他们希望奇迹能够降临，他们希望丁满红只是简简单单生了一场病，一切的一切都没有改变。丁满红还是那个无所不能的丁满红。

但是奇迹终究没有降临，这是丁满红最后一次拿年级第一。

第十章

这天是1992年的5月2日，丁满红早早起床，她翻开了记事本查看自己记录下来的待办事项。在今天的日期下面写着一行字，丁满红嘴上念念有词："今天要给妈妈送早饭，今天是妈妈待产日第三天。"

最近丁满红为了不耽误事情，开始用记事本把重要的事情和预定时间记录下来。自从脑膜炎后，她的记忆力开始急剧下降了，也就在出院两个月后，丁满红就察觉到了记忆力的变化，大概在过年前夕，丁满红便已经确定记忆力下降这一事实。

这个年，整个思鑫坊都透着一丝悲伤。虽然从大年夜开始燃放的烟花爆竹还是持续到后半夜，虽然潘小多和丁满红为了摔炮还是闹得不可开交，虽然其他孩子还是以丁满红马首是瞻，大家跑来跑去，热闹不凡，虽然潘正义家，甚至更多的家庭都放起了"窜天一百响"，但是，大家都感觉到了，这个年过得真的不是滋味。

因为这一年临近年关的时候思鑫坊出了很多事。

首先是丁满红突发脑膜炎，按照医生的说法，只要晚一天送去医院，丁满红的小命就没有了。但是，虽然丁满红小命保住了，脑部受损却已成事实，智力也永远停留在了十二岁，这对整个思鑫坊来说是一个超级噩耗。思鑫坊的老老少少都特别喜欢丁满红，当俞雪晴亲口对他人承认丁满红的后遗症时，徐淑芬甚至都可以听到思鑫坊霎时间变得一片寂静，就是那种灵魂上空洞无声的寂静。之后很长一段时间，俞雪晴早上一打开早饭店的大门，早已在门口等候的人买了包子、喝上稀粥之余，都会关切地问丁满红的情况，俞雪晴总是不厌其烦一一作答，每个人听了以后都是长吁短叹。

然后，丁满红出院后没多久，马宁的父亲马老爷子去世了。给马老爷子办白事的时候，丁家民说起马老爷子有个愿望，说是今年自己得动手点上一个"窜天一百响"。丁家民这一说，俞雪晴、苏雯等思鑫坊的女人们都眼泪汪汪，直说马老爷子离愿望只一步之遥，实在可惜可怜。女人们一哭，马飞也跟着哭，马宁给马飞擦掉眼泪，然后告诉众人莫哭了，人总归是要走的，马老爷子的愿望也不止这一个，即便今年挺过了这个年关，他走的时候总归有愿望没实现，比如马老爷子就说过，等香港回归了他要去香港走走看看，可这事儿还得等六年呢。马宁这一说，女人们都破涕为笑了，大家都说思鑫坊这一年遭了不少难，只求年前再无坏事发生。

不承想过年前夕，新的坏事还是发生了。杨艺的妈妈曾芹突然留了一份自己签了字的离婚文件就消失了，也不知道去了哪里。杨天宝报了警，警察说这是家庭纠纷，他们也无能为力，而且一个人如果故意要消失，只怕是很难找回来的。曾芹一走，杨天宝便跟失了魂似的，终日魂不守舍。这天，杨艺喊了丁满红帮忙，还拿出压岁钱买了鱼和肉，做了顿香喷喷的饭菜。她以为这样可以帮助爸爸恢复精神，不承想杨天宝吃上一两口就不吃了，他看着杨艺，说她越来越像她妈妈了。杨天宝眼上挂泪，说话疯癫，把杨艺吓得不轻，当晚就跑去丁满红房间睡了。第二天杨天宝说是要去找老婆，希望杨艺可以在丁家民家借住一段时间，杨艺这一住，就住了半年。

正是因为发生这些大事，徐淑芬才说思鑫坊第一次少了年味，哪怕大年夜还是一样鞭炮烟花连绵不绝，哪怕家家户户的烟花都换上了更好的"窜天一百响"，甚至是"窜天三百响"，哪怕孩子们的鞭炮纷纷由划炮换成了摔炮，思鑫坊的所有人都还是觉得这个年过得很不是滋味。

杨艺和丁满红睡一个房间，杨艺之前就发现丁满红房间里那些火箭模型什么的全都不见了。丁满红告诉她，说是爸爸把这些都收起来了，说是以后不逼她当宇航员了，她想做什么都可以。而她现在最喜欢的也不是火箭了，而是她枕头边的铜钥匙。丁满红给杨艺看这个抓周时抓的九斤奶奶的铜钥匙，说这把钥匙以前管着几万万块钱，厉害得很。丁满红还告诉杨艺"丁家精神"，说以前的丁家精神就是"君子爱财，取之有道"，现在她妈妈加了一条——"别在意他人的眼光"。

杨艺很羡慕丁满红，觉得她爸爸真的很开明，可以让丁满红自由发展。不像她，她爸爸老逼她学唱戏，而她真没那个兴趣。

没几天，杨艺就发现丁家民收起所有火箭模型的原因了——因为丁满红的记性变差了，她对于得病以前的事情都还记得，哪怕是很小的时候那些事情都还记得清清楚楚，但是对于新学的东西总是很快就忘掉了。

杨艺想到了从潘小多那听来的这个词："后遗症"。

杨艺听大人说过，丁满红不会再长大了，哪怕人还会长大，但是脑子不会再长大了，她的智商只会一直停留在十二岁，而她的记性会变得很差。

杨艺还敏锐地察觉到，丁满红虽然表面上一直笑嘻嘻的，好像没任何烦恼一样，实际上她内心深处，一直痛苦万分。最显著的地方就是，丁满红以前是思鑫坊的大魔头，她几乎没有一刻钟是闲着的，几乎每天都有她惹出来的大麻烦。那时候，丁满红最讨厌的就是一个人在家里待着。但现在，丁满红总是故意装出还是那个大魔王的样子，可她时不时会一个人待在屋子里，看着窗户发呆。

看着丁满红站在窗口的背影，杨艺就心疼起丁满红了，她暗暗发誓，接下来就由她来保护丁满红了。

事实上，丁家民收走火箭模型，撕掉了墙上的火箭海报，丁满红是很难过的。丁家民告诉她，说这些东西他会丢掉，而他也已经不喜欢丁满红当宇航员了，丁满红长大了，接下来想当什么都可以。

可丁满红看到丁家民并没有把这些东西丢掉，而是把他们都放到了丁满红平时根本不会去的储物间。那个储物间在阁楼，丁满红平时决计不会上去，因为那里面满是灰尘，而丁满红对粉尘过敏。

这天乘着杨艺出去玩了，丁满红就戴上了手套，头上套了一个塑料袋，她给塑料袋弄了一个洞，洞上用透明胶带粘了一个口罩，这样的话，她既能呼吸，也能完全隔绝粉尘。丁满红全副武装完毕后，爬到了阁楼，那些火箭模型上都沾满了灰尘，那一沓很厚的《丁家航天摘抄》上灰尘却分布得很奇怪——最上面一本上一点灰尘都没有，下面的则满是灰尘。

丁满红打开最上面的一本《丁家航天摘抄》，眼泪就流了下来——原来丁家民每天还在做摘抄，把自己看到的最新的航空航天信息剪下来，贴在上面。

丁满红听到爸爸妈妈上阁楼的声音，就找了个角落躲了起来。她从杂物缝隙往外看，正看到丁家民和俞雪晴抱着一沓奖状爬上了阁楼。

俞雪晴把这些奖状一张张叠得很整齐，嘴上说道："我也不晓得对满红是好还是不好。"

"那肯定是好事，你不怕她每天看到这些奖状更难过吗？"丁家民说道。

俞雪晴擦着眼泪说："我不晓得。其实我觉得，满红自己知道的比我们以为的多得多。"

"我也这么觉得，她不肯去酒泉，肯定是察觉到了什么。雪晴，都是我不好，如果我一开始不是对满红有那么高期望的话，也许她压力会小很多。"

"但是满红这孩子真的与众不同，她和所有的孩子都不同。"俞雪晴放好叠起来的奖状，低头看着奖状发呆。

丁家民暗示道："如果我们走了，满红怎么办？雪晴，我们是不是该给满红生一个弟弟？这样我们要是有个万一，还有人能照顾满红。"

俞雪晴抬起头，生气道："家民，你怎么对满红这么没信心？医生都说满红接下来一样会有自己的美好人生，你为什么就这么没信心呢？你看看这些东西，你本来说要丢掉，我为什么不同意？因为我等着，我等着那些看衰她的人反悔！这个时候我们如果再要一个孩子的话，你想满红会多难过？"

丁家民一见俞雪晴生气，连连道歉，不敢再提给满红添一个弟弟的事情。

等爸爸妈妈走下阁楼后，丁满红才从杂物堆里走出来。她看着那一沓沓放得异常整齐的奖状，眼中都是泪水。

那之后没多久就开学了，丁满红每天都竭尽全力学习，放学回家后还要背下一篇课文，然后由杨艺随机抽查其中一段。以前一篇五六百字的课文，她读一遍就几乎全背下来了，可现在她往往读几十遍才能背下来，搁几个小时就又忘了个干净。

杨艺看出满红的吃力，作为抽查者，她都背下来了整篇文章，满红却往往只背下了一半。杨艺想劝满红放弃，却一直不知道该如何开口。

期中考试的时候，丁满红拿了年级第三，杨艺很为她高兴，她偷偷叫了潘小多、马飞和朱明伟，四人凑了零花钱，给丁满红买了她最爱吃的零食，打算给丁满红一个惊喜。不想丁满红反倒不高兴地问他们："这第三名很了不起吗？"

四人你看看我，我看看你，最后还是潘小多说道："比我们都要好，我觉得挺了不起。"

丁满红板着脸道："那我要下次只考了第二十名呢？再下次要是连名次都没了呢？"

潘小多道："我不信你能差过我们。"

马飞跟着说："对对对，小多倒数第一，你怎么都不会比他差的。"

"也不可能比我差，我倒数第十！"朱明伟也跟着说道，此时的朱明伟已经开始拔个子了，之前一年，他还是五人里面最矮小的，短短一年工夫，他竟然成了最高的一个。朱明伟早已是丁满红的死党，因为他虽然个子很高了，但总是被同学欺负，每次都是丁满红站出来为他打抱不平。

杨艺觉得这么说不对，但又说不上哪里不对，她很担心丁满红会伤心，果然丁满红眼眶红了。

杨艺赶紧说道："满红，无论成绩怎样，我们都是你最好的朋友。"

丁满红噘着嘴道："成绩差或者成绩好，对现在的我们或许没关系，但是人是会长大的，等我们岁数再大一点，就不一样了。"

事实上，满红早就发现了两点新的问题，一个就是她无法保持住成绩了，她付出的努力已经和成绩不成正比了。第二就是满红自己没有长大，但是身边最要好的四个朋友在长大，任谁都看得出来，其他人正一点点长成大人的样子，拥有大人的思维，而她的样子虽然也在长大，但思维却还是十二岁小孩的思维。

丁满红明白，人的改变才是最致命的，如今的朋友长大后是不会和自己继续当朋友的，因为大家的思维已经不一样了。杨艺他们全是大人的思维，而自己却还是小孩的思维，这样的状况只会随着长大越来越明显。直到十八岁，它会成为真正的分水岭，因为从那一刻开始，她的伙伴们就都是成年人了，而她，除了身体是成年人以外，其他地方都还只是个孩子。

丁满红这天晚上回到家后，把自己的成绩单拿给父母看，丁家民和俞雪晴二人看后，脸上挤出一丝丁满红看了都会心疼的笑容。丁家民强颜欢笑，说女儿还是那么棒，只要保持这个成绩，上个清华北大轻轻松松。俞雪晴则温柔地问丁满红想要什么奖赏。

丁满红郑重地问道："妈妈，是不是我想要什么，你们都会给我？"

俞雪晴笑着道："没错，你要是要星星，就让你爸给你摘去。"

丁家民也跟着说："没错没错，要星星好，星星在天上，我随便摘，还不要花钱。"

丁满红深吸一口气，说出了自己的愿望："我想要个弟弟。"

俞雪晴惊讶地问道："你说什么？"

"我想要个弟弟。"

俞雪晴怔怔地看着丁满红，眼眶之中泛着晶莹的泪光。她握紧左手，右手则抓住了丁家民的手背，丁家民感觉到了她手上的力道逐渐变大，甚至让他感觉到了一丝疼痛。

这时候丁满红突然咯咯笑了起来，她的眼睛一闪一闪的，似乎是泪光，又似乎是漫天繁星。

丁满红道："妈妈老说我小时候太顽皮了，好几次要打我，却又不舍得，就说自己手小，怕打了我一边屁股，将来两边屁股不一般大小了。我听说男孩子都很皮，要是弟弟比我小时候还皮，我是忍不住的，我会打他屁股！我手小，可能会逮着他左边屁股打，等他长大了，一边屁股大，一边屁股小，我就告诉他，都怪姐姐当年手小，没法两边屁股都打到。"

俞雪晴眼中含泪，却被丁满红逗得扑哧笑出声来。"弟弟要是皮，自然是要打的，你手小，和妈妈一样，那可以两边屁股轮着打呀！"

丁满红做了个打屁股的手势道："啪，这样打吗？"

俞雪晴点头，也做了一下打屁股的手势："啪，这样打！"

丁家民看到自己似乎没法参与到这个话题里，只能硬找机会插话了。他笑嘻嘻问道："别只顾着说弟弟，这万一要是个妹妹呢？"

丁家民话还没说完，丁满红喊了一声"啪"，丁家民不明所以，正要询问，俞雪晴已经一掌拍在他背上了。

俞雪晴笑道："就你话多！"

1992年5月2日，丁满红的弟弟丁满青就这样来到这个世界。

这一天，丁满红一早起来就查看记事本，上面写着："今天是妈妈待产日第三天"。她早早起来熬好了粥，提着保暖壶跑到医院。她到医院的时候，俞雪晴的床位上已经空空如也。护士告诉她马上通知家人，她妈妈要生了。丁满红赶紧给店里打了电话，不一会儿，奶奶徐淑芬和爸爸丁家民就跑到了医院。两人到医院的时候，还穿着围裙，手上还沾着面粉。

三人站在产房外面等，丁家民来回走，徐淑芬也来回走，母子俩的步伐都很类似。丁满红第一次看到这样的情景，觉得很有趣，便学着跟在丁家民后面走。

这时候，一声婴儿的哭声响彻医院，丁家民和徐淑芬冲向了产房门口。

而丁满红则站在原地，她听着一声声哭声，思绪开始漫游起来。她似乎记起了婴儿时期自己也曾在这家医院，她哇哇啼哭，随即睁开眼，然后就看到了爸爸和妈妈出现在自己面前……

有个护士抱着婴儿推开产房的门，对他们说道："是个男孩，母子平安。"

丁家民抱起丁满青，坐到椅子上让丁满红可以看清楚弟弟。这是丁满红第一次看到丁满青，他整个人好小好小，整张脸皱皱的，眼睛都睁不开，小手在空中不停地舞动。丁满红寻思：我刚出生时，也是一般丑的吗？

丁家民突然抬头对丁满红郑重说道，"满红，弟弟是因为你才来到了这个世界，你将来一定要照顾好他。"

丁满红怔怔地看着爸爸，心里忽然涌起一股热流，随后她郑重地点点头。

俞雪晴只在医院住了几天就回家了，她说住不惯医院，怎么都觉得是家里舒服。医生叮嘱她要多休息，回家必须把一个月的月子坐足了，可俞雪晴只在家里待了一个礼拜，就不顾众人的反对去店里帮忙了。

丁满青实在不好照顾，他总是又哭又闹，一个晚上会哭好几回，每次哭都得俞雪晴给他喂奶才会停下来。就这样一段时间下来，俞雪晴整个人消瘦了一圈。

丁家民为此跟俞雪晴大声了，可是他一嚷嚷，俞雪晴就泪眼汪汪，丁家民也就狠不下心再说什么了。徐淑芬为此还责怪丁家民，说他不够男人，这种时候就该凶一点。俞雪晴是二胎，之前为了怀上孩子，吃了不少偏方，伤了身体，这月子没坐足，怕是会留下病根。

丁家民无奈地叹气，说道："妈，那你去跟她说，反正我是说服不了她。"

徐淑芬一愣后直摇头道："我个老婆子，天不怕地不怕，就怕这个儿媳妇。跟她讲理我讲不过，跟她不讲理吧，我又没她不讲理。"

二人讨论了半天，都觉得自己没办法说服俞雪晴，最后徐淑芬说，能说服俞雪晴的，怕是只有满红了。丁家民摇着头，觉得这不可能。徐淑芬不悦了，责怪丁家民不相信满红了。"满青为什么能降生？还不是因为满红说服了俞雪晴！"徐淑芬还跟他打赌说："满红还是那个满红，只要她想要做，就没有做不到的事情！"

"满红要是做不到，我就给你跳支舞！"徐淑芬这是发了狠话了。这个年头，杭州城里突然兴起了跳迪斯科，徐淑芬听说过，但没跳过，她知道这是年轻人的玩意儿，便狠狠心，用这个来发了毒誓。

丁家民一来觉得自己不会输，二来又希望丁满红能赢，思来想去，觉得自己怎么都赚便宜了，当然就跟母亲徐淑芬赌了。

接到了奶奶的任务，丁满红做了充分的准备。她问丁家民要了两家店的账本，又问奶奶了解了九斤奶奶创业的经历，等一切都准备妥当了，她找了生意大好的一天，吃过晚饭，拿着牛奶杯找俞雪晴要聊两句。

俞雪晴见丁满红给自己倒了牛奶，就知道丁满红定是有什么话要跟自己说了。她喝了一口牛奶，就问丁满红要跟自己说什么事情。丁满红告诉了俞雪晴一堆数字，主要是俞雪晴以前在店里干活时的平均日收入，她不在店里时的平均日收入，然后又说了这次俞雪晴生了满青后着急回到店里后的日收入。俞雪晴一听有点傻眼了，她不悦道："满红，我回到店里这两天，收入比之前差那么多吗？"

丁满红皱眉道："我差的是记性，可不是算术！"

俞雪晴也知道，丁满红记性大不如前，但计算能力却一点都没落下，这也算是不幸中的万幸了。

俞雪晴心道：这么说来，我这几天在店里并没帮上什么忙，或者说，反倒是帮了倒忙？心里这么想，但俞雪晴嘴上却不想承认。

"也许是最近生意确实不好吧。满红，你这是干什么？帮着你爸爸和奶奶当说客吗？"

丁满红哼了一声，眉头皱成了一个"川"字："妈妈，就算不是爸爸和奶奶，我也要跟你说这事了呢。我早就在观察了，你在店里面，老是要休息不说，还让爸爸和奶奶老要分心照顾你，爸爸还因此上错了好几次馄饨。我不是要劝妈妈多休息，只是妈妈你现在真的是在帮倒忙呢。"

俞雪晴脸上一阵火辣，没想到自己心思被丁满红看穿了，她佯怒道："你个小滑头，你以为这样说，妈妈便会听你的了吗？"

自从生病之后，丁满红已经很久没听妈妈叫她"小滑头"了，她心中一阵激动，但是尽量不露出痕迹，接着说道："奶奶说，九斤奶奶就知道，身体是革命的本钱，只要身体一不舒服，她就什么工作都不做，好好静养。"

俞雪晴其实刚刚已经决定听丁满红的话，暂时先不去店里，好好养身子了，免得给丈夫和婆婆添乱。现在她听丁满红连九斤奶奶都搬出来了，知道她这是找徐淑芬做了功课，便想着再逗逗丁满红，看看她还有什么招。

"九斤奶奶那是大能人，我们比不了。她能静养，那是因为铺子里有大掌柜、二掌柜，甚至还有三掌柜，但我们现在两家店，掌柜的都是妈妈一个人，你爸爸顶多算半个掌柜。"

丁满红眼眶一红道："那妈妈只能去店里了，只是满青好可怜，比我小时候还可怜。我小时候至少有红袄子穿，有风铃玩，但满青呢，没青袄子穿，也没风铃玩……"

"好了好了……"俞雪晴笑道，"我听你的，接下来不去店里了，就在家休息，这样行了吧？然后等天气凉一点，我们就把爷爷留下来的青袄子给满青套上，好不好？不过照顾满青我一个人也是累得慌，满红你得帮妈妈呀，而且，过段日子，妈妈还是要去店里，到时候满青还是没人陪，能陪他照顾他的也只能是满红你了。"

"那当然，我保证会把弟弟照顾好的！"丁满红咯咯笑，拍着胸脯跟俞雪晴保证。这个保证，丁满红坚持了一辈子。

那之后俞雪晴就没再去店里了，但是，那一段时间的操劳，却还是留下了病根，碰上刮风下雨的天气，她的盆骨就会酸疼不已，腰也完全直不起来。丁家民为此很是生气，这天带她去中医院看病的时候，在公交车上便一直训她，说她一点都不听话，要不是满红，她非得落下更严重的病不可。

俞雪晴第一次被丁家民在公共场合训斥，她看着乘客不时瞟眼看她，又觉得愧疚又觉得委屈，最后还是没忍住，指着外面一排建筑物喊道："你就做得都对了？还记得那晚你把早餐车的锅盖丢了的事情吗？婆婆都跟我说了，你就是在这重新买的锅盖，我看你要面子，我跟你说过这事吗？你做的错事还少吗？我哪一件不是帮你兜着圆着，我有让你下不来面子吗？"

丁家民抬头一瞧，公交车正经过的地方，可不就是买早餐车锅盖的店铺嘛。

他挠着头，支支吾吾道："雪晴，你爱护我，给我面子，我是知道的。可是……我也是气你不懂得照顾自己嘛，不是真的要埋怨你。"

俞雪晴眼泪汪汪道："反正，我不许你再这样说我，让旁人看到了，倒显得我娇气了。"

丁家民这才明白过来，当下懊悔不已，心中连骂了自己几声笨蛋，并暗暗发誓绝不能再做这样的错事，让雪晴哭得这般可怜。

这件事情过去没多久，丁家民就自作主张买了一辆面包车，俞雪晴见到车子时生气不已，责怪他又自作主张。丁家民连连道歉，只是说有了车子，来回两家店里方便，运送货物也方便，反正迟早要买，早买总比晚买好。俞雪晴也只能安慰自己，就当提前花销了，但这笔开销，着实拖累了店里的现金流，俞雪晴时常有一句没一句地批评丁家民。

快半年后，丁家民一次喝醉的时候对着俞雪晴吐露心声，说自己买这辆车的决定，是在那天的公交车上下的，他第一次在公众场合让俞雪晴难堪了，没面子了，所以才决定买自己的车。他想，在自己的车里，即便自己还是傻瓜一个，言语上不知轻重，也不会再让俞雪晴在公共场合受他的委屈了。俞雪晴听了哭笑不得，心想：

丁家民怎么会思考得这般偏激，问题不在于在什么车里，而在于他的为人态度呀？不过说到底，丁家民买车也总归是为了不让她受委屈，俞雪晴心中还是颇为感动的，从此之后便不再跟丁家民提面包车的事情了。

这个年代，思鑫坊有车的人家，那真是一只手都数得过来，徐淑芬为此骄傲了许久。马老爷子过世后，徐淑芬少了个斗嘴的人，但逢人聊上两句的本事又长了不少。这不，忙完雪晴早饭店的事，她就坐在店门口，遇到人就说当年九斤奶奶有思鑫坊唯一的小洋车，那时顶了不起，但现在托了改革开放的福，他们丁家也有了自己的车，而且不是洋车，是国产车。思鑫坊的邻里听了都称好，直夸她有个好儿子、好媳妇，唯独夸丁满红，她会心里泛酸，经常躲到门后面摸着胸口默念："救苦救难观世音菩萨，保佑我家满红从此无病无灾……"

也许是徐淑芬的祈祷起了作用，小时候的丁满红时常伤风感冒，但害了脑膜炎这样的大病后，她身子反倒强健了许多，其他大病从未得过，伤风感冒也几乎没有了，丁满红就这样一直健健康康地到了十八岁。

十八岁是一个分水岭。十八岁前，孩子始终是未成年的，只要不是犯下伤天害理的大错误，他人都可以说那时你还只是个孩子，所有的过错，都有父母帮你背着。但十八岁往后，所有的过错都得自己承担，再也没有人在犯错之时，以体谅的口吻说"他还只是个孩子"。

而对丁满红的十八岁来说，她除了要面对自己的成年以外，还要面临自己的"未成年"。事实上，她一直在等待这一天的到来。她知道自己总要面对的，当她在十六岁那年，被几个熊孩子追着丢石子的时候，她就明白自己总要面对这一切。那一次，潘小多、马飞、朱明伟和杨艺一起追着那几个小孩，威胁他们再乱说话就拔光他们头发，把那些熊孩子吓得够呛。可他们毕竟不会永远这样守护自己……

对丁满红的好朋友们来说，他们都十八岁了，要上大学了，而她丁满红还是只有十二岁；而对那些十二岁的思鑫坊的小孩子来说，丁满红十八岁了，绝对不是十二岁。丁满红知道，终有一日，她会陷入这样两边都不着边的境地，然后失去所有的朋友。

丁满红每次担心这些事情的时候，就会对弟弟丁满青讲。

事实上，在这近五年的时间里，俞雪晴和丁家民照顾丁满青的时间远远没有丁满红和徐淑芬照顾他的时间多，因为她们的生意做得越来越好，人也越来越忙，丁家民甚至成了被表扬的个体户代表。那天丁家民拿着奖状和报纸给俞雪晴和丁满红看，他指着上面的文字说："看看，我们个体户被表扬了，党中央和国务院也再次重申：私有制经济是社会主义公有制经济的重要组成部分！知道这代表着啥？这代表着我们不是补充了，我们是重要组成部分了。"

既然是"重要组成部分"了，丁家民自然更加卖力，也有了更大的野心——他要把第三家分店开到河坊街去！

俞雪晴十分支持丈夫创业，于是一股脑儿把精力都投入到了开第三家分店的事情上去了。当然，其实两人都明白，自己之所以这么做，还有一个很重要的原因，那便是因为无法面对丁满红。他们始终在为生下丁满青自责，所以便把更多的精力投入到了工作之中。

这样，丁满青的照顾自然就留给了丁满红和徐淑芬了。这五年中，丁满红每天放学后，就会去雪晴早饭店总店，也就是奶奶徐淑芬家楼下的店里帮忙。如今丁家民和俞雪晴都在武林巷的分店忙活，这总店反倒是让徐淑芬和两名雇来的店员在打理。

丁满红进了店里，先跟奶奶和店员们打招呼，然后就去抱安静地坐在凳子上的丁满青，接他回家。丁满青从小就很懂事，和丁满红可以说完全相反。丁满红自走路伊始，就已经是思鑫坊的大魔王了，她总是到处跑，没法静下来，总是到处惹是生非，逼得俞雪晴总是找人道歉。但丁满青则安静懂事得过分，你跟他说别乱动，他便会一直坐着不动，你给他画一个圈子，让他在圈子内自己玩，他便会在这个圈子里自得其乐，绝不离开这个圈子一步。

起先徐淑芬还担心丁满青这是傻呢，但丁满红告诉她不是这样子，丁满青聪明得很，跟他讲什么他都记得，而且从小就体贴人，是个好孩子。徐淑芬说自己当然信丁满红的话，但毕竟没有事实依据。

于是丁满红想了法子让徐淑芬给丁满青做测试。她从报纸上剪下了上百个字，然后教丁满青认识，每个字怎么念，她都只说一遍。然后她把所有的字打乱，随便抽出一个字，问丁满青怎么念，结果丁满青总是能马上念出来。徐淑芬惊呆了，毕竟那个时候丁满青才一岁多不到两岁，她忍不住啧啧赞叹，说丁家民和俞雪晴这是生了两个天才呀！

徐淑芬问丁满红："爸爸妈妈知道丁满青是个天才吗？"丁满红摇摇头，说："爸爸妈妈太忙了，他们可能还不清楚。"徐淑芬又问丁满红是怎么知道的。丁满红便告诉她，自己是偷偷给丁满青读丁家民藏在阁楼里的那份《丁家航天摘抄》时发现的。她说自己读的时候，丁满青总是听得入神，但是有重复的内容时，他会听出来，还表现出不悦。徐淑芬听了一阵心酸，她明白，丁满红这是想让弟弟代替自己成为宇航员。

丁满红接弟弟回家的路上，会去小卖部买一些零食，她总是把俞雪晴给的零花钱全部省下来给弟弟买零食吃。小卖部的老板也总是夸丁满红对弟弟好，丁满红每次被夸都挺不高兴的，因为在丁满红看来，老板只是在说一句废话，姐姐对弟弟好那是应该的呀。

回到家后，丁满红会给丁满青打开电视，然后把丁满青放到沙发上，她自己则打开零食，一点点喂丁满青吃，她自己一口零食都不会吃，就算再馋也只是吞吞自己的口水。

他们家里的电视机在当时是个新潮玩意儿，马飞、朱明伟经常来他们家看电视，有时候潘小多和杨艺也会来。潘小多家其实有电视，但他总是找借口来丁满红家一起看电视，直到后来丁家民买了彩色电视机，潘小多的借口就更加冠冕堂皇了。

杨艺来得少，是因为杨天宝阻止她过来。杨天宝那年寻找妻子曾芹离开了思鑫坊，这一走就是半年，他把杨艺留给了丁家民和俞雪晴照顾，杨艺在丁家民家一住就是半年。杨天宝回来后马上跟丁家民道歉，说自己自私了，让好兄弟照顾了自己女儿半年，他既然没找到曾芹，那么之后就会安安稳稳地在思鑫坊生活下去，好好照顾杨艺。末了，杨天宝还说他会报答丁家民的恩情。丁家民和俞雪晴都说不用，说那段时间有杨艺陪着丁满红，他们反倒很是感激。

之后市里多个戏剧团重获新生，杨天宝也被老领导找回去做起了管理工作，虽然不能再次上台，可终归是回归了本行。杨天宝把每个月的工资拿出了一半给丁家民，说这是杨艺的食宿钱。丁家民不肯收他就大发雷霆，说这笔钱必须收，关乎他的尊严，丁家民只能收下了杨天宝的钱，这样持续了近半年时间，杨天宝才算是还清了这笔食宿钱。

丁家民实在想不通杨天宝怎么性情大变，俞雪晴告诉他，八成是杨天宝找到了曾芹，然后受了什么打击。这其中原委，杨天宝若是自己不说，旁人也就不好问了。

食宿钱还清后，杨艺也就比较少来丁家了。俞雪晴知道，那是杨天宝不让杨艺再来他们家了。之后杨艺偶尔瞒着杨天宝，才能偷偷溜来和大家一起看电视，特别是丁家民买了录像机后，他家客厅简直成了潘小多他们的天堂。

丁满青马上四岁了，每天幼儿园放学后，他都会站在校门口等丁满红过来接他。因为丁满红高三了，有时候会来得比较晚，丁满青等无聊了，有时候会坐在门口台阶上靠着墙壁打哈欠。但每次看到丁满红的时候，丁满青都是马上满脸笑容地叫着"姐姐"。

回家路上，丁满青喜欢拉着丁满红的手。丁满红之前觉得自己的手很小，现在拉着四岁的丁满青的手，也觉得他的手很小。丁满红会跟丁满青说很多事情，让她高兴的事情，让她难过的事情，她都会告诉丁满青。所以，丁满青很小的时候就知道丁满红一直在担心自己十八岁这个坎儿，她担心朋友都去读大学以后，就只剩下她一个人了。

丁满青也觉得这是个大问题，小小年纪的他主动帮丁满红分析，末了，他告诉丁满红，说至少潘小多肯定考不上大学，两人还是可以做朋友的。丁满红学着俞雪晴的样子，笑着说丁满青就是个小滑头。

可以这么说，丁满青几乎是丁满红一手带大的。事实上，丁满红把弟弟当成了自己的人生支柱。可是在丁满红即将正式迈入十八岁的那个夏天，丁满青差一点就死在了她面前。

杭州的夏天总是异常炎热，一到夏天，小孩子们总是往河边跑，老人们则是跑去防空洞乘凉。五岁的丁满青很是羡慕那些会游泳的孩子，但俞雪晴叮嘱过他千万不能到河边，因此同龄孩子都在学习游泳了，他却只能在家待着。

这天，丁满青终于忍不住，乘着丁满红一个不留神，他就偷偷跟到了河边看大家游泳。丁满青自幼聪慧，学什么都很快，他便学着别人的样子在陆地上划动双手，学得差不多了，又偷偷回到思鑫坊，谎称丁满红需要，问他人借了一个救生圈。丁满青寻思：游泳技巧掌握得差不多了，若这样没法游起来的话，那就抓住救生圈保命。

可是丁满青不明白，游泳这东西和他学其他东西完全不同，他这样学等于纸上谈兵。他找了个人少而且看着就比较浅的地方下水，不承想刚松开救生圈整个人便往下沉，丁满青马上学着在陆地上学习时那样划动双手，结果却是整个人在水中扑腾，喝了好几口水。丁满青一急，伸手去抓救生圈，不承想救生圈却已离他好几米远。

丁满青马上明白，自己这一顿扑腾，荡漾的水波已经把救生圈给冲远了。他想要大喊，但不停呛水的情况下，根本喊不出声音，而他脚底下偏偏还够不着河床！

就在他整个人沉入水中，只露出一小撮头发之时，焦急找来的丁满红发现了他，她跳入河中，揪着丁满青的衣服就把他拉了起来。

丁满红说她找不到丁满青，就四处问，有人就说丁满青借了救生圈，所以就来到河边寻找，结果却看到丁满青正往下沉。她跑到丁满青下水的地方时，他已经只剩下一撮头发露在水面上了。也幸好是这一撮头发，让她可以找准地方拉起丁满青，然后拉着他游到了岸边。说起这些，丁满红后怕不已，哪怕她晚来一步，她可能只会找到丁满青的尸体了。

丁满青获救后竟然没有丝毫后怕和慌张，而是一个劲感谢姐姐，还问丁满红怎么会游泳的。丁满红便把自己学游泳的秘密告诉了丁满青。丁满青老见到潘小多哥哥找姐姐玩，心中便想：原来这个哥哥教了姐姐游泳，那也算自己的半个救命恩人了。丁满红只道父母还不知道自己偷学游泳的事情，还让丁满青帮自己保守秘密，丁满青满口答应。

不料刚回到家中，丁满青立马就"出卖"了丁满红，他对着父母一顿夸赞姐姐，说自己落水了，姐姐是救命恩人。丁满青说得太快，丁满红想拦都拦不住，心下懊恼不已，她以为爸妈肯定要骂她了，没想到二人完全没在意她会游泳这件事。她都忘了，自己曾经提过此事，当时俞雪晴和丁家民没往后追问，但事后二人问了潘小多，潘小多一开始还矢口否认丁满红会游泳和自己有关，但俞雪晴略施小计，他就马上承认了自己暗地里教会了丁满红游泳，但丁满红要他发誓，这是二人的小秘密，不准对任何人说。

所以俞雪晴瞧见丁满青浑身湿漉漉的，还说自己刚落了水，差点淹死，她吓得整个人都哆嗦了。但当丁满青说丁满红出现了时，她就舒了一口气……俞雪晴当时就想起丁满红会游泳的事情了，她微笑看着丁满红，也不戳穿这件事，只是心中万分感激丁满红为丁满青所做的一切。

丁家民此时决定行使父亲的职责，他教育丁满青，说他这是玩火！丁满青不乐意了，竟然反抗道："我这是玩水，不是玩火！"

丁家民和俞雪晴一听就乐了，俞雪晴便让丁家民赶紧带丁满青去洗个澡换身衣服，她则带着丁满红去了自己房间。待丁满红擦干身体后，她轻轻对丁满红说道："满红呀，妈妈生了弟弟，一直觉得很愧对你，你不怪妈妈吧？"

丁满红咯咯笑了道："妈妈，你忘了，满青是我问你要的奖赏。"

俞雪晴一拍脑门，笑道："你不说，我倒是忘了。"

"爸爸说，满青是因为我来到这个世界上的，我应该照顾他。"

俞雪晴抱住她，轻声说道："满红，你是这个家的大功臣，你救了你弟弟的命啊！不仅如此，爸爸和妈妈能成为个体户，能把我们的雪晴早饭店越开越好，我们马上要在河坊街开第二家分店了！满红呀，这都是你的功劳。"

"真的？"丁满红皱眉，心中有所疑虑，她可不认为自己有这般大的功劳。可再一想，自己总归是立了大功的，她又非常高兴了。

高考之前，丁满红已经知道自己考不上大学了，所以考完所有科目之后，她就决定给自己的学业画上一个句号了。她一边帮店里干活，一边照顾丁满青，完全不再关心分数和填志愿的事情，反正如丁满青所说，总归有个家伙也考不上大学，这么想着，丁满红的日子也过得自得其乐。

这天，潘小多神秘兮兮地找到她，说要带她去一个地方。丁满红跟了去，没想到却是去了仁和路新开的肯德基店，这是杭州城第一家肯德基，大大的红字招牌上写着"美国肯德基家乡鸡"。丁满红第一次来肯德基店，心里忐忑，特别是她看到这里还有外国人在用餐时，又是紧张又是好奇，目光完全无法从外国人身上移开。

潘小多指指店中央的一块牌子道："看到那块牌子了吗？"

丁满红凝神看去，只见上面写着："禁止围观外国人和拍照"。

丁满红扑哧笑出声来，说："我要是外国人，就学动物园里的大象一样，拍照一张收一块钱。"

潘小多也笑了道："外国人越来越多了，就不那么稀奇了。"

丁满红吃了潘小多点的汉堡，连呼好吃。看到丁满红吃得满嘴油腻，潘小多拿起纸巾给她擦嘴。这一擦，丁满红整个人僵住了，就跟时间静止了似的，停了三四秒后，丁满红才缓过神来，惊慌失措地说："我吃饱了，我们是不是该走了。"

潘小多知道丁满红害羞了，就跟她说一会儿就走，请吃肯德基，一来是让丁满红尝尝鲜，二来是有个事情要告诉她。

丁满红马上放下吃剩的汉堡，郑重其事地望着潘小多。

潘小多轻咳了两声道："我考上大学了，准确地说是大专。"

丁满红一愣，随后咯咯笑起来，说："没想到你也考上大学了，不简单呀，潘小多！"

"说实话，我都不敢相信。"潘小多呵呵笑道。

潘小多没告诉丁满红，其实他一开始并不想上大学，但拗不过老爸，只能填了志愿。他心里有一个主意，先去大学看一看，倘若大学没什么意义的话，他就回到思鑫坊，至少思鑫坊里还有丁满红。

丁满红笑得很灿烂，她突然拉住潘小多的手道："帮我画下来。"

"画什么？"

"大学啊……帮我把你在大学里看到的东西画下来，好不好？"

潘小多突然觉得眼眶有点湿润了，他喊了声"哎呀"，假装眼睛里进了沙子，用手去揉眼睛。不承想丁满红笑道："别装了，这么大了，你还是个爱哭鬼。你看我，一滴眼泪都没有掉下来。"

潘小多叹气道："好吧，真拿你没办法。"

二人吃了两个汉堡、两杯可乐、一份薯条，把潘小多两个月省下的零花钱花了个精光。

走出店门的时候，丁满红说她暂时不回思鑫坊，想一个人到处走走，让潘小多别跟着。

潘小多答应了，看着丁满红一个人走远，丁满红的肩膀一耸一耸的，他知道丁满红肯定在边走边哭。

蓦然间，最好的四个伙伴都上了大学，丁满红突然觉得思鑫坊里安静多了。

其实不仅丁满红这么觉得，徐淑芬也这么觉得。雪晴早饭店的事情忙完，徐淑芬就常拉着丁满红坐下喝一口豆奶，两人边喝边聊。

丁满红爱听徐淑芬讲九斤奶奶的故事，也爱听她讲爸爸妈妈年轻时候的故事。徐淑芬总是如丁满红所愿，只要丁满红听不腻，她就讲不完。

不过徐淑芬最主要的目的是想帮丁满红排忧解闷，免得丁满红觉得自己被朋友抛弃了，心里难受。所以，徐淑芬有时候即使没什么话题要聊，也会拉着丁满红坐下喝豆奶。久而久之，丁满红就明白徐淑芬的目的了。

但实际上，丁满红并没有那么孤单，她有世界上最完美的弟弟丁满青，她还有好朋友们的来信。丁满红几乎每一周都能收到潘小多、杨艺他们从各自学校寄来的信件。其中，潘小多是写信最勤快的，信的内容也是最丰富的，他还真把学校的大楼、操场、草地、钟楼，把他所看到的大学的一切都画了下来，寄给了丁满红。

不过潘小多时常在信里说大学好无聊，完全学不到东西，他实在是不想学了。丁满红急了，她去告诉苏雯，说潘小多可能要退学，又自己写信给他，苦口婆心地劝潘小多以学业为重，好不容易才把潘小多稳住。

这一切，徐淑芬都看在眼中。她自己心里默默琢磨着一件大事，她也不跟丁满红说，也没跟俞雪晴和丁家民商量，她想着这件事得靠她自己来办成。

十八周岁生日当天，俞雪晴突然找丁满红，要她帮妈妈一个大忙。原来河坊街的分店已经在装修了，最先要弄的是招牌。原本俞雪晴和丁家民定的方案还是维持原来那个黄底红字的招牌"雪晴早饭店"，三个店一个样，只在右下角写上某某分店，但是前两天丁家民突然提到，说是雪晴早饭店缺一个商家图标，需要让人一看到这个图就想到雪晴早饭店。俞雪晴和丁家民想了两天都没想出来图标，最后丁家民一拍大腿道："把这个难题交给满红吧，她肯定能有好想法。"

丁满红琢磨了一下后问俞雪晴什么是商家图标。俞雪晴寻思了一下，想起前不久丁满红提起，她曾和潘小多去吃过仁和路上的"美国肯德基家乡鸡"，就问丁满红可还记得那家店。

丁满红一听，脸上笑开了花，连说记得记得。俞雪晴就告诉她，就是那个招牌上的肯德基老爷爷！丁满红一听，煞有介事地点头，说着原来这肯德基老爷爷就是商家图标呀。

丁满红马上明白了商家图标的作用，就是让人看到商标，就马上想到那家店，但她马上皱起了眉头，她没想起来老爷爷究竟长什么样子。

俞雪晴明白她的不悦，笑着告诉她不必非得想起老爷爷长什么样子。"我们的早饭店也不要用我们任何人的样子做图标，太土了！至于用什么，就靠满红你自己想了哦。不过我建议你下午再去看看肯德基老爷爷，好心里有个数。"

俞雪晴觉得这样土是有原因的，思鑫坊里里外外，现在到处是小店，很多小店都是以店老板的照片做图标，看着实在是土里土气。

丁满红接了这个任务后，当下拿上纸笔就要出发去仁和路，丁满青看到了吵着非要一起去，于是二人就坐公交来到了仁和路肯德基前面。丁满红仔细研究着肯德基老爷爷，丁满青突然觉得渴，但他见姐姐在忙，就不说话。傍晚的时候，丁满红猛然间看见丁满青渴得嘴唇都紫了，就给他买了瓶汽水。看着丁满青咕噜咕噜喝汽水的时候，丁满红来了灵感，她抓住丁满青的手，高兴地说知道雪晴早饭店的商家图标是什么了。

天黑的时候，丁满红和丁满青高高兴兴地回到了家，结果家里竟然一片漆黑。丁满红拉开灯，看见他的父母、奶奶还有四个好朋友都站在那里给她唱起了生日歌。

原来，今天早上俞雪晴接到了潘小多的电话，说是他们四个好朋友今天都会回到思鑫坊，给丁满红过生日，还希望俞雪晴帮他们一个忙，他们要给丁满红一个惊喜。

丁满红永远记住了这一个瞬间，那一刻，她觉得自己是世界上最幸福的人。是的，世界上没有人比她更加幸福。她有最爱自己的父母，有最完美的弟弟，有万分疼爱自己的奶奶，还有四个最好最好的朋友。

这天深夜，众人都离开后，丁满红躺在床上翻来覆去睡不着，就干脆起来拆大家给他的礼物。杨艺的是化妆品，马飞的是特产，朱明伟的是一本书，潘小多的是一个画画本。丁满红拿起画画本，快速翻动，果然里面画的又是一则和丁满红有关的故事，这又是她和潘小多另外一个小秘密了。丁满红呵呵笑了，可笑着笑着就流下泪来。

这时候，俞雪晴敲了下门后走了进来。看到画画本，也看到了丁满红脸上的泪痕，俞雪晴笑着问道："又是潘小多的画？"

丁满红点头，她合上画画本，擦了擦眼泪，随后抱住俞雪晴道："妈妈，我是累赘吗？"

俞雪晴也紧紧抱住她，抱了好一会儿才说道："满红，你以前问爸爸，什么是监护人。当时你爸爸说父母是孩子的监护人，其实这不对。"

丁满红诧异地看着俞雪晴道："为什么不对？"

"监护人其实是一种责任。就好比你弟弟的监护人，现在是我和你爸爸。我们承担着照顾他的责任。但是，如果我和你爸爸意外去世了，那么你奶奶也可以是他的监护人。满红，包括你，从今天开始，你也可以是满青的监护人！你十八岁了，你成年了，满红！"

"我成年了，我也可以是满青的监护人了？"丁满红怔怔地看着俞雪晴。

俞雪晴微笑着道："生日快乐，满红！"

第二天，看到丁满红画好的商家图标时，俞雪晴和丁家民激动万分，他们没想到丁满红居然会以两个汽水瓶作为雪晴早饭店的图标。汽水瓶是二人的定情信物，也是丁满红婴儿时期的重要信物。俞雪晴看到汽水瓶，就想到了一幕幕往事，瞬时就泪流满面。

俞雪晴高兴地抱紧丁满红，夸她这下又成了丁家的大功臣了，有了这个图标，她一定能把雪晴早饭店做成一家大企业。

又一次得到妈妈的肯定，丁满红高兴得不行。接下来几周，她每天都会抽时间特地去新店门口转一转，看看这个图标安装上去了没有。

装修工人中有人晓得她就是店家的大女儿，这个图标也是她所设计，装修工就告诉她，说他们会把这个图标装成全杭州最漂亮、最结实的图标。

这天傍晚，丁满红又要去河坊街新店，丁满青非要跟着她一起去，丁满红没有办法，只能拉着丁满青的小手，两人坐公交到了新店门口。一下车，丁满青就指着店面招牌尖叫："姐姐，快看，汽水瓶！"

丁满红一看，果然商家图标已经给装上了。装修工人看到二人走来，还特地打开了电源，这下子连丁满红都尖叫起来，原来这个图标还会亮！

这样的话，就算到了晚上，路过的人都能看清楚这个属于雪晴早饭店、属于思鑫坊丁家一家五口的汽水瓶图标！

丁满红抱起丁满青就往家跑，她迫不及待要让爸妈来看看这个图标，她知道，爸妈会和自己一样高兴。她没有想到的是，俞雪晴和丁家民再也没有机会看到这个刚刚安装好的汽水瓶图标了。

当丁满红抱着丁满青，兴冲冲来到思鑫坊门口的时候，她正看到徐淑芬被几个人架着，大声哀号着往门口的一辆警车走去。丁满红停下脚步，紧紧拥紧丁满青的头。

马宁和潘正义看到二人，赶紧冲他们招手，苏雯气得白了他们一眼，走到丁满红和丁满青跟前，小声说道："满红，满青，你们要坚强，知道吗？跟着警察叔叔上车吧。"

丁满青吓坏了，把头缩到了丁满红怀里。丁满红点点头，抱起了丁满青走向警车。她看到潘小多、马飞、朱明伟和杨艺都站在思鑫坊坊子口看着她，每个人脸上都满是悲伤。她不知道究竟发生了什么，但她知道家里一定发生了从来没有经历过的大事！她听到有人窃窃私语，说着"真可怜呀，听说是进汽水的路上，顺道去给丁家妻子拿药，结果在路口发生了车祸……""我也听说，汽水撒了一地，听说丁家妻子送医院的时候，手里还抓着汽水瓶……"

在警车里，徐淑芬也不和丁满红、丁满青说话，只是哭得死去活来。

丁满红看着车窗外飞速后退的一幢幢高楼，她蓦然想到自己小时候，家里遭贼那一次，她怀里揣着警察叔叔追回来的八百八十八块钱，同样也是坐在警车里看着窗外。当时的她只有八岁，她看着窗外，第一次怀揣"巨款"，第一次思考杭州城巨大的变化，第一次琢磨将来要有出息，给爸妈赚更多钱……那时候的自己还没有生病，那时候的她很快乐，无忧无虑，甚至无所不能，她所有的感觉只有幸福，她唯一的梦想是成为一名宇航员……

但是，十二岁的时候一切都变了……

丁满红看看身边的丁满青，将他紧紧搂在怀里。

丁满青低声问："姐姐，爸爸妈妈是不是出事了？"

"姐姐会照顾你的，姐姐保证！"丁满红掷地有声地回答。

警车并没有去警局，而是直接驶向了医院。到达医院以前，下起了滂沱大雨。

三人赶到医院急诊室的时候，俞雪晴已经走了，丁家民还撑着最后一口气。看到三人冲进急诊室，他伸出手喊道："满红，满红，你过来……"

跟着三人过来的警察看了眼医生，医生摇摇头，轻声道："伤者已经不行了，他撑着最后一口气，是有话要说。"

丁满红踉跄着走向丁家民，嘴上不停地轻声喊着"爸爸"。丁满青看到了，也想走过去，被徐淑芬搂在了怀里。

丁家民抓住了丁满红的手，感觉到丁满红紧紧握住他的手后，他满是血污的脸上露出一丝笑容。

丁家民道："满红，妈妈走了，爸爸也要走。从今天开始，你就是满青的监护人了……虽然很难……但满红一定能做到……"

丁家民说完，手臂就垂了下去了，但丁满红一直没有放开手。

她眼中只有泪水，她感觉到泪水滴在了手背上，她感觉到自己张开了嘴，却哭不出声，她模糊地看到徐淑芬瘫倒在了地上，她听到了丁满青挣扎着问徐淑芬："奶奶，爸爸妈妈怎么了？"

然后，她听到了徐淑芬的回答："苦命的孩子啊，你没有爸爸妈妈了……"

这一刻，丁满红终于"哇"地哭出了声。

第十一章

丁家民和俞雪晴去世后，徐淑芬就把河坊街的新店关掉了。她约了河坊街那个店面的房东，想要退丁家民已经付了的两年房租。房东姓童，是一个大胖子，他一听徐淑芬退房子的理由，当即拍着胸脯保证，说都是杭州人，一定给徐淑芬退钱！第二天，房东就脚底抹油，消失不见了。徐淑芬气得不行，连着好几天在思鑫坊里骂那个姓童的，骂得特别难听，骂那个姓童的生儿子没屁眼，出门被车撞死。

丁满青听到后拉着徐淑芬的手，让奶奶别骂了，他听着害怕。徐淑芬就抱着丁满青，跟他道歉说："我不知道怎么了，脾气变大了，我保证以后再也不骂人了。"

可第二天，徐淑芬又在坊子口破口大骂，说这个世界就欠缺一点公平，好人不长命，祸害活千年。这天杀的姓童的，连孤儿寡奶也欺负，真是个人渣。

思鑫坊的街坊邻里都知道徐淑芬这是心里难受，也都由着她，甚至有时候还帮着骂两声，帮她发泄发泄。徐淑芬知道自己做得过分了，对孩子的影响不好，这样骂了几天就打住了。

　　可要不回这笔租金，难题就这么摆在徐淑芬面前了：丁家民和俞雪晴为了河坊街的新店，不仅把之前所有的积蓄都投进去了，还问一直合作的几位老板赊欠了一大笔款项。

　　之前人家肯赊欠，是因为丁家民和俞雪晴信誉好，生意也越做越大。如今二人一去世，大家自然都找上门来讨要欠款了。徐淑芬原本打算先把退的房租还一部分欠债，剩余的，她就通过和丁满红一起打理思鑫坊和武林巷的两家店铺，慢慢赚、慢慢还。

　　可没承想，姓童的一分钱不肯退，还玩起了失踪。催债的几个老板也急了，毕竟这种时候，任谁都觉得雪晴早饭店就靠徐淑芬和丁满红一定是翻不了身了，这时候先到的有饭吃，后到的饿肚子，所以他们纷纷找徐淑芬要债，有时候言语上还颇有威胁。

　　徐淑芬自己倒并不害怕，但很怕他们吓到丁满红和丁满青。卖猪肉的张老板找上来的时候，说他念着俞雪晴的好，绝不会逼她的孩子还钱，但其他人不会这么想。他觉得徐淑芬这事不能逞强，得跟徐淑芬的子女商量一下，毕竟丁满红和丁满青叫他们一声姑姑、叔叔，他们总不能坐视不理。

　　徐淑芬还犹豫不定呢，这天丁家祥就借着看望徐淑芬的名义来到雪晴早饭店。他知道徐淑芬并不待见他，可他气定神闲，左看右瞧，点了一碗馄饨加三个大肉包，就在那坐着边看边吃。丁家祥的样子怪里怪气，徐淑芬一时猜不透他到底什么想法。

　　丁满红本就不喜欢这个小叔，看店里反正没什么生意，她就带着丁满青要走。四岁的丁满青因为聪明过人，经过红旗小学的考试后，被破格录取，提前进入了一年级学习。

丁家祥点着烟，喊住正要离开的丁满青，笑嘻嘻问道："小子，作业做完了吗？"

丁满青微微抬起头，看了他一眼后不屑地回答："早做完了。"

丁满青这孩子实在聪明，而且他的聪明和得病前的丁满红不同，那时候的丁满红是个天才，但她不谙世事，而丁满青同样智慧过人，却还是个小人精。虽然丁满红从未跟丁满青说过丁家祥的坏话，但丁满青早就从奶奶和姐姐的反应中看出来，这个小叔不得大家喜欢。

丁家祥愠怒道："这个浑小子，怎么一点礼貌都不懂？"

"你个浑小叔，怎么一点长辈的样子都没有！"丁满青愤愤回应。

丁家祥吓了一跳，对着徐淑芬道："这……这小子……这话说得……他真的只有四岁？"

"没错呀，你侄子多大你都不晓得，看来你真没长辈样子！"徐淑芬道。

丁家祥呵呵笑了两声道："我晓不晓得有什么关系？我一不靠他养，二也不养他。对了，满青，你现在靠谁养呀？"

徐淑芬没想到丁家祥会说出这么没分寸的话来，当即抄起手里的面粉撒了丁家祥一脑袋。丁家祥的脸顿时雪白雪白的，就眼睛和嘴巴不是白色，而他嘴里还噗噗吐出面粉来。

丁家祥怒道："妈，你这是干啥！给我拿块毛巾！"

本来听到丁家祥刚才那番话后，丁满红姐弟俩那是面色铁青，丁满红正琢磨着怎么教训一下丁家祥呢，没想到奶奶已经先出手了。二人看到丁家祥狼狈的样子，顿时捂着肚子大笑起来。

丁家祥瞪了丁满红和丁满青一眼，站起身来，作势要打人。徐淑芬拿着抹布走到他身边，一把将他按凳子上，随后让丁满红先带弟弟回家。丁满红知道二人有话要说，拉起弟弟的小手，哼着小曲一蹦一跳往家跑。

见丁满红和丁满青离开了，徐淑芬把抹布往桌上一丢道："没毛巾，只有抹布，爱用不用。"

丁家祥一边拿起抹布抹掉脸上的面粉，一边说道："妈，跟你说个笑话。同样是儿子，有的儿子，活着死了都有妈疼，有的儿子那就惨了，就跟空气似的，明明千里迢迢过来看望，还被人泼了一头的面粉。"

徐淑芬哼了声道："别阴阳怪气的，你来这里啥事，说吧。我先告诉你，别尽动歪脑子糊弄我，我老归老了，但还不是老糊涂。"

"妈，在你眼里我就这么不够看？"丁家祥愤愤地甩掉抹布。

徐淑芬没有回答，就是冷冷看着他。这个儿子她再了解不过了，就因为他在大哥丁家民的店里入了股，丁家民和俞雪晴去世当天，他就在守灵的时候找丁满红要丁家民的存折，说是要拿自己的分红。

当时徐淑芬气得咬牙切齿，问他："一千块钱能有几个分红，就为了这，连兄弟情分都不要了？"丁家祥却笑嘻嘻，说："蚊子再小也是肉啊。"

那一刻，徐淑芬对丁家祥就算是死心了，她恍然间明白老头子丁宪悰临走时完全不在意丁家祥是否在场的原因了。说实话，如果她要走了，她也不想见到丁家祥这个小儿子，真是见了闹心，走都走得不安宁。

丁家祥见母亲不搭理自己，便清了清嗓子，说出了自己此行的真正目的。

按丁家祥的说法，他是得知大哥丁家民生前辛苦打拼的早饭店欠了债，老妈还被人暴力催债，他愤怒之下，决定前来帮徐淑芬摆脱当下的困境。徐淑芬半信半疑，质问丁家祥怎有这样的好心。丁家祥告诉徐淑芬："我之前是计较钱，但不偷不抢吧，我只是亲兄弟明算账，但并不是个浪荡子，现在老妈和大哥的子女有了困难，我不帮一把，那还算是个人吗？"

徐淑芬一想，丁家祥确实没啥优点，但到底也不算是那种坏掉渣的人。他说是帮自己和大哥的孩子，倒是有三分可能的。

徐淑芬便问丁家祥打算怎么做，丁家祥要了所有账目看了一遍，之后连连点头道："正如我所料，雪晴早饭店在妈和满红的经营下，生意每况愈下，早已入不敷出，而之前丁家民和俞雪晴欠下的债务却越滚越多。"他的建议是，把店都关了，把雪晴早饭店的牌子卖了，把设备都清算掉，这样差不多可以还清所有债务，让丁满红和丁满青在接下来的人生中可以轻装上阵。

丁家祥话还没说完，徐淑芬就拿着扫帚把他打了出去。"要我关店，你想都别想，梦里都别想！"徐淑芬的话掷地有声，丁家祥在门外捂着脑袋，气急败坏道："妈，你转了心思给我电话。"

徐淑芬不是没有动过把店卖了的念头，她一个思鑫坊的老太婆，都快迈不动步子了，怎么可能把这两家店都经营好呢。就算加上丁满红，目前也只能勉强维持思鑫坊总店的生意。她每天都会跑一趟武林巷的分店，那里的店员早已没了工作的劲头，当面呢，跟她说："徐阿婆，路这么远你就别过来了，店里有我们一切都好着呢！"可私底下都在说这店要是不卖，那是迟早关门的。

可是，徐淑芬不舍得啊，这两家店那可是丁家民和俞雪晴一手创办起来的，这一路走来所付出的血汗和泪水，她可都看在眼里。

这店里还有丁家民和俞雪晴的记忆，有时候她自己忙碌的时候，还会听到丁家民和俞雪晴的声音。

有一次他还听到丁家民喊她："妈，这团面就我来吧，你看看，面粉撒了一地。"她竟不自觉地回了句："你是瞧不起我老太婆，嫌我碍手碍脚了？"回答完，徐淑芬才想起来丁家民已经走了，她的眼泪就唰唰往下流。

还有一次，她起太早忙活了，竟在给灶头生火后就睡着了，都没把水倒入锅里，更没把包好的包子给蒸上。她梦到没加水的锅烧烂了，甚至把屋子都烧着了，便大喊大叫着醒来，没承想那锅里已经加了水，灶头上的包子都已经蒸熟了。她正疑惑是怎么回事呢，就听到门口俞雪晴和丁家民说话的声音越走越远。她马上追出去，打开店面的门板，却看到丁满红背着丁满青站在门口。丁满红诧异地看着眼眶通红的奶奶，她告诉徐淑芬，说丁满青吵着也要来帮忙，结果在路上就睡着了。

丁满红对雪晴早饭店的记忆就更多了，所以当徐淑芬颤颤巍巍地跟她提起想把雪晴早饭店关掉之时，丁满红第一次这么生气地去扯徐淑芬的衣服，还砸碎了桌上的茶壶，她绝不同意奶奶把满满都是爸妈回忆的店关掉。

徐淑芬见丁满红的态度这么激烈，提了一次后就不敢再提了。其实那时候丁满红也自责不已，她偷偷翻看了雪晴早饭店的账目，明白店里确实已经入不敷出，奶奶的想法没有错，倒是她不懂事，不该没了解情况就大发雷霆。

她便主动找徐淑芬，说她想关掉武林巷的店，然后专心致志保下这第一家雪晴早饭店。徐淑芬还没回答呢，丁满青在一旁不停点头，说他十分认同姐姐的决定，一副小大人什么都懂的样子。

徐淑芬笑了，说既然满青都这么认为，那就这么办吧。

因为不知道一尚在经营的店如何关闭，也不明白如何才能尽量多地收回本钱，徐淑芬左思右想之后，还是给丁家宜和丁家祥分别打了电话。丁家宜接到电话后，让她千万别着急，她先跟丈夫商量一下，她会尽快赶到思鑫坊帮着处理这件事情。而丁家祥接了电话后，不到两个小时就来到了思鑫坊。他告诉徐淑芬，关店是大错特错，那就是直接亏本亏到家了，这时候徐淑芬应该做的就是把店面盘出去。他还拍着胸脯保证，盘店面这件事包在他身上，他保证以最高的价钱把这个店面盘出去。

丁家祥难得这么热心，还说得煞有介事，徐淑芬一时有点摸不着头脑。她不明白是这个小儿子又在动坏心思呢，还是他真的转性了要帮人一手。徐淑芬就把丁家祥的话告诉了丁满红，丁满红听了后不停地点头，认为武林巷的店直接关掉当然是最亏的，房租都已经付了一年，店里的设备还得折价处理，所以如果有人接盘这个店当然是最好的。不过丁满红还是提醒了一手，要徐淑芬注意这只是盘武林巷的店面，并不包含思鑫坊的老店。

既然连丁满红都这么说，徐淑芬就放下心来。那天，丁家祥带着她到了武林巷的分店，店门口已经有人在等着了。那人又高又壮，脖子上戴着根大粗金链子，手臂上还有文身。那人还算礼貌，见了徐淑芬先是上来握手，还连叫"徐奶奶好"。徐淑芬硬着头皮答应了一声，再瞅瞅自己的身高也就到那人的肩膀，就更加害怕了。

那人自称姓郑，他的开价倒还合理，还当即拿出转让合同，在合同上写上了约定的金额。徐淑芬心里算了一下，差不多够还清债务了，不由得对丁家祥这次的表现另眼相看。但徐淑芬还是留了个心眼，问郑老板盘下店面打算干什么。郑老板笑呵呵表示自己还是打算经营早饭店，还说原来的老板眼光好，这个地段现在瞧着一般般，但用不了两年，这就是杭州城最有活力的地方了。

徐淑芬不识字，便让丁家祥把合同都读给她听。丁家祥笑嘻嘻道："妈，你真就这么不待见我呀？难道我伙同外人坑我亲妈，坑我亲侄子、侄女不成？"

丁家祥抱怨归抱怨，但还是逐字逐句读给了徐淑芬，听完后，徐淑芬没发现有什么问题，但真正拿起笔的时候，还是觉得心情沉重。她想起丁满红的嘱托，又特地叮嘱了一句，说："这合同只是关于武林巷这店面的，可不包含思鑫坊的老店呢！"丁家祥和郑老板连连称是，说当然不包含。

徐淑芬这才下笔，她已经很久没写自己的名字了，虽然只有三个字，年轻时候苦练过，也能写得方方正正，可现在落笔的时候，却写得歪歪扭扭，跟蚯蚓爬似的。徐淑芬颇为不好意思地吐了吐舌头，道："老太婆不太会写字，将就着用吧。"

郑老板笑着说没事没事，还说他老妈和徐淑芬岁数一般大，可就不会写自己名字。郑老板笑着收起合同，说自己有急事要走，让丁家祥今晚等着收钱。

徐淑芬等人走后，才敢长舒一口气，问道："郑老板做什么生意的，怎么看着像个荡头？"丁家祥说："郑老板是我认识的一个大老板的儿子，是个正经人，就是人长得凶相了点。"徐淑芬问："你真能拿钱？"丁家祥让徐淑芬安心，他既然已经帮了这个忙，那肯定是会帮到底的，所谓送佛送到西嘛。

结果第二天一早鸡刚打鸣，徐淑芬就听到楼下店门口一片嘈杂声。徐淑芬下楼查看，却看到一辆皮卡车停在门口，两个穿着工装的男人爬到了梯子上，正在撬雪晴早饭店的黄底红字招牌。

徐淑芬这下急了，赶紧大叫着："有流氓！有强盗！"她自己则急匆匆跑下楼，结果一不小心崴了脚，走出门口的时候已经一瘸一瘸的，脚踝处肿得跟冬瓜似的。她捡起地上的砖头就往上扔，把那两个撬招牌的人吓了一跳。徐淑芬的大叫大嚷，也把思鑫坊的街坊邻居都吵醒了，大家一听到徐淑芬的声音，都跑了出来，一看到这情况，马上就把这两人和那辆车给围了起来。

这时候，郑老板从车里下来了，他脸上堆着笑，一个劲跟大伙说："这都是误会，我只是按照合同约定来这里拿招牌，因为徐淑芬已经把'雪晴早饭店'的招牌卖给我了。"这话正被匆匆赶来的丁满红和丁满青听个正着，二人马上冲到徐淑芬面前。丁满红着急地问奶奶为什么把招牌卖掉了，徐淑芬赶紧说没有卖掉，这都是那人胡扯。

可郑老板不急不慢拿出合同，他先给大家看了上面徐淑芬的签字，问徐淑芬这个名字有没有伪造，徐淑芬一看确实是自己签的，也不否认。郑老板翻开合同，指着上面一行字，读道："今天将雪晴早饭店武林巷分店，连同雪晴早饭店招牌一同卖给甲方，并保证从此以后不再使用该招牌。"

徐淑芬一听傻眼了，昨天她确实听到了这段文字，可当时也没多想，只以为就是卖了武林巷分店上面那个招牌。她寻思对方盘了店也是要做早饭店，那连招牌一起买下也是理所应当的。她可没想到这段文字内藏玄机，她签了这个字，就等于是把"雪晴早饭店"这个招牌卖给了郑老板呀！

徐淑芬一下子瘫坐在地上，众人对着郑老板指指点点，骂他欺负一个老太婆，真是大本事。丁满红见此情形，马上对丁满青道："给小叔打电话。"丁满青点点头，飞快地跑回了家。

丁满红则拉起了奶奶，二人走到招牌底下，也不说话，反正就这么站着。大家也看出了端倪，只要二人这么站着，那两名工人就不敢撬招牌，毕竟谁都不能保证招牌不掉下来砸到人呀。

郑老板见围观人群越来越密集，琢磨了一下后笑嘻嘻道："你就是丁满红吧？你小叔常提起你。"

丁满红哼了一声道："别套近乎！这是我爸妈的招牌，你别想拿走！"

"行，我今天不拿走，等你们小叔来了后，你们好好聊聊，到时候让你小叔给我打电话。"

丁满红没想到这个郑老板竟然直接就撤了，郑老板上了车后喊着："诸位父老乡亲、大叔大伯让一让，小心别压着，压着可不好看"，然后将车开出了思鑫坊。还在那拆招牌的工人一看老板走了，自己却还在二楼架子上，四周的人群既然失去了郑老板这个围堵目标，就都往他们这里靠拢。二人吓得尖叫一声，先后跳下架子，随后一瘸一拐地跑出了思鑫坊。他们一瘸一拐的逃跑姿势引起了大家的嘲讽，有人冲他们喊道："算你们跑得快！跑慢了，扒了你们裤头，丢进河里喂甲鱼！"

丁满青摸着头问丁满红道："为什么是喂甲鱼？"

丁满红一脸茫然，二人的反应引起了大家的哄笑。

丁家祥在雪晴早饭店门口徘徊了好一会儿了，最后还是咬咬牙，嘟囔着"兵来将挡，水来土掩"，推开门走了进去。结果不出所料，徐淑芬早已准备了扫帚伺候他了，丁家祥被打得东蹿西跳，急得他连喊不要打，他是来解决事情的。

看到丁家祥狼狈的样子，丁满青嘴角挂着微笑，丁满红心里反倒有一丝幸灾乐祸，她心中寻思：小叔一定不肯说出实情，一会儿得想点办法。

丁满红猜想的没错，丁家祥所谓的解决事情，其实就是来糊弄事的。他一不肯说为什么会卖掉招牌，二不肯出面找郑老板解决此事，他就是试图劝服丁满红和徐淑芬，说招牌是个死物，人可是活的，招牌卖了就卖了，人没事就好。

徐淑芬骂道："浑小子！店没了就没了，招牌万万不能没有了，那可是你哥和你大嫂辛苦打拼十多年才打拼出来的。你问问这十村八店，多少人吃过雪晴早饭店的包子，吃过雪晴早饭店的馄饨啊！"

丁家祥叹气道："那我也没办法，合同啊，法律啊，这种事情你我都不是很搞得懂。妈，要我说，我和你一样，都是法律的受害者。"

"法律会帮助坏人？我还真不信了，你去告诉郑老板，他要是就此收手，老婆子就饶过了他，要是非得抢我们这个招牌，那我就去告他！"徐淑芬道。

"告不赢的，到时候花了钱不说，倒还让街坊邻里笑话了。这么点小事，谁上法院呀。法院里的官老爷那都是大忙人，每天忙着国家大事呢，哪管这些芝麻绿豆大的小事啊。"

"告不赢，他也别想抢走招牌，除非从我尸体上踏过去。"徐淑芬说着，一把搂住丁满青。

丁满青跟着点了点头，严肃地说道："加上我的。"

丁满红也红着眼说道："哼哼，他想从我的尸体上踏过去，那可得小心了，看我不扳断他的臭脚趾！"

丁家祥看着怒气满满的三人，只能先答应着找郑老板说说。他从兜里掏出两万块钱，放在桌子上。

"这是郑老板那收到的钱，你们先收着，后面谈得怎么样再说。"

丁家祥快步走出雪晴早饭店，不给徐淑芬和丁满红回话的机会。

他走了两步，回头看着头顶的黄底红字大招牌道："吃进去的东西哪还有吐出来的道理。"

丁满红见丁家祥处处帮着郑老板说话，知道事情肯定不止这么简单。这天之后，她送丁满青上学后便去偷偷跟踪丁家祥，想找出一些蛛丝马迹，然而连着跟踪了好几天，都毫无收获。不过那个郑老板这几天也没来拆招牌，徐淑芬跟丁满红聊起此事，还认为郑老板是被她的话吓到了。

这时候香港即将回归，全国各地张灯结彩，杭州城也不例外，很多大商场里都在搞庆祝优惠活动，像杭州百货大楼，因为优惠活动很多，每天都是人满为患。

丁家祥这天带着妻子祝敏去了杭州百货大楼，他听说这里有一家外国牌子的服装店刚入驻，正在搞活动，就拉着祝敏过来看看。

到了门口，祝敏还是不乐意进去，说："自己也不稀罕那什么洋牌子，把钱留着给女儿读书不好吗？"但丁家祥笑嘻嘻告诉她，自己前不久刚接了个私活，赚了有这位数，他说着伸出了手指头比了个"八"。

祝敏欣喜道："八千？"

丁家祥摇头。

祝敏阴下脸道："也是，你一个小小街道办主任，能接啥私活？"

丁家祥道："今时不同往日，就不兴我翻个身？"

"翻身啥？乌龟翻身变王八吗？"

"呸呸呸，什么乌龟王八的！"丁家祥再次伸出手指比了个"八"，"是八万。"丁家祥小声说。

"八万！"祝敏尖叫起来，随后马上捂住嘴巴，小声问道，"真的假的？"

丁家祥搂着她腰，推着她走进百货大楼的大门，嘴上说着："比珍珠还真！快进去吧，我们边买边说。"

丁家祥得意万分，却不知道这一切被跟踪而来的丁满红看个正着。丁满红虽然没听到二人在说什么，但她总觉得二人说的事情和卖招牌一事有关。

丁满红跟着二人进了百货大楼，被里面的花花世界迷糊了双眼。丁家民和俞雪晴虽然生意做得红火，但是生活简朴，杭州百货大楼他们只带着丁满红来过两次，两次都是直奔服装区，可没在金银首饰店附近逛游。现在丁家祥可不一样，看到喜欢的金银首饰就让服务员戴到祝敏脖子上。

看到二人胡乱花钱的样子，丁满红十分不悦，她不想再跟下去了，正想要离开之时，她看到了那个郑老板凶巴巴地朝丁家祥走去。她当即躲到四下无人的大柱子后面继续偷瞄。

丁家祥看到郑老板的样子吓了一跳，赶紧让祝敏自己玩一会儿，遂拉着郑老板走到柱子边上聊起来。这倒把丁满红吓了一跳，她还以为自己被发现了，等明白丁家祥只是要和郑老板找个四下无人的地方详谈后，她一阵窃喜，感叹自己真是找了个好地方，这就不能怪自己被逼偷听了。

那个郑老板喊了一声"祥哥"，要丁家祥帮忙想想办法，这招牌他急着要，但是一老二小这么往招牌下一站，他实在没法动手。反正他两万块钱协议款已经给了，八万的好处费也已经给了，这招牌他是必须拿到手的，要不然丁家祥不仅得把钱吐出来，还得赔偿他的损失。丁家祥吓得不停地冒冷汗，他拍着胸脯保证说，既然叫他一声哥，他保证马上搞定招牌这事。

丁家祥送走郑老板后面色凝重，嘴上念念有词："怎么才能说服妈呢？"丁家祥转身间看到了丁满红扒着柱子偷看的身影，顿时吓得魂都没了，他知道丁满红肯定听到了一切，当下冲上去抓住丁满红的手。

丁满红吓得大叫："放开我。"

丁家祥哀求道："别出声，满红，你听小叔说！这事千万别告诉你奶奶。"

"为什么不告诉奶奶？你和别人合伙欺负奶奶，骗了我们八万块钱，还骗了我们家的招牌！那是爸爸妈妈的招牌！"

丁家祥霎时流下两行"英雄泪"道："满红啊，小叔这么做也是有苦衷的，具体原因小叔之后会去你家，当面告诉你和奶奶。你只要知道，你奶奶身体不好，这事不能让奶奶知道，要不然她身体承受不住！"

丁满红一听，顿时安静了下来。最近这段时间，她也发现徐淑芬身体大不如前，特别是这次为了保护招牌，不仅扭伤了脚，还整日情绪低落，什么都吃不下。丁满红一直很担心奶奶的身体会出问题。

"我可以暂时不告诉奶奶，但你得帮我们保下招牌！还有八万块钱你不能拿！"丁满红提出了自己的要求。

"那是当然。"丁家祥爽快答应，心里则想：先骗过你再说，后面的事情后面再想办法。

哪知道丁满红眯着眼道："小叔，你是不是在想，先把我哄骗过去，后面的事再想办法？"

丁家祥脸唰一下红了："哪有的事，你个小屁孩，别瞎想那些有的没的。小叔跟你保证了，这回小叔一定帮你保下招牌。"

"还有八万块钱，你一分都不能自己拿！"丁满红不依不饶，她可没忘记丁家祥做的混账事。

徐淑芬的脚崴了后肿一直消不掉，加上被气得不轻，终于还是住院了。丁家祥打听清楚了，等丁满红不在的时候，提着水果来医院看望母亲。他先是一番嘘寒问暖，给躺在病床上的徐淑芬做了一通肩膀按摩。把徐淑芬伺候舒服了，他试探了下"八万"的事情，徐淑芬对此一无所知，丁家祥就放心了，心想：丁满红果然什么都没说。

丁家祥于是告诉徐淑芬，说自己找了郑老板，好说歹说，对方总算同意再加四万块钱买这块招牌。这是丁家祥前一天晚上和祝敏商量了一宿想出来的解决办法，二人觉得，既然丁满红知道了一切，破财消灾也是没有办法的事情。

徐淑芬听了后叹气道："我不是要更多钱，我是要保下这个招牌。"

丁家祥急道："可人家郑老板就是看中招牌才买的这个店，说实话，你们的早饭店在那个角落里，哪有什么生意，真正值钱的不就是那个招牌吗？"

丁家祥一急说出了实情，说完后他马上意识到问题，惴惴不安地看着徐淑芬。果然徐淑芬脸色变了，她气冲冲道："你和那个郑老板一开始就是奔着招牌来的？"

丁家祥哪会承认，他脑子一转便回道："我这也是刚想到！那个郑老板为什么再添四万块钱还是要这个招牌？四万块呢，不是小数目，那么很明显了呀，他一开始就是奔着这个招牌来的！"

丁家祥说完，瞅着徐淑芬，看到徐淑芬点头后，他马上摆出一副很受伤、很气愤的样子，擦着眼泪道："妈，你刚才说我和郑老板一开始就串通，这话太过分了。说实话，我这次真是伤透心了。我为了你，为了大哥的孩子，我这么跑前跑后，我到底图什么呢？我图什么呢？真是……"

徐淑芬看到丁家祥"委屈"得落泪，心里一酸。她想到丁家民之前特别疼爱丁家祥，小时候丁家民做过很多浑蛋事，他偷过年贡品吃，偷邻居家的铁门卖钱换糖果，每次丁宪悰气得挥着棍子问他有没有同伙，丁家民都说是自己一个人干的，贡品糖果也都是自己吃的。可徐淑芬后来从丁家宜那知道，其实都是丁家祥嘴馋，就哄着丁家民去偷，丁家民为了不让弟弟被打，就要丁家欣和丁家宜都不能告诉父母真相。徐淑芬想，如今丁家祥肯为丁家民的孩子出一份力，也算是有兄弟情分的。

"妈，你怎么怪我都没关系，可我这些话是不说不行了！妈，我知道大哥死后，你很想把他的事业经营下去，可是妈，你看看你自己，你不年轻了，这个担子太重了，你担不起啊……大哥才死了一年不到，可妈你看起来却老了十岁啊。妈，说实话，我看着你的样子，我心疼啊！"丁家祥说得自己都泣不成声。

徐淑芬眼眶湿润了，丁家民死后，她一门心思在经营两家早饭店上，起早摸黑，确实如丁家祥所说，她当时便暗暗发了誓的，无论如何都会把店经营下去，因为这是丁家民和俞雪晴的梦想！可如今，她确实感觉到疲惫了，她已经隐隐产生了退缩的念头，被丁家祥这么一说，她不禁老泪纵横。

徐淑芬摸着丁家民手背说道："家祥呀，是妈错怪你了。加四万买招牌这事，你处理吧，妈知道你不会亏待了满红和满青的。"

丁家祥得到了徐淑芬的"圣旨"，乐颠颠走出了病房。这事情已经成功了一半，接下来只要再说服丁满红就行了，只是丁家祥知道，丁满红虽然这几年大脑没发育，智商停留在十二岁的水平，但丁满红的十二岁和常人的十二岁不一样，她可不好骗、不好惹。正在丁家祥愁眉不展的时候，机会就这么来了。

原来丁满青一年级了，学校里每个月都要开家长会，丁满红身为丁满青的"监护人"，自然是义不容辞了。所谓的家长会，基本上都是家长带着孩子到学校，然后孩子们在一个教室玩，家长们在另外一个教室，由老师组织大家了解孩子们的学习成绩和学习情况。

丁满红为了不给丁满青丢面子，她尽量让自己像一个正常的大人一样和其他家长相处。因为丁满青成绩一直保持年级第一，家长会后，总有家长带着孩子来找丁满青求教学习的方法，丁满红和丁满青每次都是热情地帮助他们，而成绩仅次于丁满青的几位孩子的家长总是粗暴地拒绝其他学生和家长的求教。在他们看来，如果把学习方法教给其他孩子，就等于是给自己孩子制造竞争者，因此他们从不教授学习方法，自然，也会对丁满红和丁满青的行为不满。

这些家长就到学校告丁满红的状，还说了丁满青很多坏话。丁满红不是会受气的人，就去找那些告状的家长理论，还和她们打了起来，结果就把事情闹大了。

现在学校禁止丁满红以监护人的身份参加家长会，丁满红觉得如果所有孩子都有家长去参加家长会，而丁满青没有的话，那些孩子一定会嘲笑丁满青。

丁满红决定了，无论如何都不能让丁满青被嘲笑，偏偏奶奶这时候还住了院，她一时也不知道找谁去参加家长会。虽然她心中想到了一个人选，那就是小叔丁家祥，可她是决计不想去麻烦那个人的。

丁满青倒是说自己无所谓，那些孩子笑他，也不过是嘴上得点便宜，谁笑他，他以后就不教谁，最后还不是他们吃大亏。

这时候丁家宜给丁满红打了电话，说她正约了丁家欣一起来看望母亲，得知丁满红正在烦恼家长会的事，便说可以代替她去学校参加家长会。丁满红十分高兴，觉得真是老天助她，这样子就不用去找那个讨厌的小叔了。

丁家宜和丁家欣二人来看望母亲，除了探病以外，也是想帮助解决“雪晴早饭店”的招牌危机。二人拿了一笔钱过来，她们打算找郑老板谈判，把合同取消了，这样就可以保住招牌了，而雪晴早饭店的欠款就由她们来还。徐淑芬听了后问她们这钱可经过丈夫同意，二人犹犹豫豫，说是自己的私房钱。徐淑芬叹了口气，让二人赶紧把这钱拿回去，这笔钱无论如何她和丁满红都不会收。丁家宜就求徐淑芬收下，说：“这也是报答大哥呀，大哥在世时候待我这么好，他如今过世了，他的孩子得有人疼呀。”徐淑芬就让她俩去问丁满红，丁家民临死前把家里的重担交给丁满红了，只要丁满红同意，她就同意。

丁家宜和丁家欣就找到丁满红说了此事，果然如徐淑芬所料，丁满红听了后噘着嘴道：“大姑，二姑，这钱我不收。”丁家宜觉得丁满红毕竟只有十二岁的智商，便哄她道：“也不是说大姑二姑要把钱给你，我们只是借给你，之后赚了钱，还我们就好了。”

可丁满红还是摇头，她嘻嘻笑道：“二姑，上次你拿了钱说入股，之后也没要还，给你分红也还是不要。当时妈妈就说了，你这哪是入股，就是想送钱给我们。可二姑，我们现在不需要你的帮助，以后如果真有需要的话，我会找你的。”

丁家宜哑然，她本来还想着，如果丁满红不同意“借”这个说法，她就如法炮制，再用入股这一招，可原来丁满红早看懂了她的路子，她倒不好这么说了。

丁家欣说话比较直接，见到丁家宜无话可说，便直截了当说道："满红，大姑说话直，你别怪大姑。这钱你拿去，保住你爸妈留下的招牌，钱也别想着还，等到满青大学读完了，出息了，才考虑还钱不迟。"

丁满红一听，头摇得跟拨浪鼓似的："这就更加不行了，大姑，现在这个难关，不是还债的问题，是经营的问题，你这样帮不上我们的。"

丁家欣傻眼了，她没想到丁满红看得如此透彻，一时也不知道说什么。丁家宜见此情况，只能说道："满红，那等你需要的时候再找我们吧。"

临走的时候，丁家宜想起代替丁满红参加丁满青家长会的事情，就问丁满红家长会的日期。丁满红拒绝了她，说："家长会一直要开，说不定每月都有一次，如果每次都让你千里迢迢赶来，满青一定会怪我的。"丁家宜叹了口气，问丁满红有没有其他办法，丁满红笑着说道："我不还有个小叔吗？"

丁家祥见到丁满红主动来找自己很惊讶，他正琢磨着怎么说服丁满红呢。听了丁满红的来意后，他当即拍着胸脯保证，一定好好参加家长会，帮丁满青挣足面子，只不过他也有一个难题，需要得到丁满红的帮助。

丁满红道："奶奶跟我说了，两万加四万，总共六万，你赚四万，我们把招牌卖给郑老板，对不对？"

"对对对，怎么样，满红，你同意这件事情，我就一直帮着满青参加家长会！"

丁家祥满脸期待，丁满红心中已有盘算，她知道自己和潘小多商量出来的方案，丁家祥八成会同意，所以想先气气这个不靠谱的小叔。

"没问题啊，我爸妈辛辛苦苦打拼出来的店面和招牌，小叔你说两句话就给你赚四万，我觉得这很合理！"丁满红一本正经地说道。

丁家祥皱着眉头道："真的？满红，我怎么觉得你在说反话？"

"不会，我觉得给你四万还给少了，我想跟奶奶再说一说，还是给你八万怎么样？"

"别别别，这事千万不能让奶奶知道！"丁家祥赶紧制止，他琢磨了下道，"要不这样，我再少拿一万，就当是给满青的生日礼物了？"

丁满红此时正色道："小叔，你留两万，八万给我们，奶奶看病需要钱，这些钱就当你出了一部分。思鑫坊雪晴早饭店的招牌我们要保留，我们会自己摘下来，但绝对不会再用了。就这个条件，你去和郑老板谈吧。"

丁满红说完，也不给丁家祥琢磨的时间，转身就走了。

丁家祥傻眼了，望着丁满红的背影，他嘀咕道："这满红不是智商只有十二岁吗？看着不像呀……"

殊不知，丁满红走出丁家祥的办公室，顿时长舒一口气，赶紧找了公共电话亭给潘小多打电话。潘小多此时正在大学宿舍楼下草丛中和几个同学抽着烟，聊着闲话。传达室电话声响起后，宿管大叔接起电话就喊："潘小多，你的电话！"

潘小多一听，叼着烟头就冲了出来。宿管大叔一见，揪着潘小多耳朵要去政教处。潘小多一番求饶，宿管大叔才让他先接电话。

听到潘小多的声音，丁满红连说："刚才我吓得不行，所幸发挥正常，把小叔给唬住了。"潘小多一边接受着宿管大叔的监视，一边点头称赞丁满红的表现，说："这样准行，丁家祥就是有贼心没贼胆的主，也多亏了你抓住了他黑了钱的把柄。"丁满红咯咯笑，说："我就没想这么周全，幸好有你。"

二人你一言我一语，聊起来就停不下来。潘小多也不知道怎么就和丁满红有这么多话可以说，哪怕宿管大叔一直在身旁，他还是讲个滔滔不绝，从昨天学校里的球赛说到今天早上旷课，丁满红总是满怀兴趣地听着，听到潘小多认为好玩的地方，丁满红就会咯咯笑个不停。

最后是宿管大叔按掉了电话，问道："同学，你是打算打电话拖时间吗？"

潘小多一愣，随即哈哈大笑，说："大丈夫敢做敢认，不至于靠和人打电话拖时间。走，去政教处！"

宿管大叔面色严肃道："这次算了，下次再被我发现偷着抽烟就不行了。"

潘小多没想到宿管大叔会放过他，当下连连道谢。临走时，宿管大叔突然露出笑容，冲潘小多说道："好好读书，别让人家姑娘白等你！"

潘小多脸唰地红了，嚷嚷着："大叔，这你就别管了！"

宿管大叔哈哈大笑道："这个浑小子！"

丁家祥考虑了一晚，决定按照丁满红的条件来。按照他之前的话说，蚊子再小也是肉，但是如果不按照这个条件来，那很可能连这块小肉也没了。他第二天就去找了郑老板，说了丁满红给出的条件：留下雪晴早饭店的老招牌给她们，并保证不会再用。

　　郑老板没考虑几分钟就同意了，反正他要的就是这个招牌的独家使用权。丁家祥谈妥此事后，疑惑地问郑老板："'雪晴早饭店'这块招牌真就值得你花十万？"郑老板告诉他说："这可是改革开放之初最早开始营业的个体户，可是被领导表彰了的，上了报纸的，是一个有着良好口碑的十几年的连锁店老牌子了。现在的人不知道它的价值，觉得十万块买它不值得，十年后，别人可得花几百万买它，到时候我还不卖呢。"

　　听郑老板这么一说，丁家祥有点后悔自己把雪晴早饭店的招牌卖得便宜了，他琢磨着当初如果报价二十万，说不定这个郑老板也会同意，只可惜自己没想到郑老板这么傻呀。当时的丁家祥可不认为郑老板说的话会成真，他还一心以为这是碰上了一个傻子。

　　按照和郑老板谈好的条件，丁满红得马上把"雪晴早饭店"的招牌给摘下来。可她以要照顾住院的奶奶为由，硬生生往后拖了两周。这两周，她每天送弟弟上学回来后，都会去店门口。她搬了个凳子坐在店门口，一笔一画地将店面和黄底红字的招牌给画了下来。

　　马宁路过看到，就问她："招牌的事情处理得怎么样了，是否需要我的帮助？"丁满红摇头，说："一切都已经定了，这个招牌我会摘下来，这个店也不再开了。"

　　马宁吃了一惊，忙问："为什么？如果需要的话，我，还有潘正义、朱海军和杨天宝等人都会相助。"事实上，得知丁满红遇到的困境，他们兄弟四人也私底下商量过，四人都觉得身为丁家民生前好友，该出一分力，只是丁家祥马上就签了合同把店面盘出去了，涉及合同的问题，他们几个粗人就不知道该如何是好了。

丁满红咯咯笑，说："我和奶奶一起经营了半年，结果亏了半年，现在有人出钱让我们关店，已经是一个奇迹了！"

马宁听了也笑了，觉得丁满红要是这样想，那就不用担心了。不过他还是问了丁满红打算摘招牌的日期，还说那天他会和其他叔叔一起过来帮忙。

为了不让众人帮助，丁满红特地说了周三早上，她寻思这样的话，马宁、潘正义这些叔叔们都在上班，也就不会来帮忙了。她没想到的是，周三那天，她和丁满青去医院接回徐淑芬，回到早饭店门口时，就看到马宁、潘正义、朱海军和杨天宝已经在那等着了。

看到丁满红，潘正义丢掉烟头喊道："你个小滑头，你总算来了，我们等了几个钟头了！"

丁满红吐吐舌头道："我真不晓得你们会来呀。我以为今天周三，叔叔们总该上班的。"

"上啥班呢，肯定是这个事情重要。"朱海军笑呵呵道。

杨天宝架好梯子道："早干早收工。满红，你和弟弟、奶奶就在下面看着，有什么不对的地方，你喊我们。"

马宁等人先后爬上架子，就开始拆起了招牌。

徐淑芬在底下看着，嘴上念念有词："家民啊，雪晴啊，妈不好，妈没能给你们看住铺子，也没能帮你们保下牌子，唯一能保下的就是这块黄底红字的大招牌了。"

徐淑芬一边说一边流眼泪，丁满青看到了也跟着哭，丁满红则最为坚强，她在下面给人扶着梯子，不时还给马宁他们递工具。

等招牌拆得差不多的时候，丁满红喊住大家，说自己想爬上去看看。

马宁明白她的意思，给她留了最后一个螺丝钉。

马宁道："满红呀，这个螺丝钉你来转，我们给你扶着招牌。这是你爸爸妈妈亲手经营起来的招牌，理应由你来拆下来。"

潘正义点头道："满红，拆了招牌你打算放哪？"

"就放家里，将来我和满青会再把它挂出来。"丁满红很认真地说道。

潘正义看到丁满红经历这样的大事，处之坦然自若，也不闹也不哭，忍不住喊了一声"好"，竖起大拇指道："满红，有志气！"

潘正义说的是真心话。事实上，丁家民和俞雪晴去世后，徐淑芬偷偷来过他们家，询问他和苏雯对丁满红和潘小多二人处对象一事的看法，当时潘正义还满口答应，认为丁满红冰雪聪明，人又漂亮，能和她处对象，那是潘小多的福气。但苏雯却一反之前的态度，给出了反对意见，她狠狠掐了潘正义胳膊一下，说道："满红不是以前的满红了，以前他们处对象，那是门当户对，可现在二人属实不般配了。"潘正义这才想起丁满红病情所带来的巨大变化，他暗自叹息，好好一段姻缘，莫非就被这脑膜炎给毁了？当时徐淑芬脸色铁青，从此没再提过这事。潘正义找她道歉，她说只当自己说了一些胡话，这事便不要再提了。

丁满红也为自己竖起大拇指道："我爸爸说，做人就是要有志气。我们丁家人，就是要有丁家精神，绝不会让人看不起！"丁满红一席话，把本来已经擦干眼泪的徐淑芬又给惹得热泪盈眶。

丁满红转动手里的扳手，将最后一个螺丝钉转了下来，随后和马宁他们一起，将招牌抬进了自己家，放到了那间藏着无数丁满红记忆的阁楼里。

这天晚上，徐淑芬留在了丁家民的家里陪两个孩子睡。半夜她起床上厕所，却发现丁满红并没有睡在床上。她走出房间，就听到阁楼传来丁满红的啜泣声。徐淑芬本想上去看看，但最后还是决定回屋睡觉。

虽然徐淑芬一直生病住院，但她其实知道很多事情。她知道丁家祥黑了八万块好处费的事；她也知道丁满红找丁家祥谈回来了六万，还保住了"雪晴早饭店"的招牌；她还知道，这个世界上没有人比丁满红更加坚强，丁满红还是那个无所不能的丁满红！

第十二章

　　雪晴早饭店关掉之后，丁满红尝试着找了一段时间工作，可是所有招人的单位在得知丁满红的情况后，都跟她说不需要丁满红这样的员工。

　　既然找不到工作，丁满红只能每天精打细算过日子，因为盘掉店铺和卖掉"雪晴早饭店"牌子获得的收入，还了债后所剩不多。考虑到丁满青以及奶奶一起生活的每日开销，以及丁满青接下来的学费问题，丁满红不得不一分钱掰成两半花。

　　为了丁满青在长身体的关键阶段能有足够的营养摄入，丁满红跟着思鑫坊的大妈们去了菜市场。事实上，丁满红长这么大还是第一次逛菜市场，以前丁家民和俞雪晴健在的时候，都是他们去菜市场买东西。后来二人去世后，就一直是徐淑芬去菜市场采购了。如今，徐淑芬大病归来，丁满红想让她好生养身子，就把菜市场采购的事情包揽了过来。

徐淑芬当时就笑了，问道："满红呀，我知道你也是为奶奶好，可你不知道，菜市场是有一本'菜市场经'的！奶奶问你呀，你知道咱们这思鑫坊四周有哪些菜市场吗？你知道杭州城有哪些菜市场吗？你知道什么菜在什么菜市场买最划算、最新鲜吗？"

说实话，丁满红一个问题都回答不上来。看到奶奶说得这么煞有介事，丁满红来了兴趣，当即求着徐淑芬把所谓的"菜市场经"教给她。谁知徐淑芬捂着嘴笑了，道："满红呀，奶奶骗你呢。奶奶年轻的时候可不去菜市场，奶奶出身大户人家，不去菜市场的，那地方又脏又乱的。后来你爸爸长大了点，菜市场就由你爸爸和大姑二人去了。再后来，你爸妈结婚后，这菜市场又是你爸和你妈轮流去了，你奶奶我呀，对菜市场那是一窍不通。"

丁满红一听噘起了嘴道："那奶奶你是逗我开心呢？"

"就是啊。"徐淑芬笑得更开心了，"不过，也不能说全是逗你。孙婆你还记得吗？"

丁满红点头，她当然记得孙婆，她出生那天，孙婆把为她求的上上签交给了丁家民，如今那上上签还在丁满红的百宝盒里呢。孙婆活到了九十九岁，在去世之前她都还在关心丁满红，还跟俞雪晴说自己认为思鑫坊这些孩子中，丁满红会是顶有出息那个。这些事情丁满红都知道。

徐淑芬继续说道："孙婆当年跟我说呀，说咱思鑫坊存在已经好几百年了，这一砖一瓦都是历史，所以说你要看透杭州城，那你首先就得看透思鑫坊；但是你若是想要了解现在的杭州人，那你就得去看杭州的菜市场了。"

"为什么？"丁满红问道。

"孙婆说，杭州人的生活离不开菜市场，每个菜市场的起起伏伏都伴随着周边人生活的起伏。孙婆说菜市场跟人一样，每一个都有自己的脾气，你得摸清楚它的脾气，才能真正了解它。"徐淑芬边回忆边说。

丁满红连连点头，她不知道逛菜市场还有这般讲究，她以为所谓"逛菜市场"就是选好了菜，谈好了价，一手交钱一手交货便完结了。如今听徐淑芬这么一说，她决定一定要摸透这附近几家菜市场的脾气，她要尝试去了解杭州人了。

这里就要说到丁满红为何想要了解杭州人了。事实上，不再作为丁满青的监护人参加家长会后，丁满红暗自伤心了很久。表面上她并不说什么，却好几次有意无意找丁家祥了解家长会的情况，得知丁家祥处理得有声有色，她便问道："小叔，有个问题，我就'不耻下问'了。为什么你能和别的孩子家长相处得那么好？"

"不耻下问好像不是这么用的吧？"丁家祥听着觉得有点不舒服。

"小叔，重点是我的问题好吧？"丁满红道，"你关注我这个成语有没有用错，不是关注错地方了吗？"

"那倒也是。"丁家祥觉得自己和丁满红天生相克，反正自己每次和她斗都会输，所以不和她争才是王道。

丁家祥便告诉她诀窍："其实和人相处很简单，首先你得摸清楚这人的脾气，然后你顺着那人的脾气说话，保准就能和人相处好了。"

丁家祥说着给丁满红举了个例子，说那谁谁谁的妈妈，每次开会都说自己家孩子不够聪明，这次考试又勉强进年级前十，错的题目到现在都还没理解。

"这时候你会怎么说？"丁家祥问道。

丁满红一琢磨道："我会让满青教她孩子怎么做这几道题。"

丁家祥笑道："大错特错，你根本没理解人的心思。这时候你应该夸她孩子聪明，考年级前十只是起点，下次考试一定更好。"

"不用教她孩子题目？"

"不用教！因为她要的是对她孩子的夸奖，她心中为孩子考进年级前十高兴得很呢！"

丁满红恍然大悟似的点头。丁家祥继续说，还有那个谁谁谁的爸爸，每次开会都说自己孩子太不努力了，怎么逼他学习都没有用，真是太不争气了。

"他的心思又是什么，你知道吗？"丁家祥再次问道。

丁满红摇摇头，猜测道："是不是批评自己孩子爱偷懒？"

丁家祥叹气道："你真是什么都不懂呀。他哪里是在批评孩子，他是在夸自己孩子。你要知道，他儿子拿了第八名，他的意思是他儿子不努力学习就拿了第八名。所以这时候你要让他欢喜，就夸他儿子聪明绝顶，再说男孩子懂事都比较晚，等他懂事好好学习了，年级第一就是他的了。"

"这也不一定啊。"丁满红疑惑道。

"何止不一定，那是绝对不可能！只要满青还在这个学校，他拿年级第一就一点儿希望都没有！"丁家祥斩钉截铁地说道。

丁满红若有所悟，丁家祥偷偷问她："满青这孩子，学习成绩一直这么好？每次家长会，老师都这么夸他？"

丁满红点头说："满青是个天才，他比你知道的还要好！"

丁满红当时还以为小叔这么问，只是询问满青在学校的成绩，她不知道，此时的丁家祥心中已然动了领养丁满青的心思。

正是丁家祥一番话，让丁满红觉得自己应该尝试了解大人的心思，而正是徐淑芬的话，又让她决定将菜市场当作了解大人的突破口。所以在接下来一段时间内，她默默跑遍了思鑫坊附近的菜市场。她在每一个菜市场都认真观察，仔细询问，很快她就了解了这些菜市场的特点。

比如龙翔桥菜市场，它是一家室内菜市场，菜新鲜，菜品齐，但是有摊位费，所以价钱难免小贵，但是这里的蜜汁藕和酥鱼特别有名，有很多人慕名而来。来龙翔桥菜市场买菜的人有个特点，爱聊天，问价都是象征性的，有得打折是最好，没有也没关系，要是正碰上店家搞活动就很欢喜，会多买一些以备后用。

而大马弄菜市场就不同了，它最大的优点就是便宜。它就在弄堂里沿路边摆摊，天气好的时候，每天早上叫卖声此起彼伏，但遇上刮风下雨的天气，这里卖的人就少了。和大马弄面对面的察院前菜市场，那时候还只是搭了个棚，但好歹有了遮风避雨的地方，价钱也很公道。大马弄和察院前两个菜市场最出名的就是酱鸭了，逢过年时，这里到处都挂满了酱鸭……来这两家菜市场的人经常匆匆来，匆匆走，问了价钱后总是拿起自己要买的量，说"买嘎许多，打个折伐"，基本上店家也都会打个折。

逛了一段时间菜市场后，丁满红有了一种恍然大悟的感觉：原来这就是大人的世界，原来这就是油盐酱醋茶。丁满红嘴上一直说脑膜炎对自己没影响，不就是大脑不发育了嘛，可心里还是很为自己难过的。毕竟，曾经的她觉得自己是最聪明的，什么都懂，可随着潘小多等小伙伴们长到了十八岁，她便发现，如今的她很难再读懂他们的心思，她不再是潘小多他们的好朋友了，也不再是丁家民和俞雪晴口中的小滑头了，她现在只是一个某些人口中的"智障"……

逛了菜市场后，她忽然有了信心，觉得自己一定可以照顾好奶奶和丁满青，自己依然可以是以前那个无所不能的丁满红。

这天她信心满满，拿着自己的笔记本，按照自己记好的价钱和要买的菜，依次去那几家菜市场买菜，她觉得这样最经济划算。可没想到刚到龙翔桥菜市场就被人认了出来，有个十七八岁的卖菜小伙子嘲笑她："这不就是那个思鑫坊的傻丫头嘛，连买菜都要拿本子。"丁满红急了，说："我自己计算好了钱，要买最划算的组合。"

那小伙子就笑她蠢，说："我报个数，你来算。"丁满红一听数字和算法，本来一下子就能算出来的，可心中一急，竟然脑中一片空白。那小伙子就更加得意了，说："你还是回家吧，能来这地方的人起码要会算数！"

丁满红当时眼眶就红了，一个阿姨拿着秤杆就打那小伙子，还骂道："就你能耐，能耐还来这里卖菜！"阿姨还安慰丁满红，可丁满红听不进去，她忍着泪跑回家，径直跑到了阁楼，抱着丁家民整理的《丁家航天摘抄》哭。

丁满青看到了，就拿着自己的零食坐到丁满红身边。丁满青把零食递给丁满红，他有心说一些安慰的话，可他只有五岁，到底还是没组织出什么安慰的话来。丁满青灵光一闪，便说要给丁满红变一个戏法。

丁满红当即停止了啜泣，询问是个什么戏法。丁满青说："是一个把手变没的戏法。"丁满红摇头，说："手要是变不没，便不好玩，要是真变没了，那可怎么办。"

丁满青无奈，只能央求姐姐让自己变一次。丁满红点头允许，她可从来没有拒绝过丁满青的请求。丁满青早就发现阁楼一面墙上有一个洞，便拉着丁满红来到洞口这里。他把手伸进洞里，随后露出痛苦的表情，手臂也挣扎起来，最后他痛苦地抽出手臂，原本露出袖口的手掌全没了！

丁满红摇头叹气道："你手掌在袖子里呢……"

丁满青极为尴尬地问："你是不是看过那部电影？"丁满红摇头，说："电影有什么好看的？"说完，丁满红注意到了问题，从袖子里揪出丁满青的手，问："你是不是偷着去录像厅了，不说就要打手心了！"

面对姐姐的质问，丁满青只能坦白，说："我也不是偷着去的，而是被'请'去的。"

原来潘正义和马宁最近为了一部电影吵了起来，起因是潘正义和马宁路过录像厅，正看到录像厅在放那部电影，二人都看过就聊了起来。潘正义说该片经典至极，马宁说一般般，谈不上优秀。二人你来我往，吵得不可开交。董伶俐都奇怪了，丈夫马宁一直话很少，也从不和人争论，怎么在电影上就和潘正义闹上了呢。马宁就告诉她："生活中，你敬我一尺，我敬你一丈，这叫生活原则，电影中艺术性高就是高，不高就是不高，那是艺术原则，反正在原则上我从不妥协。"

潘正义和马宁的争论闹大了后，朱海军和杨天宝也加入进来，人一多，意见就更繁杂了。最终，四人决定找思鑫坊没看过这部电影的人去看电影，让那人当评判人，由那人说这部电影到底好不好。

四人原本商量后决定找丁满红去的，可丁满红刚好不在。这时候，潘正义看到丁满青哼着"日落西山红霞飞"走了过来，潘正义脑子一转，当下从口袋里摸出两块钱塞到他手里，随后就推荐丁满青做这个评判人。大家都同意，一来是丁满青聪明，他的评价会更准确；二来是因为丁满青还小，感觉会更纯粹。

四人说服了录像厅看门的大伯，放丁满青进去看了这部电影。两个多小时后，丁满青红着脸走了出来。潘正义着急地问他电影怎么样？丁满青支支吾吾，不知道该怎么说。潘正义就找了纸笔，写上了四个选项：经典，很好，一般般和看不下去。很明显，经典代表的是他的评价，让丁满青选择的时候，他特地指着"经典"笑嘻嘻问道："是不是觉得特别经典？"

　　丁满青心领神会，脸上瞬间堆满笑容，随后说自己选择第三个："一般般。"

　　马宁高兴地抱起丁满青，说要带丁满青去吃豆腐脑，朱海军和杨天宝也笑着说要去蹭顿吃的，留下潘正义愣在当场。他好一会儿才缓过神来，气鼓鼓道："这浑小子，收了我两块钱的！"

　　听了丁满青的讲述，丁满红点点头，就没有打他的手，只是千叮咛万嘱咐，让他自己千万别去录像厅，那里会放让人变坏的电影。丁满青拍拍胸脯，说："我自己清楚得很，要不是为了赚钱，我才不会答应去录像厅看那种让人脸红的电影呢。"

　　"能赚几个钱，不就是两块钱吗？"丁满红笑道。

　　丁满青笑嘻嘻回道："何止，吃豆腐脑的时候，马叔叔还给了我六块钱！"

　　丁满红收到潘小多的信，说很快就暑假了，不知道她的"菜市场经"钻研得怎样了，算数的时候还紧张不紧张。

　　丁满红哼哼两声，自言自语道："早就研究好了，现在在菜市场里算数我都不紧张了，大家都叫我'神算子'丁满红。"

　　丁满红自言自语回答完后继续看信，潘小多在信里问丁满红有没有什么想要的东西，他给买回来，只要能在解百百货买得到的东西，他就去买。

丁满红笑了很久后给潘小多回信，说："也就几个月没见，潘小多成了大话王，我要买解百百货的台阶，难不成你也给买回来？"

潘小多收到信的时候，正在乒乓球室打乒乓球。在刚刚结束的模拟考上，潘小多在大学里再次蝉联班级倒数第一。

"知道成绩的刹那我都惊呆了，潘小多，你怎么做到这样稳定发挥的？"和潘小多对攻的顾小七一脸不可思议。

"被你知道了，我还怎么保持我的神秘？"潘小多一个下旋球，打得顾小七狼狈防守。

"神秘个屁！我听教导主任说了，你期末考再拿倒数第一就要被劝退了。"顾小七给潘小多来个长吊球。

潘小多往后跑几步接起了球，说道："管他呢，反正老子对这破学校没感情。"

这时候有个姑娘出现在球室门口，她穿着那个年代特别流行的白色牛筋鞋，一套青白相间连衣裙，一根马尾辫一晃一晃的，满是青春活力。姑娘靠在门上喊道："小多，小多，你的信！"

顾小七看了一眼，充满羡慕的表情道："潘小多，我不得不佩服你！论样貌，论才华，我顾小七和你也算半斤八两，而且我们的名字都带个'小'字，可为什么肖丽华却偏偏喜欢你呢？"

顾小七这么一说，姑娘的脸就红了，她娇嗔道："顾小七，你不说话没人当你是哑巴。"

潘小多找准机会，一记发力的拉球，直接击败顾小七后拿起边上的毛巾，边擦汗边走向门口。

潘小多跟肖丽华说道："信怎么在你这里？"

肖丽华递上信说："我去校门口拿信，结果没找到我自己的，却看到给你的信。"

潘小多点了点头，他一看信封就露出微笑，这是丁满红的来信。丁满红的来信非常容易辨认，大学里面时常有书信往来，但字迹大都非常潦草，有些人的字甚至需要一定的书法知识才能认识。丁满红的字却和初中时一样，写得方方正正，一笔一画简直可以当作正楷的模板。

看到潘小多拆开信封，抽出信纸看起来，肖丽华心中油然升起了一股妒忌。她看到潘小多脸上始终洋溢着笑容，这种笑容她从未在潘小多和自己相处时见到过。肖丽华红着脸，低声问道："谁的来信？是个女孩子吗？"

"嗯。"潘小多折好来信塞回信封，又把信封仔细折好后塞入裤袋。

"谢谢啊。"潘小多说着就往外走。

肖丽华急了，跺脚说道："我帮你拿信过来，你一句谢谢就完事了？"

潘小多一愣，挠着头道："那还要怎样？这信离开你，我就拿不到了？"

肖丽华哑然，心中恨恨道：这潘小多到底是装傻呢，还是真这么不解风情？随即又想道：那信一定是女孩子写的，不会是他的女朋友吧……

见肖丽华不说话，潘小多转身要走。肖丽华想喊他，又觉得自己一直对他示好，每次都被这么冷冰冰对待，自己如果还这样死皮赖脸地黏上去，未免显得下贱了，于是硬生生把到了喉咙边的话给憋了回去。

这时候潘小多突然回身，把肖丽华惊得心脏乱跳，没想到潘小多却是喊顾小七，让他赶紧着乒乓板跟上。

潘小多和顾小七走了老远，见看不到肖丽华了后，顾小七问道："潘小多，你不会真不懂肖丽华的心思吧？"

潘小多挠着头道："什么心思？你是不是想说她喜欢我？"

顾小七道："难道不是？"

"随她吧，反正我是不会喜欢她的。"潘小多脸上露出笑意，问道，"你觉得我们怎么才能把解百百货的台阶买下来？"

顾小七当时还以为潘小多只是开玩笑，没想到三天后学校广播就开始喊起来，说是潘小多去解百百货偷台阶，当场被抓，学校决定对潘小多处以留校察看处分，以儆效尤，请大家切勿模仿。

顾小七嘴里嘟囔："模仿个屁啊，谁他妈傻到偷台阶啊！"

顾小七找到潘小多的时候，他正在食堂吃饭，一堆人围住他在询问他偷台阶的经历，顾小七就挤进人堆问道："潘小多，我以为你闹着玩呢，你真去买台阶了啊？"

潘小多点点头："问了个价，人家说不卖。"

"所以你就偷了？"

潘小多吃完饭，把榨菜汤一口气喝下，打着饱嗝说道："还能怎么办？只是没想到那个时候有个保安突然肚子疼去厕所，回来时我刚好被逮个正着。"

顾小七皱着眉头，疑惑道："我一直很疑惑，你又不是傻子，你非要买解百百货的台阶干吗呀？"

顾小七的问题引起了不小的共鸣，大家都叽叽喳喳地跟着问潘小多。潘小多懒得回答这个问题，站起身来要走，结果正看到肖丽华挤进人堆。

二人对视，肖丽华脸色微红道："潘小多，我跟叔叔求情了，他答应只要你跟解百百货赔礼道歉，主动承认错误，并承担损失，就可以撤销留校察看的惩罚。"

潘小多没有理肖丽华，他从口袋里掏出一块水泥块，得意地跟顾小七道："我答应了一个人，要给她买到解百百货的台阶。我知道她也是随便说说，可是对我来说，答应了就是答应了，我非得做到不可！这是从解百百货的台阶上敲下来的！"

肖丽华道："潘小多，你正经一点，学业对你来说很重要！一个女人傻不拉几的一封信，你就要耽误自己的人生吗？"

潘小多脸色大变，他狠狠道："我警告你，肖丽华，别动不动说一个人傻，要不然我对你不客气。"

肖丽华呆住了，支支吾吾道："我……我也不是……不是真说她傻，我只是想说，你该为自己的人生负责。"

"我的人生你就不必费心了，管好你自己的人生吧。我不知道我们的人生会有什么不同，不过我知道一点，我们俩的人生不同路。"

肖丽华知道潘小多这么说就是为了让她放弃，让她别再纠缠自己。可肖丽华听来，这话却又带着一丝羞辱，脑中一个声音不停响着：肖丽华啊肖丽华，你在他眼中什么都不是。你和他吃个饭都得求他，可别人一句玩笑话他都当真。

肖丽华咬紧嘴唇，她感觉到嘴唇出血了，嘴里有一丝咸味，有一点疼。这一时刻她反倒平静了下来，眼泪也忍住了没有往下掉。

潘小多看到肖丽华的样子，心中也有一丝心疼，他这么做，其实只是想让肖丽华死心，他当然明白肖丽华身为校花，对自己这般狠追猛打，已经让她十分下面子了。可不管潘小多怎么明示暗示，都无法让肖丽华明白自己对她没兴趣，这事困扰潘小多很久了。潘小多觉得自己这番话说得够直接了，行为也够直接，肖丽华但凡还

250

要点面子，应该就会知难而退了。

丁满红并不知道自己给潘小多的信中随口胡诌的一句玩笑话，竟然惹出了这么多事情。她这几天可忙碌得很，一边是精打细算过日子，几家菜市场轮流跑；一边则求着思鑫坊里的菜馆老板教她怎么做菜。

这菜馆开了也有好几年了，老板姓程，是个老光棍，他自己就是厨师，做得一手地地道道的杭帮菜，生意不好不坏。程老板很喜欢丁满红和丁满青，隔山岔五地就会端些新炒好的菜去找徐淑芬。他总是谎称这些菜是客人点了后又不要的，他觉得丢了怪可惜，自己一个人也吃不了太多菜，所以就拿来给满红和满青吃。

徐淑芬每回接受心里都颇为过意不去。她知道这段时间，自己身体很是不好，连外出走动都很少，丁满青还这么小，什么都需要人照顾打理，这一切多亏了丁满红，也亏了两个女儿和思鑫坊的街坊邻里帮衬。

这天晚饭点，程老板又给徐淑芬送了一份桂花莲藕，徐淑芬还乐呵呵说道："这年头坏心肠的客人倒是多了不少，点了菜，店家炒了，他却又不要了，这不是让店家难做人吗。"

丁满红和丁满青尝了一口后竟然相视而笑。徐淑芬皱着眉头问二人到底笑什么，丁满红便咯咯笑道："这个程老板是个好人，这明明是新炒的菜，却硬说是客人点了又不要的。"

徐淑芬不解道："为啥这么说？"

丁满青拉起徐淑芬的手，放到菜碟底部道："奶奶，你摸摸，烫乎乎的吧？"

"没错，那又怎样？"

丁满红咯咯笑道："客人点了菜，又不要了，等到程老板拿过来，这菜早就凉了，哪里还会是烫乎乎的。"

徐淑芬一拍脑门道："你们两个小滑头，聪明得很哪！那为什么以前不说？"

"说了怕奶奶拒绝了，那我们就没好吃的了。"丁满青嚼着莲藕，满嘴糖水。

徐淑芬看了心疼，她摸摸丁满青的脑袋，心里寻思：这两个孩子也是苦命人，父母去世后，跟着自己，只怕是要一直吃苦了。而且，自己也不知道还能活多久，到时候便只能指望满红养大满青了吗？

徐淑芬正琢磨着，丁满红同时也在琢磨，刚才她突然想到了一个重开雪晴早饭店的办法——好好跟程老板学炒菜！她不仅可以做出好吃的饭菜给奶奶和丁满青吃，还能重开雪晴早饭店，继续爸爸妈妈的梦想。

这之后，丁满红就更加拼命缠着程老板拜师了，程老板拗不过她，便让她从最基本的刀工开始学起。丁满红一听就不高兴了，她希望从最好吃的菜开始学起。程老板傻眼了，解释道："刀工不行的话，就做不出最好吃的菜。"丁满红这才勉强同意先学刀工，但是让程老板先教她一个普普通通的菜，她希望可以让奶奶和丁满青马上吃到她做的好吃的菜。

程老板就教了她一手杭三鲜的烧法。丁满红仔细观察，把要点牢牢记在心里，随后马上跑回家记在本子上。她照着本子记的做法，严格把握佐料和火候，第一份出锅的杭三鲜竟然得到了丁满青和徐淑芬的称赞。二人都夸丁满红简直就是小厨神，一出手就做出了不输程老板的美味。

丁满红尝了一口也被自己的能力惊呆了，她差点哭了出来，因为她马上想到，这样的话，自己或许真能重开雪晴早饭店，只是把早饭店换成菜馆就可以了。只不过她马上想到一个隐忧：她是严格看着自己记录的菜谱和佐料用量做出来的菜，如果脱离了小本子，她一急，怕是怎么炒法、放多少佐料都记不住了。

在之后尝试脱离小本子的过程中，丁满红确实被记忆力这个东西直接打败了，所幸她乐观积极，马上想到办法：书读百遍，其义自见，那么做菜也是一个道理，只要把炒法和用量变成一个习惯，她就可以做出好吃的菜。所以在之后很长一段时间内，徐淑芬每天午饭晚饭都是杭三鲜，而丁满青中午放学，就会看到丁满红拎着饭盒在校门口等他。连着吃了几天后，丁满青终于忍不住告诉丁满红，让她不用给自己送饭了，他可以吃食堂。

丁满红不悦道："是不是我做的菜不好吃？"

丁满青长叹一口气道："姐姐，你每天的不好吃还都变了花样，一会儿咸，一会儿甜，一会儿还夹生，我真不知道怎么说你了……姐，要不，我们换行吧？"

丁满红眉头皱成了三条线，气鼓鼓道："我记性是不好，可至于像你说的那样吗？"说完，丁满红自己就叹气了，她知道丁满青说的是实情，心中颇受打击，自己连一个菜都做不好，还说什么当丁满青的监护人呢，又怎么可能把雪晴早饭店重新开起来呢？

更令丁满红受打击的是程老板的店关门了，因为思鑫坊里最近都做起了服装生意，大家都把自家楼下的房间改成了店面，然后进口一些国外的服装来卖。本来，这只是思鑫坊里几户人家在干的事情，没想到后来赚钱了，大家就都这么干。经过报纸一宣传，思鑫坊成了远近闻名的杭州城里专门卖外贸衣服的地方，很多人来思鑫坊里买外贸衣服。可以这么说，几乎每一家开外贸衣服的店都赚钱了，当时已经流传起这样的老话了："外贸衣裳卖起来，洋楼洋车买起来。"不仅是思鑫坊里的街坊邻里趋之若鹜，连外地人，特别是温州人，都来这里租赁店面做外贸衣裳的生意。

程老板看卖衣服这么赚钱，就把饭馆关了，也卖起了衣服。丁满红傻眼了，虽然程老板说可以私底下找他学厨艺，可丁满红执拗起来，偏偏就不肯去学了。

这时候，丁家祥隐忍了许久后，终于决定对祝敏说出领养丁满青的想法。其实他和祝敏生活挺幸福的，祝敏的家境也确实帮了他很多。可是二人只有一个女儿祝萌萌，现在读初中了，脾气不好，学习还不争气，二人都不想去参加祝萌萌的家长会，因为每次参加都是被老师数落，被其他家长揶揄。丁家祥是看准了丁满青将来一定有大出息，如果能领养他当干儿子，自己的晚年就不用愁了。

丁家祥考虑到说服祝敏需要一点手段，那天便假装生病，让祝敏代替自己去参加丁满青的家长会。祝敏回来后，丁家祥便问她什么感觉。

祝敏捂着嘴笑，说自己被拍了一天马屁，还是挺享受的。祝敏这番话是真心的，以前祝萌萌的家长会是摆在家里的大难题，丁家祥夫妻俩总是想尽办法逃脱，让对方去参加，因为家长会除了被老师批评，就是被其他家长羞辱。丁满青的家长会让祝敏第一次体会到，作为全年级第一的学生家长是怎样的感受。

丁家祥乘此机会提出自己的设想：他打算领养丁满青。

祝敏一听犹豫道："满青是个可怜的孩子呀。他人很乖，成绩又好，长得也像他妈妈，将来一定是个俊小伙子。其实我们能出一点力，帮他一把也是应该的。只是这样的话，萌萌一定会很难过，她要是想歪了，那可怎么办？"

丁家祥早考虑过这个问题，他一边给祝敏按肩膀，一边说道：

"萌萌将来有没有出息，说好听点是个未知数，但是满青不一样，他已经开奖了，是个头等奖。如果我们这时候帮他一把的话，将来我们养老就有着落了。对萌萌来说，就算她将来一事无成，也多了一个可以照顾她的人不是？她会感激我们的。"

祝敏眯着眼享受着按摩："话是这么说没错，可是就算我们同意了，还不知道我爸妈怎么想呢。就算他们同意了，也不知道你妈同意不同意。还有满红呢，她折腾起来，我们也受不住啊。"

丁家祥道："这些事情就交给我了，只要我们达成一致，其他事情总有解决的办法。再说了，只要我们一心为满青好，事情总能成的。"

祝敏弹开他的手，不悦道："拿开拿开，你的心思我还不了解吗？你就是嫌我没生出儿子来，所以想找个有本事的干儿子！"

"我发誓，我绝没有这种想法。"丁家祥抓住祝敏的手道，"我当初和你结婚，又不是为了生儿子。我是真的想帮满青，也想帮帮我们自己。你爸马上要退下来了，我也没什么本事，没大出息，萌萌就更加不用指望了。我就想，等我老了，可不能让你吃苦啊，我看你挺喜欢满青的，这才敢提这件事。"

"行了，行了，这件事情我准了，我爸妈那里我去说，你家里那就靠你了。成就成，不成就拉倒了啊。"

祝敏准了此事后，丁家祥这才敢真正动手办这件事。他怕祝敏不同意，她父亲一怒之下，把他从主任的位置上拉下来，那就偷鸡不成反蚀把米了。现下既然祝敏同意了，他马上就跑了民政局，询问领养的事情，结果得知：他这情况不符合领养规定，因为丁满青还有徐淑芬和丁满红两名监护人。

丁家祥便来到思鑫坊找丁满红，他骗丁满红说自己是来看望徐淑芬的，顺道过来看看大哥丁家民的宅子，他好久没来这里，甚是怀念。丁满红虽然觉得有点儿奇怪，却也没多作怀疑，就让丁家祥自己随便看，她正忙着给丁满青做午饭呢。

丁家祥看到餐厅墙壁上贴了不少丁满青的奖状，心中寻思：大哥到底是大哥，真有本事，竟然生了两个聪明绝顶的孩子。当年满红小学还没读完，这里奖状就贴满了，现在看满青，似乎比满红还要聪明。

他到处走到处看，时不时翻翻看起来像是丁家民用过的书桌和抽屉，最后他在阁楼间找到了自己想要的东西：丁满红的残疾证明。

丁家祥将证明塞进公文包就去找徐淑芬了。丁满红完全不知道丁家祥的坏心思，心中想：小叔这模样怪怪的，莫非是想起之前被爸爸教训的事情了？丁满红这么想着，自己还偷着乐。

丁家祥跟徐淑芬直接说了自己的想法，徐淑芬当即否决，她怒道："我还活着，就不可能让你胡来，我和满红可以把丁满青照顾长大！"

丁家祥苦口婆心劝说道："妈，我知道你和满红都没有收入，没有钱怎么养大一个孩子，特别是满青这样的天才！你可能觉得只要省吃俭用把满青拉扯大就行了！可满青需要的不仅仅是长大！他需要资源，他是个天才，他需要更好的学校，需要更好的教育资源和成长资源！这些你们都给不了他，而我和祝敏的爸爸能够给他！"

徐淑芬怔住了，她也不是老糊涂，知道丁家祥说得有一定的道理。这些天她身体恢复了很多，也时常在思鑫坊走动了，她也看到不少开服装店富起来的人家都把孩子送去什么培训班。她也听人建议，说现在小学就算了，但初中怎么也得把满青送去二中、十三中或者文澜中学，要不然这个好苗子就废了。

徐淑芬明白个中道理，但还是摇头道："不管怎样，领养我绝不同意，满青和满红是家民和雪晴留下来的孩子，这个不能改。"

丁家祥看到母亲态度坚决，便按照之前计划好的策略，决定自己退一步以图"大业"。

丁家祥道："那这样，妈，我不是领养，只是收养，我不去民政局办手续，但是满青跟着我们生活，由我和祝敏出钱养他，供他去更好的学校，你觉得怎么样？"

徐淑芬有点惊讶道："你真的不强求满青当你干儿子？"

丁家祥道："大哥的儿子和我的儿子有什么差别？就算认了干爹，不还是姓丁？不对，认了干爹那还姓祝了，我倒更不高兴了。还是姓原来的姓好，姓丁，那还是我们丁家的种啊！"

丁家祥一开始只想哄徐淑芬，说着说着自己倒也觉得还是不认干爹好了。他入赘祝家，早觉得低人一等了，生了个女儿都不能跟自己姓，就跟没生一样。如果收养丁满青，那么对外人来说，丁满青还是叫丁满青，姓丁的，可不就是跟他姓了一个样？

丁家祥越想越觉得自己英明，他也看得出来，母亲几乎已经同意了，接下来只差说服丁满红了。徐淑芬提醒丁家祥，自己虽说同意他收养丁满青，但丁家民临死前嘱托了的，丁满青的监护人是丁满红，只要满红不答应，她也不会答应的。

丁家祥便在思鑫坊里瞎晃荡，边晃荡边琢磨怎么说服丁满红。他离开思鑫坊的时候，这里还是一片孤零零的石库门建筑，家家户户都在厂里上班，拿着工分。丁家祥便是嫌弃这样的日子穷苦，也没有什么奔头，这才抓住祝敏这根稻草，入赘了祝家，又靠着祝家当上了街道办主任。他没有想到的是，这短短十几年下来，如今的思鑫坊竟然发展得如此之好，不仅丁家民和俞雪晴开起了连锁早饭店，其他个体户在思鑫坊也蓬勃发展。他和思鑫坊的街坊聊，得知思鑫坊走出去的人更不得了，有在国外闯荡的，也有在上海开了大公司的，总之大家伙都认为，赶上了这么一个好时代，只要踏踏实实力求上进，一定可以做出一番事业来。

丁家祥觉得思鑫坊和自己离开的时候不一样了，虽然说不上哪里不一样。

之后，丁家祥隔三岔五就去找丁满红谈收养丁满青的事情，丁满红每次都是严词拒绝。在丁满红看来，小叔是个大坏人，居然想要拆散她和满青，简直是罪大恶极！丁家祥担心自己再被丁满红咬，每次洽谈都小心翼翼，结果还是被丁满红咬了好几口。

这天丁家祥戴着手套来到思鑫坊，他决定下狠手了，因为祝敏那边都搞定了，祝家的人都同意他收养丁满青了，祝萌萌也勉强接受了丁满青，反正不影响她在家里的地位。

这几天思鑫坊里热闹非凡，每家每户门框上都悬上了国旗，大家都在喜迎香港回归。丁满红心情也不错，早上送丁满青去学校的时候，还跟他复习了一下杭三鲜的制作流程和佐料分量，她竟然全部记住了。丁满青为此还竖起大拇指，说姐姐可以学下一道菜了。丁满红也很高兴，下午丁满青运动会有短跑比赛，她打算做最好吃的杭三鲜给丁满青送过去。

看到丁家祥进屋，丁满红察觉到了危机，当下要把丁家祥赶出去，可丁家祥愣是抵住门，硬生生挤了进去。

"小叔，你又来做什么？我要打110了啊！"丁满红态度坚决。

丁家祥吓了一跳，他没想到丁满红的反应这么激烈，但他这次是有备而来。他告诉丁满红说："你奶奶已经答应了，因为我会把满青送去最好的中学，而满青跟着你则永远只能在最差的中学。"

丁满红噘嘴道："不用你管，满青喜欢跟我在一起。"

"可是这样你只会害了他，你希望他成为宇航员对吧？你现在还每天给他读航天报道，是吗？"

"是《丁家航天摘抄》！"丁满红纠正。

"没错，是《丁家航天摘抄》。可是你知道吗？如果是你照顾他长大，他这辈子都没法成为宇航员的！要想成为宇航员，必须进入最好的中学，然后再进入最好的大学，这个靠你和满青自己是做不到的，小叔能帮你做到。"

丁满红没有继续说话，她恨死丁家祥了，在她眼中丁家祥就是大恶人。丁满红把杭三鲜盛入饭盒，抱起饭盒就往学校跑。她不打算再和丁家祥谈任何有关丁满青的事情，可她跑了半天，回头一看却见到丁家祥竟然不紧不慢地跟着。

丁满红到学校的时候，正轮到丁满青参加短跑决赛。

丁满青远远看到丁家祥和丁满红起了争执，心中一急，在冲刺的时候脚下打了个踉跄，竟然一下子摔倒在地，也可能是没吃饭血糖低，竟晕了过去。丁满红看到了后急了，冲上去就抱起了丁满青，她打算马上送满青去医院，丁家祥在后面喊："别动他，别动他！"

丁满红只以为丁家祥在阻挠他，更加生气，不想学校老师也都冲过来，从丁满红手里夺下了丁满青，把他放到地上后马上拨打了120。有老师还告诉丁满红，因为不知道丁满青伤到哪了，所以最好别动他，万一伤到的是脊椎，动他会有可能引起高位截瘫。丁满红一听吓傻了，眼泪夺眶而出。

救护车来后，丁满红说自己是丁满青的监护人，还把丁家祥也叫上了车，一起去了医院。医生检查了后，跟丁满红说没什么大碍，伤的不是脊椎。如果是脊椎的话，那丁满红之前抱着丁满青到处跑动，丁满青下半辈子可能得在轮椅上度过了。

在病房里，丁满红抓着昏睡中丁满青的手，焦急地哭，嘴上念念有词，说："都是姐姐不好，差点害得你真的受重伤。"

丁家祥在一旁默默看着，心想这是一个好机会，他从包里拿出了丁满红的残疾证。

丁家祥道："满红，你也希望满青好，对不对？"

丁满红哭道："我是满青的监护人，我应该照顾他，而不是让他受这么重的伤！我不能没有满青！我不能的！"

"你没法照顾满青长大的，说实话，你其实也只是个十二岁的孩子。这一次，你差一点儿就毁掉满青了。你是监护人不假，可你其实也不是监护人。你看看，这是你的残疾证，有这个证明，加上你没有工作，没有收入，法院就会判你没有资格当满青的监护人！"丁家祥使出了撒手锏。

丁满红之前也想过这个问题，她还暗暗安慰自己，说没有关系，很快满青就会长大，而适合她的工作也总会有的。可丁家祥这么一说，她顿时明白自己之前只是在骗自己玩而已。她找不到工作的，满青也没那么快长大，而且满青这么聪明，这么完美，小叔确实能帮助他更好地成长。丁满红一下子哇哇大哭起来。

丁家祥知道自己的撒手锏奏效了，他柔声说道："满红，小叔不是坏人，小叔只是想帮你和满青。小叔不会拿这些去法院，这样你还是满青的监护人，只是满青跟着小叔生活，住到小叔家里，你还是可以经常来小叔家看满青，只要你愿意来的时候，你就可以来。"

丁家祥知道差不多了，就让丁满红考虑一下，考虑清楚了可以打电话给他。

丁家祥走后，丁满红抱住昏睡的丁满青啜泣了好久。

丁满青没有大碍，在医院待了一天就出院了。丁满红带着丁满青回家后，就跟奶奶说了自己的决定，她放弃了，她打算把满青托付给小叔。徐淑芬听了无言，只是抱着丁满红哭。

丁满红在徐淑芬怀里轻声问："奶奶，我是不是一点儿用也没有，是个废物？"

徐淑芬生气道："别这么说！我家满红本事大着呢，你浑身上下都是优点！"

"比如有什么优点？"

徐淑芬傻眼了，她没想到丁满红会这么问，支支吾吾道："善良啊，勤快啊，聪明啊……"丁满红噘着嘴，这些夸奖她听徐淑芬说得多了，早就不信了。

丁满红道："那些没用，很多人都善良勤快，而且我也不聪明了……"

徐淑芬急道："奶奶坚信一点，我们家满红呀，一定会有璀璨的人生！因为……因为满红你是出生在1978年的孩子呀！1978年，我们这个火红的年代正式开始了，不是吗？你叫满红，你的人生也一定会红红火火，与众不同的！"

丁满红皱眉看着徐淑芬，她倒是第一次听到徐淑芬这样夸她，心中一下子也想不出反对的理由。

丁满青身体恢复后，丁满红还是每天接送丁满青，给他做好吃的，而且还破天荒地带他去看了一场电影，给他买了汽水，跟他讲爸爸妈妈和汽水瓶的故事。

这天丁满红去学校接晚了，又看到丁满青一个人靠在门口的围墙上睡着了，就轻轻走过去，将他背到了背上。

这时候丁满青醒了，轻轻叫了声"姐姐"。

丁满红说："别说话，就睡一会儿吧，没事。"

丁满青说："我睡不着了，有一个问题，我已经知道答案了，但是我想听你亲口说出来。"

丁满红边走边说："你问吧。"

丁满青带着哭腔问："姐姐，你是不是打算不要我了？"丁满红呆住了，随即马上问他为什么这么想。

丁满青道："姐姐以前不让我做的事情，现在都带我做了，不舍得给我买的，现在都买给我了，我想来想去，结果只有一个，姐姐一定觉得我是个累赘，不要我了。"

丁满红放下丁满青，把他搂在怀里，跟着他一起边哭边说："姐姐没有不要你，姐姐……姐姐只是暂时和你分开一下，你要先去小叔家住一段时间，姐姐跟你保证，会尽快把你接回来！"

丁满青明白姐姐这段时间照顾自己有多辛苦，也知道家里现在的处境。事实上，这段时日丁家祥带着他参加家长会，总是给他买好吃的，还言语试探，丁满青或多或少猜出了一点儿眉目。

丁满青看到姐姐哭得比自己还伤心，顿时心疼起来。他憋住眼泪，去给丁满红擦眼泪，可是刚擦掉一些，更多的眼泪就涌了出来。丁满青急了就喊："姐姐，你别哭了，我答应你了，只要你尽快接我回去，我就去小叔家，我还会很乖的。"

丁满红一听更伤心了，哭得也更大声。

丁满青急得直跺脚，他脑筋一转，大喊道："姐姐，我给你变个戏法吧！你看我的手掌，怎么忽然不见了！"

丁满红扑哧笑了出来，敲了一下他脑袋道："你手掌缩到袖子里了！"

丁满红和丁满青一起笑了好久，好不容易丁满红才停住了笑声，她摸摸丁满青的脑袋，把他重新背到背上，丁满青则哼起了"日落西山红霞飞"。

这首歌是丁满红教会他的。夕阳西下，丁满青和丁满红都觉得回家的路怎么这么近。

丁满青搬到丁家祥家没几天，就是1997年7月1日了。这一天整个杭州城都热闹得不行，唯独丁满红根本不想去凑这些热闹，她把自己关在家里，关了整整一天。

这天，潘小多从学校偷跑了出来，他担心丁满红出什么事，径直跑到了丁满红家。

那时候天已经黑了，潘小多在那疯狂敲门，可把丁满红吓得不轻。等听清楚是潘小多的声音后，她才兴奋地跑去开门。

潘小多说要带她去一个地方，他拉着丁满红的手就跑，跑出思鑫坊后上了公交车。到了解百天桥那里，潘小多拉着丁满红下了车，随后进入了正在热闹营业着的解百百货。

这一天是中华人民共和国历史上具有重大意义的一天，解百百货里也是人满为患，丁满红不知道潘小多拉着自己来干吗，只能盲目地跟着。潘小多拉着她走了一会儿后，进入了楼梯间，潘小多走到一个台阶处，指着那个台阶说道："我没法给你买下来，对方不肯卖，但是我给你偷了这个，不知道能不能算帮你买到了解百百货的台阶！"

潘小多说着从裤兜里掏出了一块水泥块，丁满红接过水泥块，发现那个台阶处果然缺了一块，和这块水泥块还正好吻合。丁满红急道："你偷……偷个水泥块做什么呢？我那信里只是说说……"

潘小多笑了："对我来说可不是说说！"

潘小多看到丁满红嘴唇很干，想到二人一路跑来，丁满红肯定口渴了，就让她坐这儿等一下，他去买饮料。

丁满红就坐到了那个台阶上，拿着手里的水泥块凑上去，看到严丝合缝地吻合在一起，她就咯咯笑起来。她心里觉得暖和，也不明白这到底是什么感觉，反正感觉之前所有的阴霾一扫而空，觉得自己还是一个幸福的人。

当看到潘小多过来的时候，丁满红更加傻眼了，因为潘小多手里提着一个汽水瓶，正是丁家民和俞雪晴定情的那种汽水瓶。

潘小多给她咬开瓶盖，说道："给你。"

丁满红接过汽水瓶还没来得及喝，一个保安从门口走出来，看到潘小多就大喊起来："浑小子，又是你！又想来撬台阶吗？"

潘小多哈哈大笑："怎么，我又撬下一块，你能拿我怎么的？"

潘小多说完，拉起丁满红的手就往楼下跑。丁满红一手抓着汽水瓶，一手被潘小多牵着，她一边跑，一边心疼洒出来的汽水，心中却想着：潘小多啊潘小多，你等我把汽水喝了多好呢，我是真的口渴呀。同时她又想到了满青，她心中暗自发誓：满青，很快我就会把你接回来，姐姐保证！

第十三章

　　丁满红很想把弟弟接回来，自从弟弟被小叔丁家祥接走后，她每天都在谋划这件事情。丁满红只要有空就会在傍晚时去弟弟的学校，躲在大门不远处的老银杏树后面，一到放学点，丁满青总是和同学有说有笑地走到校门口，随后和同学们分手。

　　丁满青会和同学们说不和他们一路走，因为叔叔会来接他。实际上，同学们走了后，他会在校门口站一会儿，然后径直走去公交车站，坐公交车回家。丁满青这么做，是因为他知道丁满红就躲在银杏树后面，所以他会故意在校门口多站一会儿，有时候他会在校门口的球形石墩上坐着，假装看看天；有时候会翻翻书，总之就是为了让姐姐多看看自己。

　　去公交站的路上，夕阳会把丁满青的影子拉到老长。他看着自己的影子就会感伤起来，他会想到自己爸妈去世后，姐姐每天会接自己放学，她会背着自己走在夕阳下，一起哼着"日落西山红霞飞"。

他知道姐姐丁满红此刻一定远远跟在后面，有时候她的影子甚至都会伸到自己脚边，但他没有回头，也没有说破，因为丁满青知道，姐姐既然什么都不说，他就应该装作一无所知，如果姐姐这时候冲到他跟前，那么此刻就是可以跟姐姐回家的时候了。

事实上，丁满青知道姐姐不肯现身的原因。

那是在一周前，奶奶徐淑芬再次生病住院了。丁满青就缠着叔叔去医院看望奶奶。在病房里和奶奶聊了一会儿，丁满红就偷偷拉起丁满青的手，说要给他买汽水。

丁满青高高兴兴地跟着丁满红到了医院食堂。买了汽水后，丁满青喝着汽水，坐在医院院子的长凳上，听丁满红讲她在思鑫坊遇到的各种好玩的事情。丁满青见到姐姐这么高兴，心里也高兴，他隐约觉得自己要回家了。

丁家祥看望完徐淑芬后，丁满红拉着小叔就往外走，丁满青在后面偷偷跟着。丁满红和丁家祥在医院后门的巷子处起了争执，丁满红跟丁家祥要求接丁满青回思鑫坊一起住，因为她找到了工作，已经可以照顾弟弟、养活弟弟了。可丁家祥却告诉丁满红，说清洁工不叫工作，死活不同意丁满青回思鑫坊，还劝丁满红以后少去丁满青学校附近转悠，说她穿着杭氧厂清洁工人的服装，会让满青被同学们笑话。丁满红急了，咬了丁家祥一口就跑了。丁家祥捂着手，气鼓鼓地要追，这时候丁满青冲出来拉住了丁家祥的手，丁家祥尴尬地笑了笑道："行了，我不追。"

那以后丁满红就老是以"偷看"的方式存在于丁满青周围。

最近，丁满红产生了一个想法，她想找一个适当的时机，冲上去拉住丁满青就跑，反正她有工作了，总能养活弟弟和奶奶。为此，丁满红还想了很多招，比如可以带丁满青去上海，思鑫坊里很多人做生意去了上海，她觉得自己也可以带丁满青去上海，到了上海，她继续找清洁工的工作，她的工作做得很好，从进杭氧厂第一周开始，就一直是每周的明星清洁工。她相信凭自己的本事，在上海也能找到清洁工的工作。

她还特地写信告诉了潘小多自己的想法，结果被潘小多回信严厉批评了，并禁止她做出这种行为。潘小多将之形容为"拐带亲弟弟"，潘小多说那也是犯法。丁满红被吓到了，正在犹豫要不要放弃这个计划时，雪上加霜的事情发生了——丁满红被开除了。

丁满红当时就找到厂长要一个说法，厂长支支吾吾，一直顾左右而言他，最后老厂长叹了口气，让她在辞职报告上签字，厂里可以给她多发三个月薪水。丁满红不肯签字，非要老厂长给一个说法。老厂长只能告诉她，说是有人举报她是智障，还说她打扫生产车间会带来安全隐患；还有人匿名举报，说多次看到丁满红乱动里面的按钮，如果不处理这事，他就要找媒体了。丁满红傻眼了，就质问厂长："如果这些举报都不属实，那该怎么办？"可老厂长摇头道："满红，你爸丁家民也在这里待过，你的情况我很清楚，可是现在最好的办法，就是你离开杭氧厂，不能因为你一个人，让杭氧厂的信誉遇到危机。你可以恨我，但别恨杭氧厂，毕竟在你找不到工作的时候，杭氧厂给了你工作。"

丁满红知道老厂长说的没有错，所以她最后还是签了字。

那天她还要接徐淑芬出院。回家的路上，徐淑芬察觉到丁满红的状态不对，就试探说幸好丁满红有了工作，要不然她现在这副老骨头，活着纯粹就是拖累。

丁满红强压住心中的悲痛，笑嘻嘻地告诉她："奶奶，说句不好听的，你再生几次病都没关系，我能挣钱。"

"你这臭丫头怎么说话的！欺负我老太婆是伐？"徐淑芬笑着说道。

丁满红赶紧捂嘴，随后嘿嘿笑。丁满红这是故意装出轻松无压力的样子给徐淑芬看，她不想让奶奶担心。徐淑芬当时确实被丁满红这玩闹的样子唬过去了。

不过当天晚上，徐淑芬半夜起来上厕所，经过丁满红房间的时候，她却看到丁满红坐在床沿，手里拿着一家人的合照偷偷落泪。

这天早上，天刚蒙蒙亮，徐淑芬就爬起来了，她自己擀面，给丁满红做了一碗雪菜肉丝面。徐淑芬闻了闻味道，还没开口自夸，丁满红就嚷嚷道："好香啊，一闻就知道是奶奶做的雪菜肉丝面"。

丁满红吃面的时候，徐淑芬旁敲侧击，想知道丁满红是不是工作上出了问题，但丁满红连说没问题。她很快吃完面，洗了碗后就说要上班了。徐淑芬喊都喊不住，看到丁满红急匆匆出去的背影，徐淑芬摇头叹息："这天都还没亮，你是要走去厂里吗？"

丁满红当然不是要走去厂里，她是要去丁家祥家。

丁满红坐在丁家祥家所在的小区门口围墙边上，靠着墙，等着丁满青出门上学，她还没看过早上刚出门上学的丁满青的样子。等着等着，一晚上没怎么睡觉的她竟然睡着了，直到被一片哄笑声吵醒，这才明白自己靠着墙睡着时，嘴巴张得很大，还发出了呼噜声，所以被路过的孩子嘲笑了。

丁满红擦擦嘴角的口水站起身，正想教训教训眼前这几个十来岁的小毛孩，这时候她看到丁家祥、丁满青和萌萌从小区出来，所以马上溜到一旁的大树后。

丁家祥伸出手："满青，昨天姥爷给你的钱，我帮你保管。"

丁满青脱下书包，从里面拿出一张一百块的钱递给丁家祥。

丁家祥摸摸满青的头说："这就对了，记住，不要和你婶婶说，这钱我只是暂时保管，等你长大了，我再还你。"丁家祥说完，哼着小曲儿上班去了。

此时，萌萌又伸出手，丁满青摇头叹息，再次从背包里掏出两块钱，抽出一张给萌萌。但萌萌直接抢走了两张一块的，反手从口袋里掏出两毛钱塞给丁满青。

"别一脸不高兴的样子，这些钱都是我妈给你的，她是我妈，不是你妈，所以我花这钱是理所应当的！"

"姐，两毛钱只够在食堂买米饭。"

"买米饭就够了，你这么聪明，难道还想不出办法不花钱买到菜吗？"

萌萌说完，嘻嘻一笑，往另外一个方向走。丁满青摇着头，再次背上书包。等他背完书包，就惊讶地发现丁满红站在他的面前，两眼含泪。

丁满青怔住了，他看着姐姐丁满红，丁满红也看着他。这时候，丁满红做了一个决定：带他走。

丁满红冲了上去，拉住弟弟的手就跑。丁满青起先还有点儿犹豫，但他马上就下定了决心，嘴角还扬起了笑意。

"姐姐，我们去哪儿？"

"还不知道。"

"嗯，去哪儿都没关系。"

"那我们就到处去。"

"嗯，这样小叔他们就找不到我们。"

丁满青握紧了姐姐的手，跟着姐姐一路狂奔，他脑中突然想起了看过的一个词："亡命鸳鸯"。可他马上摇头，这"鸳鸯"两个字可不是用在这种地方的，"亡命"也不是很符合他们现在的状态。丁满青脑中略一盘算，就又点起头来，他心想：不过，鸳鸯是一雄一雌，我和姐姐也是一雄一雌，这么形容的话，也有一种很悲壮的感觉⋯⋯

丁满红"拐走"丁满青的事情在当天中午就被发现了。学校的班主任没见丁满青上学，十分担心，所以就打电话到了丁家祥的办公室，这才得知丁满青早上是出门上学了的。

丁家祥也担心丁满青出什么状况，问萌萌呢，萌萌又是一问三不知。丁家祥只好赶紧回到小区，沿着丁满青上学之路询问，最后还真被他问到信息：丁满青是跟着一个年轻姑娘跑了。

年轻姑娘？丁家祥一拍脑门："八成是丁满红！"

丁家祥当即跑到思鑫坊，威胁徐淑芬说如果找不到丁满红就报警，然而徐淑芬可不信丁满红会"拐走"丁满青，她只说丁满红一大早就出门了，让丁家民去杭氧厂问问。丁家祥一听，就告诉徐淑芬丁满红被开除了，现在是无业游民。徐淑芬心中咯噔了一下，心下也觉得这种情况丁满红真有可能和丁满青在一起，但她脸上不露声色，反倒质问道："没工作了怎么着？满红也没要你帮忙养过！你当小叔的，有关心过她吗？别说她了，我这个当妈的也没得到你一点好！"

丁家祥可不想挨训，当下嬉皮笑脸，连连说是，找了个机会就开溜了。到了思鑫坊外面，丁家祥回头看了眼思鑫坊，心中有气，就掏出手机打了报警电话。警车来了以后，就停在思鑫坊门口，丁家祥跟办案民警说起满青被满红"拐走"的事情，振振有词，一口一个我儿子，围观的邻居就挤对他说："家祥啊，没想到你还能生个带鸟鸟的！"

这件事民警的处理还是很慎重的。不管丁满青是不是跟着亲姐姐走的，可他毕竟还是个小孩，带走他的人还是个有智力障碍的人，万一要发生点什么意外，那后果也是不堪设想。

所以民警回报队里后，警察马上就组织人员开始搜寻起丁满青来。

而此时，丁满红已经带着丁满青跑到一个垃圾回收站附近的桥洞里，天色阴沉，眼看要下雨的样子。丁满红就问丁满青冷不冷，还说自己出来得急，也没想到这天气说变就变，所以也没多带件衣服。

丁满青紧紧衣领，说道："姐不觉得冷，我也不会冷。"

这时是1998年的5月，回收站的房间里还传出来收音机的声音，里面正在播放《相约九八》，"来吧，来吧，相约九八。来吧，来吧，相约一九九八……"

丁满红肚子咕噜咕噜叫出了声，她不好意思地笑了，说："我去给你买点东西吃。"丁满青点点头。丁满红起身的时候叫道："哎呀，我忘了带钱了。"丁满青一笑，取下书包，打开拉链，随后也苦笑道："我也忘了带钱了，姐，只有两毛，还不够买个包子的。"

两人坐在桥洞里犯难，肚子的咕噜声此起彼伏，和外面的雨声相映成趣。

丁满青小手撑着下巴，嘟囔："姐，你拿两毛钱去，或许能买个菜包。"

"那买了给你吃。"

"买了当然一起吃，我胃口小，吃一小口就行。"

丁满红皱眉道："那要么我回趟思鑫坊，然后我带你去上海。"

丁满青赶紧制止道："那不行，思鑫坊绝对不能回去。小叔那性

271

子，肯定去那里找我们了，说不定还报警了呢。"

丁满红看到陆续有人蹬着三轮车，穿着雨衣来到废品回收站。站里的工作人员只有两人，一名五六十岁的男人和一个年轻小伙，二人搬着垃圾，十分辛苦。丁满红就动了心思，她让丁满青别动，自己有点事出去一下。

丁满红跑到垃圾回收站时，浑身都湿了，她也没说话，闷头就开始干活。她有力气，扛起垃圾袋就问放哪儿，工作人员一开始愣住了，但愣了一会儿后就给她指了位置，丁满红就利落地扛着垃圾袋走去，整齐地把垃圾袋码好。

年长的工作人员见了，微微一笑，就和年轻小伙继续干活了。因为有了丁满红，这天的雨中作业完成得比平时快不少。天还没黑的时候，工作人员就笑着告诉丁满红："多谢你啊，小姑娘，以前我们都要忙到天黑呢。"

丁满红微微一笑："都忙完了，那我就走了。"

"你住哪儿？"年轻的工作人员问。

丁满红挠着头："暂时……就住那个桥洞，和我弟弟一起。"

丁满红挺怕这两人会细问，可二人对视一眼后却没再继续问下去。眼看丁满红要走，年长的工作人员拦住她说："你等等。"

年长的工作人员回到了屋里，片刻后拿着四个大肉包和一块干毛巾出来，说道："我们蒸包子的时候蒸多了……把多出来的东西给人，也挺不好意思的，见谅了，小姑娘。"

丁满红接过包子和毛巾，眼中含泪道："谢谢。"

年长的工作人员说道："我是这里的站长，我叫彭景东，这是我儿子彭前进，如果有什么困难，我们能帮上忙的，你可以告诉我们……"

丁满红猛摇头："那没什么困难……"

丁满红拿着包子，飞快地往桥洞跑。看着丁满红的背影，彭前进问道："爸，外面大雨，桥洞又冷，为什么不让她和她弟弟来我们屋里住一晚，我们有多余的房间。"

彭景东摇头说："每个人有每个人的难处……"

见到姐姐手里四个冒着热气的大肉包，丁满青原本饥肠辘辘，惺忪无神的眼睛突然闪着光亮。

"姐姐！大肉包！"

丁满红把一个大肉包塞到丁满青嘴里，丁满青咬了一口，满嘴油水。他高兴地擦掉油水，说道："好烫，好吃。"

二人很快把四个肉包狼吞虎咽下肚，天色亦晚，丁满青靠在姐姐的肩膀上，眯着眼，拍着肚子问道："姐姐，你去过上海吗？"

"没有。"

"我也没去过。姐姐你去过哪些好玩的地方？"

"我去过的地方你都去过。"

"姐，你好久没给我读爸爸做的《丁家航天摘抄》了。"

丁满红"呀"了一声，说道："可我没带在身上，不过，也带不了哦。"

"姐姐给我随便背一个吧。"

丁满红轻轻敲了丁满青的脑袋一下："就你知道我会背！"

丁满红随后背了起来："1990年，我国自行研制的'长征三号'火箭发射成功……"

丁满红背着背着发现丁满青睡着了，她轻轻抱紧丁满青，就像丁满青还很小的时候一样，她希望这样的日子可以一直持续下去，多苦她都愿意。

之后几天，丁满红每天都在废品回收站帮忙，换一口饭吃。她知道丁家祥肯定在到处找她和丁满青了，她打算在这个地方先躲一阵子，等风头过去了，她再去杭氧厂把补给她的工资拿了，带着丁满青到上海。但是想到去上海做什么工作赚钱，就让她头疼了。

　　而最让丁满红头疼的，还是丁满青发烧了，前几天还好，这几天却有点迷迷糊糊了。丁满青醒来的时候，看到姐姐一直抱着自己，就安慰姐姐："我就是淋了雨，所以感冒了，姐姐别担心。"

　　但丁满红想到自己当年也是发烧，然后送到医院后被诊断为脑膜炎，之后也是因为脑膜炎的后遗症才成了现在这样子。她害怕自己这次把弟弟带出来，不仅没照顾好弟弟，还把弟弟害得走上自己的老路。

　　丁满红急得团团转，一个劲儿问自己怎么办，怎么办。她觉得必须送丁满青去医院，必须告诉徐淑芬和丁家祥了，但又担心这样一来，弟弟丁满青就又要回到小叔丁家祥家了。丁满红最后还是没忍住，找了彭景东父子过来查看，二人看了后建议丁满红还是带丁满青去医院看看。彭景东还拿出一百块钱，说当这段时间丁满红的工钱，让丁满红别推辞。

　　彭景东开上了回收站的那辆小面包车，彭前进抱着丁满青上了车，丁满红则坐到了前座。丁满红感激万分，一个劲儿说自己将来一定会来报恩的。

　　彭景东笑笑说："先带你弟弟看好病，看好了，你要不嫌弃的话，你能帮我个忙吗？"

　　丁满红猛点头，说："你要我做什么都可以。"

　　"不是什么难事，但是需要你勤快、努力，因为收废品可不是轻松的工作呀！"

"你要我收废品，然后卖给你吗？"丁满红诧异道。

"对呀，怎么样？这么多天了，你应该也挺熟悉了，对吧？"彭景东的脸上带着笑意。

丁满红当然明白这不是要她帮什么忙，而是看出来她智商不是很高，也没有工作，是打算给她一份工作。因为怕自己觉得难堪，所以才说是要她帮忙。

丁满红点着头，眼泪却不自觉就流了下来。她想起母亲在她很小的时候说过的那句话。"这个世界，还是好人比坏人多，我们家满红也要努力做一个好人，不是因为好人有好报，而是因为做好人的话，不仅可以帮助他人，还可以让自己感觉到幸福。"

到了医院后，丁满红和彭前进以最快的速度把丁满青送去了急诊室，丁满红也马上联系了徐淑芬和丁家祥。她不懂说话的技巧，只顾着焦急地说丁满青可能得脑膜炎了。这一来，可把徐淑芬和丁家祥都急坏了，二人来到医院后，徐淑芬就坐在丁满红身边暗暗垂泪，丁家祥则去买了包烟，还抱怨道："都是因为你这个臭丫头，我都戒烟多少年了，现在又不得不抽根烟压压火气。"

医生很快过来告诉他们虚惊一场，丁满青只是单纯的重感冒，住院，吃点药，休息一阵就好了。徐淑芬顿时喜极而泣，抱着丁满红就笑起来，说："满红，你看你，吓得嘴唇都发紫了，奶奶就不慌，奶奶一早就知道满青铁定只是感冒。"

丁满红皱眉道："奶奶，那你刚才一直嘀咕祈祷什么呀？"

徐淑芬被丁满红一句话拆穿，她看看丁家祥，再看看一直陪在丁满红身边的年轻小伙子彭前进，轻咳了一声说道："奶奶那是祈祷吗？那是冻得。人一挨冻，不是上下牙齿打架嘛。"

丁满红点头，她觉得这么说也有一定的道理。

"是这个小伙子送你和满青过来的吗？"心头的石头落地后，徐淑芬终于可以关心其他事情了，所以他指着彭前进如此问道。

丁满红点头，赶紧介绍："他叫彭前进，是废品回收站站长的儿子。"

"站长的儿子呀，不错……"徐淑芬心里盘算：看起来不比潘小多差呀，我们家满红别看智商只有十二岁，倒还挺招男孩子喜欢呀。

"奶奶好。"彭前进跟徐淑芬鞠躬问好。

徐淑芬微笑着点头，懂礼貌，有教养，是个好孩子啊。"你结婚了吗？"

"什么？"彭前进没想到徐淑芬会问出这样的问题，不禁一怔。

"没结婚的话，有对象了吗……"徐淑芬没来得及继续问下去，就被丁满红制止了。

丁家祥看不下去了，他丢下烟道："行了，妈，你什么都忘了吗？你这个傻孙女偷偷带走了你的孙子，差点把他害死，你不好好教训她，倒在这里给她相亲起来了！"

"满青是我弟弟，我为什么不能带他走？"丁满红顶嘴道。

徐淑芬也不满意丁家祥这副嘴脸，问："是呀，我们家满红和满青，见个面怎么了？"

"她又不是要见面，如果只是要见面，她随时可以来我家见满青，虽然，那个……我也不能让他们随时见。她说白了就是拐带，要不是我念旧情，我现在报警，把她抓起来。"

丁满红一听就来火了，她冲上去揪住丁家祥的胳膊："你是坏人，你坑我爸妈店铺的钱，你抢走弟弟，不让我和弟弟一起生活！你之前说了，我有工作了，就可以接弟弟回家，但我找到工作你又反悔了！"

丁家祥急了，伸手要打，结果却被彭前进一把抓住了扬起的手。他一看彭前进，顿时气焰消减了几分，说道："我是真心对满青好，我愿意养他，把他培养成真正的人才，你们应该感谢我才对。现在倒好，真是好心当成了驴肝肺！再说了，你哪有工作了？你不是被辞退了吗？清洁工都做不好，你养得活你弟弟吗？"

丁满红内心被深深打击到了，她低下了头，松开了手。

丁家祥更加得意了，左右踱步后对徐淑芬说："妈，这回我就不计较了，可你真得管好满红，别让她再祸害满青了。"

"祸害？"徐淑芬一听，顿时怒火中烧，她脱下自己的布鞋照着丁家祥就打，"我怎么就生了你这个祸害！"

丁家祥被打得乱跳，这时候，护士跑过来说："丁满青的家属，你们可以跟我去病房了。"

徐淑芬边套鞋子边喊："满红，快扶着我，我们去病房看看满青。"

徐淑芬和丁满红离开后，丁家祥揉揉被徐淑芬打到的额头，上面肿了一块。丁家祥点了根烟，却看到彭前进没有离开，一直看着他。

丁家祥气呼呼道："看什么呢？"

彭前进咧嘴一笑，说道："我留下来是要告诉你，丁满红有工作了，这次也不会被辞退，她自己就是老板。"

彭前进说完就走，留下丁家祥咀嚼着这句话，越想越不是滋味。"怎么，她自己是老板？"

因为丁满青住院，丁满红把从杭氧厂结到的工资都花掉了，还问潘小多借了钱。但潘小多一个大学生，没有那么多钱，他问顾小七借了点，也极为不情愿地问肖丽华借了一点，总算凑了三百块钱先汇给了丁满红。

潘小多左思右想，觉得丁满红没有工作后，日子会很艰苦，弟弟生病，奶奶病又刚好，他想能更多地帮到丁满红，就回家问父母要钱。

苏雯一听儿子想要先拿两千借给丁满红，就和潘正义打起了小算盘。他们都知道儿子的心思，倒不是不想帮丁满红，他们只是不希望儿子跟丁满红过于亲近，所以最终苏雯决定：拒绝儿子的要求，如果丁满红找他们，他们自然可以相助，但让儿子帮助丁满红万万不行。

既然要不到钱，潘小多只能想其他办法。他留意到父亲刚刚发了工资，母亲也还没把这笔钱存到银行，他就在回学校上课之前偷出了一千块钱，还谎称是他问父母要的生活费，先交给了丁满红，等丁满红有钱了再还。

苏雯准备存钱时找不到这笔工资，当下就想到了潘小多，再一想就更确定，这笔钱现在肯定在丁满红手里。苏雯先是给儿子寝室打了个电话，要潘小多自己承认，要不然就要动真格了。潘小多当然矢口否认，苏雯冷笑了几声，挂掉电话后就直奔丁满红家。

丁满红此时正带人看房子，原来丁满红做了一个重大的决定：她想把房子租出去，自己则睡到奶奶的房子里去，这样每个月都会有一笔固定的收入。

苏雯道："哎哟，骗了我儿子一笔钱还不够吗？还想要租房子呢？这租房不会也是骗钱吧？"

看房的人一听，马上就说自己有事，走了。

丁满红非常生气，质问苏雯为什么要破坏自己的生意。现在外贸行业没那么景气了，她好不容易才找到一个真正有意向租房子的人。

结果苏雯反过来问丁满红："一个从不偷东西的人，突然为了你偷家里的钱，应该怎么办？"

丁满红哑然了，她察觉到苏雯话里的意思是在说潘小多，她马上想到了潘小多给她的那一千块钱。丁满红把这笔钱还给苏雯，还抱歉地说："你不要怪潘小多，这些都是我的错。"从小俞雪晴和丁家民就教导丁满红，偷东西是最不能做的一件事情，所以在丁满红的认知中，潘小多这一次是犯大错了。

苏雯本来只是想要回钱，也没想把事情闹大。她没想到丁满红把事情看得这么严重，她再看看四周邻居都围了上来，也狠不下心再说什么狠话了，只能把钱收好后叮嘱丁满红："找租客可得仔细着点，现在有很多租客坏得很，不仅不付房租，还把房子弄得一塌糊涂，如果有需要我可以帮忙掌掌眼。"

丁满青出院后就回到了丁家祥家。分别的时候，丁满红对着丁满青抱了又抱，最后轻声问丁满青："相信姐姐吗？姐姐一定会尽快把你接回家。"丁满青点头，说他永远相信姐姐。

回到家后，徐淑芬本来担心丁满红会低落，会伤心，甚至会一蹶不振。可没想到的是，丁满红花了半天时间就制订了一个计划，一个把弟弟接回家的计划。

丁满红把这个计划叫作"丁家姐弟团圆计划"，尽管这个名字后来被潘小多他们吐槽了很多次，但不得不说，它其实挺应景。

而这个计划的第一步就是养活自己和奶奶。第一步她已经在做了，把爸妈的房子租出去，她搬去和奶奶一起住。第一步的第二部分就是她要和奶奶一起创业。

徐淑芬听到这里问道："创业？我和满红创什么业呢？"

丁满红一字一顿，铿锵有力地说道："废品回收！"

徐淑芬有点担心："奶奶这个岁数，身体又不好，奶奶能行吗？"

丁满红点头，说道："奶奶忘了，我抓周的时候可是抓了九斤奶奶的铜钥匙呀，这个钥匙还在我抽屉里呢！我们只要学习九斤奶奶，她是怎么从无到有的，我们也能做到从无到有！"

徐淑芬呆住了，她看着丁满红，想起了在医院第一次抱起丁满红时的场景。那时候徐淑芬就产生了一种感觉：这个孩子将来一定不简单！

后来丁满红因为脑膜炎后遗症，智商停留在十二岁，她也就开始怀疑自己那时候的感觉了，她对丁满红的期望，也从跟九斤奶奶一样成为商业女强人，或者成为女宇航员，变成了只要平平安安地活下去就好。但此刻，徐淑芬脑中再次闪过了这个念头：或许，丁满红依然可以创造奇迹，拥有璀璨未来！

房子很快租出去了，丁满红拿到第一笔租金后，大部分给了奶奶徐淑芬，自己则拿着余下的一部分去买了一辆二手三轮车。丁满红早就做好充分的准备工作了，她跟彭前进仔细了解过所有废品的回收价格，全都记在了她的小本本上，她也了解过在杭州城中收废品三轮车是最适合的工具。小皮卡要花大价钱，她还得考驾照，自行车太小装不了东西，三轮车就是最好的选择。

潘小多给这辆三轮车装了灯，还给弄了一个扩音器，循环播放录下来的丁满红的话："冰箱电视洗衣机，硬纸板胶鞋底牙膏，都可以回收嘞！"丁满红对自己录音的版本还是很满意的，她认为字正腔圆，声音也很有穿透力。

这年夏天非常炎热，但每天一大早，杭州思鑫坊的居民就会看到丁满红和徐淑芬推着一辆破三轮车出发，车上有丁满红用红毛笔写的四个大字："废品回收"。

那天，马宁的妻子董伶俐赶早了出门，正撞见丁满红和徐淑芬出门，她们很热情地和她打了声招呼，董伶俐却流着泪跑回了家。马宁问她："怎么了？"她说："不知道怎么的，看到丁满红和徐淑芬推着三轮车出去，就想起了十多年前的丁家民，那时候丁家民也是一脸憨厚的笑，然后推着自己的早餐车出门，碰面时就会热情地打招呼。"马宁说："丁满红也会创业成功吧，也许说不定比她爸爸还要成功呢。"

徐淑芬坐在车上，丁满红推着三轮车，二人穿过杭州城一个又一个街道，一个又一个小区，从朝阳东升到华灯初上，从春去秋来，到冬去春归。伴随着她们的，除了那扩音器里不变的废品回收的喊声，还有那杭州城越来越繁华的城市喧嚣声。

累了的时候，徐淑芬和丁满红会把三轮车停在西湖边，二人坐在三轮车上，看看西湖水面静若处子，看看西湖边的车水马龙，谈一谈"废品回收"事业的计划和对未来的展望。

那天傍晚，丁满红很累很累，就趴在徐淑芬身上睡着了，徐淑芬抚摸着她的头发，轻轻哼着"日落西山红霞飞"。也不知道是做了什么梦，丁满红突然"哇"地哭出声来，轻轻叫了一声"满青"，然后又沉沉睡去了。

第十四章

潘小多没有想到自己竟然可以熬到大学毕业，他一直以为自己会在中途被退学。不过就算被退学也无所谓，本来他就认为大学里也学不到什么东西。他大学学的是水利工程，可他思来想去，也不觉得自己有通道走向国营的水利部门。他同班的顾小七也老是自嘲，说："虽然时代不同了，国家越来越富强，工作岗位也越来越多，可我们他妈的选了个好专业呀，我们的未来也许就是'河道清洁工'。"

"神奇的是，我马上要毕业了。社会是什么样子的？突然有那么一点点好奇，也许和小时候想的完全不同，又或许有一些相同的地方。谁知道呢？"潘小多在信纸上这么写道。写完信后，他把信投到了学校门口那个绿色的邮政信箱。

潘小多看到肖丽华站在学校门口，和几个公司老板样子的人在沟通。他看了几眼，随即转身默默走了，没想到肖丽华在后面喊他名字，还一路小跑追了上来。

肖丽华和潘小多肩并肩往前走，风吹过树叶沙沙作响，有一种轻吟美妙的感觉。

　　肖丽华一直摸着手里的小挎包，见潘小多不说话，她也琢磨了好一会儿才问道："你找到实习单位了吗？"

　　潘小多摇头，他给几个单位投过简历，可都石沉大海。对此他倒也没多在意，反正他投的时候也知道专业不对口，结果其实早就已经定了。

　　"有没有想过换个和专业不同的岗位？比如做保险？"肖丽华加快脚步，走到潘小多前面，转过身面对他。

　　"保险？"

　　"对，至少可以在大公司，也有机会晋升，而且我觉得保险行业很有前途。"肖丽华微笑着说。

　　潘小多问道："门口那几个人是保险公司的？"

　　"对，我已经被录取为正式员工了，等毕业证一拿到就转正，他们也答应我，可以让你先去实习……"

　　潘小多绕过肖丽华往前走："我不做保险。"

　　肖丽华转过身，看着潘小多的背影，她的声音在颤抖。"小多，那你想做什么？"

　　潘小多摆摆手，说："我没想过。"

　　"你要是确定了公司，告诉我！"

　　潘小多应了声："我先走了，顾小七还等着我打球呢。"

　　肖丽华没有追过去，她回头看看校门口的信箱，嘀咕道："又是给她写信吗？"

　　然而，这一次肖丽华估错了，潘小多这一封信是写给朱明伟的。收到潘小多的信时，朱明伟正嘴里咬着煎饼，背着双肩包，赶着去听学校大讲堂的金融讲座。

朱明伟赶到大讲堂的时候，里面已经坐满人。朱明伟找了一圈，也没在前排发现一个位置，最后他只能在最后排找了一个靠近门的位置坐下。趁着讲座还没开始，他赶紧打开潘小多的信看了起来。

"社会的样子呀……"朱明伟嚼着煎饼，"也许和我们想的都不一样吧。"

这时候人群骚动起来，朱明伟也赶紧把信塞进双肩包。他抬头去看，著名企业家陶建华此刻正走上讲台，朱明伟的眼中闪烁出难以言喻的热情。当陶建华演讲起来时，朱明伟打开笔记本做起了笔记。

演讲结束的时候，朱明伟拿着陶建华的传记，挤过人流跑向后台。在众多学校的老师和学生之中，他发现了在那默默收拾东西的陶建华。

朱明伟马上跑过去，向陶建华要签名。看到朱明伟递上来的书，陶建华笑了，说道："小伙子，你找我签名，却拿着我的盗版书。"

朱明伟吃了一惊，他收回书，说："我花了两天的饭钱买的，虽然打了折，还是挺贵的。"

陶建华摆手道："我有一个不成文的规矩，就是盗版的书我不签。我国的版权保护意识亟待加强，盗版那么猖狂，就是因为大家都觉得买盗版无所谓。"

"不不不，陶老师，我不是故意买盗版的，虽然不是新华书店买的，可我也找的是正规的书店……这本书我看十几遍了，一个错词错字都没有，我都没发觉是盗版，要不然也不会找您签名了。陶老师，我是您的忠实粉丝……"

陶建华说："我不会在盗版书上签名，这个原则我不会变。"

朱明伟就问："那……那我买本新的？"

陶建华原本已经走开，但他停住了脚步后转过身问道："你大几的？"

"大四，马上毕业了。"

"什么专业？"

"国际金融。"

陶建华琢磨了一下道："有没有空？一起吃个饭吧。"

原来陶建华新成立了一家投资公司，他也在物色一些有潜质的年轻人进入他公司实习。陶建华认为，对于一家成功的公司，成熟的中年中层领导和充满干劲的年轻人都是必不可少的。

陶建华带朱明伟去了学校附近的小饭馆，两人各点了一碗面。在等面上来的时间里，陶建华让朱明伟介绍一下自己，以及自己对接下来国内经济形势的看法。朱明伟于是大谈了一通自己的看法，他认为国内经济将进入一个新的高速发展期，特别是汽车、手机行业会迎来巨大的发展机会，绝对是投资的绝佳行业。

朱明伟说得口干舌燥，面一上来后先是喝了一口汤。

陶建华就笑话他说："照你说的去投资的话，那我一定亏得只能喝汤。"

朱明伟不好意思地笑了，说："我这些想法不成熟，我也想进入您的公司跟着学习。"

陶建华没有直接回答，只让他吃面，吃完面后才问他是否做好了足够的准备。

朱明伟连连点头："我在学校成绩很好，课余也一直在研究学习。"

陶建华摇头："不是学习上的准备，而是人格上的准备，要赚钱，就得出卖人格。如果你大学都要读完了，还没意识到这一点，那你的大学教得不合格啊！"

朱明伟有点吃惊，他虽然也听说过资本市场如狼似虎，但他没想到陶建华会这么赤裸裸地说出来。

"你要是做好了准备，我就亲自带你。"看到陶建华要付面钱，朱明伟马上抢着付掉。陶建华笑道："很快你就会发现，这是你这辈子吃得最赚的一碗面。"

当天晚上，朱明伟兴奋地睡不着，他同寝室的同学全都在呼呼大睡，打着响彻黑夜的呼噜，而他翻来覆去几番后就爬下了床。

他打开台灯，翻出潘小多的信，又看了一遍后开始给潘小多写回信。

"小多，现在已经凌晨两点多，我一直睡不着，因为我今天太高兴了。今天，我遇到了我的人生导师，他说可以让我进他的公司实习，他还会亲自带我。你今天说不知道社会是怎样的，我也不知道，不过我想它一定值得我们期待，它一定是充满荣耀和辉煌的……"

思鑫坊一起长大的伙伴中，此刻和朱明伟一样还在灯下奋笔疾书的，还有丁满红。所不同的是，朱明伟是在书写自己对未来的期盼，而丁满红则是在计算自己一天的收获。一年多的废品回收生意，她总算积累了一点小财富，每当在存款原有的数字上再加上一个数字时，丁满红就会露出会心的微笑。

"小多，我离把满青接回来又近了一步。"这天晚上把新赚的钱的数字加上后，丁满红兴奋地给潘小多写信，写的第一句就是这一句话。

事实上，丁满红终于攒够一万块钱的这一天都已经过去好几年了，中间经历的曲折此处不详述。攒够的一万块钱和丁满红父母那个80年代的一万块钱价值完全不同。但对于丁满红来说，这一万块钱却有着非同一般的意义。

尽管只是对着信纸写信，但丁满红仿佛听到潘小多在夸自己一样。她吹嘘着自己如何如何厉害，怎么样扛着一百斤的纸箱爬了六层楼梯，怎么样推着好几百斤重的三轮车经过龙翔桥，怎么样把冰箱用绳子绑在背上背下楼梯。她记得有一次背冰箱的时候绳子断了，冰箱摔在了地上，但自己却一点儿伤都没有，而且那台冰箱原本不能制冷了，这一摔后竟然又可以制冷了，最终她没有把这台冰箱卖到废品回收站，而是留在家里自己用，一年了，一点儿毛病都没有出过。

丁满红越写越高兴，她好像听到了潘小多说"丁满红，你真棒"，她嘿嘿笑着，不觉自己也给了自己一句夸赞："丁满红，你真棒！"

写完信后，丁满红把信装进信封，用口水封好后放到床头柜上。她还把床头柜上九斤奶奶的钥匙重新放好，这才安然睡去。

第二天早上，她推着三轮车走出思鑫坊的时候，她先去马路对面的邮政邮箱那边把信寄了。这天是"电器送货日"，也就是把积攒的可以回收的电器送去废品回收站的日子。丁满红的三轮车上就放了两台洗衣机，她还没有用过洗衣机，所有的衣服还是手洗，然后挂在二楼的窗台上晾干的。丁满红曾想要留一台，找个师傅修一下自己用，但最终她还是没有这么做，因为徐淑芬认为手洗的衣服更干净，对衣服也更好。徐淑芬说："那羊毛衫，你洗衣机洗得干净吗？洗了再那样拼命转圈圈，羊毛都扭一起了！"尽管，二人也没什么羊毛衫，但丁满红拗不过徐淑芬，只能作罢了。

到了废品回收站，彭前进就上来帮她把洗衣机搬进了屋里。丁满红每次用三轮车装电器送过来都要来回好几趟，彭前进问丁满红要不要他开着面包车去她家，这样一次性可以装更多的电器。

丁满红对这个建议不是没心动过，可她想，只要有一次自己接受了这个建议，那以后自己可能就会偷懒了，到时候可能每一次都想要彭前进用家里的面包车帮忙运东西了。弟弟还没接回家，她不能让自己懒惰，也不能一直麻烦到人。所以，丁满红跟彭前进表达谢意之后，还是拒绝了他的建议。

彭前进冲丁满红支支吾吾了一下，最后笑着说："那你回去要小心，一切慢点都没关系。"

丁满红点点头，蹬上三轮车就回家了，骑了一会儿她不经意间回头，却看到彭前进竟然还在看着自己。丁满红脸一红，加快了速度。

徐淑芬家一楼如今不仅是存放丁满红父母雪晴早饭店时期的物件了，里面还积攒了她收破烂收到的宝贝，不仅有整齐划一叠起来的废纸箱，还有各种电器。丁满红回来后，徐淑芬就帮着她把其他电器放到三轮车上。这次放的是冰箱，比较重，徐淑芬就帮着丁满红把三轮车推出思鑫坊。

丁满红就问徐淑芬，说："不知道怎么回事，彭前进刚才一直看着我。"

徐淑芬心里明镜似的，可她不知道该怎么和丁满红说这事。如果直接和丁满红说"彭前进喜欢你"，她怕丁满红会和上次一样害怕和人接触。

徐淑芬说的是上次丁满红被报纸报道后，成了远近闻名的"废品西施"那次。当时，有一家媒体的记者意外看到了丁满红蹬着三轮车在回收废品，就围绕"思鑫坊女孩丁满红，儿时差点代表浙江参加北京的航天夏令营，当时她还是一个天才学生，可是如今因为脑膜炎后遗症，她的智商停留在了十二岁，但丁满红没有放弃，依靠废品回收，顽强地生活着"这样一个故事，写了一篇很详细的报道。

结果这篇报道出来后，给丁满红和徐淑芬带来了很多麻烦，有些人的污言秽语就不提了，最烦人的还是那些带着自己家有智力障碍或身患残疾的孩子来提亲的那种人。他们往往不经过徐淑芬和丁满红的同意，直接就找上门来。徐淑芬一开始还以礼相待，但是人越来越多，逐渐她的脾气也上来了，因为经常可以遇到这样的人，他们一上来就是一副"我家条件不错，我愿意让我家儿子娶丁满红，那是丁满红的福分，虽然我家儿子有缺陷，但是他是我的心头肉，是全家的宝贝……"的样子。

徐淑芬忍不住的时候就会直接顶回来："这样好的宝贝，你们全家宝贝一辈子多好呀，可别拿出来跟人分享了！"

对付这些人，徐淑芬还有一样宝贝，那就是扫帚，但凡是这样没礼貌又高高在上登门来的，徐淑芬一概扫地出门。

对付另外一种人徐淑芬就略显吃力了。那些人态度很好，儿子也基本不是大问题，不是完全没有生活自理能力的那种人。徐淑芬倒也不会嫌弃那种人，在这个社会上，但凡能坚强勇敢活下去的人，在徐淑芬看来都是不错的人。

面对这样的人，徐淑芬很犹豫，她一方面是还没打算让丁满红嫁人，她试着想过丁满红出嫁的情形，一想到她就浑身发抖，她很担心陪着丁满红的人不会一直对她好下去，会做出伤害丁满红的事情。但是另一方面，她又觉得自己身体不好，万一突然就走了，那也是可能的，如果自己突然走了，丁满红还没结婚的话，谁来保护她呢？

徐淑芬把自己的犹豫告诉了苏雯，她打算试探一下苏雯，事实上，徐淑芬心里一直希望潘小多能和丁满红处对象。苏雯哪里不知道这一点，可她现在身为潘小多的母亲，巴不得丁满红尽快找好对象，这样他儿子就安全了。

所以苏雯就主动请缨要帮徐淑芬掌掌眼，把把关。苏雯算盘打得很好，她想：只要帮着撮合，尽量夸那些来提亲的人，说不定直接就说服徐淑芬同意亲事了。可结果事与愿违，来相亲的那些人，徐淑芬倒没那么大意见，苏雯见一个气跑一个，她一看到对方的条件，再一听对方的口气，顿时就怒火中烧，直接就跟人对骂起来，说："我们家满红浑身都是优点，人漂亮，心地善良，谁能娶上她，那是天上掉下来的大福气！你们这是癞蛤蟆想吃天鹅肉……"

把人赶走后，苏雯气呼呼地说："你以后对这么坏的人别客气，满红多好呀，这些人真的不般配。"徐淑芬看苏雯气势汹汹的样子，也就没说这些人其实比之前的已经好不少了。

苏雯这边刚把所有人骂走就开始后悔了，徐淑芬看出来后笑眯眯地说："后悔了呀？我一个老阿婆都知道你是来撮合满红婚事的，可你倒好，比我脾气还大，把所有人都吓跑了，我看着有几个不错呀。"

苏雯红着脸问："徐奶奶，你这话什么意思？我是来帮满红看人的，那些人都配不上满红，我不能昧着良心呀，对吧？"

徐淑芬连连点头，呛声说："那谢谢你了。"苏雯当时被气得几天都没睡好。

不过这些事情倒是没伤害到丁满红，真正吓到丁满红的是那些跟踪丁满红、试图接近她的人。丁满红被吓到了，几天不敢出门。徐淑芬就把这事告诉了潘小多，当时刚好暑假，潘小多就把马飞、朱明伟和杨艺都叫上了，他们让丁满红照常工作，他们则会偷偷跟在丁满红后面，等待那跟踪狂出现。

就这样，他们连着抓住了五个跟踪狂，每一个人还都信誓旦旦说自己是因为爱丁满红，但是怕自己跟丁满红表白会被拒绝，所以才跟踪丁满红。但其中一个家伙，选择晚上跟踪丁满红，还在丁满红进入小巷子时突然出现，想要扯掉丁满红的衣服，幸好有潘小多他们的保护，丁满红才没有被那个变态欺负了。

这件事情发生之后，丁满红一直不敢一个人外出，潘小多他们就继续陪着她，一直过了半个多月，丁满红才从阴影中走了出来。

徐淑芬回想起这些，心中又好气又好笑，特别是苏雯的所作所为每次想来还是觉得很好笑。不过徐淑芬想，怎么也得告诉丁满红彭前进一直都喜欢她吧。

徐淑芬就问："满红，要是让你选一个男孩子和你一起生活一辈子，你选谁？"

丁满红略一思索，非常肯定地回答："满青呀。"

徐淑芬哑然，不得不再次强调："除了满青，再选一个，你会选谁呢？"

丁满红皱眉道："除了满青再选一个的话，那就是两个男孩子了。"

"这个……那重新来过，就一个，就选一个，这么说吧，如果是彭前进和潘小多，要你选一个人一起生活一辈子，你选谁？"徐淑芬说道。

"这样的话……"丁满红停下步伐，认真思索起来，"就没有满青了，没有满青的话，我活不下去……"

徐淑芬叹气道："算了，奶奶以后再问你这个问题，你先去送货吧。"

丁满红马上踏着三轮车走远了，走到奶奶看不到她的地方，她才长舒一口气。丁满红虽然不是很明白男女之间的事情，但奶奶问出"一起过一辈子"这句话的时候，她已经懂了奶奶说的意思了，那就是"爱情"，是"婚姻"。其实这些词丁满红都懂，她只是还没真正意义上经历过。

　　但是，丁满红骑得这么快，快到她都觉得耳畔风声呼呼，像是在唱歌一样，那是因为奶奶问这个问题的时候，她脑中真的闪过了一个名字。她害羞极了，幸好徐淑芬没有继续问下去，要不然丁满红一定演不下去，一定会先红起脸来，最后整个人都通红通红的。

　　丁满红以远超自己想象的速度骑到了废品回收站，刚进入回收站大门，彭前进就喊："小心，小心……速度慢点……"

　　丁满红回头一看，自己都吓了一跳，这冰箱因为她速度过快，都有点倾斜了。她赶紧去拉手刹，因为刹不住车，自己都不得不跳下车，启用了"脚刹"。与此同时，彭前进也冲上来，顶着车不让它继续向前，最终三轮车在撞到排起来的家电前停下了。

　　彭前进擦着汗，笑道："满红，你这是骑着火箭过来的呀。"

　　丁满红一愣，道："火箭？"

　　彭前进道："没事没事，你进屋吧，我先看下机器，给你估个好价钱，一会儿我爸会把钱结给你。"

　　丁满红点头，进屋坐下开始等待，一会儿工夫，彭景东就和彭前进进了屋，收到彭景东给的钱后，丁满红说了声谢谢，就想要离开。不承想彭前进喊住她，说："满红……你等等，我爸有些话想对你说。"

　　彭前进说着，看了一眼父亲，红着脸道："那我先出去了。"

　　丁满红注意到彭前进走过自己身边时，还偷偷瞟了一眼自己。丁满红心里有点慌张，寻思着自己是不是做错了什么。

彭景东倒是满脸微笑，让丁满红坐到自己跟前，还给丁满红沏茶。

"满红呀，你给我们回收废品也做了好几年了。"彭景东把茶水放到丁满红面前。

丁满红一边点头，一边喝了口茶。"真香。"丁满红脱口而出。

彭景东笑着说："这是我们杭州的龙井，你喜欢的话，回家的时候可以拿点回去，你奶奶应该也爱喝茶吧。"

丁满红摇头说："不用不用，我奶奶也不喝茶。"

彭景东看着丁满红说："满红，你岁数也差不多了，你想一辈子做废品回收吗？"

"这个……"丁满红急了，她一开始就有不好的预感，听彭景东这样一说，以为彭景东这是不让她做这一行了，"我……我还想继续做下去，我还在存钱，我要把弟弟接回家……"

彭景东看丁满红急得眼泪都快下来了，赶紧解释道："不是不是，我不是这个意思，我是想问你，你有没有想过结婚？结婚以后，就不用继续做这么辛苦的工作，你也可以把你奶奶接过来一起住。如果你想照顾你弟弟的话，也可以接过来一起住。"

丁满红愣住了，说："我没有想过……"丁满红虽然不谙世事，可结婚她还是略知一二的。小时候，她就经常问爸妈为什么会生活在一起。妈妈俞雪晴当时就笑着告诉她，因为妈妈和爸爸结婚了，所以就会生活在一起。"那为什么要结婚？""因为妈妈和爸爸相爱了。""什么是相爱？""就是愿意和对方一起生活，生活得越久越好，怎么都不会腻，怎么都开心……"当时丁满红内心深处就种下了小小的种子，她希望将来自己也可以和一个怎么生活都不会腻的人结婚。

"那要不要想一下，想一下，愿不愿意和我家前进结婚？他很喜欢你，他也跟我说了，会一直对你很好——"彭景东话还没说完，丁满红急匆匆摔门而出。

门外等着结果的彭前进见丁满红跑出来，就喊她等等，但丁满红没有停下来，她骑上三轮车飞快地离开了。

丁满红没有直接骑回思鑫坊，她把车停在了西湖边，一个人坐在西湖边看着夕阳西下，一直到天空繁星点点，她才骑着车回家。刚到家门口，丁满红就看到徐淑芬坐在门口的竹椅上，头靠着门板打着呼噜。

原来徐淑芬看丁满红一直没回来，就搬了个竹椅到了门口，她干脆坐到门口等，没想到等着等着就睡着了。丁满红赶紧跑上去抱住了徐淑芬，这一抱就把徐淑芬惊醒了，她还以为发生大事了，待她定睛一看，发现是丁满红抱住了自己，马上就一脸慈祥地抱紧丁满红。

丁满红脸上挂着眼泪，轻轻叫了声"奶奶"，徐淑芬应着，也没问她今天到底发生了什么，为什么回来这么晚，她只是问丁满红饿了没饿，丁满红点点头。

徐淑芬就坐起身来，说："进屋煮面吃，噢，对了，把竹椅搬进屋。"

那之后，丁满红就找借口不收废品了，徐淑芬看在眼里，虽然不是很确定丁满红到底经历了什么，但她大体猜得到这事肯定和彭景东父子有关，而且肯定是两个小孩子恋爱的事情。

徐淑芬正琢磨找个时间去会会彭景东父子，了解一下到底是什么情况呢。这天傍晚，丁满红就兴致勃勃地打扮起来，她光梳头发就梳了半个多小时，换上了一直不舍得穿的衣服，还找了隔壁的小女孩给她化妆。

丁满红兴高采烈地出门后，徐淑芬去找小女孩打听，这才知道原来和丁满红要好的思鑫坊的那些孩子们都毕业了，今天大家都会回来，所以约了一起聚餐。这次聚餐还是丁满红策划的，她给每个人都写信，询问了潘小多他们毕业后回家的时间，随后约定了这一天一起聚餐。

然而，这一天聚餐聚得并不顺利，几乎每一个人到达约定的火锅店时都满腹心事。最先到达的自然是丁满红，她到了以后，就跟着服务员忙前忙后。之后来的就是潘小多，然而潘小多满脸怒气，一见到丁满红跟服务员似的跑来跑去，加上她的穿着打扮看起来也和服务员差不多，潘小多就凶巴巴地让她回来坐好。

丁满红坐到椅子上，很委屈地问道："你怎么了？"

潘小多没回答。事实上，潘小多昨天就回家了，晚饭过后，潘正义说自己这父亲当得总算合格了，他好歹拜托了亲戚领导，给潘小多在一家大公司谋了一个差事。潘小多却冷淡地说："我不想去。"

这下子潘正义恼了，他说："我为了这份工作跑前跑后，当够了孙子，就是希望你将来能有大出息。现在，你跟我反着干……"苏雯也恨铁不成钢，例数潘小多小时候的种种浑蛋事，还不忘对比地说："你看看朱明伟，朱明伟还在读书呢，上个月就给家里寄了几万块钱。"

潘小多对此嗤之以鼻，他嫌父母多事，说："我不靠关系、不走后门一样可以屹立于杭州。"潘正义气得给了潘小多一巴掌。潘正义这一巴掌打得挺重，潘小多的脸瞬间就肿了。苏雯也吓到了，抱着潘正义的大腿就哭。

潘正义看着自己的手，他没想到自己下手这么重。

潘小多摸了摸脸，他咬咬牙说道："要怎么活我自己最清楚！我不需要你们给我指指点点！"

潘小多说完跑出了家门，找了一家网吧玩了一个通宵的游戏——《传奇》，早上犯困了就在网吧的椅子上睡到了大下午。眼看时间差不多了，他才来到了聚餐的地点。

本来，潘小多的脾气已经有问题了，但没想到随之而来的杨艺也是一脸的不悦，她身后还跟了一个男人，两人在门口还在拉拉扯扯。杨艺注意到潘小多和丁满红后，这才停止了和男人的争吵，拉着他进了火锅店。

按杨艺介绍，这个男人叫许航，是她大学里交往了一年的男友。

杨艺画了淡妆，虽说只是淡淡的一抹颜色，却因为这点颜色让她原本极为精致的五官反而多了一丝风尘气，和潘小多在大学里见到的女生有了些许不同。

看到杨艺的时候，潘小多就想：她看上去比肖丽华还成熟呢。之后的事实证明，杨艺不是成熟，她的表现恰恰是因为不成熟。

杨艺拉着许航坐到丁满红和潘小多对面。

"你爸知道吗？你带男朋友回来？"潘小多问道。

"不仅知道，他还刚刚发了一通大火，现在估计正火冒三丈呢。"杨艺叹气道。

"你带他回家了？"丁满红诧异。

"是啊。"杨艺一副理所当然的样子，"都要准备结婚了，当然要带回家让我爸看看呀。我可真没想到我爸这样老顽固，居然把我们赶出了家门。"

杨艺理直气壮的样子，就好像毕业以后就结婚是理所应当似的，丁满红吓得吐了吐舌头，不敢继续说话了。杨艺拨弄着头发，也不再说话。丁满红看看潘小多，再看看杨艺，她察觉到了一种异样，这次毕业后，感觉朋友们都比以前生疏了许多。

这时候，丁满红看到马飞在门口观察张望，丁满红马上冲他不停地摆手，马飞这才走进了火锅店。这时候，服务员按照潘小多的吩咐，已经架好了锅底，热气腾腾，屋内的空调虽然已经开起来了，却似乎不能完全抵消掉火锅散发出来的热量。

马飞擦着汗，说自己一回到家放下东西就马不停蹄跑来，但因为把丁满红之前写的信落学校了，所以一时记不清到底是哪个火锅店，只能凭着记忆摸索过来，还好最终找对了。

为了活跃气氛，丁满红让马飞说说他学校里发生的趣事。这几个朋友当中，除了潘小多，丁满红最熟悉的就是马飞了。从小学、初中一直到高中，马飞都是潘小多的小跟班，所以丁满红和他接触也挺多的。上了大学后，马飞也是回复丁满红信件最积极的，只要一收到丁满红的信件，他保证当天就会写完回信。丁满红很感动，她写信告诉马飞，说有时候等潘小多的回信，都要一等大半个月，原来她最好的、最信得过的朋友是马飞！事实上，马飞回信这么快，除了他总觉得和丁满红交流最顺畅，一点儿都不需要耍心眼外，还有一点是，他读的是机械，班里一个女生都没有，整个大学生涯中，唯一和他接触比较多的女生就是丁满红了。当然，这一点他是不会对丁满红说的。

马飞喝了口水，一思索就开始说学校里毕业前出了大事，有几个学生考试作弊，被抓个现行，拿不到毕业证了……

杨艺皱着眉头问他："拿不到毕业证，他们以后怎么办？"

"还能怎么办？就和高中毕业一样呗，反正总得找活路。"潘小多随随便便回答。

"聊什么呢，这么热闹？"朱明伟哈哈笑着进了火锅店，他手里居然提着学校发的行李袋，看样子是下了火车直奔火锅店而来的。

丁满红一看人都到齐了，马上拍着桌子嚷嚷着："服务员，上菜了！人都到齐了！"

丁满红本来郁闷了几天，还想着借同学聚餐，听听大家在大学里的趣事，说不定也能解开心中的困惑。可现场压抑的气氛让她心里更加难受了，特别是潘小多，整个人身上散发着令她很不舒服的气息。一时间，她竟然想到了彭前进。

"丁满红，丁满红，你在乱想什么呢？"

丁满红回过神来，随后对服务员大声喊："我们要啤酒，之前的饮料都不要，全都来啤酒。"

杨艺吃惊道："满红，你也喝啤酒？"

丁满红点头："嗯，今天是庆祝你们大学毕业，怎么能不喝啤酒呢？"

朱明伟哈哈笑："对头，大学毕业是人生一等大事，就应该庆祝！"

丁满红倒了两杯啤酒，递给潘小多一杯："小多，我们干杯！"

潘小多拒绝了几下，但还是拗不过丁满红，只能和丁满红干了一杯啤酒，随后继续抽自己的闷烟。但是丁满红不依不饶，一圈圈敬酒，不一会儿，酒精开始起作用了，大家开始活络了起来，也开始有说有笑。

丁满红还主动问每个人在学校里发生的好笑的事情。潘小多说起自己和小伙伴们半夜翻墙出去上网，结果把墙翻塌了的事情，大家笑得前俯后仰，还问潘小多是怎么躲过学校的处罚，混到毕业的。潘小多告诉大家："学校广播通知翻塌墙的人自首，不然就要报警！"

丁满红紧张地问："最后怎么解决的？"潘小多哈哈一笑，说："一直到最后都没有一个人主动出去承担责任。最后学校还真报警了，结果警察来了以后和学校领导聊了后就走了，原来学校领导那么想找出那个学生，主要是希望学生承担围墙的翻新费用。"潘小多说完，朱明伟也讲起了自己跟着陶建华走南闯北的故事，说："我已经帮陶建华赚了这个数了。"说着，朱明伟伸出两根手指。

丁满红猜到："两千？"

朱明伟脸唰就红了，气道："赚两千我用得着跟你们说嘛。是两百万！知道两百万是什么概念吗？我可以在西湖边买几套房子！"

杨艺哈哈笑，说："朱明伟，这么久没见面，想不到你成了吹牛大王了！你要真赚了两百万，我就嫁给你。"

一直不太说话的许航也呵呵笑，说："怎么牛皮吹得这么大，还在读书就想赚两百万……呵呵。"

朱明伟不高兴了："你们这些人，读书都读傻了吧？一点想象力都没有！你们能接受李嘉诚有几千亿吗？"

潘小多道："当然能啊，他是亚洲首富嘛！"

朱明伟："那你们就不能接受我给我老板赚了两百万？"

潘小多、杨艺、马飞和许航一起摇头。

朱明伟气炸了，他看了看没有摇头的丁满红，认真地问道："满红，你呢？"

"我相信你。"

朱明伟高兴地敬丁满红啤酒，说道："多谢你的认同！看看，天底下还是有聪明人的。"

潘小多笑了笑，偷偷告诉丁满红："如果朱明伟找你借钱的话，千万不要答应。"

这天的同学聚餐，在丁满红的带动下，大家畅所欲言，聊大学里的趣事，也谈自己未来的理想，谈男女感情，也谈各自的烦恼。

大家一直吃吃喝喝，玩玩闹闹聊到了火锅店打烊，这才心不甘情不愿地离开。走出火锅店的时候，朱明伟还问大家要不要去唱卡拉OK，但是潘小多指指醉醺醺的丁满红和杨艺，提议下次再聚。

随后众人一起结伴往思鑫坊走，马飞不无感伤地说："还记得小时候那个录像厅吗？从这里走过去没多远，小的时候还经常想方设法进去看电影，现在长大了，可以看了，刚才路过的时候发现它都关了。"

潘小多扶着醉醺醺的丁满红说："时代在进步，别感伤，要向前看，我们思鑫坊出来的男人，哪一个都要翻江倒海的好不好！"

"这话我爱听！"朱明伟哈哈笑。

杨艺晃晃悠悠地说："女人也要翻江倒海。"

许航说："行行，你可以翻江倒海，行了吧？"

潘小多突然说："还记得我们高中毕业的时候，我们好多同学一起去卡拉OK唱歌吗？"

丁满红醉醺醺地猛点头，说："记得记得，唱的是周华健的《朋友》。"

"朋友一生一起走，那些日子不再有……"马飞和朱明伟唱了起来，唱着唱着，杨艺和丁满红也跟着唱起来。

潘小多说："唱完后我们说了什么？"

众人异口同声说道："同学们，不管你是飞黄腾达，还是一事无成，十年后我们再聚首！"

说完大家就笑了，潘小多说："接下来的七年，就是我们拼搏的七年了。十年后再聚首，我希望我们五个都能飞黄腾达，而不是一事无成！"

杨艺点点头，她酒劲上来了，瘫在许航怀里，挎包里的东西散了一地。许航让众人先走，他收拾一下就赶上来。

潘小多他们没有想那么多，继续边走边聊，在思鑫坊门口的时候，潘小多怔住了，肖丽华此刻竟然站在坊子口等着他。看到潘小多扶着丁满红，肖丽华苦笑了一声，说："你们果然在一起。"

看到潘小多和肖丽华的样子，马飞、朱明伟识趣地先走一步。

马飞还跟潘小多说："要不要我先把满红送回去？"

潘小多摇头道："没事，我送就行了。"

就在这时候，丁满红还说了句醉话："吃我一拳，哈哈，我们中华武术博大精深……"

潘小多露出了微笑，颇为爱怜地看着丁满红，肖丽华看到后更加生气了。

肖丽华说："你爸妈我见过了。"她走到潘小多身边，挽起了潘小多的胳膊："他们支持我们在一起。"

潘小多想甩开肖丽华的手，却被她死死拽住，怎么都甩不开，况且他也担心把丁满红甩出去。

"你疯了？"

"我没疯，你才疯了。"肖丽华说着再次看了一眼昏睡着、打着呼噜的丁满红，她的眼角带着笑意，却又是一种最为致命的杀伤力，"她绝对不是你理想的选择。"

潘小多急了："你马上回家，别再胡闹了。"

"你为什么就是不肯接受我？"肖丽华低下头。

潘小多放下丁满红，让丁满红蹲在地上，然后强行掰开了肖丽华的手。

"没有为什么，我们根本不合适。"

"你没给过我们机会相处，你怎么知道我们不合适？也许，也许我比她更适合你呢？"肖丽华抬起头，眼角含泪，她决定牺牲最后的尊严，赌一把。"你给我一个机会，好不好？就一个机会！我保证，如果你觉得不合适，我到时候一定离开，绝不再纠缠你。"

潘小多怔住了，他伸出手想帮肖丽华擦掉眼泪，可丁满红此时竟然迷迷糊糊醒过来，她站起来眯着眼看潘小多，随后嘿嘿笑："小多，小多……把……你的鞭炮都给我！"

潘小多缩回了手，说道："不可能，肖丽华，你回去吧。"

肖丽华蹲在地上，号啕大哭起来。

潘小多一时不知道如何是好了。丁满红摇晃着走到肖丽华身边，轻声问："你怎么了？"

肖丽华一把推倒丁满红，站起身："潘小多，我这就去跳西湖，我要你后悔一辈子！"

肖丽华说着拔腿就跑，潘小多傻眼了，他先是扶起了丁满红，满脸焦虑地望向肖丽华的背影。他知道肖丽华要强的性格，她这人从来没受过什么委屈，基本上也就在自己这里受气了，肖丽华说跳湖，那还真有可能跳湖。可丁满红喝醉了，不把她送回家自己也不放心。可能是因为被推倒的缘故，丁满红清醒了一些，道："小多，小多，我都在家门口了，我自己回家！我没事了。你去追她，别让她跳湖了。"

潘小多看看丁满红，再一想这就在思鑫坊坊子口了，也不会出什么事，就点了点头，向肖丽华离开的方向跑去。

潘小多消失在黑暗中后，丁满红满脸愁容地坐倒在地上。她并不是完全不知道这个叫作肖丽华的女人出现在这里的用意，她摸着自己胸口，轻轻地说道："有点痛呢。"眼泪也禁不住往下掉。

这时候突然响起了烟花声，丁满红望向天空，也不知道是谁家在这个时候放起了烟花，也许是家里有什么大喜事吧。烟花在天空炸开，几乎照亮了整条街道，丁满红原本忧伤的脸上逐渐绽开了笑容，她想起小时候，自己拉着弟弟的手，妈妈和爸爸走在前面，全家人一起走到西湖看烟花的场景。

她站起身，寻找着更好的视角去看烟花，不知不觉就走到了孝女路。在孝女路的转弯处，她终于清晰地看到烟花完整升空然后绽放！

天空一片绚烂之际，她看到衣衫不整的杨艺踉踉跄跄倒在自己面前。

第十五章

丁满红人生中第一次喝醉，就极其勇敢地做了一件大事——救下了杨艺。

这件事情她从未对其他人说起，但她自己时不时会想起。想起来的时候，她嘴角露出微笑，心里暗自觉得自己真了不起，别人醉酒只会脸红脖子粗，到处发酒疯，自己则不一般，不仅看到了美丽的烟花，还救下了差点被许航侵犯的杨艺。

当时的情形其实很危险，杨艺衣衫不整，走路摇摇晃晃，而许航冲了出来，一把抓住了杨艺的手。

丁满红被许航的样子吓到了，他只穿了短裤，样子狰狞，在丁满红看来，那样子简直就是要流氓了。

丁满红一下子就醒酒了，要保护朋友的勇气涌了出来，她一把推开许航，然后挡在杨艺跟前，问道："你干什么？"

许航怒道："我干什么？你应该问她要干什么！"

"你不是说了送我回家吗？送我去旅馆是什么意思？"

"都一起去旅馆了，不一起睡，难道是为了聊天吗？"

杨艺从丁满红身后探出头，吐了许航一口唾沫："滚你妈的！"

许航被吐了一脸唾沫，愤愤之下抓住杨艺的手就拉扯起来。丁满红赶紧从挎包里拿出了潘小多给她的防身喷雾，举起来对准许航就是一通狂喷。丁满红成为"破烂西施"时期，老被人跟踪，潘小多就把家里的摩丝喷光后装了辣椒水，让丁满红防身用。

这摩丝是日本产品，朋友去日本旅游带回来的，是潘正义的心肝宝贝。街道有重要事务了，他都要喷得头发邦邦硬，才会满意地出门。结果就这样被潘小多糟蹋了，为此，潘正义闷闷不乐了许久，一直到潘小多说将来自己挣钱了，给他去日本带个十瓶八瓶，潘正义才原谅了潘小多。

辣椒水喷到了许航的眼睛里，痛得他满地打滚，趁此机会，丁满红拉着杨艺跑回了自己家里。关上门后，丁满红让杨艺先别动，自己则趴在窗口观察，确认许航没有追来后，这才带着杨艺爬上二楼。

洗完澡后，杨艺有点儿害羞地钻进了丁满红的被窝。杨艺见丁满红什么都不问自己，就说道："你是不是觉得我不是个好女孩？"

"没有。"丁满红摇头，"你是个好女孩。"

"可别人不这样看。"

"那是他们不了解你。"

杨艺笑了，她看得出来丁满红说的是真心话。杨艺迟疑了一下后说道："我妈走了后，我一直在想她到底为什么要走。进了大学后我算是想明白了，她想过自己的人生，而这种人生我爸给不了。"

"那她就能抛弃你不管了？"

杨艺叹气："你不知道，女人追求起自己想要的东西时，是可以对任何事情都不管不顾的。"

丁满红摇头："什么都不管的话，很可能会犯大错误。"

"是啊……以前我一直想要轰轰烈烈的爱情，可今天却恰恰证明了爱情果然是最弱的，最不堪一击的！"

"也不能这么说吧？"丁满红听到"爱情"这个词时，心跳就加快了，直觉告诉她，"爱情"不是个坏东西。"我觉得，如果有爱情的话，应该很美好吧。"

杨艺笑了，她抓住丁满红的手问："满红，实话告诉我，你是不是有爱上的人了？"

丁满红羞红了脸，她思考再三，最后还是跟杨艺说了彭前进的事情。杨艺听了后捂着嘴笑，说道："真有你的，满红，有男孩子向你求婚呢！"

"是他爸爸出面的，他本人可没有。"

"那如果是他本人求婚，你会答应吗？"

丁满红想了下，摇头，杨艺就问她为什么。

丁满红心中想到了潘小多，可她不知道该如何表达自己的情绪。这时候，她听到屋外潘小多的声音。

"满红，满红，你回家了吗？"

"是小多！"丁满红跳下床，打开窗户喊，"小多！我回家了，我和杨艺在一起，今晚我们一起睡。"

楼下的潘小多舒了口气，他找了肖丽华好一会儿，最后在西湖边把她拉去了旅馆，肖丽华也答应第二天就回家。潘小多一搞定这些事，就马上跑回思鑫坊确认丁满红的情况。如今看到丁满红在窗口探出脑袋，喊的声音还特大，他总算是放心下来。

"明天再找你。"

"好的。"

丁满红高兴地关上窗，就看到杨艺坐在床上，一脸贼兮兮的样子看着她。杨艺说："明白了，你不答应彭前进，是因为心里有另外一个男人！"

"才不是呢，我只是想把所有时间都用来赚钱，我要尽快把弟弟接回家。"

杨艺心里早有了明确答案，可她见丁满红闷头进被窝，也就不再逼问了。她也钻进被窝，随后轻声说道："满红，你了解你自己吗？了解的话，追寻真正的自己做选择吧。"

杨艺说着说着，听到丁满红发出了呼噜声。事实上，丁满红是假装的，她听到了杨艺说的话，自己也下了决心，她明天就要去找彭前进把事情说清楚。

杨艺扭头看着窗外，轻轻说道："满红呀，希望我们将来都能够自豪地说'我不后悔'……"

这个温暖的夏夜，思鑫坊长大的年轻人们，此刻或在被窝里，或在西湖边，或在卡拉 OK 包厢里，他们都有着自己的理想，诉说着自己的期许，他们也知道，他们即将经历人生中真正的风雨。

丁满红选了个日子，把所有放在一楼的"宝贝"都拉去了废品回收站。这天她叫彭前进用他的面包车帮忙，潘小多和马飞他们也都来帮着装卸，整整忙活了一天。

晚上结完账后，彭前进和彭景东都等着丁满红说最后几句话。事实上，当丁满红说要把所有东西都拉到废品回收站的时候，他们就知道了丁满红的决定。彭前进之前还老听丁满红提起潘小多，所以这次他特地观察了一下潘小多。在他眼中的潘小多是一个话不多、倔强，但会真心对丁满红好的年轻人。

见到丁满红支吾着说不出话，彭前进笑着说："他挺不错的，我想他会一直对你很好。"

丁满红更急了，说道："可我……我不再来了，你们不怪我？"

彭前进摇头，笑着说："加油，早点把弟弟接回家。"

丁满红点点头，翻身上了三轮车准备离开时，彭景东让她等一下，他进屋拿出了一罐茶叶，让丁满红带给徐淑芬尝一尝，说不定她会爱上喝茶。

彭景东送的这罐茶，徐淑芬一直到离世都没有喝完。

丁满红回到思鑫坊后，顿时感觉整个人轻松了下来，肚子也突然很饿。她一进家门就喊："肚子好饿，饭做好了吗？"结果从屋里走出来的不是徐淑芬，而是潘小多，弄得丁满红一脸尴尬。

潘小多下午帮忙装卸东西后其实回家了，不过丁满红回收来的冰箱终于出问题了，徐淑芬在使用的时候发现它不制冷了。徐淑芬在思鑫坊道里问到哪里能找人修的时候，潘小多就主动请缨了。他说自己大学学的就是这个，二话没说，从家里翻出一些工具就过来了。此刻他满脸油污，但却因为刚解决了故障而笑得合不拢嘴。

"这样就行了吗？"徐淑芬给冰箱插上电源，冰箱就启动了，她拍着手说，"厉害呀，小多，你书没白读呀。"

潘小多一边洗手，一边看着丁满红说："别和奶奶说我大学学的是什么。"

丁满红点头，转头就冲徐淑芬喊："奶奶，你错了，潘小多大学根本没学冰箱维修，他学的水利工程！"

潘小多一急，一捧水照着丁满红就浇过去了，淋了丁满红满头。

丁满红噘着嘴，狼狈不堪地追着潘小多要打他，潘小多就哈哈笑，说这不是“水利工程”嘛。

晚饭徐淑芬一定要留潘小多一起吃，潘小多就同意了。他回家跟父母说了声，随后拿了一瓶清酒过来，说是潘正义让拿来给奶奶尝尝，是他同事从韩国带来的。

徐淑芬最近开始沾酒了，不过她是跟着其他老人家养生学的，说是每晚小酌一杯，可以活血祛瘀，可以预防脑溢血。不过度数高的酒她不敢喝，怕喝醉。

“这个酒只有十来度，味道还很香。”潘小多介绍说。

徐淑芬就笑眯眯地打开了酒，给自己和潘小多都倒了一点，她还要给丁满红倒。丁满红连连摆手，同学聚餐那晚喝醉之后，她再也不敢喝酒了。醉酒之后几乎整整一周，她只能靠稀粥度日，因为肠胃功能出了问题，一点消化的力气都没有。

那一晚丁满红肚子看来是真的饿了，一个人吃了三大碗饭。她突然觉得自己看什么都喜欢，看屋子喜欢，看奶奶喜欢，看潘小多也喜欢。徐淑芬也很喜欢那瓶清酒，她和潘小多一起喝了一半后就不再喝了，收起了瓶子放到了柜子里。

得知丁满红这是“辞掉”了废品回收的生意，并且打算以后都不再做了后，潘小多和徐淑芬都很惊讶。潘小多问她以后的打算，丁满红说要先去找丁家祥，看看能不能把丁满青接回来。

潘小多就问她存了多少钱，丁满红笑嘻嘻地凑近说了个数字。潘小多很“伤心地”表示，自己读三年书，花了一大笔钱，可丁满红竟然存了和这个数字相当的存款，真是气人。他说自己不该读书，也应该去搞废品回收。

丁满红信以为真，就安慰他说：“大学毕业可以找到好工作，可以轻松赚到更多钱，而她找工作都难，这还是有差距的。"

徐淑芬笑出了声，说："满红呀，他骗你的，他才没想收破烂呢。"

丁满红这才明白过来，直接打了潘小多一下，怒道："好个潘小多，老是骗我！"

潘小多也不躲，捂着脑袋喊疼。

徐淑芬看在眼里，心中不禁生起一种期盼，她已经很多次想过这两个孩子可以处对象，可以一起生活一辈子，可惜潘小多的父母怎么都不同意啊。要是没有那场脑膜炎，满红呀，你本来可以多幸福呀……徐淑芬心里暗自叹息。

丁满红找了好几趟丁家祥，可丁家祥不是推脱在外出差，就是突然染了个疾病住院，偏偏还死活不肯告诉丁满红自己在哪儿住院。丁满红最后一次给丁家祥打电话的时候就恼了，说："你把我当傻子吗？傻子都看得出来你在故意躲着我。"

既然找不到丁家祥，丁满红就去学校找丁满青，可临近期末考试，她却没有在学校看到满青。她去学校里面找老师询问，结果老师一听她是丁满青的姐姐，就十分高兴地恭喜她，告诉她丁满青被选拔为杭州代表，去参加北京的航天夏令营了。

丁满红听了后怔在当场，随后大喊大嚷地跑回了家，逮着徐淑芬就开始夸丁满青，说："满青参加航天夏令营了，满青好厉害！"徐淑芬高兴地落泪，她抱着丁满红，说："满青这是替你圆了梦呀。"丁满红不停地点头，就跟自己参加了夏令营一样高兴。

得知丁满青还要十来天才能回来，丁满红只能强忍着不去想丁满青。她周一和周三早上会和潘小多一起去人才市场找找工作，招聘的人问她为什么想要来他们公司工作，丁满红就按照潘小多教的，说：“我十分渴望进入你们公司，从毕业开始就渴望了。”招聘的人看了眼简历就说：“你高中毕业？”丁满红说：“对啊，我高中毕业就想进入你们公司，想了三年了。”招聘的人笑了，说：“请你等通知吧。”

丁满红觉得自己回答得很好，还让她等通知，那就是说有戏了。潘小多告诉她，那是代表没戏了，需要找下一家。

两人这样找了几天工作，结果丁满红没公司要，潘小多则是没看上任何一家公司。

徐淑芬则在每天傍晚加入了思鑫坊街坊邻里的聊天队伍。其实自从丁家民和俞雪晴去世后，徐淑芬就不怎么愿意和大家闲聊了。聊天的时候，总会有人不经意间说起丁家民和俞雪晴，每次说起她就会难过，所以干脆就少参加了。

但是最近她心里高兴啊，丁家民一直希望丁满红能够成为女宇航员，这是整个思鑫坊人尽皆知的“秘密”，如今，丁满青算是帮丁家民再次靠近了这个梦想。

思鑫坊的街坊也为这件事高兴，看到徐淑芬过来，都努力夸赞丁满青，徐淑芬听着也高兴。丁满红看到徐淑芬高兴的样子，就问她什么感受，徐淑芬笑嘻嘻地说：“就是感觉整个人都神清气爽了很多。”

然而，徐淑芬这天傍晚回家的时候，突然发出了惨叫声，这一声相当凌厉，几乎把思鑫坊的人都引来了。徐淑芬脸色惨白，面对众人的关切询问，她只说自己是摔了一跤，她喊人把丁满红从人才市场叫回来。等到丁满红回来后，徐淑芬这才焦急万分地把她拉到角落，低声告诉她：“出大事了，我们的存款不见了。”

徐淑芬说的时候满头大汗，这些钱都是丁满红这些年攒下来，准备接弟弟回来后供弟弟上学用的。当时丁满红想要存入银行，但徐淑芬对银行没好感，前几年银行发生的挤兑风波，她历历在目。那个时候整个杭州城的人都去银行取钱，因为听说银行要倒闭了，徐淑芬虽然存款不多，但当时把"雪晴早饭店"招牌卖掉后的钱几乎全存在银行了。徐淑芬跑去银行的时候，排了整整一天的队伍，才把钱都取了出来。而那些最终没有取到钱的人，一个个魂不守舍，犹如行尸走肉一般。徐淑芬每次想到他们的样子就浑身发抖。

从此以后，徐淑芬对银行一直心有余悸，所以她建议丁满红把攒下的钱放家里，由她保管。可这一放，钱却突然不见了。徐淑芬怀疑是遭贼了，她说："东西一点儿都没乱，显然还是个思鑫坊里的内贼呀！"

徐淑芬思来想去，一个人接一个人地推断，却始终觉得谁都不太可能。她此时才注意到丁满红一直闷声不响。徐淑芬还以为丁满红是因为钱不见了而难过伤心，就安慰她说："满红，我们报警吧，报警了，兴许能把钱都找回来。"

丁满红一听紧张了，马上拉住徐淑芬的手说不能报警。

徐淑芬看出端倪，就小声问丁满红："钱是不是你拿的？拿去做什么了？"

丁满红却别过头去，怎么都不肯再回答徐淑芬的问题了。

徐淑芬至少确定了一点，那就是这笔钱突然不见了，肯定跟丁满红有关。可是丁满红拿了钱又能干什么呢？徐淑芬想到一种可能，丁满红把这几千块钱肯定是给丁家祥了，因为丁满红最希望的就是接回弟弟，如果丁家祥开口要钱，丁满红肯定会给。丁满红的积蓄虽然不多，也就几千块钱，再加上这些年徐淑芬攒下来的，总数也有四五万呢，这所有的钱都是为了把丁满青接回来后供他读书的费用。徐淑芬想到丁满红说过，丁家祥和他女儿还老扣丁满青的生活费，她越想越气，径直跑去了丁家祥的办公室。

丁家祥最近一直躲着丁满红，只要是丁满红出现在门口，前台就会马上打电话通知他。但徐淑芬他是没下这样的命令的，看到徐淑芬的时候，丁家祥还以为她是因为丁满红找不到自己，所以亲自出马了。

"妈，我不是躲着满红，我真的工作太忙。瞧你赶巧了，我刚出差回来，还没工夫喝个热茶，你就进来了。"说着丁家祥给徐淑芬倒茶。

徐淑芬推脱不要，说："我家里别人送的上好的龙井还没喝呢，我今天是来跟你算账的。"

丁家祥以为徐淑芬是来翻老账，就唉声叹气地说道："妈，你这个岁数了，还老为过去的事情动气做什么呢？颐养天年不好吗？"

"过去的事？这才过去几天，就成过去的事情了？"

"妈，你到底要闹什么呢？"

"不闹什么，我就是来要你还钱的。"

听到"钱"这个字眼，丁家祥瞬间就警惕起来了。丁家祥什么本事没有，但对钱那真是敏感。按照丁家祥的说法，"哪怕在炮火声中，有人掉了一个硬币，他都能听到声响"，卖掉雪晴早饭店分店和招牌就是他的拿手好戏。而且，在丁满红租掉自己家以前，丁家祥其实早就觊觎丁家民留下的房子了。他好几次试探性地提过让丁满红和奶奶一起住，他来打理这套房子，每年给她一笔钱，这笔钱从初次提起时的一百，涨到了后来的一千，但丁满红都是笑嘻嘻地说自己要住。等到丁家祥发现不对的时候，丁满红已经把房子租出去了，听说一个月租金就有一千多。丁家祥当时咬着牙，蹦出三个字："小猴精！"

丁家祥听到徐淑芬是来要钱的，整个人都绷紧了。"要什么钱？"

"满红的积蓄呀，她是不是为了把满青接回来，把钱都给你了？"

丁家祥明白徐淑芬的真正来意了，他松了口气，说道："没有这回事，说实话，我这段时间都没和满红见面。我知道她找我的企图，不就是想把满青接过去嘛，所以我一直躲着她呢。面都没见着，还能要她钱了？多少钱呀？"

这个儿子徐淑芬太熟悉了，什么时候什么嘴脸，她蒙上眼睛，光嗅那个味儿就能分得出来。她知道丁家祥没撒谎，心中更加疑惑了：那满红把这笔钱弄哪儿去了？

徐淑芬知道，丁满红这人虽然单纯，但牙关硬得很，她决定不说的事情，再怎么逼迫她都是没有用的。所以徐淑芬把潘小多叫回了家，偷偷跟他讲了这个事情，潘小多一听也着急了。潘小多说："最近骗子越来越多，莫非丁满红是被骗了，还帮着骗子保守秘密呢？"

二人一商量，觉得这件事情有点不一般。徐淑芬还是坚持要报警，可潘小多认为还是要尊重丁满红的意愿，万一事情不是他们想的那样，丁满红可能会因此受到伤害。二人继续劝丁满红，可丁满红就是什么都不肯说，而且还让他们不要再管这件事情了。她说："我自己心里有数，只要再等两个月，钱就能拿回来了，还能赚一笔。"

这下潘小多和徐淑芬对望一眼，心中同时冒出一句话：被骗了呀！

二人也不再和丁满红商量了，而是偷偷溜出屋子，准备去警局报警，没想到丁满红竟然发现了他们，把他们拦住了。

丁满红急了："你们怎么就不相信我呢？"

"没法信啊，满红，我们连你是怎么把钱给别人的，给了谁，我们全都不知道，你让我们怎么信呀？"

"我又不会骗你们。"

"但你可能被骗呀！"徐淑芬忍不了了，最终还是说出了这句话了。

丁满红一下子噘起嘴，满脸的不高兴。

潘小多就说："满红，要不你把情况跟我们说说，我们大家一起帮你想想办法？我们不报警，这样总行了吧？"

潘小多察觉到丁满红其实最不想报警，所以才这样说的。果然，丁满红犹豫了一下后同意了。因为想到了群策群力，这是需要群众智慧的时刻，潘小多就把马飞、朱明伟和杨艺都叫了过来。

听说丁满红可能被骗光了钱，朱明伟当下语重心长地告诉丁满红说："满红呀，能说的一定要说，不能说的那就不说。这事你就好好跟大伙说一声，也当是跟大伙提个醒。"

马飞也跟着附和，说："大家都在，可以一起出出主意。"杨艺笑话马飞说："你还能出什么主意。"

潘小多怕二人吵起来，赶紧让丁满红好好讲一讲。丁满红就说："有一个朋友告诉我他自己投资出了问题，需要一笔钱周转，度过危机后，也就一两个月后吧，就会多还给她一半的钱。"

"那朋友是谁？"潘小多问道。

"我不知道名字。"

"认识多久了？"杨艺问道。

丁满红瞄了眼朱明伟，说道："很小……很早的时候就认识了。"

徐淑芬疑虑道："很早就认识？那怎么不知道名字？我们也不知道这个人存在？"

"那不是我没问名字嘛……我也没和你们提过他……"

丁满红的回答似是而非，更增加了众人的疑虑。问过丁满红后，大家聚在饭桌前商量，这一下子连潘小多都觉得应该报警了，因为丁满红说的这个情况，怎么看怎么像诈骗。徐淑芬、杨艺和马飞全都同意，唯独朱明伟制止了大家，他问："大家有没有考虑过丁满红的感受，丁满红不肯说那人的身份，大家如果还非要报警，警察一查把那人揪出来了，或许丁满红和那人都会很难堪呢？"接着他建议再等一两个月看看。"不是说了嘛，只要再过一两个月就会还她钱了。"

大家一听，也觉得朱明伟的话有道理，唯独潘小多嗅到了一丝味道。他皱起了眉头，打量着朱明伟，看得朱明伟有些不自在。

"朱明伟，你什么时候变得这么善解人意啊？"

"那不是从满红角度想一想嘛。"

"说实话吧，那个骗满红钱的人是不是你？"

"怎么可能！我骗这钱做啥？你要不相信我，你马上报警！"

"说的也是，我相信你了朱明伟。"潘小多走过去拍拍朱明伟的肩膀，随即突然一把抱住了他，然后冲马飞喊道："我左边口袋里有手机，马上报警！"

朱明伟急了，虽然自己人高马大的，但力气却没潘小多大，怎么都挣不开潘小多。马飞掏出潘小多的手机，按了110。朱明伟突然一下子跪倒在地。

"别报警！求求你们了！是我，是我问满红借了这笔钱！"

众人错愕不已。潘小多松开朱明伟，问道："钱呢？这笔钱你用哪儿去了？"

"平仓。"

"什么意思？"朱明伟望着丁满红。

"我之前估计4、5月股市会有大的爬升，所以就借了点钱买了股票。结果股市是升了，但我买的没升，反而跌了。没办法，我问满红借了点钱平仓，按照我的估计，只要一两个月，这只股票肯定会升，到时候就能把钱还给满红，赚得多的话，我还会分一半利润给满红……"

马飞道："股市这种东西，没有规律可言的，你自己玩也就算了，你怎么能拿满红的钱折腾呢？她收了那么长时间废品存下了这点钱，这是她接回弟弟的资本。"

杨艺也不满道："没想到你是这样的人。满红和我们从小一起长大的，你竟然连满红都骗？"

"这不叫骗！我没骗人！"朱明伟冲丁满红喊："满红，我没有骗你。我真的只是借来救急的，股票真的会涨的。"

丁满红听了后点头道："我知道，我相信你。"

徐淑芬气道："你知道什么呀，他就是在骗你。我一个老人家都知道，股市如虎，吃人不吐骨头。我是没想到啊，我看着你长大的，朱明伟，你竟然也会来欺负我们家满红。"

朱明伟只能苦笑道："多说无益，反正你们现在要我还钱，那我是肯定没有的。你们要不然问我爸妈要去。但是我买的那只股票肯定会涨，涨了后我一定会还给丁满红这笔钱。"

丁满红站在朱明伟前面，冲他人说道："你们为什么要这么对朱明伟？他和我们是最好的朋友，他有困难，我们为什么不帮呢？"

"我们确实是最好的朋友，如果他不是炒股亏了，而是要创业，我就算借钱也支持他。如果他跟我们说他遇到危机，我们也会尽自己所能去帮助他，可现在他利用你信任他这一点，骗你的钱，那他就是不对。"潘小多说道。

丁满红道："那他现在就是遇到危机了。"

潘小多无奈地摇头，他知道在这件事情上，自己无论如何都不可能让丁满红明白，炒股的危机不等同于一般的危机，反正这是一件只要正常人都能意会差别的事情，但对于丁满红来说，却是难以明白其不同的。

最终，出乎一开始的预料，"骗走"丁满红积蓄的人是朱明伟，大家心里都蓦然生出了一种隔阂感。其实这种感觉迟早会产生，毕竟大学毕业之后，每个人都会开始自己的人生了。谁都不会一直和儿时的伙伴生活在一起，甚至，在自己小家庭的生活过程中，以前的伙伴将再也不会出现，唯一没有意识到这一点的就是丁满红了。她不解于眼前这些人，怎么会因为自己帮助了朱明伟而气氛如此紧张，甚至她也无法明白大家看自己的眼神为何会和以前有所不同。

没多久，杨艺就找到了一份上海的总助的工作。出发去上海前一天，众人给她饯行，丁满红把朱明伟也约了过来，最终大家一笑泯恩仇。潘小多只是叮嘱朱明伟一句："赚到钱了，马上还丁满红钱，她这笔钱存下来太辛苦了。"朱明伟说一定一定，丁满红嘿嘿笑，说自己也不急，这笔钱也不够接回丁满青。

在包厢里，杨艺为大家表演了一段舞蹈，众人这才知道她大学里参加舞蹈社可是下了狠功夫的，都一个劲夸她婀娜多姿，丁满红甚至红着脸说自己要是男的，一定要娶杨艺这样的老婆。

丁满红还问她"总助"是什么工作。杨艺告诉她，那就是总经理助理的工作，说白了就是给总经理打下手。"那总经理是不是公司里最大的官？"丁满红问。

潘小多捶了她一下，笑道："公司里的不叫官，那叫公司领导。"

杨艺喝了点酒，笑眯眯地说："不算最大，但也不小。现在很多女性从总助走上了人生巅峰，我大学里的一个学姐，就是这样当上了副总的。"

马飞笑道："那恭喜你了，希望你早日当上副总。"

"我可没那事业心。"丁满红发现杨艺眯着眼笑起来的时候有点像一个著名的女歌手，她居然觉得，如果自己也有这样一双漂亮迷人的眼睛，说不定也能找到一份好工作。

杨艺去了上海后，朱明伟也来跟丁满红告辞，说他也打算去上海工作。他留下了那只股票的代码，然后让丁满红时不时去股票交易所看看，只要看到这个代码的股票变成红线，一直往上升，升了一倍以后就可以把钱全部取出来了。朱明伟坚称，新的牛市马上就要到来，只要坚持住，就一定会守来大丰收。

于是丁满红每隔几天就会去股票交易所看看，成了股票交易所老股民口中的"炒股一枝花"。丁满红此时注意到了一只代码600057的股票，她看到那只股票飞速上升，股票代表的公司她看到过，正是潘小多买的手机牌子"夏新"。当时，丁满红就想，朱明伟为什么买的不是这只600057的股票呢？这一路涨，可以赚多少钱呀。

不久之后，丁满红就懒得再去股票交易所了，因为朱明伟给她的那只股票一直徘徊在最底端。别人告诉她说这只股票没救了，就像一个癌症晚期的患者，只不过是早死晚死的事情了。

几年后，丁满红在超市当收银员的时候，突然听到别人提起股票，说大牛市，不论买什么股票都能赚钱。她猛然想起自己手里还有朱明伟当年买的股票，就跑去交易所查看，结果在电子牌上，她没有找到朱明伟买的那只股票。丁满红问别人怎么回事，有人就告诉她，说："你手里这只股票之前就被停牌了。"丁满红明白了，这只股票确实就像一个奄奄一息的患者，只要再坚持一段时间，朱明伟口中的那个史无前例的牛市就来到了，这只股票也会赢得翻身的机会，可结果是，它在黎明到来前倒下了。

丁满红这下算是百分百确定了，这钱是血本无归了。

21世纪到来前的那段时间，丁满红还是每天跑人才市场，哪怕对她而言那里根本找不到工作。潘小多倒是先找到了一份工作，在工地当监工，负责监督排水系统构架。丁满红笑话他："到底是水利工程毕业的，也算是学以致用了。"潘小多就笑着说："你没有工作还这么嘴硬。"丁满红拍着胸脯保证："我丁满红下个月就找到工作给你看看！"

潘小多做事认真，也不怕吃苦，工地上有什么活忙不过来，他也总是帮着干。一来二去，他虽说是大学生，还是一个工地的小领导，但在工地上的时候，他看起来也和工人没什么两样。

得知儿子在工地工作，潘正义下班回去的时候，特地摸着路线找了过去。看潘小多工作几分钟后，他一声不响地回到家。当天晚上，潘小多下班回来后，潘正义把他喊住了，说有些话要和他说。

潘正义问他："我费尽力气找来事业单位的活你不要干，你偏说要靠自己打拼。你为的什么？"

"不为什么。"

"在工地干活就叫自己打拼了？"

潘小多反问："这都不算？"

潘正义被噎个半死，说道："那……那你又何必吃这个苦呢？你妈知道你在工地后，每天都哭，说你从小到大就没吃过苦，长大了，我们父母反倒让你吃尽苦头。"

潘小多听说母亲苏雯一直为自己落泪，语调顿时温和了很多：

"妈呢？"

"睡了，这几天一直没睡好，又不敢告诉你。今天终于扛不住了，吃过晚饭就睡着了。"

潘小多说："我去看看妈。"

潘小多走进房间，看到苏雯呼呼大睡。靠近之后，潘小多才第一次注意到，原来母亲的头发已经有了些许斑白。他抚摸着母亲的白发，心中升起了一丝愧疚。

丁满红这天在菜市场买菜的时候，看到一个中年男人在和小摊贩争执。她凑近去听，才明白这人是被菜市场的小把戏给骗了。中年男人自己挑好了螃蟹，可称重的时候，摊贩以迅雷不及掩耳之势，将一袋死螃蟹跟他挑的那袋调换了。

小摊贩冲那人吼："这个价钱你想买活螃蟹呀？当然只能买死螃蟹了。买不起就别来。"

中年男人声音不够大，气势也不够足："你明码标价卖的是不是这些活螃蟹？你中途调包，那就不对。"

"活螃蟹价格翻一倍，买得起吗你？买不起就给我滚！"

"我……我买下菜市场都行，我还买不起你这个螃蟹？"

"那你买呀，口气大得跟河马似的。"

"我才不买这菜市场，不过到时候你们生意受影响了别来怪我！"

"哈哈。"小摊贩大笑起来，"口气大得很呀。滚吧滚吧。这里不欢迎你。"

本来大家伙都挺支持中年人的，但听他说可以买下菜市场，很多人开始掉转枪头支持小摊贩了，反而对中年人指指点点。这年头人们总是要求别人低调谦虚。

丁满红看不下去了，上去抓住小摊贩的手腕："明明是你不对，怎么反倒对人家凶了？还不快跟人道歉，感谢他不报警抓你！"

"我……丁满红……你放手！"小摊贩被丁满红抓得疼了，猛地推开丁满红。

丁满红和菜市场打了好多年交道了，这里几乎没人不认识她。中年人一听是丁满红，很惊讶地说："丁满红，你爸爸是不是叫丁家民？"

丁满红惊讶道："你认识我爸爸？"

"何止认识！他对我还有两个包子的恩情呐！"

中年人也不争论了，拉着丁满红就离开菜市场，找了个地方和丁满红畅谈起来。

丁满红和那人聊了很多之后她才知道，在父亲丁家民推着早饭车到处走的时候，曾遇到过此人。他自称刘健，说自己当年虎落平阳之际，遇到了丁家民。丁家民并不因他穷困而给他脸色，相反，当丁家民发现自己吃了包子后故意装作没带钱时，丁家民并没有戳破，还又给了他一个包子吃。

正是这两个包子让刘健活下来了，并感恩在心。

"我看过你小时候的画。"刘健说道。

丁满红笑了："我记得，爸爸把它弄到了餐车上了。"

"画得很好，当时我就想你将来一定会有大出息。"

丁满红低下头："可是我没有……"

刘健笑了笑，说道："没事，满红，大成就不一定是你要当一个宇航员，或者你本人成为一个大人物。其他方面有成就，也可以是大成就。比如，你培养出了一个大科学家，那你也是有大成就呀。"

丁满红眼睛发光，她猛点头："满青会有大出息！"

刘健笑了，说："对，这也是大出息。"接着，刘健想了想说："满红，你跟我来。"

刘健带着丁满红上了一辆 SUV。

丁满红诧异不已，问道："你有车呀？"

刘健笑了："是啊，赚到钱后我第一时间买了车，这样出门的时候就再也不会被人看不起了。"

丁满红猛点头，不停地摸着汽车的内饰。

汽车开了一会儿就停下了，下了车后，丁满红发现他们站在一家即将营业的超市面前。

刘健说："去看看我的店吧。"

"这是你的超市吗？"丁满红很惊讶。

这个地方她收废品的时候老是路过，听说这里要建一个大型超市，没想到这个超市的老板就是刘健。

刘健打开门："我们进去看看，你给我提提意见。"

刘健进去后，开了灯。丁满红走进去后惊呆了，直呼："这面积也太大了，东西也太多了。"

刘健笑了笑，他走到里面一处空地，说道："我想办一个和别人有点不一样的超市。在这个地方，我打算卖蔬菜、卖各种肉、卖熟食，我还找了梅宝斋做酱鸭，齐美心做蛋糕……"

丁满红惊呆了，这样的超市她闻所未闻。

"那还是超市吗？这里还是菜市场，还是熟食店，还是烤鸭店和蛋糕店！"丁满红说道。

刘健哈哈笑了，说道："对，它不仅是超市，它将是杭州第一家生鲜超市！只是超市的名字我还没想好，所以外面的招牌还没挂，店也还没开始营业。满红，你来看看这个机器。"

刘健带丁满红走到收银台前，指着收银的机器说道："这是计算机化的收银台，只要记住每个菜的标码，输入以后，价格就会出来，机器会自动给你算出要付多少钱，要找多少钱。"

刘健让丁满红试试，但丁满红试了几次后，不是记错了标码，就是操作有误。

丁满红脸都红了，连说对不起。"十二岁时我得了脑膜炎，之后就这样了……"

刘健点头说道："我知道，要么你先当收银员试试看？熟练了应该就没问题。"

丁满红总算明白刘健带自己来这里的原因了，原来他是要聘用自己当收银员。丁满红心想：这是遇到好人了，自己也确实很需要一份工作，可是这个机器自己是真的不会呀。刘健此时也在琢磨什么工作适合丁满红。

这时候丁满红弱弱地问道："如果我不用机器，直接算行不行？"

刘健一怔，疑惑地问："你是说口算吗？"

丁满红点头道："要不要试试？"

刘健同意了以后，随口报出了西瓜、苹果和青菜的分量和单价，没想到刚报完，丁满红已经算出了总价。刘健拿出计算器一算，分毫不差。刘健惊呆了，问道："你一直会这么算？"

丁满红点点头："你不知道，我有一个外号——菜市场小神算！"

刘健半信半疑，这一次连着报了十一个水果蔬菜，还加上方便面和圆珠笔，结果丁满红还是轻松算出了正确总价。

刘健这下子是信了："行啊，你被录取了，你可以不用机器结账。"

丁满红高兴地跳了一下，然后学着大人的模样伸出手说："谢谢你！"

刘健愣了一下才明白丁满红这是要握手，他握住丁满红的手后说："是我要谢谢你啊，你是我招的第一名收银员，我太高兴了，我们店总算是有收银员了。"

丁满红知道刘健是在开玩笑，可还是笑得合不拢嘴。

第十六章

"超市收银员？"

听说丁满红当了超市收银员，不仅有制服，还有五险一金外加带薪年假，徐淑芬高兴得跟个孩子似的，连说："我家满红真是了不起啊，从现在开始她就是公司的正式职员了，不是清洁工，不是废品回收员了。"

丁满红听得都不好意思了，连说："我也才刚开始工作，万一被辞退了呢？"

徐淑芬一听，紧张起来道："我听说像这种大公司，辞退员工的话有赔偿是不是？你不是签了合同吗？你看看那合同上有没有？"

丁满红找出合同看了后，指着一条说道："奶奶，有的，这里写了，如果用工单位无故辞退员工，则要赔偿三个月工资。"

徐淑芬舒了口气，笑道："满红，满红，别人不是说我家满红找不到工作吗，不是说满红只能捡捡破烂吗，我倒要看看那些人以后看到我是什么样子。"

丁满红摇头，心想：奶奶总归还是在意面子呢。

丁满红一直想把这个好消息告诉潘小多，可潘小多最近出差不在工地，打他电话也基本不接，丁满红想到这事心里就不高兴。

事实上，潘小多最近躲着丁满红全是因为肖丽华。

潘小多怎么都想不到，自己跑去建筑工地了，竟然还会遭遇肖丽华的"围追堵截"。潘小多那天正帮着工人搬下水管道时，肖丽华穿着高跟鞋出现在了他的面前。一瞬间，潘小多甚至认为自己眼花了，因为这个画面很不搭，然而他揉了一下眼睛后确认了：这是真的。

潘小多告诉肖丽华："你别再来找我，毕竟两个家庭差别挺大，而且我真的对你没感情。"但肖丽华说："我想清楚了，上次闹着跳西湖是太儿戏了，我是来道歉的。"

潘小多本来要把肖丽华赶走的，但一听肖丽华是来道歉的，一时又狠不下心肠了，只能说："我自己也有错，不该说话那么直接。"肖丽华一听，高兴地说："你不怪我了吗？"

潘小多点头，说："我要去工作了，你以后可以电话联系我。"肖丽华连连点头，临走还给了潘小多一个拥抱。

潘小多回到工地后，工人们都以为肖丽华是潘小多的女朋友，纷纷夸他女朋友漂亮温柔。好几个以潘小多大哥自居的工人，都说盼着他们快点结婚，红包都给准备好了。工人们大都是四川、安徽来杭的山里人，说话直接，心直口快，把潘小多说得满脸通红。

一开始，潘小多以为这会是他最后一次见肖丽华了，没想到，这之后，他几乎每天都能见到肖丽华。肖丽华会带着吃的喝的来工地找潘小多，潘小多不搭理她，她也会把这些东西分给其他工人，然后黏在潘小多身边。

潘小多手指一点小擦伤，肖丽华就焦急万分地去找创可贴，非得给他贴上。潘小多烦得不行，就说："这点小伤一会儿就愈合了，你赶紧去公司上班，别再来这里捣乱了。"肖丽华告诉他："我已经决定不工作了，按照我爸妈的希望回家管理公司。"潘小多很吃惊，之前他只知道肖丽华家有钱，但如今一听，似乎她家的企业还挺大。潘小多或多或少觉得有点可惜，肖丽华之前一直跟他说自己想要找工作，想锻炼自己，毕竟大学里面学了很多本事，她很想去社会闯荡一下，而不是直接回家继承家业。潘小多不知道，肖丽华选择回家，最大的原因恰恰是因为潘小多。

肖丽华还邀请潘小多去自己刚租的房子玩，还告诉了他地址，让他有空就过去。潘小多应付着点头，不过那个地址就在附近，难怪肖丽华最近老往这里跑。

潘小多就问她："不是说回家管理公司了吗？怎么还待在杭州？"

肖丽华随口应道："我爸妈马上来杭州。"

潘小多也没多想，随便找了个借口就跑回了工地。潘小多想到丁满红上次是看到了肖丽华的，怕她见到肖丽华心里会难过，就跟丁满红撒了谎，说自己这几天会出差，其实他就在工地工作，在想方设法摆脱肖丽华。

他没想到的是，肖丽华的父母还真的来了杭州，而且是直奔思鑫坊。

潘正义这天下班回到思鑫坊的时候也很惊讶，思鑫坊坊子口不是没停过豪车，之前来这里做外贸生意的人，也停过温州的、上海的各种豪车，但这一次的豪车与众不同在于它是有司机的。

潘正义心中嘀咕："这又是哪位老板来这里租店面了？"

此时外贸服装生意已经示弱，思鑫坊里做外贸服装生意的店面已经关了几家，潘正义心中还在想：这时候还有人要做外贸的话，那不是要亏死？

潘正义没走两步，董伶俐看到他就冲过来，在他耳边说："快点回家吧，是你家的。"

"什么我家的？"潘正义不明白了。

"外面那豪车看到了吗？车里的人，一男一女，是进了你家的。"

潘正义这下明白过来，当下加快脚步往家赶。

推开家门的时候，潘正义就听到了苏雯的声音。

"你们太客气了……真的太客气了……哎哟，我老公回来了。"

潘正义放下公文包往客厅走，就见到了肖丽华的父母，潘正义当时第一反应就是：这穿着打扮，有钱人呀。随后二人就做了自我介绍，说是肖丽华的父母，二人是代表肖丽华，来和潘小多的父母沟通一下子女的恋爱问题。

苏雯赶紧跟潘正义耳语了两句，说他们支持他们女儿和我们儿子处对象。潘正义点点头，心里没有觉得高兴，也没觉得不高兴。他看得出来，苏雯对于肖丽华的家庭竟然如此富裕是十分喜悦的，那喜悦可以说溢于言表，但他实在高兴不起来，只能尴尬地笑了笑。

"我们商量过了，决定尊重我们女儿的意愿。如果潘小多愿意和她结婚的话，我们是全力支持的。"肖丽华父亲说道。

"我们也支持。"苏雯说，"丽华上次来到思鑫坊，也和我聊了很多。当时我就很喜欢丽华，长得好看，人又好，我们家小多真是几世修来的福分啊！"

"那就这么说定了啊！"肖丽华的母亲也面露喜色，"哎，说起来我们这次主动上门也是脸面都不要了，但做父母的谁不为孩子着想呀？为了孩子，父母都是连命都能豁出去的，脸面又算什么呢？"

苏雯连连点头："确实呀，谁家孩子都是父母的心头肉。"

肖丽华父母起身准备离开，肖丽华母亲发出邀请，让他们有空去温州玩玩，他们也可以再在一起谈谈孩子们的婚事。苏雯满口答应，肖丽华的母亲就更高兴了，直接说："那就下周吧？我派车来接你们。"苏雯没想到对方不是说说，而是真的邀约，当下有点后悔了，但对方既然这么说了，也不好拒绝，只能继续点头应允了。

苏雯和潘正义送二人离开，一直送到了思鑫坊门口。待二人走后，思鑫坊的街坊邻里都围了上来，询问来的是什么人。潘正义搪塞说："是客户，让大家见笑了。"说着径直先走回了家。有人上门谈小多的婚事，可他却反而心事重重，完全没顾虑到苏雯还在坊子口呢。

街坊邻里信以为真，自然也就慢慢散开了。董伶俐拉着刚下班的秦海燕却没走，二人笑嘻嘻地追问苏雯："客户是假的吧？"

苏雯神神秘秘地说："事情还没定数呢，说了怕你们传出去闹笑话。"

"你就说说吧，我们不往外说。"董伶俐迫切地想知道真相。

苏雯捂着嘴笑了笑，这才说道："别说出去啊。来的两人啊，是准亲家。"

秦海燕惊讶："小多女朋友的爸妈？这么豪气呀？"

苏雯点头："可不是，还说下周派车来接我们去温州玩。"

"苏雯，你可真是好福气呀！我们家明伟呢，女朋友八字还没一撇，跑去了上海，进了什么证券交易所工作，结果还每天问我们要钱。"秦海燕是当真羡慕苏雯的，她本来觉得朱明伟能进证券交易所挺能耐的，但男孩子长大后最大的能耐，说到底还是找一个好老婆，这一点上潘小多赢了。

苏雯心下喜悦，但手上连连摆手，嘴上也是马上恭维道："你们家明伟也厉害，这证券交易所可不是随便什么人能进的地方，我听说那录取率低到吓人。"

几个女人闲聊着往苏雯家走。

果然在下一周的周三，那辆豪车又停在了思鑫坊门口。此时的思鑫坊，人人都知道了：这车是来接苏雯和潘正义的，这车的主人是潘正义的准亲家。

从门口走向豪车的路上，潘正义感受到了邻里古怪的目光，心中十分懊恼。他偷偷跟苏雯抱怨，说她嘴巴不带把门的，什么都往外说，这要是两家谈不拢，到时候收场都不好办。

苏雯不高兴了，拍了他胳膊一下，说道："你就怪我吧。儿子要是能定了亲，做妈的就不用愁了。别告诉我你一点都不担心儿子结婚的事情，要是他真和满红在一起了，我跟你拼命。"

被苏雯这么一说，潘正义也一下子没了火气。确实，他也不希望儿子和丁满红在一起。事实上，现在思鑫坊谁都知道，潘小多喜欢丁满红，打很小就喜欢了。唯一对这种情感不太熟悉的，恰恰可能是两位当事人了。

因为要回温州，肖丽华跟潘小多进行了短暂的告别，潘小多得以获得喘息的机会。21世纪开始的第一年元旦过后，丁满红所在的超市开业了，潘小多早已知道丁满红在超市当收银员，所以下班后马不停蹄就往超市跑。

等到了超市门口的时候，他才看到这家超市的名字并不是叫"某某超市"，而是叫"巨龙生鲜"。潘小多略感惊讶。

进到巨龙生鲜后，潘小多一下子就发现了丁满红所在的位置：

她在超市最里面的收银台，她面前的队伍比其他人的队伍要长一些。

丁满红没有注意到潘小多，因为她正忙着结账，每到下班点就是收银员工作最繁忙的时候。超市刚开张的时候，丁满红负责的通道还是比较空闲的，毕竟她那里没有机器，大家自觉地都往机器通道那里走。但后来有些人就蓦然发现了，这丁满红算得不比机器慢，而且她手脚麻利，服务态度好，一直保持微笑，就都捡着她这条通道走了。

潘小多进了超市，边挑东西边观察，他深深地被超市老板的想法折服了：这已经不是一般的超市了，这就是一个市场，它舍弃了很多没用的重复商品，每样类型产品只进一到两种，增添了熟食、蔬菜、水果和各种现做小吃……潘小多买了个千层饼啃了起来，他发现，丁满红面前的队伍虽然长，可结算的速度反倒比其他队伍更快。潘小多称了点熟食，拿了两瓶啤酒，也排到了丁满红的队伍那边。

结算到潘小多的东西时，丁满红露出了微笑，说道："欢迎光临。"她专业地把东西装袋，然后直接报出了总价，潘小多递上了二十块钱，丁满红接过钱后找给他三块两毛钱。

最繁忙的时间过去后，丁满红和人交接班后才急匆匆跑出超市，果然在超市门口看到正无所事事吸着烟的潘小多。他坐在超市外边的台阶上，脚边满是烟蒂。

丁满红走过去，在他旁边坐下，潘小多马上伸出手肘。

丁满红没发现异样，诧异道："怎么了？"

潘小多颇为生气地说："没看到吗？这么大个伤口！疼得我要命。"

丁满红马上检查他的伤口，结果只看到一个指甲盖大小的划伤，她一把甩开潘小多的胳膊，气道："像个男人吗！这么点小伤就大呼小叫！"

丁满红和肖丽华完全不同，如果是肖丽华，此时一定已经问疼不疼，并且给他贴上创可贴，而丁满红则嫌弃潘小多大呼小叫。

潘小多哈哈笑起来，说："谁叫你出来这么晚，愈合了都怪我。"

"难道怪我咯？"丁满红问，"哪弄伤的呀？"

"工地……"

丁满红疑惑道："不是出差了吗？"

潘小多马上说道："出差也是去其他工地啊。我一个监工，出差还能去哪里？"

丁满红没有怀疑，应了声后摇头晃脑地哼起歌曲，是超市里一直放的歌曲。

"怎么不是'日落西山红霞飞'啊……"

丁满红笑道："潘小多，你管得很多呀。"

潘小多拿出啤酒，一口咬掉一个瓶盖，将其中一瓶递给了丁满红。

"不嫌弃我口水的话，就喝吧。"

丁满红接过啤酒，喝了一口，看到潘小多在吃熟食，她马上抢过袋子，翻了翻后找出最好的部分自己吃起来。

潘小多无奈地叹气："好的都给你吃了，你上辈子一定是强盗。"

"那叫山大王。"

"随便，反正都是强盗。"

丁满红突然咯咯笑，潘小多就好奇地问道："怎么了？"

"山大王抢了个压寨夫人，一揭开盖头，发现是潘小多。"丁满红自己说着，笑得前俯后仰，结果呛到了气管不停地咳嗽，潘小多一直给她拍背部。

"喝酒的时候别乱笑。"

丁满红连连点头，等到咳嗽过去了，丁满红小声问道："小多，你最近很忙吗？"

潘小多点头："你呢，新工作顺利吗？"

丁满红见潘小多言辞有点闪烁，她想起了奶奶昨天告诉她，说潘小多好像要和人定亲了。当时丁满红还笑嘻嘻地问"定亲"是什么意思，奶奶徐淑芬就气呼呼地说道："就是准备结婚的意思。"

所以今天丁满红其实心情一直有点儿不好。刚才突然看到潘小多出现了后，她马上高兴了一下子，但很快想到这几天潘小多一直不出现，再想到奶奶说的话，她心情马上就糟糕下去了。

丁满红深吸一口气，说："很顺利。我今天还被店长表扬了，说我计算很快，而且还能帮助其他人，比如称重那里如果没人，我也去帮忙，店长说这样很好。"

潘小多应了声："那你不是比别人做更多的工作？"

丁满红摇头道："这样我有事离开的时候，别人也会帮我啊，所以不会做得比人多。对了，我在店里还交了个好朋友。"

原来丁满红在店里认识了一个姐姐，那姐姐叫郑舒雅，名字很文雅，可人却是个暴脾气。但她对丁满红非常好，因为郑舒雅以前在其他超市当过收银员，所以一进来后，就教了丁满红很多东西。

潘小多听了后很高兴，鼓励她多跟其他人接触。

那天晚上二人结伴回思鑫坊，丁满红好几次想问问定亲的事情，却又问不出口，也不知道具体该问些什么。

潘小多完全不知道父母已经和肖丽华父母见过面了，还几乎算是同意了这门亲事。他每天都在工地待到很晚，一大早又出门了，这段时间，别说和思鑫坊的人没交流，他甚至和父母都没说上几句话。潘小多还在纠结的事情，其实是如何跟丁满红坦白肖丽华的事情，而他也知道，自己没有直接挑明，还是有一丝享受肖丽华所带来的虚荣感的。

从肖丽华第一次出现在工地开始，他明显感受到了工地上其他人对他的羡慕。虽说他也不能强求肖丽华必须远离工地，必须离开杭州，可他其实是内疚的，他总觉得自己有千万种办法不跟肖丽华再见面的。

就这样二人一路无话回到了思鑫坊。最后道别的时候，潘小多说道："满红，如果我做了对不起你的事情，你会原谅我吗？"

丁满红马上绽放出微笑："笨蛋，怎么会有这样的事情呢？你不会做呀。你从来没有做过！"

潘小多笑了，道："也对，也对。"

丁满红和潘小多互道晚安后就回家了，徐淑芬给她留了门。最近丁满红有时候值班到半夜，所以徐淑芬不再在一楼门口等她了，而是给她留门，灶头上也温着饭菜。尽管丁满红跟徐淑芬说过她在超市会吃晚饭，但徐淑芬还是固执地温上了饭菜，说她晚上回来肚子饿就可以吃。

今天晚上，丁满红明明在下班后还和潘小多一起喝了啤酒，吃了熟食，可她却觉得肚子很饿。丁满红拿出了温着的饭菜，大口大口地吃。

第二天丁满红正在工作的时候，被店长叫到了办公室。店长关好门后，这才小声跟她说道："满红，出事了，我们店里收到假币了。"

丁满红惊讶道："假币？"

丁满红对假币也不是完全没有认知，小时候，丁家民就曾在收到假币的时候，懊恼地跟丁满红发过牢骚。那时候，丁满红还拿过父亲收到的那张假的十块钱看呢。

丁家民当时就问她："看出什么毛病来了吗？没对比一般很难看出来。"

丁满红满是狐疑地看着父亲，似乎觉得父亲在嘲笑她。"这个字写错了呀。"丁满红伸出胖嘟嘟的手指，指着"中国人民银行"那里。

"真的？"丁家民觉得奇怪，他收到这张假钞当时可什么都没有发现。要不是在使用时被眼尖的人看出来了，他都觉得这张假钞会一直流转下去。"这个字哪里错了呀？"

"'中国人民很行'，这肯定是错的啊，这不应该是'中国人民银行'吗？"丁满红叹着气，她对父亲连这样简单的错字都发现不了表达出自己的失望。

丁家民一看，不停地挠着头，尴尬地笑道："还真的是哈，我怎么就没发现呢？这一定是外国犯罪团伙做的，嗯，一定是的。"

这当然是雪晴早饭店收到的假钞中最离谱的一张，也是丁满红最早对于假钞的记忆。

但此刻她看着眼前这张一百元假钞仔细检查，是真的无法发现哪里有问题。

"看不出问题吧？我留意了几天了，你的通道出现得最多，其他人的通道稍微少一些，但是也不少。我觉得是有伪钞团伙在我们这里销赃。"店长说出自己的猜想，这可把丁满红吓了一跳，伪钞团伙这种事情不应该是电视剧、电影里才会出现的情节吗？

丁满红有点儿不知所措，但她马上想到一个问题："店长，这件事你告诉我干吗呢？"

店长嘿嘿一笑："我没人可以商量呀。店里的员工我都相处这么久了，说来说去，我觉得你最靠谱。你肯定不会乱说，对吧？"

丁满红点点头："店长，那你想怎么办？"

店长说：“我已经联系过老板了，他让我们报警。可我怕跟警察打交道，而且我也不是杭州本地人，怕惹麻烦。要么你去报警？满红，这可是重要任务啊，以前你做得好的地方，我是不是一直夸你？这个任务，我认为只有你才能办好。”

丁满红一听店长这么说，当下一拍胸脯道：“没问题，交给我吧。”

于是店长把一塑料袋的假钞给了丁满红，拍拍她肩膀说道：“满红，就交给你了。”

丁满红拎起这袋钱，感觉还是很沉的，她问了一下大概有多少，店长说没仔细数，起码有两三万。丁满红本来想直接拎着这批假币去警局报警的，可店长让她别这么招摇，被人知道店里收到这么多假币，对店的形象不好。

于是丁满红决定当天继续工作，第二天一早跑一趟警局。

当天晚上回到家的时候，徐淑芬看到袋子里的钱先是一惊，随后整个脸上绽开了花一般的笑容。

“满红呀，这笔钱怎么来的？装着塑料袋就回来了，你不怕被抢呀？”

丁满红毫不在乎地说：“不怕啊。”

徐淑芬拿出钱：“奶奶就没你这么大胆色。这里面有多少钱啊？”

“店长说大概两三万吧。”丁满红说完去洗澡了。

当天晚上，马飞突然跑来说要约她一起唱歌。丁满红不会唱歌，就拉上了郑舒雅一起去。郑舒雅一听说有人花钱请唱歌，高兴万分，特地打扮了一番赶到了思鑫坊。

马飞没想到丁满红竟然带了个女人过来，一时有点紧张。他在外人面前一直比较怕生，一紧张说话还会结巴。马飞带他们去了一家新开的 KTV，一看到马飞，前台竟然亲切地叫他"马飞哥"，热情地领着他们去包间，还贴心地送上了水果。

丁满红惊讶不已，连问："马飞，这是怎么回事？你怎么会认识这里的人的？"

马飞小声地说："我不熟的，不过我给他们做推广，这是他们给我的特权。"

事后，丁满红才知道马飞这是做起了一门十分特别的小本生意。其实这段时间马飞一直没找到工作，无聊之余，他发现了一个商机。

那时候杭州几个高校园区开始初具规模，他想到自己读书时最大的烦恼，就是可以低价团购到的商品信息太少了。于是他想到把所有对学校、学生开放的团购信息全部集中到一起，集中到一本优惠册上。

他想得十分美好，一开始，所有商家的优惠信息不需要付费，他自己出钱把这些信息印刷出来后在学校里免费发放，学生们拿到优惠券后自然会去消费。等商家们尝到甜头后，他再收费，一个商家一个季度一千块信息投放费，如果有一百个商家，那就有十万块信息投放费，再加上特别位置的商家，比如册子的封面、封底，可以收更高的价钱。

马飞粗略算了一下，一个月少说也能赚个三四万。于是马飞马上在学校里贴了个招聘启事，招了几个学生兼职帮着他跑商家，这个卡拉 OK 就是其中确定投放优惠信息的商家。

听说了马飞的计划后，丁满红直呼马飞天才，郑舒雅也对马飞刮目相看，还说马飞是她见过的最有头脑的人。马飞原本只是想让丁满红体验一下，没想到顺道而来的郑舒雅对他一通夸赞，一直以来没怎么感受到女生崇拜的马飞觉得十分受用，不自觉地就记住了郑舒雅这个人。

那天玩得很晚，丁满红还喝了点啤酒，想到第二天不用上班，丁满红回到家后毫不担心地躺下就睡，一觉醒来时已是第二天中午。她睡眼惺忪地起床洗刷，结果被笑嘻嘻站在门口的奶奶徐淑芬吓了一跳。

"起来了呀，满红。"徐淑芬的声音特别温柔。

丁满红应了声，刷牙的时候她才觉得奶奶的行为和声音有点怪异。在她二十多年的记忆中，奶奶还没有过一大早守在自己门前，以这样温柔的声音说话呢。

丁满红来不及冲掉嘴里的泡沫就转头查看，果然，奶奶还是微笑着站在身后看着她。

"错觉，一定昨晚喝酒喝太多的错觉。"丁满红喃喃自语，但她马上摇头，"不是错觉，是真的。"丁满红还是忍不住，冲奶奶喊道："奶奶，你笑的样子好诡异呀，到底发生了什么事？"

徐淑芬示意丁满红可以先把牙刷完，她可以等，等她洗刷完后再和她慢慢讲。但是丁满红等不及了，拉着奶奶坐到床上就要她马上说明白。

徐淑芬咳嗽了两声说道："其实，我早上去找了你小叔，他答应让满青每周跟我们出去一趟。"

丁满红跳了起来："真的？那太好了！奶奶，你真是太了解我了。"丁满红最近确实在思考怎么和满青多接触一点。

可是徐淑芬的表情看起来并没有为这件事高兴，丁满红马上明白过来。

"奶奶，是不是还有什么糟糕的事情？"

徐淑芬叹气道："也不是多糟糕的事情，一般糟糕吧。"

"那到底是什么事情？"

"你昨晚拿回来的钱，我弄丢了。"徐淑芬说道。

丁满红诧异道："弄丢了？是被偷了吗？在自己家里，怎么可能弄丢呢。"

徐淑芬摇了摇头，听她把事情经过说完后，丁满红才明白过来，这笔钱还真的是被徐淑芬弄丢的。

原来昨晚丁满红出去唱卡拉 OK 后，丁家祥就到徐淑芬家里来探望。说是探望，实际上就是来打探丁满红的工作情况。徐淑芬就想着帮丁满红谈谈探望满青的事情。丁家祥当然一口拒绝，可他看到了丁满红留下的钱后，就说如果丁满红能借他一笔钱的话，他倒是可以答应，谁叫他刚好需要一笔钱填个小窟窿呢？

丁家祥走了后，徐淑芬思考了一晚上，最终决定"讹"自己儿子一次，帮丁满红和丁满青姐弟俩一把。所以徐淑芬一大早把钱装进了黑色购物包，坐着公交就去找丁家祥。丁家祥看到母亲过来，再看看她肩上的黑色购物包，就知道事情成了。他把母亲拉到外面凉亭，谈了一会儿后他答应徐淑芬，每周可以让他们带丁满青玩一天，还会增加给丁满青的教育投入。而徐淑芬则是当着他的面从这堆钱里抽出了两千，徐淑芬的意思是：丁家祥说话不算话的事情太多了，信不过，先给两千定金，如果真能做到接下来每周都能见满青，一年后她会再给剩下的钱。

丁家祥一时有点儿恼怒，可一来怎么说徐淑芬也是他母亲，二来他至少也能先拿到一笔钱，丁家祥就这么收钱了。照理说，徐淑芬这一出"四两拨千斤"玩得极为漂亮，可她偏偏在回来的公交车上，把黑色购物包给落下了……

跟丁满红讲完整个经过后，徐淑芬畏畏缩缩问道："满红呀，这些钱我这么弄丢了，不会出大事吧？"

丁满红摇头道："不会不会……奶奶你别担心，这些钱一点儿都不重要。"

丁满红这么说着，心里却开始琢磨起来，这些钱可都是准备到警局报案的假钞呀，丢了假钞，她怎么去报案呢？

苏雯和潘正义没有如之前所说的那样在温州玩一个礼拜，他们只待了三天就自己坐火车回来了。

潘小多也是这两天跟在温州的父母通了电话，才知道两人是去了肖丽华家。他气得当场挂断了电话，心中又气愤又难过。父母竟然瞒着他已经去了肖丽华家了，而肖丽华还跟自己说有事回家，那不就是回温州跟自己的父母谈婚事嘛。

说到底，这原本两情相悦的事情，竟然变成了女方加双方父母在那里酌情处理了。潘小多觉得自己真是一点面子都没了，差点就落下泪来。

还有一点更令他难受的是，他不知道该怎么面对丁满红，但他无比确定，即便父母和肖丽华那边什么都谈好了，他的回复也只有两个字：滚蛋！

但是丁满红会怎么看呢？

就在潘小多还在为此烦恼的时候，父母提前回来了。知道此事的潘小多当天就跟工地请了假，他是想和父母好好说清楚这件事。可没想到的是，这个时候赶到思鑫坊的竟然还有警察。

警察还是当年来办丁家民家万元被盗案的那两名警察，只不过时间在他们身上也都留下了浓重的痕迹。当年的年轻警察，如今已经长成中年大叔了，而当年的中年大叔，则已是华发初生，俨然一名公正不阿的老警察。随二人走下警车的，还有丁家祥。

丁家祥一下车就喊："警察同志，我保证，这些假钞真的和我无关，那是我妈给我的。她那里不止这点假钞，还有好多假钞，起码好几万呢！"

老警察说道："不用多说，带我们去看看吧。"

丁家祥喜道："知道了，我这就带你们去。"

丁家祥看到潘小多，还冲他喊："小多，小多！你看到满红了吗？她不在超市，是不是在家里啊？"

潘小多摇头说："我不知道。"

他搞不懂丁家祥怎么和警察待在一起，他急着回家，也没把这事挂在心上。

丁家祥跟警察说道："我这个小侄女，嫌疑很大。我思来想去，我老妈她不可能搞来这么多假钞，最有问题的就是我这个小侄女了。"

年轻警察说道："你侄女是丁满红对吧？丁家民的女儿，是不是？"

丁家祥惊道："哎呀，原来你们认识？"

"丁家民夫妇当年成为万元户时，那笔钱被盗的案子就是我们办的。当时丁满红只有八岁吧，她自己来警局拿追回款，聪明得很呐，可惜后来生病，哎……"老警察叹气道。

丁家祥点头道："是很可惜啊……"心里则狠狠地想：可惜是可惜了，可她要是一直聪明着，那就是个小煞星了，不定把我咬成什么样呢。丁家祥这么想着，不自觉得手上虎口处隐隐作痛。

丁家祥带着警察进入徐淑芬家时，徐淑芬和丁满红正在做晚饭，看到警察进屋，二人都停下了动作。

老警察笑眯眯地说："不用紧张，我们呢，是来问问假钞的情况。"

丁家祥冲上来嚷道："快交代清楚你们是怎么得到这些假钞的！你们的假钞，可把我害苦了！"

丁满红看到丁家祥一副苦兮兮的样子，不由得笑出了声。

潘小多回到家，见到父母正气呼呼争论些什么。

潘小多说："我还以为你们一定高兴着呢，有机会攀上一个富翁亲家。"

潘正义起身怒道："你把你爹当成什么人了？我们还不至于没骨气到这个地步！他有钱，我们就不经过你同意，胡乱定了你的婚事？别人卖女儿的，我见过不少，卖儿子的，你见过没？你都没见过，你觉得我会这么干？"

潘小多一时语塞，他没想到父亲反应这么激烈。

"你们没答应？"

苏雯摇头："你把你爸妈想成什么人！我们确实喜欢肖丽华，但也不会什么都不管不问就把你卖了呀。"

潘小多皱眉道："那你们还和人家父母走得这么近？"

"不走得近，怎么看得出来人家是真心还是假意呀。"潘正义拍拍儿子肩膀，"小多呀，别瞎猜了，我们是去了温州，但我们什么都没答应。"

潘小多还是有所怀疑，他早就知道父母的心思，他们根本就看不上满红，所以一门心思想给他找个门当户对的对象。比如毕业后潘正义所谓的给他找的工作，潘小多早就知道了，工作是次要的，最主要的是那个单位里有潘正义的同事的女儿，他想让潘小多进那里工作，其实是想让他和人家女儿处对象，所以潘小多才拒绝得这么直接：反正绝对不可能在一起，没必要拴着人家姑娘。

这时候，屋外传来了吵闹声，潘小多和父母打开门，就听到董伶俐在门外喊："小多，小多，满红要被警察抓走了。"

董伶俐这一喊，潘小多拔腿就往丁满红家跑。潘正义一看，夹上公文包，和苏雯一起赶了过去。

潘小多一家赶到时，丁满红正被两名警察架着走出家门。董伶俐和秦海燕已经挡在路上了。

警察看着没办法，就让丁满红自己跟众人说明情况。

丁满红也没想到这么多人会挡在警察面前，不想看到她被警察抓走。她眼中含泪跟众人说道："放心。我不是犯罪，我只是协助调查。"

可街坊邻里并不信，他们都找警察要说法，谁都不相信丁满红会做出犯法的事情。中年警察不得不说道："其实她有没有犯法还不一定，我们正在找证据。请各位乡亲让个路，好让我们把人带回派出所。"

"不行！"苏雯看不下去了，问道，"万一你们要是胡乱审呢？满红别看是个成年人，可她其实还是个孩子……"

中年警察笑了，说："这年头，我们警察已经不会再胡乱审了，所有步骤都有监控的。"

苏雯不信任警察的话，说道："丁满红是我干女儿，你们如果一定要带走，那就把我一起带走。"

中年警察和老警察耳语了一下，最后老警察说道："你们这样胡闹，那是妨碍警察办案，我们都是可以把你们抓起来的。"

老警察说完，思鑫坊的人群开始慢慢让开了位置。但苏雯却还是不依不饶，就是不肯让他们带走丁满红。

徐淑芬看在眼中，心中感激，她也走到苏雯身边说道："满红什么都没做错，她只是要带着这批假币去报警，都是我这个老太婆害了她，要抓你们抓我。"

丁家祥补了一句："妈，你还害了我，我差点就蒙冤被抓了。"

徐淑芬白了一眼躲在人群中的丁家祥，说道："你这个不孝子，多了你不多，少了你不少，当初就不该生你。"

丁家祥道："那也由不得了。"

老警察摇了摇头，说道："你们这么想去警局，那就一起去吧。"

潘小多见状，也马上跳出来，说道："算上我。"

中年警察为难了，老警察笑了笑，说："把人都带上吧，回去刚好也有一些问题要问一下思鑫坊的乡亲。"

在警局，丁满红把店长跟她说的话一股脑儿全告诉了警察。两个警察这才知道了这笔假钞的真实来历。其间，苏雯看到丁满红说得口干舌燥，还提醒警察同志应该多给丁满红准备点水喝。

苏雯还告诉丁满红："满红，不用怕，阿姨在这儿呢。你只要实话实说就行，没人敢欺负你。"

潘小多没有想到，母亲虽然反对自己和丁满红走得过近，但当丁满红需要帮助时这么维护丁满红，潘小多心中无比感激。

问完丁满红之后，警察又问了苏雯、徐淑芬和潘小多一些问题，确认了这批假币和思鑫坊真的毫无关系后，警察们也舒了一口气。

老警察最后说："那接下来就简单了，我们需要你们保守这个秘密，然后协助我们抓捕犯罪分子。"

苏雯一听，激动地问："怎么协助？我们能做什么？是和你们一起冲进贼窝抓人吗？"

中年警察笑了，说："不是这样的，你们的协助主要就是回去后什么都不说。至于丁满红，我们有一个艰巨的任务要给她。"

中年警察一说，大家的目光都集中在了丁满红身上，丁满红自己也很诧异："我能帮上什么忙？"

潘小多则问道："是不是要店里装什么验钞机啊？"

中年警察说道："店里最好不要装，要是装了，那些犯罪分子可能会找新的地方用假钞。当然，如果是店里已经装了的话，那就有点麻烦了。我们还是先按照计划，给丁满红培训一下吧。"

丁满红张大了嘴巴："还需要培训？"

丁满红因为脑膜炎后遗症，对于新发生事物的记性明显减弱了，为了学做菜，她都花费了比他人多几百倍的精力。

老警察笑道："放心，不难的，对你来说很简单。"

丁满红这才点着头，跟着两名警察进了其他房间。

这个培训整整进行了八个小时。得到警察允许后，潘小多本来让母亲陪徐淑芬先回家，自己留在警局等丁满红。但苏雯坚决不同意，最终还是她说服了潘小多先送徐淑芬回家，她老了，身体吃不消。自己则在警局保持着最高的警觉性，等待着丁满红出来。这一等就是八小时，苏雯竟然在走廊的椅子上睡着了。

丁满红叫醒苏雯，说可以回家了，苏雯这才从恍惚中清醒过来一点。走出警局后，苏雯就迫不及待地问丁满红在里面学了什么。

丁满红琢磨了一下后说道："有些事情我能说，有些事情我不能说。"

苏雯笑了："哎哟，和你阿姨我打马虎眼呢。那就捡能说的，说给我听听。"

丁满红说道："我学了识别假钞。"

苏雯惊讶道："这个厉害了。那些警察教你的？"

丁满红兴奋地说："他们手把手教的，一点点告诉我，还做测试，只要我没法快速识别出哪张是假钞，就不让我回家。"

"真够坏的。"苏雯抱怨，随后笑嘻嘻说，"然后你全部识别出来了？"

丁满红骄傲地说："一张都没错！连续测试十次，在一百张钞票中识别出哪张是假钞，我一张都没错。"

"厉害呀，到底是我们满红呀。对了，那你学这个干吗？"

丁满红马上做了个给自己嘴巴拉上拉链的动作，说道："那就不能说了。"

第二天一到店里，丁满红就傻眼了——店里每个收款通道都装了验钞机。

店长一看到丁满红后又把他叫到办公室，笑嘻嘻又带点自豪地说道："你看到了？全部都装上了验钞机，这下那些假币就无处遁形了。"

丁满红脑中闪过昨晚中年警察的话："如果店里装了验钞机，那用假钞的犯罪分子肯定就不会在你们店里使用了，他们只能找其他店。那样的话，我们也只能再想办法了。"

丁满红小声道："店长，能不能把验钞机都撤了？"

"怎么可能！大家都识别不出假钞。"

"我能识别。"丁满红更小声了。

店长疑惑道："你嗓子怎么了？"

丁满红明白过来是自己太小声的关系，店长以为她嗓子出问题了，可丁满红又觉得自己不能够跟店长说实情，毕竟警察同志交代过"务必对所有人保密"！

丁满红一琢磨，突然凶巴巴地说："那就把我的验钞机撤掉。"

店长反驳说："你以前已经是收到假钞最多的了，你的要是撤掉，那些用假币的就更会找你了。"

"我不怕，这本来就是我的工作，老板发工资给我，又不是发工资给验钞机，这份工作当然就是我来做。"

店长琢磨了下："你报警了吗？"

丁满红点点头道："报警了，警察很快就把那些坏蛋抓起来了。"

"那给你撤了验钞机，你收到假币了呢？"

"我收到多少我赔多少。"

眼看要营业了，店长就答应了丁满红的要求，撤掉了丁满红负责通道的验钞机。几名在门口等待的中年人见此情形，就都拿了点食品，然后故意排到丁满红这条通道。

丁满红告诫自己："丁满红，你可以的，保持冷静！动作尽量顺滑！尽量不要有古怪的表情！"

丁满红做着最熟悉的工作，只是在收到人民币后，要先进行一轮快速的真假钞识别。之前的人付的纸币都没有问题，到几个中年人付钱时，丁满红一下子就摸出来了——这纸币有问题。

丁满红尽量装出一副毫无波澜的样子，她拿起一个很大的娃娃塞到对方手里，说："你们是幸运客户，这是赠送的洋娃娃。"事实上，这是警察定下的暗号，这表示她发现用假钞的人了，而手拿洋娃娃的人就是犯罪分子。

守在窗外的警察见到了那个人抱着娃娃，和旁边的人一起嘻嘻哈哈地走出来，就慢慢靠近，最终一举抓获那群制造假钞的犯罪分子。把犯罪分子铐上警车后，老警察握住丁满红的手说："丁满红，做得不错，你立了大功了！"

丁满红拍着胸脯说："吓死我了，摸到假钞的一刹那，我浑身都发抖了。我还担心他们看出来了呢。"

老警察大笑道："我保证，如果抓贼也有奥斯卡的话，你能拿奥斯卡大奖。"

潘小多在工地吃饭时，看到电视上在播放警察同志神勇抓捕犯罪分子的画面，电视机中甚至还出现了丁满红。

潘小多猛地放下饭碗，他痴痴地看着丁满红，心下奇怪丁满红居然还被采访了？

潘小多特意调大音量，他这下子听清了丁满红面对记者采访时说的话了。丁满红说："这是警察教我的，我其实只是配合抓捕罪犯。"

记者又问丁满红是怎么识别纸币真假的，丁满红对着话筒就要侃侃而谈，结果被中年警察一把抢过话筒，还告诉丁满红说："这些东西不能对外讲……"

潘小多身边的人都哈哈大笑起来，纷纷表示这个警察和这个女孩都太好玩了。潘小多突然觉得自己脸颊有点烫，他还有点不敢相信呢，旁边的一位工友就笑话他说："小多，你看个新闻，咋看得脸都红了？"

潘小多这天晚上回思鑫坊前，特地去了一趟丁满红工作的超市，但丁满红提前下班了。潘小多蹲在卖染发剂的地方，挑选了很久，最终选择了金棕色。潘小多记忆中母亲头发的颜色是黑色中带着一丝金色，金色大概是每天早上看到母亲在朝阳下忙碌，头发折射出来的颜色吧。

这晚的思鑫坊很热闹，大家都跑到徐淑芬家外面聊天。丁满红坐在徐淑芬身边，围着的人不时地问丁满红抓人的细节。丁满红很认真地跟他们讲，有些老人耳朵不好使，丁满红会放大声音凑到老人家耳边再讲一遍。老人家听了后使劲拍着手，说："我们思鑫坊长大的孩子个个都是英雄！"丁满红就跟着咯咯笑。

潘小多站在人群外面看了一会儿，嘴上露出一丝微笑。他看到母亲也站在人群中，不时还哈哈笑起来。潘小多就上去拉住母亲的手，苏雯回头看，发现是儿子后，她温柔地拍拍潘小多的肩膀说："你看满红，多体贴，真是个乖孩子。"

潘小多说："妈，不早了，回去吧。"

潘小多就这么拽着苏雯的手，拉着母亲往家走。走着走着，苏雯落下泪来，潘小多注意到了，关切地问："怎么了？"苏雯说："没什么，想到你小的时候，妈妈拉着你走在思鑫坊里的样子了，妈妈老了，以后要你牵着走了……"

第十七章

丁家祥因为用徐淑芬给的假币还银行欠款，最终捅出了一个大娄子。原来他之前炒股亏了不少钱，为了填仓，他还用房子作了抵押，跟银行借了一笔钱。祝敏得知后，要丁家祥给个解释，丁家祥却说自己倒霉，明明是大牛市，可自己买的股票还真就是熊到家了……

祝敏没想到这种时候了丁家祥不自责，却还怪运气不好。她气得不行，跑回娘家说要离婚。这可把丁家祥吓得够呛，赶紧备上好酒好菜，赶到岳父岳母家，想要接回老婆。

其实，丁家祥和祝敏结婚这么多年，祝敏也不是没闹过离婚。但是前几次都是雷声大雨点小，所以丁家祥基本上就琢磨出了一定的规律：只要结婚戒指没留下，那祝敏就是要通过闹离婚达到某种目的；如果把结婚戒指留下了，那说明祝敏是真的决定要离婚了。

而这一次，祝敏要离婚看来是真的，因为她走的时候，不仅留下了结婚戒指，还留下了祝萌萌。丁家祥开车去岳父岳母家的时候，还带上了丁满青，他在车上对丁满青说："你婶婶觉得结婚就给了她

351

两样负担，一个是我，一个是萌萌。所以她以前闹离婚回娘家的时候，虽然没戴戒指，但带上了萌萌，我心里还有点儿底气，但这次不一样，她连萌萌都没带……"

丁满青在车上做作业，头也没抬地说道："小叔，怎么不把萌萌姐叫上？"

"我敢带吗？她一看到萌萌，说不定更不肯跟我回家了。"

丁满青叹气道："小叔，那你能把婶婶接回来吗？"

丁家祥说道："这就要看你了。"

"看我了？"丁满青停下笔，疑惑地转头看着丁家祥。

丁家祥说道："对，我家老头子脾气特别暴躁，我这样去接你婶婶，他肯定对我一通训斥。但是呢，他对你特别好，也特别听你的话。满青呀，叔叔这些年对你够好了吧？花那么多钱，送你去最好的学校，给你买最好的教材，还花钱让你去参加航天夏令营。叔叔知道你一定很感激我，所以报答叔叔的时候来了！你帮叔叔哄好老头子，让他帮着叔叔哄婶婶回来，好不好？"

丁满青琢磨了一下，说道："可以是可以，不过以后老头子给我的钱，我得自己收着了。"

你个小浑蛋。丁家祥心里嘀咕，他的工资是不敢动的，每月都得按时上交，所以老头子给丁满青的钱可是他零花钱的来源。老头子对丁满青十分喜爱，每周他都会带丁满青去老头子家，每次都不会空手而归，老头子的养老钱很丰厚，所以每次一百两百的都会给。如果这笔钱归丁满青了，那平日里他可就难过了。

"不同意就算了。"丁满青继续写作业。

"行行，这个我同意。"丁家祥无可奈何之下，只能选择同意，心里颇有一种签订不平等条约的苦楚感。

"还有……"丁满青放下笔。

"还有？小浑蛋，你可别得寸进尺啊。"丁家祥说道。

"对你来说不难。"

"说吧。"

"你之前答应奶奶每周让我去姐姐家住一天，这个我希望按约定实行。"

丁家祥叹了口气，他知道自己没办法拒绝，他现在急需丁满青帮助自己挽回婚姻。

果然，到了岳父家后，岳父开门时只肯放丁满青进屋，丁家祥被晾在了屋外一个多小时后，丁满青这才打开门告诉他可以进去了。

丁家祥进了屋就去找老婆道歉，但祝敏这次是铁了心了，说和丁家祥结婚后，除了生了个女儿姓祝以外，其他一点儿好处没享受到。丁家祥悄悄关上门后，跪在祝敏面前，表示这是唯一一次，只要把银行的钱还上，他答应从此不再炒股。

"你小叔真是没一样好。"此时的客厅就是老头子和小孩子的天下了。祝敏的父亲和丁满青已经大战一个多小时了，围棋盘上的局势却还是扑朔迷离。

丁满青落下子后说道："小叔浑身都是毛病。"

老头子哈哈大笑说："要不要这次就把他休了？"

丁满青摇摇头说："小叔怕你，他怕你，就不敢真的欺负婶婶。"

老头子摸摸下巴说："说的也对。"

这时候祝敏开门出来，她走到父亲面前，哭着说："爸，你得为我做个主，我跟他是真的没法过了，这次家里的积蓄也就够填他的窟窿的，填了以后日子可怎么过呀。"

祝敏父亲望着丁家祥道："丁家祥！当年我同意你和我女儿结婚

353

的时候我怎么说的？"

丁家祥吓得额头上冒出丝丝细汗，硬着头皮道："爸，您说我如果欺负了您女儿，您就打断我的狗腿。"

祝敏父亲点点头说："但这几年来你一次又一次做出浑蛋事，这一次还把房子抵押去炒股！我看你就是嫌自己长了两条腿了！"

"爸，爸，我不敢啊。我就是想多赚点钱，改善一下敏敏的生活……"丁家祥双腿有些发软，要不是丁满青在场，他可能当场就跪下了。

祝敏气道："为自己就是为自己，别说那么好听！我们离婚吧，萌萌就跟着你吧，我也不要了，她和你简直就是一个模子刻出来的。"

祝敏父亲道："一日夫妻百日恩，你们总归一起生活了这么久，孩子也有了，我和你老妈不也一直有矛盾嘛。小敏，这样吧，让他当着满青的面发个誓，要是他再干出浑蛋事，我就直接把他狗腿打断。满青做证！他欠的钱不用担心，爸给你们还，这浑小子以后要是还沾惹这些，我直接把他送派出所。"说着，祝敏父亲还对丁满青偷偷眨了下眼，意思是"我这样做不错吧"，丁满青满意地点了点头。

祝敏想了一下，看看丁家祥，又看看丁满青，最终还是缓缓点头。

丁家祥一见，赶紧举起右手，对着灯火菩萨发誓自己绝不再沾惹股市。祝敏想了下，让他把黄赌毒都给加上，如果沾上了，就烂肠子。丁家祥吓得浑身冒汗，但一想自己不发这个毒誓，怕是过不了这一关，也就只能举手发誓了。

送丁满青出门时，老头子偷偷塞给他两百块钱。老头子还不知道，以前他给丁满青的钱，其实都进了丁家祥的腰包。

坐在回家的车上，丁满青掏出那两百块钱闻了闻，说了句"真香"。丁家祥郁闷道："你就香吧。等你小叔我赚大钱了，让你瞧瞧什么叫真正的真香！"丁家祥气得够呛，但他也不敢拿丁满青怎么样，因为祝敏和丁满青聊得很是高兴。

丁家祥心想：这个小浑蛋是故意的，和我一起的时候老是在做作业，和敏敏一起就不做作业，每次都有说有笑的。

丁满青看着丁家祥琢磨心事的样子，摇头不已。他早就看出来，丁家祥就是心思太多，思想太活络，却偏偏没有那本事，这种小叔别惹麻烦就是万幸了。事实上，丁满青这时候的心思早就飞到九霄云外了，因为他接下来每周都可以回一趟思鑫坊了，想到这里他脸上就绽开笑意。

丁满红这天一大早就和徐淑芬开始准备了，因为之前和丁家祥约好了，丁满青每周过来住一天。徐淑芬起来后还跑了趟菜市场，回来的时候就被丁满红嘲笑了，原来二人昨晚就商量好了，这一天不在家里做饭，他们要在外面吃饭。

徐淑芬一拍脑门，说："瞧我这记性，怎么把昨晚商量的事情忘了呢？"

丁满红说："这也没什么，这菜留着明早做了让丁满青带去学校吃。"

丁满青一大早由丁家祥送到了思鑫坊坊子口，在车里的时候，他果然又把周末的作业做完了。下了车后，丁家祥说："小浑蛋，别太张狂，明天早上记得去上学，放学记得回来，知道吗？"

丁满青应了声，举着课本边看边走，头也不回就往思鑫坊里走。

丁家祥气鼓鼓道："浑小子，就是爱学习不爱理人，真是棉花撞在了铁板上。"

看到丁家祥开车走远了，丁满青迅速把课本塞回了书包，蹦蹦跳跳地就往徐淑芬家跑。

一看到徐淑芬，丁满青直接跳起来上去抱住她，一个劲儿地叫奶奶，徐淑芬高兴地喊了声"满青"，随后就捂着腰喊："我的腰，我的腰……"

丁满红吓坏了，赶紧上来扶住徐淑芬，所幸这只是一下小小的扭伤，但丁满青懊悔不已。徐淑芬笑着说："满青呀，奶奶老了，再也不是以前的大壮牛了。"

丁满红也告诫满青："以后不能这样抱奶奶了。"

"那这样抱你呢？"丁满青很委屈，他很想念姐姐和奶奶，所以才这么兴奋地来了一个拥抱。

丁满红笑嘻嘻道："对姐姐当然是越多越好呀。"

丁满青兴奋地给了丁满红一个拥抱。

丁满红再次跟徐淑芬确认腰部没问题后，一家人这才去了楼外楼。这家店是丁满红选的，一开始徐淑芬心里其实是有点拒绝的，一来楼外楼有点贵，二来她年轻的时候，丁宪倧第一次追求她就是约在了楼外楼吃饭。徐淑芬怕来到这里触景生情。

但是最后，徐淑芬还是没把自己的担忧告诉丁满红，她不想破坏这来之不易的快乐。而且她也知道，丁满红选择楼外楼，也是下了狠心的。丁满红这么做，是因为她觉得自己有了正规的工作，每个月有工资，有存款，她虽然还不够钱把弟弟接回家，但她想让这每周一次的相聚留下快乐美好的回忆。徐淑芬当然明白丁满红的想法。

吃了楼外楼后，丁满红提议去钱塘江边走走，因为杭州正在开发钱江新城和滨江区，这两个对江而立的区块，接下来将被建设成未来杭州的模板。

看着面前的钱塘江如此恢宏大气，还有那一栋栋正在拔地而起的大楼，徐淑芬十分高兴，一个劲儿地问丁满红未来的杭州会是什么样的，让她给说道说道。

丁满红一听傻眼了，她刚才那些话是在工作的时候听同事们说的，她暗自记下来了。特别是郑舒雅，因为她的家就在滨江区，她总是跟丁满红说很多杭州接下来的建设问题，还说杭州马上就要开始建地铁了，以后有地铁，就可以轻松穿越杭州，到达任何想去的地方了。

当时丁满红听了就十分向往，她觉得地铁这东西厉害极了，居然可以在地底下穿行，也觉得这个想法很聪明，地底下的话，就不会堵车了。虽然总是坐公交车上下班，但是对于杭州堵车的情况，丁满红也是深恶痛绝的。

眼看姐姐回答不上来，丁满青就接上了话头，丁满青问奶奶："奶奶，吃饱喝足了您想干什么？"

徐淑芬想了下后说："想看戏。"

可惜那时候杭州大剧院还没有建成，据说市政府已经在规划这片区域了。他们便在这里聊着天，坐到了夜幕降临才回家去。

那之后，每周丁满红都会带丁满青和徐淑芬一起去不同的饭店吃饭，然后带他们去杭州各个地方转一转。这样不知不觉过了两年。每次丁满青回来待的那一天之后，整整一周时间，徐淑芬都会在弄堂里跟人聊天，她喜欢自己一个人瞎逛，更喜欢逮着人闲聊。她跟马宁说杭州变化太快了，马宁当时正忙着上班，刚蹬着他那辆骑了几十年的自行车就被徐淑芬拦住了。

马宁当时抬头看了看思鑫坊外面的天空，然后说道："是啊。"

马宁说着骑着车就走了，徐淑芬气得不行，连说："这就走了呀？也不跟我说两句？"

董伶俐跟着马宁出来，看到徐淑芬在唠叨，又看到马宁骑着车走了，大体猜到了情况。她笑嘻嘻地说："徐阿婆，马宁他自小就不太爱说话，您别跟他计较，他得罪您了，我代他跟您赔不是。"

"那倒也没有呀。"徐淑芬也知道不该责怪马宁，当下就跟董伶俐唠叨起杭州的变化来。

董伶俐早已听了好几遍了，边听边将洗衣服剩下的水倒进沟里。

"马家媳妇，您瞧着这杭州城的变化了吗？"徐淑芬最后总这么问。

"瞧到了，只不过我瞧得到，却摸不到。您看我，还是和几年前的生活一样的，光等着儿子结婚，就等到头发都白了。"董伶俐说的也是实情，她不工作，每天就在家里忙着家务，忙完家务就和大家聊聊家常。

董伶俐最关心的就是马飞的婚事了，她是真的急啊，思鑫坊1978年同时出生的孩子中，好歹大家都有了工作，唯独马飞一直到现在还在折腾什么"刊物"，也没有对象，而且马飞有个问题，就是和女生在一起时，说话老结巴。这个问题董伶俐发现了一段时间了，可她也不敢逼着马飞改，怕越逼越严重。

对于这一点，马宁倒是夸她做得对，还说马飞这个问题也不是什么大不了的，比如他自己，平时也不爱说话，还不是顺利结婚生子了？马宁说的倒也没错，可董伶俐心里的担忧还是与日俱增。

董伶俐说着，突然发现徐淑芬站着不动了，也不说话。她马上放下洗衣盆，快步走到徐淑芬跟前，大声叫了几声，可徐淑芬依然纹丝不动。

董伶俐吓坏了，正打算去找人过来帮忙呢，徐淑芬突然又动了。她似乎忘记了自己刚才的行为，又开始对着董伶俐重复刚刚说过的话。

董伶俐当时还以为这只是徐淑芬老了，一下子忘事了，也就没把这事放在心上。没想到的是，不久之后，徐淑芬在和丁满红、丁满青外出的时候，竟然也出现了同样的情况，而且还以为丁满红当了女宇航员，现在刚从北京回来。

丁满红和丁满青赶紧送奶奶去医院查看，医生检查后说："患者这是阿尔茨海默病，也就是我们常说的老年痴呆，是不可逆的，还会持续恶化，慢的话一两年，快的话可能几个月，她就会连孙子、孙女都不认识了。"

徐淑芬老年痴呆的事情一传开，董伶俐这才想起来那天徐淑芬的怪异表现可能和老年痴呆有关。董伶俐心中颇感不安，买了水果去探望。徐淑芬还不知道自己老年痴呆的事情，那天精神头很好，也没发病，见了董伶俐就拉着她手，问马飞的婚事怎样了。也是从徐淑芬口中，董伶俐才知道马飞在谈恋爱，对象是丁满红的同事郑舒雅。

为了了解马飞正在谈恋爱的对象，董伶俐那天特地绕了远路，去了丁满红工作的超市买菜。进了超市，她首先很为杭州居然有这样的生鲜超市震惊。事实上，经过一段时间的发展，巨龙生鲜的规模比以前更大了，生鲜超市的观念也开始在普通杭州人的心中获得认可。

董伶俐躲着丁满红，偷偷摸摸进了超市。她假装买东西，抓住个东西就问一旁的工作人员，工作人员一看她抓的东西就很惊讶地问："你是不是四川人？"董伶俐说："我是杭州人。"对方听后就建议她换一种辣椒酱，这种辣椒酱特别辣。董伶俐尴尬地道谢，她也不是故意要问辣椒酱的，不过是就在手边，随手一抓而已。

见到工作人员准备离开，董伶俐拉住她小声问："哪一个是郑舒雅？"

工作人员扑哧一笑道："你找舒雅姐呀？她今天不上班，你明天再来吧。"

董伶俐觉得遗憾，她也不是每天都有这空闲。虽然只是做做家务，可琐事多了也很占时间，到这里买东西又绕远路，坐公交过来也不方便。

董伶俐琢磨了一下，拿了一袋平日里不舍得买，但这里在搞特价的猴头菇，就去丁满红的柜台结账。

丁满红看到董伶俐很惊讶。董伶俐告诉她说："我是在找马飞，听说马飞最近老来这里，所以过来看看。"

丁满红一听就说："我马上午休，一会儿带你去找马飞，我知道马飞在哪里。"

董伶俐就在门外等，一会儿后丁满红就换下工作服出来了。丁满红带着董伶俐来到了一所大学门口，董伶俐看到了马飞和郑舒雅正抱着一大堆册子进行分发。东西很沉，分发的过程也有很多学生并不理会他们，但看得出来，马飞和郑舒雅并不气馁，始终保持微笑。特别是郑舒雅，力气大，个子高，抱的小册子比马飞还多，说话声音也中气十足。董伶俐是看着马飞长大的，她最担心的就是马飞的性格过于怯弱，在外面会被人欺负。看到郑舒雅后，董伶俐倒是觉得如果有这样一个姑娘和马飞结婚也挺不错。

丁满红想要叫马飞和郑舒雅，但被董伶俐一把拉住。董伶俐把丁满红拉到一旁，低声问道："马飞边上的姑娘就是郑舒雅吧？"

"对，就是舒雅姐。"丁满红点点头。

董伶俐说："不要跟马飞说我来过。"

丁满红虽然点头同意，但她十分不解，心中想：不是你要看马飞的吗？

丁满红当然不理解董伶俐的真正意图了。她只是想先瞅一眼郑舒雅，如今已经看到了，而且郑舒雅还是自己满意的媳妇类型，董伶俐自然不想在这个时候出现做电灯泡了。

董伶俐急匆匆回家，倒也没见到接下来马飞的窘态。事实上，这是他对创业的最后一次挣扎。事实证明，他失败了，而且是一败涂地。

其实他做优惠券册子的想法本身非常好，大学生和商家对此的反响都非常热烈，他也赚到了第一桶金，但是很快他就发现各大学校都出现了模仿者，模仿者层出不穷，加上他们往往本来就是大学里的学生，占据着地理上的优势，所以很快马飞就发现自己已经被这块市场抛弃了。

马飞难过了好几天，都是郑舒雅在一旁安慰他。马飞还和几个学校的学生发生了冲突，每次郑舒雅都会挡在他身前，她那"一夫当关，万夫莫开"的气势，令马飞大开眼界，他多次对丁满红感叹："简直是虽万人，吾往矣的气魄！"丁满红听了咯咯笑，说："舒雅姐不都是这样的嘛，她爱吵架，而且没人吵得过她。"马飞却说："你这是胡说，郑舒雅不是爱吵架，她这是有姐姐一样的保护欲。"

马飞当时觉得郑舒雅这种保护欲挺好的，所以当郑舒雅跟他表白的时候，他欣然接受了，并很快带郑舒雅去见了父母。董伶俐早和马宁通过气，二人见到郑舒雅后都很认可，很快便开始和郑舒雅的父母商谈起了婚事。令马飞没有想到的是，这种保护欲在结婚前挺好的，但是结婚后那就转化为妻管严了，而自己也进入了大气不敢出的小丈夫的生活。

"马飞订婚了！"这消息让思鑫坊热闹了起来，毕竟丁满红她们这批孩子都到了结婚的岁数，大家时不时就会聊起她们的工作和婚事情况。但现在年轻人和以前不同了，以前读书出来，都是马上结婚，因为老话都说了要"成家立业"，那是要先成家，才能立业。但现在的年轻人都是想先闯一番事业，再考虑结婚，比如朱明伟进了证券事务所，杨艺去上海大公司当了总助……每次父母打电话过去，谈起结婚的事情，得到的都是一样的答案：等事业稳定了再说。

好在马飞的婚事说来就来，思鑫坊的街坊邻里都很高兴，特别是徐淑芬的老年痴呆日益严重之后，这更是成了一桩难得的喜事了。

朱明伟那天接到丁家祥的电话，吃了一惊，他没想到丁满红的小叔还会给自己打电话。丁家祥说自己出差到了上海，想到朱明伟就在上海，所以想见个面。

朱明伟对丁家祥有印象，丁家民夫妇去世，丁家祥来吃"豆腐饭"（白喜事）的时候，一直表现得很不好。当时朱明伟、潘小多和马飞就在私底下交流，说丁满红的这个小叔贼溜溜的，不是正经人。

而且，朱明伟也听朱海军说起过丁家祥这人，说他年轻时候就不正干，就靠着一张嘴巴巧舌如簧，倒也骗了不少女的甘愿跟他搞对象。不过最后这思鑫坊周围的好女孩他都没要，而是选择入赘当了一名招女婿。朱明伟当时疑惑地问："什么叫招女婿？"

秦海燕笑嘻嘻地说："就是虽然是个女婿，却等于是个儿子，以后生下来的孩子跟女方姓。"

秦海燕说着，拍了拍朱海军的肩膀，说道："这也要本身长得好看，嘴巴得甜，你爸当年也想要这样的机会来着，可惜整个杭州城没有姑娘看上他。"

朱海军气呼呼道："胡说，当年找我当招女婿的也不少，我要不是因为早认识你妈，我就当了。招女婿好啊，找个有靠山的人家，可以少奋斗十年、二十年！"

当时朱明伟就对丁家祥有了一个定位：为了少奋斗十年，甘愿出卖灵魂的人。

见到丁家祥的时候，朱明伟略有点吃惊。他并没有如朱明伟所预想的那么不堪，他穿着西装，衣服干净整洁，领带的花色很配他的西装，看上去也颇花了工夫搭配。朱明伟心想：这就是当招女婿的素质吗？

朱明伟本以为丁家祥找自己就是随便聊聊，没想到聊了没几句后，丁家祥问起了朱明伟在证券交易所的工作情况。朱明伟如实相告，当然，做了小小的夸张，虽然他此刻还是一名小职员，但直觉告诉他，在丁家祥面前得说得气派一点。

所以朱明伟告诉丁家祥，自己深得领导信任，目前每天经手的股票价值好几千万，而且他经常帮助租房小区的那些老大爷、老大妈炒股，到现在还未尝败绩。

丁家祥听了后扯了扯领子，低声问道："听说你们在交易所工作的人都有内幕消息……"

"内幕？"朱明伟一怔。所谓的"证券交易所员工有内幕消息"这种流言蜚语确实到处都有，但实际上他们有十分严格的规章制度，不可能真的接触到什么内幕，要不然证券交易所的员工哪个都可以成为亿万富翁了。

"我听说有人靠内幕发了大财……明伟呀，我有只股票套牢了，不久前我想着再买一只对冲一下，结果又被套了，他娘的，现在这样的大牛市，为什么我买的每只股票都出问题呢？朱明伟，我们合作吧，你告诉我哪一只靠谱，我不会亏待你的。"丁家祥说着，从皮包里掏出一沓钞票，朱明伟瞟了一眼，钞票不算厚，估摸在两万块左右。

"对其他人你不能放松警惕，但我你可以放心，我们都是思鑫坊的人，我绝对不会告诉任何人是你告诉我的信息。"

朱明伟看着丁家祥，有点吃惊，丁家祥就像他在电视上看到的那种身陷赌博无法自拔、渴望通过赌博翻身的赌徒。朱明伟当然知道，这样的赌徒是翻不了身的。

这是朱明伟第一次以出卖"内幕"的方式赚了钱。当然，他并没有什么真正的内幕，他只是给丁家祥报了一只自己十分看好的股票，如他所看好的一样，那只股票之后一路上涨，最终爬上了股市巅峰。

拿着丁家祥给的钱，朱明伟跟公司请了个假，匆匆赶回思鑫坊。他打算把这笔钱先还给丁满红，没想到一到思鑫坊，就被丁满红和潘小多拉去了一个废弃厂房。

这个废弃厂房朱明伟还有些印象，很小的时候，他们五个思鑫坊的小伙伴经常回来这里玩耍，当时厂房还开着，但是几乎没什么实际的运作了。厂房的门口有一个门卫房，一名五十来岁的老头儿把守着厂房，不让闲杂人等进入。他们几个小孩总是让杨艺装哭，把门卫引出来，然后偷偷溜进去。

他们溜进去后，就会在里面到处乱翻。厂房里有一些能卖钱的铜线，他们想运出去卖，但担心偷东西会被家里人打，最终一点也没有偷过。他们会一直来这里，是因为丁满红那一次捡到了五块钱，从此，大家都认为在这里只要仔细寻找，就能找到钱。这座厂房是在七八年前真正废弃的，它废弃之后，丁满红他们就再也没有来过了。

朱明伟不明所以，问众人这么神秘兮兮的是要搞什么，潘小多说他们要排演一出戏。朱明伟更加不明白了，连说："你们爱排戏就排戏，这我管不着，但我对排戏没兴趣，我回思鑫坊就是过个夜，明天一早我就赶回上海。"

丁满红道："少了你成不了，不仅是你，明天杨艺也会从上海回来。"

朱明伟拍拍背包，说："我真有事，没法陪你们玩……"

朱明伟说完正想走，但他还是忍不住回头问了一句："你们到底要演什么？"

"满红当上宇航员了……"潘小多用低沉的声音说道。

朱明伟怔了一下，他望向丁满红，丁满红也在看着他。

丁满红说："我奶奶老年痴呆了，她以为我当上了女宇航员，而且明天从月球回思鑫坊……刚好思鑫坊要搞一个'最美是杭州'文艺汇演，所以我们就打算排一个节目……"

朱明伟笑了，说："这不是搞笑嘛！你们爱玩就继续玩。"

朱明伟说着就往外走，潘小多喊他："是兄弟就帮个忙……"

朱明伟摇头道："兄弟是兄弟，但我还要工作。"

朱明伟说着走出了废弃厂房，可他走了没几步又停住了，他脱下双肩包，看了眼里面准备还给丁满红的现金。

朱明伟叹气道："算了算了，就当利息了。"

朱明伟转身走回了废弃厂房。第二天杨艺也回来了。借着给丁满红排演一出登月的戏剧机会，思鑫坊生于1978年的五个朋友重新聚在了一起。

徐淑芬最近记性急速下滑，她几乎完全不记得事情了，只记得自己有一个孙女和一个孙子，孙女叫丁满红，是一名女宇航员，孙子叫丁满青。而其他的事情她完全不记得了。尽管很多时候连自己家都会不认识，但她还是很喜欢往外跑，看到人就说自己孙女是女宇航员。思鑫坊的人都知道徐淑芬的状况，都很同情她，每次她这么说的时候，大家都尽力配合，就好像丁满红真的是女宇航员一样。

　　因为奶奶恶化的速度太快了，丁满红觉得奇怪，就带着徐淑芬去人民医院看了一下，结果医生检查后却说她不仅是老年痴呆，之前还有过几次十分轻微的中风。丁满红想到了徐淑芬之前出现过的短暂停止动作和思维的奇怪举动，就跟医生说了，医生说就是会出现这样的情况，这种程度的轻微中风很少见，但是也很危险，这不仅使她老年痴呆的状况急剧恶化，而且再次发生的话，很可能就无法救回来了。

　　有时候，徐淑芬会稍微清醒一点，她会对自己的病情有一定的认知。她会抱着丁满红，说自己这辈子值得了，有一个好儿子和儿媳妇，有一个漂亮善良的孙女，还有一个最好的孙子。可是，只是几分钟以后，她又对着丁满红说："满红呀，你坐火箭了吗？去月球了吗？什么时候去月球呀？"

　　其实在丁家民夫妇去世后，徐淑芬身体状况一直不是很好，时不时因为各种问题住院。她身体状况最好的时候，就是丁满红做废品回收的时候。也不知道是哪里来的运气，那一年多的时间里，徐淑芬没怎么生大病，在大部分时间里，她可以陪着丁满红去回收废品。

　　那时候，徐淑芬蹬着三轮车，丁满红在后面推，日生日落，就是她们俩的岁月。那段时间很忙碌，徐淑芬也不觉得累，每天早上她还要和丁满红比着起早，丁满红总是想早起做早饭，好让徐淑芬多休息，可徐淑芬总是能赢丁满红。丁满红还问徐淑芬是怎么做到的，徐淑芬告诉她，"人老了以后，睡眠就会变少，你还年轻，每天不睡足六小时，身体就不行，就会拉警报，所以你连续几天睡不到六小时的时候，早上就起不来了。我不一样，老人家睡个三四个小时就睡不着了，躺在床上也没办法，浑身不舒坦，只能起来活动活动。"

丁满红打听过，徐淑芬说的确有其事，她才安心下来，允许徐淑芬早起做早饭。而事实上，要说徐淑芬真的每天都非得早起，不然浑身不舒坦，那也不尽然。只不过，只要想到能多帮丁满红一点，徐淑芬心里就会踏实一点。她总觉得自己如果这时候走了，就真没脸去见丁家民和俞雪晴，她觉得他们走的时候，一定不安心，什么都没来得及安排，就这么突然走了，留下了丁满红和丁满青两个孩子在这个世界上自力更生，而她们唯一的依靠就是自己。

所以，当丁家祥想要收养丁满青的时候，她支持了，她希望丁满青可以有好的生活。而当时丁家宜说要让丁满红跟她一起生活的时候，她其实也支持了，她觉得再怎么说，丁满红跟着小姑总比跟着自己一个老太婆好。可是丁满红不同意，她嘴上没说什么，就说自己想留在思鑫坊，可徐淑芬心里明镜似的，丁满红就是怕留下她一个老太婆孤单。

徐淑芬知道，自己就是为了丁满红才活下来的。

状况好点的时候，徐淑芬就会坐在院子里边晒着太阳边想：自己一个老太婆了，也就只剩皮包骨头了，老伴也走了几十年了，对这个世界还能剩下什么念想呢？那就是丁满红的婚事了，如果丁满红和潘小多定下了婚事，她就可以马上去见丁宪倧了。那时候，她就能笑话丁宪倧了，他走的时候穷困，也就临走前好吃好喝了一顿，她可不一样，最近每周都能和孙子孙女上一趟馆子，还亲眼看到了摩天大楼，那摩天大楼得有多高呀，这个该跟丁宪倧好好比画比画，这杭州城、这思鑫坊的变化也该跟他交代交代……

第十八章

　　在辛苦排练的日子里，丁满红的工作可一点儿没落下。

　　这天，苏雯偷偷摸摸在超市里走动的样子引起了丁满红的好奇心。说实话，她那样子看起来很像是要做贼，所以当郑舒雅指给她看后，丁满红就开始关注在超市里贼头贼脑的苏雯了。

　　一直等到下班点，丁满红换下工装后，苏雯才拿挎包挡着面孔，走到丁满红身边，小声说道："满红呀，一会儿跟我去个地方。"

　　丁满红就这么跟着苏雯来到了一个小弄堂里，到了这里，苏雯才把挡在面前的挎包拿开。

　　"满红，今天小多有来找你吗？"苏雯试探性问道。

　　"还没来，不过我们晚上有约。"丁满红如实回答。

　　苏雯点头说道："那就好。知道我找你来什么事情吗？"

　　这个问题丁满红就摇头了，谁知道苏雯这是要干吗呢？如果单是从她的行为来分析的话，看起来更像是间谍之间的接触。

　　"我有个事情要拜托你。"

丁满红听了后皱起了眉头，苏雯很少拜托丁满红。事实上，连丁满红都知道，苏雯平日里对自己并不是那么待见的，可能一切都是因为自己小时候太调皮捣蛋了，每次都把苏雯气得半死的缘故吧。

"什么事情？"丁满红警惕地问道。她觉得，从苏雯离奇古怪的表现来看，这个要求很可能是一个十分夸张的要求，说不定是要她去做一些坏事。

苏雯找了个台阶，拉着丁满红坐下，拍着她的手背说道："都说儿子就是娘的心头肉，但小多这块肉啊，都快让我心梗了。"

丁满红急了，说："阿姨，你心脏有毛病吗？"

"没有没有，我那是个比方。我是说小多给我添了太多烦恼了。特别是之前，小多跟他爸和我闹矛盾，去了工地，你知道吧？"

丁满红点点头。

"矛盾呢，现在是化解了不少，可是呢，我们家小多一直在工地待着，这总归不是办法，对不对？"

"小多已经是水电负责人了。"

"那不也一样是个工地忙活的嘛。你看看他身边的，都是什么学历？我们小多是什么学历？学历不同的人就不该在一个地方工作。"

丁满红一听怔了一下，不悦地说："学历和能不能一起工作有什么关系？"

苏雯马上发现自己说漏嘴了，她拍着自己嘴说道："阿姨说错了，阿姨不是说你，是说小多的那些同事！我去小多的工地问过了，那都是一些没读过书的人，最好的——小多的上司也就是小学毕业。小多呢，再怎么说也是大学生呀，他在工地待下去真的没前途。"

"这个倒是没错……"丁满红其实也觉得潘小多一直在工地不

370

是办法。她之前问过潘小多为何一直在工地，并建议他尝试换一个工作，可潘小多说那里简单，人与人之间的关系简单，工作的好坏也可以分辨，不像在办公室里尔虞我诈，一份工作做得好不好，谁都能来评判，谁都有自己的想法，特别复杂。

丁满红当时就觉得奇怪，潘小多哪来那么多负面的想法？潘小多告诉自己，自己大学时也去一些公司打过工，比如做电话导购之类的，一个小公司，几十号人打电话卖软件，表面上看，每个人按业绩拿工资，结果算上里里外外的各种评分、奖惩，最后比的还是办公室关系。

"我们家小多呀，应该有更好的人生，对不对？但是我跟他呢，实在说不上话，特别是现在，我和他又刚刚和好，实在不好在这个时候跟他提这种事情。但是满红你就不一样，我们家小多从小就听你的话……"

"这个不行的。"丁满红摇摇头，"小多他有自己的想法。"

"不对不对，满红，你说的话小多肯定听。真的，你答应阿姨，就帮阿姨跟小多说一说，怎么样？"

面对苏雯的强势"恳求"，丁满红最终只能选择当说客了。

当天晚上排练结束的时候，丁满红对潘小多说："小多，我觉得你应该离开工地，你是大学生，不应该一直在工地上，你应该去能施展你才华的地方工作。"

"什么地方？"

"比如，你爸爸安排的工作……"

潘小多冷着脸说道："没想到我妈还安排了你这样一个说客。"

"没有没有，阿姨说的也是我想的。我看得出来你并不喜欢工地的生活。"丁满红赶紧解释。

"还说不是说客？"

"其实我只是说了我想说的。"

潘小多大声说道："算了，我喜欢什么我自己最清楚。"

潘小多说着就离开了，那之后两天，他都没去参加排练，这搞得朱明伟和杨艺都很不高兴，毕竟二人都是从上海赶过来的，还有三天就表演，任务一完成，他们还要赶回上海工作。

生气归生气，但朱明伟也没发脾气，他偷偷找丁满红想把钱还给她。虽然这笔钱只能还一部分，但丁满红却一块钱都没有收，还说自己现在不需要钱了，她有工作了，可以靠工作赚钱接回弟弟。她算过的，这样下去的话，很快她就能把弟弟接回来了，而在丁满红的计划里，最晚高三，她一定要把丁满青接回家。

丁满红认为朱明伟一个人在上海打拼最辛苦，肯定比自己更需要这笔钱。朱明伟本想说这钱反正也是那个最坑害你们的丁家祥给的，但转念一想还是什么都没说。他收起了这笔钱，告诉丁满红，自己将来有出息了，一定会帮她，也会帮丁满青。

这段排练的过程中，丁满红比较关心的是马飞和杨艺。

马飞和郑舒雅订婚后，反倒没有以前快乐了。以前的马飞虽然不太爱说话，面对除丁满红以外的女生说话甚至会结巴，但是他是快乐的，但这几天他总是有点儿心不在焉。面对丁满红的询问，马飞只是说自己因为找到工作了，所以一边上班，一边排练有点累。丁满红知道马飞其实没跟自己说心里话。

丁满红就去找郑舒雅，结果郑舒雅一听，龇牙咧嘴地说道："什么累不累的，他就是嫌弃我了嘛。"

丁满红更疑惑了："他嫌弃你什么了？"

"嫌弃我脾气大！"

丁满红这才知道马飞最近这么忧郁的原因，原来是马飞和郑舒雅的婚事一定下来之后，他才发觉郑舒雅的性格起了变化。订婚以前，郑舒雅虽然也是大大咧咧的，但是温柔体贴，总是能体谅马飞。但订婚以后，郑舒雅却暴露出了自己的控制欲，她开始要求马飞这个必须听她的，那个必须听她的。

马飞会那么快放弃创业而去找工作，也是郑舒雅逼迫的。她认为男人没工作就是废物，而创业这种事情，失败一次就够了。马飞这次来排练，郑舒雅要求他每隔一个小时打电话跟她汇报情况，如果马飞没做好，那么当天晚上马飞就别想睡觉了。因为郑舒雅一晚上都会念叨他，折磨他，一直到他出发去公司上班。

丁满红这才知道马飞为什么老是要求休息，然后休息时就一个人跑到厂房外面抽烟。

因为郑舒雅的暴脾气和控制欲，马飞已经不止一次和郑舒雅吵架了。丁满红就劝郑舒雅别管那么严，马飞是思鑫坊的男孩子里面脾气性格最好的。郑舒雅说："我也知道马飞很好，可我就是控制不住，我之所以到现在还没结婚，也是因为以前谈恋爱的时候我也这样，一旦确定了关系，就会开始控制不住自己的脾气。"

"那你是不喜欢马飞吗？"丁满红觉得如果你对人脾气不好的话，那肯定是不喜欢对方。

可郑舒雅却说："才不是呢，我就是喜欢他才这样做啊。"

"那我就不懂了。"

"我想我这可能是一种病。"郑舒雅说着露出难过的表情。丁满红也跟着很难过，但她一时也不知道该怎么办，她更不明白郑舒雅这种非常怪异的感觉。

杨艺回来后，一直跟丁满红一起睡，晚上睡觉的时候，杨艺会跟她讲自己在上海的工作和生活。丁满红每次都听得津津有味。事实上，丁满红是羡慕杨艺的，她上次"拐走"丁满青的时候，就想过要带丁满青去上海找一份工作，然后养活满青。可是这个计划很快破产了，因为丁满青突然生病，她不得不把丁满青送去医院，可丁满红自己心里也清楚，她是害怕了，她害怕自己带着丁满青到上海的话，会没办法养活他，更别提让他进最好的学校读书。丁满红对自己没信心，她不认为自己一个只有十二岁智商的人，能够在上海立足。

杨艺问她："你有想过上海是什么样子吗？"

丁满红说想过，便给杨艺描述一二，但和杨艺告诉她的还是很不一样。

杨艺笑了，说："上海本来就有很多个样子，改革开放前有一个样子，改革开放后又有一个样子。"

"有什么差别吗？"

"楼越来越高，生活越来越好，上海的女人也越来越漂亮！"杨艺说完捂着嘴笑。

"和杭州一样？"丁满红问。

杨艺点点头说："比杭州城市更大，楼更高。"

杨艺跟丁满红说的自己上班的经历丁满红最感兴趣了，可杨艺说到这些信息的时候总是故意说得很少。丁满红有时候会问："你老板对你好吗？"

杨艺点点头，却又不往后说，丁满红很着急。

"上海的老板们，平时是不是都住在很高的楼里面，出门就开很长的那种汽车呀？"

杨艺笑了，说："你那是电视看多了，大部分的老板和平常人一样，穿着平常的西装上下班，有的老板还不开车，就是坐地铁。地铁你知道是什么吗？"

丁满红说："杭州也在建地铁，我和满青还一起去建筑工地看过。"

杨艺就继续往下说："不仅老板和平常人没什么两样，老板家里人也和平常人没什么两样。我在上海最大的收获，就是发现美国有美国梦，中国也有中国梦。我看到很多年轻人到上海闯荡，从一个普通的打工族摇身一变成为企业家。要不是我亲眼见到，亲身遇到，都完全不敢想象。我有一个最要好的朋友，就是这样一个白手起家的企业家。"

丁满红听了后也很神往，缠着想知道一些那个白手起家的朋友的故事，杨艺却红着眼说："满红，别提这个人了，我恨他！"

丁满红不明白了，她又不知道这个人，提这个人的也是杨艺本人，可丁满红询问后，她却又让丁满红别提这个人，这不是很矛盾吗？这时候，杨艺跟丁满红说了一个惊人的消息——她在上海遇到母亲曾芹了。

原来到上海工作没多久，杨艺就在一次偶然的情况下遇见了母亲曾芹。那是在与合作公司的一次联谊会上遇见的，两家公司的总经理都到场了，而跟随对方公司总经理过来的女人正是曾芹。杨艺一开始还不敢相信，她对母亲的记忆有一点模糊了，于是就私底下打探这个很像母亲的女人姓甚名谁。结果，那个女人果然叫曾芹，并且是杭州人，而且总经理还偷偷告诉她，曾芹不是对方老板的妻子，只是他的情人。

丁满红一听也懵了，愣了一会儿后才问："那你们相认了吗？"

杨艺点点头，说："我当时没地方住，租房子很贵，工资又太低，我就搬去她提供的房子住了……"

"不过，能找到妈妈也好啊。杨艺，你又有妈妈了，你告诉天宝叔叔了吗？"

杨艺摇头："我还没和他说，我不知道该怎么说，况且，我妈让我什么都不要告诉我爸，她说怕他会想不开。其实我爸肯定会想不开，因为连我都想不开。"

丁满红想了一下后说："那你为什么想不开呢？"

"那不是我想象中的妈妈。我想象中，她离家出走，抛下我和爸爸不管，是为了追寻她想要的生活。而现在她却用行动告诉我，她想要的就是钱！丁满红，你懂吗？她离开就是因为钱！我恨她！"

又是这一句"我恨她"，这让丁满红觉得杨艺和马飞是一样的，他们都太奇怪了。如果喜欢那就在一起，如果恨对方那就分开，本来可以简简单单处理的事情，他们二人却为什么这么痛苦呢？

郑舒雅和马飞的关系她已经觉得头很大了，杨艺的情况比她所知道的所有的故事还要复杂。这天晚上，丁满红偷偷爬起来写日记，她在自己的日记里写道："我一直以为她们的人生很光鲜，没想到却有这么多烦恼和无奈。"

丁满红跟超市请长假，想要照顾奶奶，但超市因为几名员工同时辞职，正是人手紧缺的时候，所以希望丁满红可以取消长假。

丁家宜和丁家欣得知后决定二人每周轮流过来照顾徐淑芬，以帮丁满红分担压力。丁家宜还把自己的决定告诉了丁家祥，也跟他说了母亲的病情，丁家祥却说自己实在没这个工夫，他还得顾家，还得上班，最终他掏出了一张卡，说了密码，说这是自己炒股赚到的钱，全在里面，如果用得上的话，就让两个姐姐决定着怎么用，反正最重要的事情就是让母亲尽可能活久一点。

丁家宜回到思鑫坊就和丁家欣抱怨，说："当年爸妈真是白疼这个小儿子了，所以老话说'最疼小儿最不孝'，老爸去世的时候，他都没来送终，如今老妈重病，命不久矣，他又连看望都不来看望一下。"

丁家欣说："好歹还留了卡，算是有点孝心了，这也不能全怪人家。"丁家欣接着说："我们女人家，如今子女长成，岁数也不小了，本来就是在家里闲待着，过来照顾母亲也方便，可家祥毕竟是祝家当家的，工作确实也忙，孩子也还小，还在帮忙照顾丁满青，难免顾此失彼。"

见姐姐为丁家祥开脱，丁家宜哼了一声，说："姐姐你等着瞧吧，这弟弟的浑蛋事绝不会只有这一出。"

因为有两个姑姑帮忙照顾，丁满红的压力就小了很多。这天她工作的时候，看到潘小多和她妈一样，鬼鬼祟祟躲在一边偷看。

丁满红就找了个机会溜到潘小多身后，拍了一下他的肩膀，问他是不是也是来找马飞的。潘小多吓了一跳，随后气鼓鼓地说："我是来买泡面的。"说着拿了两包泡面就走了。看到潘小多惊慌失措的样子，丁满红笑得合不拢嘴，她是知道的，潘小多这是熬不住了，找机会来看自己了。

在潘小多走出店前，对丁满红说："别忘了明天的演出。"

结果当天下班，丁满红一回家就看到丁家宜急匆匆要出门，一看到丁满红就让她赶紧找人帮忙。原来丁家宜刚才外出买了一下菜，结果回来却发现徐淑芬不见了。她刚才已经跑了一圈思鑫坊了，都没有找到徐淑芬。

一时间，徐淑芬不见了的消息就在思鑫坊传开了，各家各户

377

都派出了人帮忙寻找，丁满红还打了电话报了警，随后跑到了废弃厂房。

得知徐淑芬不见了，潘小多、马飞、朱明伟和杨艺二话不说就帮着寻找起来，他们分头往几个方向找，约定谁找到了就马上联系丁满红。这一找，就从天亮找到了天黑，潘小多挨个打电话询问，众人都没有发现徐淑芬。他又跑回思鑫坊，结果思鑫坊里也没有一个人找到徐淑芬。

潘小多想，一个大活人不会在杭州城里突然消失，这么说来她肯定是进了什么建筑里面了，所以建议以思鑫坊为中心，上百号人出动搜寻，此时警察也加入了搜寻队伍，任谁都不可能躲得过这样铺天盖地的搜查。

果然，丁满红在绝望之际回到了思鑫坊，她抱着潘小多啜泣，潘小多没有制止，而是就让她这么哭着。与此同时，手机响了，她接起电话，是警察局打来的，原来警察找到徐淑芬了。

丁满红和潘小多马上赶往警察所说的地点，正如潘小多所料，徐淑芬进了一家家电维修店。店老板是一名七十来岁的老头，他本来还以为是来了客人，可徐淑芬并不提要修东西，就是在那瞎转悠。店老板看出来不对劲，就问徐淑芬的家在哪里。徐淑芬说不上来，也不记得自己来这里干什么了。店老板就问徐淑芬家里有什么人，这一问，徐淑芬就打开了话匣子，她甚至搬了个凳子，坐到了店老板面前。

徐淑芬告诉店老板自己有个孙女叫丁满红，店老板正喝着茶呢，一听，赶紧喊停，问："你孙女可是那个'破烂西施'？我知道这个姑娘，打丁满红很小的时候就知道。我有个爱好就是收藏报纸，丁满红小时候画画拿奖的报纸，我就收藏着。"徐淑芬告诉店老板："我孙女早就不捡破烂了，现在是个女宇航员，上个月刚在太空行走，这个月打算要登陆月球了。"

店老板差点一口茶喷在徐淑芬脸上，他吃惊地问道："婆婆，您说的是真的？不是开玩笑？"

徐淑芬很认真地点头："真的呀，我骗你做什么？"

店老板回到里屋，很认真地拿出一份报纸，指着上面的报道说："婆婆，您看啊，这是昨天的报纸，上面写到我国计划将于2008年进行太空行走。您孙女怎么可能已经太空行走了，还准备登月呢？"

徐淑芬看了一眼报纸，突然凑近小声说道："你被骗了。"

"这是报纸，怎么可能骗人？"

"正是因为你们相信报纸不会骗人，所以才拿报纸骗你们呢！"

店老板一时哑口无言，徐淑芬别看说话语无伦次，但这句话在逻辑上似乎完美无缺。

"那也不会上个月太空行走，下个月直接登陆月球啊。"店老板觉得自己找到了突破口。

徐淑芬摇头叹息道："你知道的太少了，其实太空行走我们已经秘密进行好几年了，就跟早上出门散步似的，没人看到，我们也不告诉别人，他们不知道罢了……"

"行了行了……"店老板起身，"我帮你联系警察局。"

就这样，潘小多和丁满红赶到维修店的时候，徐淑芬还在跟店老板聊天呢，而先一步赶来的警察也搬了个凳子坐在一旁。这警察正是那位中年警察，见到丁满红来了，他笑了笑说道："你奶奶跟我们讲你的经历呢。"

店老板也笑道："已经说到你马上要登陆月球了。"

丁满红脸红了，说道："奶奶又乱说话。"

徐淑芬不高兴了，说："奶奶乱说什么了？我们家满红，那生来就是要当女宇航员的……"

潘小多笑着上前，扶着徐淑芬说："奶奶，我们回家吧，满红明天就登月了。"

徐淑芬白了一眼店老板和警察，说道："听到没？明天登月！"

店老板和警察对视一笑，也没有继续和徐淑芬说什么。

把徐淑芬送回家后，潘小多让丁满红今天在家陪徐淑芬，他去和马飞、杨艺和朱明伟说一声。到了废弃厂房后，他看到杨艺和马飞在改装手工定制的宇航服。

杨艺告诉潘小多，这件衣服刚才去取回来了，不过稍微有点大，丁满红身材娇小，穿着可能会不太舒服。朱明伟在那跟公司打电话，解释自己回杭州有业务，还要再等两天才能回上海。

宇航服弄完后，杨艺起了童心，钻进去跳了几下，结果摔倒在地上，因为宇航服圆滚滚的，她倒下后怎么都起不来，最后还是众人合力才把她拉起来的。钻出宇航服后，杨艺笑捂着肚子一直笑，说："我倒下的时候，感觉自己像一只活了万年的乌龟翻了身，怎么都起不来了。"

第二天傍晚的时候，思鑫坊里搭起了舞台，街坊邻里都搬了小凳，拿上了瓜子水果到台前坐着等着看表演。徐淑芬由丁家宜、苏雯和董伶俐陪着，坐到了最前排。秦海燕一直在社区帮忙，活动本来也是她组织的，看到徐淑芬过来坐下来，就过去关切地问她身体怎么样。徐淑芬这天状态特别好，也没有明显记忆混乱的状况，她高兴地说："我好得很，比泰森都强！"

苏雯乐了，说："咱们思鑫坊真是能人辈出，连徐奶奶都和世界接轨了，知道有个泰森了。"

马宁、潘正义、朱海军和杨天宝嘻嘻哈哈地过来就往董伶俐他们边上坐，结果被秦海燕喝止了。秦海燕表示前面三排的座位都是给思鑫坊的女同志们预留的，男人们都坐到后面去。

马宁等人只能坐到后排，潘正义调侃朱海军："你老婆真是能里能外。"朱海军就讥讽潘正义，说："你老婆更厉害，能管古管今。"潘正义不明白了，问："这是什么意思？"马宁就告诉他，说："大家都说你古今中外，无一不通，但不照样被苏雯管着？所以说苏雯这是管古管今。"潘正义听了笑嘻嘻道："她管我那是因为我让着她，不过说我古今中外无一不通，那思鑫坊的亲人们倒是没说错。"

见大家说来说去都在说老婆，杨天宝面色阴沉地说了句："我去准备了，一会儿要上台。"说着就走了。杨天宝走了后，潘正义道："多少年了，还没从曾芹离家出走的事情里走出来，也是一个痴情种。"

朱海军说："不只是离家出走，还离了婚，要是你的话，你能走出来吗？"

潘正义一思索，摇头道："那也是不能的。"

董伶俐听他们几个大男人老是说个不停，就回头喊他们："别出声，马上开场了。"

表演开始后，最先上来的是美声歌曲《我的祖国》，徐淑芬就握着丁家宜的手说："满红什么时候上场呀？"

丁家宜翻翻节目表，说："倒数第二个，还有十一个节目呢，咱们慢慢等。"

徐淑芬点点头，就耐心地看着节目，看到好玩好笑的也跟着大家伙呵呵乐，其中杨天宝的《苏三起解》唱哭了一堆老人，徐淑芬也擦着眼泪，说："杨天宝到底是戏剧团的，唱得就是好啊，跟记忆中听过的一样。"丁家宜知道徐淑芬说的记忆，应该是指年轻时候和丁宪倧在杭州老剧院听过。

终于轮到丁满红的节目了，丁家宜凑到徐淑芬耳边，轻声告诉她。徐淑芬听了，不由得坐直了身子。看到母亲身子骨比之前消瘦了许多，丁家宜有了一种母亲即将离开了的感觉，眼眶一下子就红了。

丁满红表演的节目是登月，巨大的月球背景图片下，潘小多、朱明伟、杨艺和马飞各司其职，操纵着舞台一角的登月舱，随着恢宏的音乐响起，潘小多下令："登月开始。"丁满红穿着宇航服出现在了舞台中央……

当最后丁满红对着奶奶徐淑芬敬礼，并喊道："报告祖国，我们登上月球了！"舞台下响起了无比热烈的掌声。

徐淑芬擦着眼泪，中气十足地说了一声"好"，随后就是长时间无声的啜泣！

那天表演结束后，丁满红穿着宇航服跳下舞台，脚下一滑摔倒在地，结果自己也无法爬起来，还是靠潘小多和杨艺把她拉起来的。起来后丁满红笑个不停，说："终于明白杨艺当时起不来的感受了。"

潘小多递给了丁满红毛巾，让她擦擦汗。原来这天天气挺热的，丁满红又钻在这个完全不透风的"宇航服"里表演了十几分钟，此刻浑身都被汗水浸透了。丁满红还满不在乎地说："没事，这点汗算什么。"她还缠着大家给她的表演提意见，潘小多看不下去了，低声说道："还不在乎呢，马上回家洗澡换衣服去！内裤都看见了！"

丁满红低头一看，顿时羞红了脸，原来汗水早已把整个裤管都汗湿了，连她穿的红色内裤都清晰可见。潘小多脱下衣服递给丁满红，说："罩着点，快回去。"他自己则光着膀子往家走。苏雯看到了就问他为什么不穿衣服，又看到丁满红狼狈地往家跑，就问满红怎么回事。潘小多也没回答，双手推着苏雯的肩膀往家走。这个时候潘小多才注意到，母亲比自己整整矮了一个头，他想：以前怎么就没发现？

马飞表演结束后就在后台，等着大家表演结束后帮忙收拾东西，结果郑舒雅找了过来，她说："丁满红约我来的，我在下面看了你的表演，然后也想了很多。"马飞挠着头，问："我的表演还能给人思考吗？"郑舒雅说："当然呀，你在这出戏里面毫无存在感，你就是打酱油的。"马飞不高兴了，说道："那你还看什么？"

郑舒雅叹气说道："可是我想了很多，我知道你就是这样一个人，我不能什么都逼你和现在不一样。你就算一直默默无闻也没关系，当一个好丈夫、好父亲，那也不是一般人能做得好的，那也很厉害。"

马飞问："你这话是什么意思？"

郑舒雅抓住马飞的手说："我们结婚吧，我发誓，我不会再像之前那样管你了。"

马飞低下头，在这之前他开始不理郑舒雅了，是因为他觉得自己这样的性格，和郑舒雅在一起只怕会一辈子被人呼来喝去，而且还会连累父母。

可是……马飞抬起头看着郑舒雅，心里翻江倒海：她会改吗？

马飞有自己的答案：她不会改。可是，她不会改的话，我还是一样爱她吗？马飞有了自己的答案：一样爱。

想到这些，马飞握住郑舒雅的手说道："我们结婚吧。"

杨艺原本来叫马飞收拾道具，结果却看到马飞和郑舒雅热情地拥抱在一起，她露出一丝苦笑。帮着收拾东西后，她回家时父亲杨天宝正在屋内抽烟，看到杨艺回来，杨天宝问她："什么时候回上海？"杨艺说："明天早上。"

杨天宝突然丢掉烟，纠结了一下后说，"我这几年对你不好，让你吃了很多苦。"杨艺很诧异，问："爸爸这是什么意思？"杨天宝说："我一直觉得你会恨我无能，害你没有了妈妈，也没过上好日子。满红隔几天就会来看看我，跟我说说你小时候在学校的事情，满红前不久还说起了小时候你学烧饭的事情。"杨天宝叹了口气，接着说："我听了后，觉得自己真的很失败，我失意的时候，你千方百计地想让我开心一点，而现在你长大了，我却一直都没关心过你一个人在上海打拼过得好不好，辛不辛苦……"

　　杨艺听着，眼泪不禁流了下来。她擦擦眼泪，一把抱住了父亲，说："我一切都很好，生活和工作都很好……"她差点把自己见到母亲的事说出来，可她最后还是忍住了。她想：或许这样容易陷在悲伤中的父亲，从此再也不知道妻子的任何消息会是最好的。

　　丁满红回到家中，先是美滋滋地洗完澡，换了一身干净的衣服，随后又拿起了潘小多给她的衣服，洗干净了晾在外面。她忙碌完这些才去看望奶奶，结果却看到丁家宜从奶奶房里出来，丁家宜对丁满红说："睡着了，我去洗漱了，你就回房休息吧。"

　　丁家宜走进卫生间后，丁满红刚想回房，就听到徐淑芬在屋里轻声问："是满红吗？"

　　丁满红应了声，推开门进房。徐淑芬让她关上门，丁满红悄悄关上门，走到徐淑芬床边。

　　徐淑芬坐起身，笑着说："满红呀，奶奶刚才是假装睡着呢。"

　　丁满红疑惑道："为什么要装睡呢？"

　　"为了看看我的女航天员呀……满红，你能再说一遍你登陆月球后说的话吗？"

　　丁满红看着徐淑芬，徐淑芬的样子满是慈祥，嘴角含笑，面色平静却又充满期待，也不知道是正常状态，还是记忆混乱状态。

丁满红假装自己穿着宇航服，蹦跳了两下，说道："报告祖国，我们登上月球了！"

丁满红故意说得很轻，可徐淑芬竟然大声叫了一声"好！"。丁满红马上就听到门外传来了声响，也就几秒钟工夫，丁家宜就推开门了。丁满红赶紧解释缘由，丁家宜气笑了，她跟哄孩子似的说道："别讲是登陆月球了，就算是登陆太阳了，都得马上睡觉！"

徐淑芬很不情愿地钻进被子，嘟囔道："一点儿都不懂科学，登陆太阳，那还不化成灰了！"

丁家宜没理徐淑芬，领着丁满红走出房间。出了房间两人对视而笑，丁家宜说："没想到妈这样的老太太，懂得还真不少。"

看了这场会演后没多久，徐淑芬的病情持续恶化，没多久，又一次突如其来的中风后，徐淑芬整个人就越发消瘦了，行动能力也大幅下降了。

2002年的腊八，一大早，徐淑芬突然穿好了衣服，她精神头极好，记性也都回来了，她说："年代不同了，这年头再自己穿好寿衣，可能会被当成疯子，但我想走得干干净净的、体体面面的。我还担心我走了以后留下满红和满青，家民夫妇会不高兴见我。"丁满红听了哇哇哭，丁家宜哭着告诉徐淑芬，说："大哥绝对会夸您老当益壮，照顾她们这么好，照顾得这么久。"徐淑芬确认了好几遍，这才安心地点头，说："那就好，那就好。"

徐淑芬这么说，丁家宜不停地哭，她让满红打电话，告诉丁家欣和丁家祥赶紧赶过来。丁满红打了电话后，想到怎么着也得把满青接过来，就叫了出租车直奔丁满青的学校。

最终丁家欣赶到的时候，在思鑫坊门口碰到了丁满红和丁满青。

丁满青说："小叔有事，要晚一点才能来。"

丁家欣气得横眉怒目，她拉着丁满红和丁满青的手刚走进屋子，一直躺在竹椅上的徐淑芬拉住丁满青和丁满红的手，说要和他们说点悄悄话，丁家宜和丁家欣就退到了门口。

徐淑芬凑到二人耳边，小声说："奶奶要走了，奶奶的床底下有个百宝盒，里面是奶奶留给你们的宝贝，别让你们的姑姑知道，特别是别让小叔知道。记住，这是属于满青和满红姐弟俩的宝贝。"

徐淑芬说完这些话咳嗽了几声，她又继续说："满红，九斤奶奶的铜钥匙呢？"

丁满红说："在我房间的床头柜上呢，我这就去拿。"

徐淑芬拉住她说："算了，别去了。"

因为这些话说得比较大声，丁家宜听到了，就往楼上跑。

丁满青说："奶奶，你还有什么想说的？"

徐淑芬咳嗽了两声，说道："满青呀，奶奶走了，要去见你爸爸妈妈了。你们要记住，要相亲相爱，无论什么情况，都一定要记得你们是亲姐弟！"丁满青猛点头。

徐淑芬突然怔怔地看着门口，脸上浮现出一片红晕。"他来了，他来带我走了。"

丁家宜此时拿着铜钥匙跑下了楼，她听到徐淑芬这么说，赶紧和众人一起望向门口，然而门口根本没有任何人。

大家再疑惑地去看徐淑芬的时候，她已经咽气了。她终究没有能够活得更久，活到看到杭州钱塘江边那一栋栋高楼真正耸入云霄的时刻。

"奶奶是笑着的。"丁满红看着徐淑芬脸上那温柔的笑容，说完这句话后就号啕大哭起来。

正如丁家宜所说，丁家祥总会做各种浑蛋事。在徐淑芬去世的这一天，他一整天都没出现。

更令丁家宜和丁家欣气愤的是，当天晚上要安排徐淑芬葬礼的事情，丁家宜拿着丁家祥给的卡去取钱，结果却发现丁家祥给的银行卡密码是错误的。

第十九章

徐淑芬最后一次中风的那天早上，她起来的时候觉得精神很好。

徐淑芬自己慢慢悠悠地套上衣服走到餐桌前，丁家宜熬的雪菜粥对她来说已经越来越没有味道了。

吃完早饭后，丁家宜给徐淑芬量血压、检查身体，徐淑芬的表现很好，虽然把丁家宜记成了丁家欣，但是知道自己的名字，也知道大儿子叫丁家民，儿媳妇叫俞雪晴。

检查好身体之后，徐淑芬要丁家宜陪她外出走走。最近她早上吃过早饭后，都会在思鑫坊里来来回回走三圈。不多也不少，就是正好三圈。

二人边走边聊，不知道怎么回事，徐淑芬今天精神头很好，而且似乎想起了很多事情。走过马宁家的时候，她指指屋子，说："马老爷子走了后，这个家就是马宁当家了。他这人啊，怎么说呢，好人，什么都好。"

丁家宜呵呵笑，说："妈，我听说这思鑫坊里很多人都做生意了，马宁却不做生意，很多人还笑话他傻呢。"

徐淑芬白了她一眼，说："女儿家就是头发长见识短，这年头，投机倒不是犯罪了，脑子活络的人都飘起来了，开始学着温州人做生意了。很多人都学歪了，不踏实了。这不，思鑫坊里不也流传着这样的话了嘛，'水活络则清，人活络生财'，这'活络'指的就是心思多。"徐淑芬认为，老祖宗几千年来讲的"生财有道"，道理不都是"诚信为本"嘛，可现在到处都是假货，哪还有什么诚信？徐淑芬说："马宁从小就是思鑫坊里最聪明的孩子，可比丁家民聪明多了，他愿意骗人的话，赚不到钱吗？也不知道什么时候这社会就笑贫不笑娼了，可笑，真是可笑。"徐淑芬气鼓鼓地发起了牢骚。

丁家宜只能劝母亲别生气，说："咱们是出来散步的，不是出来讲道理的，况且这也没人跟咱们讲道理啊。"

徐淑芬哈哈笑，说着也对，就继续往前走。路过潘正义家的时候，他们听到潘正义家传出了争吵声。

徐淑芬又说："这潘正义和苏雯没有一天不吵的。吵完后，该上班的上班，该买菜的买菜，晚上回到家又是一桌吃饭，这两人呐，真是老冤家。"

"这两人为什么老吵架？"丁家宜问。

"为什么吵？家家有本难念的经。"徐淑芬叹着气，说："我身体还好的时候，有一次和苏雯在巷子口闲聊。那次苏雯老是抱怨这样的日子活够了，可说到死，却又舍不得死，毕竟儿子长大了，还没见他成家立业，死了实在有点舍不得。我就劝她，儿子这么大了，很快就结婚了，别死了，活着好好享福，多好呀。可是苏雯竟然阴阳怪气地挤对我说：'满红多好呀，让您享福了！'我当时气到了，就问那肖丽华怎么就突然销声匿迹了，她和潘正义死皮赖脸想要掰扯上人家。当时苏雯的脸红到了脖子根，憋了半天最后说肖家想要入赘，她家小多不能入赘，开两头门都不乐意。"

丁家宜听了后啧啧道："我看小多挺喜欢满红的，他妈原来还整过这一出呢？"

徐淑芬点头，小声说："她心思多，心思多的人总归不快乐。"

丁家宜看到母亲今天精神这么好，而且记起了这么多事情，当下高兴万分，心里头还暗自感谢上苍，认为这说不定是老天想要给老人家一个享福的机会。

二人又往前走，路过朱海军家时，和往常一样，几乎没有什么声音。

以前散步，就是纯粹的散步，丁家宜和徐淑芬几乎不怎么说话，今天看徐淑芬记起了往事，精神也好，就故意问道："这是朱海军家吧？他们是怎样的人呢？"

徐淑芬一听，说道："这朱海军夫妻十几年如一日，规规矩矩地当着这个班，也没想过富贵，也没想过发达。那个朱海军啊，他经常说，人生短短几十年，能安稳地活着就行了，什么最安稳？公务员呀。"

徐淑芬说得高兴，还说起了朱海军上次把朱明伟叫回来，要他考公务员的事情。原来朱海军并不认为儿子当一个证券分析师有前途，想让儿子和自己一样当公务员。朱明伟是被"母亲生病"这个理由骗回来的，得知父亲就是为了让自己考公务员，他当即就要回上海。朱海军被气得抄起扫帚，说要教训这个不孝子，但朱明伟站起身，说："你有本事照我脑袋打！"朱海军生气呐，就说："不打你，我叫你'爸爸'！"朱明伟也不示弱，说："你不打就是我儿子！"

"朱海军打下去了吗？"丁家宜笑着问道。

徐淑芬捂着嘴笑了，说道："他不敢打，朱明伟那么高大，真打下去了，他怕被儿子暴揍一顿！"

丁家宜挽着母亲的手往前走，边走边笑。她说自己也见过被儿子打的父亲，那父亲在村里头从此抬不起头。不过朱海军这是气势上输给儿子了，这一次输了，以后只怕次次要输了。

徐淑芬和丁家宜走着走着，就走到了杨天宝家门口了。杨天宝家里是最安静的，因为杨天宝一直就一个人生活。

徐淑芬叹了口气，说道："以前家民和雪晴还在世的时候，杨天宝还会时不时来雪晴早饭店找家民诉个苦，家民也会啤酒毛豆招呼上，陪他喝上两杯。这个杨天宝一喝酒必然喝醉，一醉酒就说自己没用，一说自己没用就开始唱。"

徐淑芬记得没有错，杨天宝真是喝酒必醉，一张嘴就开始唱戏，以前丁家民夫妇活着的时候，最常去的就是雪晴早饭店了。丁家民夫妇去世后，虽说他和潘正义他们还有来往，但少了一个慰藉内心的地方，他整个人变得更加沉默了。只有丁满红还会每周去找他。徐淑芬问过丁满红老是找杨天宝干什么，丁满红就说是给他家里冰箱换食物，因为他是杨艺的爸爸，杨艺不在家，她就要帮着照顾他的生活。

徐淑芬说着说着就走过了杨天宝家。徐淑芬今天兴致太好了，不时走走说说，丁家宜照顾她以来，第一次见她思路这么清晰，就说起了丁满红的婚事，身为小姑，这正是她担心的事情。徐淑芬却笑着说："没事了，上次的会演上，我看到了小多看满红的眼神，我确定小多不会丢下满红不管的。"

"可人家父母未必同意。"丁家宜的顾虑不无道理，毕竟谁会希望自己的儿子娶一个有智力障碍的人呢，虽然在丁家宜眼中丁满红并不是个患者，她甚至比大部分孩子都更加完美，但潘小多的父母可不会这么想。

徐淑芬摇摇头不说话，事实胜于雄辩，她觉得自己没有看错，打从周岁那年，她看到潘小多还只能牙牙作语时，就一直跟着丁满红笑笑哭哭，她就知道这两个孩子的缘分不简单。

丁家宜沉思起来：假如潘小多和丁满红真能成一对就好了，她这个当姑姑的也能安心了，大哥和大嫂在九泉之下应该也能感到欣慰吧。

正想着，丁家宜突然发现徐淑芬停住了脚步，她转头就看到徐淑芬站在那里一动不动，她轻轻地叫了两声"妈"，可徐淑芬还是没反应。丁家宜急了，大声地叫了声"妈"，徐淑芬这才回过头看着她，脸上绽开一丝微笑，轻轻叫了声"家宜呀"，随后一下子瘫倒在了地上……

徐淑芬的葬礼举行得很简单，为了响应"简办"原则，敲锣打鼓的热闹仪式都取消了。

丁家祥过来后，丁家宜理都懒得理他，还是丁家欣过来给他胳膊上缠上了白纱。丁满青抱着奶奶的遗像，按照习俗绕着屋子走了几圈，随后抱着奶奶的骨灰去了殡仪馆。回来的路上，丁满红一直拉着丁满青的手，怎么都不放开。丁满青感觉到姐姐手上的力气越来越重，就轻声跟姐姐说："哭出来没关系的。"

但丁满红摇着头，她告诉丁满青："我是不会哭的，因为奶奶走了以后，我就是这个家唯一当家的了。我要撑起这个家，要让这个家成为杭州城最风光的家、最温暖的家。我不会哭哭啼啼的，我要坚强。"丁满青听了眼眶瞬间红了，他想起很小的时候跟着姐姐一起送父母的骨灰去殡仪馆的场景，想到了姐姐当时坚毅的表情，想到自己那时候暗暗发誓一定要照顾好姐姐。他这时候才清楚地意识到，他离做到这一步还有距离，这些年来，其实一直是姐姐在拼尽一切保护自己。

晚上的"豆腐饭"（白事）丁家祥在那夸夸其谈，一点儿都没有死了母亲的样子，这可把丁家宜气到了。她觉得必须教训一下丁家祥了，可她刚起身，就被丁满红拉住了。

丁满红让小姑别生气，有事情可以明天再说，但丁家宜还是没忍住。她走过去，掏出了那张银行卡摔到丁家祥脸上，骂道："你真是个不孝子，父亲死的时候没来，母亲死的当晚没来，假惺惺留了张银行卡，结果他妈的密码还是假的。"

丁家祥一脸无辜地说："我真的有工作，这不是第一时间赶来了嘛，人生在世，谁还没个抽不开身的时候呢？再说了，人都死了，早一点儿来，难道人还能活过来不成？"

这一番话彻底激怒了丁家宜，也真正点燃了丁家欣的怒火。丁家欣也站起身，和丁家宜一起上前与丁家祥动起手来。谁也没想到，这时候出声阻止的居然是丁满红。她冲上去拉开了他们三人，大喊着让小叔和姑姑们都住手，她看着奶奶的遗像说："奶奶还看着呢！"

丁家祥停了手，看了一眼遗像后愤怒地离开了，丁家宜和丁家欣则回到自己的席位上。丁家宜年纪也不小了，可还是没忍住，抱着姐姐哭了起来。丁满红看到了那张丢在地上的银行卡，就走过去捡了起来。

"豆腐饭"完了后已经是深夜了，丁家宜和丁家欣都上楼洗漱了，今晚她们不回家，就留在这里过夜了。丁满红心中难受，没有在屋里待着，想要出门走走。她还没动身，丁满青就跑了上来，说：

"我心里难受，想去思鑫坊里走走。"丁满红挤出一丝笑容，说："你这个肚子里的小蛔虫，姐姐想什么你都知道。"

丁满红带着丁满青边走边看月色，这时候的丁满青已经到丁满红下巴了，丁满红想，再过一两年，丁满青就要赶上自己了。丁满青说："我这段时间一直在小叔家，对奶奶照顾太少，也了解太少了，我或许应该更多地照顾奶奶，如果那样的话，现在也不会觉得这么遗憾了。"丁满红说："读好书，成为一名有用的人，这就是奶奶最希望你做到的，要不然奶奶也不会允许小叔把你带走。"丁满青点点头，突然看着前方喊了声"小叔"。

丁满红抬眼望去，果然看到丁家祥在自己家屋后哭。看到丁满红和丁满青过来，他赶紧擦干眼泪，从西装口袋里抽出烟点着了猛抽了两口。

"你们两个小屁孩这么晚怎么还没睡？"丁家祥说道。

"小叔你不也还没睡，你怎么还在这里？你不是应该回家了吗？"丁满青问道。

丁家祥道："你管得着吗？我成年人，你小屁孩，小屁孩也来管成年人有没有回家吗？"

丁满红看到丁家祥眼眶通红，眼角还挂着几滴泪水，就叹气道："哭就哭嘛，还怕人说吗？"

丁家祥不高兴了，说："谁说我哭了，我就是被沙子迷了眼睛。"

"随便你怎么说。"丁满红拉着丁满青，也不往前走了，就站在丁家祥旁边。二人看着月色，看上去神态自然，丁家祥却浑身不自在，最后不得不丢了烟，说道："你们不走，那我走，行了吧。"

丁家祥气鼓鼓地往前走，没走两步被丁满红叫住了。

"又什么事情啊？"

"你找朱明伟问怎么炒股了？"丁满红问道。

丁家祥尴尬地说："问问，就问问……"

丁满青道："哦，小叔，你还炒股呀，被婶婶知道你死定了。"

"你个臭小子！你要是敢告诉你婶婶，我非扒了你的皮！"

丁满青气道："你个臭叔叔，我就告诉婶婶，看她不扒了你的皮！"

丁家祥顿时萎了，说道："行，你们厉害，行了吧？我还在炒股这事情，你们不跟婶婶说，我有奖励给你们。"

丁满红问道："什么奖励？"

"你们要什么？"

丁满红摇摇头，丁满青赶紧说道："暂时没想好，以后想到了我再跟你说。反正你放心，我不会主动跟婶婶说这事的，但是你必须马上把股票卖了，要是我发现你还在玩，我就不保证不会说出去了。"

丁家祥点点头，正要离开，结果又被丁满红喊住。

"又怎么了？"丁家祥觉得自己真要被这两人烦死了，好歹自己母亲刚去世，一直没机会难受，想趁着三更半夜地来这里缅怀一下，哭一回，结果却遇到了这对难缠的姐弟。

"这是你的银行卡吧，还给你。"丁满红把捡到的银行卡还给了丁家祥。丁家祥接过卡片，马上塞进了口袋，随口说了句"谢谢"就要离开。

丁满红说："小叔，奶奶说她总是被你气得不行，说你这人又懒又坏，可是她也说，每次你来看她的时候，她还是打心眼里觉得高兴……"

丁家祥停了一下，但很快继续往思鑫坊外走去。

看到小叔走了后，丁满红和丁满青也回到家中，二人从徐淑芬床底下找出了那个百宝盒。丁满红打开盒子，发现里面基本上全是照片，有徐淑芬和丁宪倧的结婚照，丁家民、丁家宜、丁家欣和丁家祥小时候的照片，也有丁满红和丁满青的照片。

"这就是奶奶的百宝盒呀，都是我们大家的照片。"丁满青感叹道。

丁满红打开下一层，发现里面是一块格子手帕包起来的钞票，这应该是从"雪晴早饭店"的招牌出售开始，徐淑芬攒下来的所有积蓄了。

丁满红解开手帕，里面果然全是百元大钞……

与此同时，就在思鑫坊的坊子口，坐在汽车的驾驶座上，丁家祥没有插上车钥匙，而是看着窗外的思鑫坊轻轻啜泣。

再回生鲜超市上班时，已经是2003年了。丁满红在生鲜超市的工作这些年来很受好评，刘健想要调她到上海新开的店当店长，可丁满红拒绝了，因为一来她觉得自己做不好店长这种工作，二来她也不想离开思鑫坊。

店长知道了这件事后，就觉得丁满红这是在让他为难了，老板的意思就是要提拔丁满红，可丁满红要是赖在这里，那自己最后可能会被丁满红顶替。他就主动找刘健提出想法，说自己愿意去上海打拼，想要为上海第一家"巨龙生鲜"做出贡献，可刘健并没有同意他的自荐。

店长越想越觉得不对劲，就开始琢磨怎么把丁满红赶走，而丁满红对此还懵懂不知。

这天下班后，店长就找丁满红，让她负责超市接下来的大促销活动。店长给了方案，让她找一些年轻漂亮的小姑娘在外面跳舞唱歌搞活动，还让她搞一个短信促销，就是店里和移动运营商合作，群发优惠短信，凭优惠短信就可以来店里享受打折活动。

店长告诉丁满红，说自己这是信得过丁满红，才把这么重要的工作交给她。丁满红听了后还连连感谢店长的信任。

那天丁满红下班前，自己在超市买了很多东西，然后她来到了之前徐淑芬走失时去过的那家家电维修店。

老板看到丁满红进来后很惊讶，丁满红马上把一大袋东西放到老板面前，说："我是来表示感谢的，之前因为奶奶病重，所以一直没来感谢您。"老板一翻袋子，发现里面全是超市里的小零食，甚至还有方便面，哈哈笑了。

老板问起丁满红的奶奶现在怎么样了，得知她前不久去世了后满是惋惜，说："我其实很想听你奶奶讲你登月的事情，上次讲到那里就没往下讲。"丁满红瞬间就红了脸，说："那都是奶奶胡说。"老板笑了，说："如果你没有生病，我的想法和你奶奶会是一样的，我也觉得你可以成为一名女宇航员。"

老板介绍自己："我叫陈虎，有个儿子在外国读了大学，现在毕业了留在国外工作，我呢，就一个人留在杭州开着这个店。"丁满红在维修店看了一圈后很震惊，店里几乎所有的家电都有，新的旧的，便问："难道陈老板什么家电都能修？"陈虎点点头，不禁大谈自己如何威武，老的如新中国成立初期的收音机，新的如刚出现的台式电脑，就没有他不会修的。丁满红又问："那学会修所有的家电，得多少工夫呀？"

陈虎哈哈大笑，说："维修是一门手艺活，这个还真不是想学会就能学会的，对这门手艺有天赋的人，触类旁通，举一反三，如果肯吃苦的话，可能很快，也许一年，也许三年，就能把所有电器的维修门路摸得清清楚楚。"

丁满红又问陈虎有没有徒弟，陈虎摇摇头，说："我并不打算收徒弟，修东西这种事情也没法子收徒弟，这条街上，维修店少说也开了三五家，收了徒弟，如果不能让徒弟吃饱饭，那说白了就是在耽误人家。不过要是有个徒弟也好呀，我很快要出国去我儿子那边住了，有徒弟的话，这门手艺和这个店就一起传给他了……"

丁满红把陈虎的这些话记在了心里。她心里其实有了个主意，自己觉得很不错，她甚至沾沾自喜，觉得这可能是她这辈子最棒的一个主意了。

那之后，丁满红一有空就去找陈虎，每次还都会带上一些自己认为好吃或者有用的东西。陈虎也很欢迎丁满红来，每次丁满红过来，他都有很多话跟丁满红讲，上至天文，下至地理，他常说丁满红就是他的忘年交。

这一次丁满红一狠心，花了大价钱，买了超市打折的茅台带去给陈虎。

陈虎见到茅台，心中大喜，他打开茅台给自己倒了小半杯，加上丁满红带来的卤味，真可谓色香味俱全。陈虎一边喝，一边打量着丁满红，他早看出来了，丁满红这段日子老是来陪自己，肯定是打了什么主意，这一刻看来是到了摊底牌的时候了。

陈虎问道："你是不是有什么事情要我帮忙？"

丁满红说道："能不能收我当徒弟？"

丁满红说完，见陈虎陷入沉思，不由得紧张起来。没想到陈虎突然哈哈大笑起来，说："我早有这个打算，只是怕你不愿意，所以一直没敢主动提，既然你愿意当我徒弟，我一定倾囊相授。只不过……"陈虎面露难色。

"只不过什么？"丁满红担心地问道。

"按照惯例，我爸传给我这手艺的时候，也问过一个问题，他说这个问题回答得上来，才能教我这门手艺。"

丁满红眨了两下眼睛，意思是你可以问。

"满红，你热爱工作吗？"

当陈虎问出这句话的时候，丁满红脑中忽然"嗡"的一声，她想到了很小的时候，在那个下着大雪的凌晨三点，她一个人在雪晴早饭店门口不停地奔跑。她跑了很多圈，一直跑到累了，她才蓦然发现，整个思鑫坊亮着灯光的，只有自己家的店面。

当时她看着店里忙碌着的父母，心中油然升起了一股暖意。

"满红，你热爱工作吗？"

"热爱。"

"爸爸妈妈就热爱工作。热爱工作的人在哪里都不会活得太差……"

丁满红耳中，自己幼稚的声音，奶奶的声音，妈妈的声音，一个接一个传了出来，再一想到这些温柔的声音都离自己远去了，丁满红一下子哇地哭了出来。

陈虎没想到自己这一问，竟然把丁满红惹哭了。他一时有点手足无措，只能给她倒了杯茶。丁满红喝了茶后，情绪才稳定了一些，看到丁满红反应这么激烈，陈虎就让丁满红先回家，这个问题可以以后再回答，反正他可以先不收丁满红这个徒弟，但是可以先教她一些基本的维修知识。

但丁满红说："我只是想起了一些往事，所以一下子没控制住自己的情绪，因为这个问题，我的爸爸妈妈、我的奶奶也都问过我，而我现在就可以回答您的问题，答案就是热爱。"

陈虎听到了丁满红肯定的答复，高兴地一下子干掉了酒杯中的茅台。

陈虎本以为自己收了个好徒弟，毕竟丁满红无论哪方面来说都是他喜欢的类型：乐观坚强，不惜力气，心地善良。但是，丁满红的记性却成了大问题，她总是把刚学会的东西忘掉，有时候陈虎都气得吐血，但是却又不能因此而责怪丁满红，毕竟这也不是丁满红不够努力所致。

在学习维修的这段时间里，丁满红还把超市里的活动安排好了，结果活动当天出了大状况。

这天刘健也来到了店里，一进店他就得知活动是丁满红安排的，他检查了一下店里的布置、店门口活动的人员安排，所有的布置他都十分满意。

开门营业前，刘健把所有员工召集到一起，鼓励大家好好工作。"这家生鲜超市是我在杭州投资的第一家超市，这里的员工也是我的第一批员工，而今年，全国其他地方将陆续有十二家巨龙生鲜超市开张！每一家店都需要有经验、有能力的员工去当店长，在咱们这一家生鲜超市工作出色的员工，都有可能升任店长！"

听完刘健慷慨激昂的话，大家都兴奋了起来，只有店长本人阴沉着脸，心中冷笑，他在等着看一个大笑话。

店门口美丽的姑娘们表演完舞蹈后，生鲜超市的大促销活动正式开始了！

随着刘健打开店门，店外排着长队的顾客蜂拥而入，大家四处抢购，那样子简直就跟打仗似的，有些人甚至还起了冲突。店员们看在眼中，真是又担心又高兴。

但当结账的时候，众人才发现出了大问题！

原来就在一周前，群发的促销内容就由店长确认后发给了移动运营商，随后就发送给了手机用户。可他们没想到的是，编辑的群发优惠减价活动出现了严重的错误，原来"五折起售"的商品，全部写的是"一折起售"，还有"一元特价"特价促销用的商品原来只有一款润唇膏，结果群发的内容写成了"全部润肤产品"。

收银员们，包括丁满红看到付款的大妈展示短信后都惊讶万分，只能赶紧说有内部会议，要稍等一下，让等待结账的顾客再挑挑其他东西。

众人一进到店长办公室就叽叽喳喳没完，有人说："这可怎么办呀，现在事情闹这么大，已经没办法收场了。"还有人说："在店外看到记者的新闻车了，估计还会有记者报道……"

刘健进到办公室后，店长马上站出来说："这都是丁满红的问题，群发短信也是她联络的运营商，并负责对接的，闹出这么大的问题，丁满红必须开除了。"丁满红一下懵了，她不明白，店长之前一直挺好的，甚至连伪钞事件都是自己帮着报警的，为什么店长会突然希望自己被开除。

然而刘健却没有接店长那个话茬，而是吩咐大家："继续去工作吧，怎么宣传的就怎么结算，亏就亏吧，这也是没有办法的事情。"

店长一看刘健要保护丁满红，当下愤怒地脱掉了工作服，喊道："那我辞职！有错的人不追究，我们这么努力保证不犯错，所有人却要陪着她一起承担损失！这样的店还能待下去吗？而且，这次的损失这家店承担得起吗？我是店长，我最清楚，这次的损失我们承受不起！"

店长这么一闹，陆续有几个员工也表示希望丁满红被辞退，否则他们就辞职。这样一来，刘健就很为难了，他望向丁满红，心中犹豫万分。

这时候丁满红突然大声喊道："让大家买会员卡！"

刘建一怔，问道："买什么会员卡？"

丁满红说："宣传的内容我们都承认，但是有一个先决条件，那就是大家要买超市的会员，一张会员卡是两百元，成为会员后才能享受这次活动的所有优惠，而这两百块的会员卡里依然拥有两百块的等额储值。"会员卡的想法是受了杨艺的启发，之前杨艺跟丁满红说过，上海的大超市有储值卡、有会员卡。储值卡可存钱买东西，会员卡可积分，但是丁满红记错了，脑子里只记得会员卡这个词，却记住了储值卡的作用。

丁满红说完后忐忑地看着刘健，她底气不是很足，不过刘健想了一下后说道："这个办法不错，就这么办！"刘健当下让丁满红和郑舒雅等人在各柜台前给人讲明规则，并办理会员卡，其他人则照常工作。

起初听到丁满红她们解释说必须办会员卡才能享受这些优惠时，人群中一下子就起了很大的骚动，丁满红甚至被愤怒的人群撞到了货架上，鼻子还流了血。看到丁满红流血了，人群才稍微平静一些。

潘小多知道今天生鲜超市要搞大活动，所以特地过来看看丁满红做得如何，结果他一来就看到丁满红捂着流血的鼻子。潘小多想冲进人群，保护丁满红，但人群是由大妈和大爷组成的，他要硬闯的话，保不准会伤到不少老人。潘小多急中生智，高调大喊："我要办会员卡，反正接下来两百块钱还是当两百块钱花，那不就等于我既按照宣传的优惠价拿到了所有优惠的东西，又存了两百块钱下次花嘛！"

潘小多这么一喊，并且带头找丁满红办了会员卡后，其他原本还在动摇的人们也都一窝蜂地开始办会员卡了。

结果这一天超市的生意在账目上虽然亏损了，但是会员卡上的收入却远超这次事故造成的损失。当晚一直忙到十点半歇业，众人才得以舒了口气。大家看到这份成果后无比激动，都夸丁满红想了一个好办法。丁满红也是受宠若惊，她说自己就是突然想到的，没想到真的有用。所有人都很高兴，只有店长气得不行，他心里盘算：照这个情况，他这个店长的位置很快就要让给丁满红了。

大家下班的时候，刘健单独把丁满红留下了。他夸丁满红："今天的想法十分独特，我刚才发展了一下这个想法，打算让你来负责这个会员制度，工资也会相应提高。"按照刘健的意思，明天开始他们超市就主推会员卡，他会去找工厂制作一种会员卡，预存两百块钱、五百块钱、一千块钱和两千块钱的顾客都会有不同的会员折扣，还能参加每个月一次的会员大促日。

丁满红觉得刘健的这个想法非常好，就说想和郑舒雅一起负责，刘健同意了。

接下来几天，丁满红和郑舒雅负责会员卡事务了。因为丁满红的事迹很多人都知道，大家也都十分相信丁满红，只要是常来这家超市的老人家，都会主动找丁满红办会员卡，而且大部分一存就是存一千块钱，甚至很多人为了帮助丁满红，还会劝说亲朋好友过来办卡。正是因为丁满红，短短的时间内，超市一下子办下了两三千个会员，直接拿到的会员费近百万，远远超过了刘健给他们的任务。

会员费收入超过一百万的那晚，刘健特地请丁满红和郑舒雅吃晚饭，晚饭过程中，刘健一直感谢他们为超市做的贡献。郑舒雅觉得不太对劲，就借上厕所的时候，拉着丁满红一起到卫生间。郑舒雅说："怎么我觉得老板的态度有点怪异，似乎有什么阴谋。"郑舒雅想了想说："刘健是不是要炒掉我们？"

丁满红直摇头，认为绝对不可能。她很信任刘健，毕竟是刘健给了她现在的工作，让她真正成了一名职业女性。而且刘健是父亲丁家民帮助过的人，她不相信这样的人会对自己耍阴谋诡计。

而之后的事实却告诉丁满红，郑舒雅的直觉是对的，虽然刘健并不是要炒人。

丁满红在陈虎那里学习维修有一段时间了，陈虎决定考一考丁满红。这天有人抱着电视机上门维修的时候，丁满红刚好在场，陈虎就让丁满红上阵试一试。

结果丁满红初次上阵便完败，修是不可能修好的，电视机还被丁满红拆了个七零八落。陈虎气得不行，却又不好意思对丁满红发火，只能自己喝茶消气。丁满红见状，扑通一声跪倒在陈虎面前，说："我确实资质愚钝，实在当不了好徒弟，不过我心中有一个十分优秀的人选，我可以像转会员一样，把自己徒弟的资格转给他。"

陈虎一听就笑了，说："哪有徒弟资格可以转移的。"

丁满红红着脸说："希望师傅能同意，若是同意的话，我马上去把人带过来。"

陈虎一想自己之前无心收徒，去国外和儿子一起生活后，就把这店面关了了事。可最近收了丁满红这个徒弟，倾囊相授，倒也升起了另外一种想法：他想有一个徒弟，然后可以把这个店开下去。

想到这些，陈虎同意了丁满红的建议。丁满红一听，赶紧跑去了思鑫坊找潘小多。潘小多之前虽然不满丁满红帮苏雯当说客，但他还是不声不响地从工地辞职了。没办法，每次想到丁满红说过的话，潘小多总是无法拒绝。

看到潘小多回家，苏雯和潘正义别说有多高兴了，对潘小多各种嘘寒问暖，二人绝口不提工作的事情，不再逼迫潘小多去父亲安排的单位工作，一家人有说有笑，甚至把潘小多都哄笑了。

私底下，苏雯跟潘正义邀功，说："和儿子硬杠了这么久，也没把潘小多拉回家，还是我真正知道儿子的软肋在哪里，找了丁满红，果然就把儿子哄回了家。"

潘正义就呛她，说："这不是你最不愿看到的吗？儿子就听丁满红的话，要是听话到最后还结了婚，你怎么办？"苏雯气呼呼地说："怎么办？他们要结了，我就安心当个好婆婆，怎么了？"潘正义奇怪道："你接受满红了？"苏雯摇头说："我其实一直没反对，也没有不接受满红，只是担心儿子毁了自己的前程。"

潘正义摇摇头，问了一句直插苏雯心窝的话："你希望儿子的前程是什么？"这句话苏雯一直没想到答案。

这段时间潘小多就一直在思鑫坊闲逛，也结交了附近小区的狐朋狗友，整日里，一伙年轻人就是叼着烟走来走去，游手好闲，欺负欺负放学回家的小朋友之类的。思鑫坊的老人家们都痛心疾首，有的甚至说："潘小多还不如在工地呢，至少靠双手双脚吃饭，现在不在工地了，反倒成了个'荡头'（无业游民）了。"

丁满红跑回思鑫坊的时候，潘小多跟几个小混混商量好了，正要去西湖边玩耍，因为西湖边漂亮姑娘多。丁满红拉着潘小多的手就走，潘小多急了，问："这是要干什么？"丁满红告诉他："人生大事！"潘小多甩开她的手，说："再大的事，等我回来再说。"

丁满红被气到了，对着潘小多就是拳打脚踢，潘小多傻眼了，一动没动地挨着打。潘小多的狐朋狗友看到了，嚷嚷着"干什么呢"，其中一人冲上来抓住丁满红就要动手，结果反被潘小多推倒在地。

那人急了，要跟潘小多干架，但被看出端倪的其他人拉开了。

潘小多跟丁满红说："到底什么事情，非得现在就去？你看到了，我也很忙的。"

"同学聚会上，其他人都说了梦想，那时候我就想问你，你的梦想呢？"

潘小多摇头，说："我没什么梦想，活着就行了吧。"其实潘小多是有梦想的，只是他肯定不会当着这几个狐朋狗友的面说，要不然他面子就一点儿都不剩了。

丁满红气得直跺脚："唯一赢过我的潘小多怎么可以没梦想！"

潘小多挠着头道："可我确实不知道自己能干吗？我也不想去我爸安排的单位，然后像我爸一样，一辈子就是办公室和家里来回跑。"

"所以我才要你跟我走啊！那是人生大事！"

潘小多说："行吧，那就走吧。"

看到潘小多还是心不甘情不愿的，丁满红就拉着潘小多跑回了家。她从抽屉里拿出了自己抓周时抓的铜钥匙，说道："还记得这个吗？"

潘小多摇头，丁满红便告诉他说："这是我们五个孩子周岁的时候举办抓周时我抓的东西，而你当时抓的是螺丝刀。"

潘小多一听，也想起似乎父母说起过这事。

"奶奶之前一直跟我说，家里的电器都靠你维修，我觉得这方面你很有天赋！如果要以维修电器生活的话，你一定比大部分人要活得精彩！"

潘小多疑惑道："难道你想让我一辈子修家电？"

"修家电怎么了？"丁满红问道。

潘小多露出鄙夷的表情，说道："太低端了。虽说我并不想当什

406

么科技大佬，但也不想一辈子修家电，那样会被朱明伟他们笑死。"

潘小多说完，心里则不满地寻思：21世纪了，哪个女孩会愿意自己老公一辈子给人修家电？

丁满红再次拉起他的手，耐心地说道："小多，跟我去看看吧，看看又没损失。"

丁满红使劲拉着潘小多往外走，潘小多半推半就，没有办法，潘小多就是狠不下心拒绝丁满红，只能说："就陪你胡闹一下，反正我是绝不会去干家电维修这种活的。"

到达陈虎店面的时候，店门口竟然还有两位老人在下象棋。丁满红和潘小多走进店里，见陈虎正在给人修一台黑白电视机。因为不想打扰陈虎，丁满红就回到门口和两位老人聊天。

丁满红问他们是不是附近的居民，两位老人摇头，一个老人说："我离这里可远了，特地赶过来是来修电器的。"潘小多奇怪地问："两位为什么要特地跑这么远路？"另一人笑着说："因为我们要修的东西，其他地方的人都修不好，我们也是慕名而来。"

潘小多更加疑惑了，问："两位到底要修的是什么东西？"两位老人都是六七十岁的人，一听潘小多反复问，就笑嘻嘻地指着地上的一台老式收音机，说："这宝贝用了几十年了，跟我们年龄都差不多了，我们问了很多地方，都说修不了，最后也是打听到这儿能修，这才跑过来。"

看着这么巨大的收音机，丁满红上前抱了一下居然没抱起来，惊讶道："这得多重啊？你们两个人抱过来的？"

老人们哈哈笑，一个老人马上解释说："不是我们自己抱来的，是我儿子开车送来的，一会儿修好了，再让儿子开车接我们回去。"

潘小多则对着收音机瞅了瞅，说道："这应该是新中国成立后没多久就生产的国产收音机吧？我们这一代人确实都没见过这种电子管收音机，要维修的话，最主要的难点在配件。如果不是零件问题，只是线路问题的话，我或许可以修。"

听潘小多这么一说，两位老人乐了，二人建议潘小多不如试试看能不能修。潘小多连忙拒绝，说："这东西对您两位老人家来说可是宝贝，我怕自己万一修不好给弄坏了。"一位老人忙说："这收音机坏了好些年了，我们也是偶然之下才翻出来后想要修一修，并非什么值钱的宝贝。"

听老人这么一说，再加上丁满红一直在旁边嘻嘻哈哈地怂恿潘小多，潘小多决定就此尝试一下。丁满红跑进屋里，拿出了自己那个粉色工具包给潘小多。潘小多一脸鄙夷，埋怨道："怎么是粉色的？"丁满红气呼呼地说："我的工具包，不想用就别用。"潘小多没有办法，只能取出螺丝刀开始拆卸。

在潘小多维修的过程中，陈虎不知何时来到了他的身边，一声不吭，默默观察。丁满红看到了，正要发声，却被陈虎制止，陈虎示意她继续观察潘小丁修理这台收音机。

潘小多花了一个多小时，先是确认了电子管并未损坏，随后检查了线路，也确认没有问题，这倒使他一下子陷入了僵局。家电维修他也是半路出家，之前因为要帮徐淑芬修家电，为丁满红做扩音器之类的，他买了几本书，自学过相关的一些知识，但要说精通那肯定谈不上。

"这是132型电子管收音机，现在可不多见了。"陈虎说到这里，一位老人紧跟着说："你真是老行家呀，这就是132型收音机。"潘小多只是抬头看了一眼陈虎，之后继续去检修收音机了。

陈虎看在眼中，点头说道："这款132型收音机的维修，首先要检查变压器，随后再检查电阻，我看这电子管全亮，如果还是没法出声的话，问题应该不在这两方面，说不定还是喇叭的问题。"

陈虎的话提醒到了潘小多，他检查喇叭后，发现是喇叭接线出了问题，随后三下五除二就解决了这个难题。陈虎在一旁看着不停地点头，丁满红看在眼中，颇为高兴。

修完收音机后，陈虎把丁满红和潘小多叫进了内屋，他也没有问潘小多是什么人，就问潘小多对于维修家电有什么看法。

潘小多本来就觉得陈虎的样子有点太自傲了，并不太喜欢他，所以回答的时候也不客气，就说："维修家电，当然是为了赚钱。"

陈虎笑了，说："那刚才老人的收音机，你为什么不收钱？"

潘小多说："老人家这个岁数了，怎么好意思收钱？"

陈虎又问："那如果老人家都不给钱，你岂不是要亏钱倒闭？"

潘小多哈哈大笑："如果老人家不给钱就要亏钱倒闭，那还开什么维修店？"

丁满红见潘小多回答得这么嚣张跋扈，忍不住掐了他胳膊一下，疼得潘小多跳了起来，问丁满红："你这是搞什么！"丁满红小声地说道："你态度好一点行不？"

潘小多气道："我只不过说实话罢了，而且我哪里态度不好了，开店这种事情本来就是这样的嘛，又不是谁开店都能赚钱，如果仅仅帮几个老人免费修机器都要倒闭的维修店，那开着也没什么意义，还真不如倒闭算了。"

丁满红没想到潘小多被自己一掐，反倒话更多了，丁满红更加不安地看着陈虎，她怕陈虎就此拒绝潘小多做自己的徒弟。在她的计划中，就是自己先当陈虎的徒弟，反正自己也没这能力学好家电维修，陈虎肯定会失望，到时候她再劝说陈虎接受潘小多做徒弟，那潘小多就算是有一份稳定的工作了。

陈虎却反而哈哈大笑起来，说："你这孩子对我的胃口。"接着就问他道："孩子，你热爱工作吗？"

丁满红一听，整个人僵直了，她知道最重要的问题来了，马上去看潘小多的反应。潘小多挠挠头，思索了一下后回答："热爱吧。相比乱七八糟瞎聊天，我更情愿工作。"

丁满红心中忍不住要鼓掌，为潘小多漂亮的回答喝彩。果然陈虎满是笑意，问道："你愿不愿意当我的徒弟，不过和别的徒弟不一样，在这里学家电维修，有两个条件：第一，你既得学会维修新中国成立后投产的最早的一系列老电器，也得学会维修最新的刚上市的电脑、手机；第二，学成之后，这个店面就是你的，但是这家店就算亏本也不能关门。"

丁满红连连点头，望着潘小多，眼神之中简直是在求潘小多赶紧答应。没想到潘小多却反问陈虎："为什么我要跟你学维修？"

潘小多话还没说完，又被丁满红掐了一下胳膊，丁满红替潘小多答应了，随后还不停地向陈虎表示感谢，然后拉着潘小多就走了。

回到思鑫坊的时候已经是晚上了。

潘小多没忍住，还是冲丁满红发脾气了，他责怪丁满红不应该擅自代替他做决定，要不要当一个人的徒弟，他自己有决定权。

丁满红听了以后噘起了嘴，她觉得自己费了这么大力气，总算帮潘小多找到一份很体面而又有意义的工作，潘小多应该感激自己才对，结果潘小多却对着自己发了一通脾气。

两人吵了一架后不欢而散，但潘小多没有马上回家，而是站在那里看着丁满红往家走。想到徐淑芬去世了，这几个月丁满红就是这样一个人生活着，潘小多心中不免难受起来。

"满红！"潘小多冲丁满红喊道。

丁满红转过头，脸上挂着泪珠，右手停在脸颊处，显然她刚才落泪了，所以想偷偷擦掉眼泪，但是因为被潘小多这么一喊就转身了，都没来得及把眼泪擦掉。

"什么事？"丁满红委屈地问。

潘小多心疼不已，他跑上前去，给丁满红擦掉了眼泪，然后说："我明天就去陈虎那里当学徒，但是我希望和你打一个赌。"

丁满红猛点头，连说："只要你愿意去学本事，我什么赌都敢打。"

潘小多就告诉丁满红，说："我两年后绝对会让陈虎对我刮目相看，也会成为新的店老板，如果我做不到，我就扮狗给你骑。"

丁满红扑哧一声笑了。小时候潘小多家养过一只狗，那只狗和丁满红纠葛不少，也留下了不少思鑫坊的笑料。潘小多故意提这个事，就是想要逗丁满红笑。

"既然是赌约，那肯定有你做到了以后的条件吧？是什么？"丁满红猛然想起赌约的后半段潘小多没有说，问道。

潘小多没有回答，而是意味深长地笑了。

第二十章

朱明伟觉得这个世界是由金钱和欲望交织而成的巨大牢笼，他悟透这一点的时候，他的顶头上司刚因为内幕交易被调查了，而他也因为自己曾经跟他人说过一些假的内幕消息而惶惶不安。

比如他给丁家祥的那只股票，那天丁家祥问他买内部消息时，他只是随口说了一只自己看好的股票，没想到的是赶上股市大牛市，那只股票一路高走，如今比丁家祥刚买的时候涨了700%。

不仅如此，他租房子的房东，以及一些认识的同学都问过他内幕消息，他每次都装作自己混得很好的样子，随口说了一些，然后指点了他们一下，结果每个人都发财了，唯独朱明伟自己没有。

"我觉得我一定是遭了扫把星了。"那天朱明伟跟丁满红打电话抱怨的时候这么说。他跟丁满红说了自己担心的事情，除了担心以外，他更气的是自己买的股票却不温不火。朱明伟觉得这就是老天爷故意玩弄他。

丁满红也不知道该怎么安慰朱明伟，只能跟他说思鑫坊的街坊邻里谈到朱明伟的时候，都夸他厉害，上海的证券交易所可不是什么人都能进去的。

朱明伟听了哈哈笑，说："那些人说的话不可信，你厉害的时候，所有人都把你当好人，可是你一旦虎落平阳了，你看着吧，所有人看你就像看到瘟神。"

丁满红被朱明伟的言论吓到了，责问他："你在上海待了几年，怎么就会生出这么可怕的想法！"朱明伟一时语塞，他想来想去也不觉得这样的想法很可怕。不过既然丁满红这么说，他也就不再说了。

跟丁满红聊天，是朱明伟在那段惶惶不可终日的时光里最舒心的时间，因为丁满红不会用世俗的眼光看他。他知道自己的父母每次打电话来都是嘘寒问暖，其他什么都不说，但是父母对他的期盼简直溢于言表，是那洋溢出来的期盼，给了他极大的压力。相对于父母给的压力，来自朋友和同事的压力要小一些。

不过朱明伟心高气傲惯了，他觉得自己从不属于思鑫坊，他的未来也应该和潘小多、马飞他们大不一样，所以上次回思鑫坊和众人排演节目时，他总是会提一些反对意见，这个不好，那个不对的，他就是要和大家不一样。他是朱明伟，他的未来不在思鑫坊，而在于更广阔的世界。

前两天丁家祥突然打了电话给他，说自己要抛掉这只股票了，还对朱明伟表示了感谢。朱明伟当时很惊讶，他也觉得这只股票到顶了，甚至可以说，股市的上涨到顶了，接下来要走下坡路了。丁家祥的电话给朱明伟打了一针强心剂，他做出了辞职的决定。

辞职那天，他抱着公文包到了黄浦江边。他买了一个煎饼，靠在堤岸扶手上吃了起来。江风阵阵，朱明伟几年前第一次闻到黄浦江上传来的江风时就觉得有股子腥味，现在闻的时候却发现那味道其实挺好闻的。

这时候，朱明伟接到了陶建华的电话。毕业那年他在陶建华公司待了一段时间，一毕业他就选择离开陶建华的公司来了上海。朱明伟一直认为当时跟着陶建华学了很多东西，但是陶建华所谓的成功理论，在他看来过于游走于犯罪边缘了。那一年，他一直提心吊胆，虽然帮着陶建华赚了不少钱，但自己不仅没拿到一分钱，还几次差点被警方调查，所以他才选择离开陶建华。

陶建华说："我打电话到了证券交易所，结果得知你刚辞职。"朱明伟说："陶老师真的是很会找时间，这不刚巧赶在这个时候了。"陶建华在电话那头哈哈笑，最后说："要不要过来跟我干？"

朱明伟犹豫了一下，问："您最近又在忙什么大项目？"陶建华说："在搞一些地产项目。"朱明伟很诧异，问："现在股市这么火，竟然没有在股市挣钱？"陶建华说："任何事物都有个顶峰，顶峰越高，跌下来也会越惨。"

朱明伟马上问："你觉得股市马上要到顶峰了？"

朱明伟的声音很大，一下子吸引了旁边行人的目光。那个时候几乎全民炒股，上海这种地方，拿块砖头砸下去，砸中十个人，里面起码有八个在炒股。一听到朱明伟在说股市马上要到顶峰，马上就有路人不同意了，嚷嚷着股市永远不会跌，只会一直涨。

见路人群情激昂，朱明伟拿着公文包跑到了偏僻的角落继续询问陶建华的意见。陶建华说了一些对股市的看法后，呵呵一笑，说道："如果想要知道接下来投资什么行业，就两个字——楼市！"

"可撬动楼市需要太多资金了。"

"资金这东西可以想办法，相信我，对我来说这不是难事。真正难得的地方，是需要有勇有谋，又可以相互信任的合作伙伴。"陶建华的声音听起来很有自信。

说实话，陶建华说的事情确实令他心动了。身在证券交易所，他比谁都知道这次牛市来得如此之猛是有多么突然。当他发现自己随口所说的每一只股票都能让买进的人产生"持有下去，发家致富"的感觉时，他就感觉到恐怖了——任何一个正常的商业环境都不可能让所有人成为赢家！

唯一的解释就是：这些人都将成为输家，而且这个时刻马上就要来临了。而接下来最好的行业是什么，能赚钱的行业是什么，朱明伟的直觉和陶建华是一样的：楼市！

听说潘小多当了学徒工，苏雯还特地跑去陈虎的店面看了一眼，她还在四周走了一圈，听闻了很多陈虎的传说。他是一名老匠人了，父辈在清朝末年的时候就是做电报机的，算是最早接触电器的人。新中国成立后，他的父亲也是上海无线电厂的高级工程师，所以他家算是名门世家了。

苏雯听到这些后，心里乐开了花，她本来就担心潘小多因为对未来没有规划，整日里不学无术，浑浑噩噩。如今潘小多既然拜了老师学艺，老师还是这样的名门世家，她别提多高兴了。最重要的是，她还听丁满红说，陈虎有意教会潘小多后就去国外跟儿子过日子，到时候要把这家店留给潘小多。

"学一门手艺，还赠送一个地段这么好的店面？"潘正义问。苏雯兴奋地说："哪有这样的好事，可偏偏赶巧，就让潘小多遇上了。"潘正义告诉苏雯说："这事儿得去谢谢满红，当初要不是满红把小多拉回来，小多说不定还在工地混着呢，而这一次更是满红帮小多找到了人生的方向。虽说不是什么金山银山的地方，也不是外资国企的高管岗位，但是那至少是一份稳定的生计。"

苏雯听了潘正义的话后，琢磨了好几天，她曾想过买点东西上门道个谢，可转念又想自己是长辈，而且丁满红也做了很多令她不满的事情，此时此刻上门道谢，也实在有点难为情了。不过，苏雯也不是磨不开面的那种人，她一直认为自己做事，讲究的就是公平公正：他人害她，自然是不能饶过，拼了命也得去讨个公道；他人若是帮她，那无论之前是否有仇有怨，得了帮助，自然是要投桃报李。所以苏雯犹豫了几天后，还是拿着会员卡，跑去了丁满红所在的生鲜超市。

不承想，苏雯在去生鲜超市的路上，就听到很多人急匆匆跑来跑去，嚷嚷着"出大事了"，苏雯着急赶路，也没停下来打听打听。这照以前，她肯定会停下步子和人攀谈一下，街头巷尾的小道消息，她都是这么打听来的。但今天她去了超市后，还有其他计划，因此心中虽有一丝打探小道消息的冲动，但还是被她强压住了。

不过在过巨龙生鲜超市对面的马路时，因为红绿灯，她不得不停下等待。这时候，同样在等待的一对母女看起来焦急万分，二人说的话一字不落地进入苏雯的耳中。

"老板真的跑了？"

"真的跑了！我听人说，他是带着所有的会员费跑的，好几百万呢！"

"卡里我还存了一千多呢，你快回家，跟你叔叔阿姨们说说，他们也都办了会员卡，我先去把我们家的会员卡退了！"

绿灯亮起后，这对母女就分开了，母亲往超市跑，女儿则往另外一个方向跑回了家。苏雯跟着这母亲身后，心想：这超市是哪一家呀？老板带着会员卡的钱跑路了？

苏雯没有直接想到就是自己要去的生鲜超市，也是因为丁满红想到了储值会员卡的方法后，周边几乎所有的超市都开始效仿。而且巨龙生鲜的储值会员卡在刘健的改良下，对普通居民具有极强的诱惑性，它不同于以前那种只是存钱，你存钱后给你一定比例的赠送额度，然后你可以拿卡消费这种模式。其实它已经和一开始丁满红所说的会员卡完全不同了。它更像一种传销，除了充值有会员卡等级的分别，介绍其他人办卡也能获得赠送金额，且能拥有更高的会员等级，买东西有更大幅的优惠。所以很多人为了获得更多的优惠和赠送金额，就拼命介绍其他人办卡。

苏雯边走边产生了不祥的预感，这家老板跑路的超市，可别是巨龙生鲜啊。苏雯也刚在卡里存了一千块钱，她当时算了一下，反正一个月也要花几百块菜钱，加上生活用品的钱，一个家开销怎么也得近千，一下子存一千以后，买巨龙生鲜所有的物品都可以打六折，再加上可以参加其他优惠活动，这一千等于可以当成两千花，这事情傻子都知道怎么更划算呀。可是，如果老板跑路了，那就不好说了，这超市会不会关门？如果超市关门了，这卡里的钱能不能退回来？这些都成了大问题了。

等苏雯走到超市门口的时候，就看到超市已经被成百上千的人围了起来，一群人在门口大喊大嚷，超市里面也挤满了要求退会员卡的人。苏雯吓了一跳，下意识地摸出了自己的会员卡，开始在人群中搜寻。

她在找丁满红。很快她就看到丁满红了，她正被一群大妈围着，大妈们对她指指点点、骂骂咧咧，要她赶紧把老板找回来，要么就她自己给她们退卡，因为她们都是冲着丁满红才办的卡。按照这些大妈的意思，要不是丁满红给了她们信任，她们是决计不会买会员卡的。大妈们聚在一起围追堵截、狂轰滥炸，一般人都承受不住，更何况是丁满红了。

见此情形，苏雯赶紧拨开人群，冲到丁满红身边。苏雯一到，整个情况就大变样了。丁满红原本面对大妈们的谩骂，只是不停道歉和认错，在她看来，这件事情就是她的错，是她害大家损失了这么多钱。

"你们怎么回事？这个岁数的人了，欺负人家一个小姑娘！"苏雯上来先以年龄劣势占据道德制高点。

当大妈开始说自己是受害者，都是因为信任丁满红才会上当后，苏雯更是直接打断她们说道："什么信任不信任的，都是瞎扯！我就不信了，没有丁满红在这家店里工作的话，你们得知巨龙生鲜搞这样大幅优惠的会员卡，你们会不动心？当所有人都办会员卡的时候，你们不会因为贪便宜也过来办卡？别自欺欺人了！你们不是因丁满红而办的卡，你们就是因为贪心！"

大妈们一个个被苏雯说得哑口无言！

丁满红和她的同事见此情况，赶紧冲进来，带着苏雯进了店长办公室。

进了办公室，苏雯给丁满红倒了杯水，随后问道："满红呀，跟阿姨说说，这到底是怎么回事？"

丁满红就跟苏雯说了事情的经过：

原来丁满红今天到超市的时候，和往常一样，换好了衣服后就开始忙东忙西，帮着其他人收拾货柜呀、清洁呀。郑舒雅还说她："总是主动帮助他人，我们俩的工作是收银，可不需要做那些工作。"

丁满红笑笑说："反正我也没事做，就是帮一把。"

她当时觉得还很奇怪的是，店长在办公室里一直没出来，按照往常的情况，店长这个点应该已经出来跟大家开早会。店长之前把优惠活动出状况的责任全推给了她，平日里的行为引起了很多员工的反感。郑舒雅就为丁满红鸣不平，还说店长这样做的理由只有一个，那就是妒忌和害怕，他是怕丁满红顶替他店长的位置。

但丁满红对此倒也没那么在意，她也完全没有当店长的想法，她觉得自己不是这块料。因为疑惑店长那个时间还不出来，丁满红就敲门进了办公室。店长一下子把门关上，紧张地说："我辞职了，接下来店长就是你丁满红了。"说着还把保险柜的钥匙也交给了她。

丁满红完全不明白状况，问他怎么回事。店长擦擦额头的汗，拿着包就走，兴许是有那么一些不忍心，明明已经走出门口的他还是回头说道："老板跑了，卷了所有会员卡的钱跑了，这是要吃官司的！满红，你自己小心。"

听到这里，苏雯气得直跺脚，说："这个店长就是个浑蛋，他这是把烂摊子丢给你了呀。"又来回踱了几步后问："真的一分钱都没留下？"

丁满红说道："只留下了各台机子里昨天的营收，因为不是财务日，所以没统一做对账。"

"有多少钱？"

"不知道，大概有几万吧。"

苏雯说道："满红，那些大妈的会员卡存的钱都不多吧？"

"一般都是几百或者一千。"

苏雯一惊，说道："那太多了，我们报警吧，这事你担不下来。"

苏雯说着拿出自己的会员卡，说道："满红，阿姨帮你这么多，你先把阿姨会员卡里的钱退了吧，这可关系到我们家一个月的生活费呀。"

那天，丁满红报警之后，以代理店长的身份宣布超市继续营业，但在老板回来以前，他们只能每星期一给一批人退会员卡，先报名的先退，每批名额是二十人。一开始还有人要冲进去抢超市，但被丁满红挡在了门外。丁满红告诉他们，超市继续运营着，就还有收入退会员卡，要是超市直接倒闭，他们的钱真的是一分都拿不到了。就这样，想冲入超市的几个年轻人被大妈们丢出了排队人群，大家伙就这么排队登记，谁先登记上，谁就能先退会员卡。

苏雯排得很靠后，等轮到她的时候，她跟丁满红攀交情，希望把她排到第一批，结果丁满红拒绝了，还是按照她排队的顺序，把她安排在了第三百零二位。苏雯憋了一肚子气，提着几根小葱回到家，一回家看到潘正义看着电视笑嘻嘻的，她就更来气了。潘正义邀功，说："我做好了饭，就等你回来烧汤。"苏雯直接把葱甩到他脸上，说："喝什么汤，丁满红还没成为儿媳妇呢，就快骑到我脖子上了。"

了解了来龙去脉后，潘正义喝着榨菜肉丝汤，吃着香喷喷的米饭，一口一个丁满红做得对，还说这叫"不卑不亢"。苏雯就上去掐着他的脖子肉，问道："还这么认为吗？"潘正义虽然疼得嗷嗷叫，可要说面对老婆时的嘴硬程度，他真的远超马宁、朱海军和杨天宝，在眼泪都快掉下来的情况下，他仍旧坚持说丁满红是对的，还说自己是"帮理不帮亲"。

这天晚上，丁满红在超市忙到快十点才想起来今天要去接丁满青回家。她给丁满青打电话，丁满青告诉她自己已经回家了，正在家里看书呢。

丁满红马上结束了超市的工作赶回家。到家门口的时候，她看到屋里灯火通明，丁满红不禁皱起了眉头，心想：好你个满青，国家能源这么紧缺，你却这样浪费电？

走进屋内，丁满红才发现潘小多过来了，此刻正和丁满青一起修一台老式的红白机。丁满红想起来那台红白机是父母买给自己的礼物，上面还贴着火箭小贴纸。

那是1992年的时候，自己和潘小多在学校打赌——潘小多考试绝对考不到班级前十。那时候已经初中了，丁满红脑膜炎的后遗症刚出现没多久，但她的成绩还是学校最好的，依然是学校的领操员和升旗手。

丁满红当时觉得自己不可能输，因为潘小多的学习成绩实在很一般。一般到什么程度？已经连续十次考试稳坐倒数第一名了。值得一说的是，马飞一直是倒数第二名，所以被大家笑称"潘小多的跟班"。

但结果出乎丁满红的预料，在接下来的考试中，潘小多居然刚好考进了前十，丁满红还特地检查过试卷，确实都是潘小多的字迹，考试的时候也没见到潘小多作弊。丁满红就去质问潘小多到底耍了什么手段，一下子从倒数第一考进了班级前十。潘小多嘿嘿一笑，说："我是天才呗，爸妈给我买了红白机，这是我爸妈给我考第十的奖品。"

在学校的早会上，作为考了全年级第一的丁满红只获得了一句"丁满红依旧是第一名，我们恭喜她"这样的赞誉就完了。倒是考了第十的潘小多，获得了老师长达十几分钟的夸赞，还鼓励其他同学向潘小多学习。

丁满红那天回家的路上一直攥紧小手，她是真的生气了。思鑫坊的人看到了，笑话她怎么把手握成了拳头。丁满红气呼呼地没理会，那人也只能笑笑说这孩子又受气了。

丁满红跑到潘小多家，敲开门，苏雯看到丁满红一个人满头汗水地站在门口，就诧异地问："怎么了？"看到丁满红东张西望，苏雯接着问："小多没跟你一起放学吗？"

丁满红说："我要去潘小多房间看看。"说着也不管苏雯同不同意，直接就跑去潘小多房间乱翻，结果她发现潘小多还真做了很多功课，房间里到处都是学习笔记，她也发现了潘小多在练画画，老画一个女孩，但是画得乱七八糟。那时候她还不知道，潘小多画的就是自己。

丁满红正想走呢，就看到潘小多站在门口看着他。

"现在你信了吧？"潘小多问道。丁满红哼了一声，正要走，潘小多却邀请她玩游戏机。

丁满红没玩过游戏机，她听很多大人说玩游戏机会上瘾，特别对小孩子来说，游戏机就是毒品！每次这么说的时候，大人们都是一副对自己家孩子恨铁不成钢的样子。所以当潘小多这么说的时候，丁满红就想看看，这个让大人们"恨之入骨"的东西到底长什么样子。

潘小多从游戏卡带中挑出了一个插到了机器上，说："这是我最爱玩的《魂斗罗》。"

电视机上跳出了游戏画面，响起了《魂斗罗》的音乐后，潘小多开始跟丁满红讲解怎么操作，然后调出了三十条命后说道："我自己都用三条命模式的，可你不会玩，就给你选了三十条命的。唉，希望够用吧……"

丁满红点头，面色凝重，她在脑中重复潘小多教授的经验和操作技巧。当游戏开始之后，她噘着小嘴，集中了全部注意力在游戏上。

什么叫"希望够用吧"，她要用实际行动告诉潘小多，丁满红第一次玩《魂斗罗》三十条命绝对够用。

结果，她在第五关的时候，三十条命就死光了。

"你按这个键，可以从我这里借命！"潘小多按了一下丁满红手柄上的键，电视机上，丁满红就又有一条命了，而潘小多那里，三十二条命处减少了一条命。在刚才的游戏过程中，潘小多已经被奖了两条命了。

丁满红铁青着脸，一把甩掉了手柄。

"一点儿都不好玩！游戏这种东西，就是毒品！你自己玩，自己中毒死吧！"

事实上，潘小多只说了一句"玩不起就别玩"，就被丁满红抓了一把脸，潘小多不服气，也想打丁满红一下，但接下来，明显处于"正当防卫"的阶段了。最终，还是苏雯听到潘小多房里的动静，才进房里把扭斗在一起的二人拉开了。

回到家中，见到丁满红嘴角挂彩，俞雪晴就心疼地问女儿："这是怎么了？"丁满红说："我和潘小多打架了。"丁家民好奇地问："谁赢了？"俞雪晴气得把他赶到一边，不准他再说话。可丁满红开口说："我赢了，他耳朵被我抓破了。"

丁家民哈哈大笑，说："以后别抓耳朵，耳朵破了，冬天容易长冻疮。"

丁满红很认真地点头，琢磨着以后该从哪里下手，结果被俞雪晴一声怒喝给打断了，"打架是对的吗？我怎么跟你说的？不管什么原因，打架都是不对的！你爸爸那些思想糟粕你不要理会，你看看他自己，就是被自己的糟粕思想给害了，所以长成了这个样子。"

丁家民不敢对抗，只能小声嘀咕："我长成怎样了？不还是有胳膊有腿，有眼睛有嘴巴，我还有个漂亮老婆！"

俞雪晴其实听到了他的嘀咕，但她选择不理睬，只是白了丁家民一眼。俞雪晴问丁满红打架的原因，丁满红就把详细经过说了一遍，俞雪晴越听越气，说道："人家潘小多打赌赢了，爸妈给他买了游戏机，他好心请你玩，你怎么反而打了潘小多呢？"

"他一副玩游戏就是比我厉害的样子，很讨厌，他还借我命，我才不要他借我命！"

俞雪晴语重心长地说："满红，他借你命，那是跟你示好。哪怕你觉得不高兴，也不能去打对你示好的人。"

俞雪晴看看丁家民在一旁无所事事，就让丁家民以一个父亲的身份，好好给女儿竖立一下正确的观念。

结果丁家民轻咳两声后说道："我玩游戏那会儿，也最讨厌别人假惺惺地当好人！满红，爸支持你。"

"爸，我有个想法。"

"什么想法？"

"我想要一台游戏机。"

俞雪晴实在听不下去了，立刻制止了二人的谈话。她让丁家民去生煤炉，自己则把丁满红抱到椅子上，耐心地跟丁满红分析事情的道理。什么是道理？至少买一台游戏机绝对不是正确的道理。

没想到的是，第二天丁满红放学回家，丁家民马上把她喊到客厅电视机前，让她看多了什么新东西。丁满红一看尖叫了起来，因为丁家民居然给她买了一台红白机。丁家民说："我们一起玩，爸爸教你，你很快就能打赢潘小多。"

丁满红有点犹豫，说："妈妈会骂死你的。"

丁家民一拍胸脯道："放心，这些小事爸爸早就已经说服妈妈了。

她已经明白，游戏机害不了人，适当的娱乐可以锻炼大脑，人才不会长成傻子！而且，我们家满红怎么能输给潘小多呢？"

俞雪晴一进屋就喊丁家民名字，问他怎么不去店里帮忙，结果看到父女二人在游戏机前大喊大叫。俞雪晴气得揪着丁家民的耳朵进了厨房，丁满红挺担心，就跟着去了厨房，俞雪晴看到了，就让丁满红继续玩，还说："玩游戏没关系，只要不着迷，反而对脑子好。"

不过当天晚上，丁满红起来上厕所的时候，看到了丁家民被俞雪晴罚跪了。丁满红直叹气，心想：爸爸早先说的话又是在吹牛。

那之后，丁满红每天可以玩游戏，很快她就玩得比潘小多还要好了，她还给红白机贴上了自己最喜爱的火箭贴纸，这还是小姑父从上海带回来的。

把丁满红从这些回忆中唤回来的，是丁满青的叫声。

丁满青看到姐姐站在门口发呆，就喊着"姐姐"，走过来拉着她的手进屋，边走边说："小多哥修好了红白机，真是太厉害了。"

丁满红去瞧潘小多，没承想差点脱口而出喊他"猪头"！原来她刚才在屋外只看到左脸，但潘小多的右脸明显肿了。

"我的脸怎么了？很丑是不是？"潘小多见到丁满红的表情，一脸不高兴。

丁满红连连摇头，说："还是一样帅气。"

原来潘小多在跟着陈虎学习的这两个月里，虽然竭尽全力，却一直不得要领，一直被陈虎打骂。陈虎打骂的时候还会说："看在满红的面子上，这事我算了。"弄得潘小多心里很不爽，结果今天学修东西的时候，又心不在焉，碰到了通了电的电焊，幸好他躲得快，但是脸直接撞在了冰箱门上，肿了一片。

丁满红得知后，问道："小多，你该不会学不会吧？"

潘小多道："怎么可能？你看看这红白机我修得多好！不仅如此，老陈教的有限，可我触类旁通，举一反三，现在我几乎没有不会修的东西。"

丁满红信了他的话，让他留下来吃饭，她去厨房做点吃的。

丁满红刚走，丁满青就冲潘小多笑，潘小多忍不住问道："满青，你的表情什么意思？"

"你说谎。"丁满青拿着纸，不知道在写什么。

"我说谎？"潘小多看到丁满青的样子，莫名有点儿底气不足，"你小子看出什么来了？"

"也没看出什么，不过我知道小多哥肯定撒谎了。你是不是偷跑出来的……"丁满青话还没说话，被潘小多一把捂住嘴，一时没喘上气，拼命挣扎起来。潘小多吓到了，连忙松开手，但嘴上叮咛："可别乱说话。"

所幸丁满红忙着烧菜，没听到二人的对话。

最终，潘小多小声跟丁满青达成协议，两块钱换他保守秘密。丁满青伸出手，潘小多从裤兜里掏出两块钱塞到丁满青手中。丁满青马上绽放出笑容，说："你放心，从今以后，你今天从陈虎店里偷跑出来这件事，就是我们哥俩的秘密。"潘小多笑着摸了他脑袋一下，说道："小屁孩，我们差了十四岁，谁跟你是哥俩了？"

"那不做哥俩，做姐夫可好？"

潘小多气得咬牙切齿，冲上去搂住丁满青脖子，想打丁满青一拳，丁满青疼得连喊"姐姐救命"。丁满红赶紧跑过来，看到二人在那打打闹闹，笑出了声，说："你们继续打，谁输了谁洗碗。"

吃完晚饭后，丁满青和丁满红就在桌前打开本子算起来，潘小多就凑到桌子前看。这一看他才知道，原来丁满红和丁满青在算会员卡和会员费的结算问题，二人算了会儿后，丁满红看着叹气道："超市就算把东西都卖光了，也就只能退掉十分之一的会员费。"

丁满红超市遇到的问题，潘小多也知道一二，他建议不管了，把一切交给警察处理。

丁满青叹气道："姐姐觉得如果这样的话，超市会直接倒闭，所有人也拿不到钱。这里面的老人中，有很多是在姐姐手上办的会员卡，她不想看到那些老人失望。"

"有些老人甚至会难过死的。"丁满红郑重地说。

潘小多笑笑，认为这不可能，谁会为了一两千块钱去死呀，而丁满红还是一本正经地告诉他：真的会有人因为一两千块钱去死的。

丁满红和丁满青开始对照一份名单，琢磨着怎么把超市现有和即将回收的资金合理支配，才能够在尽量按照登记先后的顺序退会员卡的同时，照顾到部分孤寡老人。

潘小多看得昏昏欲睡，就一个人把红白机插上了电视机，自己玩起了《魂斗罗》。由于太长时间没有玩这款游戏了，他以三条命的模式玩的时候，连续几次都没能通关。

潘小多自己都不知道玩了多少时间，丁满红和丁满青才忙完了工作，坐到了他旁边。

丁满红拿起了另外一个手柄，笑话他技术退步，还说是时候跟潘小多展现自己隐藏的技术了。

丁满青说："我来当裁判，历史上最公正的裁判就诞生了。"

就这样，在公正裁判的判决下——潘小多和丁满红玩起了《街头霸王》。

潘小多当时就抗议了，丁满红说抗议无效，她的大招就是玩另外一款游戏。

结果，《街头霸王》中，潘小多连续三次被丁满红打败，潘小多气得摔掉了手柄。

"丁满青！你这也好意思说自己是公正的裁判！"

"小多哥，我哪里不公正了？我姐遇到危机的时候，我帮她阻挡你的视线，公正不公正？我姐快输的时候，我抢走你手柄，公正不公正？"

"这是哪个国家的公正？"

"这是我们丁家的公正，怎样？星矢为什么拼了性命也要守护雅典娜？因为雅典娜是他的信仰！姐姐就是我的信仰！"丁满青道。

"你个小屁孩，乳臭未干，读初中了，就以为自己懂信仰了？"

"我可以不懂，但你反正不能赢……"

丁满青读初二了，如今长得和潘小多差不多高了，二人这样斗嘴打闹的时候，丁满红在一旁看得笑个不停。

潘小多虽然把丁满青按在沙发上，使劲揉他脑袋，但他心里却也在感叹，满青说的没有错。

他想起了小时候，其实也就十几年前，那时候丁满红还是整个思鑫坊最聪明的孩子，他是丁满红的小跟班，也是被丁满红"欺负"得最多的小孩，可是无论丁满红怎么欺负他，他就是喜欢跟丁满红在一起。他的抽屉里，如今还锁着好几本他画下来的各种各样的丁满红，有些画得非常难看，甚至连潘小多自己都认不出那是自己笔下的丁满红。但潘小多知道，其实他从那么小的时候就已经喜欢丁满红了，就想要尽一切可能来守护丁满红。

"喂，小多哥，要打我的话，也请打得专心一点，你这样举着手突然停住的动作，看得我都不知道是躲远点好，还是凑近点好。"

丁满青突然调皮了一句。

潘小多气得又给了他脑袋打了一拳，他看到丁满红在一旁笑个不停，心中却想：真好，丁满青长大了，满红不用再一个人面对所有了。

这时候朱明伟给丁满红打来了电话。接起电话的时候，丁满红还是满脸微笑，但是说了几句后，丁满红整个人脸色都变了。

潘小多和丁满青赶紧走到丁满红身边，问她怎么回事。丁满红放下手机，十分沉重地告诉大家："朱明伟在海南出事了。"

第二十一章

潘小多第二天一早就给顾小七打电话，他在屋外抽了根烟，这才拨通了电话。

顾小七一接起电话就大喊："小多哥，出什么大事了？"

潘小多哼了一声，问道："为什么这么问？"

"那还能怎么着？除非遇到大事，小多哥不会想起我的，更不会给我打电话了。"

"你还真说对了，找你还真因为一个大事。我问你，你上次说你在海南开农场是吗？"潘小多用肩膀夹着手机，抽出一根烟，其实这段时间学习维修，他已经很少抽烟了，毕竟修东西的时候抽烟不方便。

顾小七说道："早走了，海南那龟毛地方，不适合创业。没事，此处不留爷，自有留爷处，诗是好诗，我也好歹是个人才，总归是能闯出一番新天地的。"

"放屁，我就问你是不是在海南？"

"不在。"

"不在还那么多废话。"

"小多哥，我问你，你觉得杭州适合我吗？"

潘小多随便应了声，就说自己有事挂断了电话。他点着香烟，边抽边琢磨昨晚朱明伟打来的那个电话，心中愁肠百结。

朱明伟跟着陶建华到了海南，才知道他所谓搞房地产的第一桶金的来源：他包下了两栋烂尾楼，打算将这烂尾楼转手卖给三手开发商。这个地段他早就仔细通过关系打探过了，将来这里有一个高尔夫村的建设计划，还有一条地铁线路会经过，可以说是一个十分有发展前景的地方。

陶建华当时领着朱明伟看这两栋烂尾楼时就问他："你看到了什么？"

朱明伟眯着眼，看着眼前这片荒地上这两栋已经封顶，却没有继续建设的二十来层的烂尾楼，心中的真实感受是：这楼在这里谁要呀，都说海南房地产泡沫，还真是大泡沫呀。

陶建华看出朱明伟的真实想法，就告诉他说："普通人看到的就是一片荒地、两栋烂尾楼，高手却能看到楼已经封顶，变现基础已经打好，而高手中的高手则能看到遍地黄金。"

陶建华就让朱明伟晚上睡在烂尾楼，说是让他当门卫，因为怕有人半夜三更来烂尾楼搞破坏。朱明伟当时就问："这破楼还会有人搞破坏？"陶建华却说："能发现这是金楼的可不止我一人，我可是花了大价钱、大力气才拿到这两栋楼的，那些没拿到的，会不会不服，会不会使坏？可得防着点啊。"

为此，陶建华还特地找了两个十八九岁的小伙给他，那两个人头发都剪得乱糟糟的，其中一个耳朵上戴了一整排耳钉，按照现在的说法，他们那造型就叫"杀马特"。两人都叫朱明伟"伟哥"，朱明伟说："别这么叫，听着怪怪的。"因为朱哥一样不好听，最后他们喊朱明伟"明哥"。朱明伟问二人名字，结果二人自我介绍都没说真名，一个说自己外号叫"狂刀"，一个叫"耳钉"。朱明伟当时心里就想：看样子像理发店的，听名字更像。

开始那几天，朱明伟白天就跟着陶建华跑各公司、各部门搞证件，盖公章和陪酒、陪玩。朱明伟还按照陶建华的指示，自己当了陶建华新成立公司的法人，陶建华说："这是提拔，从现在开始我们是合伙人了。"朱明伟虽觉得事有蹊跷，可心里头还是抱着一丝憧憬，觉得自己真的要出人头地了。

一到晚上，陶建华回酒店，而朱明伟就回到了烂尾楼。

他和狂刀、耳钉在二楼腾出了一个二十来平方米的房间当宿舍，裸露的水泥，布上了电线后倒还凑合着生活，走廊的尽头是一个公共卫生间，水管是布好的，如今也开通水电了，早上洗刷就拿着水盆去卫生间接水，勉强可以说生活条件基本具备了。

对朱明伟来说，最大的问题是房间太小，狂刀和耳钉都很会打呼噜，一到后半夜，鼾声如雷，朱明伟很难睡一个踏实觉，几天下来，他就越来越憔悴了。

这天晚上，朱明伟醉醺醺地回来后，狂刀和耳钉还在打牌，他跟二人打了招呼，洗漱完后先睡了。结果狂刀和耳钉打牌的声音还是很大，把他又吵醒了，朱明伟就说："你们别打牌了，早点睡觉，我明天还有重要的会议。"

狂刀当时就不高兴了，要不是被耳钉拦住，狂刀就扑到朱明伟身上了。朱明伟被狂刀的暴脾气吓了一跳，关键是狂刀生气的时候，还起身跑到了床边，似乎要从被子底下抽什么东西，结果被耳钉拦住了。

耳钉劝狂刀冷静，说："都是自己人，都是为华哥效力的，别伤了和气。"又劝朱明伟说："明哥你也道个歉吧。"朱明伟没办法，只能跟狂刀道歉，狂刀这才气呼呼地对朱明伟说道："睡你的觉，别他妈烦。"

朱明伟吓了一跳，当下不敢说话，当然也睡不着了，因为刚才他看到狂刀被子底下藏的是什么了，那是一把钢刀！朱明伟心想：这两人不简单，还是少惹事为妙，正常人谁会在被子底下藏一把钢刀呢！要防小偷小摸，那也是藏防狼喷雾之类的吧。先别说小偷会不会来烂尾楼里偷东西，就算小偷真进来了，看到狂刀抽出一把钢刀，估计也怀疑自己走错了片场。朱明伟赶紧认怂，说："你们继续玩。"他自己闷头进了被窝，心里早已下了决定，明天一早必须跟陶建华说自己希望和这俩小伙分开住。

当天晚上，朱明伟起床上厕所，他在卫生间琢磨明天找陶建华后的说辞，却听到外面响起了打斗声，没一会儿就是狂刀和耳钉的哀号声。朱明伟吓得不清，赶紧擦屁股准备找个地方躲一躲，没想到刚擦完屁股，就听到有人走进了厕所。

朱明伟不敢动弹，听那二人的动静不是去小便，而是冲自己的蹲坑走来。他急中生智，一把抓住了门把手。这卫生间的蹲坑有三个，朱明伟占据着中间那个。来人也是先去拉中间蹲坑的门把手，因为被朱明伟死抓着，他没拉开门。

朱明伟听到来人疑惑道："坏的？"

结果一左一右，两人分别进了两侧的蹲坑，不仅点上了烟，还闲聊了起来。

朱明伟这下子算是听到机密了。

原来今晚来这里的人有十多个，都是听从什么旭哥的计划行事。陶建华抢了旭哥的楼，旭哥就派人来这里打人、搞破坏，狂刀和耳钉已经被打残了，下半辈子基本要靠轮椅度过了。两人闲聊着，烟味还挺重，朱明伟被烟味一呛，居然咳嗽了出来。

旭哥的手下一愣，纷纷擦屁股起身，等他们冲出来的时候，只看到中间蹲坑的门板来回晃动了。朱明伟第一次知道自己开溜的速度可以这么快，他也是第一次知道自己离黑恶势力的距离可以这么近。

逃离烂尾楼后，朱明伟躲了一个晚上才去找陶建华，结果在陶建华新注册的公司楼下，他遇到了昨晚在卫生间"有幸相遇"的两个人，他是从声音听出来的。两人当然没认出他，还问他进楼干吗，是哪家公司的员工。

朱明伟长了个心眼，说自己找错地方了，转身就走。没走多远，他就接到了陶建华的电话。陶建华让他赶紧离开海南，说他这下子惹恼了旭哥，旭哥找到公司来了，还说旭哥找到他要断他两根手指。

朱明伟赶紧解释，说："我连旭哥的面都没见到，我和旭哥的手下也都是隔着厕所板，光闻到烟味了，屁都没闻到一个，怎么就得罪人家了？"

虽然朱明伟这么说，可陶建华就咬定旭哥已经派人在找他了，几千号人呢，让朱明伟赶紧跑，被抓到后果自负。

朱明伟害怕了，就找了个小旅馆躲了起来。晚上他越想越气，就去了个夜宵摊喝酒吃串，结果还真被人给认出来了，拖着他要走。他好不容易才逃脱了出来，钱包也被抢了。他听本地人说现在那些小流氓都很有背景。朱明伟一听，吓得不敢报警，所以他当晚直接坐大巴跑去了另外一个大城市，这才在晚上打了电话跟丁满红求助。

可丁满红除了焦急以外，也没什么能为朱明伟做的。潘小多想起顾小七毕业后说要去海南开牧场，就寻思着第二天打电话问一下。结果这一问才得知顾小七早就不在海南待了。

事实上，海南大开发进入高峰之后，就因为房地产泡沫而迅速进入低谷，无数抱着去海南淘金梦想的年轻人在当时奔赴海南，但除了一开始借着房地产炒到第一桶金的人以外，后来入场的人无不折戟沉沙，铩羽而归。顾小七和朋友合作搞牧场，也是在投入了基本资金后直接放弃了。顾小七一直都觉得，自己真的是悬崖勒马，要是继续往后掏家底，那就是陷入了无底洞，永世不得超生了。

潘小多又找了一圈同学朋友，大家伙这个时间点就没一个人在海南的。晚上他和丁满红汇总结果，答案显而易见，这个时间点在海南的都不会是一般人，反正他俩的朋友都是普通人。

这时候丁满红怯生生说："还是有一个人在海南的。"潘小多问："谁？"丁满红犹豫许久，才说："是杨艺。"潘小多更奇怪了，问："杨艺不是在上海吗？"丁满红怯生生地说："我和杨艺其实私底下一直通电话，杨艺会跟我讲很多秘密，但她希望我能保密。杨艺现在确实去了海南，不是一个人去的，和她一起去海南的叫常清华，是一家公司的老总。"

杨艺是在三个月前认识的常清华，在一个非常奢侈的酒会上。事实上，那天是母亲曾芹非要她跟着去参加她现在"丈夫"的公司办的酒会。

杨艺一开始是拒绝的，她对参加这种活动没有任何兴趣，特别是举办公司还是母亲现在"丈夫"的公司。杨艺当时一直很后悔当初去参加总经理举办的聚会，要不然也不会再次遇见母亲，那么自己的命运也许会完全不同。在自己还那么小的时候，母亲就抛下她离开了。杨艺之前一直在思考母亲离开的原因，之前她不知道，直到再次见到母亲的时候，她明白了。

母亲离开不是因为父亲杨天宝不够优秀，也不是因为自己让她感到劳累，更不是因为她想要追寻自己的生活！她离开，就是因为她不想过穷日子了。

出现在聚会上的母亲衣着高贵，举止优雅，谈笑风生，和她自幼对母亲的印象完全不同。她当时就问总经理这人是谁，总经理告诉她说："她是合作公司的董事长夫人，听说以前是戏剧演员，所以身材样貌都这么出众，举止也十分高雅。"

"高雅？"杨艺当时差点笑出声来，这个女人不就是自己的母亲嘛，就因为有钱了，所以就高雅了？

杨艺以为母亲没看到自己，收拾下东西就走了。她没想到的是，几天后母亲找到了她的公司。曾芹带着杨艺好吃好喝好买了一顿后，在送杨艺回家的车上，曾芹让她别工作了，需要什么问她要。杨艺哈哈大笑，说："你以为我这么陪着你吃喝玩乐是为什么？你不是有钱了吗？不花点你的钱，我都替我爸不值！"

曾芹叹着气，说道："我走了后，你爸怎么样了？"

"你应该问我过得怎么样？"杨艺气呼呼道。

"杨艺……妈妈对不起你……"

杨艺红着眼说道："你走了后，我爸就去找你了，一找就是半年多。要不是满红家收留了我，这半年我就是个孤儿！后来爸爸总算回来了，可整个人都变了，变得闷声不响，喜欢喝酒，还老是发脾气，而我呢，我就在这样的日子里一点点长大！"

"我不知道你爸去找我了……"

"知不知道有差别吗？找得到找不到又有差别吗？"杨艺问道，看到母亲摇了摇头后，她接着说道，"我爸老说他死心了，他就当你死了，也再不会想见你了……不过说句心里话，我想见你，我比谁都想再见到你！"

曾芹眼睛发光，说："我就知道你想着我。"

"你错了，我不是想着你，我只是单纯地想看看你。以前家里穷，你就一张和爸的结婚照，而我对你的记忆也太模糊了，所以我想看看你最真实的样子和我是有多像！我不想长成你这样！"

杨艺说完这句话的时候，曾芹长叹了一声，脚上一踩刹车，直接把车停在了路边，眼泪啪嗒啪嗒往下掉。

"你就这么恨我吗？我追求自己想要的生活有错吗？"曾芹问。

杨艺拉开车门下车，说道："你没错，我只是觉得你恶心。"

杨艺把自己见到母亲的这件事藏了很久，最后她告诉了丁满红，也只告诉了丁满红。杨艺决定从此以后，再也不搭理母亲，可没想到母亲接下来经常去她公司找她，经常嘘寒问暖，对她生活上的照顾可谓无微不至。

当杨艺被房东赶出出租房时，曾芹又马上让杨艺住在自己买下的一套房子里，不收租金，说等她工作赚钱了再给也不迟。当时杨艺犹豫了许久，最后还是搬去了母亲提供的房子暂住。

杨艺把这一切都告诉了丁满红。她说："自己觉得自己好丢人，感觉自己被腐化了，却又觉得这样的生活品质才是自己想要的。我看到同龄人在上海打拼，她们的双眼是空洞的，她们的生活中除了穷就是穷，我不想和她们一样。"

丁满红就问她："她想要怎样的工作和生活？"

杨艺说："我也不知道。"

而真正让杨艺明白自己想要什么的关键点，正是母亲非得让她参加的那场酒会。

杨艺被逼穿上母亲为她准备的晚礼服，她觉得自己像一个小丑，连走路都带着一种滑稽感，所以她到了后就找了个地方一直坐着。她坐在那看母亲游刃有余地应对各色人等，她第一次产生这种感觉：原来母亲真的很适合这种环境，思鑫坊太宁静了，那里似乎从来没有变过，而上海不同，这里新鲜、时尚，充满大都市特有的活力和生机！

这时候常清华走到她身边，问她是不是觉得不舒服。

杨艺还是第一次看到这么彬彬有礼的中年人，他看起来四十出头，戴着黑框眼镜，短发，坐在那里的样子很轻松惬意，似乎不是来参加酒会的，而更像是在和一个朋友聊天。

杨艺点点头，说："我穿着这身衣服浑身不舒服。"常清华笑了，他的笑声清脆悦耳。

常清华说："你不知道吧？到这里的每个人，穿的衣服都不舒服。不过呢，据我观察来看，同样都不舒服，你却是这些人里面最优雅的。"

杨艺捂着脸道："怕是因为我坐着的关系吧？"

"是因为你最漂亮的关系。"

杨艺红着脸，从小到大夸她漂亮的人多了去了，可是被常清华这样的人夸漂亮她还是第一次。杨艺都不用去猜，在这样的场合出现的中年男人，肯定是非富即贵的。

那天酒会结束后，常清华主动提出要送杨艺回家。杨艺喝了点酒，醉醺醺地问："你是不是对我有企图？"常清华笑了，说："我不是君子，但也绝不是小人，我就是单纯地送你回家。"

果然那天常清华就是单纯地送杨艺回家而已。第二天母亲就打电话给她，说："我在酒会上看到常清华和你走得很近，你离常清华远一点，常清华是有妇之夫。"杨艺听到时心里固然不是很痛快，可却又产生了一种冲动：我就是要和他交往给你看看。

第二天，杨艺主动找常清华表示感谢，常清华就带她去了附近他最爱的咖啡厅。杨艺说："幸好是你，要不然昨天我醉醺醺地上了别人车，可能要出大问题了。"常清华就开玩笑，说："有什么奖励？"杨艺说："我只是个小小的总助，没有钱，也没什么奖励能给的，不过我确实带了一个很普通的但是全天下唯一的一个东西。"

杨艺从包里拿出了一个蛋糕，说："这个蛋糕是我做的，还请你品尝。"

常清华没想到杨艺所谓的全天下唯一的礼物是蛋糕，笑着摇头道："它确实独一无二，可我看起来像是吃得完它的人吗？"

杨艺笑着说："当然不是你一个人吃，我也吃，我也没吃午饭呢。"

常清华那天回到公司后，心里还一直想着杨艺单纯不做作的笑声。

之后，常清华多次约杨艺，而杨艺却突然每次都以工作很繁忙为由拒绝。常清华搞不清楚这个小姑娘到底是什么意思，但是脾气来了的他绝不允许自己就这样被人掐着命脉。

常清华就吩咐秘书和杨艺公司的老总约了个时间。秘书当时还很惊讶，询问是否有什么业务要谈，因为杨艺所在公司的核心业务是房产杂志，而他们公司是高科技材料。常清华笑了笑，说："也许谈一谈就能找到可以合作的业务了。"

当然，最终常清华和杨艺公司的老总也没谈到什么合作内容，但对常清华来说，他的目的达成了。他在杨艺公司看到了杨艺工作时候的样子，还享受到杨艺端茶递水的服务。

回到家后，他和妻子、儿子一起吃过饭就回书房工作了。没看几份文件，他就停下来回忆今天杨艺在总经理办公室见到自己时的表情。那表情看起来就像是见到鬼了，她噘着嘴，皱着眉，惊讶中还带着一丝不悦。杨艺端上茶水时，弯下腰轻轻地把茶放到他的面前，他能闻到从杨艺身上传来的清香，这和单独与杨艺在咖啡厅时的清香几乎一样，却又似乎完全不同。

常清华笑了，一天的疲劳一扫而空，他心中开始盘算接下来该如何更多地让杨艺不情愿地出现在自己的工作和生活中。常清华知道，自己有足够的决断力和控制力，只要是他想要做的事情，哪怕杨艺千方百计地躲避，都只会令他在达成目标时更加兴奋。

在和杨艺"斗智斗勇"了一段时间后，常清华找了个机会，把杨艺约去了海南。

常清华看中了海南发展成为国际旅游岛的潜力，想趁着现在海南地价崩盘在那里买一块地，建一个度假村。杨艺公司老总自然是竭力提供帮助，二者一拍即合，打算一起去海南看看常清华看中的地方。常清华也是求之不得，说自己不懂房产，正需要这方面专家的陪同。但是临出发前，常清华以合同有问题的名义，让杨艺公司老总在上海多留三天，老总一看就明白了，就说让杨艺陪常清华先去海南，常清华"勉为其难"地接受了。

事实上，人家能当上老总，也不是完全没看出常清华对杨艺有意无意的眼神，不管合同问题是真是假，能让杨艺陪着常清华去海南，对他而言总归是好事一桩。

但杨艺得知此事时，心中却举棋不定。她不是没发觉常清华对自己的意思，她既有一丝后悔，觉得自己当初就不该因为和母亲赌气而去挑逗这个有妇之夫，却又因为有常清华这样一个知书达理的人爱慕自己而沾沾自喜。

杨艺跟丁满红打电话的时候，已经在海南了。酒店是常清华安排的五星级酒店，两人住隔壁。晚上吃过饭后，她逃也似的进入了自己的房间，然后跟丁满红打电话，说了自己的这段经历。她觉得自己贱透了，是一个从骨子里都透着贱的烂货。这下子可把丁满红吓到了，她想了半天，只能告诉杨艺说，如果觉得外面不好的话，可以回思鑫坊来，这里还有她的伙伴，也有她的家人。

杨艺告诉丁满红，她是不会回思鑫坊的，那里总是一成不变，她渴望刺激的人生，更渴望被人疼、被人爱。丁满红有点傻眼了，她想起同学聚会那次，杨艺告诉她爱情是最不靠谱的东西，可现在杨艺又在渴望爱情了。

"所以，杨艺到底在渴望什么呢？"丁满红跟潘小多说了整件事情后，问道。

潘小多挠着头说："每个人都不一样，有的人选择以爱为生，有的人选择以家人为生，有的选择以事业为生，其实只要他自己是开心的，其他人都不应该说三道四。"

丁满红就说："杨艺是以爱为生，你和我以家人为生，朱明伟以事业为生……"

潘小多无奈地摇着头，说："看来只能让以爱为生的人去照顾以事业为生的人了！唉，说到底，飞黄腾达谁都想过，我听我爸说，我们的爸爸妈妈那一辈也都产生过离开思鑫坊外出闯荡的念头，但是理想败给了现实，最终真正安安稳稳、岁月静好的就是思鑫坊了。

你看我们就很安稳，对不对？"

丁满红一听脸红了，可她马上摇头说道："不对不对，最安稳的人是马飞！"

潘小多一拍脑门，说："没错，还有一个马飞！"因为一个月后马飞就要结婚了，而且还是和郑舒雅奉子成婚。

朱明伟在海南见到杨艺的时候，已经是两周后。

他白天不怎么出门，晚上才出去活动一下，找点吃的。这天晚上他和杨艺联系后，杨艺告诉他她明天就到朱明伟所在的城市，到了后再联系。

朱明伟找了一个桥洞，打算好歹先过个夜，明天就能解脱了。这桥洞里睡了很多乞丐，他初来乍到，以为这种地方就是随便睡就行。结果当天晚上他被几个乞丐打了一顿，还抢走了手机。有一个十几岁的小乞丐过来问："你是不是第一次行乞？"

朱明伟点头，心想：我这不算是行乞，我就是落难了。可他知道嘴上不能说出这种话来，否则指不定还会遭遇什么呢。小乞丐一副理所当然的样子，笑着说："我就说嘛，看你一点门道不懂，所以才被抢。"

朱明伟见小乞丐一副什么都懂的样子，当下请教这里面还有什么门道。

小乞丐侃侃而谈，一口一个丐帮，朱明伟就奇怪地问道："现在还有丐帮？会武功那种？"

小乞丐摇头，说："你这人就是孤陋寡闻了，丐帮什么年代都会有，只要社会剥削没有消除，就一定会有丐帮。"

朱明伟憋住笑，心想现在的小乞丐都明白社会剥削那一套了。

"至于武功嘛。"小乞丐晃晃手，"古代的武功是没有的，但是我们有我们的功夫。"

朱明伟不想听小乞丐胡扯，他只想知道怎么才能拿回手机。

小乞丐就告诉他，丐帮分为帮主、老大、打手、乞丐和行走，刚才就是几个打手抢了他手机。要想拿回手机，就得去管这片区域的老大那边。

"老大是不是统一归帮主管？"

"是啊，不过帮主我们就见不到了，能见到他的人就只有老大了。唉，我在帮里快十年了，就没见过帮主。"

朱明伟笑了，赶紧让小乞丐带他去见老大，他还在等杨艺电话呢。杨艺说工作一结束就给他安排，和她一起离开海南。

小乞丐就带了朱明伟去了另外一座桥的桥洞里，这里他见到了小乞丐口中的老大。老大得知朱明伟的请求后，就让人拿出了一个手机，朱明伟一看，还真是自己的手机，当场道谢。老大却摆摆手，不让他拿走。

朱明伟奇怪了，就问："这是什么意思？"小乞丐说道："我们丐帮也不是做慈善的，这手机你要拿回去，你得给我们等价的钱。"

朱明伟急了，说："我现在身无分文，就等着朋友来见自己，所以才要拿回手机。能不能把手机先给我，等和朋友见上面，自会付手机钱。"但是老大听了后还是摆摆手，也不说话。

小乞丐告诉他："没办法，老大说话向来说一不二。"

小乞丐打量了一下朱明伟，说道："打扮得人模狗样的，读过书是吗？"

"大学生！"

"行啊，你明天早上就开始挂单吧。"

"什么是挂单？"朱明伟疑惑。

"明天再教你。"

当晚朱明伟在桥洞里迷迷糊糊到天快亮才睡着。他刚梦到自己卖了一套又一套房子，坐在一堆钞票上，哈哈笑个不停，就被小乞丐一声大喝给叫醒了。

小乞丐让他换了衣服，带他去了一条街道，在他身后放了一辆山地车，在地上铺了一张纸，上面写着："本人骑行至此，遇小偷偷光钱财，还望大哥大姐资助一两块回家路费。"

小乞丐让朱明伟跪下，朱明伟本来不愿意，但为了拿到手机，不得不咬牙跪下。

"你也不用说话，就跪着就行，累了起来活动活动筋骨也行。讨了多少钱，晚上拿回来如实上交。这就叫挂单，懂了吗？"

朱明伟这才知道，原来"挂单"就是指伪装成旅客或者僧人在街头求助。因为不能一直在一个地点乞讨，需要打一枪换一个地方，所以叫挂单。

朱明伟突然觉得有点恐惧了，他既不想被旭哥找到，也不想一直深陷丐帮。他回头看了眼山地车，谁知小乞丐看在眼中，小声说道："别动歪脑筋，这山地车是坏的，骑不了，而且这里每隔几十米就有一个我们的人在监视，你跑不了，我劝你还是先把手机找回来要紧。"

朱明伟看了眼道路，果然见到几个形迹可疑的人在往他这边瞟，当下只能连连点头，想着先安稳过了这一关再说。

朱明伟一边乞讨，一边观察情况。他发现小乞丐和自己的任务不同，他不是监视一类的，那一类人估计就是小乞丐所谓的"打手"了，他们负责把风，如果遇到砸场子的，也是他们负责解决。而小乞丐则和几个小孩在路上见人就围上去乞讨，不过这群小孩子可不是单纯的乞讨那么简单，他们让里面看起来最可怜的女孩子上去吸引路人的注意力，她往往抱住对方大腿，哀求能不能给点钱。而其他小孩则围在旁边，你一声我一语，给路人制造混乱。

这时候，那个小乞丐就出手了，他从怀里掏出两根长筷子，伸入路人的裤袋，几秒钟工夫，就从裤袋里夹出了手机，再一秒夹出了钱包。

朱明伟看呆了，心想：难怪这小子说自己是有功夫的，但不是古代的功夫，原来指的是偷钱的功夫呀。

当天晚上，朱明伟只收获了五十块钱。回到桥洞后，小乞丐笑话他说："你得继续加油，不然等你换到手机要到什么时候？"

当时朱明伟想：这不过是第一天，兴许后面几天成果会丰厚一些。但是，事与愿违，他之后几天的收入更低了，甚至引起了同行的嘲笑。

这天晚上上交收入，朱明伟只有二十块。朱明伟心如死灰，照这个速度，他觉得自己得在这里干一年。可他绝对不能在这里留一年啊。看到朱明伟心灰意冷的样子，小乞丐从一个塑料袋里拿出了卤味和啤酒，说道："我有记性开始就在乞丐窝，只听人说读书上大学很有意思，你给我说说吧。我请你喝酒。"

朱明伟心情不佳，就跟小乞丐喝酒，聊起了自己在大学的经历。小乞丐听得津津有味，还不时露出羡慕的神情。听到他大学时期就赚了一百万，小乞丐惊讶不已，说："这就是读书的力量吗？"朱明伟笑笑，说："这只是暂时的力量，你看我现在，不也是一个乞丐了吗？"

小乞丐就问朱明伟怎么混到了现在这个地步，朱明伟只能说自己被人阴了，当了替罪羊。这段时间他已经想清楚了，陶建华找他来海南，就是当替罪羊的，之前他还奇怪为什么公司让他当法人，现在就明确不过了，出了事情，所有的刀子都冲向他。

小乞丐问朱明伟接下来的打算，朱明伟说："我先去深圳，深圳接下来必定楼市大涨，我要去楼市捞一笔，然后风光了再回杭州思鑫坊。"

"我的理想就小了，我就想找到我妈，问问她为什么不要我了。"小乞丐醉醺醺地说出了自己的理想。朱明伟听了不觉一怔，想到这个小乞丐也就十四五岁，却要受尽人间疾苦，他也觉得十分心疼。小乞丐说着擦了擦眼角的泪水，又和朱明伟干起杯来，小乞丐说："我就说嘛，我就是和读书人投缘……"

朱明伟想起小乞丐偷东西时用筷子夹钱包的事情，就问他："用筷子夹钱包是什么本事？"小乞丐嘿嘿一笑，说："这叫'两夹神功'，是我刚当乞丐的时候，师傅教我的。"

朱明伟很好奇，问："这功夫的要诀在哪里。"小乞丐说："没什么要诀，就是'快、狠、准'。这门功夫，练到最厉害不需要筷子，只要两根手指，不管什么情况下都可以夹出自己想要的东西，但我功夫还不纯，所以只能靠筷子……"

朱明伟再次醒来，是被四周嘈杂的声音吵醒了。他一开始以为是地震了，起身后就明白了，是乞丐窝遇到警察追捕了。朱明伟马上明白，这帮乞丐偷东西引起了警察的注意，但他马上想到自己现在也是其中一分子，说不定街头的监控还拍到了自己和他们一伙呢。

他起身要跑，小乞丐一把拉住他，把他的手机塞给了他，说道："我刚给你去偷手机呢，妈的，警察来了！你拿着手机快跑吧。"

朱明伟眼眶一红说道:"一起走吧。"

小乞丐嘿嘿笑着说:"你没我跑得快,这地方我太熟了,我给你引开警察,你快跑吧。我们有缘再会了。"小乞丐说着果然往警察所在的方向跑去,还发出嘲讽警察的声音。

朱明伟默默说了声"珍重",拿着手机跑开了,他混在逃跑乞丐的大部队中,后来见警察追来了,就赶紧和大部队分开,幸亏他昨晚喝酒前因为嫌那身乞讨的衣服恶心,换回了自己的衣服,才能假装是游客。他不敢看,也不敢停留,结果他发现警察连游客都要搜查,好在警察查了一会儿后继续去追逃跑的"打手"了,他才总算可以舒一口气。

朱明伟找了个角落给杨艺打了个电话,杨艺听到他的声音生气地说:"给你打了几百个电话了,还以为你死了呢!"

朱明伟问她是否已经到了,他想马上找个地方洗个澡,这是他唯一的愿望。

杨艺那头犹豫了片刻,告诉了他一个酒店的名字。

朱明伟问着路到了那家酒店,杨艺在门口抽着烟。见到朱明伟后杨艺惊讶道:"你怎么搞得跟个乞丐似的?"

朱明伟叹着气说:"你没看错,我就是个乞丐。"

杨艺领着他进了酒店后,让他先洗澡,自己在客厅无聊地徘徊。朱明伟洗完澡出来,看到杨艺后一把抱住她哭了起来。杨艺一开始还觉得挺尴尬的,本想推开他,但最后还是伸出双手搂住了朱明伟。

杨艺温柔地问:"有什么困难你可以和我说。"

朱明伟红着眼,跟她讲了自己的经历。杨艺一直静静听着,后来她还点了根烟,继续坐着静静听。

朱明伟讲完后问杨艺:"你是不是觉得我很挫?"

杨艺摇头说："我总是会想起我们高考结束后的同学会上，大家唱完了周华健的《朋友》后，不知道是谁说了一句约定。"

"潘小多说的。"

"对，潘小多说的，当时我们大家一起喊的：十年后，我们每个人都要飞黄腾达！"

朱明伟摇头说："你记得不对，不过没关系，已经过了七年了，反正我还是一事无成……"

杨艺笑了，说："我反倒最佩服的人是满红和你。满红是因为她的纯粹、乐观和坚强，这点我认为自己永远做不到，我自己总是被欲望所驱使。而你则能为了目标勇往直前，这一点让我刮目相看，因为同样的，马飞和潘小多都已经回到了思鑫坊，思鑫坊这个地方，好是真的好，它宁静祥和，像一个世外桃源，它一直有人出来，也有人回去，但是我总是觉得它很难承载起年轻人的梦想。"

"它太老了。"朱明伟说道。

"没错。"杨艺点点头。

朱明伟叹气："你信命吗？"

杨艺摇头，说："我不信命，但信有志者事竟成。晚上我带你见个人，他会对你有帮助。"

杨艺走了后，朱明伟打开电视随便乱翻，果然在一个电视台上看到了警察打击乞丐组织的报道，在警方带走的人群中，朱明伟还看到了那个小乞丐。

这天晚上，杨艺带朱明伟见了常清华，朱明伟一见到常清华就察觉到了：常清华对杨艺可不是对合作公司的员工那么简单。

朱明伟观察了一会儿后就更加确定了：常清华和杨艺的关系非同一般。更令朱明伟惊讶的是，常清华有妻子，那么常清华和杨艺的关系……

朱明伟望向杨艺，他看到杨艺面色有点难看，朱明伟明白自己没有猜错。

常清华突然说："我对你要去深圳的想法很感兴趣。"朱明伟就问："感兴趣哪了？"常清华笑了，说："我本来就想投资海南的度假酒店，打算买这边地段好的烂尾楼，前两天刚去看了一个老朋友买下的楼，那里附近将来要建一个高尔夫球场，还通地铁……"

朱明伟问道："是陶建华吧？"

常清华笑了，说："这小子不牢靠，他忽悠我这里升值潜力大，我就问他，既然潜力大为什么要卖掉呢？后来我得知，他是打算卖了后去深圳。这个就和我想的一样了，深圳楼市接下来肯定大涨，再然后就是全国的楼市。可惜我自己不是很懂楼市，我需要一个懂行的人帮我。"

杨艺说："朱明伟懂。"

常清华看着朱明伟笑道："我知道你刚被陶建华坑了，你还惹上了旭哥，要脱身不容易。这样吧，我帮你摆平这件事，条件是你为我卖命十年。我和他们不一样，这十年我会让你功成名就、飞黄腾达。"

朱明伟考虑了一下，点头敬酒，感谢常清华对自己这番关照。

朱明伟知道这一切都有赖杨艺相助，可他也不知道为何，自己下意识里其实并不想跟常清华合作。直到许多年后他才明白，其实在那一刻他心中不悦，是因为他心中已经有杨艺了。

常清华高兴不已，他告诉朱明伟说："我愿意投资你一笔启动资金，到深圳从收购烂尾楼开始，之后再到上海买地、盖楼，最后要把公司做上市。"杨艺一听，高兴万分，又是帮着朱明伟说好话，又是给常清华敬酒。

朱明伟只是机械地点头、敬酒，他心里始终在想那种不情愿到底是什么原因。

从海南回来后，朱明伟和杨艺去参加了马飞的婚礼。在思鑫坊门口下车的时候，二人还有说有笑，谈着未来和理想，可当走进思鑫坊的时候，二人突然沉默了，隔了一会儿，朱明伟才感叹道："怎么觉得思鑫坊也越来越现代化了？"

马飞和郑舒雅的婚礼办得轰轰烈烈，有老人家说思鑫坊好久没这么热闹了，苏雯就提醒他们，说："接下来还有好几个孩子要结婚呢。"老人家也马上想起来了，说："还有你家小多和丁家满红呀。"

苏雯嘴上说着"你们又胡说"，可却不似以前那般生气了。婚礼的时候，新娘子郑舒雅一屁股把凳子坐坏了，董伶俐自责不已，说自己放凳子的时候没细挑，可一下子不知道谁家还有那种红色方凳。苏雯就喊着她家有，奔着自家就跑去了。

苏雯路过丁满红家的时候，心里不觉一阵悸动，她突然想：如果丁家民夫妇还在世，此刻也会和自己一样期待着儿女的婚礼吧……如果徐淑芬还在世的话，今天应该也高兴得合不拢嘴，然后肯定要跟自己试探两句潘小多和丁满红的婚事……

"这老太婆呀，暗地里为满红操了不少心……"苏雯喃喃自语，竟然落下了泪。

第二十二章

陈虎把技术都教给潘小多后已经是两年后了，陈虎对他进行了一场考试，潘小多早有准备，应对出色。陈虎一边点头，一边加大难度，最后陈虎决定使出撒手锏，他要潘小多修他并未教授过维修方法的红白机。潘小多当时就笑了，他说："师傅，你这是送羊入虎口。"

潘小多三下五除二就把红白机修好了。陈虎得知潘小多之前修好了丁满红的红白机，感叹道："这就是命。"

陈虎就这样把店交给了潘小多，自己则去了国外和儿子一起生活。

潘小多回到家把这个消息告诉父母。得知儿子终于学成出师，而且还继承了店面成了老板，苏雯高兴得差点从凳子上跳起来。潘正义也高兴不已，直夸儿子好样的，现在也算是创业了，有自己的事业了。

苏雯冷不丁来了句：“他店面给你了吗？”

潘小多脸一红，说：“师父是给了我店面的，但我觉得这店面太贵重了，那样的地段，这店面起码值十几二十万呢。”潘小多可不知道，也就几年工夫，这个店面会值一两百万。

苏雯一听店面给了，就更高兴了，当下就跑出屋，说要给潘小多还愿去。原来苏雯这段时间为了潘小多的将来，去了好几趟灵隐寺。

见母亲离开，潘小多坐到父亲跟前，问道：“爸，你觉得满红怎么样？”

潘正义笑着说道：“你要是想娶她的话，我这关没有问题，你要过的是你妈这关，还有就是你得问问人家自己是不是愿意。”

得到父亲的支持，潘小多心里已经有了底气，他看得出来苏雯最近对丁满红的态度缓和了很多，这里最重要的原因，就是丁满红帮助他有了自己的店面，不再只是在街头混日子，而是成了一个体面的个体户。所以潘小多认为，说服苏雯的希望如今算是比之前大了很多。

潘小多觉得，当务之急是明确丁满红的态度，这个的话，潘小多难得地噘起嘴，他心想：看来是要动用那个赌约了。

丁满红最近在忙什么呢？这么说吧，对丁满红来说，最近她进入了生人勿近的状态，如果不是有十万火急的事情，千万不要找她。因为她正忙着装修房子呢。没错，她自己家的房子退租了，她凡事要亲力亲为，收拾好屋子后把弟弟接回家！

至于丁满红是如何从丁家祥那接回的弟弟，这个还得从巨龙生鲜超市的工作结束之日说起。

事实上，刘健跑路后，超市的员工也都纷纷辞职了，就丁满红留了下来，她说店长离开前让她代理店长，她就要负责这件事情到底。虽然很多人笑她傻，说这事情根本和她无关，可丁满红不这么看，她觉得很多大妈大爷是因为她而办的会员卡，她就应该对他们负责到底。

丁满红的想法获得了丁满青的认同，满青和她一起仔细清算了超市的库存和收益，认为只要维持超市运转两个月，就可以退掉一半的会员卡。丁满红就这么做了，只可惜最终丁满红也没能够通过超市的经营帮助所有大妈退光会员卡。直到警察抓住刘健，并且来这里关掉了超市为止，她退了也就登记的十分之三的会员卡。

店面关掉的时候，虽然没能全退会员卡，但丁满红是问心无愧的。警察其实之前就想查封超市，就派了丁满红最熟悉的老警察来了解情况。

"因为这样可以帮助到不少人，走破产程序的话，这些大妈未必能拿到这笔钱，因为刘健亏损严重，问不少银行和个人借了钱，这家超市的资产将会优先偿还大额债主，但是对于这些大妈大爷来说，几百几千的钱也是大数目啊，也是至关重要的。"

丁满红这番话是丁满青帮她组织的，有些事情她不懂，但这句话的意思就是她想表达的意思。老警察听了丁满红的解释后，向上级汇报后允许了丁满红继续经营，直到抓住刘健为止。

刘健被抓后说有最后一个愿望，想见一见丁满红。警察顺路就带着刘健来到了生鲜超市，看到生鲜超市还在经营，且得知现在只有丁满红一个人在忙活，刘健泣不成声。丁满红被带到警车前，隔着窗户见到了刘健。

"还有很多人的会员卡没退。"丁满红本来想过再见刘健要好好训斥他，可此刻见到刘健憔悴的面庞，她却只是朴实地说了这么一句。

刘健则流着泪点头，说道："叔对不起你。你是好样的，丁满红……"

刘健被警察带走了，丁满红却一直站在那里，眼角含泪。

店面被封那天，丁满红走出店面时，还有几名大妈在等着退卡。得知自己没得退的时候，她们也没发脾气，而是鼓励丁满红该开始新的人生了。在这些大妈中间，有一名老人家丁满红觉得很熟悉，那老爷子朝她走来，喊了声她的名字，她才想起来：这个老爷子来过店里几次，每次都是找不到要买的东西，就问丁满红，丁满红帮他拿过好几次。

丁满红一心以为这只是一名普通的老人，她不知道这人正是丁家祥的岳父，也就是丁满青多次提到的"老爷子"。

老爷子把丁满红叫到一旁的凉亭里，丁满红叫"爷爷"。老爷子哈哈笑，说："你可以叫我'老爷子'，我听着好，显得我年轻。"

丁满红疑惑不已，她可没察觉这两种叫法的差别，也没发现"老爷子"显得年轻。当然，她也没想到这个老爷子，就是丁满青口中的"老爷子"。

老爷子说："我听说思鑫坊出了丁满红这么一个人物，了不得，要不是得了脑膜炎，伤了脑子，一定是我国第一位女航天员。即便如此，你也没有放弃人生，还进行了好几次创业。"

丁满红皱起了眉，她发觉这老爷子对自己知道的太多了，心中觉得奇怪，她猜不透这老人家到底是谁，跟自己说这些的目的又是什么。

"老爷子，你怎么会知道我这么多事情？"

老爷子笑道："你猜？"

丁满红盯着老爷子左看右看，老爷子精气神非常好，目光之中还带着一股正气，她一拍脑门，说道："你是特务！"

老爷子一愣，随即笑道："什么特务！虽然老爷子我还真斗过特务，但那是特殊年代的产物了。"

丁满红不满地道："可是，你这样打探人家的事情总不好吧？跟特务没分别！"

"谁说不好了！这么重要的决定，必须事先了解清楚了！"丁满红没想到老爷子突然发怒了。

"那你说说，你还了解了我什么？"丁满红可不会畏惧，噘着嘴问道。

老爷子嘿嘿一笑说："我对你了解的，说不定比你丁满红知道的都要多。丁满红，你是不是害死过一只鸭子？"

老爷子这么一说，丁满红的脸唰就红了，她想起了奶奶说过的这件发生在她两三岁时候的小事。说是小事，可在思鑫坊里却是一件家喻户晓的事情。丁满红害死了一只鸭子，还是自己家的鸭子，俞雪晴当时也是气得直跺脚，但最终却又没狠下心怪责丁满红。

当时的丁满红就是思鑫坊的小霸王，尽管走路的时候还是有点晃悠的，但是来去如风，怎么跑都不会倒。不仅同龄人谁都不敢惹她，即便是大人惹到她了，也会被她气得直跺脚。因为丁满红很会讲道理，"小小年纪，她的道理就一套套的，我看再过几年，思鑫坊没人讲得过她"，当时还在世的孙婆就是这么评价丁满红的。

不过呢，丁满红也有怕的东西，那就是苏雯家的大鹅。丁满红怎么都想不明白，苏雯家为什么要养一只大鹅。那只大鹅脾气不好，见到人就追着啄，特别是见到丁满红，它更是追得带劲，啄得起劲，似乎它'鹅生'的一大半意义就是为了啄丁满红。丁满红平时耀武扬威得不行，但一见到那只大鹅，就吓得嘴唇发紫，拔腿就跑。一旦跑慢了，那大鹅就会啄住她的裤管，啄住她的衣摆，丁满红那个时候也就只有号啕大哭了。这时候虽然思鑫坊的人总会出面解救她，但那些大人的嘴脸丁满红却不喜欢，因为他们总是带着笑意说："满红呀，你也有怕的呀。"

丁满红每次都被那些大人气得不行，跑回家后都难以消气。她问潘小多："为什么你家要养这只大鹅，能不能把它送走？"潘小多委屈地说："我也没办法，那只大鹅是抱回来的。"丁满红又去质问苏雯，苏雯听了乐呵呵，说："大鹅是我们家传下来的宝贝，不能送人。"事实上，这只大鹅是苏雯意外捡到的，她当时只觉得捡了只鹅，干脆先养着，等过年炖了吃。没想到，这只大鹅还就喜欢啄丁满红，苏雯看了高兴，对大鹅就宝贝起来了，毕竟她平日里可被丁满红气得够呛。

丁满红又回头找父母要杀了那只大鹅，可丁家民挠着头说："这人家辛苦养的大鹅，我们杀了的话，可不好办。"俞雪晴则是笑笑，告诉丁满红自己想办法解决。俞雪晴的意思是丁满红可以绕道走，或者找人结伴一起走，可丁满红理解成了自己解决掉大鹅这件事。

丁满红思来想去，也去厨房观察过菜刀的大小，她不是很有信心自己可以灵活地运用菜刀，所以最终还是放弃了自己"手刃"大白鹅的想法。这时候她看到了自己家的鸭子。那只鸭子是之前丁家民买的小黄鸭养大的，丁家民买它，是因为丁满红刚会说话没多久，就吵着要黄鸭子。丁家民就买了一只小黄鸭，丁满红一开始喜欢极了，可没想到这只小黄鸭长残了，没按照丁家民的预想的长成一只黄鸭子，竟然长成了"乌头鸭"，丁满红就不喜欢它了，丁家民也很苦恼。俞雪晴也说，既然丁满红不喜欢了，那可以给丁家欣的婆婆送去，丁家欣的婆婆爱吃鸭肉，乌头鸭的鸭肉最补了。

可当时丁满红有了一个奇妙的想法，她认为这只鸭子为自己报仇的机会来了。它跟大鹅长得太像了，唯一的区别就是脖子没有那么长，所以丁满红抓住了鸭子的脑袋，开始揪着它旋转。两三岁的丁满红认为，只要这样旋转就可以让鸭子的脖子变长，而只要它长到和那只大鹅一样长了，那它就可以和大鹅战斗了。

但是，丁满红旋转了很长时间，那只鸭子都已经无法扑腾翅膀了，它的脖子还是没有变长。丁满红很生气，抓着它的脑袋使劲甩，使劲转圈，最终鸭子的脖子也没有变长，倒是在丁家民回家后发现它已经一命呜呼了。

面对自己的行为，丁满红给予了十分合理的解释，丁家民倒也不是要责怪丁满红，纯粹只是想以此为戒，因为把鸭子这样搞死的方式实在是很残忍。但讲道理方面，她丁满红是从来不怕的，丁满红坚持：自己只是为了让它帮自己报仇，是妈妈让她自己想办法解决的。

丁家民发现自己说不过丁满红，只能找俞雪晴出马。俞雪晴也是一个头两个大，自己一时语失，倒是让丁满红找到了道理，怎么说她，丁满红都强调是妈妈让她自己想办法解决。俞雪晴最后只能拿"办法"这个词跟丁满红讲道理，俞雪晴告诉她，符合常识的道理才叫"道理"，不符合常识的叫"歪理"，鸭子是不可能变成大白鹅的！丁满红不肯听，直接跑到街上去。丁满红斜着身子跑来跑去，俞雪晴一时不知道怎么办，抓住她后，她就挣扎着哭喊，那哭喊声惊动得了整个思鑫坊。

苏雯看到了丁满红这么哭，心软了，回家抓起大白鹅到菜市场就给卖了。潘正义还说她铁石心肠，因为这大白鹅她宝贝了一段时日了。苏雯笑着说，大鹅就是大鹅，可不能当宝贝，以前那是为了气丁满红，如今不能了。苏雯是不想丁满红难过，也不想俞雪晴难办。

“听说大鹅被卖了后，丁满红你就不闹了，也乖乖跟你妈妈俞雪晴道歉了。”

老爷子说到这里后停了下来，看着丁满红。

丁满红点头，说：“我奶奶说我非要杀了大鹅，不是因为它啄我，而是因为它啄破了我的新衣服。”那件新衣服是丁满红要了好久才给她买的，那时候家里穷，早饭店也还没怎么赢利，为了给丁满红买这件衣服，俞雪晴夫妇也是节俭了许久，丁满红很疼惜这件衣服。

老爷子说：“这么小的事情你记得？我听说你记性不太好。”

丁满红说：“我奶奶告诉我的，但我记得大鹅和新衣服。我只是现在记性不好了，以前记性可好了。”丁满红是这样的，她很小的时候的事情都记得，她也还记得自己拿着衣服出来，指着衣摆上一处小破损时，俞雪晴眼中含泪抱住她时的感觉。

老爷子说：“我观察你很久了。”

“我知道。”丁满红噘着嘴，她当然知道，以前老爷子出现在店里，她还以为是附近的老人家，现在自然明白了，他是在观察自己。

“你小时候挨过穷，吃过苦，现在长大了也很努力，很坚强……”

丁满红本以为老爷子要批评自己了，没想到他开口倒是一通好话，丁满红霎时间有点懵，不知道老爷子到底什么目的。

“你热爱工作吗？”老爷子突然这么问道。

丁满红一下子跳了起来：“我热爱工作。”

“你有积蓄吗？”

“有，我有好几万了，差不多有十万吧。”

“你有打算把你弟弟接回家吗？”

丁满红一怔，随后斩钉截铁地说："想，我每时每刻都在想，吃饭在想，工作在想，睡觉都在想！我正打算再找小叔谈一谈，我觉得我的钱够供弟弟读完高中和大学了！"

老爷子笑着点头，说道："我要给你个礼物。"

丁满红摇晃着脑袋说："你要给我礼物？"

老爷子点点头说："我把满青还给你，怎么样？"

丁满红惊讶地转头看着老爷子，老爷子冲她无比真诚地微笑。事后丁满红才知道，老爷子是丁家祥的岳父，随着丁满青进入高中，他从丁满青的口中得知了他的渴望，他渴望和姐姐一起生活，他渴望思鑫坊的生活环境。老爷子最喜爱丁满青了，自从丁家祥收养了丁满青后，他隔三岔五地就会把丁满青叫到自己家里，让他陪自己下围棋。丁满青第一次接触围棋的时候，老爷子口述了基本的规则，丁满青下得乱七八糟，但是也就下了几次，丁满青已经可以和他下个旗鼓相当了。身为社区围棋大赛老年组冠军多年的老爷子当时都惊呆了，直呼丁满青是个天才。

最为难得的是，丁满青非常乖巧懂事，胜不骄败不馁，待人温和，谦逊有礼，简直就是理想中最想要的孙子模样嘛。所以老爷子一直就把丁满青当孙子一般看待，对他的好，甚至远远超过对亲孙女萌萌的好。

老爷子最近身体越发不好了，他知道自己时日无多，就琢磨着想帮丁满青一把，他担心丁满青最终被丁家祥拖累。但他不熟悉丁满红，毕竟他从丁满青口中听说了丁满红的很多事迹，但这些事迹与丁家祥所说的丁满红很是不同。所以老爷子到丁满红的生鲜超市观察、试探丁满红。这个东西越卖越少却从不添加货物的超市，其实老板已经卷钱跑路了，丁满红作为代理店长留了下来，也是唯一的店员，而她这么做的目的，就是想尽自己所能，把附近居民办的会员卡给退了。老爷子得知这件事后，当时就觉得丁满红不一般，有担当，有勇气，像一个他们那一代的老共产党员。而且在老爷子的多次试探中，丁满红表现出来的善良、温柔也令他刮目相看。

所以，老爷子考虑再三后下定了决心，他想让丁满青回到丁满红身边，让姐弟俩团聚。事实上，老爷子本就认为丁家祥强行拆散这一对亲姐弟做的是一件浑蛋事，虽说他客观上帮了丁满青，让他从小学开始进了最好的学校，如今也进了最好的高中，可那本身离不开丁满青的聪慧以及他的努力。丁满青还跟老爷子说自己天赋比不上丁满红，自己的成绩都是努力得来的，而姐姐小时候是真的聪明过人。之前老爷子还不信，但现在老爷子是相信了。

丁满红不敢相信自己的耳朵，她冲老爷子再问了一遍："把满青还给我？"

老爷子板着脸问："你不相信我这个老党员？"

丁满红这下子相信了，她高兴地跳了起来，给了老爷子一个拥抱，随后一个人竟唱起歌来，她是想起了和丁满青一起唱的歌。老爷子一听她唱得歌是"日落西山红霞飞……"老爷子清了清嗓子，跟着唱了一句"战士打靶把营归，把营归……"没想到丁满红这个调起得比较高，老爷子一开口还破音了。丁满红捂着嘴哈哈笑，老爷子红着脸说道："我当年在军营里，唱歌那也是一把好手……"

老爷子没说完，丁满红降低音调又继续唱了起来，老爷子也跟着唱，歌声嘹亮清澈。

丁满红家的房子刚好也到了租期，租客也没打算续租。丁满红觉得这一切真是水到渠成。租客临走时跟丁满红说："我这几年来一直小心保护着房子，房子几乎保持了原样。"

丁满红当时还很高兴，觉得这样的租客真是不错。可等租客走了以后，她进到屋子一看顿时惊呆了。"如果这叫保护得好的话，那不保护的状态估计就是拆了房子了"，来帮忙的苏雯和董伶俐看了房子后，苏雯这么说。

丁满红叫她们来，本来是想让她们把自己搬到奶奶家的那些物品搬回自己家，可看到屋子破败成这样子，二人除了搬东西以外，也帮着收拾整理起屋子。特别是一楼被改装成店铺后，如今有很多东西需要拆掉。

丁满红怕苏雯和董伶俐太辛苦，就说："两位阿姨擦一下边边角角就行，这个一楼的店面我叫人来拆就行了。"苏雯和董伶俐不乐意了，苏雯说："这点事情我们二人干得了。"二人也不知道哪来的精神劲，非得自己动手，还有说有笑，拿来了榔头、扳手，准备大干一场。丁满红眼看劝不住，就说："不如等马叔、潘叔下班，还有杨叔，晚上让他们帮忙拆，男人拆起来快一点。"苏雯有些不悦，说："你这是小看我们女人了，男人能干的活，女人也能干！"董伶俐也笑呵呵附和。

就这样，苏雯和董伶俐在一楼忙活上了，丁满红则去了二楼收拾。丁满红听到楼下没动静了，以为楼下出什么事了，就跑下楼查看，结果却看到苏雯和董伶俐在那抹眼泪。丁满红就问她们怎么了，苏雯指着灶头说："怪我，我刚看错了眼，还以为雪晴站在这做饭呢。"董伶俐哽咽着说："其实怪我，苏雯只是喊了声'雪晴'，我一下子没忍住，就哭了。"丁满红强忍着悲痛，安慰二人一旁坐，还给她们倒了水。

丁满红看看日头，再看看屋内拆掉的部分，心想：这两个阿姨的工作效率真是低……

这时候幸好潘小多进了屋，丁满红没给潘小多说话的机会，赶紧让他接过苏雯手里的榔头，自己则拿着东西跑上楼继续收拾。这一下，楼下的动静就响亮了，不绝于耳。等到丁满红收拾好楼上后，潘小多已经把楼下的杂物都清理掉了，但是楼下显然需要好好装修一下了。

潘小多又帮助丁满红把所有重要的东西都从奶奶家搬了回来，特别是当年早饭店的招牌。搬回来后，丁满红和潘小多仔仔细细擦了好多遍，擦干净后放在了客厅里。潘小多觉得那样碍事，但丁满红说这是告诫自己，这个招牌需要重新挂回到店面上方！

一段时间后，丁满红家二楼已经被丁满红完全收拾装修好了，整个布置几乎和以前一模一样。一楼的话，丁满红正在自己动手做简单装修，墙纸贴好了，灶头也重新粉刷过，以前的桌椅凭记忆复归原位，只是上面多添了几道划痕。

丁满红本来要找装修店的，可一想这笔支出完全可以省下来，就亲自动手了。当然，这里面还有潘小多和马飞的功劳，像天花板的粉刷、线路的布置等，他们就帮了不少忙。

这天，潘小多鬼鬼祟祟跑去丁满红家，正被买菜回来的苏雯瞧见。苏雯心中起疑，就偷偷跟了上去。苏雯躲在门口，听到潘小多和丁满红在说自己新店的事情，说店是开了，但还没办开店酒，而且呢，他只懂维修不懂经营，这个店里还需要一个很会"算数"的老板娘……

苏雯听了直为儿子着急，心想：儿子这番表白的实力也太低级了，比他爸当年的还低。可苏雯也只能干着急，她也不能上去帮忙，也不会上去帮忙，她自己心里也矛盾得很，也不知道是该希望丁满红听明白了，答应了，还是希望丁满红死活听不明白。

没多久，她看到潘小多从丁满红家出来了，垂头丧气的样子，看着就是告白失败了，而且八成是丁满红到最终都没有明白潘小多话里的意思。

苏雯追上潘小多，拍了他肩膀一下，看到是母亲，潘小多咆哮道："妈，你想吓死人呢！"

苏雯嘿嘿笑，问潘小多："你有没有想过问题出在哪儿？"

潘小多傻眼了，问："什……什么问题？"

苏雯看着平日精明倔强的儿子面对告白失败的傻样，不觉心里来气，她说："还能是什么问题？你不是跟满红告白失败了吗？知道问题出在哪儿吗？"

潘小多看母亲的样子，活脱脱在看一个怪物一般，随后他回过神来，悠哉悠哉往前走，边走边说："无所谓，我无所谓，我就是随便问问，扯什么告白不告白呢？再说了，妈，你不是不希望我跟满红在一块吗？"

"你们在一块我是不喜欢，但你也不能告白得这么蠢呀！而且，你不知道，在你告白以前，更早之前吧，徐奶奶不知道来过我们家多少次了，她每次都话里有话，想打听能不能让你和满红在一块。"

潘小多第一次听到这件事，顿时停下步子，看着苏雯。

苏雯摆摆手说道："别做梦了，我不会答应的，我都给拒绝了。我想告诉你的是，以前是他们丁家来求我们家的，现在也不能变成我们家求他们丁家，你明白吗？"

潘小多摇摇头说："结婚是双方的事情，没什么求不求的。"

"就是有差别！当时徐奶奶找你，你不也没答应吗？后来她可是满世界给满红相过亲，更是因为'破烂西施'的事情，整个杭州城的残疾人都找她来相亲了，把满红的名声败坏得不行。小多，我们家虽然不是大富大贵，那也是清白人家，现在我们也得守住底线，至少不能主动，你说对吧？"

潘小多一听愣了，他忽然想起，徐奶奶生前好像有段时间是很怪异……那还是丁满红刚开始做废品回收时候的事情。

那时徐淑芬从医院回来没多久，她原本住在二楼，上次伤了腿也是从二楼下来时摔伤的，所以丁满红想让她搬到一楼，但徐淑芬一听就不乐意了，她说："我还没老，虽然这段时间伤病不断，但那是厄运使然，只要霉运过去了，她就会恢复到以前那身强体壮的时候了。"

丁满红拗不过徐淑芬，只能继续让她住在二楼，所以一楼原本的店铺就变成生火做饭兼仓库的地方了。

也许徐淑芬的倔强没有错，在此之后，她的身体一天比一天好，很快就有事没事地在思鑫坊里串门了。丁满红那个时候还在当清洁工，但很快被开除了。徐淑芬本来挺为这事着急，她就到处托人想办法，看能不能帮丁满红再找份工作。

这天她溜达回思鑫坊的时候听说了一件事，说是杭氧厂被人泼了粪水，泼的人选在了半夜无人之时，就正大门口泼了好大一瓢，旁边还给提了行字："替天行道，为被欺凌者鸣不平"。

思鑫坊的人都说这肯定是为丁满红被开除一事报仇，有好事的人就猜这个人是谁，没猜几个人，大家都心照不宣地认为是潘小多干的。因为能想到泼粪这种行为的，显然不会是高干子弟，而能写这么文绉绉留言的，也不会是完全没读过书的人。而当时在杭氧厂工作的人都说最近没开除过人，只辞退了一个人，那个人就是丁满红。综上所述，潘小多最为可疑，大家都知道潘小多喜欢丁满红。

说者无心，听者有意，徐淑芬那时一直在寻思自己百年后，丁满红该怎么生活的问题。她心中当然有一个人选，那个人就是潘小多，听四邻这么一嘀咕，徐淑芬决定找潘小多试探试探。

　　潘小多在工地推着水泥车，满头大汗的他看到徐淑芬后吃了一惊。他把徐淑芬带到阴凉处后，问："是不是满红出什么事了？"

　　徐淑芬摇头，她说："思鑫坊和满红差不多大的孩子，我顶喜欢的就是你潘小多，因为你是所有男孩里面最踏实、最能吃苦的！"

　　潘小多哈哈笑，说："这不算优点，吃苦谁不会呀，但这个社会上想要有出息，不仅要能吃苦，还得有脑子，我脑子就没那么好使。"

　　徐淑芬一听不高兴了，说："你怎么就没脑子了，你脑子是最好使的！"

　　潘小多见徐淑芬老夸自己，不由得挠着头再次询问徐淑芬："是不是满红出事了，如果真是满红出事了，马上说出来，我一定帮忙。"

　　徐淑芬气道："怎么，奶奶我夸你，就一定是求你了？你怎么就这么不禁夸呢？奶奶就觉得你很好，很优秀，不行吗？"

　　"行行……"潘小多见徐淑芬瞪着眼睛生气的样子，赶紧呵呵笑着示好："奶奶你怎么说都行。不过奶奶，你到底哪里觉得我优秀了？"

　　徐淑芬叹了口气，说道："你对我家满红好，对我家满红好的男孩子就是最优秀的。"

　　潘小多脸红得跟番茄似的，连忙说："我对满红还不算好，而且满红这么优秀，谁都会喜欢满红，谁都会对她好的。"

　　徐淑芬一拍手掌说："你也承认你喜欢满红了对吧？"

　　潘小多赶紧摆手说："没……没，徐奶奶，你可别这么想，我把满红当最好的朋友。"

潘小多这么说完，他看到徐淑芬一脸的失望，其实他自己也觉得内心一下子有点苦涩，可又说不上来为什么。

潘小多还想说什么，远处的工头喊他开工，潘小多只得让徐淑芬回去小心，自己赶紧跑回工地去。见潘小多跑开，徐淑芬赶紧问："小多呀，那你是愿不愿意和满红处对象呀？"

工地的声音太响，潘小多没到徐淑芬的问话，直接就跑远了，留下徐淑芬呆了几秒钟，最后只能笑呵呵地说："错不了错不了，小多肯定愿意，打小小多就喜欢跟我们家满红在一起。如果小多能和满红一起过日子，那就算我走了，也能有脸面去见家民和雪晴了……"

而这些话，潘小多可就没听到了。

苏雯这时候说道："那一次，徐奶奶跟我说你都同意了，就要我答应你和满红处对象。我一听直接就揭穿了她的谎言，我说你没同意，因为你同意了的话，她还要来找我求我干吗呀？直接随着你的想法不就行了吗？"

苏雯一脸骄傲地样子，心中也庆幸不已："我果然英明呀，当时差点被徐奶奶骗了，所幸自己脑子一转，马上找到了问题。"

事实上，当时徐淑芬找苏雯，打算和她谈一谈两个孩子的事情时，苏雯一通骂，直接把徐淑芬从这个幸福的假想中拉了出来。

苏雯拒绝得斩钉截铁，说："小多就算一辈子光棍，我也不会接受满红，因为娶了满红就等于多个负担。婚姻是人生第一大事，都说成功男人的背后，得有一个出色的女人，小时候的满红很出色，而现在的满红就只剩下麻烦了。"

徐淑芬碰了一鼻子灰，心中有气，当下就说："小多就喜欢我们家满红，怎么着了，我们家满红现在是不优秀了，但就是有小多倒贴上来呀！"

徐淑芬说完就往家走，苏雯气鼓鼓地追出门，但终究不敢拿徐淑芬怎么样，只能在门口气得干瞪眼。

说是这么说，气也是都出了，可徐淑芬心里头却泛起了酸，她暗自伤心，为满红伤心，她寻思着，潘小多的父母是死活都不会同意这门亲了，但她临死前，还必须得给满红找一个好婆家，她得让苏雯和潘正义看看，满红就是富贵命，满红最终的归宿比潘小多还要好得多！

拿定了主意的事情，徐淑芬从来都不带犹豫的，自那之后，她便开始暗地里留心给丁满红相亲的事情，也为此给丁满红惹了不少麻烦。

后来丁满红做起了废品回收，还上了报纸，成了"破烂西施"，一下子相亲的人就更多了。

"那段时间，徐奶奶可骄傲了，跟我说没有你家小多也行，你看看这么多人找满红相亲。我知道她心思，她就是想为满红找个好归宿气我。可她偏偏气不着，你不知道，那些来的人，一个个都是癞蛤蟆想吃天鹅肉。"苏雯说到这里，潘小多也想起当时丁满红做废品回收生意时那些上门提亲的人了，最可恨的还是那些尾随跟踪的人，潘小多等人当时还为此特地跑回思鑫坊，帮丁满红抓了好几个。

苏雯看到潘小多陷入沉思，再次提醒他："妈不是反对你跟丁满红在一起，妈是要你明白，你是个男人，要有担当，有魄力，不能凡事都跟着丁满红的主意走。"

苏雯这话似乎一下子点醒了潘小多，他认真地点头，随后直接跑回了丁满红家里。苏雯傻眼了，她这话的意思也不是让潘小多回丁满红那的意思，她觉得潘小多似乎完全领悟反了。

苏雯喊着小多，跟着跑去丁满红家，不想刚到家门口，就看到潘小多拉着丁满红往外跑。苏雯追不上二人，心中只想着情况不妙，就赶紧跑回家找潘正义。此刻潘正义刚下班回来，正脱下了鞋子摸着脚底板，还闻了一下鞋子，随即被自己的臭味熏得丢掉了鞋子。苏雯进屋看到了，训斥道："儿子都要跟人家跑了，你还在这自己闻自己的臭脚丫！"

　　苏雯揪着潘正义要往屋外走，潘正义一蹦一蹦地套上鞋，喊道："你说儿子跟谁跑了？"

　　"还能有谁？丁满红呀。"

　　潘正义原本套上了鞋子，此时却挣脱了苏雯的手，一屁股坐在凳子上，说道："那你这是要我去干吗？去拆散他们吗？"

　　苏雯也是一愣："也不是要你拆散，我就是……我搞不懂我自己……"

　　潘正义见苏雯一脸迷茫的样子，不由得站起身，拉着她的胳膊往回走。

　　潘正义柔声说道："儿子长大了，该让他自己选择未来的道路了。"

　　"可是丁满红她……"苏雯说着抹起眼泪，她还是心疼潘小多，想到潘小多要是娶了丁满红，这辈子可能会比其他孩子辛苦很多，她就忍不住想哭。

　　"满红不是傻，她只是没那么成熟，也永远不会更成熟了，但是她真的适合我们家小多。你知道我当时为什么选择你吗？"

　　潘正义这么一问，苏雯不觉得面色一凛，问道："为什么？因为我傻吗？"

　　潘正义嘿嘿一笑，说道："其实当时相亲后我爸妈看中的对象有好几个，你是排名最靠后的，可我偏偏选了你，因为你有别人没有的优点。”

苏雯脸一红，说：“我能有什么优点？不会是因为我漂亮吧？”

潘正义摇头说：“再猜猜？”

苏雯试探道说：“因为我温柔？”

潘正义还是摇头说：“你还有一次机会——”

“机会你个头！机会！我只给你一次机会，快告诉我优点是什么！”苏雯气呼呼地揪着潘正义的耳朵，“给你点颜色，你还给我开染房了！”

潘正义捂着耳朵叫疼，“你的优点就是身材好……”

苏雯脸红得跟什么似的，她松开潘正义耳朵，轻捶了他肩膀一下：“真的假的？”

潘正义抱住苏雯道：“真的假不了！”

苏雯挣扎了一下，忽然皱眉说道：“你说我们儿子能求婚成功吗？”

潘小多拉着丁满红来到维修店门口，二人早已气喘吁吁，汗流浃背。

潘小多指着招牌说道：“满红，这个招牌我得改。”

丁满红皱眉了，说：“你拉我走这么远的路，就是为了告诉我要改招牌？”

“我想改成‘满红维修店’。”

丁满红傻眼了，但她马上双手叉腰，噘着嘴说道：“干吗用我的名字？我又不是老板！”

“我还得有个商标，要用汽水瓶！”

丁满红一听，眼眶红了，说："你傻啊，汽水瓶是我爸妈的定情信物，你不能用，而且这是维修店，不是早饭店，这也不搭配。"

潘小多没回答，他打开店门，拉着丁满红进屋，说道："我店里还需要聘请一个人，满红，你是不是刚失业？你愿意来我店里工作吗？"

"你诚意足够的话，我可以考虑……"丁满红皱着眉，端详着潘小多，她总觉得今天潘小多话里有话的样子非常可疑，"你要聘请我干什么？"

潘小多跟丁满红说："你等一会儿。"

潘小多跑去里屋，又马上跑出来，随后从背后变戏法似的拿出了一瓶汽水。丁满红想起来了，这汽水正是爸妈定情信物的那款汽水，也是她和潘小多在解百百货时，潘小多给她买的汽水。

潘小多说道："满红，上次我们打赌，是不是还没说我赢了的话可以奖励？"

丁满红点头，看着汽水咽口水。

潘小多递上汽水道："我想聘请你当维修店的老板娘，这家维修店，现在就缺一个老板娘！"

第二十三章

2005年年末，潘小多和丁满红结婚这一天思鑫坊热闹极了，大家都说早想着丁满红和潘小多能出双入对，如今总算是盼到了，他们还让苏雯谈谈感想。

苏雯听到这些话也是哭笑不得，她知道大家在说笑，但事到如今，即将要为人婆婆了，想到当初丁满红那些点点滴滴，她有时候还是会气得浑身一颤，比如"小多妈妈的尾椎骨"一画，就曾令苏雯颜面尽失，很长一段时间内她都不敢出门。那段时间，她一出门就会有人调笑两句，说刚看了那张画，这小多妈妈的尾椎骨是三角形呀，苏雯都羞得想找个地洞钻进去。

说起这些事情，放在过去、将来，只要别放在今天，苏雯都有说不尽的话，可偏偏此刻，苏雯是要端着婆婆的架子的，她可由不得他人伤了丁满红的面子，更不能自己伤她面子。所以苏雯一边忙活，一边回应道："什么感想？我的感想就是，全思鑫坊、全杭州最好的姑娘成了我儿媳妇了，我高兴，我满意！"

潘小多在家里早早打扮好了后就开始等新娘，他时不时看手机，来当伴郎的朱明伟看到了就说潘小多猴急，马飞也在一旁起哄。

潘小多就说："你自己没找着对象而已，找着了看你更猴急。"

朱明伟就要跟潘小多打赌，说："我结婚的时候，潘小多你当个见证人，看我会不会一直看手机，我看一次手机罚款一百，但要是一次不看，你的红包就得多加三千。"

潘小多算都没算，直接就答应了这个赌约。按照潘小多的想法，他就是不信朱明伟可以不着急！此时此刻，他就急得如热锅上的蚂蚁。而另外一边，丁满红其实也急得不行，杨艺本来在给她化妆，可丁满红坐坐又走走，就是静不下心来。杨艺都哀求了："姑奶奶，你好好坐着让我把妆画完成不？"

"画到哪了？"

"还剩一只眼睛。"

丁满红应了声，这才又坐了下来，可她刚坐下，屋外传来了回收废品的喊声。

"电视、冰箱、洗衣机，牙膏、球鞋、废纸箱……废品回收咯！"来人喊得中气十足，丁满红一听，惊讶地张大了嘴，穿着婚服就跑了出去。

站在门外的正是彭前进。

丁满红站在门口看着彭前进，杨艺、丁家宜和丁家欣都追着跑出来，看到彭前进后一下子明白了一二分缘由，杨艺当下指指屋内，说她们先进屋等着。

丁满红先点点头，走到彭前进跟前，问道："你收废品呢？"

彭前进笑眯眯道："我爸老了，干不动了，废品回收站就由我管了。"

"叔叔没事吧？"

彭前进笑着说："放心，就是老毛病了，心血管的问题。"彭前进说着指指心脏这里，他看着丁满红穿婚服的样子，笑容更加灿烂了。

"知道你今天结婚，本来想就不过来膈应人了，可突然又想自己得出来收收废品，体验一下收废品时的感觉，我不能只是在店里待着，那样的话我永远管不好回收站。我也没想到，我收着废品，收着收着就到了思鑫坊了。"彭前进挠着头，颇为不好意思地说。

丁满红笑了，说道："你能来我高兴着呢，你当初帮我那么多，我一直记在心里，还有你爸爸，他也帮了我很多。"

彭前进想起了什么，转身从车里拿出一包茶叶，说道："我爸说你不爱喝茶，可这是上好的西湖龙井，还在送子观音庙祈福过呢，他让我带来给你，说是可以给你丈夫喝，还说祝你早生贵子。"

丁满红红着脸收过茶叶，说道："回去帮我感谢叔叔。"

彭前进和丁满红相对无言了几秒后，彭前进挠着头说："那我先走了。"

丁满红点头，极为尴尬地看着彭前进上了车。丁满红心中难过，毕竟在她带着满青逃跑的时候，是彭前进父子收留了她，在满青被丁家祥接回去后，又是彭前进父子让她给他们收废品，她也在丢掉工作后重获新生，她甚至把这当作了自己的第一次创业。在她做废品回收生意之初，遇到了不少困难，可以这么说，对她帮助最多的除了潘小多，就是彭前进了。

彭前进本来上了车的，可又突然转过头说道："你的眼睛……"

丁满红这才想起来自己只画好了一只眼睛，赶紧喊杨艺过来，杨艺小跑过来，边画边问："刚才那人是不是喜欢你？"

丁满红摇头。

杨艺笑了，说："就是上次你说的那个要说清楚的？其实他挺好的，要不介绍给我了？"

丁满红噘着嘴道："你别开玩笑了！杨艺，你什么时候结婚？"

杨艺摇头道："我不知道，或许很快，也或许很慢……"

"是那个有老婆的男人吗？和他的话，必须他离婚你才可以结婚吧？"

杨艺害羞地摇头说："不是他了，我已经和他分手了。"

杨艺显然并不想继续说这种话题，然而丁满红并不知道，她继续问道："那这个人对你好吗？是真的好那种吗？"

杨艺提高了音调，说道："满红，今天你结婚，别再提这种事情了好吗？"

丁满红吓了一跳，也没管眼睛还没画好，直愣愣地看着杨艺。在杨艺眼中，穿着红色婚服的丁满红此刻有一丝惶恐，但依然美若天仙，令她艳羡。

丁满红说："我错了，我不该问这么多。"

杨艺摇头说："和你没关系。"

杨艺强撑着笑容，让丁满红讲讲爱情的感觉。丁满红有点不知所措，琢磨了一会儿后才说："我也不知道爱情的感觉是什么……"

"那说说你怎么看潘小多的吧。"

"潘小多……"丁满红念着这个名字，不自觉地就噘起了嘴。杨艺看在眼中，心中想道：这大概就是爱情的甜蜜吧，真正能结婚的那种爱情，是没有无边无际的欲望包裹着的吧……

丁满红开始数落起潘小多来，从他小时候一直数落到大学毕业，又从大学毕业数落到昨天晚上。在丁满红口中，潘小多简直就是一个"罪孽深重"的家伙，可杨艺看到的满是爱意。

杨艺回想自己和常清华的生活，如果有人要她说说常清华，她大概说不出这么多缺点，她只能说常清华优秀、聪明、体贴，加上会算计吧。常清华什么都算得清清楚楚，他不是要求回报，而是什么都算清楚了后他可以决定后面自己要怎么做。就比如，他一开始接触自己，是因为他看清了自己的性格，知道她不是那种头脑不清楚的女性，会因为冲动而破坏他的家庭，所以他才会给她温柔和体贴。当她陷入爱情之中，他算清楚了这个限度，即将过线之前，他会挑明了自己的底线：绝不离婚，然后静静等她开出分手的条件。

杨艺想：分手的时间是不是也是常清华早就计算好的？他工作很忙，特别是和朱明伟在深圳投资了一家房地产公司后，更是繁忙起来。他还凭借着在深圳的经验，又在上海和北京投资房地产，在深圳房地产泡沫前顺利撤离。常清华经常说："这个社会只要算计你就不会吃亏，甚至总能小赚，小赚比什么都好，因为你不起眼，不会吸引豺狼虎豹的注意，但是你每天都可以很开心。"

分手是在一天早上，是杨艺突然提出的，价钱也是她开的。然而下午的时候，常清华就到了北京，拿下了一块地，他在朋友圈说这里将建立一个梦想家园。所以杨艺觉得，常清华一切都是计算好的，她不得不佩服，因为他一切都算计得很精确。

丁满红还在继续说，她说："潘小多简直蠢坏了，我做废品回收的时候，潘小多帮我总结了'三大'：嗓门要大，力气要大，野心要大……听着挺有道理，当时我就问了，野心到底要多大才叫大。潘小多就告诉我，说把收破烂当作创业，目标就要做到上市公司。于是我就这样奋斗了一年，结果一直到我离开废品回收站，我总的存款没到一万，还直接投资给朱明伟炒股，亏了个血本无归。我找潘小多问他'三大'的意义是什么，赚不到一万怎么上市，潘小多一听就急了，拿起螺丝刀说道：'我会解释的，一切等我给你奶奶修完冰箱再说。'"

说到这里丁满红又不高兴了，继续说："潘小多记性真不好，每次修完冰箱就忘了还要跟我解释这个问题。"杨艺赔着笑，她心想：要是有一个一起哭哭笑笑、玩玩闹闹的男人，可以陪伴自己一辈子，那是多幸福的事情呀。

"刚才那个男人？"杨艺突然问了句，问了后想自己扇自己一下嘴巴，心想着怎么又问别人的私事。

可丁满红一点儿都不介意，竟然兴致勃勃地说起当时和彭前进父子在废品回收站的日子。杨艺笑了，她突然明白自己和丁满红最大的不同，就是丁满红总是不会多想，而自己总是想得太多。

丁满红说起"收废品"的日子，杨艺就问："苦不苦？"丁满红说："一点都不苦，每天只要跑十个街区，就能赚到一百块钱，没有比这更划算的生意了。"

杨艺一听乐了，说："十个街区，那可不是普通的累。"

丁满红说："再累我也不怕，我要把弟弟接回家啊，我不能一直让弟弟在别人家里生活……"说着说着丁满红就要哭了，杨艺赶紧让她别哭，会花了妆。

这时候到时间了，丁满青在房间外面敲门，"姐姐快准备了，要出嫁了，新郎官来了。"丁家宜和丁家欣也在门外喊她，她还听到丁家宜的嘱咐："可得守住门，千万不能被新郎官的花言巧语给骗了，不给红包，不能进门……"

丁满红乐道："这还有红包？"

杨艺贼兮兮地笑："是给我这个伴娘的。"

丁满红皱眉："哪有这样的道理，我结婚，我也要有红包。"

结果潘小多准备的红包就不够分了，他和马飞、朱明伟在门外叫阵，杨艺就是不肯开门，要求必须给一个大红包。潘小多给了杨艺红包后，可门还是不开。

潘小多有点恼了，说道："杨艺，这就是例行公事啊，可别过火了。"

"没有我的红包，就是不给开门！"丁满红的声音突然传来，惊了众人。

潘小多没想到还会听到丁满红要红包，虽说新娘子也有要红包的，可毕竟那是少数，事先也都有说明，这红包要得突如其来，果然很有丁满红的风格，潘小多哭笑不得。

潘小多赶紧问马飞、朱明伟要钱，但二人均一摊手，朱明伟说："我这身崭新的西装穿着，看着像带钱了吗？"潘小多摆摆手，说："我也没带钱，哪有新郎官裤袋里塞钞票的，多丢份。"

苏雯因为事先没准备新娘上车前的红包，就掏空了自己和潘正义的口袋，现金只有五百块。潘小多就赶紧要了个红包，把这五百塞进去给丁满红，可这五百比给杨艺的那个要小多了，结果丁满红不满意了，她认为自己受到了大侮辱。

这下子几个大男人傻眼了，但问丁满红这边的亲戚借，总归是很不好意思的，寓意上来说也不够圆满。丁家宜和丁家欣看着着急，二人就偷偷塞给了苏雯一笔钱，让她赶紧把红包补上，赶紧把丁满红接走，可别错过了时辰。

上了思鑫坊外面的婚车后，婚车需要象征性地在思鑫坊外围开五圈，苏雯解释说，这寓意着奥运"五环"，取个好彩头。回到思鑫坊后，就要潘小多先下车，随后抱着丁满红进家门了。

潘小多下车后，丁满红在车里冲潘小多说："也不知道谁想出来的这个仪式，这不是白白浪费汽油嘛。"

潘小多说："就你聪明，行了吧？"

"我是聪明啊，结婚还能收大红包。"

潘小多敲了她脑门一下说："还不是我的钱？真搞不懂，收我的钱你怎么那么高兴？"

丁满红皱眉道："怎么了，你的钱等于我的钱了吗？这不没等于吗？"

潘小多愣住了，仔细一想，二人确实还是财务自由的，虽然丁满红当了"满红维修店"老板娘，但是她只管维修店财务，但不管家里的财务。潘小多还是有这个财务"自由权"的。

在人群的簇拥下，潘小多抱起了丁满红往家走。一开始潘小多就走得不太稳，走了一半路后他更傻眼了，也不知道是谁，在通往他家的道路上，放了六个环，还说要潘小多抱着丁满红跳六个环过去。

潘小多哭笑不得，只能抱着丁满红往前跳，跳一个环就休息片刻。

看到这一番喜庆的景象，董伶俐落下泪来，马宁就问她："这是怎么了？"董伶俐就说："我是想起丁家民夫妇和徐淑芬奶奶了，他们要是都活着，看到这一幕得有多高兴呀。"秦海燕一听，眼眶也红了，说："我挺佩服徐淑芬奶奶的，一把岁数的人了，和丁满红一起收废品，早出晚归的。"秦海燕这么一说，朱海军也说："丁家民刚去世时，丁家宜和丁家欣来过思鑫坊好几次，都想把徐淑芬和丁满红姐弟俩接去住，不过徐淑芬没答应，人们都说徐淑芬是嫁到思鑫坊来的，可她对思鑫坊情感深。"

朱海军这么一说，马宁就笑话他说："你只知其一，不知其二，徐淑芬对思鑫坊感情深是深，可以前她是逃离过思鑫坊一年多，近两年时间的。要不是丁满红的出生，她都不一定会回来。"朱海军和秦海燕夫妇每日里除了工作不聊其他，对当时徐淑芬的八卦事情所知不多。董伶俐就讲给他们听徐淑芬离开思鑫坊的经过，得知她是被死去的丈夫丁宪倧吓着了，以为自己只要在思鑫坊睡足三晚就会死去，所以才离开了思鑫坊，秦海燕笑了起来，说："我们党员不信这种封建迷信啊！"

杨天宝一直不说话，此时插了句话，说道："所谓'日有所思，夜有所梦'，她只是看到了自己想看到的。"

这时候屋里传来了一阵嘈杂声，众人往潘小多家看，竟然看到丁满红真的跳了下来，自己跳过最后一个圈，跳进了大门。苏雯揪着潘小多就打，说："你这个浑小子，这点力气都没有的吗？"

潘小多也很无奈，说："满红挣脱了，我也没办法。"苏雯更加不乐意了，她怕别人笑话，又觉得丁满红不懂事，幸好潘正义上来拉住了她的手，安慰她说："都什么年代了，2005年了，闹着玩的东西不必较真，真正是不是多福多寿、多子多孙，那靠的是自己，不是靠封建迷信。再说了，这个六环还不是大家逗个乐子嘛，别计较那么多了。"

听潘正义这么说，苏雯也就不再说什么，只是她心里想：这个丁满红呀，果真和自己是相冲的，也不知道以后还要被她折磨多久……

事实上，丁满红可没想那么多，她当时只觉得潘小多抱不动自己了，害怕潘小多再跳的时候，自己会摔下来，再看潘小多那伛偻的样子，她担心潘小多伤了腰，所以径自跳了下来，跳过最后一环，然后直接跳进大门。门槛在她面前什么都不算，倒是她进了大门，发现大家的眼神都有点异样。

丁满红就问追上来的潘小多怎么了，潘小多本来想说丁满红两句的，毕竟哪有新娘子自己跳进屋的，但看到丁满红一脸茫然的样子，潘小多又下不去嘴了。

看到潘小多支支吾吾的样子，丁满红就来气了，问他："到底怎么了？"

潘小多猛然看到丁满红的红鞋子上沾了灰，当下嚷嚷着："哦哦，有灰，我帮你掸掉！"丁满红虽然有所怀疑，可看到潘小多蹲下的样子又忍不住笑了。

那天所有的婚礼习俗完成之后，丁满红和潘小多二人坐在婚床上有点手足无措。丁满红见情形尴尬，就问潘小多接下来应该做什么。

潘小多琢磨了半天，也不知道该怎么跟丁满红说接下来应该做什么，他最后试探性问道："你爸妈没跟你说过？"

丁满红摇头，眼神之中满是真诚。潘小多一想也对，丁家民夫妇去世的时候，丁满红刚十八岁，但她其实大脑发育就停留在十二岁了，丁家民夫妇也未必敢对"十二岁"的女孩进行过多的性教育。

"那你奶奶跟你讲过一些结婚的事情吗？"潘小多问。

没有想到的是，潘小多这一问，竟然就跟捅破了银河似的，丁满红的眼泪哗哗往下流，怎么喊都停不住。潘小多急了，就抱住丁满红，一个劲安慰她："没事的，一切都过去了，我会好好照顾你的，不会让你受一点委屈……"

潘小多安慰了好一会儿，丁满红才停止了哭声，随后气鼓鼓地说道："你刚才抱得好紧，我都差点喘不过气。"

"那还能怎样？你不喜欢，那我就不抱了。"

"抱还是要抱的！"丁满红一琢磨，觉得不让抱的话自己损失就大了，她很喜欢被潘小多抱住的感觉。

丁满红噘着嘴，眼神之中满是忧伤，她说："你说起我爸妈，又说起我奶奶，我心里难过了。"

潘小多摸了摸她的脸颊，再次把她抱住，说："我知道你肯定难过了，没事，以后你还有我。"

"还有满青……"

潘小多皱着眉头，心想：这种时刻，把满青扯进来做什么，但他可不敢这时候不顺从丁满红，只能含糊其词地说"还有满青"。

丁满红被潘小多搂在怀里，她轻声说："爸妈走的时候，爸爸拉住我的手，告诉我，接下来我是满青的监护人了。我没有做好，让满青受了很多苦。我迷茫的时候，我就问奶奶，奶奶说我有很多优点，最大的优点就是出生在1978年，这一年改革开放了，中国有了新气象，一切都万象更新，发生了翻天覆地的变化。奶奶说，我的人生也会璀璨绚烂……"

丁满红说着说着，潘小多的眼前竟然浮现出丁满红和奶奶徐淑芬一起蹬着三轮车的场景。那个时候，他好几次在西湖边看到这个画面，并将之深深记在了脑海之中。

那时候夕阳西下，徐淑芬在前面骑着车，丁满红在后面推着车，累了二人就在西湖边坐一会儿，休息一下。

丁满红的头总是会靠到徐淑芬的肩上，看着夕阳的光洒在湖面上，那金色的湖面一闪一闪的，似乎能够用手提住，可伸手的时候，那光就会从指缝里溜到眼角上，最后又溜到发梢，然后消散在西湖边潮湿闷热的空气中。

慢慢地，夕阳就没了，天就黑了，繁星点点，也不知道是天上的星掉到了湖里，还是湖里的星光映射到天上。小时候数星星的时候，总是觉得数也数不完，总是数了这颗忘了那颗，数着数着就睡着了。现在丁满红长大了，却还是一样爱数星星，数着数着依然会睡着。

　　丁满红睡着的时候，徐淑芬会摸着她的头轻轻哼着歌，唱着唱着会停下来，轻声在丁满红耳边说："满红呀，奶奶多希望能够多活一些日子呀，这杭州呀，天也好，地也好，水也好，人也好，就是我的身体不好了，怕是陪不了你多久了。奶奶呀，多想陪你一起创业，陪你一起走下去，一直一起走下去……"

　　徐淑芬红着眼眶，这时潘小多走了过来，坐到他们旁边，把自己的外套披在了丁满红的身上，然后眯着眼睛，静静听着风吹过湖面的声音，其中还会夹杂着丁满红的鼾声。

　　丁满红的鼾声把潘小多从回忆中拉了出来，他这才发现，丁满红穿着婚服，抱着他讲这些话的过程中，竟然已经睡着了，还发出微微的鼾声。

　　潘小多一下子醒悟过来："妈呀，这不是还没说好结婚当晚接下来要做的羞羞的事情吗？"

　　丁满红这时一个翻身滚到了床上，潘小多低头去看丁满红，她睡着的样子肆无忌惮，嘴巴张得大大的，姿势也换成了四仰八叉……潘小多摇摇头，早知道刚才多看一下怀里的丁满红了，那个姿势的丁满红就温柔地楚楚可人。

　　看到没法向丁满红讲清楚新婚夫妇该干什么，潘小多心中陡然升起一股坏念头。他脱下丁满红的鞋子，轻轻说道："接下来该做的事情就是这个……"潘小多飞快地亲了丁满红的嘴唇一下，随后退后一步，观察情况，见丁满红没有动静之后，潘小多胆子大了一点，他刚再次凑近丁满红，就被丁满红踹了一脚。

潘小多吓得不敢动，结果却听到丁满红说起了梦话："小多，小多，你跑慢一点，汽水要洒出来了……"

新婚之后，丁满红就正式执掌"满红维修店"，当起了货真价实的老板娘。丁满红把这当作自己的第三次创业，这一次可比前两次都货真价实得多。丁满红为了当老板娘，第一天可是做了充分的准备，她不仅详细了解过了周边的竞争情况，还去了杭州城的几个大百货公司跑了一圈，详细了解了现在流行的最新电器。

她每天回到家就在那伏案工作，谋划"满红维修店"的经营思路，丁满青此时已经被接回了家，潘小多顿时觉得自己有点尴尬了。

结婚之后究竟住哪里，这本来就是一个十分折磨苏雯和潘正义的问题。二人当然希望丁满红和潘小多住自己家了，因为这才代表儿子娶了媳妇嘛。可是，丁满红家空着也很浪费，特别是丁满青终于被接回来了，总不能让丁满青一个人住吧？既然不能让丁满青一个人住，那至少丁满红就得一起住了。

但是，丁满红和丁满青住，而潘小多又住自己家的话，那不就等于刚结婚就分居？

苏雯找过丁满红做工作，希望她以大局为重，以潘小多的面子为重，提议让丁满青一个人独处一段时间，反正已经是高中生了，大孩子难道还没办法一个人生活吗？

丁满红一开始还犹豫，说要考虑一下。

前不久老爷子去世了。他去世前，丁满青特地带着丁满红去了一趟医院，说是老爷子要见她。医院里面，老爷子抓着丁满红的手和丁满青的手，郑重地把丁满青交给了丁满红，要他们姐弟俩接下来互相帮扶。

丁家祥当场就反对，说："我十多年来对满青的养育之恩怎么算？"老爷子气呼呼道："你认为满青跟你一样，是不懂报恩的人吗？"

丁家祥不说话了，他刚把丁满青接回家的时候，丁满青刚上小学不久，如今他已经长大成人了，丁满青什么性格他最清楚，要说将来不会报恩，他倒更觉得女儿萌萌很有这个可能。

这天萌萌也在医院，看到父亲突然看了自己一眼，她就不乐意了，她一扯自己那染成金色的头发，气道："爸，你看我什么意思？你是说我不懂得报恩吗？"

丁家祥赶紧说："我没有这个意思。"但萌萌生气起来可不管三七二十一，她指着丁满青说道："自从这个小浑蛋来我们家，你们嘴上说还是最疼我，可实际上呢，最好的东西你们都给他！"

祝敏赶紧解释："话不是这么说，你要是能有这个成绩，好学校你也能上呀，其他方面，你哪一样得到的比满青差了？再说了，他是你堂弟，你从小就欺负他，你以为我不知道吗？可他从小到大，没说过你一句不好的话！"

祝敏因为丁满红在，说话就特别大声，语气也比往日里更凶，她不希望丁满红认为自己亏待过丁满青。

萌萌当然受不了自己的父母这么对自己，当下摔门而出，出门前还留下了狠话："丁满青滚回家，我还以为苦日子熬到头了，没想到你们这时候还要出来袒护他！既然这样，你们老了靠他养吧。"

看到祝敏和丁家祥红着脸，手足无措的样子，老爷子叹气道："你说你们这对父母……我这么优秀的基因，到了你们这里就已经不怎么样了，再往下怎么传得就更差劲了呢……"

祝敏委屈地垂下泪来，道："爸，你怪我吧。"

丁满青赶紧安慰祝敏："婶婶，老爷子这是开玩笑呢，他最常说的话就是自己基因好，说完就自己吐槽自己，这么好基因还脱发！"

丁满青说完，老爷子就哈哈笑起来。老爷子最后叮嘱："无论如何，丁满青这回是必须跟丁满红回去了，谁都不能反对，要不然我泉下有知，也会回来找那人算账。"

祝敏完全同意，丁家祥看自己没有任何人支持了，只能轻声说："我没办法不同意呀。"

老爷子去世后，丁满红就不能同意苏雯的意见了，她决定：无论如何都得住在自己家里，而潘小多也得跟自己一起住。她答应了老爷子的，要说到做到；她也答应了父母的，一样要说到做到。

虽然潘小多觉得自己有那么一点点委屈，但他还是站在了丁满红这边。

丁满青很高兴能回到自己出生时住的家，再住进自己小时候睡过的房间，那种感觉就好比心中升起一股温暖的火焰。更令他高兴的是，姐姐丁满红竟然把房子翻新了的同时，还保留了原来的样子，连他小时候的《丁家航天摘抄》都给重新找了出来，封面还擦得干干净净，整整齐齐地叠放在他的书桌旁。

再次睡到这个房间的第一晚，丁满青虚岁已经十四了，可以说他已经和大人没什么两样了。可他还是忍不住抱着被子，闻了又闻，又凑到床铺前闻了又闻。闻够了才笑嘻嘻地说："这也不是小时候睡的那张床，却不知为何味道和记忆中的这么接近！"

丁满青安安稳稳地睡了一觉，这一觉他本来打算美滋滋躺到十二点，反正是周末，随便赖床到几点都可以。可是早上五点多的时候，丁满红就开始在他耳边唠叨了。“满青，满青，要不要跑步？听说现在高中生为了有足够的体力，每天都要晨跑！”

丁满青说了不用跑步后没几分钟，丁满红又开始说话了。“满青，满青，早上氧气多，大脑也比较兴奋，更加有利于记忆，我看很多人都是早上去外面读书的，你是不是也是这样？”

丁满青翻了一个身，“我喜欢晚上读书，你应该早上读书。”

丁满青说完眯了会儿眼，这才跳了起来，一看姐姐果然不在房间了，他马上跳下床，心想：刚才自己说错话了，千不该万不该，不该让姐姐早上去读书呀，这不是在说她智力有问题嘛。

丁满青跑下楼，只看到潘小多在那煎鸡蛋，丁满青就问：“姐夫，我姐呢？”

潘小多正在琢磨如何把一个鸡蛋煎得又圆又薄，应付地回答：“出去了。”

丁满青套上外套就跑出房间，此时的思鑫坊里还很黑，丁满青想起小时候抓着姐姐的手去“雪晴早饭店”帮忙的日子，那时候的天就是这样黑，年幼的他看到黑夜就害怕，但是只要抓着姐姐的手他就什么都不怕。

他眼眶一下子湿润了，他也不敢喊，怕吵到他人，被人知道了丁满红被惹急了在外面乱跑，岂不是很丢姐姐面子？所以丁满青只能瞪大眼睛四处寻找，好在他跑得快，视力也好，愣是让他在仔细搜寻的瞬间，发现了丁满红迅速消失的身影。丁满青赶紧追了上去，终于在孝女路上赶上了丁满红。

看到丁满红噘着嘴，气呼呼的样子，丁满青赶紧道歉。听到弟弟的道歉，丁满红就生不起气来了，她脸上绽开了笑容，兴奋地说道：“满青，早上跑步果然好精神，脑子也灵活了，我以后每天早上都要晨跑。我要在早上思考问题。"

丁满青点点头，说："你这样也可以。"

丁满红摇摇头，说道："不是我，是我们，我们都要晨跑！"

丁满青"啊"了一声，还没反应过来，丁满红拉着他的衣袖就开始跑起来，丁满青跑着跑着也来了兴致，开始加快了脚步，后面就变成他拉着丁满红跑了。

也就是在这天早上，丁满红想到了接下来这个令她懊恼很久的经营点子。

那天上午，丁满红在"满红维修店"里给潘小多定了一条新规矩："可以上门服务，六十岁以上老人，多远都免费上门服务。"潘小多当时说这个表述太口语了，丁满红不认同，她觉得口语才是精髓所在。

潘小多又抱怨，说："杭州现在生活条件好了，都进入老龄化社会了，你这个规定就是要忙死我。"丁满红并不认同潘小多，还说潘小多就是想偷懒，她认为这个点子可以提高维修店的知名度，而且还能切实帮助到孤寡老人。

可没想到的是，维修店这个规矩刚公布，潘小多就一天都没在店里待过了，他不是在老人家里维修，就是在去老人家里的路上。

丁满红很好奇，杭州真有那么多老人需要修东西？她可是看过之前维修店的账目，现在半个月的单子都快超过一个月单子的总量了。丁满红就暗地里自己跑了几个电话下单的地址，她找了附近的邻居了解了一下情况，才知道那些修的东西都是小件，本来也可以拿到店里修，但是能免费叫人来家里修谁不叫呀？

丁满红就问："怎么是免费了，这户人家要修的可是电动玩具！"那邻居就说："可他家里有六十岁以上的老人呀。"丁满红顿时明白了，现在谁家没一两个老人，她看到报告，现在的独生子女很多都面临养四个老人的困境。丁满红掐指一算，难怪潘小多没日没夜地上门维修了。

当天晚上潘小多回到店里已经十点多了，丁满红关上店门，拉着他去了附近的面馆吃面。潘小多很激动，说："这是鼓励我努力工作吗？"

丁满红点点头，等他开始吃面，这才说道："你为什么不告诉我？"

潘小多傻眼了，问："不告诉你什么？"

"每天叫你去维修的人家，其实家里都有年轻人，也有老人，他们就是借老人的名义，让你免费上门维修。"

潘小多吃着面，说："但毕竟是老人嘛，每次见到的也都是老人，我也没法拒绝。"

丁满红皱眉道："如果没法拒绝的话，我们就取消这个规矩，以后一律收费上门。"

潘小多思考了一下，说："可是那样会不会引起反感，毕竟我们做的是街坊邻里的生意，这样做的话，我怕大家会不找我们修东西。我看过了，方圆几百米内，可是有五六家维修店呢。"

丁满红摇摇头说："你说的这些我早就了解过了，那些店我都偷偷去看过了，生意没我们好。"

"那如果我们刚定了新规矩，又马上改的话，可能我们的生意会变成对方的生意……"

丁满红也觉得这是一个麻烦的问题，既然问题很麻烦，那就直接甩给潘小多解决，她丁满红身为老板娘可以负责更加重要的工作：审批。

最终潘小多还是决定修改规则，改成了六十岁以上孤寡老人免费上门服务。尽管只是这样小的修改，维修店在很长一段时间内都被附近的老住户指指点点。更令潘小多没有想到的是，维修店毕竟不是在思鑫坊，这种指指点点后来竟然进化到对丁满红的人身攻击上了。

第二十四章

2008年这年冬天的时候，丁满红怀孕了。

丁满红发现怀孕是在年前的高中同学会上。本来大家天各一方，办同学会似乎并不现实，比如朱明伟之前就在深圳搞房地产，并赶在深圳的房地产泡沫爆发之前安全撤离了，算是狠狠赚了一笔原始资金，而离开深圳之后，朱明伟就开始过上了到处考察的生活，每次联系不是在上海，就是在北京，有时候还会在国外，这样的人怎么叫他参加同学会？又比如杨艺，大家只知道她在上海，生活很好，但是每次问她具体的信息，她就挂电话，同学之间早就对她有一些闲言碎语了。

但是，这天潘小多突然想起了刚考上大学的时候，高中的同学们在卡拉OK间唱完了《朋友》，最后大家相拥在一起说的那段话。

"同学们，不管你是飞黄腾达，还是一事无成，十年后我们再聚首！"

潘小多问丁满红，这是到十年了吗？丁满红掐指算了一下，说已经过了十年了。

潘小多说："真想看看那些家伙们是飞黄腾达了，还是一事无成了。"当时丁满红还以为他只是说说，没想到潘小多直接这么干了。他竟然真的开始组织同学会，而且竟然还叫回来了朱明伟和杨艺。

丁满红问潘小多怎么叫来这么多人的，潘小多笑嘻嘻，说自己这靠的是面子。

这次的同学会地点定在了大酒店礼堂，还找了专门的司仪和主持人，一切都安排得有模有样上档次，丁满红觉得这安排简直就跟开大会似的。潘小多说："唉，这就对了，现在搞聚会，就是开大会。"

同学会是要安排的，工作也得继续进行。这段时间，丁满红发挥了自己做"废品回收"时候的强项，她熟门熟路，勤快踏实，哪家有东西要维修，能让潘小多上门的就上门，赶不及上门的，或者不需要上门，但送过来也不方便的，丁满红就自己骑着三轮车上门去搬。

之前因为丁满红"出尔反尔"，很多人对丁满红人身攻击，还说她脑子不好使，没想到心肝也不好使，但丁满红并没有计较，依然热情待人，久而久之，大家都对她改变了看法，维修店的生意自然就又多了起来。

同学会那天，傍晚的时候，潘小多作为主要负责人需要早点赶去会场，丁满红则还要送一趟货，潘小多担心，说："我陪你走一趟吧。"

丁满红笑话他，说："别了，我还不熟悉这路吗？"

"我不是担心你吗？这年头什么坏人都有，你长这么漂亮，我不放心。"

"你放心吧，我这么邋遢，也不打扮的，谁会看上我呀？"

潘小多说："思鑫坊最好的年轻人不就看上你了？别说了，我陪你一起。"

丁满红赶紧推他，说："你快去酒店，这同学们都快要来了，作为主办者，再不去可就说不过去了。"

潘小多拗不过丁满红，就问她："东西带了吗？"

这话没头没尾，但丁满红懂得，因为只要晚上有活，潘小多都会让她带上那个东西。

丁满红一拍腰包："放心吧，我每天都带着呢。"

丁满红指的就是潘小多为她制作的"防狼喷雾"，这个喷雾本身是一瓶摩丝，潘小多用光后，在它里面放了辣椒水，让丁满红防身用，之前丁满红解救杨艺时也用过。

既然丁满红一切都准备好了，潘小多也就不再阻拦。他以最快的速度赶到酒店时，大堂已经有好几个高中同学在那等候了。潘小多整理了一下衣服，上去握住了他们的手。

不一会儿，马飞和郑舒雅也来了。潘小多就让他帮忙招呼，马飞指指郑舒雅，示意自己暂时无法帮忙。潘小多气得直叹气，说马飞就是个妻管严。

马飞好不容易让郑舒雅一个人坐会儿，就直接跑到潘小多身边，问起潘小多的近况。潘小多说："维修店的生意越做越不好，我打算自学手机和电脑维修了，这两个东西只要能修，将来准保饿不着。"马飞也十分认可。马飞看到丁满红不在，就询问了一下，潘小多一直没什么人可以说心里话，当下就小声跟马飞说："满红还去送货了，她这是被人当用人使唤了，那些人明明自己可以送来维修的，却非得叫满红去拿来修，修好了又要她亲自送。我还亲耳听到他们说满红是智障，这么欺负她最合适……"

马飞问:"那你怎么不跟满红说?"

"说不得,她倔强得很,没有足够证据,我说服不了她,要么你来?"

马飞赶紧拒绝。

这时候高中时期喜欢过潘小多的两个女生走了过来,二人拉着潘小多问东问西,得知潘小多和丁满红结婚了,两人都大吃一惊,都说:"怎么都想不到你会娶一个有智力障碍的人当老婆……"说着两人还捂着嘴笑起来。

马飞看到潘小多手上的青筋都已经暴起来了,赶紧让两个老同学先去会场等待,二人也看出情形不对劲,连说自己有事,逃也似的往会场跑。

"站住!"

潘小多一声怒喝吓住了二人,二人回头望着潘小多,潘小多则恶狠狠地冲她们说道:"你们最好搞清楚,我喜欢满红的时候,她还没有生病!就算现在她有智力障碍了,也比你们每个人都要聪明,都要漂亮!"

二人真被潘小多的表情吓到了,连连点头后跑进了会场。

朱明伟和杨艺此时结伴进来,马飞一怔,问:"你们一起来的?"

朱明伟哈哈笑:"在门外碰上了!"马飞看到潘小多恶狠狠的样子,低声问道,"小多的样子看起来要吃人似的,他这是怎么了?"

杨艺说:"别问了吧,你不怕他把你吃了吗?"

潘小多看了二人一眼,说:"都去坐着,啰唆,就爱管闲事。"

杨艺笑了,对朱明伟说道:"你看,我们被嫌弃了。"

杨艺和朱明伟走进了会场后,陆陆续续地又来了几个同学,潘小多看时间差不多了,人数也来了七七八八,就给丁满红打了个电话，想问问她到哪里了，没想到丁满红接起电话后说的第一句话竟然是："小多，救命……"

潘小多一怔，忙问："你怎么了，慢慢说？"

原来丁满红摔了一跤，现在倒在了一个桥墩子那里。潘小多马上问了地址，他让马飞帮自己操办好聚会，自己则去找丁满红。马飞傻眼了，他告诉了郑舒雅这件事，郑舒雅骂他："是不是傻呀，你会吗？还不快找人接锅！"马飞左右四顾，跑向了朱明伟，说："潘小多要去找满红，指明让你负责这次的同学会。"

最终，潘小多在丁满红说的地方找到了她，还背着她爬回了马路。就刚才的地形来看，她差一点儿摔到河里。

潘小多把丁满红放在三轮车后车斗里，蹬着三轮车去往医院。在去医院的路上，陆陆续续听丁满红讲述经过。

"我送完货之后，就连忙赶路去同学会所在的酒店。"说到这里的时候，潘小多插了话，问："你怎么不回家换衣服、放下三轮车，就打算穿着这衣服，蹬着三轮车去酒店吗？"丁满红点点头，问："有什么问题吗？"潘小多一时语塞，让丁满红继续讲。丁满红说："我在路上遇到了两个小流氓。这两个小流氓拦下了三轮车就欺负我，幸好我有带防狼喷雾，趁他们不备，喷了其中一个人一脸，那人就躺在地上喊救命了。但另外一个人见到这个情况，犹豫了一下就开始追已经蹬着三轮跑开的我，那人没我快，没追多久就放弃了。"说到这里，潘小多再次提问道："他没继续追你？那你是怎么摔倒在桥墩子那的？"丁满红叹气，说："我转弯的时候速度太快，一个漂移，人和车就一起摔倒了，我担心那个人还在追我，就赶紧打电话了。"

医生给丁满红做了一个全身检查，又仔细听丁满红讲述了一遍事情经过，之后就告诉丁满红和潘小多说："这次摔得没什么大碍，只是肚子里既然有孩子了，以后一定要注意，不是摔不摔的问题，而是本来就不应该再干这样的重活了。"

当时丁满红和潘小多就惊呆了，二人对视了半天，潘小多再次疑惑地问医生道："你说啥？"

医生一愣，以为潘小多没认真听。"我不会再说第二遍。"

潘小多急了："你不说第二遍我跟你急。"

医生也是个有脾气的中年男性，当下一拍桌子说道："小伙子，你要是这么叫嚣的话，请你出去！"

潘小多挠着头，求饶道："医生，我就是想你再说一遍，你说肚子里有孩子，这事是不是真的？"

医生这才明白过来潘小多是这个意思，当下笑嘻嘻道："小伙子，原来你要问这事，你叫嚣啥呢？叫嚣就能知道答案了？叫嚣能让你生活幸福了？"

"您说得都对……"丁满红和潘小多连连点头。

医生这才说道："那我再说一遍，你们有孩子了，以后一定要注意，别让你老婆再这么辛苦了。"

潘小多这下子直接跳了起来，抱住丁满红转了个大圈，然后对丁满红亲了又亲。医生在一旁皱着眉，气呼呼说道："刚说了要注意要注意，这样转圈也不行，记得呀！"

在同学会上，朱明伟则是全场的焦点，他不仅代替潘小多成了组织者，而且整个晚上谈笑风生，颇有成功商业人士的英姿。

马飞看到了艳羡不已，他跟杨艺说："我太崇拜朱明伟了。"杨艺就笑话他："你以前不是爱跟着潘小多混吗？"马飞说："潘小多小时候厉害，很会混，现在却只是个修家电的，和朱明伟没法比。"

杨艺白了他一眼，问道："那你的工作呢？"马飞说："普通员工，所以才羡慕朱明伟这样的人。"

马飞感觉到杨艺有点看不起自己，就问了一个挺伤害杨艺的问题。"怎么就没时间回家一趟呢？再黑心的公司，一个礼拜起码都放一天假吧？"马飞问道。

杨艺没想到马飞会问出这样的问题，这和她记忆中的马飞不太一样。在她的记忆中，事实上，在几年前，马飞都是那种和不熟悉的女生说话还会结巴的人，他对人温柔善良，可不似现在这般尖酸刻薄。

"你们这些人不懂了，放假的时间多宝贵呀，怎么能浪费在回家这种事情上呢？"

"那你浪费在哪儿了？"

"我浪费在……"杨艺不悦了。

马飞突然嘿嘿笑了，说道："在哪儿都无所谓了，不用回答，杨艺，以后能多回来就多回来看看老同学，不回来也没事。"

杨艺明白过来，刚才马飞的尖酸刻薄都是装的，她捶了马飞一下："马飞，捉弄我呢！"

马飞还想贫嘴两句，结果就被其他男同学推开了，没办法啊，要说朱明伟是女生讨论的焦点，那男生讨论的焦点绝对是杨艺了。杨艺一直以来都是高中女生中最漂亮的，她比丁满红更多了一种女性魅力，而现在，这种魅力更加成熟。

这时候，朱明伟身边围满了一堆老同学，大家都在跟他打听事情。

"上海城市发展得比杭州好，咱们思鑫坊之前不是家家户户做外贸吗，跟哪学的？上海呀。只不过，我觉得现在跟风做外贸没前途了，得找新门路。所以我投身房地产，在我们国家，房地产是可以长期投资的项目，但是我个人不是很喜欢，所以我把深圳的房子全卖了，买了一家公司，准备在一年内上市……同学们，别这么现实，赚钱从来不是目的，实现自我价值才是！"

朱明伟脑中有一本经济经，对怎么赚钱，怎么经商侃侃而谈，同学们听得一愣一愣的。

丁满红和潘小多是最后到的，特别是丁满红，穿着最普通的衣服，没有化妆，甚至都没有仔细梳过头发。那几个女同学看到后，先是一愣，随后都对着丁满红指指点点，还偷偷捂着嘴笑。

丁满红有点焦急地看了眼潘小多，小声问："我打扮是不是有问题？"

"有什么问题？你是最美的。"

看到丁满红的窘态，杨艺和马飞率先走了过来，先后给了丁满红一个大大的拥抱，而朱明伟也冲出了包围圈来到丁满红身前，给了她一个最为坚实的拥抱，丁满红甚至都有点喘不过气。她有点疑惑，有点茫然，她一动都没动，直到朱明伟轻轻松开她，她看到朱明伟擦了擦眼角，就小声问："朱明伟，你没事吧？"

"没事，见到你我很高兴。"朱明伟笑着说。

丁满红发现潘小多不在身边，她回身去找，就看到潘小多走上了台，拿起话筒说道："我举办这个同学会，其实不是为了大家互相攀比，或者互相试探，不是为了看谁现在过得好，谁现在过得糟糕，而是希望大家高中毕业十年以后，可以重新聚到一起，聊一聊我们这些年的经历。然后我们分别之后，大家可以回家想一想，我们是否成了自己想成为的那种人，我们是否还有梦想，我们是不是已经被成年人的世界所同化。我们生在了这样一个火红的年代，我们是否辜负了这个年代？是不是只有飞黄腾达才是成功？一事无成是不是就一定是失败？这是我们这个十年之约的目的，不是吗？"

潘小多一开始说话的时候，台下的同学中还不时发出嘘声，但随着他往下说，人们开始安静了下来，渐渐地，丁满红注意到那些同学们的眼神变了，不再是刚才那充满敌视、怀疑、刺探的眼神，而是回归了高中时期那真诚的眼神。

"同学们，不管你飞黄腾达，还是你一事无成……"朱明伟突然大喊起来，大家一下子都想起来了，那是他们高中毕业聚会时大家一起喊的话。

"十年后，我们再聚首！"众人一起喊出了后面这句话。

那天从酒店出来的时候，潘小多和马飞、朱明伟走在一起，他偷偷告诉他们，丁满红怀孕了。马飞和朱明伟一下子叫了起来，引起了前面丁满红和杨艺的注意，二人回头望着他们，丁满红问："怎么了？"

潘小多伸出大拇指，给了她一个大大的赞，马飞和朱明伟看到后也依样画葫芦，给了丁满红一个大大的赞。丁满红和杨艺愣了一下，哈哈笑起来，说："不知道这些男人脑子里在想什么。"

那年过年后，杭州城下起了大雪。早上起来，各家都用热水给路面化冰，整个思鑫坊里又是一阵云雾缭绕。

苏雯看到秦海燕早早就准备出门，上来就问她是不是给朱明伟相亲去。秦海燕惊讶不已，相亲这回事，她自认为是在秘密进行的，整个思鑫坊知道的人不超过五个，这五个人中可没有苏雯。

看到秦海燕惊讶的样子，苏雯以为她是不乐意自己询问。

"我也是看着朱明伟长大的，他也算我半个儿子，你有什么需要的尽管跟我说。"

"不需要不需要，我对我儿子也是瞎操心，他不要结，是我自己给他找找看，免得他老了一场空。"

苏雯一皱眉，道："其实啊，海燕，我始终觉得朱明伟都是大公司的老总了，你其实不需要给他找对象，他真要找的话，多容易找啊。他如果死活都不想结婚，其中肯定有原因。"

秦海燕心里嘀咕：你说的也有道理，可这一年一年等下去不是办法呀。你儿子都结婚了，孙子都怀上了，董伶俐家的也结了，胖孙子都会跑了，杨天宝家的虽说不是很清楚，但据说也是有对象的，怎么最后就成了我家的儿子没结婚呢……

苏雯放下热水壶，说道："今天去见哪家姑娘呀？要不要我去给你把把关？"

"龙翔桥那边菜王家的姑娘。"

苏雯诧异道："这个好呀，门当户对，那菜场他家得有一半摊位吧？我听说她家女儿长得也'挺刮'（漂亮），还是研究生毕业！"

秦海燕点头，说道："虽说还没相亲，也不知道能不能成，但能和这样的人家攀上关系相亲，说明对方也是好歹认可我家明伟的呀。"

苏雯猛点头："你等下我，我放下东西跟你一起去。"

"你还要忙你的事，算了吧，算了吧。"

"没事没事，老话不都说了，时间就跟海绵里吸了水似的，挤一挤总是有的。"

"不瞒你说，今天上午，我可得见三个相亲对象呐……"

苏雯满脸笑意："那感情好呀，见得多，找到好对象的概率也高呀。没事，顶多我不回家做饭了，反正我家里也没人回家吃午饭。"

看苏雯这么热情，秦海燕只能点头，便径直往前走，她时不时回头瞟几眼苏雯，见她一直笑脸盈盈的，双眼脸却肿得跟鸡蛋似的，似乎是一宿没睡，心头就直打鼓：苏雯这是真的关心我家明伟，还是来看笑话的呢？

秦海燕不知道，苏雯跟在后头，心里也一直打着小算盘。事实上，苏雯挺欣赏朱明伟的，前不久回娘家，她得知外甥女还没出嫁，心中就盘算着怎么跟朱明伟相亲一下，说不定能成呢。不过今天听了秦海燕要见的相亲对象，她是有点担心自家外甥女可能秦海燕看不上。

秦海燕领着苏雯来到了一家咖啡馆，这家咖啡馆在沿街商铺二楼，她们在靠窗的位置坐下，秦海燕伸手点了两杯拿铁。苏雯看在眼中，不觉自卑了一点，当了这么多年杭州人，她除了去菜市场，偶尔去去超市，去商场买衣服，还真没来咖啡馆这种地方消费过。倒也不是消费不起，而是她们这一代人勤俭惯了，根本没有想到过享受生活。

咖啡来了后，秦海燕十分自然地喝了起来，苏雯就有点扭捏了，她心想：这就是国企单位职工，和我们这样的老杭州的家庭主妇还是不一样，就是见识多。

苏雯喝了一口咖啡后咂舌，说："这年轻人赶上好时候了，什么苦头都不用吃，却偏偏好喝一口苦咖啡了，你说是不是？"

秦海燕应了声，她的视线望着门口，此时，一个老板模样的人走了过来，看了看秦海燕就坐到了对面。

"朱明伟的妈妈是吗？我是王素素的爸。"

"你就是菜王？"苏雯说道。

"对，其实我叫王才，大家都叫我'菜王'，说起来真是惭愧。"菜王摇着头，随后回身问服务员要了一杯咖啡。

苏雯打量着菜王，心想：这样的大老板，模样却看不出特别，如果在路上看到了，自己铁定想不到对方会是大老板。

秦海燕则拿出了儿子的照片，递给菜王，随后道歉说儿子最近在国外，说是准备公司上市的事情，所以回不来。

菜王静静地听着，连连点头，然后说道："没关系，我知道事业越大，人就会越忙。我女儿今天有空，她一会儿就过来，你可以先看看她……我女儿从小被我宠着，可能会有点不懂礼数，还希望二位见谅，见谅啊……"

秦海燕连说："哪里哪里……"苏雯心中则感叹，到底是菜王啊，知书达理，和家里的潘正义那是完全不同的人啊，尽管岁数看着差不多。

这时候，菜王看着门口笑了，他招手后，一个年轻女性走了过来，坐到了菜王的边上。

"这是我女儿，王素素。"菜王跟秦海燕和苏雯介绍。

二人看着王素素都看呆了，他们可没想到样貌平平的菜王，竟然会有这样漂亮的女儿。

"我们家素素呢，其实说句自私点的话，就真的是什么都好了，要说有什么缺点，可能就是有点文静，毕竟她之前一直读到了浙大研究生毕业，工作又是一个文职岗位，所以会比较安静。"

"对对对，是很安静……但是安静好啊，最近年轻人那边不是流行一句话嘛，说什么岁月静好，素素就给我这种感觉……"秦海燕差点说漏嘴。

"而且，对素素我们宠归宠，但她不是我们娇生惯养出来的，她基本的洗衣做饭也都会，要说烧出来多好吃，那肯定是没有的，但是日常居家生活绝对够用了。"

说到这里的时候，王素素点点头，脸上有点微红，她柔声说道："其实我现在上班之余，还在学习做菜，做菜不是很难学。"

苏雯和秦海燕对视一眼，互相确认了心中的想法：声音好听，人又漂亮温柔，还很聪明勤快、知书达理，这样的好媳妇哪里找呀？

那天从咖啡馆出来后，苏雯一把抓住秦海燕的手，难掩心中激动，连说了好几遍这个"王素素太优秀了"，秦海燕也是眼中含泪，激动不已。二人商量了一下，都认为这就是最优选择了，后面的相亲对象其实看都不用看了。

秦海燕叹气道："只是不知道明伟到底怎么想呀？"

苏雯说："还能怎么想？只要明伟见到这个王素素，保准比我们还喜欢！我们见了都心动，小伙子见了能不心动？我就问你，你身为一个女人，你想不想娶王素素？"

秦海燕脸一红，说："想！"

苏雯哈哈笑："那就对了嘛，信我，明伟只要见到她，保准喜欢到不能自拔！"

二人这边还在谋划着怎么撮合朱明伟和王素素呢，另外一边，丁满红挺着大肚子在维修店看报纸呢，却发现了一桩大事件。

丁满红指着报纸说："这家浩瀚集团是不是就是朱明伟那一家？"

潘小多正在忙碌，他扫了一眼报纸，说道："好像是呀，它上市了是吗？"

丁满红点点头："是上市了，可是新闻说它涉嫌虚构账目等经济问题，被停牌了。"

潘小多一惊，他放下手里的活，来到丁满红身边拿起报纸查看。此时的丁满红已经挺着大肚子了，行动不便，所以潘小多总是能自己多走动就自己多走动，省得本来就好动的丁满红走来走去伤到肚子。

看了新闻报道后，潘小多拿起手机拨通了朱明伟的电话。

接通电话后，朱明伟声音高亢："哎，小多呀，我在开会呢，什么事呀？"

潘小多大声呵斥道："朱明伟，别装腔作势了，你公司被停牌了，到底怎么回事？"

朱明伟着急挂断电话，匆匆说了句："小多，以后我再跟你说。"

朱明伟挂断电话后，继续收拾东西，他从家里的保险柜里拿出一沓文件，握在手里不知道该怎么处理。他急得来回踱步，最后走进卫生间，把文件点着后丢进浴缸。看到文件起火，他舒了一口气，结果这时候门外传来了敲门声。

"朱明伟，开门，我们是警察！"

朱明伟慌了，他望向浴缸，里面的文件才烧着一点点，他正准备去厨房拿点菜油，可还没动身，烟雾警报器被触发了，整个房间里洒下了大水，把朱明伟淋了个落汤鸡。也正是在这样的大水中，警察破门而入，把朱明伟按倒在地上。

在警局里，警察告诉他警方已经掌握了他足够的犯罪证据，但希望他能指正合作伙伴常清华。朱明伟一时难以决断，事实上，浩瀚集团实际控制人确实是常清华，他只不过是常清华摆在人前的棋子，但是在朱明伟眼中，常清华也算是他的恩人，要出面指证他，他确实觉得有点不齿。

最后，朱明伟还是投降了，他答应指证常清华，但是条件是他得回到杭州接受关押。

就这样，朱明伟就被送到了杭州警方这里。到了杭州后，朱明伟交代了一切，没多久，常清华也被抓了。朱明伟此前还有点担心杨艺，不过他想杨艺和常清华那么早就断了，应该和常清华后面的犯罪活动没有任何关联。

这天是朱明伟被审判的前一天，他突然觉得整个人浑身不舒服，他害怕，甚至开始浑身发寒，他怎么都控制不住这种情绪，于是就跟拘留所的警察求助，说他想见一个人。警察就问想见谁，朱明伟说思鑫坊的丁满红。警察咦了一声，让朱明伟等一下，他请示一下领导。不一会儿，警察就告诉他，让他等着，说他们副局长已经开车去接丁满红了。

丁满红上警车的时候，猛然想起自己八岁那年坐在警车里的情景。那一次她是去警局拿追回的被盗的钱，八百多块钱她严严实实地裹在了厚外套里。而这一次，她外套里裹着的却是一个鲜活小的生命。

开车的人正是之前的老警察，他跟丁满红说："我现在是副局长了，你肚子里的孩子几个月了？"丁满红说："十个月了，预产期就是一周后。"老警察吓了一跳，说："那你还去看朱明伟呀？"丁满红说："我想去看，因为我担心他会出事。"

事实上，丁满红上车前，潘小多本来死活要一起去的，但丁满红拒绝了，她认为朱明伟既然指明要见她一人，潘小多去了反而不好。丁满红是担心朱明伟面子上挂不住，她知道朱明伟看着事业有成，心高气傲，其实他内心特别容易自卑，最怕的事情就是别人看不起他。

丁满红见到朱明伟的时候，朱明伟果然第一句话就是问："你一个人来的？小多呢？"

丁满红告诉他说："小多在家呢。"

朱明伟点点头，他感觉到自己的身体开始有了温度，只要见到丁满红，他的这种可怕的感觉就会消失，就是这么神奇。

朱明伟犹豫了一会儿，结结巴巴说道："满红，我要坐牢了。"

丁满红轻声说道："我知道……朱明伟，其实你知不知道，你不犯法也能成功的，我一直这么觉得。"

朱明伟点点头，随后流泪道："可我没机会了。"

丁满红生气地说："怎么没机会了？你出来后，可以继续创业啊！"

"我不可能了……"

"我才不可能呢，我不还在创业吗？"

朱明伟摇头说："你没有犯罪记录。"

"我还是个智障呢。"丁满红气鼓鼓道，"只要你改过自新，你有手有脚还有脑子，还怕出去后混不出来吗？这个时代，只要你热爱工作，只要你不做违法犯罪的事情，任何人都有获得成功的机会！"

丁满红说完噘着嘴，气鼓鼓地来了一句："真是不省心！"

朱明伟原本死气沉沉的，听到丁满红最后一句话后他笑了，他没有想到丁满红最后会来一句"不省心"，他一下子想明白了：自己读了十三年书，又奋斗打拼了这么久，当过乞丐，也当过上市公司的老总，最后却落得丁满红"不省心"三字的评价，问题就在于他总是太自卑，总想着走捷径获得成功，然后尽快获得他人的认可。

朱明伟抬起头，脸上洋溢起自信的笑容说道："满红，我会东山再起！"

丁满红叹气道："记住，要用正当手段！"

朱明伟猛点头。

从拘留所出来后，丁满红顿时脸色煞白，她捂着肚子，求老警察赶紧把她送到医院，她觉得自己要生了。她还要老警察帮忙通知潘小多。

潘小多到了医院后，先是感谢了老警察，随后就和老警察一起坐在走廊的长凳上等待。老警察聊起丁满红八岁那年去警局取钱的事情，说："当时就觉得这个姑娘长大后一定不同凡响，我真没想到她孩子出生，也是我开着警车送来的，这一切都是缘分。"

苏雯和潘正义来得比较晚，他们二人来后，就拉着潘小多问东问西，得知是警察送丁满红过来后，二人连忙跟老警察道谢。苏雯这时候认出来，这个警察就是当年查丁家民万元被盗案子时的中年警察。

老警察笑着说："你可认出我了呀，看来是我老得太快了。"

苏雯笑着摆手："没那回事，您老当益壮。"

苏雯突然想起当年潘小多和丁满红画嫌疑人肖像画那件事，就问老警察："当年丁家民的一万元被盗，小多的画真的没锁定一个嫌疑人？"

老警察一愣，随后说道："真的没有。"

苏雯叹了口气，说道："那说什么小多赢了呢，其实还是满红赢了。"

这时候，手术室门打开了，护士推着丁满红出来，医生跟在后面。

潘小多等人赶紧围了上去。

医生说道："一切顺利，是个女儿，非常健康，你们大可放心。产妇需要休息一下，今晚就留一个人陪她就行，尽量别打扰她，让她好好休息一下。"

医生走了后，潘小多一下子抱住了苏雯，激动地大喊："妈，我当爸爸了！"苏雯也激动地喊："我当奶奶了。"

潘正义看到这一幕后，尴尬地冲警察耸耸肩，随后也冲上去抱住二人，大喊："你们都别吵了，这是医院！"

老警察看着这一家三口，笑着摇了摇头，走下楼梯。

因为有立功表现，加上认罪态度良好，朱明伟被从轻处罚，判了三年有期徒刑。

在监狱里的时候，朱明伟结交了一些狐朋狗友，一名老狱警觉得朱明伟很可惜，时不时叮嘱他别和那些狐朋狗友走太近。

有一次看到丁满红来看他后，老狱警就告诉朱明伟，说丁满红他也认识，之前在报纸上看到过。朱明伟就跟老狱警讲起了丁满红的点点滴滴，说得眉飞色舞。

老狱警听完后说："小伙子，丁满红是你的榜样啊，她靠勤奋踏实活了下来，活得红红火火、有声有色，你呢？"

朱明伟沮丧地说："我活成了一摊烂泥。"

老狱警怒斥道："思鑫坊里出来的人，怎么可能是烂泥？你不就是承受不住失败吗？不就是走了歪路吗？怎么了？小伙子，谁年轻时没走过一些歪路？关键是要重新站起来，找准方向，再次前进！"

朱明伟点着头，其实却心不在焉，这些心灵鸡汤在他真正关进监狱以前他也老跟自己说，但是真的进来后，整天和一些真正的浑蛋待在一起后，这些鸡汤就没法给他动力了。

这天，董伶俐来监狱探望他，从董伶俐的眼神中，朱明伟看到了母亲对自己的失望。朱明伟就问董伶俐："是不是觉得自己儿子很失败？"董伶俐拼命否认，可架不住儿子的连番轰炸，她承认，当王素素拒绝再和朱明伟相亲后，她一度有点失望。朱明伟大笑，说："早就知道是这样，我的爸妈只在乎我有没有功成名就，根本不在乎我在遭受怎样的苦难！"

董伶俐大哭，说："我绝对不是这样的人……"刚想解释，朱明伟却早已不想跟她聊了，随便应付了两句就离开了。

当天晚上，朱明伟把衣服撕成布条做了根绳子，挂在床上想自杀，结果被老狱警发现后救活了。老狱警问他为何轻生，朱明伟叹了口气说："我生无可恋。"

白天朱明伟和母亲的争执，老狱警看在眼中，他已然察觉了朱明伟脆弱的那一面，只有在丁满红来探望时，朱明伟情绪是稳定的。老狱警琢磨着怎么才能帮助朱明伟时，一个姑娘来监狱探望朱明伟了，那个人就是杨艺。

而看到朱明伟和杨艺见面的第一眼时，老狱警就察觉到了，朱明伟的眼神之中闪烁着生命之光。

第二十五章

　　杨艺决定回到思鑫坊是在朱明伟被抓半年前，那时候的她已经厌倦了在上海的生活。虽然母亲一直让杨艺跟着自己生活，只要跟着她，就有锦衣玉食，可在和常清华分手后，她真的看透了虚假又毫无意义的生活状态了。

　　所以杨艺回到了思鑫坊，然后找了一个舞蹈培训班的工作。常清华之前老夸她舞蹈跳得很专业，事实上，杨艺也知道，她会跳舞并且跳得还不错，这一点是她能房获常清华内心的原因之一。而如今，她又要靠这个本事自己赚钱，自力更生，她自己都觉得人生真的很讽刺。

　　工作一个礼拜后，就有一个小公务员秦昊想跟她谈恋爱。这一次杨艺直接跟对方说："我不想谈恋爱，我想的只是结婚，所有不是以结婚为目的的谈恋爱，都是耍流氓！"

　　秦昊一听，马上说自己就是想跟她结婚。

杨艺就问他："你对我了解什么？那么简单就想跟我结婚了？"

秦昊慌了，不停地擦着额头的汗水，说："那我该怎么办？我想跟你结婚，又想跟你先谈恋爱，先了解你。"

杨艺想了想后点头道："行，我们先谈一个月的恋爱，如果你情我愿，那我们就结婚。"

杨艺是想以闪婚的方式，快速过渡掉恋爱的阶段，她之前都在追求爱情，结果却只是成了他人的玩物。而且她不能再让自己沉沦在金钱编制的欲望之中，她需要尽快和以前的生活彻底决裂。

所以，一月后，杨艺和秦昊结婚了。结婚那天，杨艺没有邀请自己的母亲，曾芹为此非常难受，她偷偷跑到了思鑫坊外面，看到女儿出嫁后，她哭得无比伤心。

但是杨艺的婚姻并不幸福，结婚没多久，秦昊就被杨艺发现出轨。一开始，杨艺决定忍耐，但是她的忍耐并没有换来好的结果。秦昊意外得知了杨艺在上海的种种经历，认为她肯定在外面还有男人，他开始不停地对杨艺拳打脚踢，实施家暴。

每次受了伤后，杨艺就不敢出门了，她怕被自己相熟的人看到，那样子的话她会很丢人。杨艺只敢让丁满红看到自己脆弱的那一面，而那一面她也得戴上墨镜和口罩才能给丁满红看，但她不敢跟丁满红说被打的事。

丁满红好几次陪杨艺去医院，杨艺每次都是墨镜加口罩，她总是一个人进入诊室，进入以前绝对不摘下口罩和墨镜，就连只有丁满红一个人时她都不会摘下。丁满红的直觉告诉自己，杨艺被家暴了！

有一次，杨艺被打得很惨，半边脸都肿了，连口罩也无法罩住这种不对称时，丁满红终于忍不住了，她问："你是不是被家暴了？"

杨艺否认，说："只是过敏。"

丁满红说："你不要自欺欺人了，哪有人过敏还流血的！"

杨艺一下子抱住了丁满红，说："我真傻，为什么一直都是在犯错。一直在犯错，却从来没有吸取教训，为什么我从来都没过上一个女孩子应该有的人生呢？而且，为什么大家都要把我说得这么不堪？为什么一个女孩子追求爱情也是错？"

"我不是为了钱，我从头到尾都不是为了钱，可结果是所有人都先入为主地认为我是为了钱！我不想活了，满红……我该怎么样才能活下去？满红……"

丁满红傻眼了，这种问题她回答不上来，因为她从未这么思考过这样的问题。但是丁满红知道一个道理：符合常识的道理才是道理！

所以丁满红直奔秦昊所在的单位，她挺着大肚子，在大厅等着对方出来。杨艺和秦昊结婚的时候见过丁满红，所以秦昊还是一下子就认出了丁满红。他一见到丁满红先是跟她道歉，说自己不应该打杨艺，给丁满红来了一个措手不及。

秦昊见丁满红乱了方寸，使出了下一招"连消带打"。

秦昊说："杨艺什么都很好，都是我的责任，我没控制住自己的脾气。你知道的，我的工作很普通，我也是个普通人，一些特别的情感我实在无法接受，比如杨艺，她不一样，她从小家庭不幸福，所以她比较能够接受特殊的情感……"

丁满红问："什么是特殊情感？"

秦昊假装迟疑，随后坚定地说道："她就喜欢搞外遇。"

丁满红并不是很了解秦昊到底要传达什么道理给她，不过她感觉到了一点，那就是自己想要说的话一句没说上，而秦昊却说了一堆道理，而且这些道理是为了抹黑杨艺。她坚定地相信，当杨艺决定结婚之后，绝对不会再和其他任何男人有接触。

不符合常识的道理就不是道理！

所以丁满红气呼呼地站起身，清清嗓子，说道："什么？你喜欢搞外遇！可是我是大肚婆，我不喜欢和你搞外遇！"

丁满红说完，雄赳赳气昂昂地走出了大门，回头哼了一声，说道："把我当傻子！你才是傻子呢！"

丁满红回到家后跟潘小多说了这事，潘小多抚摸着丁满红的大肚子，说："这事你还是别管了，所谓清官难断家务事，谁知道这里面真相是什么呢？"潘小多这么说，还是因为担心丁满红肚子里的孩子，医生之前说她胎盘不稳，所以建议她要在家多休养，可丁满红的性格就是坐不住，就算在店里待着，她还是喜欢这里帮一手，那里插一脚，总之就是十分不省心。

"真相？"丁满红皱着眉，她看着潘小多，"我不需要真相。我就知道，好人就该有好报，坏人就该有坏报，世界上所有的家暴都没有道理可讲！"

潘小多听了哑口无言，他挠挠头说："可你做得再对，你知道他们两个人都怎么想吗？如果他们都没想过要把这件事挑到明面上讲，到时候杨艺怨恨你，她老公那边也怨恨你，就变成你破坏人家家庭了。"

丁满红眉头皱得更紧了，她不得不用手抚摸着额头，摇头叹息："唉，真是没一个人让我省心呀。"

丁满红肚子大了后，就把晨跑改成了晨走，丁满青进了浙大，一周也就回来住一两天了，而潘小多早上基本起不来，所以晨走成了丁满红一个人思考的时间。这天晨走的时候，丁满红想到了打败

"家务事"的办法。

丁满红把一切都告诉了杨天宝……

朱明伟听说杨艺来看望自己时欣喜不已，看到杨艺戴着口罩和墨镜的样子，朱明伟还以为杨艺这是为了隐藏身份，在杨艺进来后，他第一句话就是取笑杨艺，"你又不是明星，把自己裹得跟外星人似的，何必呢？"

杨艺生气了，她凑到朱明伟跟前说道："你知道个屁！"

杨艺自己也不知道为什么，她就连在丁满红面前也不太说脏话，可在朱明伟这张臭嘴跟前，她也会跟着嘴臭起来，说话时也会时不时冒出一些脏话了。

朱明伟哈哈笑道："我不知道你的屁……"

杨艺说："你倒是想知道！"说完，杨艺自己都笑了。

朱明伟看着杨艺，关心地问道："那你这样子……"

杨艺摘下了口罩和墨镜，这是她被家暴开始第一次在外人面前摘下口罩和墨镜，连在丁满红面前都没有。

朱明伟看着杨艺的脸，手上青筋暴起，拳头握得咯咯响，"那个王八蛋打你了？"

杨艺戴好口罩和墨镜，说道："那是我的命。"

朱明伟愤怒道："命你个头！杨艺，你不能信命！"

杨艺没想到朱明伟会这么愤怒，她忽然想到在海南的时候，二人曾在酒店房间相拥，尽管当时朱明伟是因为落魄不已，所以才抱着她痛哭。可此刻的她，心中却忽然升起一股温暖。

杨艺说："朱明伟，我问你一个问题：你是不是也觉得我和那些女人一样，跟着常清华就是为了钱？"

朱明伟摇头道："当然不是！你要是为了钱，按你的条件，有的是比常清华有钱的人可以选！你要是为了钱，你何必跟那个小公务员结婚？你不如跟我结婚，我当时比他有钱得多！"

杨艺脸红了，说道："跟你结婚？"

朱明伟说道："是啊！我比那小公务员有钱，肯定跟我结婚更好啊！我以后……等我出去了，你给我三年，我让你当阔太太！"

杨艺发现自己心脏跳得很快，朱明伟的表情很认真，却又偏偏因为两人太熟了，这种认真她无法确认是真心还是在开玩笑。杨艺想问他说的是不是真心话，可又怕问了二人徒增尴尬。

杨艺眼眶泛红，颤抖着说道："朱明伟，我等你三年。"

杨艺说完起身就走，一刻都没停留，留下朱明伟在那发呆。老狱警叫了朱明伟好几声，朱明伟才缓过神来。老狱警对朱明伟说："好好改造，出去后再闯一番事业，当一个堂堂正正的商人！人家姑娘都愿意等你三年了，你更不能自暴自弃了。"

朱明伟这一次无比认真地点头，他的眼神之中也充满了激情，他迫不及待要去迎接新的生活，一切都可以重新开始。

"谢谢你。"朱明伟真诚地跟老狱警道谢。

"这种人生道理以后不要来监狱跟我学，你可以在外面，约我喝个咖啡的……"老狱警笑容满面。

杨艺看望完朱明伟后，直接回了思鑫坊，她打定了主意不再去丈夫家了。她要开始她的抗争了，她要离婚。果然，当天晚上秦昊就找上门来，说要接杨艺回家，杨艺以前做过什么，他都可以既往不咎。

杨艺冷笑了两声，说："我可没那么厚脸皮，自己做了一堆出格的事情还能全赖别人身上。"秦昊脸色微变，强挤出笑意对杨天宝说："爸，你女儿真的不好照顾，脾气倔，性子急，还老爱玩刺激，我真的拿她没办法。"

杨天宝之前给人的感觉就是好欺负，因为他总是闷声不响的，唯一的爱好就是听听戏、唱唱戏，如果有人欺负上门了，他顶多也就嘴上说两句，手上是从不敢有什么动作的。

但是这一回，杨天宝拿起了一根擀面杖，一棍子打在了秦昊的腿上。

杨天宝骂道："滚！马上滚出思鑫坊！你要是再敢打我女儿一下，我就敲碎你的膝盖骨，下半辈子你就爬着去西湖吧！"

秦昊捂着腿大喊："你是不是疯了？你不知道你女儿干的好事吗？我给你面子，我才什么都没说，你是不是要我告诉思鑫坊所有人，让所有人都知道你们家有多丢人吗？"

此时陆陆续续已经有人围了上来，秦昊看到来了不少人，更加嚣张了。

"今天杨艺就算是跟我回去，我都要考虑考虑是不是要给你面子，把一切都隐瞒下来了！"

杨艺被这么一威胁，确实有点害怕了，她犹犹豫豫地想要退缩，但父亲杨天宝此时拉住了她的手，神态异常坚定地说："让他说，有什么好丢面子的？清者自清！他这叫狗急了乱咬人，谁会把一只咬人的狗当一回事？"

秦昊怒了，大吼道："那我就不给你面子了！你老婆曾芹跑去哪儿了，你知道吗？她跑去上海了，和有钱的大老板结婚了！你女儿什么都知道，她还住在大老板买的别墅里，但她什么都没告诉你，对吧？"

杨天宝哼了一声："还有吗？"

秦昊一跺脚，说："当然还有，你女儿在上海你以为是干什么正经工作吗？她是在当小三！你知道她为什么回来跟我结婚吗？因为她当小三都被人甩了！"

杨天宝又哼了一声："还有吗？"杨天宝这么问的时候，他的手一直紧紧抓着杨艺的手，有力且坚定。

秦昊有点畏缩了，他看看周围，似乎围观的群众并没有把这些事情当一回事，反倒对他指指点点。秦昊急了，转身要走。

杨天宝要了把花枪，把擀面杖当花枪朝秦昊一踢，擀面杖正中秦昊背部，秦昊"哎哟"喊了一声，直接摔了个狗吃屎。

围观群众都哄笑起来，杨天宝也笑了两声，说道："滚吧，明天就去民政局离婚！"

杨艺和秦昊离婚后，当天就去了监狱看望朱明伟，她把离婚证书给他看了，随后郑重地说道："我说了等你三年就会等你三年。"

朱明伟感激不已，暗自发誓一定要尽快出狱，并且要干一番事业报答杨艺。他除了每天学习之外，还把每周的上网时间严格利用起来，在网上搜寻他想要了解的信息。朱明伟的变化老狱警看在眼中，他非常高兴，常对别人说朱明伟这年轻人将来会有一番作为的。

三年的时光转瞬即逝，朱明伟即将出狱前，老狱警又找了个机会和他长谈了一次。

老狱警告诉朱明伟说："出狱后要开始创业的话，不要问那些狐朋狗友借钱，更不要向高利贷借钱，那些钱不干净。要借钱，就问丁满红借，她的钱干净，而且我相信，你借了她的钱，一定会拼尽全力拼搏奋斗，你一定不想让丁满红失望！"

这几年丁满红每个月都来看望朱明伟，而老狱警也去丁满红的维修店看过，"满红维修店"许多年来一直坚持六十岁以上孤寡老人免费上门维修！老狱警认为这很有担当，很有情怀，而且真的是了不起！

老狱警说："这年头，全国的年轻人都有一种不太好的风气，那就是比钱比权，却很少有年轻人像丁满红这样踏踏实实创业，尽力做到赚的每一分钱都问心无愧，甚至，在赚钱的同时，还能回馈乡里！"

朱明伟听了老狱警的话，深深地给老狱警鞠躬，随后说："我一定会成为一名堂堂正正的杭州商人！"

当朱明伟从监狱铁门走出来的时候，他看到了杨艺、丁满红、潘小多和马飞在马路对面的轿车前等他。

阳光刺眼，朱明伟站在门口，眯着眼看着众人，他不敢先说话，怕自己说话的话会哭出来。

潘小多见大家这么互相大眼瞪小眼也不是办法，就开腔了："喂，朱明伟，我们上次同学会时说过什么，你还记得吗？"

"记得！不管飞黄腾达，还是一无是处，十年后我们再聚首！"朱明伟喊道。

潘小多说："那你在里面待了三年，还来得及吗？这一个十年，你能成为飞黄腾达的那位吗？"

朱明伟笑了，说："我能，你呢？"

潘小多摇摇头："我不能，也许我们这边的都不能，不过我们能接你回家！"

杨艺此时冲了上去，一把抱住了朱明伟，朱明伟还没反应过来，就被杨艺吻住了嘴。

大家见状都马上往车里钻，嘴上都调侃着"少儿不宜"，上了车后，丁满红冲他们喊道："快上车啦，我们回家！出发，回思鑫坊！"

朱明伟回到思鑫坊后，很快就和杨艺结婚了，整个思鑫坊的人都送给了他们最真挚的祝福。

两人结婚后没多久，丁满红抱着三岁的潘思晴找到了朱明伟，说要投资他一笔钱，这一次不准亏本了，因为丁满青很快要大学毕业了。丁满青在大学的时候就十分聪明，多次获得发明大奖，他没有成为宇航员，看来要成为一位发明家了。如果丁满青要创业的话，她这个做姐姐的怎么也得投一笔钱。

朱明伟没有推却，并保证这一次绝对不会再让丁满红亏钱了。看到丁满红的钱，杨艺也眼中含泪，杨艺说："高中毕业的时候，其实我认为你的将来会非常凄惨，当时我还暗暗发誓，大学毕业后自己出息了，还要帮你一把，我没有想到的是，我一路走来，反倒一直得到你的帮助。"

朱明伟听了也是感慨万千，说："我高中毕业后，一直想要逃离思鑫坊，我当时觉得思鑫坊太老旧了，在这个日新月异的社会中，思鑫坊迟早被淘汰，而你这样智商停留在十二岁的女孩也一定会被社会淘汰。可你没有想到的是，自认为聪明，并且深谙社会的我倒进了监狱，真正成了差点被社会淘汰的那个人，而初心不改、善良纯真的你不仅活了下来，而且还收获了爱情，有了可爱聪明的孩子，甚至可以说，你比我们任何人都活得更加精彩！"

朱明伟和杨艺争论着拿这笔本金做什么生意，当时朱明伟脑中冒出一个想法，那就是干脆再借一些钱炒房。当时国家刚宣布要在很多城市进行旧城区改造，他曾经活跃无比的大脑一下子把握住了这个信息。他跟杨艺说："接下来全国房价必涨，特别是杭州，G20

峰会加上亚运会，杭州房价还能翻两番！"

朱明伟刚说完，就吃了杨艺一拳。杨艺当然也认为房价会涨，可她说："我们自己有房子了，为什么要去炒房子呢？炒房子能赚到的钱，如果做其他行业也能赚到，那为什么要去炒房，可是那些真正需要住房的人连房都买不起呢！"

朱明伟连连点头，他觉得自己已经够幸运了，吃过牢饭的人还能讨到思鑫坊最漂亮的姑娘，他真是八辈子修来的福分了，所以他什么都听杨艺的，只要杨艺认可的，就是他认可的！

最终，朱明伟和杨艺选择在思鑫坊开了一家快递公司，在他们的悉心经营之下，生意非常好，第一年朱明伟就把丁满红借给他的钱全还清了。按照朱明伟的计划，再这样经营两年，他们就要开始在全市里开分店了。只有在和潘小多、马飞他们酒后闲聊，他才会叹着气，说："当初杨艺要是让我买房……我就……我就是千万富翁了……唉……"

潘小多这时候就继续损他，说道："你不是当过千万富翁嘛……"

丁满青大学毕业了，他决定研发自己的手机品牌，他认为，中国未来智能手机的市场将会非常庞大，特别是真正能在性能和外观上突破国外手机"围剿"的国产手机，将是全国手机行业未来市场高地！

"而且，随着中国制造在世界上的地位不断提高，中国制造将不再是'廉价'和'低质量'的代名词，相反的，中国制造代表的将是'平价'和'实用'，是物美价廉！到那个时候，中国自主研发的智能手机将一举攻陷国际市场，成为一支令全球手机行业刮目相看的生力军！"

在大学毕业典礼上，丁满青作为学生代表，被邀请上台发言。本来丁满青准备了一段"读书和使命"的演讲，可就在上台前，他看到了新闻说中国国产手机在欧洲被以倾销罪起诉了，丁满青处于气愤，上台的时候自己改了内容，诉说了他的创业梦想。

台上的老师听了后面面相觑，而台下的学生们则发出热烈掌声，许多学生高声大喊，甚至有人说等着看到丁满青研发的手机问世！

丁满青因为擅自变更演讲内容，毕业前一刻还被老师叫到办公室里训了一通。不过训完以后，老师露出笑容，说道："期待你的手机！"

回家的路上，丁满青跟丁满红通话说起了这件事情，丁满红就问："你这是打算自己创业了？"丁满青说："是的，之前我靠着姐姐你读完了大学，接下来我就要让你和自己一起享受荣光！"丁满青说完这些的时候，听到电话那头传来了潘小多的咆哮声。

"满青啊，你姐夫也有贡献呀！养你吃饭养你读书的钱，你姐夫没赚吗？为什么只有你姐有荣光？你姐夫也需要荣光呀！"

丁满青被这咆哮声吵到了，不觉把耳机拿开后挂掉了电话。

回到家后，刚进家门，潘小多就冲出来抓住丁满青，给了他一拳，气愤地说："你小子敢挂你姐夫电话！"

丁满青一边躲，一边喊救命。丁满红在厨房忙碌，看到这一幕赶紧冲出来，拉开二人。

丁满红对丁满青说："满青，你怎么又惹你姐夫生气了？为了让你读大学，他每天都在维修店没日没夜地工作，多辛苦啊。"

丁满青挠着头道："知道了知道了，我也给他荣光，好了吧。"

潘小多这才满意地去厨房烧菜了，丁满红摸摸丁满青的脑袋，轻声说道："这样他才会心甘情愿地烧菜嘛。"

"我懂得。"丁满青听着潘小多在厨房忙活时哼着的歌曲，嘿嘿笑起来。

吃晚饭后，丁满红拿出一张银行卡放到丁满青的手心里。

丁满红说："满青，这是姐姐这些年攒下来的钱，你看看够不够当作你创业的启动资金。如果不够的话，你跟姐姐说，姐姐再去借。"

丁满青把卡放回丁满红手心，说道："姐，我不需要，我可以自己赚，无非就是慢一点，没关系的。你和姐夫赚这些钱不容易，我不能就这样拿去开公司，万一亏本，你们这几年就白干了。"

潘小多一听，说道："唉，这句话就说对了，我们攒这些钱确实不容易，所以才要给这笔钱找一个最合适的投资地方。这笔钱说少不少，但说多真不多，买房不够，买基金我觉得不稳，买股票就是肉包子打狗，存银行跑不赢通胀……满青，你姐夫我思来想去，还是觉得投资你开公司最保本。"

丁满红听了连连点头，说："满青，我们就是这么想的。"

丁满青迟疑了一下，他当然知道姐姐和姐夫这是故意说这番话的，目的就是让他心安理得地收下这笔钱，然后安心创业。丁满青看着丁满红和潘小多殷切的样子，只能伸手接过了银行卡。

不过，丁满青并不想把这当作一种纯粹的馈赠，他说："姐，姐夫，你们都说了，这钱你们是投资我创业，所以你们是原始股东，也就是说，姐，这是第四次创业了！"

丁满红皱眉道："那我要管公司吗？管的话，我可做不来。"

丁满青笑道："当然得管，但是不用管那些研发之类的，你可以管你擅长的，当然也可以选择什么都不管。"

潘小多说："我也一样吗？"

"一样啊。股东其实很多时候就是开会的时候过来一下，平时去公司里看看，真正的研发、销售各个环节，都是其他人在做。"

丁满红和潘小多舒了口气，二人对望一眼后，心中产生了一样的想法：那还是得去公司里走走的，怎么都是股东了，创业呀，一直不在公司露面好像也不像样子……

两年后，丁满青的"D+科技有限公司"成立了。在原始股东中，因为丁满红的力荐，马飞也加入进来。丁满红跟丁满青说，让马飞也投一笔钱，这是他千辛万苦存下来的私房钱，因为马飞现在在家里太没底气了，总被郑舒雅看扁，丁满红想帮马飞涨点气势。

丁满红和潘小多果然按照他们的设想，在"满红维修店"比较空闲的时候，就会去"D+"的公司走走逛逛。公司所在的园区很大，大得丁满红有点吃惊，她和潘小多都觉得这么大的园区，自己那点本金估计租房子都不够。

结果丁满青告诉他们，这个园区他们目前不需要付租金，政府帮忙垫付了。杭州现在极力帮助科技公司落地，想要把杭州打造成"中国硅谷"。

丁满红和潘小多都感叹居然有这样好的政策，二人都升起了一股幸福感，一种国家正变得越来越强大的幸福感。丁满红问潘小多，说："我们出生到现在多少年了？"潘小多说："1978年到2014年，三十六年了，我们也三十六岁了。"

"马上就要四十年了呀！"丁满红感叹。

丁满红看着眼前这一座座拔地而起的高楼，这些楼的样式她以前从未看过，甚至从未想象过，它就像科幻电影里的高楼，可如今那么真实地矗立在杭州，矗立在眼前。

"变化真大呀！"

"是啊。"

二人让丁满青去工作，他们自己走走看看。结果二人一边走一边赞叹，丁满红说："光在这个园区走，就开了大眼界了。"

这天潘小多开着他们新买的车，从高新园区一直开回思鑫坊，他们难得地没有走文一西路，而是走了之江路，绕道滨江区，再穿过钱塘江大桥，最终回到了思鑫坊。

这是一条绕来绕去的路，潘小多开得很慢，就是为了让丁满红慢慢地看一路上的高楼大厦。丁满红不时赞叹说："爸爸妈妈去世的时候一定想不到，也就是三四十年时间，杭州乃至整个中国的变化可以这么大。奶奶徐淑芬真的只差几年，她要是多活几年，一定会感叹那二百米、三百米的高楼，真是不可思议。"

潘小多笑着说："再过几年，还有四百米的高楼，你能信？"

这天回到思鑫坊后，丁满红就看到五岁的女儿潘思晴坐在坊子口等他们，看到二人后，女儿说要吃包子。

丁满红就让潘小多自己去停车，她带着女儿去买包子。买包子的时候，女儿感叹道："要是我们家是开包子店的就好了。"丁满红一听，不由得沉思起来，她觉得女儿的话是一种指引，一个早已存在多年的想法复活了。

事实上，潘思晴早就在阁楼里发现了"雪晴早饭店"的招牌，她还特地找奶奶苏雯问过了早饭店的历史，知道了这块招牌就是妈妈心中最珍视的东西，也知道了丁满红一直想把雪晴早饭店重新开起来。所以她才故意借买包子一事，给丁满红暗示。

当天晚上，丁满红按照记忆中俞雪晴做包子的手法，做了一笼包子，女儿吃了一个后赞不绝口，就拿着一个包子跑到巷子里嚷嚷，她要让马小跳和朱一文出来闻闻包子的香味，馋死他们。果然大家闻到包子味就问潘思晴哪里买的包子，潘思晴就骄傲地说："妈妈做的，外婆当年的手艺！"潘思晴这么一说，大家就都想起来了，在1979年的时候，思鑫坊里开起了改革开放之后第一家早饭店，这是思鑫坊最早的个体户，也是思鑫坊第一个万元户。

这时候，马飞家的馋狗被潘思晴手里的包子味吸引，冲了出来，一口咬掉了她手里的包子。潘思晴惊呆了，坐在地上号啕大哭。

马飞急了，赶紧说再给多买两个包子当补偿，可潘思晴哭得更响亮了，她说："我爱的就是妈妈做的这个包子，已经被狗吃掉了的这个包子，你把狗杀了，取出狗肚子里的包子还给我。"

马飞没有办法，只能跑去丁满红家里求饶。丁满红冲出来后追着潘思晴就要打，潘思晴一边哭，一边喊着"妈妈要打死我"，还一边跑得飞快，丁满红追了半条街愣是没追着。最后丁满红不得不跟她妥协，说："只要你承认错误就原谅你。"潘思晴一琢磨，就提出了一个交换条件，只要妈妈重开"雪晴早饭店"，她就承认错误。

丁满红怔住了，她这时候才明白潘思晴吵着买包子的用意。丁满红上前摸摸潘思晴的脑袋，说道："妈妈答应你一定重开早饭店。"

潘思晴高兴极了，快步跟着丁满红往家走，但是刚才跑得太快了，她已经走不动了，就缠着要丁满红背着走。丁满红不同意，自顾自往前走，可走了几十米后，还是拗不过潘思晴，只能选择同意。她弯下腰，让潘思晴跳上来，可潘思晴竟然往后跑了几十米，说："刚才我提出要求背的地方在这里，就应该从这里开始背起！"

回到家后，丁满红跟潘小多抱怨这个孩子太聪明了，也太难管教了，她已经一个头两个大了。潘小多就笑话她："你总算体会到了当年你爸和你妈的感受了吧，你小时候比之咱们女儿，那可是有过之而无不及呀！"

丁满红一听就不乐意了，皱眉问道："潘小多，你什么意思？"

潘小多赶紧解释："其实没关系，你压得住她。"

"现在可以，不保证一直可以啊。"

"那到时候再想办法……"

丁满红的眉头越皱越紧。

又过了五年，丁满青公司研发的"D+"智能手机在杭州湾大湾区的项目推荐会上大获成功，他一举拿下了几个国外的订单，更是成了全国具有代表性的年轻精英企业家。

在最后的演讲环节，丁满青对着全世界的镜头解释了这款手机为什么叫"D+"，他说："因为 D 是来自我的姓氏'丁'的第一个字母，而'+'又是'家'的谐音，我这款手机是丁家人一起努力奋斗的结果。我姐姐出生于1978年，她不聪明，甚至可以说有一点笨，她永远不会成年，智商停留在十二岁，但是她勤奋、踏实、善良、纯洁，我敢说，世界上没有一个人比她保护我保护得更好，我也敢说，正是这一代中国人以这些品质建设祖国，才有了我们如今这样美好的发展环境！而正是在我姐姐这样人的保护下，我们这代人才有了现在的成绩。祖国发展日新月异，它充满无限可能，它有着无数机遇，它将面临全新的挑战，而这一次，请相信我们！"

演讲结束的时候，丁满青久久注视着镜头，他知道，姐姐丁满红一定在电视机前看着自己。事实上，不仅是丁满红，整个思鑫坊的人此刻都在电视机前、平板前、手机前看着丁满青，而丁满红此刻早已泪流满面。

丁家祥也在办公室里偷偷拿着手机，打开着视频直播，看着丁满青的演讲。看完演讲后，丁家祥擦擦眼角的几滴泪，寻思着给祝敏打个电话，告诉她晚上思鑫坊"雪晴早饭店"重新挂牌营业，他想带着萌萌一起去参加。祝敏也知道丁满青所取得的成绩，当然希望女儿能跟他多一点互动，自然是赞成了。祝敏不知道，丁家祥主要是想找朱明伟这个商界人才询问点事情，他之前用朱明伟指点炒股后赚的钱买了套滨江区的两居室，他想问问是现在就卖了，还是继续持有。

忙完大湾区项目推荐会后，丁满青匆匆赶回思鑫坊，因为今天思鑫坊里有两件大事，他作为思鑫坊的一员必须参加。

其一就是思鑫坊被选为了重点文化保护区，但思鑫坊的居民并不都是满意的，也有一些人希望能够拆迁，毕竟杭州城那么多个老社区拆迁了后，每户人家都分了好几套回迁房。一套房子就是几百万，这些人家一拆，那就成了千万富翁。所以思鑫坊里举行了居民委员会的投票，希望能够通过投票选出一个大家都接受的方案。

另外一个事情那就是"雪晴早饭店"终于要重新挂牌营业了。这是丁满红、潘思晴和潘小多三个人共同的决定。陈虎决定和儿子一起回国，潘小多把维修店还给了他们。陈虎一开始死活不要，说自己家不差这点钱，送给徒弟的东西，哪里还有要回来的道理。但一听到潘小多和丁满红说打算将丁家民夫妇当年经营得异常出色，甚至因此而成了思鑫坊第一个万元户的"雪晴早饭店"重新开张，陈虎马上就同意了收回维修店，还主动参股雪晴早饭店，因为他说他以前也尝过雪晴早饭店的味道，那雪菜肉丝面、榨菜肉丝包就是和别的店不一样，它是思鑫坊真正的老字号了。

最终，原本以为"两军对垒"的投票情况并未发生，几乎所有人都赞成保留下思鑫坊，作为完整反映杭州近百年历史变迁的一个文化遗产，思鑫坊的价值太大了、太特殊了。如果从这个角度看，起始于20世纪70年代末那个最为寒冷的冬天的"雪晴早饭店"就更应该重新开张，因为它就是一个见证这改革开放四十年奇迹的产物，它也是思鑫坊街坊邻里最先和商业经济互相拥抱的产物。

得知"雪晴早饭店"要重新开张，媒体也蜂拥而至，都来报道这历史性的时刻。

今天，陪伴丁满红一路走过来的所有人都到齐了。当丁满红拉着小女儿的手，一起将招牌挂上店面后，所有人都给予了热烈的掌声。

丁家祥和萌萌匆匆赶到，二人看到丁满青已经来了，就站在丁满红身边，他们尽量往前挤，走到可以被丁满青看到的范围内。

苏雯、董伶俐和秦海燕不停地擦着眼泪，苏雯还看到了站在巷子口远处观望的曾芹。她想了一下，走过去拉着曾芹的手来到了人群之中。

潘正义、马宁、朱海军和杨天宝也热泪盈眶，在他们眼中，当这个带有汽水瓶标志的图标再次挂起来的时候，他们仿佛看到了丁家民夫妇就站在店里，一边劳作，一边跟他们打招呼。

朱明伟和杨艺牵着手，朱一文跟在他们身后，推推黑框眼镜，打量着"雪晴早饭店"；马飞抱着马小跳，和郑舒雅挤在人群最前面。马飞说："我从小就爱吃阿姨做的包子。"马小跳就嚷着："我也要吃包子。"郑舒雅凶巴巴地说："不是刚吃过饭吗？"马飞有点胆怯地说："一会儿就给孩子吃一个？"郑舒雅看了眼马飞，又看看丁满青，说道："行了，好歹你也是个股东，每人一个行了吧？"

丁满红把丁满青叫到身边，拉起他的手。丁满红笑了，说："上一次在这块招牌前拉你手的时候，你还那么小，不到我的腰，如今你比我高半个头了。"

丁满青笑了，他抓紧丁满红的手，轻声说了声"谢谢姐姐"，丁满青没有把心里话全说出来，但是他相信丁满红都懂得，他即便什么都不说，丁满红也懂得。

果然，丁满红冲丁满青露出了宠溺的微笑，随后她右手拉起了潘思晴的手，潘小多一脸不悦地看着丁满红，他发现自己居然是被丁满红搁置的那一个。

丁满红说："行了，你抱着思晴不就可以了！"

潘小多这才笑嘻嘻右手抱起了女儿，左手牵上丁满红的右手。三人望着这块招牌看着，潘思晴皱眉读着招牌上的字："雪晴早饭店。"

潘思晴双手叉腰，说了一个字："棒！"

随着这一声"棒"，洋溢在丁满红、潘小多、朱明伟、马飞、杨艺，以及思鑫坊所有人脑海中的几十年的记忆汹涌袭来。

属于我们的火红年代还在继续，且将永远继续下去！